庫

開高健エッセイ選集

白いページ

開高 健

光 文 社

白いページ

目次

白い白いページ……545

白いページ

飲む

スタインベックの掌《てのひら》小説の一つに『朝食』というのがある。いきずりの旅行者が野宿している貧しい綿つみ労働者の一家に朝飯を御馳走してもらって、それがすんだあとまた旅をつづけるという物語で、文庫本にして五ページあるかないかというだけのものである。〃小説〃とも〃物語〃ともいえないし、〃ルポ〃というものでもない。もし記述ということばを使うなら作者がほんとに書きたくて書いたことがすみずみまでわかる、句読点の一つ一つにまで爽やかな息づかいのこもっていることがよくわかる、ある一瞬についての記述である。野外のひきしまった早朝の空気のなかでジュウジュウとはぜるベーコンの音がそのまま聞こえてきそうなのである。ただそれだけのことなのである。けれど、こういう絶品を読むと、文学はこれでいいのだと思わせられてしまう。

スタインベックではなかったかもしれないが、掌編で忘れられないものに、もう一つある。いま読みかえしていないのできっとおぼえちがいがあると思うが、私の記憶のなかではこうである。おそらく、ある夕方、一人の若者が放浪にくたびれて故郷《くに》の小さな町に帰ってきて、ある家の庭のよこを通りかかる。すると、一人の老人がホースで水を芝生にまいている。若者が垣にもたれて水滴がほとばしるありさまに見とれていると、老人がよってきて、ホースの口をさしむけ、一杯いかがといって若者に飲ませてやる。若者が飲みおわって手で口をふいていると、老人は

「何といっても故郷《くに》の水がいちばんだよ」

といって去る。

これもただそれだけの記述にすぎないのだが、『朝食』とおなじほどあざやかに記憶にのこっている。若者がどういう放浪をしたか。どんな国でどんな経験をしたか。いまその結果としてどのようにくたびれ、体のなかには何があるのか。そういうことは何一つとして説明してなかったと思うし、老人のこともほとんど説明はなかったと思うが、そのときの滴《しずく》のほとばしりかたや水の味が白いページからひりひりつたわってくるようであった。かけがえのない感触が私の記憶にのこされている。

これも『朝食』とおなじほどの絶品で、金色《きんいろ》に輝く脂の泡のなかではじけるベーコンを早朝の野外で食べてみたいと思いつめたみたいに、ある夕方、知らない人の家の垣にもたれて、くたびれた心身を荷物のようによこにおいてからゴクゴクとホースの口から水を飲んでみたいものだと思わせられたことだった。「一言半句をわれにあたえたまえ」と叫んで木から体を投げた聖者があったと伝説はつたえているのだが、この二編のような文章のうちの一行でも紙に書

きとめられたらと、よく夜ふけに思いかえさせられる。

知らない国に到着して宿の部屋に入ってから第一番に私のすることは水を飲むことだった。その水がうまいと、何かいいことがあるような気がしてシャツでも着かえて町へ散歩にでようかという気が起るが、まずいと何をする気にもなれず、そのままベッドにひっくりかえってしまいたくなる。水道の水がそのままうまく飲める国もあれば、湯ざましでなければダメな国もあり、その湯ざましに消毒薬の匂いのする国もあり、ミネラル・ウォーターを註文しないとやりきれない国もある。洗面所でひねった水道の水がそのままうまく飲める国というのはめったになくて、フランスでもドイツでも、それは飲んで毒だというわけではないけれど、何ともザラザラと舌にヤスリをかけられるようだし、飲んだあとに荒涼としたものがのこされる。この水でためしに紅茶をいれてから、さめたのを見ると、表面にまるで膜《まく》のように何かギラギラしたものが浮いているのを見ることがあり、鉄分なのだ、とか、石灰なのだ、と聞かされる。マズいけれど毒じゃないからお飲みなさいとも聞かされるが、茶碗に指をのばしかけてもついとまってしまう。

中国大陸や東南アジア一帯も水がわるい。このあたりで生水《なまみず》を飲むのはほとんど自殺行為だと考えられている。たいていは一度沸《わ》かしてからさました水、つまり〝湯ざまし〟を飲む習慣であり、そうでなければ暑いなかで汗をたらたら流しながら熱《あつ》いお茶をすする習慣である。湯ざましへさらに氷を入れたり、または瓶につめて冷蔵庫で冷やしたりしたのを中国語で〝リャン・カイ・シュイ（涼開水）〟と呼ぶとか、お茶の冷たいのをヴェトナム語では〝ニョク・チャー・ダ〟と呼び、タイ語で〝ナム・チャー・ジェン〟と呼ぶなどとおぼえるのは、あのあたりを旅するについての必須の知識である。

このような地帯でことに田舎を歩きまわるには熱かろうが、冷《つめ》たかろうが、とにかくお茶を飲むのがいちばんである。甘いお茶、辛いお茶、いきあたりばったりだが、それも土瓶でくるか、薬缶《やかん》でくるか、魔法瓶《びん》と欠けコップでくるか、先様《さきさま》まかせだが、〝チャー〟のひとことがどう千変万化するかを眺めるのもたのしみのひとつではないか。

一九六八年に私がしばらく暮していたのはメコン河の支流の一つに浮かぶバナナ島で、戦争については選りぬきの最前線であったが、生活についてはようやく石器時代から鉄器時代に入ったという段階であった。鍋や釜や包丁があるところを見れば鉄器時代に相違ないが、小屋は竹を何本か土に刺しこんで周囲をヤシの葉の編んだのでかこっただけであり、敷居もなければ床板もない。小屋の床はむきだしの土で、ただ人の踵で踏みならされただけのものである。夜になるとその黒光りする土の一点がふいにむくむくして一匹のヒキガエルがランプに集るカやガを食べようと体をあらわしてきたりするのだが、それもたちまちヒトの指にさらわれ、翌朝のオカユに入れられたりする。

朝になって雲古をしようと思うが、だいたい紙というものが徹底して見つからないから、バナナ畑に入っていって、いたすこととなる。投下のあとはバナナの葉で御挨拶《ごあいさつ》申上げるしかないのだが、バナナの葉というものは新鮮なのは肉が厚くて、広くて、ひんやりと気持よいが、ツルリとすべるのできっと何がしかの不安感がのこる。といって土に落ちて枯れきったのは繊維がむきだしでゴワゴワし、よく食いこんでくれるのはいいけれど少し痛いといううらみがある。だから、理想に近いのは、緑すぎず枯れすぎてもいないのを注意深く選ぶことであると、二日ほどしてからわかった。ラブレェはガルガンチュアに木、石、縄、思いつくかぎりの素材でお尻を拭かせて何がいちばんいいかと思案させているが、適切な状態にあるバナナの葉は紙の何番目かに好ましいものだと私は推薦したいと思う。

観察していると、この島でも湯ざましを飲むか、熱いお茶を飲むかしていた。生水を飲んではならぬという知識は永いあいだに身にしみたものとなっているのである。モンスーン地帯の亜熱帯では空気がむっちりとうるみ、強烈な陽が射し、小屋や木かげでじっとしているだけでも汗がじめじめタラタラと流れてくるのだが、そのなかで煮えたぎったお茶をすすっていると、それに慣れてしまうと、かえって汗を忘れることができるようなのである。汗を忘れるには徹底的に汗を流すのが一つの方法である。農民は手首まで袖のある黒のパジャマの上下を着ているが、熱帯だから白を着たらいいだろうにといいたくなるけれど、あまりに陽が強烈なので反射するより吸収してしまったほうがいいのであるし、手首までかくしてしまったほうが膚に痛くないのだと教えられる。

夜ふけに回想にふけっているとき、ずいぶんいろいろな国の水を飲んだものだと指を折ってかぞえたくなることがある。ふくよかなのもあったし、やせこけたのもあった。磨《みが》きぬかれたのもあったし、ガサガサのもあった。ひきしまったのもあれば、のびきったのもある。峻烈《しゅんれつ》そのものといいたいのもあったし、まるで消毒薬を飲まされるようだったのもある。水は水素二箇《こ》と酸素一箇で構成されているかもしれないが、ほかにも微妙な味をたくさん含んでいて、その襞《ひだ》のこまやかさや深さをさりげなく背後にかくしてしまって何食わぬ顔で澄みきっているようなのが逸品と思われる。アメリカ人がはたらいているところにはきっと冷却蒸留水を飲ませる装置があり、紙コップをだしてボタンを押すとガラスのなかでポカリ、ポコッと大きな渦が起る。あの水はおそらく徹底的に清潔で衛生的なのだろうと思うが、まことに親切に冷《ひ》やしきってあるにもかかわらず、何の味もしない。ふくみ味もないし、かくし味もない。輝きもなく、ふくらみもない。うんざりする。ただの、まさに《H_2O》である。それ自体は純粋の極なのかもしれないが、純粋がこれくらい味のない例も珍しい。

昭和四十五年の六月、七月、八月、私は仕事をしようと思って新潟県の山奥の銀山湖畔《ぎんざんこはん》で暮した。ここは水道も、ガスも、電気もなく、一年の半ば近くが雪に埋もれるので、年賀状が五月に配達されるというような聖域である。その湖畔の林業事務所の小屋の二階にこもり、バターをさかなに焼酎《しょうちゅう》を飲み、夜は石油ランプをともして本を読んだ。食料品はいっさいがっさい宿の主人が車を走らせて電発トンネルを十八もくぐって小出《こいで》の町へ買出しにいくのだが、それにカドミウムだの、水銀だのが入っていたら（――おそらく入っているのだろう）どうしようもないが、湖畔にはスモッグもなければ農薬もなく、水は水の味がし、木は木であり、雨は雨であった。

黄昏《たそがれ》になるとよく雨が降るのだが、そうなると雲とも霧ともつかないものがもうもうとわきたって流れ、小屋も、峰も、灌木林も消えてしまい、数知れぬ雨の格子がぎっしりたちこめ、ただ遠くで川の鳴る音がするばかりである。それを聞きながら小屋の二階で焼酎をすすり、じわじわと酔いがひろがってくるのを待っていると、部屋のすみに酸鼻といいたいようなものがうずくまり、おれはこのまま頭から朽ちてしまうのではあるまいかと、恐怖をおぼえることがあった。

ここでは私は超一流品と呼べるような水を飲んだ。山の沢《さわ》の水や、岩清水である。イワナを釣りに山道を歩いていると、よく岩壁があって、はるかな頂上の暗い林から一直線に水が落下してはしゃいでいるのを見る。あの水である。この年は寒冷がいつまでも去ろうとせず、六月になって深山の襞ひだに雪がのこっていたが、その雪洞を覗《のぞ》くと、暗いなかに霧がわき、氷の天井からポトポト水がしたたり落ちている。この水は水晶をとかしたようである。純潔無比の倨傲《きょごう》な大岩壁をしぼって液化したかのようである。これを水筒にうけて頭や額《ひたい》にふりかけ、頭と手を洗い、さてゆるゆると飲みにかかる。いまのいままでフキの葉のあいだに小さな、淡い虹をかけていた水なのである。

ピリピリひきしまり、鋭く輝き、磨きに磨かれ、一滴の暗い芯に澄明《ちようめい》さがたたえられている。のどから腹へ急転直下、はらわたのすみずみまでしみこむ。脂肪のよどみや、蛋白《たんぱく》の濁《にご》りが一瞬に全身から霧消し、一滴の光に化したような気がしてくる。その体をこまめにうごかして、腰から鉈《なた》をぬき、崖《がけ》を木の根にすがって上ったり下ったりしながらそこかしこに顔をだしているヤマウドの芽を集めるのである。宿に持って帰って山の手作りの辛《から》い味噌をつけて食べると、その峻烈なホロにがさが舌を洗ってくれて、どうにも酒が飲めてしかたない。

七月になって雪が消えてしまうと、イワナ釣りにはべつのたのしみが生じた。山道の岩壁のあちらこちらではしゃいでいる岩清水をよくおぼえておいて、どれがいちばんうまいか、どれをひいきにしようかと、考えるのである。いちばん澄んでいそうで、いつも水勢たくましく、量がたっぷりあり、もっとも高いところから長い距離を走ってきたの、そしてできることなら岩肌に淡い虹をかけてくれているの、そういうのを厳選して、なじみの店にした。そうなるといきつけの酒場の椅子《いす》のようにかわいくなってしまって、ほかの岩清水が飲めなくなってくる。釣りにいきがけに一杯飲み、今日は釣れそうだと、うれしい予感をもらい、帰りがけに一杯飲んで、頭や顔を洗う。そして、やっぱり釣れたよ、とか、てんでダメだったぞ、とか、いま一息ってところだった、などと胸のうちでつぶやくのである。こう親密になってはほかの岩清水がいくらはしゃいでいてもちょっと浮気ができなくなってくる。

七月、八月と夏が進むにつれて岩清水の顔や味や肌ざわりも変っていった。暑くなるにつれて水量がとぼしくなってやせてしまい、霧がわいたり虹がかかったりすることはなくなり、走りかたが弱くなる。そして、気のせいか、これまでになかった木や、枯葉や、苔《こけ》の匂いが、すっかりゆるくなってしまった舌ざわりのなかにとけこんでいるように思えたりした。いわば水は、重くなったのである。無味の味であるべき澄明さのそこかしこの襞に、いままでなかったいくつかの味がひそむようになり、何からきたものであるか、その像が浮かんでくるようになったのである。

村杉小屋主人の佐藤進は、ひとこと

「衰えたぜや」

といった。

私が顔を洗いながら

「秋になるとまたよくなるんじゃないの」

とたずねた。

佐藤進はしばらく考えてから

「いや、やっぱり冬があけたところがいちばんです。何といっても、あれです。あの水には影が射《さ》してません。あれを味わった日には……」

といって黙った。

まだ岩清水に影が射していない頃、ある日、幽谷《ゆうこく》で釣りをしてから崖をよじのぼり、対岸にあるゼンマイとりの小屋にたちよって水を飲ませてもらった。ゼンマイとりの人は夫婦で深山《みやま》にわけ入り、一日に何十キロとゼンマイをとり、徹夜でゆでてから日に干すのである。この人たちはきっと沢か、岩清水か、わき水のあるところに小屋をかける。そのとき飲んだ水もすばらしいものだった。すみずみまで澄明で、ふくらみがあり、ピリピリひきしまって輝き、私を一滴の光に変えてくれた。

「お礼に」

といってポケットにあったチーズを木の根株においたが、何となく、ひどい汚穢のような気がして、はずかしさをおぼえた。

九月になってから山をおり、上越線にのりこんだが、その車内で水を飲んでみたところ、ひとくちすすってどうにもがまんできず、コップをおいてしまった。

食べる

思案に暮れたときはあせらないことだ。それをカブト虫のように頭のまわりを飛ばせておけ。ただし紐《ひも》だけはしっかり手に握っておくことだ。やがてカブト虫はくたびれて落ちてくるから、そのとき手にとって眺めたらいいのである。アリストパネスは劇中の人物の一人にそういわせている。正確、痛切な比喩《ひゆ》であり、名句の一つだと思われる。いま私は思案、憂鬱《ゆううつ》、不安、妄想、怒り、さびしさ、さまざまなものを抱いて窓ぎわで酒をすすっているが、それらには形をなしているのもあり、いないのもあり、原因が明瞭すぎてやりきれないのもあり、朦朧《もうろう》すぎて耐えがたいのもある。けれど、それらはいましばらく頭のまわりを飛ぶままに飛ばせておかねばならないので、ここに書くことができない。書けば刺すことになるからである。

そこで、いわば〝紐〟にあたることを書いてみる。これなら書いてもいいようである。前号でスタインベックの『朝食』をマクラに使い、これは朝の野外でベーコンを食べる話だったから、今度はマクラではなくてボディーとして食べものの話を書くことにする。この種のことを書いて妙技をふるった一人にチェーホフがあり、読んでいて思わず眼が細くなりそうな描写があるが、女と食べものが書けたら小説は成功だということになっていて、どうやらそれは三大原則の一つと思われるから、日頃からよく私は練習しておかなければいけないのである。

『暗夜行路』の一節には女のことを形容して、どこか遠い北の海でとれたカニを思わせるようなところがあった、とあった。これを読んだのは子供のときで、しかも戦時中のことだから、カニのような女とはどんな女なのだろうと考えたが、まったく手がかりがなかった。その描写のうしろには讃嘆がこめられているらしき気配なので、子供は本を読みながら、遠い北の海でとれたカニはどんな味がするのだろうと考えたり、それから、そんな味のする女とはどんなことなのだろうかと考えたりして、ずいぶん迷った。食べるものといってはマメカスやハコベばかりだし、〝オンナ〟となると母親が女であるとわかってるくらいで、それすらモンペと防火頭巾に身を固めてマメカスやハコベを食べつつ泥まみれで防空壕《ごう》を掘っているのだから、そのよこへいって〝かあちゃん、遠い北の海でとれたカニを思わせるようなところがある女てどんな女やねン？〟などと聞けたものではなかった。そこで志賀直哉氏の比喩は〝カニ〟と〝女〟の二極に分解したまま以後かなり永いあいだ漂《ただよ》いつづけた。

そのうちにカニを食べられるようになり、食べるたびにこの比喩のことを思いだしたが、タラバガニの缶詰《かんづめ》になっていない生《なま》のを食べても、毛ガニの〝本場直送〟でない本場そのものを水揚げしたばかりのところで食べても、それぞれの冷たい白い肉にこめられた滋味は滋味として賞味しながらも、どこかで直感は、これではない、こうではないとつぶやきつづけた。それが、コレダ！……となったのは冬の日本海の波が二階の窓までやってくる越前岬《みさき》の漁師宿で、とれたての松葉ガニを食べたときだった。

ついに謎の半ばはわが手に落ちた。いまではそのカニのことが書けそうである。赤い、大きな足をとりあげて殻をパチンと割ると、なかからいよいよ肉がでてくる。それは冷たいけれど白く豊満で、清淡なあぶらがとろりとのり、赤と白が霜降りの繊鋭な模様となって膚に刷《は》かれてあり、肉をひとくち頬ばると甘い滋味が、冷たい海の果汁が、口いっぱいにひろがる。これを高級料亭のようにおちょぼ口でやってはいけない。食べたくて食べたくてムズムズしてくるのをジッと耐えながらどんぶり鉢に一本ずつ落していき、やがていっぱいになったところで、箸いっぱいにはさみ、アア、ウンといって大口あけて頬ばるのである。これである。これでないといけない。超一流品を車夫馬丁風にやる。その痛快味が手伝ってくれるので、ヒリヒリしてくる。さてそれからサラリと澄みきった辛口《からくち》をひとしきりすすり、窓ガラスをたたきやぶりそうな北の海の音を聞き、かなたにひしめく厖大《ぼうだい》な暗い激昂を思い、まだ手に落ちていない謎のもうひとつの半ばを考える。おそらくその女の眼は秋のようであるだろうと考える。その腿はまさにこのようであるだろうが、抱いたままじっとしているとやがて冷たい白い肉の芯部から、雪洞《ぼんぼり》に灯を入れたように熱がいっせいに放射されてくるのであろうと考える……

「先生、貧乏人はモノの味をよう知っとりまっせ。貧乏人ほどうまいもん食うてまっせ。負けますワ。そらゴツイもん食べたはる」

いつか『辻留』主人の辻嘉一氏がそう話してくれたことがあったが、これは一つの核心をついている。

この〝ゴツイもん〟を手荒く料ってはあるがうまいものと解《かい》するか、栄養たっぷりでうまいものと解するか、それとも文字通り見た眼にも食べた舌にもゴテゴテと肉厚でモノそのものが凄くて、繊細さにくたびれてすれっからしになった味蕾《みらい》には耐えがたく感じられる、そういう意味で〝ゴツイ〟ものと解するか。それとも分析はどうでもよろしい、とにかくひたすら〝ゴツイ〟としかいいようのないものと解するか。海外にその範を求めよ、といわれたら、その場で〝支那粥、モツの入った支那粥！〟と答えたい。これは〝中国粥〟と呼んでもいいけれど〝支那粥〟と呼んだほうがピッタリくるのでそう呼ぶのであって、〝支那〟は蔑称で〝中国〟が正称だとする言語感覚でそう呼ぶのではない。私はこの粥がたいへん好きで、〝渾沌《こんとん》未分《みぶん》〟という観念を一鉢のどんぶりにみごとに具体化してみせたその手腕には毎度感心させられるばかりである。

香港、シンガポール、サイゴン、バンコック、東南アジアならどこでもよろしいが、例によって不潔で旺《さか》んで貧しいが活力にみちみち、町を栄養と騒がしさで構成することにかけてはイタリア人と並んで無類の手腕を発揮している華街を歩く。そして時計屋の看板を見て『海王牌』とあればオメガの『シーマスター』のことだなとしばらくたってから思いあたり、ヘンな金髪女が裸で踊っている看板を見て『法国肉弾』などという字があれば、これはストリップ小屋で、いまフランス女がストリップをやってるのだなと察する。そうこうしているうちにきっと露地の入口あたりで湯気をたてている屋台が見つかるから、そうなると、いきなりかけつけないで、何台もの屋台のうちで人がいちばんたくさん集って、食べたり、しゃがんだり、しゃがみつつ食べつつあったりするのはどれかと、眼をこらして選ぶ。

あなたにさしだされるのはふちが欠けてギザギザになったどんぶり鉢である。それを把握しているのは爪が垢《あか》でまっ黒であるうえに何やらびしゃびしゃ濡れた、やせて筋肉質のたくましい指である。どんぶり鉢のなかではお粥がホカホカと湯気をたて、何片もの渾沌物が浮沈している。そのどんぶり鉢をもらい、ひきつれたような笑顔をつくって垢だらけのお箸を「好《ハオ》、好《ハオ》！」といってもらい、ゴミ箱のかげにしゃがみこみ、輪タクの運ちゃんや正体不明のおっさんが肩を並べてこちらを見てニタリ、歯ぐきまで見せて歯を剝《む》きだして笑うのにニタリと会釈しかえす。あなたがどんぶり鉢をすすっているうちに眼はうるみ、鼻はゆるみはじめる。やせこけたニワトリが足もとによってきてせかせかと残飯をあさりはじめる。壁の立小便が匂いはじめる。おっさんの誰かがチンとみごとな手練で洟《はな》をとばす。

昨日、あなたはパリにいた。フィンテックスの背広とランヴァンのネクタイで身を固めて高級料理店に乗りこんだが、何しろ日本人なのですみっこの壁ぎわに席をとり、肩をぴったり壁にくっつけ、おどおどしているくせに何やら傲慢《ごうまん》なまなざしであたりを眺めていた。オレンジを添えたカモは赤帯物のぶどう酒といっしょに食べたはずだが、その味をあなたはまったく思いだすことができない。いまあなたのまなざしはおどおどするばかりである。けれどどんぶり鉢をひとくち、ふたくち、フウフウ汗にまみれてすすっているうちに、昨日傲慢が自信なさそうにすわりこんでいた箇所に、もしあなたがほんとうにモノの味のわかる人ならですよ、愉悦と愕《おどろ》きが射《さ》してくる。愕きはやがて感嘆に変っていく。あなたが箸でつまんだのは牛か豚かの、胃、腸、肝臓、腎臓《じんぞう》、心臓、子宮などであったが、それが完璧に血抜きされているのでヘンな匂いがどこにもなく、とろとろに煮とろかされ、いうべからざる一抹の固有性と滋味をそれぞれに保持しつつお粥のなかにとけこんでいる。あくどさの極と思われるモツが淡泊の極と思われるお粥にみごとにとけあっていることを知らされ、あなたは〝相反併存〟が分裂ではなくて歓びであることもあり得るのだと、ふいに教えられた気持になるのである。それは本能の英知によるのだと教えられるのである。

東南アジア産の米は炊《た》くと腹が割れてパサパサで味気ないと、たくさんの日本人がいう。私もはじめのうちはそう思っていた。しかし、さまざまな場で、さまざまな感情で、さまざまなオカズといっしょに食べるのをかさねていくうち、たいへんな誤解をしていたとさとった。この米はたしかにパサパサで、粘りがなく、炊くと腹が割れてしまうのであるが、お粥と、それから、これは特筆しておかなければいけないが、炒飯、ヤキメシにすると、ふいにこの米の特性が生きてくるのである。易しいように見えて深奥な料理は、西洋料理ではシチュウとスープとビフテキ、東洋料理では麵とスープとヤキメシ、中近東料理ではシャシリクであろうかと思われる。すべて単純なものほどむつかしいというのがこの道でも鉄則となっているかと思われ、それゆえスシ屋はネタと米の仕入れに沈潜した熱狂を発揮しつづけなければならないが、うまいパンさえあれば何でも食えるということでパリは白人料理の太宗《たいそう》となった。おなじ鉄則の発現である。

ヤキメシのひとつにスペイン料理の〝パエルラ・ヴァレンシアナ〟がある。これをアジアの〝チャーハン〟と比較してみると、ずいぶんちがうところがある。ニワトリの肉や貝やときにはキノコや、さまざまなものを入れて仕上げるところは双方とも〝ゴモク〟で、変らないけれど、いっぽうはバターやオリーヴ油でイタめ、いっぽうはゴマ油でイタめる。オリーヴ油は重くてにぶく、ゴマ油は軽く香ばしい。土台になる米そのものの決定的な相違がある。そこで、双方ともにいま完璧なヤキメシが作られたとする。日本のも入れてである。その場を想像して、私が審査員になって一匙《さじ》ずつ食べたとすると、やっぱりヤキメシは東南アジアだということになろうか。米が軽くて、軟らかく、まったく腹にもたれず、ゴマ油の軽さや華やかさとまったくよくあい、〝ゴモク〟を圧倒しないでいるからである。この米が日本でバカにされているのはこなしかた、つまり料理法が知られていないためであり、同時に、ヤキメシがいかにむつかしいものであるかがまったくさとられていないためかと思われる。日本産の粘っこい米はそれなりにみごとな料理を生みだしたが、その米で〝南京米〟のヤキメシのあのさりげない軽さに到達するのは容易なことではないのである。ヤキメシのメリットは軽さにあるのだ。そこがさとられていない。ゴハンをイタメさえしたらいいのだと思われている。つまり芭蕉の国なのに〝わび〟と〝さび〟のほかに〝かるみ〟もあると申されたことを、忘却しておるのだ。易しいものほどむつかしいということがこの一点では忘却されておる。

ヤキメシはお米がべたべたニタニタするようなイタメかたをしてはいけない。焦げてもいけないがべちゃべちゃしてもいけないので、あくまでもかるみをもってフワリと仕上げてほしいが、ねっちりして容易に腹を割らない日本米ではきわめてむつかしいものだという覚悟と諦念をチラとでも料理人が見せてくれたら、実物はどうでも、それだけで満足することとし、あとの大半は東南アジアの下町で食べたヤキメシの記憶を喚起することで皿を補うこととする。

〝易しいものほどむつかしい〟の極致は生食にあるかと思われる。これをさとったのはかならずしも日本人だけとはいえない。アテネの外港であるピレウスにトリコリマー・カステーラという、そそっかしくて経験豊富なのが聞くとたちまち何やら品のわるいバイ菌を連想したくなるような名の港町では、アカ貝やアサリやハマグリなどを殻つきのまま持ってきてレモンをかけて食べることをすすめてくれる。冬のパリでは町角に屋台をだして海藻の匂いをあたりにみなぎらせつつウニやカキをその場でこじあけたのにレモンをかけてさしだしてくれる。北欧なら港町の波止場へ朝早くレインコートの襟をたててでかけていけば、やがて漁から帰った船がフィヨルド・シュリンプといって日本の芝エビよりまだ小さいエビを湯がいて殻をむいただけで新聞紙に盛り、パラパラ、塩とコショウをふりかけて、売ってくれる。それらは寒さやさびしさに絹糸のようにまつわりついてくる記憶で、とうてい忘れようにも忘れようがない。それから、獣肉については、これは日本のショウガ醬油で食べる諏訪《すわ》の〝バサシ〟(馬の刺身)や、クジラの刺身と匹敵するものとして、いささか人工を加えすぎる嫌いがあるけれど、〝ダルタル・ステーキ〟がある。

近頃は牛のヒレ肉が多いらしいけれど本来は馬の肉をミンチにしたヤツに卵やニンニクの刻みやコエンドロやニッキやコショウや、さまざまをふりこんで、あらかじめ練りあげてあるのをもう一度皿のうえでフォークとナイフでかきまぜ、練りあげる。それをパンへものうげにナイフのさきでしゃくって、熱中をかくしながら、やおら、パクリと頰ばる料理である。〝生食〟国に生まれて育ったものの一人として私はたいていのものを、〝ゴツイ〟か、〝薄い〟かは別として、すすめられるままに食べられると思っているし、食べようとも覚悟している。食べつづけてもきた。けれど非凡な独創家はどこにもいるもので、けっして満足してはならないのだと教えられるのである。香港の屋台の行列になにげなく並んで、順番が来たときに新聞紙の三角袋へゲンゴロウの油イタメを盛ってだされたときには愕然とした。

また、サイゴンのバーで、美食の美食として、〝二週間め〟とか〝三週間め〟といって、卵黄がすでに内部でヒヨコになっているのを殻を割ってそのまま食べなさいとさしだされたときにも、愕然とした。殻を割ってみると、黄身とも雛とも、けじめがつくようでもあるがつかないようでもある渾沌物が、すでに羽根やくちばしを粘塊のなかに示している。そいつをロウソクの光のなかで一息にグッと呑み、モグモグと嚙み、羽根とくちばしを、指でおっとりとつまみだして、それからおもむろに、何気ない風をよそおって、ものうげにポイ、肩ごしにうしろへ投げるのである。これがあの国のサヴァラン（食通）のしきたりだというのである。

私はいわれるままものうげに殻を割り、中身をすすり、もぐもぐし、やがて口からモサモサしたのをつまみだし、ポイ、肩ごしにうしろへ投げた。何を食べたのやら、吞んだのやら、まるで見当のつけようもないのだが、胸もとへグッとくるのをこらえて、〝コニャック・ソーダ〟をひとくちすすったあと、酒場英語で

「ノー・キャン・ドゥー（あかん）」

といった。

もうひとつ、酒場ヴェトナム語で

「ディンキー・ダウ（イカれてる）」

という。

どれもこれも身上をたずねてみると悲痛をこめたさりげないアジア的静謐《せいひつ》のまなざしで、き

まったように、〝私は二十四歳、夫は三カ月前に戦死したの、ベビーさん一人〟と答えかえす女たちが、苦しんでいる私を見て、声高くワッと笑いそやす。

続・食べる

食べる話をつづけます。

前号で支那粥をゴミ箱のかげにしゃがんで洟水をすすりすすり食べることを書いたが、この お粥はモツだけでなくて、エビの団子を入れたのや、ライギョの生身を入れたの、さまざまである。それぞれの風味がある。しかしモツの五目を入れたのは箸に何がひっかかってくるかわからないという楽しみが手伝ってくれる。袋の一部らしいのや管の一部らしいのを見て、ハテこれは何だろうかと考える。それをそのまま食べてもいいのだが、私は辣油《ラーユ》や、酢漬けのトウガラシを醬油に落したものなどに一度浸してからお粥といっしょにするのを〝很好《ヘンハオ》（とてもいい）〟としている。そのとき油条《ユーチャオ》（ゴマ油で揚げた棒パン）を少しずつちぎって入れるとさらによろしいね。油条はゴミ箱のかげでしばらく待ってるとどこかそのあたりから天秤棒に竹《たけ》籠《かご》をさげた元気なお婆さんがあらわれるから、それから買えばよろしい。

わが国でモツ料理といえばヤキトリか煮込みしかないので残念である。シオカラやショッツルやクサヤなどが発達しているのにどうしてモツが未開状態にあるのだろうか。フランス料理と中国料理では内臓料理は珍味として独立し、鬱蒼《うつそう》としたジャンルになっている。南方には〝飲茶《ヤムチャ》〟といって点心類を楽しむ習慣があるが、〝焼売！〟〝蝦餃！〟と呼んで売り歩く少女の首からさげた箱のなかを覗くと、小皿にモツの煮たの、燻製《くんせい》にしたの、油で炒めたの、醬油に漬けたの、さまざまがあって、どれにしようかと迷うのは心はずむことである。フランス料理では〝カーン料理〟と呼ばれるトリプ（胃袋の煮込）がその代表であるが、このとき舌にのこるこってりを静かに洗うのに〝ヴァン・グリ〟なるぶどう酒を飲むのが習慣であるらしい。ぶどう酒は大別して泡、赤、白、薔薇とあるが、この〝灰《グリ》〟と呼ぶのはロウソクの灯にすかしてみるとけっして灰色ではなくて微妙な金の閃《ひら》めきの見えることもあるぶどう酒だけれども、どうしてか〝灰〟と呼んでいる。この料理ではそのぶどう酒がつき、モツがほかほか湯気をたてて壺に入って登場する。それを見ると手をこすりたくなる。

魚の卵では食べてまずいものがまずあるまいと思われるが、キャヴィアはどうだろう。これはカスピ海産のが逸品とされ、事実、うまいものだが、黒海産のもズンとよろしいのである。それも灰緑色の大粒で、ほとんど生《なま》に近く、ねっとりと糸をひくようなのがいい。どんぶり鉢にキャヴィアをいっぱい入れ、その中央にどっしりした古金貨を一枚、そっとのせ、その沈みぐあいでキャヴィアのよしあしを判定する方法があると、モノの本で読んだことがあるが、私はそんなことはしなかった。黒パンにバターをぬり、そこへキャヴィアを靴の半革ぐらいの厚さに惜しみなく盛りあげ、新鮮なレモンをひねる。すると、レモン汁の酸とキャヴィアの脂が反応しあって、見る見る表面が白くなってくる。それを威張るのでもなく飽き飽きというのでもない、一種の充実したものうさをさりげなく浮かべて——内心ワクワクなんだけど——アア、ウンと大口あけて頬張る。毎日そうやって食べた。明けても暮れてもルーマニアではそうやって食べた。一生分、いや二生分ぐらいをルーマニア作家同盟に食べさせてもらった。私はあの国に暴動が発生したという記事を読まずにすませたいものだと思う。

ところでわが国に〝陸《オカ》キャヴィア〟があるのをごぞんじだろうか。東北出身の人にはなつかしいものの一つだと思う。キャヴィアはチョウザメの卵だけれど、これはホウキ草というものの実である。仁丹《じんたん》ぐらいの大きさだが、小粒のキャヴィアそっくりの色をしている。この小さな草の実に水が入っている。味も香りも、とりたてていうほどのものは何もない。けれどこれをヒリヒリするような辛《から》い大根おろしにまぜ、ちょっと醬油をかけてから、熱《あつ》あつの御飯にのせ、ハフ、ハフといいながら頬張ってごらんなさい。かわいい草の実が歯にあたってプチン、プチンとはじけ、水がとびだし、おろしの痛烈な爽快とまじって、思わず微笑がこぼれおちる。これは〝トンブリ〟と呼ばれているが、東京の民芸料理店で試食してから東北の山へでかけ、宿のおかみさんにくどいほどトンカツをだしちゃいけないよ。トンブリだよ、あなたがイロリばたで食べてるあのトンブリだよとせがむことである。彼女たちは私の記憶のままだと、そんなものは客にだせないと思いこみ、いたく恥じている気配があるから、面倒なようだとズカズカ、イロリばたへいってすわりこんでしまうことである。この小さな草の実にあの峻烈な東北の山峡の空気をそのまましぼってできたものが入っているようである。

こうした山のものは海のものとおなじで、体を現場にはこばなければどうにも本質の玄味がつかめないところがある。獣や、ある種の大きな魚の肉は、とれたての新鮮よりは何日かおいて自家分解がはじまってとろりとなりかけたあたりがおいしいので、むしろ都会にいたほうがおいしいのにありつけるが、山のもの、ことに山菜の高貴なホロにがさにありつこうとなると、イワナ釣り装束に身を固めたほうが早いようである。

昭和四十五年、銀山湖にこもったとき、私はフキのトウ、ヤマウド、アケビの芽、コゴメ、ミズナなどのとれたてをウンと食べて探究にふけった。山菜はそれぞれの時期がきわめて短いので、ワッとでたときにワッと食べることである。データーが豊富であるほど評価が正確になるのは医学と同様であるから、雲古が緑になるくらい食べてみた。村杉小屋のたくましくて心優しいかあちゃんが裏山かどこかで摘《つ》んできてはさあ食べろ、さあ食べろというので、いわれるままに食べてみたのである。その結果として私はかねてから抱いていた予感をコトバにできるところまでいったような気がした。物には〝五味〟などというコトバではいいつくせない、おびただしい味、その輝きと翳《かげ》りがあるが、もし〝気品〟ということになれば、それは〝ホロにがさ〟ではないだろうか。これこそ〝気品ある〟味といえないだろうか。ことに山菜のホロにがさである。それには〝峻烈〟もあり、〝幽邃《ゆうすい》〟もこめられているが、これほど舌と精神をひきしめ、洗い、浄化してくれる味はないのではないだろうか。

〝甘〟には寛容がある。〝酸〟には収斂《しゅうれん》がある。アレには解放がある。コレには豪壮がある。あちらには可憐がある、こちらには深遠がある。しかし山菜のホロにがさには〝気品〟としかいいようのない一種の清浄がある。この味は心を澄ませてくれるがかたくなにはしない。ひきしめてはくれるがたかぶらせはしない。ひとくちごとに血の濁りが消えていきそうに思えてくる。

マタタビの実もホロにがく、気品があって、酒のサカナにいいものだが、それにあう酒がない。日本酒のあのべたべたした甘さはやりきれないものの一つで、飲んだあと、口いっぱいに蜜をぬったようになる。オトコの飲むものじゃない。甘さは安易な味で幼稚の代名詞だぐらいがわからないのだろうか。ヘリオトロープ系統の甘臭い香水も幼稚きわまりないものだが、そうしないと売れないとあれば客が幼稚だということになる。作っても売れないから作らないのだとなると、いくらか目ざめた客が蜜のようでない香水を買いにいっても失望するばかりだから外国品をあさるということになるのだろうか。

酒について考えてみると、何百種とあるカクテルのなかで飲んで飲みあきないのはドライ・マーティニだけで、音がするくらいに冷えきった、澄みきった、黄昏にすするその一杯はまさに傑作といいたい。この一杯をさらに澄明さのなかに深遠とふくみを持たせて完璧と化したいならアンゴスチュラ・ビターズを一滴落すことであるが、これがそれ、ホロにがさの偉業である。もともとこれは熱帯地方の薬だったものである。いわばセンブリの煎汁である。舌がねじれるほどにがい。けれど一滴は奇蹟を生じてくれるのである。

「……日本酒を甘口、辛口の二種にわける人がいますけど、私らにいわせると、〝辛口〟とはいわんで、〝うま口〟というんですわ。飲んで飲みあきん。もたれてこん。いきつかん。いつまでもさらさらと飲める。それが〝うま口〟ですねン。しかし、これが作っても売れませんのでナ。私らメーカーもそう思いこんで、つい易きについて、ベタ甘を作ってしまうんですわ。日本の酒飲みは堕落しましたワ。私もその一人ですけどなア。責任は感じてますのやけどなア」

いつか厳冬の仕込みのときに灘《なだ》を訪れ、そのうち一軒の巨大酒造の重役氏と話をしたら、嘆くような、諦《あき》めるような口調でそう聞かされた。この酒造の作品はベタ甘派の乱立のなかでは珍しく節操高く〝うま口〟をめざしていると批評されている。その意図は作品のひとすすりのなかに一脈うかがえそうなのだが、珍しいことだとは思うのだが、けれど、それすら〝あま口〟と感じられる。

巨大酒造のマスプロ作品はまずダメだと諦めたので、以後は地方の小酒造の手作りクラスの作品のなかにひょっとして雪のようにさらさらと清淡、剛直な〝うま口〟があるのではないかと思い、田舎の宿に入るたびにその土地の地酒を飲んでみることにしている。フランスなら《ヴァン・ド・ペイ》、または《ア・ラ・メゾン》などと呼ぶところだろう。地方でも酒造は一子相伝の古舗が多いからまったく〝無銘〟などとはいえないし、アタってもいないのだが、ただ中央にさほど知られていないという意味で《無銘の正宗》と呼びたくなるような逸品はないものか、誰か一人、濁流にさからって泳いでいるのはいないか、と思うのである。それで、理想の雪しろにはまだ出会っていないが、少くとも〝ベタ甘〟派ではないのを三銘発見した。それを書くと宣伝になるのでここでは残念ながら伏せておかねばならない。

諏訪湖の冬のワカサギ釣りは天下に有名だが、その湖畔の旅館でワカサギとバサシ（ウマの肉の刺身）だけを徹底的に食べてみたことがある。いつかきだ・みのる氏が、オレはナマコが食いたいと思ったらナマコ、カキが食いたいと思ったらカキ、朝、昼、晩、三度三度食べに食べ、徹底的に食べるのだ。四日、七日、十日、そればかり食べてすごすのだ。そうしないとモノの核心はつかめないのだぞ、と私に教えてくれたことがあった。そこでワカサギを私はあらゆる角度から探求した。思いつけるかぎりの料理法で食べてみた。それでこの小魚は唐揚げと、南蛮漬と、生食がいちばんだとわかった。その揚げるときがモンダイで、よく東京のレストランでだされるみたいにしねしねクニャリとするようではいけない。カリカリに揚げるのだ。かき揚風に何匹もくっつけて、とにかく、カリカリになるように揚げるのだ。それがコツである。

それを熱あつの御飯にのせ、熱あつのダシをザッとかけ、ハフ、ハフといいながら食べるのが絶品である。それから生食となると、どんぶり鉢に大根おろしをたっぷり、そこに酢醤油をかけ、それを氷の穴のふちにおいておき、釣れるしりから鉤《はり》からちぎって——ワカサギの口はもろいのでピッとちぎれる——ピンピンはねまわるのを何匹もかきまぜてサッサッと口にほりこむのである。

ワカサギ釣りというのは、いわば冬のお花見とでもいうべきもので、ドテラや、ちゃんちゃんこや、ネンネコ、キルティングなどで着ぶくれに着ぶくれたのが氷上に何百人と繰りだして、百花斉放、てんでんに四角、三角、丸の穴をあけ、五、六本の枝鉤にサシ（ウジ虫）をつけたのを沈め、軽く上下してしゃくればいい。その魚は群れをなして回遊する癖があるから、それにアタッたらひとしきり、いそがしくてならないほど釣れる。その釣れたての、大きな目をまじまじ瞠《みは》った白銀の小魚を、かあちゃんがどんぶり鉢でかきまぜ、とうちゃんがゴロ八茶碗片手にかつは釣り、かつは呑み、かつは食べるという風景である。ときどき氷が凍《しば》れあい、せめぎあって、キーン、ゴーン、ワーンというような凄い音が股のしたをくぐりぬけてビシビシと走ることがあるが、これは寒いから起るので、むしろ安心していい現象である。

なにげなく旅館でマホー瓶につめてもらった酒を氷のうえで飲んでみると、鼻さきをはじかれるような寒気、爽烈のせいもあったが、〝ベタ甘〟ではなく清淡だったので感心し、釣りを終って引揚げてきてから、丁重に蔵元に刺を通じ、醸造場を見せてもらった。それは諏訪市内にある古い家なのだが、すみずみまで清潔で、よく管理され、プロセスには古式を守るとともに新式も鋭敏にとり入れてあって、小さいけれど神経がゆきとどき、親密によくまとまり、感じ入らせられた。別室に招じ入れられ、幾種もの作品を茶碗につがれ、黄綬褒賞受賞者の老杜《とう》氏《じ》がひたすら謙虚に、コクはどうですか、香りはどうですか、のどごし、まろみ、しみのぐあいは……と腰をすえてたずねかかってくるので、おろおろしてしまった。

日本酒、焼酎、ビール、ウィスキー、コニャック、ぶどう酒、ウオツカ、ジン、シュナップス、エール、スタウト、何によらず、あらゆる酒は、もしそれぞれの熟成過程をせかさずにたっぷりおっとりと眠り、追及されたあとなら、製法が蒸溜だろうと醸造だろうと、飲んでピンとわかるのは、あらゆる飲料の父祖、あの水のようにさらさらスルスルとのどを通るものだということ。この一点ではあるまいか。のどにヤスリをかけずにツルツル落ちていく酒。いかに豊満華麗の香りと響きを負わされた、人と歳月の技の極致をいかにかさねた美酒であっても、その本質はあの水を理想としているらしいということ。これが近年、乱酔、めちゃ飲み、混沌、悪酔のあげく、ようやく察しがつくようになってきた。すべてを尽して水にいたる。すべてをきわめて水にもどる。

そして芸術はまぎれもなく自然への叛逆であるが、いかに徹底的に意識化してもどこかに一点、自然そのものの浸透を許しておけば、芸はさらに豊饒となる理である。さきの厳冬期に訪れた灘の一軒の銘家では、〝近代化〟と称して、一階二階ブチぬきの巨大なお釜にお米を入れてスチームで蒸すのだが、それがホウッと蒸しあがると、蒸気もうもうのなかへワラジをはいた丹波出の若い杜氏が木の鋤を片手にワッととびこんで、蒸しあがった御飯をさっさと仲間の背負い籠にほりこむ。その若い杜氏の二頭筋までピリピリ露見するほどのたくましい全裸はたちまち真紅になり、汗が流れおち、その汗はほとばしるままにお米に潤味となってしみていくらしい気配である。感動しながら眺めていると、若者の六尺フンドシが湯気でゆるみ、そのすきまから雄偉な赤いものがゆらゆらとゆれるのが見え、そこからも汗がお米に走るままなのが見られた。

私は感動しつづけ、そういえば伏見あたりに

『金露』

という銘の酒があったなと、思いあたった。

困る

北海道の東部には広漠とした手つかずの原野がひろがっていて、それは東ヨーロッパ、シベリア、アラスカの風景を私に思いださせてくれる。その荒野のことを、ふつうには、〝根釧《こんせん》原野〟と呼んでいる。しかし、根室の国ではそう聞いたが、釧路《くしろ》のあたりでは、これを、〝釧根原野〟と呼んでいるのを聞いたように思う。一つの共同の面積が自分の住んでいる場所によって呼びかたが変ってくるのである。

釧路の郊外には四万ヘクタールか五万ヘクタールかの原始の大湿原がひろがっている。ここには野生のタンチョウヅルやミンクやアオサギなどが棲みつき、川を小舟でおりていくと、アシの密林のなかをゆっくりとした足どりで、頭を高くかかげ、まるでダチョウかラクダのようにタンチョウヅルが歩いていくのを見かけたことがある。ツルの鳴声はカタカナにしいてなおすと

クァーン…ルルルルーン…

となるだろうか。

この大湿原は見わたすかぎりぼうぼうとしたアシの原野だが、苔とも草ともつかないツンドラの荒野であって、踏んでいくと、ふわふわポカポカと厚く柔らかいのだが、何となくしっかり踏みしめられない不安感が脛《すね》につたわってくる。ここに〝ヤチ〟とか、〝ヤチノメ〟とか、〝ヤチマナコ〟などと北海道人が呼び慣らわしている、恐るべき自然の罠がひそんでいる。苔にかくれていて見えないのだけれど、うっかり一歩踏みこむと、ズブズブと沈みかかり、たちまち全身を呑みこまれて、身うごきできなくなり、やがて埋没してしまうという曲者《くせもの》である。サケの密漁をしに札幌あたりからやってきたヤクザ連中がときどき姿を消してしまうということがあるらしい。私をイトウ釣りにここへ誘って下さった佐々木栄松画伯の教えるところでは、川岸をいくときは、雪山のぼりのときとおなじように私の踏んだ足跡を踏んで、そこからはずれないようにして一歩一歩ついてきなさいとのことであった。底なしの〝野地の目〟を避けるには、長い頑丈な棒を杖がわりに持っていくということをする。一歩ズブリッと踏みこんだと知ったらすかさずその棒をよこにして穴にかけわたすようにする。そして、ズブズブぬらぬらするばかりでシッカリした足場が何もないのだから、あとはひたすらその棒にすがって、体力のむだな浪費を避けつつ、じりじりと這いあがる工夫をしなければならない。あせってはならない。やたらにもがくのもよくない。何度かあやういところでぬけだした経験のある画伯から、釧路にもどってから、ヤチノメの恐しさをじっくり教えられたものだった。

東京にもどってしばらくしてから、私は親しい友人の北海道出身者と、道東の原野でイトウ釣りをしてきたことを話しあい、生きたドジョウを鈎に刺すにはどうするか、イトウは鈎にかかるとどうあばれるか、野生のタンチョウヅルはどう鳴くか、などと、説明にふけった。そのときふいに私はヤチノメのことを思いだし、画伯の話をこまかく思いだした。そしてつぎの瞬間に、啓示があった。私はその友人にヤチノメのことをきいたままにつたえたうえで

「……ところで」

といった。

「女のあそこのことも北海道じゃ、ヤチとか、ヤチノメとか、ヤチマナコなどと呼んでいるのではないかナ。正確にそうではないとしても、それに類するコトバで」

友人はしばらくもじもじしたあとで

「そうです。図星です」

といって、ちょっと顔を赤くした。

「まさにそのとおりです」

「そうだろうね」

「どうしてわかりました？」

「いや、そう思ったままで」

私は瞬間の連想が的中したことをひそかによろこびつつも、むしろ、ボウボウと果てしないアシの大湿原のあちらこちらにさりげない顔つきのくせに底なしの性悪さで待ちかまえている罠のことを、その声なき貪婪《どんらん》のことを、うつらうつら思い浮かべていた。

つぎの挿話も北海道のことなので、ドサンコ諸氏にはちょっと申訳ないような気がする。いつか積丹《しやこたん》半島の突端へ冬のさなかにいったことがあるのだが、ここは大雪があると〝陸の孤島〟と化してしまうところで——少くともいまから十年近い昔にはそうだった——山が背に迫り、海が腹に迫り、耕地はひとかけらもなく、しかもその海がとっくにニシンが群来《くき》なくなり、死んでしまって、ただ三角波がすさび、叫びたてるばかりという、手のつけようのない地の涯《はて》だった。トントンぶきのマッチ箱のような家でフジツボほどの堅牢さもなく磯にしがみつき、刃物じみた冬の波の狂うなかを岩から岩へ老婆やおかみさんが腰まで水につかってイワノリをひッ掻いてうごめいている光景が見られた。これはいわゆる〝海苔〟ほどの華麗な香ばしさを持たないけれど、淡泊、素朴、あえかな風味があって、おにぎりを巻いたりするときに使うと、ちょっといい味なのである。ただし、どれだけつらい思いをして採ってくるものかを目撃したら、ちょっと高い声で批評できなくなるし、不満も口にできなくなる。

吹雪まじりの疾風がくるたびに家がぐらぐらゆれ、窓から粉雪がザッ、ザッと吹きこんでくる『蛸寅《たことら》』旅館のあぶなっかしい二階で、キルティングを着こんだまま酒を飲んでいると、どこからともなく筋骨頑健、見るからに丈夫一式という姿の姉上があらわれた。彼女は昼の間は沖からもどってきた漁船をロクロで浜にひきあげるヨイトマケに従事し、夜ともなればポンと宙返りしてくちびるに紅をさしてあらわれるという、その道の達人のように思われた。彼女は膝をくずして酒をつぎつぎとあおり、もっぱら豪快・強健・爽快にふるまい、ここはソーラン節発祥の地だから、本物中の本物のを唄ってあげる、これこそが本物なのだ、あんたがたの知ってるのはテレビ用のウソ歌だといった。そしてつぎのような一節のあるソーラン節を音吐朗々、吹雪風と争いつつうたい、そのあとフッと消えた。

かがみまたいで
うがちゃんこながめ
うがちゃんこながめて
うがわらう

…………

……

姉上が消えたあとで私はキルティングのままふとんにもぐりこみ、翌朝、うそうそと寒くて眼をさますと、窓から吹きこんだ雪が枕もとに小さな長城を作っているのだった。非凡のナルシシズムを剛健な労働歌に托しておおらかなユーモアのうちにとかして茶にしてしまうという晴業《はれわざ》をやってのけたラブレェの末裔の姿はどこにも見えず、もそもそ身うごきする階下の足音や薬缶の音などにも気配が聞きとれなかった。私はふとんのなかで、〝ちゃんこ〟というコトバの航路を思った。明治初期の書物を読むと、現在の標準語で××××と呼んでいるもの、あるいはことを、東京の下町では〝ちゃんこ〟と呼んでいたと、ハッキリでているのである。それが現在、東京では〝ちゃんこ鍋〟のほかには何事も感知されることがなく、ここ積丹半島ではいまだに語源のままに使われている。しかも流行のトップを気どっているはずの東京のアングラ・ソングにもないような繊鋭の観察眼をうたいのけている。

いったい日本語はたかだか百年のうちにこうも変ってしまっていいものなのか。『冬の夜はホカホカとあたたかい、ちゃんこ鍋で』などと看板に堂々と書かれているが、百年とはいわずもう五十年もすればこれが、『冬の夜はホカホカとあたたかい××××鍋で』となるのであろうか。

銀座をいく母と娘が、大きな声で

「冬の晩はやっぱり××××ねえ」

「何てったって××××よ」

「××××だと第一あたたまるし」

「そうよ。フランスのポ・ト・フだって、ブイヤベースだって、いってみれば××××鍋みたいなものじゃない。何しろ栄養があるし。ポウッとして気持いいじゃない。ねえ、ママ、早くお家へ帰って×××にしましょうよ」

こう書いてくると、きっとあなたはヒヒヒヒとよこを向いて笑ったり、イヤな感じになったりなさるが、それはあなたが無学であり、想像力がおありでないからである。コトバの恐るべき不死身ぶりにおびえたことがおありでないからなのである。

もう十年も昔のことになるが、その頃私は冬になるとスキーをかついで雪山にかけつけたものだった。人なみに志賀高原、蔵王《ざおう》、赤倉、関《せき》、燕《つばめ》と転戦してまわったものだったが、文藝春秋社のヒュッテが高天ケ原《たかまがはら》にあるので志賀高原にはいちばん熱心にかよった。テクニックはさほど上昇しなかったけれど早朝の洗濯板のようなアイスバーンに頭をカチンとぶっつける快感や、夕暮れのヒュッテに帰ってからのホラ吹き合戦や、雪のなかで冷やした赤ぶどう酒の味などについては、いささかおぼえるところがあったように思う。その頃の私のテクニックでは〝滑る〟というよりは〝泳ぐ〟とか〝漕ぐ〟といったほうが正確だったが、丘やゲレンデや螺《ら》旋道《せんどう》などを一日じゅう上ったり下ったりして飽きるということがなかった。

へとへとにくたびれて夕方、発哺《ほっぽ》、熊ノ湯の宿にもどってくる。ここの炉ばたで一杯やってからよちよちと坂をのぼって上の高天ケ原のヒュッテに帰るのがコースとなっていた。宿のおやじさんに茶碗酒をもらい、ちびちびすすりながら、炉のまわりに集った少女たちの話を聞くともなしに聞いていると、しきりに〝アリノトワタリ〟、〝アリノトワタリ〟という声が耳に入る。ここから草津へこえるツァー・コースに竜王越えというのがあるが、その途中のどこかに〝アリノトワタリ〟というポイントがあるらしい。私はまだ試めしたことがないのだが、この頰の赤い、眼が痛烈にいきいきしている、生への興味がまぶたのふちまであふれだしてさざ波のように輝く娘たちは、明朝、そこを突破しようとして作戦を練っているらしかった。しきりに〝アリノトワタリ〟、〝アリノトワタリ〟といって笑ったり、論じたりしている。何という大胆不敵！

「……その〝アリノトワタリ〟ってのは、狭くてつるつるしてるの？」

「そうよ。尾根ですからね。朝早くなら狭くてつるつるしてるわよ。ちょっと危いわね。スリルあるの」

「木がちょっと生えてるの？」

「うん、そう。ブッシュってのかナ。ボサってのかな。ポワポワ生えてるわね。そこを一列になっていくのよ。いい眺め。でもないか。でも、ちょっと」

ジュースなど飲んだりしてわけもなくワッと笑いころげたりする。私は手帳を一枚やぶって、『蟻の門渡り』と書いてから娘の一人にわたし、東京へ帰ったらちょっと辞書をひいてみてごらん、忘れちゃいけないヨ、といって宿をでる。こういう放埒な無邪気、あっぱれな大胆に出会えるのも、スポーツの功徳というものであるか。

いまためしに三省堂版、金田一京助監修、『明解国語辞典』をひいてみると、つぎのように説いてある。

ありのとわたり⑤〔蟻の《門渡り》〕(名)㈠ありの行列。㈡陰部とこうもん(肛門)との間。会陰(エイン)。

狭くてつるつるしていて、尾根で、ポワポワとボサが生えている、ちょっと危い、いい眺め、でもないか、でもちょっと、と感じられるらしいその地形を眺めて、そう命名したのは、一人なのだろうか。複数なのだろうか。それがそのまま語義を感知されたり、されなかったりでも世々代々ひきつがれてきたらしい強力さを考えるなら、そこはよくよく因果な風貌を帯びているのであろう。もしその命名者がこの貧しい山村の先祖であるのなら、その人物はよほどエレガンシャルムをわきまえていた。かの大湿原といい、積丹半島の『蛸寅』の姉上といい、この山村の粋人といい、じつにその観察眼の鋭さ、ユーモアの妙、類推想像力の飛躍、何よりもその不敵な率直さ、ただ私は虚をつかれて茫然となる。言語生活はあくまでも具体に執し、具体から出発すべきであると、教えられるようではないか……

こういうふうに事態を追ってくると、さいごに私自身が対象となってくる。私の姓は『開高』、名は『健』であるが、名は私の父母がつけたけれど、姓はいつ頃からとも知れない御先祖様の発想による。これは福井県である。現在、丸岡町と呼ばれているが、戦前は〝坂井郡高椋村〟と呼ばれていた村で、この村のことは中野重治氏の『村の家』や『梨の花』にくわしく書かれてある。おぼろに祖父や父から聞かされたところではわが御先祖様は柴田勢の落武者で、関ケ原のあと、流れ流れて北陸にたどりつき、定着した。その後、分派現象が発生し、一族は〝中野〟姓と〝開高〟姓にわかれたが、中野派は雑草のごとくたくましく広大になったのに開高派は衰微の一途をたどり、いま全日本にこの姓を名のる家は、その稀少、佐渡のトキの数とくらべたいくらいなのである。この点から見れば私が何かモノを書くということは、瀕死のハクチョウの声に似ていると、いえるのである。

私の父は小学校の教師で、ときどきこんな珍しい姓はないといっていばっていた。しかし私が中学校に入ってから江戸時代の洒落本や好色本をのぞいてみると、きっと×××のことが〝開〟とあり、妙なひらがなのルビがふってある。それも上と下があり、優良品は〝上開〟、ローズ物は〝下開〟としてある。これを私について検討してみると、『開高健』というのは、すなわち×××が高く張っていてしかもすこやかである。と大声でふれまわっているようなことではないか。まるで女郎屋のおやじの表札だと思いたい。さいわい〝ちゃんこ〟よりも時代がたち、現代は無学が美徳とさえされるありがたい時代なので、私はさりげなくふるまうことにしているが、こんな名を持って小松左京製のタイム・マシンに乗って江戸へいったとしたら、どんなスキャンダルになることだろうかと、日頃気になってしかたない。ときどきこのことを考えると、いったいこんな姓を思いついた御先祖様とはどんな人物であったのか。一目《ひとめ》会って意見を聞いてみたいものだと、思えてくる。何ともひどいハナシである。

「開いて、高くて、健やかだなんて、欲ばった名前ですね。本名だとすると、ちょっと考えたくなりますね。抽象語ばかりじゃありませんか。具象が一字も入ってない。これは日本では珍しいんじゃないかな。どこでとれたんです？」

ときどきそうたずねられることがあるが、私は返答するのに何となく力が入らず、全的に正確になれないもどかしさを、じっと嚙み殺すことにしている。まちがっても私は『江戸文学研究会』などの会員にはならないつもりだ。

しかし、それにしても……

聞く

どの都にも毎朝の第一声というものがある。それが事実であるかどうかはさておいて、〝第一声〟とされているものがある。たとえばローマでは水売りの声だし、パリではどういうものかガラス売りの声だとされている。このガラスは窓ガラスである。木製の〝しょいこ〟に何枚ものせて、リュックサックのように背に負い、〝ヴィートル、ヴィートル〟と呼んで歩くのが古典的風俗である。なぜガラス売りが朝一番に町に姿をあらわすのかは聞くのを忘れたが、一番であるかどうかはべつとして、朝早くその声を聞いたことは二度ほどある。

野太い男のしゃがれ声で

「ヴィー……」

とひっぱり

「トルーーー……」

のんびり流していった。

カイロではこれがコーランを朗誦する声で、それは起伏と抑揚に富み、晴朗、強健、澄明な声で、寝床のなかでうとうとしながらも思わず聞き惚れて眼がさめてしまう。客好きで、なまけもので、無精なエジプト人なのにこの朗誦の声ばかりはみごとというしかいいようのないメリ、ハリ、照り、艶《つや》を持っていて、ちょっと〝芸術〟と呼びたくなるほどのものである。

私の記憶ではサイゴンの朝はウドン売りのおばさんの声からはじまる。〝フォ、フォ〟と呼んで歩く声である。ハマグリ型の菅笠《すげがさ》をかぶり、天秤棒の両端に竹籠をつるし、ひょいひょいと腰で調子をとって歩く。竹籠には太いのや細いのや、白いウドンがいっぱい入っていて、声がかかるとおばさんは道ばたにしゃがみ、欠け茶碗にウドンを盛り、そこへモツの煮こみ、カワエビの蒸したの、ドクダミ、などをのせ、ニョクマムをパッパッとふりかけて供してくれる。フォだけでなく、フランス式の棒パンや油条《ユーチャオ》（揚げた中国式棒パン）を売るおばさんもいる。すっぱだかの赤ン坊を竹籠の一つに入れて町をいくおばさんもいる。シェスタ（昼寝）の時間には木かげでころりとよこになって昼寝するが、何人か集ってバクチに興じているのを見かけることもある。だいたいおばさんたちは底知れぬ働きもので、おしゃべり好きだが、同時に喧嘩ッ早くて、イザとなると病犬（ヤマイヌと読む）のように吠えたてる。政府軍にも反政府軍にも女だけの部隊があるが、テロリストだろうと兵士だろうと、これくらい陰険、狡猾、残忍、不屈なのはいないと、あの国の男の知識人がよく聞かせてくれた。仏教徒の焼身自殺（〝自殺〟ではなく供養だというのが本義であるが——）のとき、「坊主《ボンズ》なんかどんどんバーベキューにしておやり！」と叫んだマダム・ヌー。あれはヴェトナム女の例外ではなくて典型なのだそうである。（女のバケモノぶりについてはべつに稿を改めて諸国で見聞し、かつ判断に迷った事例を書いてみたいと思う。オトコの読者は戦慄しつつ御期待あれ。）

このところずっと私は家にたれこめ、二階の窓ぎわに机をおいて、ひねもす茫然としていることが多いのである。書きおろしの創作にふけっているのである。けれど私の癖としては日中はまったく仕事ができず、第三者がよこから目撃すると、ただ寝たり、起きたり、あたりの本を読みちらかしたりだけで、まるで病人か廃人と同様なのである。夜にならないとどうしようもない。その夜も、〝機到レリ！……〟といいたくなる機会または時刻がまちまちだったり、なかなか来てくれなかったりで、またしても寝たり、起きたり、うろうろとトイレにいってみたり、ネコにいたずらをしてみたりということがしばしばである。いっそ自製の毛鈎『魔弾』を試めすべく奥日光あたりの山の湖へマス釣りにでかけたほうが心身ともにタメになるはずなのだが、いまはまだ季節ではないので、それもできない。

思いぞ屈して、明け方、机に向って頰杖をついている。五時頃だろうか。六時頃だろうか。私は自宅でもホテルでも暖房が苦手なので、むしろ肩からタータン・チェックの毛布でも羽織って小きざみにふるえているほうがアタマが冴えてきそうな気がする。そこでチビチビお酒をすすりながら、寒さをこらえてすわりこみ、ときどき水からあがったイヌみたいにブルッと体をふるわせる。この時刻は電車の音も間遠で、踏切のチンチンもときたまにしか聞えてこず、ましてやかの《トイレットペーパーの交換に参りました》のマイクはとどろかない。いっさい寂寥《せきりょう》の、暗い澄明さがある。十年ほど以前だとこのあたりは畑だけだったので、この時刻には牛乳配達の音が聞えたものである。それが朝の第一声だったのである。遠くから、広い、暗い畑をこして、牛乳瓶のカチカチ鳴る音がひそやかに窓へとどいた。牛乳瓶は厚い安物のガラスだが、何本もズックの袋に入れられ、自転車にゆられると、未明のこの時刻、ことに冬だと、まるで鉛をたっぷり入れたボヘミアン・グラスのような音に聞えるのである。澄んで、ひめやかで、寡黙な、いい音だった。クリスタルの上質なグラスになると、コニャックをちょっと指の腹につけて規則正しく強くふちをこすっていると、そのうち、キィーン、ウィーンと唸りをたてはじめるのがある。それは部屋いっぱいにとどろき、ふるえ、こだまし、なかには自身の声のために割れてしまうのもある。牛乳瓶の音がこの時刻にはそんなガラスのように澄んで聞える。

けれど近頃は、その音も聞えない。なぜだろうかと、半ば気づき、半ば気づかぬまますごしているうち、近頃は牛乳は瓶に入れないでワックス紙の箱に入れるようになったからだと気がついた。だから私は畑のかなたからこちらへ次第次第に接近してくるあのカチカチを期待することができなくなったのである。ただ、牛乳よりもいくらか遅れて新聞配達の速い足音、これはいまでもつづいている。ズックの運動靴か、キャンバス・シューズの音である。それは、ヒタヒタ、タッタッ、というふうに聞える。私の窓のしたに昔は畑だったところへ何軒もの都営住宅ができたのでそこを一軒ずつ駈けてまわっていく足音が、ふいに聞える。これも寡黙で、ひめやかである。ガサガサと郵便受けにつっこんで、あとは忍者のような足音。それと、ときたま自転車のブレーキのきしみである。あとは林のごとく静かで、風のごとく速い。

これも日本独特の習慣だ。外国ではいちいち読者が町角のキオスクへでかけていって買う習慣で、好みの新聞というものがある。好みのイデオロギーなり主張なりによって編集された、好みの新聞を、めいめいがその日ごとにお金をだして買う習慣である。寝ていてニューズなり意見なりが提供されるということはない。それはわざわざたちあがって、服を着こみ、靴をはき、町へでて、毎日買いにいかなければならないものである。けれどわが国では一カ月ごとにまとめて金を払いさえすれば、あとは寝たままでいてよろしい。それはいちいち体を起すことなく枕もとに出現するものであって、読者の感覚としては、買いにいくというよりは、あたえられるもの、ということになっている。新聞を買う、というよりは、新聞がくると、私たちはいう。それがわが国の慣用句である。私たちは意見を買うのではなく、意見はくるものだと感じている。四大紙と呼び、五大紙と呼んだところで、とくに意見や、主張や、文体や、整理に何の差もない、どれを読んだところでべつにどうッてことのない新聞が、くる。芥川龍之介は『藪の中』で一つの事件がそれに関係した当事者めいめいによってどうにでも解釈が成立するという抜群の知恵を描きだしてみせたが、わが国の新聞でそういうことはあまり起らない。読者もとくにそのことを怪しまない。しかし読者は『藪の中』を読まなくても朦朧《もうろう》とその英知の疑いは体得しているので、新聞記事を半ばどうでもいい、火の粉がオレにかかりさえしなければと思って読んで忘れる。それは買うものではなくてくるものなのだから、もともとが自身とあまり関係のないものなのである。

日中に茫然と寝床から這いだして窓ぎわにすわっていると、さまざまな怪異の音や声が聞えてくる。政党の演説。安売りのおひろめ。飛行機の爆音。ヘリコプターの音。電車の発着。踏切りのチンチン。ダンプの駈けぬけ。タクシーの唸り。トイレットペーパーの交換。騒音かと思いたくなるほどのバキューマーの黄金臭。荘重なる焼きイモ屋の声。子供の叫び声。

このうちで私がとくに耳を傾けるのはトイレットペーパーの交換である。これは焼きイモ屋とおなじくテープを流して歩いているのではないかと想像するが、何でもかんでもトイレットペーパーと交換しようというその非凡不敵の文明観に敬意を表したい。ある日聞くともなく聞いていると——しばしばのことだが——彼は、ゆるゆると住宅地をいきながら、〝古雑誌、古新聞〟だけではなく、〝古いラジオ、古い冷蔵庫、古い電気洗濯機、古い電話帳……〟といったぐあいに、まるでヒトの家のなかをすっかり見通しで述べたて、列挙していくのだった。それをことごとくトイレットペーパーと交換しようというのである。つい興味を抱いて彼の指摘がどこまでこまかくなるかと耳を澄ませていると、わが家にあるモノはことごとくトイレットペーパーと化してしまいそうであった。彼が列挙しなかったもので、それゆえについ舌うちしたくなったのは、〃古い女房〃だけであった。

なごやかなのは焼きイモ屋さんである。これは肉声者のときもあるが、たいていはどこかで吹きこんだ荘重体のテープを流しつつ、ゆるゆると遊弋《ゆうよく》なさる。そのテープがどうやらネタが一本であるらしいことは、どのポテト・ヴェンダーも同一の声音で訴求していることでわかるし、たまに銀座裏で聞いてもまったくおなじであるということでもわかる。何かしら素養のあるような、〃腹〃ではなくて〃肚〃あたりからでる、気どりがキザではない、荘重体の声音で、朗々と

「オイモ、オイモ、オイモォ……」

という。

「石イ焼《ヤーキ》イモォ」

ともいう。

「ホカホカ、オイモォ」

ともなる。この三つのクウプレ（繰返し）の組みあわせである。それがなかなかうまいのである。ついぼんやりと聞き惚れていることがある。浪花節か何か、その道の芸でいっぱしノドをつぶしたことのある人物が吹きこんだのではあるまいかと想像することがある。

午後も遅くなってくると附近のガチャバエ——子供のことだが——これがいっせいに私の窓

のしたで放埒活潑な遊びをいたされる。何をして遊んでいるのかさっぱり見当がつかないが、その声のいきいきした、不定形の、痛烈な新鮮さの生動する声を聞いていると、ふと『梁塵《りょうじん》秘抄《ひしょう》』の白拍子ではないが、わが身さえこそゆるがるれ、といった衝動をおぼえる瞬間がないでもない。悲鳴。叫び。笑い。罵倒。慰め。妥協。たそがれがそろそろ手に沁みてきて、四〇歳にもなって私は窓ぎわにすわって酒をすすっているきりだが、ふと狂う瞬間には、遠くの畑でワッワッと拍手の起るような気配を聞きつけたりしておびえることがあるのだが、子は知るまい。

子らはマンガ本をしのぐ声で

「バキューンッ！」

「ズバ、ズバ、ズバッ！」

と叫びかわしている。

夜がくる。親密でしっとりした、ヒトをそそのかすような夜がくる。朝は輝やかしくてうつろで、昼はしらちゃけて苛酷でだらだらしている。夜の早い時間には、何かしら、新しい酒瓶の封を切ったようなところがある。あてどないが何か期待を抱かせるものがある。週でいえば土曜日の黄昏のようなものがある。何もかもが汚れて、指紋でべとついて、脂じみているのに、そのままなのに、ふいに洗いきよめられたような気がする。しっとり濡れたオガ屑を古い煉瓦《れんが》敷の床にまいてくれるような、そういう静かな安酒場がどこかにないかしらと思いたくなったりする。オガ屑はしっとり湿めっていて、荘重だが、松脂《まつやに》の香ばしい匂いもヒリヒリと発散するので、鼻も眼もおだやかに鎮まるようなのである。手垢や肘になじんですっかり丸くなってしまったカウンターにもたれ、オガ屑の潑剌とした香りを鼻さきにおぼえつつ、一杯の冷えきったドライ・マーティニをまえにし、薄暗いなかでたったひとり非情も温情もなくて放心しているというのはどうだろう。激昂した若者もいず、褪《あ》せきった老人もいない、そういうしみじみした安酒場がこの時刻のどこかにないか。

夜の九時、十時頃になると、以前はこの近くのどこかに学生下宿か寮かがあったらしく、銭湯の帰りに駅前のオデン屋でたやすく酔っぱらったらしい学生が、窓のしたを通りつつ、大声で歌をわめいて通ったものだった。それは革命歌だったり、調子はずれの『冬の旅』だったり、第九交響楽の合唱部の最初の部だったり、千変万化した。今夜は連中、何をうたうのかナ、と気になったり、楽しみにしたりしたものだった。

酔っぱらいにかまいつけるのはわずらわしいことだけど、遠くから見聞しているのは、ときどきなつかしいような気持を起させてくれることである。夜ふけにどこかの吟遊詩人がいい気持で必死の声をあげて『昭和維新の歌』や、ときには稀れに『鞭声シュクシュクゥ……』などをうたいつつ帰ってくる。あちらへひょろひょろ、こちらへひょろひょろしながらも声はしぶとく道をたどりつづける。やがてどこかでドタンッというような音がして声がふいにやむ。また、戸のあく音がしたら一挙にやんでしまうこともある。その声のやみかたはそれまでの叫喚、呻吟の晴ればれとして自由であり放埒だったのにくらべると、一瞬にして完璧であり、さながら電気にふれたかのようである。戸の音のあとでもまだ歌っている声はまったく聞いたことがない。ハタとやんでしまうのである。よほどの安堵か緊張かが口をふさいでしまうのである。いったいあの戸のむこうにはどんな怪物がいるのであろうか。

しかし、近頃はまったく声が聞えない。ラジカル派の叫喚も、ノンポリ派の呻吟も聞えないし、ロートル派の発散も聞えてこないのである。寮か下宿かがなくなってしまったのだろうか。それなら学生がどこかへ移動してしまうしかないからやむを得ないが、オジサマまでだまってしまうことはないじゃないか。さびしいじゃないか。こちらは暗窓濁机《あんそうだくき》にむかってひたすら精進しなければならない身の上だが、ときには靴音以外の声を聞かせてくれよ。この静寂はどうしたことだろう。ヤングもオールドもいっせいにひっそりしてしまったのがわからない。不景気だ、不景気だというけれど少々の不景気でヒトのあの癖はやむものではない。きっと吟遊詩人たちはいっせいに肝臓が悪くなるか、それとも、いささかアタマをひねりたいが、酒に酔えない時代がそろそろはじまりかけているということでもあるのだろうか。

おおまかに眺めて酒は時代を追うにしたがって、高酒精度、ドライな味、淡白簡潔で深いものを求めていく傾向にある。おびただしい花や香料を入れた宮廷時代のリキュールから見れば現代のウオツカ・ティニなどはまるで水みたいなものだろうと思う。それは酒だけではなくて、文学、建築、絵画、衣裳、挨拶、料理などについてもまったく同様であるかと思われる。時代を追うにしたがって酒について見ていくとヒトの舌と心は飾りや余剰がなくてむしろ単純を洗練に洗練していって単音のなかに深い照応をこめる、または、味わいとろうとする傾性にあるように思われてくる。そして、いますでにはじまっているが、やがて酒にも酔えなくなる時代がくるかのように思われてくる。ＬＳＤやマリファナなどが登場してくる。人類史上はじめての経験がここにも顔をだし、はじまろうとしているか、すでにはじまっているかで、わが井荻界隈の夜の静寂は新しい疲労を知ったのであろうか。

去年であったか。

夏の某夜、窓ぎわにすわっていた私が、思わず大きなアクビをした。ヒトはアクビをすると、そのあとにきっと、何か意味のないひとこと、ふたことをつけたすものである。私はのびのびと大アクビをして、そのあと何かいったものらしい。ふいに窓のしたで戸のあく音がし、暑さにうだりきっていたらしい男の声が、いらいらしたように叫んだ。

「でっけえアクビだな。バカにしやがって。寝られやしねえじゃねえか。クソ。ひとのこともちっとは考えろ！」

顔も何もわからないのだが、たしかに声は不快指数にうんざりしていて、全身に夏の倦怠《けんたい》を海綿のように吸収しているらしい気配であった。ハッとして私は口を閉ざした。そしてしばらくじっとしたままでいた。

驚く

北京の人民大会堂は各省の特長を持ちこんだいくつもの室で構成された、巨大な建築物だが、その『四川』の部屋で食事に招かれたとき、すみっこにヒスイの原石だというのがおいてあるのを見た。四川省ではヒスイが特産であるらしいのである。

いまその石のことを思いだしてみようと思うのだが、なめらかな滑石のような肌理《きめ》をしていて縞《しま》があったようだというほかに思いだせることがない。しろうとの眼にはただのタクアン石だといわれてもうなずくしかないようなゴロタ石であった。これを切って削って小さくしていってさいごにあの小さな核心に到達する。その核心が石のどこにあるかは断面の縞模様を見て判定する。それをいち早く見ぬくのがくろうとであり、名人芸であるという。

核心の周辺部分は緑と白のまざった霜降りになっていて、こういう部分では小皿や灰皿が作られ、私も骨董店で安い灰皿を一つ買った。ある年、香港の宝石商店に入り、何ということもなくひやかしていて、いったい上等のヒスイと安物のヒスイはどう違うのかという質問をしたところ

「見ればわかりますよ」

といわれ、五〇〇万エンだというのと三万エンだというのを無造作に並べて見せられた。私には宝石の知識は何もないのだが、二個を並べて眺めているうちに瞬間的に愕然となる形相と、おぼろながらもどうしようもなくあらわれてくる形相とが、二つ、見えた。

ヒスイは産出量が減りつつあるのだそうだ。香港のその店のマダムにいわせるとヒスイが貴重なのは西洋女の白い肌にも東洋女の黄いろい肌にも、老いた女にも、若い女にもぴったりマッチするからで、だからこそ需要は増えこそすれ減るということがない、という説明であった。そう教えられてから何年にもなり、しかしその後一度も息を呑みたくなるような名品に接する機会もなくて過ごしたけれど、あの底深い光沢の魅惑を思いだすと、ほかにたとえるすべもなく、南の海のことが眼のうらによみがえってくる。たとえば奄美《あまみ》大島や徳之島などの南西諸島の海である。あのあたりへいけばギンナンの実ほどの容積に密封されているものがそれこそ惜しみなく空と水平線にわたって広がり、みなぎり、たたえられ、さらけだされている。それはダイヤモンドのように硬く燦と乱反射せず、清浄に澄みきっていながらもおっとりとしてとろりとたゆたうもののある緑である。〝蕩〟という字の包むものを現代はことごとく失ってしまって、ほとんど廃語になってしまった観があるが、南へいけば何事か回復されそうである。

島尾敏雄氏に会うために一度、ウシほどもあるクエを釣ってやろうと一度、二度私は訪れている。じつはウミガメとウツボを食べてみたいという願望もあった。ウミガメの甲羅と肉を煮て作ったスープは絶品だけれどヨーロッパで何度か味わったことがある。濃くて、柔らかく、金色に輝やき、強壮とニュアンスをひそめたスープである。しかし、アオウミガメだったかアカウミガメだったか、どちらか、その肉の白い柔媚はまたとないものなのだとかねがね聞かされていたので二度の訪問中、人にさえ会えばたずねたのだけれど、シーズンではなかったので、出会うことができなかったのは残念だった。

ウツボの蒲焼には出会えた。これはごぞんじのように醜怪な顔をした海の兇器だけれど、だからきっとおいしいにちがいないと思っていたところ、果せるかな、ウナギより業の深い珍味だったので、たいへん満足できた。だいたいヘンな顔つきをした魚にえてして思いがけないおいしさをひそめたのがいるものだが、その定則らしきものは魚だけではない。男も女もそうである。

ウシほどもあるクエはとうとう釣れなかったけれど、ハブ屋へいってハブを食べることができた。香港の〝蛇王林〟という看板をかかげた店では三種の生きた毒ヘビの肝をぬきとって焼酎にとかして立呑みさせてくれるが、これを一杯飲んだら西門慶みたいに凄くなれると教えられ、ホテルへ帰ってベッドにとびこみ、いまかいまかと待ったけれど、いつまでたってもべつにどうッてことは発生せず、夜なかに孤独な御鳴楽《おなら》が一つ半ほど洩れただけで終ってしまった。この種のことが私にはほとんどきいたためしがない。バンコックで王の王なるキング・コブラを粉にしたのを焼酎にとかして飲みなさいとアンポール殿下に土産に持たされて帰国したが、『アサヒグラフ』編集部の某氏は卓効があったといって感動しているのに私はいくら飲んでもとくにそれとわかる相違が発見できなかった。

「これを食べると鼻血がでるチ」

名瀬のハブ屋さんにいわれてその夜は島尾氏とハブの吸いもの、ハブの酢のもの、ハブのさしみ、ハブの蒲焼と、全コースハブづくしでやってみたのだったが、翌朝目ざめてみると、カブト虫にもなっていず、光栄の絶頂にいるのでもない、いつもの私を発見しただけであった。

奄美あたりの言語生活は私たちのそれよりははるかに奥床しそうである。日本語の母型にあたる言語でこの人びとは暮している。もしくは暮していた。そこへ標準語（！）とテレビがなだれこんだので何もかも霧散してしまったか、してしまいつつあるらしき気配なのである。たとえば島尾夫人とハブ屋さんは私に山へいったときにハブにうたれないようにといってハブよけの呪文なるものを教えてくださったのだが、これが〝げしにくわや……〟云々とはじまっていくもので、訳してみると

『下司《げす》の子は何も知りません。いきちがいやりちがいで通してやってください』

ということになるらしい。

開高某がいま死んだとする。死因は過飲、腹上死、悪食、昼寝のしすぎ、何でもいい。とにかく死んだ。それを聞いた人が路上で誰かと会い、そのことを知らせようとする。それを標準語（！）ではなくて島のコトバとその感覚で伝達しようとなると

「開高某が死んだよ」

ではなくて

「開高某はお湯が飲めなくなった」

というらしいのである。

何とも都雅《とが》なものである。

島尾夫人の説くところによると、かつてこの島、このあたりの島々には精霊がいっぱい住んでいた。どの木、どの石にも彼らは住みついて、めいめいの縄張り《テリトリー》を守りつつめいめいの志向を透明に遂行していたらしい。〝ケンムン〟と呼ばれる一つの族はどうやらサルに似た恰好をしているらしいが、これはガジュマルの枝にのっかってたそがれどきの通行人に難問をふっかけて、通行人がそれに答えられないと、イタヅラをした。スフィンクスみたいな性質であるらしい。そこでケンムンよけの呪文というものが編みだされる。

ケンムンは、たとえば本誌の読者がたそがれどきに通りかかると
「借問す。そもさん、意識がさきか存在がさきか。われ訴える。われ求める」
などとたずねにかかるのである。そこで毎月、広大にして多彩なる情報を注入されて知識の洪水後の荒野をさまよい歩いている読者が、ハテ、どうだった。フッサールは何といっていたか。ハイデッガーは何といってたか。サルトルの『存在と無』にはどうあったか。釈迦は何と説いたか。老子はいかに解明していたか。毛語録はどう教えていたか。あれやこれやと、思いだすままに豊饒な混沌にまきこまれてうろうろしていると、ケンムンはじれったくなって——そこが日本のオバケの特長らしいが——やにわに何かイタヅラをしかけるのである。

ろくに名のついていない族もいた。河童ともオンディーヌともつかない一つの族は、日頃はある小川の岸で石を積んだり何かしておとなしく遊んでいるのだが、女がそこの丸木橋をわたりにかかると、遊ぶのをやめて、丸木橋にあがり、女の股のあいだを通りぬけるという趣味がある。

けれどそのとき、べつにピチャッと冷めたい。小さな手で撫でていくというのではない。何もしないで、ただ黙って通りぬけるだけのことであるらしい。それだけのことだとしても女には気味の悪いことではある。だから、あの村の、あの小川の、あの橋をわたるときは、股をこうぴったりくっつけるようにして歩いていき、口で呪文をとなえなければならない。

「……私などは子供のときからそういう話ばかり聞かされて育ったんです。八百万《やおよろず》の神さま

がいたものですから八百万の呪文があって、それを子守唄みたいに聞いて育ったんです。私は東京へでていってゴルフをしたり、自動車を習ったり、モガもいいところだったのですけれど、島はそういうぐあいでしたね。でも今はめっきり減ってしまって、誰も精霊の話をしません。呪文もなくなりましたし、ケンムンをこわがる人もいません」

島尾夫人は訴えるでもなく求めるでもない口調で、ある夜、そのように語った。きっとオバケたちは東京へ行ってテレビのドタバタ番組に出演するのにいそがしいのではありませんかと私はいった。

このあたりの島々の吟遊詩人たちを集めて名瀬で民謡大会をやったことがある。そのときの録音だというテープを聞かされたのだが、緩調、急調、晴朗または荘重、いろいろなテンポでうたわれる唄のどの一つも私にはまったくつかめない。とうてい日本語と思えない。輝やかしい音の泡、声の噴水というほかない。外国語ですらないといいたくなるくらいわからない。奄美大島の人にもさっぱりわからないのがたくさんあるという。地図ではすぐおとなりのように見えても舟でいって上陸してみたらもうわからない。海をわたらなくても、ある島の東と西でもうコトバがガラッと変ってしまって立往生してしまうともいう。そのテープのことを思いだすと、どこの島であったか、お婆さんがひどくはずんでいきいきとした声で

「サイサイサイ、サイモチク」

とうたいあげていた一節が耳によみがえってくるだけである。『酒、酒、酒、酒持ち来』ということであるらしい。意味を教えられてニッコリし、声の翳りのない輝やかしさと晴朗の精神に感動はしたものの、つづく二節、三節、四節、何のことやら、ただ茫然としていた。徳之島だったか。一人のおじいさんが、わきたつような声音で、おおらかに笑いつつ、そして聴衆をヤンヤと湧かせつつ、島じゅうの町や村を一つずつあげて、あそこはケチンボだとか、ここはいばり屋だとか、悪口を並べて唄にしていくのを聞いた。教えてもらったところによると、このおじいさんは、自分の住んでいる島の町と村の住人を一つずつとりあげて罵りつくしてうたいあげたらしい。それで拍手と歓呼を浴びたらしい。そう聞かされて私は拍手したくなった。

みなさん。ようく胸に手をおいて考えてごらんなさい。日本全国に無数の土地の唄があるが、ことごとく自身にゴマをすってほめたてた観光唄ではないか。ののしって、しかも拍手を浴びるという精神の唄を私は聞いたことがない。これはゴマすりよりもよほど高踏、果敢でなければなるまい。テープにかがみこんでいる私には一言半句も聞きとれないのだが、よこから苦笑まじりに聞かされる翻訳を聞き、どよめく歌手と聴衆の交感の気配に耳を傾けていると、この南溟の、見たところはどうにも気の毒で貧しいかぎりのような島々の住民の気質に、じつはヤマトンチュ（本州人）などのとうてい知らない観察の妙と、芸の巧みと、痛烈でありながら同時におおらかでもある精神のあることを感じずにはいられない。こっぱずかしいコトバではあるが、これが〝文化〟だといいたくなってくる。

名瀬市で何日かぶらぶらして島尾氏と遊んでいるうちに二人の若い学者と出会ってハブとマングースの決闘を見にでかけた。二人は夫婦で、奥さんはアメリカ人だが日本語がとてもよくできる。古代語の研究をしようと思って与論島だか喜界島だかにわたり、二人で住みつき、何カ月か暮し、島の民話の採集をして、いまでてきたところだとのことであった。

この二人の学者に唖然とするような話を聞かされた。何でも島の老人にいろいろと民話を聞かせてもらい、テープにとったり、ノートをとったりしたが、これでおしまいといって帰っていった老人がしばらくすると汗をかきかきもどってきて、忘れていました、もうひとつありました、家へ帰って戸をあけたらこれくらいの長い虫がいました、という。二人の学者は、いま老人が家へ帰ったらサスデかムカデかがいたので、それを報告にもどってきたのだと思った。ところが、よくよくたずねてみると、それが民話なのだ、それだけきりの独立した物語なのだと知らされる。

『家へ帰って戸をあけたらこれくらいの長い虫がいました』

といってちょっと指で大きさをさす。

それだけきり。たった一行。手も足も胴もない。それだけの民話だそうである。

二人は苦笑いとも嘆賞とも茫然ともつかない顔つきで私に教えてくれ、私は何かしたたかな衝撃をおぼえながらそれが何であるか、つかみかねて、やっぱり茫然としていた。

桃太郎さんとかカチカチ山などというような、ごくふつうの発想法で組みたてられた物語がその島にはあって、それらはちゃんと物語として手や、足や、胴がある。善があり、悪があり、夜があり、昼があり、二つのものの対立、抗争、勝利、敗北、和解、絶対者のふいの介入、援助などが語られる。けれどこの民話だけは一行きりで独立したものとして語られ、うけつがれて、遺されてきたものであるらしい。現実の属性という属性をいっさいがっさい拒み、しりぞけ、削り、蒸溜に蒸溜して、意味もなく、モラルもなく、起承転結もない。ただそう告げられるだけの、〝物語〟というすべもない物語、ふとした吐息かあくびに近い。いったいどのような精神がこういうものを思いつき、編みだし、子孫に絶えることなく語りついできたのか。またそれを語られ、うけつぎ、語られ語ることをたのしんできた精神というものは、いかなる現実のなかにあったのだろうか。オブローモフを知っていたらベケットやイョネスコなどの疎外ドラマは洗練されきったかけあい漫才のよそおいであるとわかっても裏に精神の脈絡はありありと感知できるのだが、この民話を聞かされたときにおぼえる峻拒とも寛容ともつかず、異化作用とも同化作用ともつかない、名状しようのない一瞬の効果、いったいこれは何だろう。文学の発端が終焉であることを示しているかのようにも思われるが、ある〝純粋〟の極なのだろうか。爛熟の果てなのか。不毛のあげくなのか。玄のまた玄か。太古の大いなる稚い遊びか。

これほど空間意識を充塡することに無関心であった例をほかに私は知らないように思うが、少くともどれだけ考えても、考えれば考えるだけつかみようがないという効果だけが増大するという一点を考えるなら、一度どうしてもその島へいってみたいとしかいえなくなってくる。

狂う

映画になったのでよく知られるようになったが、山本周五郎の『季節のない街』の一挿話に登場する少年は少し頭があたたかくて、自分を車掌であり、電車であると信じこんでいる。この著者は『青べか物語』でもそうだったが、子供でも大人でも、少し頭のあたたかい人物を描くと無類で、そのおかしさ、かなしさを、じつに鋭く浮彫りにしてみせた。

電車というものが子供にとっていかに偉大なものであるかはわが六ちゃんに完全に肉化されているが、その年頃の私は電車が高速度で疾過するのを踏切で目近に眺めていると、たまらなくなってきて、しようがなかった。やにわにとびこんでしまいたくなるのである。こわい、おそろしい、ひかれたら痛いなどと感じたり、考えたりしているすきもなく、とびこんでしまいたくなるのである。そう感じたり、考えたり、自分に車輪がのしかかってくるありさまや頭蓋《ずがい》骨《こつ》が砕けるところや手がちぎれてとぶところなどを想像するのはしきりであって、その想像が瞬間をおびきだすのであるらしい気配は気配としてあるのだが、瞬間が発生してしまうと、ただ蒼く澄みきった無物の視野があるだけで、思わずひょいと一歩踏みだしたくなるのである。

これはいまでもそうである。踏切でそうだし、ビルの屋上でそうだし、崖っぷちでそうである。高いところへあがって下を見おろすと、たちまち全身がしびれてきて、手や足がこわばるので、それをほどきたいという衝動も手つだい、眼に蒼く澄みきった無物の視野を持ったまま、まっしぐらに落ちこんでいきたくなる。恐怖も苦悩もなく、らくらくと、ひょいと一歩踏みだせそうである。冷汗は全身ににじみだしてくるのだけれど、それとおなじくらいに私をひきずりこむ蠱惑《こわく》の力もある。死ぬことが何でもなくなってくる。

おとなになってから、インドに、ひかれて死んだらその男は幸福なのだというジャガノートなる山車《だし》があると読んだとき、ひょっとしたらこれはああいう瞬間を拡大して形にしてみせたものかもしれないと考えたことがあった。

その頃、私の町内に一人、頭のあたたかい人物が住んでいた。かりに名を、七ちゃんとしておこうか。彼はその種の人物によく見かけられる特長だが、顔をいくら見ても年齢の見当のつけようがなかった。三十歳と見えることもあったし、五十歳と見えることもあった。のっぺりとした顔はいつ見てもまっ黒に日焼けがし、歩きかたが少しちぐはぐで、全身に力がうまく配れないでいるような動作をし、ほとんど口をきくことがないのだけれど、いつもニコニコ笑い、眼がいきいきしていた。七ちゃんは子供とまじってトンボ釣りやフナとりに野原へ繰りだすこともあったが、あたたかすぎるものだからトンボをせっかくとってもじっと持っていることができないし、フナをバケツにつかんで入れることができず、ただマジマジと眺めているだけであった。さながら小乗仏教徒のごとくおとなしいのである。そこでじれったくなった子供たちに頭からののしられたり、叱られたり、水をかけられたりした。息子ぐらいの年のちがう腕白たちに嘲罵《ちょうば》されながら七ちゃんはニコニコ笑い、眼をいきいきさせて、ただその場でそうして佇《たたず》んでいるだけであった。

トンボ釣りやフナとりは七ちゃんにとってはわずらわしすぎるし、むつかしすぎる遊びであった。彼のあたたかい頭は不思議なハイカラ趣味に息づいていて、無目的に電車にのることを好んだ。母に買ってもらった定期券をセルロイドのパスに入れて首からぶらさげ、眼をいきいきさせながらひょこひょこと駅へいそぐ、うれしそうな姿が毎日見かけられる。彼は行先地をきめずに電車にのりこみ、きっと運転台の車掌のよこに佇み、ひたすら前方を眺め、うっとりと見とれ、何時間見ていてもあきるということがなかった。彼はレールが前方から電車めがけてとびこんでくるのだと感じていて、とびこんだレールがそれきり見えなくなるのは電車が食べてしまうからなのだと信じているらしい様子であった。彼によれば電車はレールを食べつつ走っているのであった。食べたものはどこかからでるのだからそれが証拠に電車の走ったあとあとにかならずレールがのこされていくではないかというところまでが彼の明晰さであった。誰かがよこから、では電車が毎日毎日レールを食べるものならば、いったいあの重い重いレールを毎日誰がはこんできてすえつけていくのだろうかと質問したら、七ちゃんには答えることができない。その質問のむつかしさとわずらわしさと不可能さは彼にとってトンボ釣りとおなじくらいなのだった。

彼は、しかし、万人に愛されていたように思う。彼のあたたかさを目撃すると人びとはホッと一息つける気持になったのではあるまいかと思われる。私の印象ではその頃はどこの町内にもきっと一人はこういう人物が住んでいて、凡庸陳腐な日常に、ささやかながら奇想天外の言動によって新鮮な話題を提供し、よってもって住人の眼を瞠らせたり、罪のない笑いを浮かべたりさせていた。七ちゃんがひょこひょこイソイソと駅へ出かけたり、一日の仕事を終って駅からもどってきたりするのを見ると、人びとは微笑して

「七ちゃん、今日はどこまでいってきたんや？」

とか

「あんたもなかなかたいへんやねえ」

とか

「警報に気イつけや」

などと声をかけた。

彼はニコニコ笑ってゆったりとしたそぶりでうなずき、たいていは寡黙なままですぎていくのだが、ときどき機嫌よく

「へえ、ありがとさん。私《わて》、今日は吉野までいってきましてン」

などと答えた。

ゆらゆらと少しひらいた才槌頭《さいづちあたま》をふって
「いそがしいこってすワ」

などと答えることもあった。

七ちゃんの行動圏、その帝国の版図については、誰も正確なことを知らなかった。現在近鉄南大阪線（当時は大鉄）と呼ばれている郊外電車の始点から終点まで、阿倍野橋《あべのばし》から吉野へかけての全沿線の随意の駅に出没するのだという噂がもっぱらなのだが、ときどき宝塚でカメにフを食べさせているのを見たとか、神戸行の電車にのってたとか、奈良の手前で見かけたことがあるなどと聞くこともあった。そうなると彼の領地は近畿一円にわたるということにもなりそうであった。

風がたつ
生きねばならぬ

ある高名なフランスの詩人はそううたったが、これを、七ちゃんについてうたうと

風がたつ
乗らねばならぬ

となりそうである。

しかし、どの伝説のなかにあっても一貫して彼は運転室のよこに佇んで前方にまじまじと見とれているのである。地下鉄においてすらそうであった。電車や土地が変っても彼はけっして探求の主題を変えることがなく、とめどない新鮮さをもってしぶとく一つの興味に食いさがっているらしかった。ときどき朝夕のラッシュ時に駅員といっしょになって乗客を満員電車につめこむ仕事をしているのを見ることがあったが、それはあくまでも即興の変奏にすぎないのであって、やがてすいた電車がくるようになるまで駅のベンチにおとなしくすわって待ちつづけ、電車がくると、いそいそとのりこんだ。そして彼が生の諸価値のうちでもっとも貴重にしている場、最尖端にたつのだった。トップ・オブ・ザ・トップにたつのだった。

彼は魚でいえばサケかマカジキのような単独旅行者であったが、その本質は岩であった。衰えることを知らずに新鮮でありつづける不動の岩であった。私たちはそのまわりを流れ、走り、迷い、砕け、泡となり、散ってしまう波であった。人びとがスルメをかじり、酒くさい息を吐き、旗をたてて出征兵士を見送りにいくと、駅の改札口に七ちゃんがいて眼をいきいきさせている。しばらくたつと遺骨が白い箱に入って帰ってきて、人びとは酒も飲まず旗もたてず、うなだれて駅をでてくるのだが、七ちゃんは眼をいきいきさせてそれを見ている。リュックサックや風呂敷になけなしの服や着物をつめてホームにあがっていくと七ちゃんがベンチでニコニコしている。田舎へいって農家でそれをイモやタマネギと交換して蒼くなってもどってくると七ちゃんが向かいのホームによろよろイソイソとおりてくるところだったりする。

大空襲で全大阪が一夜で湯気をたてる赤い荒野と化しても、敗戦になっても、私の母が隣組で真剣に相談しあってもしアメリカ兵が進駐して強姦にやってきたらヤマトナデシコらしく青酸カリを呑んで死ぬつもりだからといって町内の医者に相談にいっても、医者がうなずいてウマに食わすほどありますから安心しなさいとこれまた真剣に答えても、せっかく戦場から生きて帰ってきながら復員兵が闇市へイモを買いにいくとちゅうで連結器からふりおとされて脳を粉ごなにしてしまっても、特攻隊帰りが闇市のぬかるみで刺身包丁で腹の刺しあいをしても、地下鉄の暗がりで何人も大の男が飢えてのたれ死しても、私が絶望と空腹で歩いていてふいにしゃがみこんでしまいたくなっても、昼弁当がないので中学校の水飲場で水だけ呑んでバンドをギュッとしめて知らぬ顔をよそおいつづけても、それを友人に見つけられてパンをめぐまれながらありがとうということもできずはずかしさのあまり廊下をかけだしても……ふと眼をあげると、改札口か、ホームか、運転台のよこか、きっとどこかに七ちゃんがいて、ニコニコ笑い、眼をいきいきと輝かせて、電車がレールを食べるありさまに見とれているのが、見えるのである。広場に風が起ると、紙を散らし、埃《ほこ》りを巻きあげ、眼も口もあけていられなくなりながら、よくよく見ればどこか一カ所、きっと不感不動の静謐《せいひつ》なスポットができるものであるが、彼はさながらそれであった。やせこけてのっぺりした顔はいよいよ日焼けして黒くなり、少し乾き、皺がふえ、ちょっと頭が禿げかかってきているらしい気配なのだが、微笑はやっぱり新鮮で、眼はめざましくいきいきしているのである。

彼にニコニコ笑いながらジッと顔を見られると、私は名状しようのない感情が起るのを感じた。ポストや木に笑ってこちらを見られたらどんな気持がするだろうか。そんな経験を読者諸兄姉はお持ちになったことが、一度か二度は、おありではあるまいか。

カルメラ焼というものがある。いや、昔、あった。冬の寒い日によくやったものである。タコあげにもいけず、おしくらまんじゅうもできず、家のなかにこもって火鉢のふちでじっとしているしかない。そういう日には、よく母がやってくれたものである。ザラメの赤砂糖を水にといてからシャモジに入れて火鉢の火にかける。

やがて煮えてきてプツプツ泡がたつ。もうちょっと待つ。いよいよ煮えてさわがしくなってくる。妹がいらいらする。私がいらいらする。母はそれをいましめ、おさえておいてから、箸のさきに重曹をちょっぴりつけ、パッとつっこみ、パッパッパッと眼にもとまらぬ速さでかきまぜるのである。すると、透明だった液がみるみるにごり、ねっとりとなり、熔岩流のようになり、プーッとふくらむ気配を見せるのである。そこを見て箸の速度をゆるめてゆっくりとかきまわしつつソッと上へぬくようにしていくと、うまくいった場合には、箸をぬいたはずみにまるでシュークリームのようにふくれあがってきたのがポカッとはぜて花ひらく。こうなるとフワフワに軽くて、泡のようになり、みごとな夢である。妹と私は火鉢にしがみついて茫然と見あげる。何度やってみても失敗するので、成功ばかりしている母の小さな手が、まるで生物のように見える。リスか、小鳥のように、見える。

七ちゃんがこれをやったのである。米軍はテキサスのウシの餌である乾燥イモを配給して日本人の火のような飢えをおさえるのにかかったが、つぎからつぎへいろいろなものをゴタまぜに配給したなかで、ある日、キューバ糖が配給された。それは米のかわりなのだから、何日分かの食糧なのである。みんなはそれを闇市や、農家や、怪しいところへ持っていって、米や、ジャガイモや、魚にかえて食べ、何日かをしのいだのだった。ところが、七ちゃんはその日にかぎって吟遊を思いとどまって七輪のそばにしゃがみこんだのだった。あちらこちら町内の家で子供たちがフカフカにふくれかえったカルメラ焼を作ってもらうのを見て歩くうちに彼はいたたまれなくなったのであろうと推量される。

用事があって外出したおっ母さんが夕方になって帰ってきてみると、火の消えた七輪があり、七ちゃんの姿は見えず、そのかわり小さな家のなかいっぱいに何十個と数えようもないカルメラ焼がころがっていた。それがことごとく焦げすぎるか未熟かの失敗作であった。ハッとなってかけつけ、しらべてみると、せっかくの配給のキューバ糖は、ザラメ一粒ものこさないまでに消えていた。一日かかって七ちゃんが、かきまわしてはふくらましそこね、かきまわしてはふくらましそこねして、蒸発させてしまったのだった。七ちゃんを生んでから何十年というもの、ひたすら忍に忍をかさねて生きてきたおっ母さんも、さすがにこのときばかりは、何か声をあげて隣りの家にかけこんだ。

これが昭和二十年冬、大阪市住吉区駒川町界隈の、電燈もつかずローソクもない、コタツもなければストーブもない。暗い家のなかをうっかりたって歩いたら胃と背骨がこすれて音をたてそうな住民たちが、ひもじいまま暗がりによこたわって口から口へつたえて、力弱く笑声を洩らした〝カルメラ事件〟である。母が笑い、妹が笑い、私が笑ったが、そのあとで体のなかに大穴があいたようで、だまりこんでしまったことを、昨夜のことのようにおぼえている。

今日も七ちゃんは首から定期のパスをさげ、ニコニコ笑い、眼をいきいきさせ、少しひらいた才槌頭をゆらめかせながら駅へむかっていき、誰かにたずねられると、用事を持った人の優しい非情と威厳で

「……いそがしいこってすワ」

と答える。

解放する

一九六八年にナイジェリアへいったときにはじめてアフリカ人のユーモアに接した。アフリカへいくのはそれがはじめてだったので、風変りだけれどなかなか上質のユーモアが出迎えにあらわれてくれたのは、愉《たの》しい記憶となってのこった。ここの首都はラゴスで、これは黄濁した河水の流れこむ湾に面した市であるが、貧困と活力、倦怠と放埒が沼に浸ったような〝一〇〇パーセント〟という指数の湿気のなかでひしめいている。東南アジアの湿気もつらいものだが、ここの雨季の湿気とくると、道を歩いているうちにカビが生えて頭から腐っていきそうな気がする。

ラゴス市内にはたくさんのバスが人をかきわけおしのけるようにして走っている。バスとはいうけれどたいていひどいおんぼろで、窓にはガラスがなく、入口にはドアがなく、年増太りの古猫のような腰をふりふりあちらへよろよろ、こちらへふらふらしながら走っていく。ちょっと大きな石にのりあげてガクンと体をふったらそのとたんにバラバラになってしまいそうである。客はぎゅうぎゅうにつめこまれ、入口のステップに鈴なりにぶらさがっているが、窓から顔をつきだしてどうにかこうにか呼吸はしているものの、ふりかかる雨を手をあげてはらうこともできず、ただ大きな、白い眼をパチリ、パチリとさせるだけで、ひたすら忍耐している。丸くて小さくて固そうな、マッチの坊主みたいな頭が数知れず窓からつきだされ、ゆさぶられるまま、雨にうたれるまま、どこかへはこばれていくのである。

そういうバスの胴に

『人生ってそんなもんだ』

と書いてあるのだ。

“Such is life”とある。

たいていのバスの胴や正面の額にあたる部分などにきまって何かその種の格言が書いてあるのだ。たいてい聖書の句を引用して一ひねり、二ひねりしたものだが、“God bless us”をもじって、God bless God とやってるのもあり、よくよく絶望したのは、“God is nothing”などとやっている。『そこらでつかまえてあげます』と書いたのもあった。『オナ・アラ』と書いたのは御鳴楽と読むのではなくてヨルバ族のことばで『おどろいた』という意味なのだそうである。こんなおんぼろでも走るのにおどろいたのか。よく客ががまんしているのにおどろいたのか。それともこれだけ凄いギュウ詰めにしておきながら、しかもそのうえ客から料金をとるということにおどろいたのか。さまざまに臆測されるが、状況を一瞥《いちべつ》すれば、とくに何をさしたのだと考えなくても、その一語で何やらウムとうなずけそうである。わが国でも朝のラッシュ時の国電の胴に明日から『おどろいた』と書いてみたらどうだろう。（経営者がそういう落書を許し、どうやら自分でも愉快がっているらしい気配があるが、このあたりのおおらかさ、卒直さがアフリカ的気質というのかもしれない。運ちゃんだけの趣味ではないようであった。）

ナイジェリアへいったのは戦争を見るためだった。当時、ナイジェリア政府とビアフラとの戦争は二年三カ月目にさしかかっていた。ビアフラは独立を宣言し、共和国を名のり、切手や紙幣を発行していたが、陸路、水路のいっさいを断たれて内陸部に密封され、おびただしい数の餓死者をだしながらも〝徹底抗戦〟を表明していた。平和交渉の試みは何度もおこなわれたが、抗争する両者のうちのいずれか、または双方の不満があって、そのたび流産した。私がいったときもローマから法王が調停役として隣国にあらわれ、いろいろと交渉中だったが、結局は成功しなかった。しかし、交渉中は双方とも戦闘をひかえていたので、最前線は平静だった。私はジュネーヴやローマの接触できるかぎりの組織、機関などと接触してビアフラ入りを試みたけれど、ヴィザがいつおりるともわからず、飛行機は八月末まで医薬品と食糧のほかは何もはこばない。リポーターもダメだとわかったので、とりあえず政府側に入って最前線までいってみようと考えてラゴスへ入ったのだった。そこでもまた何日か待たされてから、やっと旅行許可証と従軍許可証をもらい、ポートハーコートへとび、そこから軍のジープで最前線へいった。

捕虜収容所、難民収容所、ゴースト・タウン、前哨キャンプなどを私は見てまわった。捕虜収容所長はたくさんの捕虜を四列横隊にして並べ、不動の姿勢をとらせておいてから、これから日本人の記者が君たちにインタヴューをするから、どんな意見でも自由に答えるがよい。びくびくしてはいけないと、いった。そこで私が近づいて、一人一人にいろいろなことをたずねる。投降したのか。捕えられたのか。なぜ投降したのか。今後どうするつもりか。〝あちら側(ビアフラのこと)〟では士気は高いか。低いか。みんな何といってるか。指導者のオジュク将軍は人民に支持されているか、どうか。

最年少だという十二歳の少年はハキハキした美しい英語で答えるが、最後の質問ではためらった。これはこのような状態におかれている捕虜に向って発すべき質問ではなかったかもしれない。昨日までの自分の指導者を〝敵〟の隊長のまえでどう語ったらいいか。もし彼が信念を抱いて昨日までたたかっていたのだったら、またはそうでなかったとしても、これはなかなかむつかしいことだろうと思われる。

少年がためらうのを見て所長は

「自由にしゃべれ!」

はげしい声で

「びくびくするな!」

といった。
少年は肩をふるわせ、しばらくしてから、ためらいためらい
「将軍はみんなに支持されています」
と答えた。

捕虜の答えを額面通りにうけとっていいかどうかについては疑いがあるけれど、返答そのものはまちまちで、私はだまされていたのですと答える人もあり、巻きこまれてたたかっていただけですと答える人もあり、なかには今後は政府軍に入って兵士としてたたかいますと答える人もあった。前哨キャンプの二、三カ所の隊長のところには訊問調書があり、それにも捕虜の声が集められている。これは捕虜になってからの第一声を集めたもので、あまり長文の供述はなかった。収容所で聞いたのと大同小異の供述が見られ、私は一枚一枚読んでいったが、なかに一つ、眼をひかれたのがあった。三十歳ぐらいの元小学校教師だったという人物らしいが、何にも供述らしい供述をせず、ただ
『われわれにはハノイがない』
とだけ、答えていた。
政府軍の隊長たちの意見には手術は早くやってしまえというのが多かった。ゴウォン大統領は軍人だけれどクリスチャンだからなるだけ人を殺すまいとしてビアフラを包囲したままでい

るが、そうすればごらんのとおり毎日おびただしい餓死者がでる。総攻撃をかけても死者はでるし、包囲しているだけでも死者はでる。それならいっそ総攻撃をかけて短期に結着をつけたほうが結果としては被害は少くてすむのではあるまいかというのだった。しかし、いっぽう隊長たちは、ビアフラはこれだけひどいめに遭っても士気は高く、兵は勇敢で、たたかう目的を知っている。政府側は装備は優秀だけれど、士気は低く、兵は諸部族のよせ集めで、〝ナイジエリアは一つ〟という政府の戦争目的のスローガンをまったく理解していないのだという意見も述べるのだった。〝突撃！〟と命令すると隊長のほうをふりかえって、〝ボーナスがでるのでありますか？〟とたずねたり、〝ビール何本でるのでありますか？〟とたずねたりする兵がいるという噂話をよくラゴスで聞かされる。隊長の一人にそのことをたずねると、べつに苦笑もしないで、そんなもんですと答える。兵だけじゃない。最前線で戦闘よりも銃のコレクションに夢中になっている指揮官もいると答えた。

難民収容所で目撃した子供の餓《う》えぶりは当時パリにもどってから週刊誌に送った原稿に書いておいたし、いまはべつのことを考えてみたいので、ここには書かないこととする。

六八年と六九年の夏、ヨーロッパで眺めていると、新聞、週刊誌、グラフ雑誌、TVすべてがビアフラ報道に熱中し、きまって

『ヴェトナム以上だ！』

『黒いアウシュヴィッツ！』

と叫びたてていた。

私は六九年の夏にナイジェリアからパリにでてきて、ホテルの三階の薄暗い部屋でうとうと眠りつつ、ヴェトナムとビアフラをくらべて考えてみたものだった。抗争のイデオロギーや当事者の情熱をべつにして、状況だけを考えてみると、戦争を続行するためにはざっとかぞえてもおおむね左の条件が必要とされる。

①糧道を断たれないこと。
②武器、弾薬、医薬品の補給があること。
③追われたときの逃げ場所があること。

ビアフラはこの三つをことごとく欠き、ヴェトナムはことごとく備えている。ビアフラは不毛地にたてこもらされ、籠城してまもなくネズミやトカゲやアリを食べるしかなく、畑にトウモロコシをまくと、まいたあとあとからカラスのようにほじって食べてしまった。そして、ポルトガル領の小島からカトリックとプロテスタントの両派合同で拠金してチャーターした中古飛行機が細々と、しかし命がけで食糧品と医療品をはこんだのだが、これもしばしば撃墜されて、物資は必要量の百分の一も搬入されなかったのである。

しかし、ヴェトナムではいっさいが異なる。雨と日光と沖積土の底知れぬ栄養にみちたメコン・デルタがある。かつて南では餓死者のでたためしがない。武器、弾薬、医療品については政府側から奪ったのやら蒸発させたのやらに加えてホー・チ・ミン・トレイルからトラックに満載しておびただしい物量が南下してくる。戦闘をして撤退したくなれば服を着かえて農民、町民、水田、ジャングルにかくれるほかラオスへ、カンボジャへとたちまち雲がくれできる。

政府の腐敗、住民の好んでか、好まないでか、いずれにしても、その支持のあること、などという条件も考慮に入れなければならないのだが、いまは形をハッキリさせてみたいと思うので、ビアフラ、ヴェトナム二国の最低の客観条件としての異同をしらべたいのである。情熱や信念もまたいかに激しく深かろうと〝事実〟がなければ成立しないし、しばしばそこから力をくみとっているからである。私の意見によればビアフラとは現代の政治世界のなかでも自身の〝情熱〟のほかにたよるべきなにものもなくて挑戦することを決意したとき、どれだけの期間持続でき、何事が発生するかということをまざまざと示した、類のない実験だった。それはいっさいのマイナスを集めてもプラスには転化しなかった例だった。

ビアフラを〝独立国〟として承認したのは近隣のアフリカの小国四つと、ド・ゴール時代のフランスだけであった。問題は〝承認〟があるかないかよりもそれによって援助があるかないかということである。オジュク将軍は『フランスが援助してくれていたらわれわれはもっとたたかえただろう』という声明を発したことがあるが、『われわれにはハノイがない』という元小学校教師の述懐も同根である。ド・ゴールが承認だけにとどめて援助にのりださなかった理由はよくわからない。アフリカの無数の国がビアフラを見殺しにした最大の理由はもしこれを承認すればおなじような部族問題を抱えている自国にたちまち飛火して、いささか極言すると、全アフリカの国の数だけビアフラ戦争が発生するかもしれない。それを恐れたからだと、ふつう教えられる。つまり、〝ドミノ理論〟である。そういうことだと東南アジアもまったくおなじ状況にあると思われる。

だからアフリカ諸国はナイジェリア政府に同調してビアフラを〝叛乱〟と定義し、〝解放〟とは定義しなかった。ビアフラを援助しないことでナイジェリアを援助したのである。イギリスとソヴィエトもこれに同調したが、この場合は見殺しではなくて武器、弾薬、それも小火器から大砲、ジェット機にまで及ぶものをつぎこんだ。アラブ連合とアルジェリアもジェット機、パイロット、顧問団などを派遣した。臆病なアラブ人パイロットがいいかげんな盲爆をやりすぎるため女、子供、非戦闘員の死傷があまりに凄惨なのでモスコオはナイジェリア支持をやめようとしたという噂がパリに流れたことがあったが、ウヤムヤに終ったらしい。チェコもはじめはナイジェリア支持をしていたがやがて手をひいたという情報を〝チェコ事件〟でわきたっている西ベルリンで聞いたことがあるが、これが自国の事件に影響をうけての処置であるかどうか、私にはわかっていない。北京がビアフラについてどういう態度を表明したかもわかっていないが、沈黙を守っていたか、もしくは〝叛乱〟と定義したかであろうと思われる。もしそうならば、何から何までののしりあうモスコオも北京もビアフラ抹殺という一点では珍しく一致したのだと見ていい、ということになる。アフリカを舞台にして両者がはげしい外交戦、援助戦を展開していることは明白な事実だから、ここにたってみれば、両者の動機はおなじものだったのではあるまいか。

私を苦しめたのは戦う人間の情熱、または狂信にたって考えた場合に、ある戦争が〝解放〟と呼ばれ、ある戦争が〝叛乱〟と定義される、その区別の方法または水準というものはいったい何なのだろうかということであった。戦争にはいやいやでかける人や、しようがなくてでかける人や、巻きこまれてでかける人や、じつにさまざまだが、やっぱり心底から何事かを信じてでかける人も多いのである。この人の場合は武器をとるしかないと信じてでかけるのだが、この人は動機が何であれ、たずねられれば何事からか解放されたかったのだと答えることだろうと思われる。

それを〝情熱〟と見るか〝狂信〟と見るかは、見る人がどれだけ当事者であるか非当事者であるかによる。非当事者にとってもっとも深い罪は当事者でもないのにそうであるかのようにふるまうことだろうが、この偽善または偽悪は無知よりもひどい。

そこで、〝民族——部族でもいいけれど——解放〟理論というものがつねに戦う人間の側にたって現実に発動されるとはかぎらないという冷酷な打算を含んでいることはスペイン戦争もビアフラ戦争も脈々とつづいているということがわかったのだが、さて、ある条件がいくつも整備されて〝解放〟ということばがあたえられ、その結果としてとめどない援助がおこなわれると、とめどなく戦争が続行される。

敗北したイボ族が幸福であるか、たたかいつづけるヴェトナムが不幸であるか、戦争ほどわるいものはないというギリギリどんづまりの定言がたてられるものなら何かおぼろながらつぶやけるかもしれないのだが、この世には戦って死んだほうがいっそましだというこころもまたおびただしくあるので、私は何をいいたくてこのエッセイを書きはじめたのかが、わからなくなってきた。私はイボ族でもなければヴェトナム人でもないと、いいたくなったのだろうか。

救う

それまで私は〝赤十字〟というものをまじめに考えたことがなかった。まじめ、ふまじめ、本気、たわむれを問わず、ちらとでも正面から眺めたことがなく。眺めようという気を起したこともなく、でかけていって眺めようと考えたこともなければ、感じたこともなかった。〝赤十字〟ということばを見たり聞いたりするたびに私が感ずるものはせいぜい中学生程度のそれであった。たとえば戦争と関係して〝赤十字〟ということを考えるときは、戦争の原因に手をつけないでおいて結果にホータイを巻いたところで何になるだろうかといった程度のことであった。いまでも私はそう感じていることに変りはないのだが、以前とくらべて変ったことは、そう断定するにはよほど慎重になってからでなければなるまいと思うようになったことである。この断定に含まれている嘲笑にはしばしば浅薄がまぎれこむことがあるが、そのことを警戒するようになった。

ビアフラを救援——非戦闘員のみを対象とした救援——にのりだしたのは国際赤十字と宗教団体だけだった。宗教団体は血で血を洗う過去を持つカトリックとプロテスタントがこのとき

〝ＪＣＡ（Joint church Aid・教会合同援助）〟という機関をつくり、一致協同して救援活動をした。それは宗教史上画期的な大事件といってよいかと思われる。国際赤十字は世界各国からの志願者を奉仕員として送りこんだ。たたかいあう双方のどちらか一方にだけではなくて、双方ともに、つまりナイジェリア政府とビアフラの双方に送りこんだ。政治的イデオロギーや党派や国境をこえて戦争による非戦闘員の犠牲者を救うのだとするその伝統にしたがって行動にでたわけである。ナイジェリアの首都のラゴスでも最前線地区でも、いたるところで私は赤十字員に出会った。若い人もいたが中年の人もいた。アメリカからきた人もいたし、スウェーデンからきた人もいた。日本人の医師で一人、つい一週間前にやってきて、ずっと奥地へ入っていった人がいると聞かされたこともあった。

この一群の男女は一つの国の〝あちら側〟と〝こちら側〟に入り、口数少く、きびきびと、子供の眼を洗ったり、注射をうったり、診察をしたりしていた。たいていそのあたりは無医村で、住民はおまじないや祈禱師《きとうし》や怪しげな草根木皮にたより、あたり一帯にマラリアがはびこっている。おそらく薬らしい薬、医者らしい医者が村にやってきたのは有史以来それがはじめてのことなのではあるまいか。私はおびただしい数の戦争孤児を一人一人黙々と治療してやっている赤十字員を眺めていくうちに、いかにも赤十字員らしい温厚で冷静な人もいるが、なかには精悍でたくましい気魄《きはく》をたたえた人もいることに気がついた。その男女たちは時代が時代ならリヴィングストンやスタンリーになっていたのではあるまいかと思われるほどだった。未知の秘境を失った現代ではある種の気質を持った探検家や開拓者は赤十字員になるのかもしれない。地図に〝新しい土地〟はなくなったかもしれないが精神の領域で国境やイデオロギーを具体的にこえることは、やはり依然として秘境であるのかもしれない。国境やイデオロギーを意識や観念のなかでこえることは誰にでもできるが苛酷をきわめた現実にそれを衝突させて耐えぬいたり突破したりすることはなかなかできるものではあるまい。

アフリカは複雑をきわめた大陸である。ナイジェリアはどこまでいっても灌木林があるきりで、キリンや、ライオンや、カモシカなどは影も形も見えなかった。トカゲがうろうろするのと、ハゲタカがホテルの裏口や、村のゴミ捨場（捨てるゴミがあるとしての話だが……）のあたりをニワトリほどの気安さでうろつくほか、〝自然〟らしいものにはまったくといっていいくらい出会えなかった。

たずねると

「知りませんね」

「どうしてですかね」

「食っちまったんですよ」

そっけない答えがもどってくる。そしておきまりの科白、〝ナイジェリアにいるのはトカゲとマラリアと人間だけだ〟とか、〝マラリアにかからないうちはナイジェリアにきたといえない〃などを教えられる。

灌木林や道ばたに落ちているのを拾われてトラックで収容所にはこばれてくるビアフラの子供を見ると黒い骸骨としかいいようがないのだが、どういうものか、手や足がマッチの軸ぐらいなのに、腹だけがムクッと気味わるくふくらみ、呼鈴《よびりん》ぐらいの大きなデベソがとびだしている。子供の腹について眺めていくと、ナイジェリア政府側、〃こちら側〃の地帯でも、餓死しかかっていないまでもおなじような体形をした子供にいたるところで出会った。包囲している側も包囲されている側も、子供から見れば、戦争のあるなしにかかわらず大差ない現実なのだといえるかもしれない。この事実から、ナイジェリアではいつもこうなのだからビアフラの子供がとくにひどいのではない、あれはオジュク将軍の宣伝なのだという意見を聞かされたことがある。しかし十八歳の母親の乳房が六十歳の老婆のそれのようになっている〃あちら側〃によくある事実が〃こちら側〃ではまず見かけることがなかったから、これは苦しい非難だし、訴求力が弱かった。

子供たちは極度の栄養失調で植物化してしまい、腸を支えている力がなくなるので、肛門から腸がズリ落ちないように、乳マメにそっくりの形をした〃ストッパー〃を尻の穴にさしこんでおくようにいわれ、コンクリート壁にもたれ、細い両足を投げだしてすわり、まじまじと白い眼を瞠《みは》っているが、外界に対する関心はまったく失われていて、私が右に左にうごいても瞳はゆれることもなく、うごくこともなく、開きもせず、閉じもしない。〝クァシオコル（蛋白欠乏症）〟ということばを医者に教えられる。この子はたとえ救われて大人になっても廃人でしょうと教えられる。

この子棄つればこの子餓ゆ

この子棄てざればわが身餓ゆ

収容所を見てまわっていくうち、からっぽのコンクリートの箱といいたくなるような小部屋があったが、その窓ぎわに誰がおいていったのか、厚い英文の旧約聖書がひらかれたままになっていた。どしゃ降りの雨のしぶきを浴びているそのページの冒頭は『エレミア記第23第12節』とだけ読みとれる。

六九年の夏、ジュネーヴの国際赤十字本社とラゴスは暗い関係にあった。赤十字の飛行機がビアフラへ向う途中でナイジェリア政府空軍の警告を無視して飛行を強行しようとしたので撃墜されたという事件があり、そのことで両者はいったりきたりしていた。ジュネーヴは医薬品をはこぼうとしていたのだと主張し、ラゴスは赤十字のマークにかくれて武器をはこんでいたところなのだろうと主張する。いずれにしても領空侵害なのだから今後ともおなじ行動にでるのならラゴスはおなじ反応にでると主張する。ラゴスは医薬品でも食糧でもいっさい同政府の検査を経てからでなければ〝あちら側〟に品は渡せないというのだが、いっぽうこれを聞いた〝あちら側〟は、そんなことをされたのではいつ毒を仕込まれるかわからないからこちらでは品をうけとれないとつっぱねる声明を繰りかえした。そして、こういうモタモタがつづくうち、〝あちら側〟と〝こちら側〟の両方がほぼ同時に赤十字に向って、〝レッド・クロス・ゴー・ホーム〟と叫びだしたのである。

赤十字はそのセンチメンタリズムによって抗争する双方を同時に援助するが、その結果、アフリカが分裂して弱体化していることをいつまでも望む旧ヨーロッパ帝国主義者どもの手先と堕しているのだとラゴスは主張した。そして、いっぽう、ビアフラでは、赤十字はそのヒューマニズムの名のもとにナイジェリアもビアフラも両方を同時に援助しているが、その結果、われわれを皆殺ししようとする〝ヴァンダルども（野蛮人ども）〟の手先をつとめているのだと主張した。そして双方ともに殺しあいをしつつ双方の無告の民を救う赤十字をののしって、〝レッド・クロス・ゴー・ホーム〟のキャンペーンを開始したのである。街頭にデモ隊があらわれてプラカードをかかげて行進した。ビアフラでは住民はアリを食べるしかなくなっているはずなのにやっぱりプラカードをかかげて行進したとつたえられた。

ジュネーヴ、パリ、ローマ、ラゴスと流れていきながらこの過程のニューズをレストランや、飛行機のなかや、エア・コンのきいた事務室や、天井の高い法王庁の一室などで私は読んだり、聞かされたりした。ジュネーヴの国際赤十字社の本部では巨大なアフリカの地図を黒板にひろげて私は現状をあらゆる角度から解説されたのだったが、それはまだ〝ゴー・ホーム〟運動より以前の時期だった。しかし、私は赤十字の運動そのものにたいする少年時代からの疑いがあったので

「赤十字のような中立的で真空状態のヒューマニズムが現代のように過度の政治的時代にうけいれられるでしょうか？」

とたずねたことがある。

すると、この種の質問をたびたび浴びせられてきたらしい熟練と、即応と、沈思の気配を眼にただよわせて

「何をおたずねになりたがってるか、よくわかります。私たちのやっていることにさまざまな批判があることはよく知っているつもりです。これについて私個人の意見がないわけではありません。しかし、ここはそれを述べる場所ではありません。私は赤十字の伝統に従うとだけ申し上げておきます。あなたは自由に批判してくださって結構です」

という答えであった。

簡単ではあるけれど強烈な現実をもたらす算術計算をしてみる。ビアフラのオジュク将軍はコミュニズムの志向と組織を一片も背景に持たず、部族革命——民族革命とどうちがうのかよ

くわからないが——その独立運動としてあの戦争を指導したもののように眺められるが、戦争そのものは昔の日本がとなえた〝総力戦〟、いまのコミュニストが〝人民戦争〟と呼んでいる形式のものを採用したと思われる。
彼が好むと好まざるとにかかわらずその形式によるよりほかなかったと思われる。アリを食べるしかない不毛の小さな内陸に追いつめられ、包囲されたのだから、戦闘員と非戦闘員のけじめのつかない死にものぐるいの戦争をするよりほかなかった。大昔から戦争は何らかの形で全住民に関係したものであったにちがいないからつねにそれは〝総力戦〟であり、〝全体戦争〟であり、〝人民戦争〟であったと私は思いたいが、近頃の戦争はコミュニストの指導のあるなしにかかわらず赤ン坊からお婆さんまでが消極的、積極的、戦闘員的、非戦闘員的を問わず、さまざまな形式によって戦争に関係し、協力し、からみとられ、巻きこまれ、逃げだせず、孤立できないものになっている。そこで、十二歳の少年はほっておいたら藪のなかで餓死してしまったかもしれないのに赤十字員によって注射をされるとよみがえり、体力を回復するであろう。六十歳のお婆さんは生きかえって畑を耕やしにいき、その収穫物で兵の胃をみたすこととなるであろう。十二歳の少年は銃をとって戦場に赴き、さらに殺傷をかさね、みずからも殺傷されるであろう。六十歳のお婆さんは自身の好みや意図にもかかわらず知らず知らずのうちに食糧補給隊員として活動している結果となり、〝あちら側〟の兵が乱入してくれば〝戦闘員〟と見なされて射殺されることになるであろう。もしお婆さんが殺されないとしても、お婆さんが養ってやった兵が〝あちら側〟の兵を殺すとなれば、〝あちら側〟の兵はお婆さんを何らかの形式で〝抑制〟する行動にでるよりほかないであろう。

赤十字の行動について算術計算をしていくと、そうなるのである。赤十字員が非戦闘員にかぎって救って歩いているにもかかわらずそれは戦闘員行動と化してしまい、中立ではなくなり、真空ではなくなるのである。たたかいあう双方の無告の民を指導者の政治的意図の何であるかを問わず救うことによって、結果としては、双方の戦闘力と殺傷力をいよいよ高め、蓄積することとなってしまうのではあるまいかと思われるのである。だから、その注射筒は銃身であり、粉末剤は火薬であり、輸血瓶は手榴弾となってしまうのである。

透明なヒューマニズムをめざせばめざすだけその行動の結果は彼の悲願と忍苦にもかかわらずいよいよ怪物を育てることとなってしまわないでもないのである。そこで問題の一つは、赤十字員が救ってやった少年が気力、体力を回復して最前線に赴いたとき、彼は殺傷し、かつ、自身も殺傷されるが、そのことによって彼が何を感得したかということであろう。ある場合、彼は自身を一片も悲惨と思わずに散ってしまうだろうし、〝敵〟を破砕することに一片の悲惨もおぼえないことがあるだろうと思われる。むしろ充実しきって〝昇華〟として散っていくこともしばしばであろう。

いかなる形式においても戦争をしたくなく、またその必要もない社会においては、戦争は最悪の事態と感じられるが、戦うしかほかなく、または、戦いたくてもいっさいの抵抗の手段が封じられている社会では、戦争は最悪と感じられながら唯一の最善とも感得されることであろう。当事者と非当事者のあいだには石器時代からどう埋めようもない深淵がひらいたまま今日にいたっているが、ある殺戮《さつりく》が悲惨であるかないかはひたすらそれを論ずる人間が当事者であるか非当事者であるかによってどうにでも千変万化できるものである。

だから赤十字員の活動がどちらの〝側〟の指導者の糾弾にもかかわらず、そのヒューマニズムがしばしばナンセンスと感じられることがあっても、はたしてそうであるかないかは、誰にも計測できないことである。彼は救うために殺傷しているのか。殺傷するために救っているのか。それが悲惨と感じられるか。光栄と感じられるか。誰にもにわかに断言できることではあるまい。にわかに断言できる人は、おそらく、当事者ではあるまい。

あのどしゃ降りの雨のしぶく窓ぎわにおかれたままになっていた旧約聖書のエレミア記の冒頭はどうなっているのだろうかと、いま、日本語訳本をひらいてみると、つぎのようであった。

『故にかれらの途《みち》は暗《くらき》に在る滑《なめらか》なる途《みち》の如くならん彼等推《お》されて其途《そのみち》に仆《たお》るべし』

拍手する

ちょっとしなければならないことがあって三年ぶりで北海道へ行った。札幌、赤平《あかびら》、士別、稚内とまわり、それから釧路へいった。釧路で佐々木栄松画伯と会い、知床へ釣りにいった。私は釣りをするようになってからあちらこちらに知人ができ、そういう人びとと釣りや馬鹿ッ噺《ぱなし》にふけっているとホッと一息つくことができるようになった。それでこの世がしのぎやすくなったかということは答えるのがむつかしい問いだけれど、文章でいえば、少くとも句読点をうつことだけはおぼえたということはいえる。

佐々木さんは三年前に私にキャスティングを教えてくれたお師匠さんである。釧路郊外の大湿原を蛇行する小さな川をさかのぼり、七十五センチのイトウを二匹、私は釣ることができた。その頃はルアー（擬餌鉤《ぎじばり》）の釣りを私は知らなかったので、ドジョウを餌にして釣ったのだったが川の曲り角や、よどみや、分岐点などへきて佐々木さんが、ここはいいとか、あそこはまずいとかいうと、そのとおりであった。つぎこそ本番ですよといわれたポイントではみごと的中した。これにはすっかりおどろいてしまった。まるで掌《てのひら》の筋を読むように川を——それも徹底的に原始状態のを――読むのだった。そのキャスティングぶりは一昔前の国産のアチャラカ・リールなのだけれどまことにみごとなもので、糸はのびのびと、けれど鋭く走り、爪をたてるようにして微細なポイントへ食いこむ。一度などは船首にすわって顔を前方へ向けたままで後方へ竿をふったことがあった。それほどの妙技はその後まだ私は見ていないのである。この人、釣りは淡水、海水を問わず、全科専攻で、〝歩く道東地図〟と魚に恐れられているのだが、さてこそ、と思われた。

知床にはオショロコマというかわいい名前のイワナが棲んでいる。語源はわからないけれどひびきがかわいい。なかにはマスにひっかけてオショロコマスという人もいるそうだが、オショロコマのほうがいいように思う。学術的には〝カラフトイワナ〟と呼ばれている。おなじ魚で海へおりるのをオショロコマ、川にとどまるのをカラフトイワナと呼ぶらしい。然別《しかりべつ》湖のイワナがオショロコマと呼ばれて有名だが、これは大島正満博士の命名で〝ミヤベイワナ〟となり、この湖だけのものとされた。しかし、現在では、このミヤベイワナはオショロコマの変種であると見られているらしい。ふつうマス類は絢爛、華麗な色をしていて眼を奪われるが、イワナ類は地味である。日本に棲むイワナ類で華麗なのはブルック・トラウトしか私は見ていなかった。これはアメリカからきたものである。日本に土着のイワナはたいへん地味な色をしていて、ひれのふちの白と体に散る白点のほかは、とくにこれといって眼をひかれる色はないようである。

かねてからオショロコマのことを聞かされて、一度は出会ってみたいものと思っていた。何しろ日本全国では北海道だけにしかいないのだし、その北海道も道東地方だけ。それも限定された地域にしかいないというのである。ところが聞くところによると地元の人たちはヤマメ（北海道では〝ヤマベ〟）には夢中だが、オショロコマは見向きもしないという。いくらでもいて、いくらでも釣れ、何よりも食べてまずいからだというのである。〝雑魚《ざこ》〟、〝川のごみ〟同然の扱いであるというのである。どんな魚であれ、ごみぐらいも魚がいる川などというものは日本列島には一本もなくなってしまったのだと私は思いこむことにしているから、そんな川があるのならぜひ見たいものだと思っていた。

いってみたところ、知床半島の川は、人体でいうと、腹が海、背が山という地形だから、短くて、浅くて、せまい。〝渓流〟というよりは、谷のせせらぎというところである。しかし、ふりかえるとすぐそこに灰いろのガスのもうもうとたちこめた海が見える。釣師としての風土記からすると平野でヤマメが釣れたり、海のそばでイワナが釣れたりするというのが北海道の何とも抜群独自の妙味である。イワナは渓谷の最源泉部に棲む魚なのだから、内陸でイワナ釣りにいくといえば登山姿に身を固めなければならないのだが、北海道、それもこのあたりへくると、町から釣竿片手にサンダルでぶらぶらやってきて、右の眼で海を――オホーツク海だが――見ながら、左の眼でイワナを見るということになるのだから、どうしてもこちらは狂ってきて、その新鮮さが昂揚をさそいだしてくれる。

ミミズ、幼虫類、イクラ、毛鈎、何を使ってもいいらしい。せせらぎのふちにたって竿をふってはもどし、ふってはもどししていると、二回に一回か、三回に一回か、きっとアタリがある。こんな小さな川なのに魚がひしめいているらしい。ここと思う石のかげや落ちこみをまさぐると、小さいけれどピチピチと電撃がつたわってくる。最初の一匹を釣ってみて眼を瞠った。あたりの岩や、川原や、海霧、暗い空などという荒涼のさなかにとつぜん濡れた花がひらいたかのようだった。口から鈎をはずして逃がしてやるまえに水につけてしげしげと眺める。背は濃褐色だが胴に幼魚のしるしである小判型のパーマーク——人間でいえば赤ン坊のお尻の青アザだが——そこへ不規則に鮮明な朱紅の点が散らされ、下腹へおりるにしたがって橙色がかり、黄がまじり、下腹そのものは純白である。そしてひれは朱で染められ、イワナ類の特徴でふちが白い。

これだけ華やかな色彩が十二センチから十五センチくらいの小魚の体に集められてあるのだから、川の宝石といってもいいのである。そこへもってきて彼女はおちゃっぴいで、好奇心に富み、大食である。鈎にかかると強引、果敢に抵抗する。

「こんなきれいなイワナははじめてですね。思いもよらなかった。来てよかったですよ。満足しました。それにしてもこんなにきれいな魚をここじゃ雑魚《ざこ》扱いだとはね」

昂奮してそういうと

「いや、ほんと。ヤマメにくらべると食べた味がまずいからというんで逃がしてもらえるんですよ。このあたりでもヤマメの絶滅した川の噂さはよく聞くんですが、オショロコマはたくさんいます。私はこの魚を見ると、知床みたいに苛酷なところでよく何千年か何万年か種を保ってきたもんだと、神秘に思いますね」

佐々木さんはそう答えた。

東京へ帰ってから魚類図鑑を繰ってみるとオショロコマにはアラスカや北欧に棲むドリー・ヴァーデンとアークティック・チャー（北極イワナ）のそれぞれの特徴が入っているように思う。ことにドリー・ヴァーデンの特徴が体のあちこちに見られるような気がする。これはひょっとするとドリー・ヴァーデンそのものかその変種なのではないかしらと思ったりする。ドリー・ヴァーデンもイワナだが華麗と果敢で知られている。ディッケインズの『バーナビー・ラッジ』に登場するのがおなじ名の女で、十九世紀のヨーロッパで女の胸に花をつけたりするファッションが流行したことがあり、〝ドリー・ヴァーデン型〟と呼ばれたことがある。けれどこの魚に誰が、なぜ、いつ頃からその名をつけたかは不明であると、賢いモノの本にでている。

しばらく部屋にこもってすわったきりで単語の密林をさまよい歩く、ということしかしていなかったので、川岸にたって竿をふったり、岩を読んだりしていると、ほかのどの手段でも入手できない充実した簡潔をおぼえることができた。釣っては逃してやり、釣っては逃してやりでつづける。そうしていると、これも渓流の釣りの妙味なのだが、視野がひろがったり、ちぢんだりをはじめる。ささやかな小流れでさほどの起伏もないのに滝や、急流や、深淵がいたるところにある大きな渓流に見えたり、実物大に見えたり、はるかに縮小されて箱庭の川のように見えてきたりする。ちょっとしたゴロタ石が二、三個集って水をせきとめていたりすると、その周辺にできる渦、泡、よどみ、巻きこみ、小流れなどが、はるかな深山の巨岩と見えたり、ゴロタ石そのものと見えたり、顕微鏡のしたの世界と見えてきたりするのである。だから、飽くということがない。いつまでも佇んでいられる。水がうごいている。何よりもそのことである。それが視線を通ってこころに入り、自由をあたえてくれるのである。煙りもおなじである。タバコを闇で吸うとまずいのは煙りが見えないからではあるまいか。こころが煙りといっしょにうごかないからではあるまいか。

三年前に佐々木さんと釧路の近くの原野で遊んだときは、ギンケと呼ばれる時期のヤマメが小川でずいぶん釣れた。一日じゅうそこで遊び、夕方になって竿をしまいにかかっていると、佐々木さんから、ここは熊と牛しかいないから熊牛原野というのですと教えられた。それで釧路へ帰ってくると、町に入ったところに一軒のパチンコ屋があった。見ると、『パチンコ　チヤラリンコ』と看板に書いてある。

「なるほどね。熊と牛しかいないから熊牛原野という。パチンコ屋だからチャラリンコという。このあたりの習慣ですか」

佐々木さんは黙って聞き

「ちょっと港へいきましょう」

といった。

港へいってみると、ここは鮭鱒漁業の基地だから、ちょうどそのとき、岸壁にたくさんの漁船がとめてあった。佐々木さんはそれを指さし、あのずっといちばんはしにつないである船首に船の名が書いてある。それをよく読んでごらんなさいという。そこでよくよく眼を凝らして読んでみたら

『とれます丸』

とあった。

「……あんな名前をつけて、漁師たちが進水式に焼酎を船首にぶっかけ、大いに祝ったのですが、イザ海へだしてみると、舵が故障するわ、網は破れるわの御難《ごなん》つづきなんです。そこであしてさらしてツキを落そうというところなんですよ」

この話を稚内にいったときにすると人びとはいまさらのように北海道式命名学の率直・簡潔・具体また具体をめざすザッハリヒ精神におどろき、また笑ったのだった。そのあとで自動車で日本最北端点の稚内大岬を見物にでかけた。この途中のちょっと小高いところに会津藩士

の墓地がある。明治よりずっと以前に、会津から武士たちがはるばるやってきてここに入植したのだが、食糧困難や気候の苛烈に耐えきれず、一人、また一人と、斃死していった。その跡である。墓石を見ると、どれも素朴なもので、風雨にさらされ、なかには碑銘のよく読みとれなくなっているのもある。さぞや当時は、といささか感慨にふけり、ふと眼をあげると、二つの墓石が眼についた。これがじつに率直・簡潔・具体また具体なのだった。ほかの墓石にはみんな故人の名や、戒名や、年月日がちゃんと刻んであるのに、この二つだけには何もない。

ただ

『墓』

とあった。

この十年間に私は何度か北海道にきている。今後も、ことに釣りのために、よくくることになると思う。私は食いしん坊なのでうまいものがあると聞くと安い高いを問わず体をのりださずにいられないが、北海道にもウムといいたくなるものがある。

バターをつけて食べるジャガイモ
バターをつけて食べるトウモロコシ
缶詰でない緑のアスパラガス

屋台で食べるツブ
とれたてのイカうどん（どんぶり鉢で）
どんぶり鉢一杯の生ウニ
あつい御飯に大根おろしとスズコ
カボチャとの混血かと思いたくなるメロン
干ダラをむしりむしり飲む酒
野外で食べるジンギスカン
立食いでやる尾岱沼《おだいとう》のホッカイシマエビ
カジカの肝の味噌汁
水揚げしたばかりの毛蟹

サケとニシンと、ことにラーメンをのぞいて、いますぐ思いつくままのを書きだしてみた。ふとんのなかに入って眼を閉じたらもっと思いだしてきて、むっくりと起きあがりたくなる。そうだ、チップを忘れてた。ヒメマスのこと。これは舌にのせると、とろけそうである。アユとくらべてどうだ。一も二もない。私ならこちらをとる。といったぐあいになってくる。

釧路から知床の羅臼まで自動車で往復し、なるべく広大、多彩な印象が得られるようにあれこれとルートを選びつつ走ったのだったが、このあたりの灌木と湿原の大原野にはハイウェイはあっても野立看板が一つもないことに気がついた。どこをさがしても一つもないのである。町に近づいてもあらわれないのである。だから、町によっては、大原野に吸われたままの眼で町に入っていくことができるのである。

飛驒の高山という市は市長の指揮で町のどまん中を流れる川にゆうゆうと何十匹ものマスが遊んでいて思わず声なく橋のてすりによりかかりたくなるのだが、このあたりに〝広〟害が一本もたっていないというのも、おそらく何らかの行政措置によるものと思われる。札幌や何かの大都市の周辺となると広告また広告の氾濫で眼を蔽うことも忘れてしまってなじみ深い荒廃にこころを知らずゆだねてしまうのだが、このあたりの原野には何もない。完全な浄白である。ただ、森と、川と、湿原と、空。さえぎられ、穢《よご》され、衰えさせられ、にごってしまった眼をここでひらくことができる。誰が立案し、誰が強行し、誰が維持しつつあるのか。恍惚としているうちに、つい聞くのを忘れてしまったが、すっかり感心した。感動したといったほうが正しい。いつまでもこうあってほしいものである。

その誰かさんに拍手を送ります。

抜く

海釣りの好きな人と山釣りの好きな人とではおたがいにソッポを向きあっているものだから容易に握手ができないという説をときどき聞かされる。海釣りもイシダイならイシダイ、キスならキスとだけきめてあとはふりむきもしないという人と何にでも手をだすという人の二種があるが、山もおなじで、ヤマメならヤマメ、それも毛鉤一点張りだという人と、ヤマメもやればハヤもやりニジマスもやるという人の二種がある。しかし、山師にいわせると海はポイントが自分で探しだせないで船頭にたよることによるから六〇パーセントから七〇パーセントは船頭の功績だということになり、海師にいわせると一度荒磯や深海の大物と全身の力をふりしぼってたたかう味をおぼえたらヤマメ釣りなどというチョコマカした小手先芸などおかしくって、ということになる。この二派のほかに、山だろうと海だろうと釣りなら何にでも手をだすという一派もある。釣りにはいかないで道具ばかり集めている一派もあり、本ばかり読んで満足している一派もある。

海師と山師が対立するようにイヌ好きとネコ好きも議論もしくは沈黙を選ぶように思われる。イヌ好きにいわせるとイヌの超個体的献身と忠実がどうにもならずかわいいのだが、ネコ好きにいわせるとネコの徹底的個体ぶりが何ともニクイというのでイヌが奴隷根性に見えてしかたがないわけである。ときどき両派とも度外れのがいてツバをとばして議論しあっているのを見ることがある。オトナげないといって片づけるのは簡単だが、惚れたとなるとトメドがなくなるのがこの道だからオトナげないと一言で抹殺するとかなり深く広い人間心理が指のあいだから洩れおちてしまうことになる。それに、海だろうと山だろうと、イヌだろうとネコだろうと、こういうことに凝る人はどこかに傷や病いを持っていることが多いので、そうでない人よりは想像力や洞察力を養っていることがあると思いたいがどんなものだろうか。

私の場合は釣りは山、動物はネコということになる。

〝凝《こ》る〟というほど私はネコにうちこんだおぼえはないけれど、これまでにずいぶんたくさんのネコを飼ってきた。どんな貧乏をしてもネコは飼っていた。親子三人がブタのしっぽを食べるしかないような窮迫におちこんで毎日毎日を無我夢中にあがいてすごしたことがあったけれど、そういうときでもネコの一匹はきっと部屋のどこかにいた。たいていそれは野道やゴミ箱に捨てられて鳴いているのをひろってくるので、駄ネコも駄ネコ、雑種も雑種、どんな遺伝情報がその小さな額につまっていることやらと思われるようなものだった。それでも飼ってみると一匹ずつみな癖がちがっていて、じつに面白い。思いぞ屈して古畳によこたわったままになっているときはネコを眺めてすごすとよろしい。ネコをよく観察していたら女が書けるという小説作法上のなかなか痛切な教えが昔からあるけれど、これはネコだけでは足りなくて、ネコと女と両方の観察があってはじめてハハンとうなずける性質のものではあるまいかと思う。

ネコはどんな小さいときから飼っても、どんなに親しくしても、けっしてヒトに服従することがない。寝るときはフトンのなかにもぐりこんできてこちらの腹のうえにのっかったり、腋《わき》のしたにもぐりこんだり、ときには股のあいだによこたわったりして、ヒトの暮しの核心中にのうのうといすわることを許されながら、これくらい狷介《けんかい》孤高に独立を守りぬいて、徹底的に好きなものは好ききらいなものはきらいと峻別できる精神も珍しい。それでいてヒトに反感を起させず、餌でも愛情でもほしいとなれば甘えて好きなだけとってゆく。ネコは家畜の生活をする野獣だといいたいが、どうしてこういう精妙な技を体現することができるようになったのか、眺めているとつくづく不思議に思えてくることがある。目下わが国ではパキスタンの外務大臣がふとつぶやいたひとことがバカバカしいまでに増幅されてアニマル談義がさかんであるが、私にいわせると、いったいアニマルでない国家があるだろうか。国家という国家はすべてアニマルである。しばしばそれはアニマルなどというなまやさしいものではなくて、怪物中の怪物である。ビヒモスであり、リヴァイアサンであり、ヒドラである。日本だけがアニマルなのではない。ただ問題は、いかに、ということである。その点でわが国はさまざまな事情からしてはなはだ拙劣なくせに精力的でありすぎるために鼻白まれているのだと見たいことが多いのである。これがアニマルはアニマルでもネコみたいだったならゴリラやサイやワニやハイエナみたいな諸国からゴタゴタいわれることはさほどあるまいに、と思いたいところである。地球上のいっさいの国とおなじく日本はアニマルなのだから、その身分がどうしようもないものとなれば、あとは、いかにの一点で苦心工夫にはげむしかない。さしあたって野獣の独立を守りながら家畜の愛されかたをし、いっさいの行動の自由を持ちつつ排斥されることなく、孤高に終始しながらぬらりくらりと怠けてすごすという、さまざまな矛盾を抱きつつ諸矛盾を精妙に融合させてかえってそれを魅力に転ずる……というぐあいにいくについては、ひたすらネコについて学ぶべきである。貿易マンも、役人も、学者も、経営者も、明日からネコを飼いなさい。

ネコはなまぐさいものしか食べないという観念は私の経験によると是正さるべきである。これまでに飼ったネコは一匹ずつが独自の食慾を見せて私をおどろかした。アジやカツオ節やチーズなどという常食のほかに彼ら彼女らはヨーカンを食べ、手焼センベイを食べ、キャラメルを食べ、ネズミを食べ、スズメを食べ、コオロギを食べ、ハエを食べ、カマキリを食べた。友人の飼っている一匹のネコはナスビまで食べつつある。それも生《なま》のナスビである。このネコは孤独な散歩にでかけたついでに魚屋にたちよらないで八百屋の店さきからナスビをとって走るそうである。ちょっと頭をひねりたくなるような話なので、ほんとうかと聞くと、ほんとうだという。ツワリにかかった女でチョークを食べるのがいたりするというからひょっとしてそのネコは妊娠しているのではないかと聞くと、オスのネコだという答えであった。

しかし、そのネコが夏のナスビと秋のナスビを味覚で区別することを知っているかどうかは今度たずねてみようと思うが、チーズについて私がためしてみたところでは、国産の某社のプロセス・チーズとフランス産のロックフォールをあさましいほどの歓びの唸りやゴロゴロ声においてて区別をつけた一匹があった。このネコはロックフォールだとゴロゴロいうのに某社のにはロックフォールを食べたあとでは日頃好んで食べていたくせにホンの鼻さきをふれてみるだけになってしまった。そしてそれをほったらかしておいてロックフォールをいじった私の指さきをいつまでもいつまでも舐めしゃぶるのである。べつの一匹は食物ではなかったけれど、寝床を選ぶにあたってじつに鋭敏なところを見せた。あるときそのネコが木綿地の座ブトンをいつも玉座として眠る習慣にあったので、たまたま絹の座ブトンにのせてみたら、翌日から木綿には見むきもしなくなった。そこで、眠りこけているさいちゅうをそうッと木綿に移してみると、パッチリ眼をさますか、ウロンとしたままであるかはべつとして、だまって絹へ移ってころりとよこになる。しばらくたって寝ころんだところで、また木綿に移すとまた絹へ移る。何度やってみても木綿から絹へ移り、けっして木綿にもどろうとはしなくなった。

ある友人から、ペットを剝製《はくせい》にするのは考えものだという経験を聞かせられたことがある。

この友人もネコ好きで、ある一匹をネコかわいがりにかわいがっていたのだが、それが死んだので、惜しいあまり、大阪の動物園で剝製の仕事をしている人のところに持ちこんだ。剝製師は、ペットには一匹ずつの顔があって飼主はこまかくおぼえているが、こちらには〝ネコ〟としかわからないので、〝ネコ〟として綿をつめるしかない。すると飼主は三毛は三毛でもこんな顔じゃなかったといって不平を鳴らす。だから、どんなふうに仕上ってもいいというのならやってあげますが生前通りにやってくれというのならうけあいかねますといった。そこで友人は納得し、どうなってもかまいませんからといって、帰った。三カ月ほどたって通知がきたのでいってみると、剝製師は頭をかき、じつはネコの剝製は註文する人がほとんどいないものだから、胴や顔は何とかなったけれど、眼玉に使うガラス玉がないので、考えた末、ちょっと大胆かと思いましたが、フクロウのを使ってみましたという。友人はおどろいたけれど、やっぱりそのネコが忘れられないので、家へ持って帰って棚におくことにした。

「ピカソの太陽みたいな眼をしてやがる」

私はまだお目にかかっていないが、そのネコの話をするとき、きまって彼はそうつぶやくのである。

私の作品の一つを愛してくださっているロンドン大学のチャールズ・ダン先生は日本へきて芦屋でしばらく暮していたが、春さきの日本のネコのカンツォーネ歌手そこのけの発散ぶりに驚愕したとのことであった。こんなものすごい唸り声をたてるのはどんな野獣だろうかと思ったというのである。ロンドンのネコは春さきにカンツォーネをうたいませんかとたずねると、先生は頭をふって、ずいぶんロンドンに暮しているし、ネコもたくさんいるけれど、あんなすごい声は聞いたことがありませんといって、つくづくといった顔で不思議がっている。ダン先生によるとイングランドの田舎ではカエルも鳴かないというのである。

これまでに私はずいぶんの数のネコと暮してきたが、どれもみな拾ってきたネコであった。しかし、どこのネコも飼ってみると徹底的にネコとしてふるまい、私をなぐさめたり、よろこばせたりして去っていったが、奇妙に死を見とどけたことがない。どのネコも、ある日、家をでて、それきりになってしまうのだった。自動車に踏みつぶされたか、どこかでネコイラズを食べて野たれ死したか、それとも三味線になったかと思いめぐらすけれど、どうにも行方がわからないのである。子供のときにゾウの墓場の話を読んだことや、今西錦司博士に野生ザルで群れ落ちになったのが敢然と放浪にでてどこかの谷の岩かげで夕陽を浴びつつ白骨と化しているはずだがいまだに一匹として見たことがないと聞かされたことなどが思いだされて、ある一瞬、卒然として何事かをさとらされたような気持になる。大きなことを教えられたような気持になるのである。

あるとき、紹介してくれる人があったので、従来の方針を変え、お金をだして買ったネコを飼ってみることにした。これは血統書のついたペルシャ・ネコである。ペルシャを飼うのははじめてであるが、シャムとちがって全身に毛がふさふさしていて足は太く、顔はまるく、足も尾も太く、足のうらにも毛が生え、眼が大きくまるい。子ネコのときのむくむくとしたかわいさったらなくて、ピンポン玉にじゃれついたり、カーテンをかけのぼったりするのを眺めていると、いつまでたっても見飽きないほどだった。それがどんどん大きくなって、年増ネコと化すと、何しろ体が毛のために二倍、三倍に大きく見えるから、のろのろ歩いているところをまえから見るとタヌキかアライグマのようだし、うしろから見ると田舎の古バスのようである。顔はうっかりするとネコというよりはミミズクに似ていると見えることがある。パリやローマではこの種のネコで野良になったのをよく夜ふけや未明の町角で見かけることがあるが、一種独特の憂鬱にして傲然たる風貌をしている。

私は自身についてナチュラリストでありたいと願うものだが、妻や娘にたいしても放任したままだから、わが古バスについてもせっかく純潔種なのに、自然が呼ぶままにほっておいた。ロメオもさがしてやらなかったし、ジュリアンもさがしてやらず、アレクセイもさがしてやらなかった。すると彼女は自然の呼ぶままにとびだしていき、何日も消えていてから、ある夜、泥まみれ、ずぶ濡れ、向う傷にひっかき傷という、まるでコルシカかスペインの恋人のような恰好で御帰宅になり、四匹の子を生んだ。二匹がオス、二匹がメスである。この四匹のうち三匹の顔にはペルシャとジャパンの特長がまじっていて、さしあたって〝ペルパン〟とでもいいたいところだが、一匹だけがシャムそっくりにとがった顔をしているので、どうしてもそうとしか思いようがない顔なので、これはどういうことだろうか。近所にジャパンとシャムの手に負えぬ色悪のオス二匹が野坂昭如の小説を読んでうろつきまわっていることは私も知っているのだが、ウチの娘が一度に二匹を相手にして二つの異種を同時にはらんじゃうというようなことがあり得るのだろうか。あり得たのだろうか。どう考えてもわからない。

それにしても、一匹のネコでもいろいろ手こずらされるのに、それが一度に四匹も子を生んで五匹となると、いよいよ手のつけようがない。これがまた一匹ずつ野坂昭如を読みだしたり、オイディプスの話を読みだしたとなると、えらいことになる。ボテボテの年増女になった母親からして台所で皿を鳴らしたらダッとかけだし、そのあとに四匹がこけつまろびつ突ッ走り、本は落す、灰皿は蹴ちらす、雑誌はとばすで、ただでさえ古紙交換屋の納屋みたいな家のなかが、ひどいありさまである。熟考のあげく、人間でもあそこのパイプを切ったりの、結んだりのと、痛い思をしているのだ、ここは一つ、こらえがたきをこらえてもらおうと、近くの獣医院へ手術をうけるべく、もっていった。

すると、若い真摯なまなざしをしたドクターがあらわれ、クドクドしたこちらの話を半ばに聞いて、立派な印刷物になった値段表を持っておいでになった。数字と分類と専門の時代である。用意の周到さに私は一種の感動をおぼえたほどである。この値段表を私が数値を変えずに書きなおすと、左のごとくになった。

ネコの抑制手術料
3カ月から6カ月のネコ
メス……4800エン
オス……3500エン
6カ月以後のネコ
メス……5800エン
オス……4500エン
妊娠したメスの帝王切開……10000エン
妊娠したメスの中絶手術……6800エン

「おなじ子ネコの抜取り作業なのにオスは安くてメスは高いようですが、これはどういうわけでしょう?」

「オスは手術が簡単で、でているのをドウコウするだけですみますが、メスは内蔵されているから、切開しなければいけませんからね。麻酔の何のと、手間がかかりますよ」

「オスは、つまり、タマを抜くんでしょう?」

「そうです」

「二つありますね」

「そうです」

「一つだけならいくらになりますか?」

「一つも二つもおなじです。かりに一つだけぬいてもあとの一つが機能するから、大状況は変りがないんです。一つ抜くも二つ抜くもおなじ値段です。一つだけ抜くなんてナンセンスですよ」

「メスはフクロを抜くんですね」

「そうです」

「妊娠したのは高いんですね」

「手術がめんどうですからね」

「どうめんどうなんですか」

「あそこが腫《は》れてるから、血管から出血しないよう、工夫をしなけりゃなりません。なかなかめんどうですよ。麻酔したり、血を止めたりね」

「するとウチのネコみたいに一度三匹流産しちゃって今度四匹生んだ。つまり七匹の子供をはらんだことになって、経産婦ですね。そういうネコは、未産婦のネコよりフクロが大きくなってるから、手術はめんどうだと思いますが、お値段のほうは」

「おなじです」

「フクロに大小あると思うんだけど」

「おなじですね」

まことに分類と専門の時代である。精妙な生きものを安心して托すことができそうである。話をしているうちにまるで私自身の手術の相談をしているような気持になってきた。五匹のネコのうちとりわけ二匹のオスにたいしてこれまでになく親近できたような気がした。明日ネコを持ってきますからどうぞよろしくといって私はひきあげた。

見る

先日、ゴヤの絵が到着したから見にいきませんかと新聞社の人にさそわれ、二つ返事で上野の西洋美術館へでかけた。私の好きなゴヤは暗い画面に怪物を描《か》きだした時期のと銅版画である。ざんねんだが怪物画はその前駆兆候としての『焚火』と『首切り』の小品が二つだけで、わが子を啖《くら》うサテュルヌや三日月のしたにうずくまる巨人などは来ていなかった。銅版画はたくさん来ているので、そのうちの一つの『スペインの娯楽』を選んで感想を書かせてもらった。闘牛をテーマにした一群の作品のうちの一つである。

裸のマハの着衣を薄暗い倉庫のなかでライトの光で見たときはなつかしかった。この二つをそろって日本で見せてもらえるのはやっぱり〝事件〟といってもよいだろう。もう十年も以前のことになるがパリで〝空前〟という評判のゴヤの大展覧会があり、そこではじめて私はこの画家の作品に肉眼で接することになった。それで、ゴヤをもっと見たいばかりに二度、マドリードのプラド美術館へでかけることとなったのだが、パリの展覧会にマハは出品されていず、プラド美術館に大事に保存されてあった。パリにすら出品しなかったのを、しかも二つそろって東京に送ってきてくれたのだ、と思いたいところである。

裸のマハは不思議な画である。首がすげかえたようにぎこちなく肩にのせられているし、乳房は理想のそれとして二つとも上向きに配られているし、胴からしただけが精緻と正確をきわめた現実であり、画面全体に光がどこから射しているのかがわからず……といったぐあいに、いたるところにチグハグがある。専門家の人はもっと多くのことを指摘しつづけてきた。

にもかかわらず、最初の一瞥で眼にする全体はみごとな出来栄えである。一人の女の火照ったような、玲瓏《れいろう》でもあるようなみごとな軀《からだ》が豪奢な薄闇のなかによこたえられている。豊満と可憐、奔放と純潔、素朴と精緻、それぞれの矛盾がそのまま渾熟して定着されていて眼を吸われる。印象派の人びとの登場以来、女という女の体温と形と細部の、その光と影と色のありとあらゆる饗宴に飽満しきったはずだと思っても、やっぱりこの謎の女には魅《ひ》かれる。

私は絵の鑑賞法についてはまったくの素人《しろうと》である。人に教えられたこともないし、とくに専門書で学んだこともない。ひとりで勝手に好きだ、きらいだときめ、森の気ままな散歩者のように美術館に入っていき、眺めていき、通過していくだけである。その好き、きらいも、たいてい、最初の一瞥できめてしまう。最初の一瞥で眼をうたれなかったらどんな〝名作〟のまえに三時間佇んで凝視をしても徒労である。わかった顔をして無理な議論をするのはしんどい。ときには議論をしていてハッと愕《おどろ》かされるような意見に出会うことがあるが、そこでもとの画を見なおしても、あまりピンとこない。愕くのはその人とその意見についてなのであって、それは貴重な知覚であるから大事にしたいが、だといって最初の一瞥で得たもの、得なかったものがその意見によって変貌を起すということがない。だからその人とその意見は私と壁の画とのあいだの中間にただよっているのである。ときたま何年かたって画が変貌したり、意見と画が一致したりすることがあるが、それは何年かのうちに私が変貌したからなのであろう。

十代、二十代の頃、たとえば印象派の人びとの画が私は好きでなかった。スキラ版のどんな精巧な複製を見ても、眼がすべってしまって、注意もひかれず、関心も持てなかったのである。けれど三十代になって、はじめてパリへいったとき、この派の人びとの画を主として集めたジュー・ド・ポーム美術館へいったとき、ルノアールやボナールの、何十回見たかしれない〝泰西名画〟のまさにその現物を見たのだが、ゆっくりそれらの作品のまえを通過していくうちに、まるで春の温室でよく熟した白ぶどう酒を飲んでいるようないい気持になってきた。湯からでたばかりの女の匂いや、体温や、血のあたたかさ、石鹸の香り、息づかい、窓の日光のゆらめき……すべてが柔らかい靄《もや》となってあたりにただようようであった。それはまさに事物のような現実で、私が酔わされるままになっていることはどう拒みようもなく、ただうけ入れ、たのしむしかないのだった。私はこころよく敗北していきながら狼狽をおぼえた。これほどの現実をうかつに見のがしつづけてきたことが、もし複製しか見ていないためであったとするなら、いったいこれまでに西洋の画について私の抱いてきた見解なりイメージなりというものはどういうことになるのだろうと思ったのである。

ホンモノに接したところで裸の知覚をあたえてもらえなかったらホンモノもニセモノもおなじことだが、そうでなかったらこれはえらいことになる。いっさいがっさいやりなおしということになる。それともこのままいきあたりばったりで流れていくか。と考えていくうちに、音をたてて崩れていくものの気配があり、美術館をでてキャフェに入ってコントワールにもたれ、白ぶどう酒をすすっていると、広い面積にわたって憂鬱がひろがっていった。

また、たとえば、シャルトルの教会のステンドグラスがある。これも複製画や記録映画ですでに見知っていたところのものを現物で見せられたのだが、ひどい落差があった。いちばんひどいのはゴチック建築の天井にこめられた闇の深さをまったく感知していないことだった。複製と映画にあったのはいわばただの黒としての闇だけだったのだが、現場でふり仰いで眺める闇は柱の森のなかにある闇なのである。黒ではないのである。深く、遠く、広くひろがるこの闇にはおびただしいもの、厖大なものがある。教会の屋根のしたにある闇ではなく、空へそのまま無碍《むげ》にひろがっていく闇そのものなのである。

そこにあの色と光の清浄をきわめた豪奢な乱舞と照応があるのだった。その闇があればこそこの光彩があるのだった。しかも、背骨を冷めたいざわめきがかけのぼっていくこれだけの豪奢、華麗、荘厳なのに、まったくおしつけがましいところがなく、威迫することがなく、無邪気さ、稚《おさな》さがあって、微笑したくもなるのだった。私にはこれも予想できないことだった。豪奢と荘厳は覚悟をきめてここへやってきたつもりが一瞬でもののみごとに突破され、粉砕されてしまったが、まさかここで無邪気に出会おうとは思いもよらないことだった。闇を知らなかった私は無邪気も知らなかったのである。何ということ……

この教会をでると、小さな美術館があり、ちょうどそのときこの教会を描いた現代画家たちの作品が陳列してあった。私の聞き知っている画家のもあり、知らない画家のもあった。けれど一つ一つ眺めていくうちに、衰微と荒涼をおぼえさせられた。ガラスと布という材質の相違、透過光と反射光の相違、それがある。どうしようもなく、ある。そこはずいぶん考慮に入れておかなければなるまいと思われる。しかし、一人の男の眼に映るものという原基にもどって両者をくらべてみると、手のつけようがないのである。軽蔑することさえ忘れてしまうくらい現代画家たちの作品はちゃちで、萎《しな》びて、荒廃し、悲惨であった。現代を〝衰退〟と〝不能〟で切るのは何をいまさらといいたくなることではあるが、こうむきだしに鼻さきへつきつけられてみると、ただ声を呑むしかなかった。

この教会のステンドグラスに学んだ最大の人としてはルオーがいるが、彼の作品をちょっとたったあとで眺める機会があり、このときは最初の一瞥に賭けるいつもの癖をやめて、はじめから凝視するつもりででかけ、そうしたのだったが、やっぱり声を呑むしかなかった。シャルトルは見ないほうがよかった。あれを見たばかりにおびただしいものが消えてしまった。ルオーまでが消えてしまった。生きにくくなってくる。これからさき困ったことになる。そう思わせられた。

シャルトルの教会とそのステンドグラスは無名の職人たちの事業である。何世代も何世代もかけ、親、子、孫、曾孫とひきつぎ、うけつがれ、百年も二百年もかかって空へのびていった構築物である。その時代も戦争があり、疫病があり、抗争があり、流血があり、慟哭があり、沈黙があったのだが、信仰がこれを生みだしたのだとされている。シャルトルを見た人はきっと〝現代〟をふりかえる。そして、個性主義の末路とか、個人と全体とか、孤独と連帯とか、芸術と信仰とか、芸術とは何か、信仰とは何か、そういう原基のことを考えずにはいられなくなる。あの森の闇に迷いこんでいかずにはいられなくなる。

この教会をテーマとして書いたユイスマンスの小説の主人公の小説家は陶酔のあまりわざわざここへパリから引越してきて昼となく夜となくステンドグラスを眺めて暮すのだが、いま使ったばかりの言葉をもう一度使うと、森の闇に迷いこんだきりでついに帰ってこれなくなるという末路を遂《と》げる。それはユイスマンスの世紀末児の幻想というよりは私には徹底的なリアリズム作品といいたくなる感懐がある。

その作品をめぐってこの教会についてはもっと書きたいことがたくさんあるのだが、いまは枚数もないし、この形式ではダメだとわかっているので、見送ることにしたいのである。しかし、この教会へ一歩入ったときに最初の一瞥で背に冷めたいざわめきが走ったことだけはもう一度書きとめておきたいと思う。そういうことはめったに起らないこと、生涯に一度あればそれで眼をつむっていいことではあるまいかと思う。

ゴヤと印象派とシャルトルではごった煮というしかなくて、恐縮のほかないけれど、ごった煮にはごった煮の味があるはずだから、もうちょっとごたごたと煮てみようと思う。

パリの展覧会でうたれたのは、いま思いかえしてみると、ゴヤの銅版画を見てだったはずである。そのときはちょうどポーランドへいってオシュヴィンチム（アウシュヴィッツ）の強制収容所を見てきたところだった。異物の大群に出会って私は自失してしまい、ワルシャワへもどってもホテルの部屋にこもってウオツカばかり何日も飲みつづけた。

そのひどい宿酔《ふつかよい》を抱いてパリへでてきたものの、やっぱり飲みつづけた。この町では朝から酒を飲んでうだうだグズグズしていても誰もとがめる眼つきでこちらを見ないから、ウオツカをぶどう酒にかえて私は一日じゅう熱い霧にひたり、どんよりとしていた。偶然はまさに偶然だったけれど、ゴヤの銅版画を見るための最良の条件が私に整備されていたわけである。道を歩いていてふいに石にぶつかってよろめくようなぐあいに美術館でゴヤに遭遇した。そこで愕きを味わったので何日かしてからスペイン行の飛行機にのり、プラド美術館へいって怪物画を見たのだった。このときの旅行はそれで完成されたようなものであった。

ゴヤの銅版画のうちで、たとえば『戦争の惨禍』中の諸作は、上手か下手かということになると、むしろ下手といいたいものが多いと思う。稚拙だし、ぎこちないし、あまりにむきだしだし、混濁がありすぎる。しかし、そのうらにある気迫が稚拙と混濁に異様な現実をあたえ、精緻さと投げやりのぞんざいな混合にじわじわ浸透してくる迫力をあたえているのである。

ここにある戦争の惨禍は古典的なものである。子供がカエルの足をたわむれにひきちぎるように男や女たちが刺され、ちぎられ、むしりとられ、寸断され、吊され、投げこまれ、つみかさねられている。しかし、ナチスの純粋衝動が氾濫させたあの機械と体系による厖大な生産物とそれらはぴったり一致していた。ナチスはニーチェとドストイェフスキーの予言を実現したのだという観念をいじりながら私はワルシャワのホテルの部屋で酒を飲んでいたのだが、それにゴヤを加えることになろうとは知っていなかった。

わが子をワシづかみにして頭から啖《くら》おうとして大口をあけた白髪の怪人の眼がおびえ、すくんでいる。虐殺される女の眼がうるんで、澄んでいる。細い三日月のしたに厚くて広い肩を見せてうずくまっている巨人は憂鬱にたれこめられている。これらとほかの怪物画には始源期の混沌、大地のはらわたがつかみだされてのたうち、そそりたっていると見られる。暗褐色の空に黄昏がはびこり、広大な寂寥がたちこめるなかで、ジャガイモのような、カブラのような頭をした、坊主とも骸骨ともつかぬ魔が大口あけて声もなくゲラゲラ笑いをしている。この光景にある寂寥は史前と史後とも見られるが、病んでいたとつたえられるゴヤの脳には戦場や、宮廷や、闘牛場で目撃した人間の皮膚のしたや眼のうらにあるものがまざまざと映っていたのだろうと思いたい。

彼は何を描いているか、自分では何もわからないでいたのではあるまいかと思われるふしがあるが、絵筆は知っていた。それはどんなに血のにごったヨーロッパの画家にもない、西洋とも東洋ともつかない土臭をたたえた、名状しがたい異物の群れを描きだした。洞穴時代の恐怖と愚行のはずしようのない輪を同時代と人に見た彼は絵画史上たった一人で二十世紀を先取りする結果となった。現代人の眼で見ると彼の画からはまぎれもない現実の恐怖が分泌されてきて、体がしんしんとなってくる。

フォイヒトワンガーのゴヤ伝を読むと興味深いエピソードがつたえられている。ゴヤの版画の一つに女が鏡を覗くと獣の顔が映っているという諷刺があるが、この女はカルロス王の王妃だとされている。宮廷画家であったゴヤが自分のスポンサーを正面から嘲罵したのである。その版画集ができたとき彼は宮廷に伺候して王妃にこれを献上しているのである。

図太いとも大胆ともいいようがないが、どうして破毀《はき》されないで後代につたえられることとなったかというと、憤怒で息がつまりそうになっている王妃の耳にゴヤの友人の重臣が

「お怒りになってはいけません。お怒りになるとこれを認めることになります。権力に対する諷刺を弱めるいちばん有効な方法は権力者自らが自らの手でそれを世に広めてやることです。

出版してやりなさい」

といったからである。たしかにそういうふうにフォイヒトワンガーはつたえていたと思いだす。その結果、この版画集が後代につたわることとなり、今日、東京でも見ることができるのである。

なかなかの達人ぞろいではないか？

続・見る

ゴヤの話をもう少し。

画を見るには〝最初の一瞥〟にたよるのがすべてであって、その画家の生涯を知ったからといって感動のもっとも繊鋭な部分が変るとは思えないが、山にたとえれば峰は変えられないとしても麓《ふもと》が開発されるということはあるかもしれない。そう思ってゴヤの伝記を二、三読んでみる。ところがこの人の時代も流血・飢餓・陰謀にみたされていて、どんな人にも容易でない感情生活がしいられたと思われるうえに、この人自身の気質に神秘化や韜晦《とうかい》を面白がるところがあったらしくてわざと足跡を乱してみせていることがあり、そのためかなりの挿話が〝……らしい〟としかいいようのないままにのこされている。権力が右往左往するたびに血が流れる時代なのだから自身の本心や足跡をうっかりさらけだして生きていくことは不可能なのでもあった。

そこで、いま、作品に則してのみ、ごく短くある年代を要約してみる。

ゴヤの『カプリチョス（気まぐれ）』という銅版画集を見ると王妃、貴族、僧侶、商人、酒場女、やり手婆……手あたり次第、眼にふれ次第、思いつくまま、まっこうから赤い嘲りの笑いを浴びせているのだけれど、何度も眺めなおして、いったい彼に嘲罵されなかったのがいるだろうかという注意でもう一度眺めると、どうやら農民だけがまぬがれているらしいとわかってくる。これが『戦争の惨禍』の、ことに前半部――正確に半分ではないが――では、もっと積極的に――農民に――または人民によりそって、よりそうという以上に、その行動を支持し、賞讃するという態度にでている。侵攻してきたナポレオン軍の残虐にたいして棒や鍬などありあわせのものを手にして反抗にたちあがった人民にゴヤは暗いがパセティックな拍手を送っているのである。いわばそのとき彼はカルロス王宮のおかかえ画家、宮廷のゴヤではなく、スペインのゴヤとして銅版のうえにかがみこんだのである。

しかし、この銅版画集の後半部では、どこかを境界として彼は絶望の眼を持ってしまう。被害者と加害者という善悪の二元闘争は消えて、誰が被害者で、誰が加害者であるのか、わからなくなる。

被害者がいつ加害者になるか知れず、加害者がいつ被害者になるか知れない。人民もまたおたがいに小怪物と化して殺しあい、殴りあい、引裂きあいをはじめるのである。画は傷にみたされ、冷酷だがあてどない激情がふちまであふれてくる。

光と闇、空と土、若と老、美と醜、生と死、権力と愚昧、裸と着衣、あらゆる形式と場所でコントラストを好んだゴヤはこの版画集の多くの作品のなかで加害者の顔、たとえばナポレオン軍の兵士たちの顔を、無表情、または凡庸な仮面として描きだすか、顔を見せないで後姿だけしか見せないように工夫しているのだが、つねに被害者の顔の眼や口は精細に描いている。だからこの作品集はリアリズムではなくて、むしろしばしばリアリズムで演じられた仮面劇、仮面で演じられたリアリズムという印象をうける。

しかし、悪霊の跳躍するその混沌の描出が、ゴヤの死後も戦争があるたびにおなじことが起りつづけるため、〝正義〟の叫びがしりぞいたあとではきっと異様だがまぎれもない現実の明証として思いだされ、人びとをひきつけ、論じられることとなるのだった。スペイン内戦でも、日中戦争でも、朝鮮戦争でも、ヴェトナム戦争でも、ビアフラ戦争でも、ことごとく例外ではなかった。白昼のなかで人間の影の部分が裂きあい、ちぎりあいを演じつづけた。

『戦争の惨禍』の全体からたちのぼる殺気からするとゴヤをたたかいあう双方のうちのどちらか一方の側にたった平和主義者や、あるいは民衆主義者であったとレッテルを貼るのはいかにもうつろなことであるが、そのもうもうとした血と土の匂いからして現実そのものに直視によって参加した人であったということはできると思う。ところがこういうふうにナポレオン軍の残忍をはばかることなくえぐりだしておきながらゴヤはいっぽうでナポレオン軍の将軍の肖像画もうやうやしく描《か》いてやっているのである。

当時のスペインの知識人たちのうちの今風でいえば進歩主義者にあたる人びとはカルロス王制の愚昧と遅れをののしってフランスを人間解放の国として賞讃する習慣にあったから、フランス兵たちは許すべからざる非道をやったがその軍隊はスペインの古陋《ころう》を粉砕したという点で解放の役割を果たしたという意識があった。だからゴヤもそのうちの一人ではなかっただろうかという解説がある。

ところがつぎにナポレオン軍がウェリントンに敗れるとゴヤはのりだしてウェリントンの肖像画を描いてやるのである。表面に見える行動だけで人の心を断定するのは危険きわまりないことだが、かりにその習慣にしたがってゴヤを判断しようとなると、どっちつかず、日和見主義者、オポチュニスト、鳥でもなく獣でもないコウモリみたいな奴、無節操漢、何とでものしることができる。いささか延長してみると、一昨日までは国粋主義者で鬼畜米英打倒と叫んでいたのが一夜明けるとマッカーサー将軍を日の丸をふって歓迎して民主主義を説きはじめ、その旗色がわるくなってきてまた一夜明けると今度は北京のほうをむいてそのネコからシャクシまでいっさいがっさい何を見ても〝好《ハオ》！　好！〟と叫びだす態度にちょっと似ている。そういうふうに考えてくるとすこし身近なものに感じられてくる。脊椎動物なら死んでしまうかもしれない状況のなかでも無脊椎動物なら生きのびられるかもしれない。その生きかたといえるだろうか。

ゴヤの伝記を何冊か読んでその生涯のうちのある年代にあらわれた態度を見て興味を抱き、さらに興味を深めようとしても遠い過去の遠い外国のことだから実感、手ごたえ、何ひとつとしてピンとこないので、現代日本と日本人の態度になぞらえてみて右のような類推をこころのなかでしたとする。そのこころをそのまま保持して上野の西洋美術館なり、マドリドのプラド美術館なりへいってみる。

ゴヤの最高傑作の群れは晩年、〝聾者の家〟の漆喰壁に描《か》いた〝黒い絵〟の一群だが、それは移動させると剝落してしまうから見たくなればマドリドへいくしかないので、マドリドへいってみる。ゴヤは多彩、多作の人だったし、長い生涯だったから、作品はたくさんのこされてある。それをひとつひとつ〝最初の一瞥〟で眺めていく。それは眼を飽満させ、疲れさせ、荒すことである。宮廷画家時代の作品のあるものは上手だなと思う。あるものは美しいなと思う。あるものは皮肉だなと思う。けれど私にいわせればただならぬ気配、《おれはゴヤだ、スペインのゴヤだ、そしておれだ！》というつぶやきが洩れはじめ、通過していく足がとどまり、たゆたい、にぶりはじめるのは銅版画からである。異形の者たちの登場からである。そして黒い絵の一群にとりかこまれたとき、かつても今後も語られることのない歴史に形があたえられているのを目撃して、一瞥でひきずりこまれるのをおぼえる。豹変ただならぬ彼の生きかたのことを忘れてしまう。裸婦の傑作の幾多を見飽きるほど見てきた眼にも裸のマハのみごとな重量と光輝にはたちどまってしまったが、怪異を見飽きるほど見てきた眼も一群の黒と暗褐のなかにある雄渾《ゆうこん》と自由には思わず知らず茫然となってしまうのである。

美術館をでるときには何事かの《経験》のあとの忘我の疲労があるが、そのときちらとでも彼の生きかたのことを思いだすことがあったら、陳腐で古風だけれど強力な『芸術ハ永ク、生ハ短シ』ということばがすぐに浮かんできて最後のためらいを霧散させてしまうことだろう。この句は語られるほどにはめったに実践、体現を感じさせられることのない戒律だが、ゴヤはその稀有《けう》な例である。

アウシュヴィッツの強制収容所には当時ユダヤ人の子がどうしてか手に入れたクレヨンで描《か》いた拷問の図画が二、三点おいてあったが、それがあまりに『戦争の惨禍』の筆致のあるものとかさなりあうのに私はおどろいてパリからマドリドへとんでみたのだったが、黒い画のことは何も知らなかったから、その一群を飾ってある白い壁の部屋にはじめて入ったときには名状しようのなさをおぼえるばかりであった。

わが子を啖《くら》うおびえた巨怪、細い三日月のしたにうずくまる原人、空をとぶ予言者たち、砂に首まで埋もれた犬、げらげら笑いの女、空にたちはだかる全裸の巨人、スープをすする骸骨のような老人二人、膝まで泥に埋もれてうごけないままで棍棒で殴りあう農民（羊飼い？）二人……これらの暗澹とした形と色の内奥、または背後にひそむもの、そこから泌《にじ》みだしてきてしんしんと軀《からだ》のそこかしこに浸透していくものにはことばのあたえようがなかった。いまもないのだ。

これを見てからずいぶんたくさんの画がつまらなくなってしまった。シャルトルのステンドグラスを見てからはルオーがつまらなくなったが、ゴヤの黒い画を見てからは、たとえばおなじスペイン人ということでいえばピカソとダリがつまらなくなった。ピカソにもともと私は生体としての感動をおぼえたことがなかったのだが、いまは〝青の時代〟の謙虚でしみじみした悲哀の幾点かがいいと思うだけになってしまった。ダリとなるとゴヤをどう逆立ちしても追いぬけないし、肩を並べることもできないし、三尺さがって影を踏まないでいることすらできないと知りぬいているためにああいう技巧の軽業にふけっているのだとしか思いようがない。ゴヤは〝潜在意識〟などというアタマで考えだしたことばを何ひとつとして知らないですませられたのにダリはなまじ知っているものだからそれにとらわれて卑小な、華麗な、うつろな軽燥で病むしかないかのようである。ゴヤは渾身の勇をふるってたたかったがダリはアタマで事物を配列したり、組みあわせたりしているだけではないか。

ルーベンスはもとからつまらないのがハッキリとつまらなくなった。ルーベンスも巨怪がわが子を啖う、おなじ画を描《か》いているのだが、ゴヤのそれとくらべてみたらじつによくわかる。ルーベンスは解説し、紹介するために描いているだけで、悪やその精を何ひとつとして知らないですませられた、達者なペンキ屋であった。ゴヤの巨怪は追いつめられてせっぱつまって、どうにもこうにもならなくなってあのような行動にでてしまうのだ。怪物もまた追われるのだ。悪霊も絶対者ではないのだ。怪物や悪霊もおびえ、おののくのである。徹底的な形相のうちにゴヤがそれを示してくれた。恐怖が巨口をひらいて恐怖を叫んでいる。子をワシづかみにしているその腕や、たまらなくなって一歩踏みだした、ひらいた太腿などにある、裂傷のような筆の走りに渾身の気魄がこめられている。怪物の弱さと孤独ぶりがひしひしと迫ってくる。生涯かけてコントラストを追いつづけ、瞶《みつ》めつづけてきたゴヤはここで最高に達したかと思われる。

二度めにプラド美術館へいったときはいくらか知識と覚悟の用意があったので、また、眼を保護したいとも思ったので、ほかの画はほとんど見ないで、すぐ黒い画群の部屋へいった。この群れの一つの作品で、井戸底とも谷底とも穴底ともつかない場所へ落ちこんだ犬が首まで埋もれて上をふり仰いでいるのがあり、おそらくこれはゴヤが自分のことを描いたものであろうと解説されているが、そして事実そうだと思いたいが、この犬がただふり仰いでいるのではなくて、吠えも叫びもせずにひっそりと涙をしたたらせているのだという細部にもようやく眼がとまるようになった。

美術館をでてからホテルへもどって夕方になるのを待ち、大泥棒ルイス・カンデラスの経営していた酒場へいって暗いテーブルにもたれてサングリアを飲みつつ仔牛の睾丸の揚げたのを食べたり、ヘミングウェイがよくかよったとされている店へいって乳豚の丸焼きのカリカリとした皮を食べたり、翌日の闘牛の切符を買いに裏町をぬけていったりした。私は晩年のゴヤが隠棲していた〝聾者の家〟のことを考え、そこの漆喰壁に怪物の群れがひしめくさまを考え、夜がその家にくるところを考えた。

製作されたときの状態で作品を眺めるのが最良の方法だというのであればこれらの作品をもう一度壁へもどすのは不可能であろうからゴヤの秘儀は永遠に去ったというしかない。けれど、想像する試みぐらいはのこされている。私たちは白昼光か電灯の光でこれらの画を眺めて愕《おどろ》いているのだが、ゴヤは夜になるとランプか、ローソクか、燭台の灯で眺めていたにちがいないのだから、そうなればどのような光景が夜な夜な出現していたことだろうかと思うのである。耳が聞えなくなり、眼がかすみ、骨格はたくましいけれど肉も皮もたれさがってしまったゴヤがテーブルに燭台をのせるかローソクをたてるかしてじっとすわっていると、歴史の原動力であるらしい影の住人たちが壁からぬけだしてきてゆらゆらと部屋をよこぎっていくのである。かつてゴヤは銅版画の一つに《理性ノ夢ガ怪物ヲ生ム》ときざみこんだことがあったけれど、せいぜい直径一メートルくらいのおぼろなローソクの灯の輪しかいまはなく、その輪のすぐむこうには壁もなく、柱もなく、宮廷もなく、町もなく、地球すらない。あるのは理性と情熱が手を携えて生みだしてしまった怪物の群れだけである。史前も、史中も、いつかくる史後も、つねにそうだったのである。

生涯にわたって宮廷や、町や、広場や、酒場や、閨房や、村などで眺めつづけてきた人間と動物の眼、そこを一瞬顔を見せたかと思う瞬後にはもう後姿すら見せないで去ってしまった、あれらの真に痛切で重要であるらしいがとらえようのないものをいまローソクの灯のなかでまじまじと眺めてみると、こいつらであった。こいつらが根であった。土のなかの根であった。土のなかにあるままにいまようやく見えてきた。死がとぼしい灯のゆらめきのすぐふちまでやってきて毎夜佇むこのときになっていっさいが見えてきた。

すわる

私は十五歳のときからタバコを吸いはじめたが、パイプをおぼえたのは十七歳のときであった。友人の父が死んだときに形身わけとして革のケースに入ったダンヒルとフランス製の角笛《つのぶえ》型のをもらったのがはじまりである。子供の私にはもったいなさすぎる、眼のくらむような品であった。その頃は貧乏のどん底にあったし、現在のように外国のパイプ・タバコが自由に買えなかったから、友人と麻雀をしたり、お酒を飲んだりしたあとの灰皿をかきまわして吸いガラを集め、ひとつひとつほぐして、それをパイプにつめこんで吸ったものだった。〝モクひろい〟というものが立派に職業としてみとめられる時代で、腰に箱をぶらさげ、手に長い竹竿を持った男たちが駅やプラットによく見られた。竿のさきに針がついていて、線路の枕木におちている吸いがらを見つけると手練の早業《はやわざ》でチクリ一刺し、腰の箱へと導入する。この箱が奇妙に、まるで申しあわせたようにサントリーのオールドの箱であったが、あれはどういうわけだろうか。

そういうシケモクを家へ持って帰って男たちは一本一本ほぐし、ほぐしたのを集めてかきまぜ、タバコ巻き器で巻いて再生したのを闇市へ売りにいく。闇市へいくとそういうカクテル・タバコがいくらでも買えたが、その売りかたもいまのように十本、二十本をまとめて一箱に入れるのではなく、バラで、むきだしであった。一本きりでも買えたし、三本でも買えた。そういうのがふたたび吸いガラになって灰皿にたまっているのを私はさがしてパイプにつめて吸ったのである。吸いガラの吸いガラを吸っていたわけである。けれど、どんなタバコでもほぐしてパイプにつめてしまえばわからなくなるのだから、十七歳でパイプをくわえるのはキザの極のようだが、実用ということから見れば、キザでも何でもなく、じつに便利で有難かったのである。『二十五時』という小説の主人公が強制収容所でシケモクを拾い集めてはパイプにつめこみ、日なたで眼を細くしてふかしている、そしてパイプはいいもんだとつぶやいている場面を読んだときは胸にきた。

文章を売って暮すようになってから私は本が一冊出るたびに記念としてパイプを一本買おうと思ったことがあって、しばらくつづけたが、まもなく外国へでかけることがあわただしく連続するようになり、いつとなく忘れてしまった。けれど、旅さきでパイプが眼について、買えそうな値段だと、その場で買った。ボヘミアの農民のパイプや、イスタンブールの海泡石のパイプや、アムステルダムの陶器のパイプなどを買って帰国した。それでも、ゆっくりとそれらを吸って、いい艶と格がでるまで使いこむまでには、部屋にすわりこんでジックリと机にむかうという時間がなければならないが、私はそういうことにがまんができなくて、しじゅう巣を出入りしていたから、どのパイプもみな仮死し、埃りにまみれるままとなってしまった。どのパイプも枯れて、くすみ、こわばって、閉じるままとなってしまったが、私はふりかえらなかった。

今年の正月に私は机のまえにすわって、ひさしぶりでパイプをとりだし、一本ずつ分解して掃除をしたり、みがいたりした。レンズを拭くのに使うシカの皮でキュッキュッとみがいていくと、埃りや、傷や、褪《あせ》のしたから褐色の宝石がゆっくりとあらわれてきた。カチカチにひからびたヤニをこそぎおとし、火皿の内壁についている古いカーボンを刃のぬるいナイフで削りおとし、一本ずつにタバコをつめてくゆらしてみた。煙りの通りは上々で、涼しくて軽く、にがくもなければ汁まじりでもなかった。

頑健な作りのはそれなりに、優美な作りのもそれなりに、めいめいが寡黙だがいきいきとタバコを呑みこみ、火を吸い、煙りを吐きだしはじめた。煙りはパクパクせかせかと吸わないで、いつも一筋《ひとすじ》か二筋が糸のもつれるようになって、またはかげろうのゆれるようになって、いつまでもゆらゆらとしているよう、ゆっくりと、軽く、じわじわと吸っていく。そうすると熱がまったりと火皿全体にまわり、タバコが熟《う》れてうまくなり、さいごの一粉《ひとこな》までが煙りになる。燃えのこりがでないようにしなければならないのである。その香ばしいかげろうに顔をつつまれて机のまえにすわっていると、これなら部屋のなかにとどまっていることができそうだと思えてきた。何よりかより、まず部屋のなかにどうやればとどまっていられるか、その工夫である。小説は部屋のなかで書くものである。これからは私は放浪をやめて創作に専念しようと思うのだ。

《……ウィーク・パイプといってさまざまの型のを七本セットにして革のケースに入れたのがある。ケースの底に日曜、月曜、火曜……とあって土曜まで、金文字で書いてあり、それぞれの凹みにパイプがはめこんである。日曜日には日曜日のパイプ、月曜日には月曜日のパイプを吸う。毎日ちがう型のを使うのだ。あれがあると一週間、七日とも束縛されて、部屋のなかにこもっていられるのじゃないだろうか？》

さっそく銀座のパイプ屋へいってたずねてみると、ダンヒルの四番でそろえたら二十五万エンか三十万エンぐらいでしょうという答えであった。頭から煙りがでそうになって店をでた。

はじめて外国へいったのは一九六〇年、三十歳のときだった。野間宏氏を団長とする『訪中日本文学代表団』の一人として中国へいったのである。それが発端となって、つぎからつぎへ、とめどなく、チャンスさえあれば部屋からぬけだして遠走りすることに私は没頭した。招待されてでかけたこともあったがそのうちに不自由さがいやになり、むしろ出版社や新聞社の臨時特派員という肩書きででかけたほうがはるかに自由に、気ままに、その国のむつかしいところや細部へ入っていけるとわかったので、誘いがあればきっと乗るようにした。ときには佐治敬三氏と二人で毎日朝から約一カ月ぶっつづけにヨーロッパをただひたすら飲んで歩くという旅をしたこともあった。毎日毎日、朝十時頃にホテルをでて、ときには夜十時頃まで、ひたすら試飲して歩くのである。主としてビールであって、これは無数のブランドを飲んだが、ほかにアクヴァヴィット、チェリーヘリング、シュナップス、ミード、コニャック、ウィスキー、ジン、シェリー、ぶどう酒、手あたり次第、眼にふれるまま、だされるままに飲んだ。そのうち自分が一本の透明なガラスの螺旋管と化したのではないかと思われだし、酒がぐるぐるまわりながら体内をおりていくのがすけて見えるような気持になってきた。

旅と旅のすきまに部屋にこもって創作も書いたが、ずいぶんルポを書いた。十年間のことだから、かなりの枚数になると思う。近頃になって私はやっとその影響を骨や内臓の部分で感ずるようになった。報道にふけっていると小説が書けなくなるという影響ぶりをつぶさに感ずるようになったのである。小説は報道を含んでもいいし、しばしば必須栄養物をそこから得るのだが、報道は小説を断じて含んではならない。フィクションといい、ノン・フィクションといっても、精神の深い細部では両者とも言葉の取捨選択の行為なのであるからけじめはかならずしも明瞭ではないし、明瞭にすることもまたできないのであって、ノン・フィクションもすでにフィクションの一種なのだと考えておかなければならないのだけれど、見ていないことを見たように書いてはならぬという意味でノン・フィクションを断固として排除しなければならない。ところが、ノン・フィクションを書きつづけていると、《私ハ見タ》という信念が小説家のなかに棲む何人もの人間のうちの小説家そのものを窒息させるのである。この信念が体内にはびこり、繁殖すると、言葉を事実に変える作業のうちの、柔らかくて、繊弱で、おびえやすく、傷つきやすいものが沈黙してしまうのである。

事実を言葉に変える証人が、言葉を事実に変える小説家をおしのけてしまう。侮蔑し、否定し、追放しようとかかってくるのである。小説家が言葉をあれやこれやと選択するときは華麗なキノコのしたにひそむ、暗くて湿った土のなかの菌絲《きんし》のもつれあいのようなものがあるが、《私ハ見タ》という信念は白昼光のように遠慮会釈なくそこまで射しこんで闇のなかの生をひからびさせてしまうようである。

ここに一本のペンがあるとするとノン・フィクションの書き手は眼でそれを見るのだが、フィクションの書き手は言葉で見るのである。イメージといい、イデエといい、何と呼んでもいいけれど、彼は白紙に言葉でペンを出現させる努力にふけらねばならない。言葉、言葉、言葉である。数万語つみかさねていってそのうちどこかでやっと一語か二語閃めけばいいほうである。言葉の敏感な、ひるみやすい、けれど執拗な触手で闇のなかをアミーバーのように絶望しつつも不逞に彼はすみからすみまでをまさぐりつづけていく。

ところが、《私ハ見タ》の強烈すぎ、健康すぎ、明るすぎるものが、これを照射すると、小説家はしばしば渚の石と日光にさらされたクラゲとなってしまうのである。いちばんいけないのは、彼がそれを自覚しているあいだはいいが、知らず知らずのうちにそうなってしまって触手の原生林を枯死させてしまうことである。これはこういうふうに書くのはやさしいことだけれど、じっさいは一秒の中断もない呼吸や血行とおなじいとなみなので、独立、排除、整理、分類など、カードをあやつるようなぐあいにはとてもいかないのである。私も知らず知らずのうちに過ちを犯してしまっていた。フィクションの精神生理をとりかえすために最近書いた作品ではしたたかな思いを味わわされたのである。証人と小説家とが手を携えあって歩んでいくことのむつかしさ——作品の背後でのことであるが——それをあらためて思い知らされたような気がした。

日本の内外の現実を巡歴してノン・フィクションを書きかさねていくうちに、〝事実〟のなかにはどうしてもフィクションでなければ、または、フィクションにしたほうがはるかに強力になる、という性質のものがあるのにしばしば遭遇するようになった。それで、フィクション用の事実とノン・フィクション用の事実をどうやって分類したらいいか、何がそのけじめになるか、〝理論化〟なるものをこっそり試みてみたが、しばらくしてやめた。そういうことは誰かえらい人にまかせておけばいいのである。私は本能で嗅ぎわけつつ——しばしば窒息しそうになったり、鼻カタルになったりだけれど——歩んでいくしかないのである。また、そうしておいたほうが私のなかの小説家のためにいいようである。

芥川龍之介は《嘘の形でなければいえない真実というものもある》という意味のひそやかなつぶやきを漏らしているが、事実に要求されたフィクションというものは、何かしら、その事実の体臭とか、歌とかいったほうがふさわしいような性質のものではあるまいかと思う。そういう事実に遭遇したとき、強い酸や香水の入った瓶の栓をぬいた瞬間に鼻へくる第一撃、強烈だがそれゆえ褪《あ》せやすくもある第一撃、あの感触にそっくりのものが私をうつ。

フィクション用の事実とノン・フィクション用の事実のけじめをつけて求めようという意識で歩んでいくと両方とも夜のイタチのように逃走してしまうが、自身をひらいて歩いていくと、匂いが流れこんでくる。しかし、私は、これまたずいぶん失敗し、また、ときにはそうせずにはいられないこともあって、フィクションにしたほうがよいと思われる事実をノン・フィクションで書いてしまうことが多かった。そのためノン・フィクションと、ずっとあとになって書いたフィクションと、両方とも衰弱し、損傷させてしまう結果となることが多かった。

嘘でなければいえない真実というものが、いつもいつも、自身のなかで膿んだり、血をにじませたりしている〝秘密〟ばかりであるとはかぎらない。道でふとすれちがった女の眼や水のなかに閃めく魚の影にも、ときどき、そういうものがある。無残な真実ばかりが嘘を要求するとはかぎらないのである。

《三つの真実にまさる一つのきれいな嘘を》という意味のことをいったラブレェの場合の〝真実〟は微妙さと広大さを含み、鋭敏でありながら寛容でもある。フィクションとか、文学とか、言葉の生理の奥深いところを洞察した匂いを帯びていて、私の好きなマキシムである。このあたりの消息もまたじつにむつかしい。三つの無残な真実から一つのきれいな嘘を蒸溜することは一つの無残な真実から三つの無残な嘘を導きだしてしまうこととおなじほどに失敗しやすいことである。真実の感じられない嘘は駄洒落に堕ちるし、嘘を予感させない真実にはじつにしばしば嘘がにじみだしてくる。

感情、お金、女、旅、命、言葉、嘘、真実、官能、時間、酒。何でもいい。一つでもいい。三つでもいい。とめどなくでもいい。とにかく〝浪費〟という言葉にふさわしいような生の浪費をすることが小説家にとっては蓄積になるのだという厄介な原理が金持国でも貧乏国でもおかまいなしに襲いかかってくるので私はつらい。このイヤらしい、強力な原理は、まるで病のようにひっそりと進行し、それと気がついたときはすでに手おくれだということになりやすいので、ますますつらい。どれくらい浪費したらどれくらい蓄積されるかという質と量がどう計測のしようもないので、またまたつらい。では、ただもう何事か、何物かを浪費しさえすればいいのかというと、そうでもないよというつぶやきも漏れてくるので、いっそうつらい。

思案に窮したときはカブト虫のように頭のまわりを好きなだけとびまわらせておくことである。ただし、紐だけはしっかり手で握っておけ。そのうちカブト虫はくたびれて落ちる。そこを手にうけてゆっくりと眺めればいいのである。こういったのはアリストパネスだが、ようやく私もくたびれてきた。自宅か旅館かはどうでもいいが、まず部屋にこもって机のまえにすわり、古いパイプに火をつけ、手に落ちた私をじっくり観察することにしようと思う。

弔《いた》む

毎年、二月十四日には人にも会わず、電話にもでず、秋元啓一と二人で部屋にこもり、さしむかいで酒を飲むことになっている。部屋は私の家のときもあるが、ホテルや旅館のときもある。今年はお茶の水の旅館にこもっているので、そこの部屋で飲んだ。二日酔い、三日酔いになるくらい、徹底的にこの日には酒浸しになる習慣なので、翌日、翌々日がつらくてつらくてたまらないのだけれど、年に一度だというので、朝から肚《はら》に覚悟をたたきこんでおいて夜を待つのである。秋元啓一は朝日新聞の出版写真部のデスクをしていて夜もおそくにならないと体があかないから待ちどおしくてならない。今年は横井さんと札幌オリンピックの二つで厖大な数の写真をふるいわけて特集をださねばならないので彼はとっぷり夜になってからくたびれきった顔をしてあらわれた。しばらく会わないうちに日頃からやせているのがまたメッキリとやせ、眼のしたがたるみ、憔悴した様子である。

帳場に電話をしてコップ、氷、水などをとりよせ、まずヴェルモットの辛口《からくち》からはじめることする。ウィスキーを飲む年もあり、コニャックでやる年もあるのだが、今年は私も部屋にこもったきりだし、心身ともに疲れてもいるので、おとなしいヴェルモットでぼちぼちと、とりかかった。氷と淡い金《きん》いろの酒に灯がうつる。

「七回忌だ」

「そうだね」

「七回忌なんだ」

「もう七年になるか」

コップが鳴る。

一九六五年の二月十四日の深夜に私たちはジャングルを脱出し、沼地をわたり、ゴム林をぬけ、水田をこえて小さな村にたどりつくことができた。村の道のうえにとけこむように倒れ、何も敷かないで眠りこけた。翌朝ヘリコプターがやってきて私たちはビエン・ホア空港まではこばれ、そこからジープでサイゴンのマジェスティック・ホテルへはこばれた。村の道で野宿したときはいつ夜襲があるかわからないし、ヘリコプターで飛んでいるときもいつ対空火器でやられるかわからなかったし、ビエン・ホア空港からサイゴン郊外をぬけてホテルへ私たちをはこんでくれたジープもフロントのガラスが狙撃されたために大きくヒビ割れていたり、穴があいたりしていた。《助カッタ！》という短い言葉が全身にくまなくキラキラ輝くさざ波となって走り、いきわたったのは、ホテルのベッドへとびこんでからだった。乾いて、パリパリした、爽やかな、白いシーツのうえを、靴、野戦服、泥をつけたまま私はころげまわった。手と足であたりをたたいたり、にぎったりし、日なたでネコがよくやるように全身をこすりつけ、うねらせ、もだえたことをおぼえている。そうしたのだと私は思いこんでいる。

　去年は『サムシング・スペシャル』といううってつけの銘のウィスキーを飲もうと思ったが入手できなかったので、やむなく『パスポート』というのを飲んだ。私と秋元啓一はよくコンビででかけていたからこのウィスキーの銘は気に入った。いつかの年には『ジャック・ダニエル』の黒を飲んだのだが、これには深くて柔らかい記憶がしみこんでいる。ベン・キャットの前哨陣地で作戦があるのを待って明けても暮れてもただ寝たり、起きたり、食べたり、おしゃべりをしたりというだけの日をすごしていた頃、ヤング少佐が一本くれたのである。これはすすって飲む唯一のバーボンです、嚙んで飲むバーボンですと教えられた。このテネシー・サワー・マッシュを知ったのはそのときがはじめてだったのだが、噂さは聞いても頭からバーボンぎらいだった私は飲んだこともなかったし、飲もうと思ったこともなかったのに、これ以後は親しい仲となった。ホテルや酒場で見おぼえのあるこの瓶を見かけると、どうしてもたちどまってしまう。椅子に腰をおろさずにはいられなくなる。そしてゴム林とジャングルの展開や、そのうえにひろがる壮烈、華麗な熱帯の夕焼や、どこかでクルミの実をうちあわせるような音をたてて鳴っている野戦電話や、夜の小屋の壁で鳴くヤモリや、ひきかえせ、まにあうぞと寝言で絶叫していた特殊部隊の将校の声や、それらのほうへ重錘《おもり》が沈むようにゆっくりと降《お》りていきたくなる。このウィスキーをみたした一杯のショット・グラスのなかにはおびただしいものがこめられている。

秋元啓一は一芸の達人といってよい腕と肚を持ったカメラマンであるが、写真というものはフィルムを浪費すればするだけいい作品の生まれる率が高くなるようである。人の眼はかげろうのように一瞬の休みもなくゆれてうごいているのだから、光、影、事物、心象、角度、主題といったものもまた一瞬の休みもなくゆれてうごいている。だから彼はシャッターを切る気がうごくと、いつも、けっして一度だけではなく、何度も何度も切りつづける習慣である。少しずつ角度を変えたり、大きく角度を変えたりしながら、何度も何度もおなじものを撮《と》りつづけるのである。けれど、彼ほどの人物でも、たった一度しかシャッターを切らなかったことがある。二月十四日に大酒を飲んでいるうちに舌がほぐれてきて、毎年毎年くりかえししゃべっているのにまたしても飽きもせずにああだったな、こうだったなと話しあっていくと、きっとそれが話題にでる。ジャングルのなかで戦闘が一段落し、マシン・ガン、ライフル、手榴弾、ピストル、迫撃砲、空からのロケット、後方からの一五五ミリ榴弾、命令、悲鳴、呻吟、叫び、いっさいの人と事物の音がしなくなったとき、ある大きな木の根かたにもたれて彼が私の写真をとり、そのあとでカメラを私にわたしたので、私が彼の写真をとった。ハッキリとした声でも、よく聞きとれる声でも話しあわず、おたがいに口のなかで何かひとこと、ふたことつぶやいただけだったのだが、これが〝遺影〟をとりあっているのだということは痛烈な透明さのなかでわかっていた。

その写真のネガがおたがいに一枚きりしかないのである。彼はしばしば品のわるい、えげつないことを口にする癖があるけれど、心の優しい男で、帰国してから私がたのむと、すぐにその写真を伸ばしてパネルにしてくれた。べつに命日の二月十四日でなくても私はよくこのパネルをとりだしてきて壁にたてかけ、そのまえでゆっくりとひとりでグラスをすする癖がある。何年かあとに二人でビアフラ戦争を見るためにナイジェリアへいったとき、バラクーダを釣りにでかけてラゴスの湾から雨の大西洋へ流されてしまい、もうダメかと思って肚をきめかけたところへパイロット・ボートがたまたま通りかかって奇蹟的に救われるということがあったのだが、そのときは二人で沈みかかる舟から水を汲みだすやらエンジンの発火紐をひっぱるやらでとてもカメラにまで手がとどかなかったので、ざんねんだが、写真は一枚ものこっていない。だから私は一枚きりの遺影にむかって酒を飲むのである。自分の遺影にむかって自分で酒を飲むのは不思議なものだけれど、いつも何がしかの新鮮な味がある。ときどき飲みながら頭のなかで弔辞を読むということもしてみる。あのとき弾丸がもう五センチ右か左を走っていたら、ということは何度もあったのだから、私にとってはこれは至極当然のことである。ちょっとヒリヒリした味のする酒の飲みかたである。

「……自分の遺影を見ながら自分の弔辞を自分で読むのかね。あまり聞いたことのない飲みかただね。酒のサカナとしちゃ妙なもんじゃないかな」

「酒を飲んでいるとたいてい昔のことを思いだす。昔のことを思いださずに酒を飲むというようなことはあり得ないね。ということはダ、なつかしいか、にがいか、それは人によるとして、つまり弔辞を読んでいるということなんだよ。弔辞と意識しているかどうかの別はあるけれど、みんな酒を飲むときはそれと知らずに弔辞を読んでいるのだよ」

「そういえばお通夜の晩は飲むね」

「君なんか毎晩お通夜してるようだナ」

「あんたもだ」

「それにだネ。これをハッキリ意識する習慣をつけておくと、しのぎやすくなることがある。たとえばパーティーにいってイヤなやつと顔をあわせたときとか、気のすすまないやつと話をしなければいけないときとか。そういうときには酒を飲んでニコニコしながらそいつの顔を見て頭のなかでこいつが死んだらどういう弔辞を読んでやろうかと、あれこれ考えてると、気がまぎれるんだヨ。おれはいつもそうすることにしてるんだ。其角の句に、あれも人の子樽拾い、というのがあるが、そんなのじゃとても物足りないというくらいのヤツと顔をあわせたら、弔辞だ。これにかぎる」

「そうか。いいことを聞いた。今度からひとつやってみよう。それと、アレだな。あんたが酒を飲んでニコニコしだしたら、ハハァ、おれの弔辞を読んでやがるなと思ったらいいんだね」

「君といっしょに旅行してたらジャングル戦でも生きのこれた。アフリカで遭難しても助かった。タイで桟橋から転落しても足の骨を二本折るくらいですんだ。君の顔を見るとニコニコしたくなるばかりだ。とても弔辞を読んでるゆとりなんかないな」

秋元啓一はやせた顔に不吉な精力を漂よわせ、フ、フ、フとうれしそうに笑う。笑うと右と左の頬にひとつずつ、かわいらしいえくぼができる。私が女ならふとんのなかから指をだしてポンとつついてみたくなるのかもしれない。どこかですでにおさらいずみなのじゃないか？

秋元の顔を見るか、パネルの自分を見るか、こうして酒を飲んでいると、ヴェルモットであれ、ウィスキーであれ、コニャックであれ、じつにさまざまなことがよみがえってくる。《アルコール》はアラビア語が語源だそうだが、それには〝ひきだす〟という意味があると聞く。そこへ《スピリッツ》という言葉をかけて、酒を飲むということは、つまり、人の魂《スピリット》をひきだしてくることなのだというのが古今の万国のドリンカーたちの信条である。酒を飲まない人、酔ったことのない人はとらえようのない魂をひきだしてきて手にとってつくづく眺めたり、そのとらえようのなさにまたまたふりまわされたり、めちゃくちゃにされたり、一瞬で峰から雲へかけあがったかと思うとつぎの一瞬に奈落へ転がり落ちたりということを知らない。つまり魂と自身の、おそろしさ、広大さを知らない。と思いたくなるので、ときどき、話のしにくい人だと思ってみたり、うらやましい人だと思ってみたりする。

二月十四日に秋元は昔の荷物をひっくりかえしていたらでてきたといって日ノ丸の小旗を持ってあらわれた。それにはマジックでヴェトナム語で《私ハ日本ノ記者デス。ドウゾ助ケテ頂戴》と書いてある。私が書いたのではない。詩人でもあれば僧でもあって日本へきて阿頼耶識《あらやしき》をテーマに論文を書いたティク・マン・ジャック師がわざわざ書いてくれたのである。私たちはこれを持ってサイゴンを出発し、十七度線からカマウまで、あの国の北から南までを歩いたのだった。ときどきキナくさいなと思うとこの旗をとりだしてその場にいる人びとに見せたが、深くうなずく人もあり、ゲラゲラ笑う人もあり、何かさびしそうに考えこんでいる人もあった。この旗がどれだけきいたか、きかなかったか、どうであればキナくさくて、どうでなければキナくさくないのか、私たちには何もわからなかった。

旗を眺めていると錆びや垢や苔にまみれて意識の倉庫のすみっこにほりだされたままになっていたスピリットがキラめくような顔をしてでてきた。凄壮な黄昏の空や、黄いろい大河や、そこをゆっくりと流れていくちょっとした島ほどもあるウォーター・ヒヤシンスや、うねるようにからみつくように空に流れていた女の唄声が明滅しはじめる。あれらの人びとはいまどうしているのだろうか。いまでも食事のときには洗面器のまわりにしゃがみこみ、トリの骨はしゃぶったあとでものうげだが軽い手つきでポイと肩ごしにうしろへ投げているのだろうか。それとも、すでに土に埋められて髪や骨などの分解しにくいものまで跡形もなく分子に還元されてしまったのだろうか。ある陣地の塹壕で朝になってから這いだし、大きな無線機を背負っている蒼い顔だちの子供みたいなヴェトナム兵に手真似でトイレをたずねたら、その兵はだまってどこかへ消えた。そしてしばらくすると迫撃砲弾の紙蓋にフランス語で『隊長殿。森へ行クコトヲ許シテ頂キタイノデアリマス。メルシ！』と書いたのを持ってきた。その裏をかえしてみると、『隊長殿。アナタガ好キデアリマス。メルシ！』とあった。フランス語のできる将校のところへいって日本人をからかいたいからといって書いてもらったのであろう。兵はそれを私にわたすと、だまって地雷原のむこうのゴム林を指さし、淡く笑って、どこかへ消えた。そのいたずらっぽそうな眼と、くたびれた、静かな微笑を、私はじつに久しく忘れていたのを、すみずみまで思いだした。

これも弔辞である。ことごとく弔辞である。すでにヴェルモットを二本飲み、三本めとして秋元の持ってきたウィスキーの栓を切った。あの日、ホテルへ帰りついてからか、その翌日だったか、それとも香港へでてきてからか、あるいは東京へ引揚げてきてからか、一度か二度、昂揚とも墜落ともつかぬものにおそわれ、はずかしいので冗談の口調を借りたけれどその一瞬は本気で、これからあとの人生はオマケだ、といったことがあった。今夜もその放埒なスピリットが顔でもなく言葉でもなく、まったく未知の新らしいものを見るような、キラめく顔で登場してくる。けれど私にはわかっている。一夜明ければスピリットも顔もなくなり、人生はオマケでも何でもなくなり、やりたいことを私はやりたいようにやることができず、しらちゃけきって苛酷な時間と贅肉を持てあまして茫漠としゃべったり、書いたり、何やら笑ったりする。二〇〇人の一大隊のうちであの日戦闘のあと、のこった兵を眼でかぞえてみたら、十七人しかいなかった。私は十七分の一だったのだ。その事実だけが弔辞なのだ。

流れる

流氷が羅臼にきている。

去年、オショロコマを釣りに知床半島へいったときに案内役をしてくれた羅臼の阿部満晴君からそういう電話がくる。二月のことである。流氷は北からやってきてオホーツクの網走の海を埋め、知床半島の突端をまわって根室海峡に入る。網走のそれは海に張りつめてうごこうとしないが、反対の根室側では風と潮のために氷はたえまなくうごく。大氷原となって海を埋め、何日も張りつめているかと思うと、ふいに一夜で消えてしまったりする。消えてはあらわれ、あらわれては消える。冬のあいだそれを繰りかえしてから四月になるとさらに南下し、野付《のつけ》半島のさきへでて、そこから太平洋へ散ってゆく。冬の流氷の運動は氷原の移動だが、春のそれは無数の氷塊の移動である。南へさがるにつれて氷塊は小さくなり、野付半島から散ってゆくときは海にサクラの花びらを散らしたようになる。今年は暖冬異変でいつもよりくるのがおそいけれど、もう羅臼の港は氷でいっぱいになっている。すくなくとも今日はいっぱいになっている。明日になれば消えるかもしれない。氷の足は早い。氷を見にくる人はちょいちょいあるけれど、みんなが運よくその日に見られるとはかぎらない。でもあなたはツキのつよい人だからうまくいくでしょう。

阿部君はいろいろと説明したあと

「……こないだ送ったメフンはサケの大動脈の塩辛です。一匹のサケで一本しかとれない。それもメスのよりオスのほうがうまいとされています。こないだのはオスばかりです。しかし、〝チュ〟といって、サケの胃と腸を糀《こうじ》でつけて塩辛にしたのがあります。これは珍しいものですよ。ぜひやってみてください。ウンと用意しておきます」

食慾で私をおびきだしにかかる。これはさからうことがむつかしい。去年、阿部君は塩ウニ、コンブ（目梨コンブ）、タラ、メフンなどをその季節ごとに送ってくれたのだが、いずれも気品ある逸物ぞろいであった。塩ウニは素朴、コンブは高雅、タラは清淡、メフンは……電話に耳を澄ませながらそれぞれの味を思いだしていくにつれ、さほどいかないうちに、あっけなく流氷と〝チュ〟につかまえられてしまった。

「……きめた。いきます」

そういうと、電話は

「そうこなくちゃ」

とわらって、消える。

北海道には何度となくいってるが、流氷はまだ見たことがない。北海道が好きなのは人が優しいのと原野があるからである。道産子はむきだしで、率直で、ゴツゴツぼきぼきしたところがあって、はじめのうちはあらわすぎると感じられるのだが、そのうち流儀に慣れてくるとほのぼのとしたあたたかさがしみてきて忘れられないのである。雪国のせいか読書人が多く、田舎へいってもしばしば博識のふいうちにおどろかされることがあり、清潔な変人や、優しい奇人に出会うたのしみがある。クマ狩りだろうとヤマメ釣りだろうとケタはずれの大法螺《おおぼら》を真摯そのものといった顔つきと口ぶりでやられる。知識、会話、ポケットの小物などに意外なハイカラを匂わせる気風があるので油断がならない。〝植民地〟には相違ないけれど、それだから言語生活がおもしろく、多彩で、よく気をつけていると滅びてしまった古いことばをいまだに使っているのを発見することがある。

かがみまたいで
うがちゃんこながめ
うがちゃんこながめて
うがわらう

これは〝陸の孤島〟と積丹半島が呼ばれていた頃に、その最先端部分の旅館で聞かされたソーラン節の一節である。このあたりはソーラン節の発生の地だというので、漁師などがうたうスゴイところを教えてくれとたのんだら旅館の女中さんがうたってくれたのである。〝う〟は古い〝吾《あ》〟である。〝ちゃんこ〟は女の大事なところのことである。これも古い。江戸が東京にかわった頃には下町ではOMANKOといわないで〝ちゃんこ〟といっていたのであるということが文献にでている。それがたった百年そこそこのうちに、たとえば看板にでかでかと、《冬の夜はホカホカあたたかくて栄養満点のちゃんこ鍋で!!》などとなってしまったのだからおどろかされる。これがもう百年もたてばどうかわるか。おおらかで繊細でユーモラスなナルシシスムを豪快にうたうソーラン節を聞きながらそんなことを考えさせられたりするのも北海道ならではのことである。古いことばを聞くたのしみでは南の奄美大島あたりがもっともゆかしくてみやびやかなのだが、北海道もなかなかやる。

東京から札幌まで飛行機でいく。札幌から釧路まで電車でいく。全道ことごとく猛吹雪におそわれたので五時間か六時間かかる。釧路で一泊する。阿部君がわざわざ羅臼から自動車で出迎えにきてくれている。翌朝その車で三時間か四時間、根室の大原野を横断して知床半島に入り、海岸沿いに羅臼までいく。佐々木栄松画伯といっしょにいく。P・ギャリコの『白雁』という短篇はイングランドの大沼沢地に住んで荒涼とした原野の画を描く画家のことを書いたいい作品だが、画伯も釧路郊外の湿原ばかりをひたすら画にしている。六八年にはじめてイトウ釣りに案内していただいた頃には画がことごとく暗かったが、近頃はどうしてか一変して、明晰で華麗で、あたたかくなっている。その理由をたずねてみるが画伯は冗談ばかりいってまぎらしてしまう。私自身も自分の作品のことをたずねられたときはたいてい冗談でまぎらしているのだからバカなことをしたものだと思う。作品は作品である。明るかろうが暗かろうがそれ自身で成就されている。書いてしまえばすべては終る。それまでの苦痛と難渋である。あとはいっさい余計である。

知床半島に入って原野から海岸にでるのだが、はるかな暗い沖に糸ほどの白い線があった。流氷それが羅臼についてみるとすでに港に到着していて沖までがすっかり氷原と化していた。流氷の足の速さにおどろかされる。大きな、暗い黄昏のなかで大小無数の氷群がおしあいへしあい突堤につめよせ、ゆったりとうねり、シャワシャワ、ザワザワとつぶやきながら南へ流れていく。薄い氷のことを〝スガ〟と呼び、泥状になっているのを〝テシロップ〟と呼ぶのだと教えられる。大きな氷塊は大半が水のなかに沈んでいるのでよく見えないが、ちょっとした小屋ぐらいあるという。風が荒く、潮がうねると、そういう巨人たちが水のなかでさわぎはじめ、戦争をはじめ、とどろいたり、こだましたりする。そしてはみだしたのは怪獣のように突堤に這いあがってくる。這いあがるだけではすまなくて、水しぶきをたてて港のなかへとびこみ、なだれおちてくる。すでに突堤のうえにはたくさんの氷塊がつみかさなり、かたむき、組みあい、ころがりあっている。にくにくしいまでに太った、図々しいカラスがあちらこちらでしゃがれ声で鳴き、おびただしい数のカモメが絶叫しあっている。

阿部君が空を見ていう。

「……今晩から明日にかけて荒れますよ。ここは天候が急変するのが有名で、山も海もまるでアテにできません。風がおそろしくきついのですが、カンカンに晴れてるのにぼたん雪が降ることもあるのです。明日の朝も荒れてたら氷の格闘が見られます。これはちょっとした見ものです。先生はツイてるからね。きっと見られますよ」

北海道のことを書くといつも書こう書こうと思いながらつい忘れてしまうのだが、黄昏に凄《すご》さがある。札幌や小樽などではわからないが、旭川とか帯広とか、原野にある町ならどこでもいい。蒼茫と昏《く》れかかってくると、こころの底までしみこむような凄《きび》しさが、冷《つ》めたい広大が、いてもたってもいられないような孤独が体のまわりへおしよせてくるのである。こういう町の道路は広くてわびしくて一直線になっているが、いつだったか、夜あけに帯広の駅でおりてなにげなくふりかえったら町をつらぬくある道路のまっすぐかなたに真紅の太陽が浮かんでいるのを見たことがあった。そういう全心をうばうような異相は町を一直線の道路で縦横に切る北海道でなくては出会うことができないのである。

羅臼の町は腹が海、背が山だから道路で碁盤縞に切る面積がなく、岩にフジツボがしがみつくようにして家がおしあいへしあいしている。暗い、荒い、すさまじいいちめんの氷原に音もなく凄い黄昏がひろがっていく。

阿部君が沖を見ていう。

「あらしがくるとそのまえにヨコノミが海から避難してくるので、ハハアとわかります。海のそばの家や旅館にザワザワ音たてて逃げてくるのです。日頃ヨコノミは砂に穴を掘って暮らしているのですが、あらしがわかるんですね。あらしがおさまると、いつとなく旅館からでて、浜へ帰っていきます。これは旅館に入っても人に嚙みついたり刺したりというようなイタズラは何もしないで、ただそのあたりをウロウロしてるだけです。形も大きさもアミエビそっくりです。それがノミみたいにピョンと跳ねる。モゾモゾと腰をふってからピョンとやるので、跳ねるナとわかります。ただし、正面を向いたままで横へ跳ねるのだワ。だからヨコノミというのです。海で泳ぐときも横になって泳ぐです」

「見せてもらえる？」

「ええ、いくらでも」

「たくさんいるの？」

「そこらにいくらでもいますよ」

小さな旅館へもどってストーブに火をつけ、辻中義一君といっしょに酒を飲む。辻中君は若いけれどサケの定置網の網元である。親方なのである。どうしてだか去年はサケがたくさんとれたのでニコニコしている。サケ、ホッケ、スケトウ、ウニ、国後島《くなしり》、ロシアの監視船、氷原のなかでの漁、遭難、高山植物、トド、オジロワシ、アザラシ……酒がおびきだすままの挿話から挿話へと流れていく。床の間や部屋のすみをそれとなく見やるが、アミエビのような形をしてノミのように跳ねるという水陸両棲の虫はまだあらわれない。

画伯が東北弁の『知床旅情』をうたいはじめる。この歌は持続した物語や感情を何ひとつとして語らず、ただ〝ハマナス〟だの、〝白夜〟だの、季題を思いつくままに並べただけのものなのだが、土地ことばでうたうとにわかに根があちこちから生えて立派に聞えてくるから不思議である。このあたりでは東北弁である。画伯はサケ漁で辻中君のところへ出稼ぎにきた漁師のうたっているのを耳でおぼえたのである。東北弁は含みと癒着の多いことばで、字にしにくいが、しいてやってみると、こうなる。

〽すれとこの　みさきに
ハマナスの　さくころ
おもいだスておぐれ
おれだづのことを
のんでさわいで
おがにのぼれば
はるがくなすりに
ホラ

びゃぐやはあゲる

知床半島もさまざまである。羅臼側、つまり根室側の人びとは昔からおっとりとしているが、反対のウトロ、つまり網走側の人は、樺太《からふと》からの引揚者たちが石にしがみつくようにして開発したので、どうしても人気が荒い。北海道ことばでいえば、ゆるくないのである。こう書くとウトロの人びとにお目玉を食わされそうだが、そうだという人が多いようである。根室の人びとがおっとりとしているのは、昔、千島が日本領だった頃からのことで、海産物の集散地として景気がよかったせいではないかとされている。借金とりまでノンビリしているというのだ。

そこで歌があるという。

〽厚岸、浜中、ぶうらぶら
あとから掛《かけ》とりゃ、ほうぃほい

そういうふうにあたたかく遊んでもらったのでこちらもお返しとして『モスコウ郊外』をうたう。これはモスコウ直伝、ただしレニングラードなまりという手のこんだ、私の知っているたったひとつのロシア語の歌であるが、あたりに誰もロシア語のわかる人がいないということをよくよくたしかめてからうたう習慣にある。ここは国境地区だからロシア語のできる人がひそんでいるにちがいないと思ったのでよくよくたたいてみたが、阿部君も、辻中君も、みんな口をそろえて知らないというので、やっと安心してうたった。しばらくやってないのでところどころ穴があいたが、何となくつくろえた。

夜っぴて風がぼうぼうと荒れ、翌朝はきれいに晴れあがったが、それでも海は怒っている。氷原の海が怒る光景は、これまた異相である。見わたすかぎりの氷原が氷原のままでゆったりと広くうねるのである。うねりが高まると突堤よりも高くなり、それは凄く抑圧された力と厖大な量を感じさせられるが、海岸に沿ってそうなるからいいけれど、もしそのまま向きをかえて陸をめざして突進してきたら羅臼の町はひとたまりもあるまいと思われてくるほどである。

氷たちは格闘している。うねりが高まるたびに海から岩のような氷塊がのしあがってくる。教えられたとおりである。氷は敗北し、激怒し、しかし断固として妥協を拒んで突堤へのしあがってくる。飛沫をあげて港へなだれおちる。淡い、清浄な、透明な日光が氷原の峰、丘、砂漠、峡谷、モニュメント・ヴァレー、デス・ヴァレーに射し、表層に射し、水面下に射し、乱反射する。厚い山で乱反射し、深い沼で乱反射する。青と、白と、金の、オパールの、無数の粉が、果てしない氷原いちめんに輝やきわたり、眼をあけていることができない。美しく、非情で、不毛であり、徹底しており、容赦なく、華麗、浄白、危険をおぼえるほどである。眼を吸われたままになる。魅せられる。ひきずりこまれそうになる。《絶対》の一つ。まぎれもなくそれである。魔である。歓声と拍手にみちた《無》である。酒、肉、野菜、何も食べてはいけない。体をよごしてはいけない。つぎからつぎへと凹んだりとびだしたりしている無数の荘厳な《形》の悪戯を眼で追っていくうちに気化してしまうのをおぼえる。

続・流れる

「今日はアタマの洗濯です」

「洗濯？」

「一日じゅう寝てすごしましょう」

「いいですナ」

「ここならよく眠れそうです」

「そうですナ」

ある朝、ちょっと羅臼の町を港まで散歩してから旅館で朝食を食べたあと、佐々木画伯とそういってめいめいの部屋にひきとった。そして、いまさき這いだしたばかりの寝床へもぐりこみなおした。ここの天候は気まぐれなのと強烈なのとで有名だそうであるが、さきほどまでは澄明に晴れわたり、港へいってみると氷原が眼をあけていられないくらい燦《きら》めきわたり、山では樹氷が光の飛沫として閃めきにみたされていたのに、いまは黄昏のように暗くなって、ぼたん雪が降りしきっている。港ではエンジンの音も人声もせず、カラスのしゃがれ声、カモメの絶叫、何も聞えない。ただ暗く、ただしんしんとしている。海が氷原のままゆったりとうねり、そのうねりの山の頂上は港の突堤よりも高く見え、あらそいあう氷塊のうちで群れから落されたのがゆっくりと突堤へ這いあがってきたり、港へしぶきをあげてころがりこんだりするのが窓から見える。私は爽やかにパリパリと音をたてるシーツに体をよこたえ、手と足をひらき、しんしんとする昏《くら》がりのなかで、柔らかくあたたかくとけていく。

船見町《ふなみちょう》の阿部君と辻中君は、去年、ここへオショロコマ（イワナの一種で稀種）を釣りにきてから以来、親しくなった人びとであるが、今年は〝トバ〟と〝チュ〟を教えてくださった。〝トバ〟は塩ザケを干したもので、カツオ節に似ているけれど、ナイフで削り削りして食べると、素朴だけれど嚙みしめるうちに深い滋味がしみだしてくる。〝チュ〟は絶品である。サケの胃と腸を糀《こうじ》にまぶして塩辛にしたもので、ナマコの卵巣だけを塩辛にした〝コノコ〟に似た清淡さがあるが、あれよりさらに豊満なところがある。舌にのせると訴えも主張もせず、とろりととけ、限界のまさぐりようのない精妙なしるしをのこして消えていく。淡《あわ》としていながらあっぱれな豊麗がある。こんな女がいたらさぞや苦労することだろうと思わせられる。

阿部、辻中両君の断言するところによると私はツイているそうである。網走側の流氷は海に張りつめたきりでうごこうとしないから氷原であり、雪原であるが、根室側のは風と潮の関係でたえまなく流動する。生々流転。その気まぐれといたずらはなかなか追いつけるものではない。流氷を見たくてよく人がくるけれど、なかなかうまくミートできないのである。おまけに今年は暖冬異変だものだから氷の足がのろい。けれどあなたは流氷が沖から迫ってくるところも見たし、流れていくところも見たし、あらしで闘争するところも見たし、晴れてオパールのように輝やくところも見たのである。ツイているとしかいいようがない。あと二つだけのこっている。一つは春の解氷期に氷群がバラバラになって、南へ帰っていくところ。もう一つは冬の結氷期に漁船が氷を割って仕事をしているところである。この二つのテーマがのこっている。これは来年ぜひ来て、見ていってください。テーマを完成してください……というのである。話を聞いていると、半ばまでたどらないうちに早くも、ヨシときめた。

かねてから見たい見たいと思っていたものであったし、近年これくらいのものを見た記憶がないので、もうちょっと書きこんでおきたい。徹底的に不毛。徹底的に純粋。徹底的に華麗。徹底的に自然のいたずら。この四つの〝徹底〟をそれこそ徹底させたのが私の見た流氷である。薄暗い黄昏のなかを沖いちめんを制覇した白い荒野が迫ってくる。潮にのって氷塊が突堤のしたをシャワシャワとささやきつつ南へ流れていく。猛吹雪のなかで格闘して突堤へ這いあがってきたり、それでも屈服しないで激情のまま港へころがりこんだりする。あらしの翌日は澄明に晴れきったなかで陽が水のように降り、氷原が青、金、銀、白、無数の閃光の粉末の乱反射にみたされる。羅臼から別海《べっかい》原野へぬけて釧路へもどろうとして海岸沿いに走っていくと、陸の雪原と海の氷原が渚の線でけじめをつけられることなく、ただぼうぼうとひろがり、音もなく、匂いもなく、よこぎるものもなく、飛ぶものもなく、針一本落しても異様な大音響となりそうな太古が展開する。そこでは陸も、海も、空もない。

　これらのさまざまな氷の顔のどれにも危険を感じる。魅せられる危険をおぼえる。これはまぎれもなく《絶対》なのであるが、その不毛の純粋が華麗といたずらにたすけられて異様な優しさに転ずるのである。それが恐しいのである。おそらく《見る》ことはそのものになることであるが、生涯のうちでもめったにそういうことは発生しない。眼が人の肉の全てと化すのはおそらく死の瞬間しかない。見ることはそのものになることであると、生きている人が書くのは、ただ覚悟を述べているのである。古代の人はこのことをわきまえていて、眼のおそろしさを覚悟していたから、ロトの妻はふりかえった瞬間に塩の像となってしまったのである。私たちが生存中にときたまおぼえる同化の瞬間はその決定的瞬間のこだまであり、陽炎《かげろう》であり、予報としての擦過ではあるまいかと思われる。そう思いたいし、そう思っておくにとどめておかなければならないものである。しかし、全体はその本質を部分に含ませ、覗かせ、顕《あら》わすものであるし、予報の擦過が雪崩《なだ》れをひきおこすことがある。人はその基質で情熱的存在なのである。情熱を妄執と呼び、幻想と呼び、憑き、怨念、訴え、何と呼んでもいいが、それらすべてを含んで、いまかりに《情熱》と呼んだまでである。躁や鬱をそう呼んでもいい。人はこの怪物、多頭で不定形、不屈で透明で無償、傷つきやすく衰えやすいのとおなじ程度に執拗で不死の、そういう怪物をこころのどこかに飼っている。そして、握手したり、たたきつけられたり、駆りたてられたり、沈澱したり、求めたり、捨てたりして生涯を送っていくが、どれほど枯れたと思ってもきっとむっくり起きあがって顔のない首をもたげてくるのがこの怪物の特長の一つである。流氷を見とれさせ、魅せさせ、同化したいと願わせるか同化しつつあると思わせる。

私は少年時代に言葉に《絶対》を求めたことがあった。言葉はある事態の影でもあるが同時に一つの事物でもあるのだということが私にはわかっていなかった。私はうごかず、錆びず、汚れず、濁らず、つねにおなじ質と量を持っている純粋をさがしていて、それを言葉に求めるという誤ちを犯してしまったのである。言葉は凝視してはならない。こちらが塩の像になってしまう。それは肉であり、道であるが、同時に無であり、無でありながら混沌である。陽炎や玉虫の甲のようにたえまなく明滅、生死、転々としているものなのであるから、一瞬で、一瞥で、知覚してしまわなければならない。そしてすぐさま顔をそむけなければならないものである。それに失敗すると、たちまちこれは指紋でベトベトになるか、粉末になって散るかである。

木をさしてなぜ《木》と書かなければならないのか。魚をさしてなぜ《魚》としなければならないのか。それがわからなくなる。人まじわりができなくなる。いっさい《読む》ということができなくなる。感ずるということもできなくなる。生きていけなくなる。この約束ごとを私は無視して言葉に《絶対》を求めようと憑かれたので、それ以外の無数の衝動と瞬間で自殺を思ったが、やっぱり耐えきれなくなって、薬、縄、踏切、駅、屋上などを思いつづけた。何度決行しようとしたかしれないが、いつも一歩手前で踏みとどまってしまった。むしろ、自殺するのだと思いつめることでなにがしかの忍耐力をひきだし、それにすがって生きてきたのだといいたいところである。

流氷を見て危険をおぼえたのはその徹底ぶりに、華麗といたずらにたすけられた不毛の純粋に、ひょっとしたら私が求めていたのはこれではなかったかという思いがうごいたためであった。そして回想のかなたから怪物が起きあがってくる気配、ゆっくりと背をもたげ、顔のない首をめぐらし、こちらを凝視する気配をおぼえさせられたのである。私は言葉と人のほうへもどっていくしかない身分なのだ。人間嫌いの、逆立ちした激情家なのである。ここに長くとどまっていてはいけない。いつまでも氷を見ていてはいけない。私の求める純粋には人も棲めないし、言葉もみのらないのである。ラ・バである。《あちら》である。

夜になって眼がさめ、佐々木画伯、阿部君、辻中君と酒を飲んでいるところへ、頑強な体軀《たいく》の老人が入ってきた。村田吾一老である。老は背骨が太く、どっしりとした肩をし、掌が厚くて重く、渋い荒皺で蔽われ、禿げ頭であるが、頑健で優しい独立人である。眼が何やら不遜のいろをたたえ、腕白小僧のように澄んで輝やいている。羅臼を中心として知床半島一帯の高山植物を調査し、分類するという仕事のほかに、それら稀種をことごとく自分の家の庭に植え、種子《たね》をとり、いくらでも後世に伝播できるというところまでもっていった。そういう仕事を、ひとりで、黙って、ただし夜になれば大酒を呑んで若者をおびやかしつつ、十年、二十年、国からも道からもビタ一文もらわずにやってのけたのである。おまけに老はカラー写真をとることまでおぼえ、若干の花を——それだって厖大な数であるが——アルバムに仕上げた。眼が澄んで、いきいきしていて、断固とした自尊をひそませつつ優しく光るのにはそれだけのことがあるのである。北海道ではこんな時代になってもときどきこういう人物に出会うのであるが、ほんとに頭がさがる。つい大酒を飲みたくなってくる。

で、雪のなかへ、飲みにでた。すると飲み屋の亭主に、知床はまだ知床なのだ、こないだヤマメを三時間で五千匹釣ったというハナシを真顔でやられた。

こちらを冷めたく流し眼で見て

「……ほんとですよ」

軽くいうから

「さすがだなァ」

声低く感嘆した。

羅臼を、あくる朝発《た》って、阿部君の自動車で海岸沿いに、音もなければ匂いもない、針一本落しても大音響を発しそうな白い太古のなかを釧路に向かう。ここには釣りで知りあった、それゆえ他のどんな手段で知りあうよりも親しくなった人が何人か居住しているのであるが、

〝居住〟を〝棲息〟としたいようなのが一人いる。釧路市鳥取町新富士海岸番外地の中野友吉氏である。このアドレスに注意してください。〝番外地〟とある。しかし、刑務所ではない。釧路市をはずれたところにある海岸なのである。ただ番地がないから〝番外地〟なのである。そこに独立人が小屋を建てて棲息している。荒涼とした海岸で、かなり大きな船の二つに折れた残存部がいつからともなく渚にうちあげられたままになっているが、少し小高くなったところにある独立人のまわりには春になると赤いハマナスの花がいちめんに咲きみだれる。

中野氏が独立人なのは村田老とは少しちがった流儀においてであって、彼は家を大工でもないのに自分の手で建てた。海岸にうちあげられた荒木、トロ箱、船材、角材、何でもひろってきて、それを奥さんと二人で、何もかも自身の構想と設計で建てたのである。四年前にイトウ釣りで佐々木画伯を訪ねていったときにはじめてひきあわされ、そのとき中野氏は船頭を買ってでて、大湿原の雪裡《せつり》川へ浸透していったのだが、夜のしらじら明けに小屋へいってみると、電気がついていなくて、ランプだった。小屋は小さくて、低くて、かたむいていて、いまにもつぶれそうに見えるが、じつは頑強無比。風も、雨も、吹雪もへいちゃら。冬あたたかく、夏涼しく、一カ所にすわって手をのばしたきりで何でも手もとへひきよせられるという卓抜な構想であった。氏は馬喰《ばくろう》としてウシを関西や九州へはこぶのにいっしょに貨車にのりこんでいったり、海岸にうちあげられるホッキ貝をひろったりして、風のように気ままに生きている。これまでずっとそうだったし、いまもそうだし、今後もおそらくそうである。いっさい正業についたことがなく税金を納めたことがない。だから、もともと眼鼻立ちの正しい風貌なのだが、《貧》の匂いもなく、《貪》の匂いもなく、眼が澄み、寡黙だが剛健で柔軟である。イトウの刺身を作るのにも「一度はソ満国境で死んだ体だ」と凄文句をさりげなくつぶやくのが口癖であった。いうまでもないことだが、大酒呑みである。

海はフランス語で《母《メール》》とおなじく《メール》と呼ぶが中野氏にはまさしく母である。母はあらしのあとの渚へホッキ貝や、木材や、石炭や、土佐衛門や、ときにはクジラを持ってきてくれたりする。あるときクジラをひろったというので大騒ぎになり、中野独立人はさっそく画伯に金を借り、仲間を呼び集め、焼酎でドンチャン騒ぎをやったが、宴会が終ってイザ切ってみるとクジラはすでに腐敗していて、一文にもならないとわかったので、一挙に酔いがさめてしまったという悲話を聞かされたことがある。ただの旅の通過者にすぎない私の耳にもそういう気宇雄大な、無垢の話が入るのは、やっぱり北海道である。まだやっぱり北海道は北海道だというところがあるのである。こういう話をサカナにルンペン・ストーブのよこで焼酎を呑んでいると、ほんとうにのびのびしてくる。

さっそく一升買って画伯といっしょに訪ねてみる。港の突堤工事のために潮が方向を変え、もとの場所が波で浸食されはじめたのでといって独立人はちょっとはなれたところへ新屋を建てるべく、いそがしくはたらいているところであった。さっそく呑みにかかったが、四年間に彼は一変してしまった。やせこけて、眼も頰もゲッソリと落ちくぼみ、背がかがみ、手がふるえているのだ。酒にめっきり弱くもなった。しかし、この奔放、風来、剛健な男の背骨のうえをわたっていったものは、よほどのものであったにちがいないと察しられる。やせたのもいい。酒に弱くなったのもいい。しかし、たかが一杯や二杯の酒で彼は告白をはじめるのだ。告白するのもかまわない。世のなかには、毎日、朝から晩まで自分のことしか話さないという人がたくさんいる。けれど、四年前の中野氏には、そういうことは、およそ想像のしようもなかったことなのだ。彼は自身をささえきれなくなりかかっているらしいのだ。

私がいつかのクジラの話を持ちだすと、ふいに彼の顔に雪崩《なだ》れが走った。渚にあがったミンク・クジラを息子の徳光と二人して四苦八苦のあげく仕止めて、まことにその日は盛大であったが、その後、ある日、息子は水泳にでたきり姿を消してしまったというのである。カニとり舟にやとわれてはたらきにでていたときで、女房や息子にカニを食べさせてやろうと家へ持って帰ったのだが、その夜も、つぎの日も、つぎのつぎの日も、そしてずっと、今日まで、息子は消えたきりだというのである。

「徳光はいってしまったです」

氏の厚い、皺ばんだ手のなかでコップがふるえ、眼にあらわないろが光っている。何事かがもうそこまできている。かくせなくなっている。ささえきれなくなっている。不屈の男が、敗北を、口にしている。

私はだまって酒をすする。

学ぶ

近頃の地球は皺が深くなったわりにはひどく軽くなったようだ。二十余年も昔のあるエッセイの一節で林達夫氏が、独特の精妙・辛辣・澄明の口調にいたましさとにがにがしさをひそめて、そう書いていらっしゃる。この文章の前後ではあらゆる時代の人が同時代にたいしてつねにそう感ずるものであるらしいことの雰囲気がよく漂っているのであるが、とくにこの一節だけをとりだしてきて、私個人のいまだに薄くなっていない記憶にハメて回想してみると、一九六八年がそうであった。

この年は、ヴェトナムでは〝テット攻撃〟、チェコでは〝プラハの春〟、パリでは〝五月革命〟の年であった。叫びの年であった。それぞれの叫びはそれぞれの口からそれぞれのアクセントで発せられた。これが地球を軽くしたか、重くしたかの判定はいましばらく待たねばならないとしても、それぞれの地域において皺が深くなったことだけはたしかであった。これにもうひとつビアフラを加えると、すでにこの年には飢餓戦争の凄惨な兆候が濃化して、ヨーロッパの新聞と週刊誌とテレビは、毎日、毎週、〝生きている黒いアウシュヴィッツ〟で埋まっていた。

私は『文藝春秋』にパリの学生叛乱の実見記事を寄稿する約束で六月に東京を発ったのだったが、これは〝革命〟と学生たちが叫びたててはいたものの、おそろしく短命であり、強烈にふいうちの効果は発生したものの、じつにはかなかった。五月に発生したのに六月にはもう分裂し、孤立し、衰微していて、警官隊や、ガス弾や、催涙銃によるよりも、もっと音なく近づいてくるヴァカンスのためにあっけなく消えてしまった。〝労働者よ、学生よ、団結だ！〟と叫ぶ録音レコードがサン・ミシェル大通り《ブールヴァール》の本屋の店頭で一日じゅう回転しているのだが、ただそれだけのことで、一年後のおなじ時期には、おなじ本屋の、おなじ場所で、男女のベッドのなかの呻唸をシャンソンにしたレコードが、〝ああ、逝く、逝く、あなたの腿のなかで……〟、鋭い肩をふるわせ、壮麗な下腹をうねらせてもつれあい、私をぼんやりさせた。

私はサン・ミシェル大通りのすぐ近くに下宿していた。この大通りは学生隠語では短く〝ブール・ミシュ〟と呼ばれるが、一時は〝革命大通り〟と呼ばれたこともあった。バリケードをつくるためにマロニエの木が切りたおされ、石畳が掘りかえされ、催涙ガスが流れ、叫ぶものも、だまるものも、毎日、涙を流していた。それを皮肉って、国歌の『ラ・マルセイエーズ』の一節の〝オー・ザルム・シトワイヤン（武器をとれ、市民よ）！〟が〝オー・ラルム・シトワイヤン（涙を流せ、市民よ）！〟と歌いかえられたこともあった。けれど、とどのつまり

〝革命〟が字義のとおりになるためには導火線である学生運動が火薬である労働者に引火しなければならないのに共産党その他の革命政党と労働総同盟はけっして同調しようとしなかったのであり、労働者たちは革命によって得るよりも失うもののほうが多いと本能的に察知してうごこうとしなかったのである。あの、よく知られた定則が、この場合にもはたらいたのである。絶対自由主義者《アナルシスト》であるらしい美少女が全身を黒革に固め、二、三人の陰毛ヒゲ学生にかつがれ、〝どことんやんな！〟と絶叫しつつ大通りを上ったり、下ったりする光景もあったが、どこからともなくあらわれて、どこへともなく消えていき、何ということも起らず、はかないかぎりであった。爽快で、鮮烈で、眼を瞠《みは》らせたが、しかし、それだけであった。石川淳氏の作品にそのままであった。

帰国してからそういうと

「その点もそっくりだぜ」

石川さんはおっとりとつぶやいて笑った。

西ドイツへ移動してから、毎日、私はテレビを眺め、新聞を読み、チェコ、ヴェトナム、ビアフラ、どこへいこうかと判断に迷った。プラハは約十年前に作家同盟に招待されて夜な夜な彷徨したことのある首都だが、おぼえのある広場にソヴィエトのいかつい戦車が浸透し、市民たちは素手でそれに石コロを投げたり、国旗をふったり、腕を組んで傍観したりしている。この叛乱はモスコオを頂点とするたくさんの社会主義国の定義によれば社会主義の国際的統一を乱す分派の分裂活動だということになるのであったが、ブラウン管や新聞紙にあらわれる解説のうちで明らかに反共宣伝と思われる要素を私なりにのぞいていくと、究極的には属国の叛乱であり、そして、奴隷の蜂起であった。〝社会主義〟や、〝国際的統一〟や、その他一連のコミュニストの口から叫ばれる哲学的、情熱的、かつ戦術的な用語に迷い、悩まされながら、何の堅固な実感もないままにまさぐっていけば、とどのつまり、チェコの人民のかなりの数の人びとは独裁体制にあきあきし、自身で自身の運命を決したいと思い、労働意欲のわく経済体制をお題目哲学ではなくて実質としてのそれとして確立したく決意したのであり、そのためにキャフェから街路へでていったのであると、思われるのであった。彼らが社会主義そのものにどれだけ疑いを抱いているのか、本質を疑いながらスローガンのモラルにどれだけ束縛されているのか、それからどれだけ離脱したがっているのか、社会主義の内容を情念もさることながら自由を獲得するためにどういう新体制に変更しなければならないと感じてこの行動にでたのか。温度・湿度・乾度、いっさいがダイヤルひとつで調節できる、ライン河のほとりの森のそばの、ガラスと鋼鉄の、静寂をきわめた部屋のなかでブラウン管を眺めるだけしかない私には、どう判断のしようもなかった。ただ私の本能には、これは属国の叛乱、奴隷の蜂起であった。あてどない、子供っぽい、それゆえ悲痛でギリギリの、死にものぐるいの、観念による叛乱ではない叛乱のようであった。中国人にとっては孫文が右・左を超えた国父だが、チェコではトマス・マサリックがそれに相当すると思われる。息子のヤーン・マサリックは共産党の乗ッ取りクーデターのときに謎の自殺をしているのだが、チェコの若者たちがその墓に花を捧げて、〝ヤーン、私たちはあなたを忘れていません〟とつぶやいている光景が、ある夜、ブラウン管にあらわれて、私を愕かせた。

どこへいこうかと迷ったあげく、結局、私は、二月と五月につづく第三波の総攻撃があるのではないかと思われたサイゴンへいくこととなる。その予兆を私はベルリンの新聞でほのめかされ、クアフュルシュテンダムの某通信社支局のファイルを読んで背景を教えられ、パリへでてからもう一度新聞でほのめかされる。サイゴンへいってみると、その兆候は信じられるのとおなじ程度に疑われてもいた。くる、という人と、あやしい、という人が、十人のうちほぼ五人ずつであった。しかし、解放戦線はビラをまき、口コミをし、凄惨なテロを市内で続行し、ロケットで攻撃し、いっぽう正規軍部隊はサイゴンめざして南下しようとしてカンボジア国境周辺とタイニン周辺ですさまじい戦闘を展開していたが、結局のところ、抑制されたか、戦略の変更かで、おりてくることができなかった。毎夜、私は窓ぎわに高く砂袋をつみあげて防空壕のようになったパストゥール街のアパートの部屋で、なまぬるいコニャック・ソーダをすすりつつ、日本人記者たちと、猥談や、女と釣りについての法螺話にふけったりして、すごした。それにがまんならなくなると、二日酔いをさましてから、石川文洋君といっしょに最前線のバナナ島へ魚釣りにでかけた。そこでは村長にも、農民にも、こころからのと思われるつつましやかな歓迎のされかたをしたが、魚は何日もいたのにカチョックが一匹釣れただけであった。

秋おそくになって東京へ帰ってきたのであったが、お茶の水のいきつけのホテルに泊って、仕事をした。書きにくくて、あまり本心から書きたくもないと感じている原稿を書こうとするために、胸苦しくうつろに部屋で寝たり起きたりをくりかえす毎日であった。書きたいことは光、匂い、色彩、ささやき、眼、花、女、死屍、傷口、閃光、炸裂音、優しさ、沈湎、衰頽、激情、荒寥……数知れずあったが、どれも激しすぎ、また、遠すぎたし、まだ醱酵桶のなかでピクピク跳りすぎていて、文体を求めるところまで達していなかった。昼間の学生と夜間の学生が交替する、なまぐさい匂いをむんむんたてる潮におされるままにのろのろと坂をおりたり、タバコに火をつけてみたりしていた。なにげなく新刊書店へ入っていき、店内いっぱいにあらゆる色彩とことばでオレが、オレがとわめきたてているような雰囲気にたじたじとなりながら棚を見ていくうちにC書房の叢書に『歴史の暮方』が入っているのを発見したので、それを買ってホテルにもどった。これまでに二度か三度ほど読んでいるはずの本であったが、読みにかかると、まったく新しい本を読むような気がした。仕事をそっちのけにして私はその夜をこの一冊だけですごし、全身字毒に犯されているはずなのに、めずらしく感動し、しかも浄化されるのをおぼえた。活字の字母を一個ずつたんねんに清浄してから組みこんだような文章からそれはくるのだけれど、そのうしろにある明晰で広大で微細、同時に柔軟であり、率直であるもののためである。

この本はもう二十余年も以前に書かれたものである。そして著者は当時、敗戦後の狂乱と叫喚と飢えのこだましあっている日本に住んでいて、一歩も海外へでていないのである。どういう資料によったのかは明記されていないけれど、著者は静かな部屋で椅子にすわって印刷物を繰っただけのはずである。そして、椅子にすわったまま現場へ一歩もでないままで犯人をこれだといいあてているのである。ある種の推理小説は数かずのタイプの名探偵を想像するうちにこういうタイプの名探偵も創造したが、〝アームチェア・デテクティヴ〟と呼ぶ。

この論集にある『ちぬらざる革命』と、『無抵抗主義者』と、『共産主義的人間』を読めば、プラハの広場に浸透したソヴィエトの戦車の燃料が何であったか、ピタリといいあてられてあるように感じられる。それはクレムリンから分泌されたコミュニズムの本質の一つ、スローガンやことばで消すことのできないもの、それを迎えるものの鼻さきに何よりもさきにムッと形なく迫ってくる体臭のようなものをいいあてている。それはいまではコミュニズム批判の常識のABCとなっているように見えるけれど、いまだに皮膚として定着されているとは思えない。しかも重要なことは、この論文がスターリン批判より以前にたった一人で、スターリンやコミュニズムが神様扱いされていた時代に、堂々と正面からいい放たれたという点にある。この論文とおなじことを感じたり、考えたり、仲間のうちで話しあっていた人は多かったかもしれないが、このように書きぬいて発表した人は、まず、記憶がない。この点である。現在の日本の言論界にもなにものかの影におびえて率直に感想を述べることができないタブーというものは各分野にたくさんあると思うが、そのためにモグモグと口ごもった、もってまわった、濡れたマッチのような文章がいかに多いかを思うと、林達夫氏の直面して臆さない態度はみごとであった。

ソヴィエトはコミュニズムを掲げ、それが世界に冠たる唯一無二の、《絶対》の体制であることを徹底させなければならなかった。それが〝ソヴィエト〟から無限に増殖、増幅、膨脹されていくうちに民族主義、愛国心と癒着して、〝ソヴィエト第一〟が〝ロシア第一〟と結合する。ラジオ、蒸気機関、ペニシリン、飛行機、ロケット、質量恒存の法則、南極大陸、マーシャル群島……ことごとくロシア人が発明し、発見したものであるとソヴィエトの子供たちは小学校でたたきこまれる。それらのあるものがアメリカ人、あるものがフランス人によって発明、発見されたものであるというのはことごとく西欧資本主義のペテンであると教えられる。この大胆不敵、また放埒なナショナリズムが自国内にとどまっているあいだはまだしも、やがて周辺の社会主義諸国へインターナショナリズムの名のもとに浸透していく。たとえばソヴィエト国内ではスターリンの生家が聖所扱いされるのにチェコの国父、トマス・マサリックの墓と家は徹底的に抹殺、蒸発させられてしまう。チェコ人のコミュニストによってである。ナチスでさえチェコ人の愛国心を刺激することをはばかって手をつけようとしなかった聖所が、チェコ人のコミュニストの手によって一掃されてしまうのである。ソヴィエトではイワン雷帝もスターリンもことごとく聖化されているのに〝兄弟国〟であるはずのチェコでは忘却、消滅、蒸発、無化である。トマス・マサリックを知ることの深い林達夫氏はその処遇を思うたびに〝何か遣り場のない憤《いきどお》りのようなものが突っ走るのを禁じ得ない〟と書いている。

プラハに浸透した戦車をただ大国主義の象徴や、社会主義の統一と団結を守るための非常措置と見てよいかどうかには疑いが多い。そのうしろには積年のソヴィエトの《絶対》を強行することから発生した超ナショナリズムと、インターナショナリズムを掲げながら徹底的に外界を排除しつづけてきた自閉衝動とが一体になっている。自閉しつつ昂揚しようとする怪異なヒステリーに似たものが渦動していた。とめどない膨脹がとめどない内閉と表裏一体と化してあの行動となったのではあるまいかと思われる。だから自由派のチェコの知識人たちはいっせいに〝社会主義・帝国主義だ！……〟と叫んだのであったが、それらの人びとは、いまは亡命するか、沈黙するか、道路作業員をしている。ふたたび人びとはドアのかげで息をひそめ、深夜の靴音におびえ、作家たちは仕事にかかるまえにテーブルのしたをのぞきこんで刑事がいないかどうかをたしかめる。

林達夫氏の論文にはチェコ問題の基本線がほとんどすべて書きこんであり、指摘してある。あとはただ何年何月何日に戦車がきたと書きこむだけでよい。属国の叛乱としての要素はすべて予言されてある。奴隷の叛乱としての要素を見ようとするなら若干の類推力をもって『無人境のコスモポリタン』にあるギリシャの奴隷の本質を読めばいいようである。たかが雑報記者にすぎないくせに壮重に論じ、幼稚に糾弾し、切実に嘆き、傲然と無知をさらけだし、さっさと忘れる大新聞にふりまわされている、小さな説を書いてメシを食っているので、小説家と呼ばれている私も、たったひとりの真のジャーナリストの明察と悲痛を読んで、つくづく、学問をしなければいけないと反省させられる。わが国にはマスコミはあるけれどジャーナリストはひとりもいないのである。林達夫氏をジャーナリストと呼ぶのは非礼のかぎりと承知のうえだが、近頃のあまりのていたらくにこう書いてしまった。

遊ぶ

前回につづいて林達夫氏をめぐっての感想を書くつもりでいたところ、今月はかねてから進行中であった二冊の特装本がやっとできあがったので、そのことを書いてみる。二冊のうちことに釣りの本については手痛い思いを味わわされたので、どうしても、何かちょっぴり書いておきたいのである。

古い話になるけれど、一九六九年に私は朝日新聞社の秋元カメラマンと二人でアラスカをふりだしにほぼ地球を半周する釣り旅行にでかけた。アラスカ、スウェーデン、アイスランド、西独、フランス、ナイジェリア、イスラエル、タイの諸国で釣りをするか、または釣りをする試みをした。

ただし、ビアフラの戦争と中近東戦争も前途にあったので、ナイジェリア、イスラエル、エジプト等では最前線へ出動した。帰国してから『週刊朝日』にその全行程の、釣りも戦争もふくめて、ルポを連載し、あとで単行本『フィッシュ・オン』を同社から出版した。この本の文と写真は釣りに関するものだけである。現代の両極端の顔を一冊に収納すればこの時代の矛盾のはげしさを見せることができるという考えかたもあったが、むしろ実際としては〝平和〟と〝戦争〟が双方おたがいにおたがいの質を損《そこな》いあう結果になるのではあるまいかという懸念のほうが大きかったのである。だから単行本では釣りだけが内容となっている。

そのころ朝日の出版局では田中勇氏がはたらいていた。『週刊朝日』から移動して単行本をだす仕事をしていた。もともとこういうトボケた旅行をしてその記録を書いてみないかという企画は私と彼との共同謀議みたいなことだったのである。彼は見たところ冷静・沈着な風貌をしているけれど、皮を一枚剝いでみると、熱いものが季節を問わずわきたって煮こぼれそうになっている釣りキチで、その道では有名な人物なのである。専攻はイワナ、ヤマメなどの山釣りと、アユの友釣りである。風狂紳士というものははたから見るとどうにも理解のしようのない衝動を抱いているものであるが、彼もその一人で、ヤマメに熱中するあまり、東京都内の自宅の庭に池を掘ってこの魚が飼えないものかと思いだしたらどうにもジッとしていられなくなり、とうとう井戸を一本掘り、小さな池をひとつ掘りして、それに掛樋をあしらい、石など配り、〝枯山水〟とはいかないけれど、とにかくソレらしきものをつくった。そして山へでかけてヤマメを釣ると、『ブク』（酸素の小型ボンベ）をきかしてはるばる混濁の都まで生かして持って帰り、その池に放して狂喜した。翌日眼をさましておそるおそるのぞいてみると石のかげでヤマメが眼を光らしていたので、また狂喜した。毎日毎日狂喜が持続するうち、その池のことを〝壺中の天地〟とか〝壺中居〟などと呼ぶようになった。

「……この『フィッシュ・オン』にはアラスカのキング・サーモン釣りがでてくる。キングはあなたのいうところだと難物中の難物らしい。そこでですナ、どうでしょう、この本の特装版を私家版で作り、サケの皮をナメして表紙に使うというのは。ヘビやトカゲの皮を使った本はよく聞くけれど、サケの皮というのは聞いたことがない」

某日、田中氏がそういいだした。よこにいた足田輝一氏もそうだ、そうだといいだした。この人はそのころ出版局長で、『週刊朝日』編集長時代から私は切っても切れぬ関係にある。この人は魚ではなくて昆虫と花に眼がなくて、やはり病いの重い体質である。

「アイヌがサケの皮で靴をつくったという話はよく聞く。けれどまだ実物は見たことがない。人類はありとあらゆるものを本の装幀に使ってきた。あらゆる動物の皮を使い、ときには人間の皮を使った場合もある。ブッヒエンヴァルト強制収容所のナチスの女ボスは囚人の皮をナメしてランプシェードにした。サケの皮を使って財布とか何か小物入れにしたのは北海道の土産物屋でよく見かける。したがってサケの皮そのものは珍しくない。しかし、アラスカのサケ釣りの本にアラスカのサケの皮を使おうというのである。これは珍しい。稀《ま》れである。稀れ中の稀れである。サケ釣りは気品高い人の気品高い遊びである。ただ本をだしたというだけじゃつまらない。よろず物事は徹底しなければいかんのである。そうでなければいかんのである」

足田、田中、開高の三人はそんなことをいいあううちにほどなく開高がはしゃぎたって、やろう！……となった。この人物は小さな説を書いてメシを食っているので〝小説家〟と呼ばれているが、中年になっても感じやすい気質が濃くなりこそすれ、消えるということがない。何事につけても影響されやすく、犯されやすく、腐敗しやすいのである。このときはおだてられてひとたまりもなく昂揚してしまった。

ブック・デザイナーの沼田望氏を呼んでさまざまな造本のアイディアを練るうちに、日ならずしてプランができ、さらにそれを新潮社の沼田六平大氏、佐藤俊一氏といっしょに練りなおし、さらにそれを大口製本の大口社長と同社の山口親方の両氏にきてもらって練りなおして、やっと最終プランがきまった。大口氏と山口氏は名匠気質を濃厚に保持している、業界でも一目も二目もおかれている人物である。

はじめのうち会議は朝日新聞社でやっていたが、そのうち私が長くて辛い仕事をするため矢来町の新潮社のクラブに泊りこむようになったので、何度もそこで、ああでもない、こうでもないと案を練りあった。小説を書いているときはことさら感じやすくなっているときでもあるから文学関係の本や文はいっさい遠ざけねばならないが、こういうことで人と接触するのは愉しくて爽やかであった。

「これはおもしろい仕事である。冒険である。いろいろな技術を組みあわさなければならない。

しかし、たまにはこういう難題にも取組んでみなければ腕がにぶる。唯一の難は本があらかじめできてしまっているということで、欲をいえばイロハのイの字からわれわれでやりたかった。なぜそうしてくださらなんだのか」

新潮社の沼田六平大氏、佐藤俊一氏、大口氏、山口親方、それぞれがそういってむずかるのをひたすら謝って、こらえてもらう。

完璧主義者の沼田氏や名匠気質の大口氏が難色を示したのは当然である。すでに完成して出版された本にヤンピ（インドの羊）の皮をかぶせ、そこにサケの型にぬいたサケの皮をはめこみ、本金で天金にし、背に〝FISH ON〟と天金でうちこんだのをキャンバス装のオープンケースに入れる、というのが最終案なのである。部数は三十部である。これだけの部数のために本文全部を紙をかえて印刷しなおしたとなると私の乱視まじりの近眼が左右二コともとびだしてしまうから、私にしても完全な本意ではないのだけれど、そこはがまんするしかないのである。

この本のプロセスはこうなる。

① 上等のヤンピを手に入れる。

② ヤンピを本にかぶせる。

③　サケの型にした金版《かな》をプレスする。
④　できた凹みにあらかじめサケの型にナメしてうちぬいてあるサケの皮を貼りこむ。ペタッと貼りこむと千代紙細工みたいになるから、真綿を少しアンコとして入れて、ふくらますようにする。
⑤　キャンバス装のオープン・ケースに入れるのであるが、その上に英語で〝FISH ON〟と印刷し、著者名は〝Fisherman〟（釣師）としておき、〝Author〟（著者）とはしない。
⑥　なぜこんな本をつくったのか。関係者一同はどういう人物たちであったか。いっさいを記述したチラシを一枚、後世のために、各冊に入れておく。
⑦　各冊の奥附に開高が肉筆でナンバーを書き入れ、誰に第何番がいったか、べつにノートしておき、もしや古書市場に流したことが判明したならばその人物の名はその場でわかるようにしておくが、その人物とは即日、国交断絶である。

ヤンピの皮はすぐに入手できるが、問題はサケの皮である。われわれのデザインでは一匹のサケの右腹で一冊分、左腹で一冊分と、二冊分しかとれない。三十部の本のためには失敗も見越して十六匹のサケを買わねばならないのである。そこで田中氏が太洋漁業の秘書課の馬場氏を知っていたのでわたりをつけてみると、焼津の冷凍倉庫に積んであるアラスカ産の新巻きが御好意でわけてもらえることになった。

その十六匹の新巻きを皮だけ剝がしてナメしにかかったところ、動物の皮ならモグラやネズミまでやったことがあるのでと自負はしていたものの、いざかかってみると薬がきつすぎて、ボロボロになった。そこでまたしても十六匹買いこみ、皮を剝いだ。今度は慎重にやったので、うまくいった。ナメしあがったのを見てはじめてわかったことだが、サケの皮というものはゴワゴワと強固なものである。意外に丈夫なものなのである。なるほどこれならアイヌ人が靴にしたというのもうなずける。日頃何気なくオカズにして食べているのに気がつかなかったのは不思議だ。そういいたくなるくらい強くて、厚くて、固いのである。

ところが、ここに合計三十二匹の赤裸の新巻きというものが発生した。これはことごとくアラスカのサケであるが、しっかりと塩をしてあるうえにカチンカチンの冷凍である。それはかまわないけれど、皮を剝いだのだから首からしたが素ッ裸である。家に持って帰っても置く場所がない。どうしたらいいか。さんざんアタマをひねったあげく、スモークにしてみたらどうだろう、サーモン・ペーストにして瓶詰めにしてみたらどうだろう。一冊の本に一コずつそえて進呈したら本をもらった人が酒のサカナにそれをちびちびと舐めつつ本を読むことができるのではあるまいかと考えたのであるが、馬場氏はわらいながら、塩がきつすぎるから両方ともだめだという。

それで、しようがない。いつもいきつけの赤坂の『与太呂《よたろ》』主人、大平氏に話を持ちかける。よたろ氏は好奇心、探究心、研究心が日頃から人一倍旺盛で、その対象は家業のテンプラであろうと、セックスであろうと、駄洒落であろうと、選ぶところではない。さっそく食いついた。

「……よろし。よろしおま。三十二匹の赤裸の新巻き。おもしろおまんな。やってみまひょ。えらい勉強になりますワ。おおきに」

「そのかわり、そのサケをサカナに使っているあいだ、オレの飲み代《しろ》をタダにしなさい。サケがなくなったらサインをだす。そしたらまた払います」

「サケはどうなりますねン？」

「タダです」

「タダでくれはりまんのンか？」

「あげます」

「……！」

よたろ氏は大きな眼に感動のいろを見せ、ディズニーが象のマンガを描くときにお手本にわざわざ見学にきたくらいやと本人ひとりだけが力説している、大きな、左右にひらいた耳をうごかして、さらに感動にアクセントをつけた。彼はそれから一夏《ひとなつ》かかって三十二匹を料理したらしかったが、私は新潮社クラブにこもったきりで、店には一度か二度しかいかなかったので、客たちがどういう批評をしたか、わからずじまいである。

キャンバス装のオープン・ケースの箱に入れるというのが最終的にきまったところであるが、

これもそこまでいくにはああでもない、こうでもないと、苦労した。本にここまで凝るのなら入れものも凝ろうじゃないかというので、はじめはざっくばらんな段ボール箱のつもりだったのが、桐の箱はどうだろうということになって、入れてみた。

「何だかおかしいな」

「デパートの商品券みたいだ」

沼田氏はつぎに北山杉か何か、美術杉の箱にしてみてはといって、さがしてきたので、そこへも入れてみた。

「何だかおかしいな」

「カステラを思いだすね」

「香りはいいけどね」

「アラスカのキングにはあわないね」

「むつかしいもんだ」

「やめよう」

とどのつまり、沼田氏がパリのガリマール書店でカミュ未亡人からもらってきた『ペスト』の特装限定本をいいなァ、立派だなァと二人で嘆賞しているうちに、その箱の様式をいただくことにして、キメとなった。

こうしているうちにほぼ一年余が経《た》つ。新潮社クラブに私は通算五カ月たてこもって作品を一つ仕上げたが、それが昨年、『新潮』に発表され、今年の三月に単行本となって出版され、しばらくしてニューヨークのクノップ社から翻訳・出版されることになったが、沼田氏はこれも特装版にしてみたいといいだした。『フィッシュ・オン』はキャンバス装の箱に入れたのだが、その方式を今度はキャンバスぬきの紙箱にしてためしてみたいというのである。そこへフランス装で輸入紙を使って頁をいちいち切らないままにした本を入れる。全国の書店を通じて読者に直接予約を申込んでもらう方式をとってみたところ二五〇〇部の註文があった。そのうち六〇部を私個人が買いとり、二四四〇部には奥附に検印紙を貼って判コのかわりにいちいちペンでKenとサインしたが、この六〇部だけは〝私〟とした。主人公が〝私〟となっているからである。小説家冥利につきるというできごとである。

この二冊が完成して私の机のうえにいまおかれてある。手にとって眺めているとそれぞれの本のために注入した感情が潮のようにさしてきたり、ひいていったり、またさしてきたりする。アラスカの白夜の荒野の川にこだましていた〝フィッシュ・オン（釣れた）！……〟のさけび声や、クラブの深夜のトイレのごぼごぼという水のつぶやきなどがよみがえってくる。あれがあり、これがある。なおあれがあり、なおこれがある。

小説家は浪費しなければいけない。生でも、本でも。

書く

これまでにもときどきあったことだが、最近つづけて何人か、小説を書きたいのだ、作家になりたいのだという人が私のところにあらわれたので、酒を飲みつつ話しあったことをちょっとまとめてみる。こういうことはこれまでにわが国でも無数に書かれているし、今後もまた書きつづけられることと思われ、新味があるかないか、よくわからないが、あくまでも私個人の意見を、それもメモとしてまとめてみるだけである。

① 収入をべつに持つこと

いつかフランスのガリマール書店で持ちこみ原稿の下読みと審査をしているデュアメル夫人という人と大使館で話しあったことがあるが、夫人は日本の作家の大半が老いも若きもペン一本で暮しをたてていることにおどろきをおぼえ、一人の作家の本の数にもおどろきをおぼえ、パリでは思いもよらないことだという意見を何度も何度も繰りかえしていた。パリの作家生活に何も右へならえをすることはないけれど、また、ペン一本で暮そうが暮すまいが、本人さえシッカリした覚悟を持っていたら問題は何もないようなものであるが、人間は弱いものである。ペン一本で暮すとなると、書きたくないときにもついつまらない仕事をひきうけなければならなくなる。しょっちゅう名前がマスコミのどこかにでていなければ忘れられるのではないかという恐怖にとらわれてネコ踊りを演じつづけなければならなくなる。

〝初心一途〟〝新手一生〟ということから見れば、誰しも登場当時は作家ではなくて、何か職業をべつに持ち、クタクタの疲労のなかでそれを突破する発熱にそそのかされてモノを発表していたのだから、登録後もそれをつづけていけばいいのだが、たいていやめてしまう。したがって書きたくもないのに書くという暮しがはじまるが、これはニワトリでいうと無精卵のようなものを生むこと、しかも生みたくもなければ体内に何もないのに生む真似をするようなことである。親譲りの土地や株があって利息で食べられたらこれにこしたことはないが、そうでないから、収入は少くてもあまりいそがしくない職業をべつに持つことである。退路を考えないで戦争をしては負けるのである。

しかし、べつの考えかたもある。パルプ小説をドンドン、またはチビチビと書き、そのかたわら〝自分の仕事〟にうちこむという考えかたである。会社で上役にペコペコするよりはパルプ小説を書くほうがマシだというところだが、今度は編集長氏にペコペコしなければいけないので、おなじことである。それに、インキで書くパルプ小説とインキ以外の何ものかで書く非パルプ小説の切りかえがうまくできる人はいいけれど、人間のアタマは線路ではないから、用心していても、ついつい、本物の仕事で使おうと思っていた挿話、イメージ、言葉、形容句、慣用句、会話などをパルプ小説に導入し、使ってしまうということになる。これがコレステロールを沈澱させることになる。財布は厚くなるが、あなたは薄くなる。パルプ小説でなくて随筆やルポを書くのも、あまりよくない。

あなたが小説を本番と考え正念場と考えるのなら、それに使うべきものはあくまでも手つかずに温存しておいて、爆発力を昂《たか》めなければならない。随筆にしていい材料と作品にしていい材料とはおのずから異なるところがある。その分類は玄妙なところがあって一般的に論ずることができない。作家はたえまなく自己更新しつづける努力をしなければならないが、いいかたを変えると、新作に〝謎〟があるかないかということである。自身にどこまで〝謎〟をおぼえつづけていけるかということではあるまいか。

②　作家同士あまりつきあってはいけない

近頃はみんな飲みくたびれたのか、日銭稼ぎにいそがしすぎるのか、それともこころが渇かなくなったのか、あまり作家たちはバーや飲み屋にあらわれなくなったようである。めいめいバラバラに自分の穴にこもっていて、あまり交際がないようである。あれはどうしてるか、これはどうしてるかと、編集長氏に仲間の消息をたずねて遠くから察しあいをしているようであるが、これはむしろいいことである。作家同士だと飲んで話をしてもよく通じあってひととき愉《たの》しいのだが、通じあいすぎていけないということがある。

むしろ作家の親友は作家ではなくて、泥棒、詐欺師、刑事、医者、弁護士、娼婦、実業家、水夫、ヒッピー、総会屋、その他何でも、作家以外の職業であるほうが、はるかに栄養豊富になれる。新鮮さをおぼえるし、好奇心がわき、謎を感じる。それが何よりも貴重なのである。作家は一言半句を求めてさまよい歩く野良犬なのだから、いつもさびしくていなければいけないはずのものである。気心の知れた仲間とばかりつきあっていると元金が減ってしまうということが精神に起る。作家になるには医者と弁護士と坊主がいいというのは古今の鉄則であるが、たしかに人のこころの機微にふれるには最適の職業である。ただし近頃は医者と弁護士はいいけれど坊主はほとんど意味がないと思われる。これが職業としての生の最深の観察者、最広の批評家を生んだ、または生むことができた、という時代はいつごろからか、とっくに終ったのではあるまいかと思われるのだが、どうであろうか。

③　他人の作品を読んではいけない

これには二種のタイプの小説家がいる。他人の作品や文章をすみからすみまでくまなく読むのと、避けて嫌って遠ざけるようにするのと二種である。どちらがいいともわるいとも、それはいえない。どちらもそうせずにいられないからそうしてるのである。しかし、私の場合でいうと、近年どうしてかその傾向がはげしくなっているのであるけれど、自分が何もしていないときは手あたり次第に乱読するが、何か書きにかかると、半年も一年も、その仕事がつづいているあいだ、他人の作品を読まないように、眼にふれないようにしたくなる。そういうときは神経が中枢も末梢もひりひりとそよいで感じやすくなっているときだから、ウッカリ読むと、日本人の作品であっても外国人の作品であっても、一言半句がひどくこたえるのである。とてもおれはだめだ。何もかも書かれてしまっている。おれの這いこむ余地がない。そんなふうに思えてきてしかたないのである。

なべての書《ふみ》は読まれたり
肉はかなし

マラルメがそう書いている。
これに似たことがトルコの諺に

すでに本はたくさん書かれすぎている

とあるそうである。
すべての作家がこの憂鬱を深浅、濃淡、明暗の差こそあれ、かねがね日頃から抱いているのではあるまいかと思われるが、そうは思っていても、おれの人生はおれ一回しかないのだからという衝迫にそそのかされ、眼を閉じて机に向うものである。だからこの衝迫は大事に取扱わなければいけないのである。

感じやすくなっているときに他人の作品を読むと日頃は憂鬱であったものが、ふいに掃滅的窒息となっておそいかかってくることがある。それに抗しかねたあまり、ついウッカリ、盗んでしまうというようなことを起したりする。

そこで私は巣ごもりのあいだの読みものとして、文学作品は内外を問わず、いっさい遠ざけた。テレビも見ず、週刊誌も読まなかった。もっぱら鳥獣虫魚や失われた大陸や前世紀の怪物のことなどを書いたものばかりを読んですごした。こういう本は精神衛生にとてもいい。新鮮だし、遠大だし、無邪気、純潔であり、想像力を刺激してくれるのである。いやな毒や膿む傷をうけないだけでなく、爽やかで透明な背景を作ってくれるのである。背景を意識しないで前面で踊れる。そういう背景ができるのである。

おかげで私はいったこともないカナダのサケ釣りと淡水産スズキ釣りの穴場をずいぶんおぼえることができた。これは他日何かの役にたつかもしれない。ひそかに、いささかの誇りとしたいところであるが、この種のアームチェア・フィッシングの名作としては幸田露伴の『太公望』というエッセイがあるので、黙っているしかない。露伴はカナダのサケ釣りどころか、日本から一歩もでないで、日本史がはじまるよりまだまだ以前の中国大陸のどのあたりで太公望は釣りをしたか、ほんとに太公望は釣りをしていたかどうか、屋台のラーメン売りではなかったのかというようなことを虚実の博引傍証で論じているのである。三好達治がそれを読んで、これこそ文章を読む愉しみというものだといって感動したというエピソードがある。これくらいの余技ができるようになると、その他のことについても作家としてはずいぶん蓄積するところ、豊潤であるといえるだろうと思うのだが、まだまだ私には遠い。

失われた大陸や前世紀の怪物の本なども読みあさるうちにタネが尽きかかってきたので、つぎは何がいいかと考えたあげく、フランス料理店と中国料理店のメニュをもらってきて日夜眺め暮すことにした。いずれも一流と折紙つきの店のをもらってきたのであるが、世界の料理の二大宗といっても、フランス料理のそれは中国料理にくらべると子供だましといっていいようなものであった。日本人好みのする、よく註文のでる料理の名だけを並べたものだからそうなるのであるが、本場へいってもフランス料理は中国料理にくらべると広大・深遠・多彩・奇想、飛躍・取材、あらゆる点で、やっぱり五十歩も六十歩も遅れる。何しろ漢方薬料理とか精進料理などという鬱蒼としたジャンルが皆無であるという点だけでも敵ではないと思われるのである。そこで部屋のなかにころがって中国料理のメニュを眺め、これは何をどう料《はか》ったものだろうかと不思議な文字の群れを眼で追いつつ、この仕事が終ったらアレを食べてやろう、コレを食べてやろうと思いつめるのである。食の怨みぐらい痛烈なものはあるまいから、これは清新な想像を刺激する愉しみのほかに、作品のどこかにきっと何がしかの迫力を植えつける効果もあるのではないかと信じたいのである。それにこれはどんな小食、胃弱、不健康な人でも貪婪飽くことを知らずに味わうことのできる愉しみである。

新人のあなたにはぜひおすすめしたい。

④　旅をしなければいけない

七転八倒で精進し、女房も子供も無視して励んだ結果、あなたの作品は文学雑誌に発表され、賞をもらう。〝文学賞をもらうなら行李一杯の原稿を書きためてからにしろ〟という業界の通りことばがあるが、意味するところはくどくど説明するまでもない。純文学雑誌や濁文学雑誌がいちどきにおしかけてくる。あなたは近年稀れな超大型新人なのであるから、みんなおしかけてくるのである。そこで註文を右から左へとさばかなければならないが、あなたは才能があるうえに近年稀れなことが志操堅固でもあるので、便利大工のような真似はしたくないはずである。けれど編集長氏というものはめいめい〝泣きの××〟とか、〝傑作の□□〟とか、〝カツアゲの△△〟などと異名をとった百戦錬磨の古強者ばかりである。ポッと出のあなたがどう泣いたり、謝ったりして逃げようとしたって、できるものではないのである。めそめそとひたすら泣いて訴える鬼がいるかと思うと、ただもう頭から傑作だ、傑作だといってほめあげるいっぽうの魔がいたり、そうでなければ、ここでもう一作書かなければあなたはダメになるとオドしにかかる狸がいたりする。これと正面向いて接触するにはあらかじめ行李一杯書きためてあった原稿をだしてきてちょっとずつ手を入れてわたすという生活しかないと、この通りことばは教えているのである。それがなければ、しかたない、覚醒剤をのんで便利大工のヤッツケ仕事である。

けれどあなたは志が高いから貧乏も名声も知るものか、忘れられたってかまわない、おれは書きたいものを書きたいときに書きたいように書くまでなのだと、ひらきなおる。

優しくあれば酷薄でもある鬼氏や魔氏の長い長い腕をふりきって遠い旅にでることとする。遠い旅といったところでパリやニューヨークだとその社の駐在員がいてたちまち愛撫にやってくるから、いっそニュージーランドあたりが望ましいのである。海岸か湖かのほとりにある安ホテルに泊って、何もしないで、寝て暮すことである。寝るのに飽いたら散歩にでるか、釣りにでる。いちばんいいのはそうやって何カ月かすごしたことそれ自体も字に変えないこと、書かないことである。すると不思議なことだが、帰国してみると、あなたは何も書かなかったことで、かえって、あいつは骨があるといって鬼氏や魔氏に忘れられるどころか、感銘されるのである。鬼氏や魔氏は書かせることを天職としてはいるものの、いっぽう作家に〝骨〟をもひそかに期待しているのである。そこをよくよくわきまえておかなければいけない。作家と編集者はよい仕事、わるい仕事、いずれの場合も共犯なのである。

これが本質である。共犯ならおたがいに〝骨〟を持ちあい、その存在を確認しあい、そこに仕事の基礎をおかなければならないのである。

旅にでたら日本語をどうやって忘れないように体内に活性のまま保存しておくか。これは考えておかなければならないことの一つであるような気がする。世界中どんなところへいってもアメリカ人と日本人のいない隅などというものはないから、商社マンでも記者氏でもいい。ときどきはそこへでかけ、なるだけくだらない女性週刊誌などを読むことである。なるだけくだらなくてバカバカしいものがいいような気がする。そういうものが漂うあなたの体内にある日本と日本語を眠りこませないようにする点で効果があるような気がする。日本にいるときと逆である。

小説を書くほかに別途の収入源を確保し、自分が書いているときは内外を問わず他人の作品を読まないようにし、なるだけ作家以外の職業の人とつきあい、旅をし、旅先では三文雑誌を読み、帰国したら書きたいことを書きたいときに書きたいように書く。

そして〝女〟である。

余技る

この八月一日は私は新潮社の田沢カメラといっしょにアラスカ州政府の招待で羽田を出発しているはずであった。サケ類、イワナ類、マス類を筆頭に淡水産魚類十八種、海水産三種、計二十一種のアラスカの魚を八月と九月の二カ月かかって釣り歩く、爽快無比の旅にでるはずだったのである。それはちょっとした計画であって、たとえば北極圏の川に水上飛行機で着水し、その足に乗っかって水の上を流れつつ魚をさがしたり、原生林と湖と川が全行程一〇〇〇キロにわたってつながりあっている処女地を十日がかりで野宿しつつ……などというプランが含まれていた。

招待の申しこみがあったのは四月で、それから私は文献類をあさりまわって全計画を練り上げ、州政府に提出したところ、よろしい、やってください、お金はだします、OKという、信じられないくらいおっとりとした、太っ腹な反応であった。さすがアラスカだと私は感動し、出会う人ごとに吹聴し、オレはVIP《ヴィップ》（重要人物）で同時にVIF《ヴィッフ》（重要釣師）なのだ、この旅行から帰ってきたらむこう五年ぐらいは釣りのことで誰も右にすわらせないつもりだゾなど、ちょっとひくい声で微笑まじりに吹きつづけたのである。ところが州政府の経済開発局の要路にあった某氏が退職することになり、それはいいとしても、わが国でいう〝下部への申送り〟が不徹底なままで去っておしまいになったものだから、たちまち計画は挫折し、流産し、一年延期して来年の七月と八月にしましょうや……ということになってしまった。アッというすきもない。

この夏と秋は怠けぬいてやるぞ、あれもしないぞ、これもしないぞ、ひたすら白夜と原生林と魚あるのみだと張りきっていた風船玉がたちまちぺしゃんこになり、毎日、しょうことなくお茶の水の旅館の薄暗い六畳でムギ茶を飲んでいる。

ムシャクシャの持っていきようがないので前月号のつづきを書くこととし、作家には何か余技があっていいのではないか、いや、なければならないのではないかということを、ちょっと考えてみることにする。高くて堅い志をシカと抱いている超大型新人のあなたにいまさら何もいうことはないのであるけれど、暑くて、くさくて、ベタベタした東京の夏であります。たまには、イヤ、もっとしばしば、息ぬきがなければいけませんよ。昔、敗戦後、大阪の町工場で旋盤見習工をしていたときに、老旋盤工に、どんな精密な歯車にも〝送り〟といってちょっとしたゆるみが切ってあるもんや。そのちょっとした狂いがあるおかげで、機械全体はかえって精密になり、耐久力ができ、スムーズにうごくのやで、と教えられたことがある。もともと作家というものは社会の全構造のなかではこの〝送り〟、〝ゆるみ〟、〝狂い〟、〝遊び〟の部分にあたる存在だったのだが、いまでは、歯車そのものになってしまったと思われるフシがある。それではアカン、ということを書いておくのである。

いつか吉行淳之介氏とポルノの話をしていて、ひとつおれたちも余技に匿名の傑作を書いてみようかという議論になったことがあった。ロダンを見ろ、ピカソを見ろ、みんなやっているではないか。彫刻や画だけではない。フランスでは文学者がこっそり春本を書いて匿名で流布して世間を艶《つや》っぽく騒がせるのが常習となっている。それはデッサンの勉強、文体の錬磨ということではまことにぴったりのシャドゥ・ボクシングであり、これはボクシングの本番にそなえて不可欠の練習である。それに、匿名の春本といっても、日頃おおっぴらに書けないことをズケズケと書けばそれでよいというような幼稚な真似はできないのであって、やっぱりすべての物語が持たねばならぬ明暗、出没さまざまの戒律をこれも持たねばならない。しかも、たとえば吉行氏なら吉行氏で、日頃の氏の文体とか発想とか用語の好みなどというものをことごとく拭い去ったうえで書きだしにかからねばならない。三行読んで読者にクサイと見破られるようではいけないのである。作家にとって文体を変えるということはシャツを変えるようなことではなく、むしろ、皮膚を変える、といいたくなるような苦業であることがしばしばなのであるから、それを匿名の余技でやるとなると、よほどの準備が必要である。ことに気力と体力に、よほどの準備、または蓄積というものが必要である。

モンダイはここなのであると、吉行氏と開高氏は意見が一致した。メリメが『ガミアニ』を書き、ピエール・ルイスが『ビリチスの唄』を書き、近くはマンディアルグ作かと騒がれた『エマニュエル夫人』があり、ピカソが遊び、ロダンがたわむれたが、モンダイは誰が、どんな遊びをしたかということと同時に、そういう遊びをするゆとりがあるかないかということなのである。むしろこちらのほうが痛切だといいたくなる。そういう気力、体力をこめて余技ができるだけのゆとりがあれば、そのことはあなたの本業である表街道の作品そのものにもきっとあらわれてくるはずで、ことばを返すなら、浅い余技しかできないほどの浅い生活なら本業もおのずから浅くなりはしまいか、ということになりそうである。ここでいう〝浅い生活〟とは二DKで暮して食事はいつもインスタント・ラーメンだというようなことだけをさすのではあるまい。そうであり、そうでないのでもある。二DKでインスタント・ラーメンを食べていてもあなたが言語生活において断固としたところのある〝精神の貴族〟であるならば、それが維持しつづけられるのであるならば、断固としてそれは〝浅い生活〟ではないのである。

艶やかであり、透明であり、香りの高い果汁をたっぷりたたえていなければならない、そしてこわれやすく、至難である書きもののことを話そうとしているのに〝断固として〟などというこどばで力《りき》みこむのはいささか滑稽である。しかし、わが国の作家のゆとりのなさをつぶさに見聞していると、ついそういいたくなってしまうのでもある。余技に作家がポルノを書いた例としては荷風作と伝えられるもの、風葉作と伝えられるもの、それから新興芸術派時代に高名であった某氏が戦後にモノしたと伝えられるものがあるが、わずかにそれぐらいである。そして人の口にのぼるのはいつも『四畳半襖の下張り』であり、これはでるたびに発禁にしなければメンツがつぶれるので、ほとんどただそれだけの理由でその筋がまるで歳時記のようにして発禁処分にする。抵抗するほうは抵抗するほうで、これまた年中行事のように〝芸術的価値〟を連呼しなければならないという仕組みになっている。べつに目くじらたててさわぐほどのことでもないのだけれど、いつもこの作品は〝荷風作〟という一点でおさえるほうとはねかえすほうとがもみあいをしているかと見えることがある。

〝荷風作〟という焦点があるためにこの作品は不当に高く持ちあげられたり、お目玉を食ったりしている。この短篇は辛辣で精緻な冷眼で書かれていることは事実だし、わるくない作品ではあるけれど、この道が大いに開発されて旧作、新作を問わず数多くの傑作や奇作や名作を読んできたここ二十五、六年ほどの眼からすると、あまりにおとなげのない騒動である。むしろ私としては明治以来これだけたくさんの作家がでて、これだけたくさんの作品が書かれ、これだけさまざまな文体が試みられているはずなのに、名だたる余技がこの一篇だけだという事実にさびしくなってくるのである。この事実、この事実だけしか生めなかった背景、そのゆとりのなさと貧寒さにわびしくなってくる。その枯れて涸《かわ》いたものがあらゆる方角に浸透していって作家たちの本技の作品とそれを批評する人びと、読む人びとをもひからびさせ、やせこけさせてしまっているのではないかということを思って、わびしくなってくる。

けれど、近来稀れな超々大型新人であるあなたは永い修業時代にさまざまな作品を読んできたが、そのなかにはE・H・カーの『ロマン的亡命者』や、『ドストイェフスキー』や、『カール・マルクス』などの伝記文学の名作がある。強健だが繊鋭でもある実証精神が波うつリズムで鬱蒼としたこれらの巨人たちの言動の大森林のなかを歩んでゆくその跡を追っかけてあなたは恍惚をおぼえたにちがいないのである。

そして一冊を読み終るたびにこれらの作品が外交官の余技として書かれたものであるという事実にあらためて思いをいたさないわけにはいかず、カーの博大で強靭な知力にうたれると同時に、そういうことを可能にする背景というもの、そういう背景を分泌する社会にある蓄積というものを考えて、わが国とくらべ、茫然自失、舌うちすることも忘れ、何やら気が遠くなるのと、底知れなさに恐しくなるのとで、ただボウッとしてタバコに火をつけた。そういう記憶と経験を持っていらっしゃるにちがいないのである。それをあらためて思いだしていただきたいと、気遠さと恐しさのうちにつぶやくわけである。

カーの余技は恐しくなってこれ以上書けないから、もう一度、透明で香りの高い果汁がたっぷりとたたえられてあるところへもどることにする。右を見ても左を見ても、純文学を読んでも濁文学を読んでも、ただもうカサカサにひからびているか、ゴリゴリにやせこけているかしかないので、どうしても灰いろの脳細胞はおつゆけのあるものを求めずにはいられないのである。作者はわからないとしても余技として書かれたらしい『O《オー》嬢の物語』や『エマニュエル夫人』などを読むと、文体のみごとさにまず脱帽したくなる。その透明と、簡潔と、豊饒が、みごとである。博大な素養と心得のある人物が一瓶のロマネ・コンティの味をたえず思い浮かべつつ、その瓶に封じこめられた液体と気体の色彩および性格を一語、一語、ことばをためつすがめつしながら選りぬいていって文章に変えたようなところがある。

これほどみごとな作品を匿名で地下出版物として出版するさりげなさにはおどろかされるし、敬服をおぼえさせられる。その精妙な感性と思惟のからみあいの背後にあるもののことを思うと、ちょっとタジタジとなる。凝《こ》りに凝っているのに自由でのびのびし、しかも簡潔な浮彫りである。あなたは当今稀れに文学のわかる人であるからまさか高橋和巳の小説のようなものをかついでまわっている一群からは遠くはなれていらっしゃることと思いたいが、こういう余技はよくよく消化してあなた自身の本技のためのなにがしかの栄養とされることをおすすめしたい。

六九年に私は伊藤整氏といっしょに短い旅行をしたあとでアラスカへサケ釣りにでかけたが、

その数日のあいだ、何かというと伊藤さんは、ニコニコと微笑しつつ、ひくいおだやかな声で、しかししんねりとはしているがどこかしぶとさをひそめた口調で

「男の理想の生きかたは荷風ですよ」

といい

「やれるうちにどんどんおやりなさい」

というのだった。

何のことをさしてそういってらっしゃるかは、いうまでもない。そういいながら、ときどき心底から自身の何かを悔み、諦観してらっしゃる気配が、ことばのはしばしに洩れていた。『わが秘密の生涯』のことはこのときに教えられた。流れ流れていくうちにアテネのホテルの書店でグローヴ・ブレスのペイパーバック判を見つけ、以後の旅のあいだずっと読みつづけ、帰国してからもずっと読みつづけた。この本のことでは短い感想をすでに書いたし、丸谷才一氏と対談のネタにしたりしたが、やっぱり稀れな傑作だという感想はうごかないところである。十九世紀のイギリスの紳士の性生活の回顧録であるが、唐草模様のロココ調が最高の文体とされていた時代に筋肉質で簡潔な文体でつづられている。この人物は匿名の紳士であるが、そのヴィタ・セクスアリスのとめどなさ、氾濫ぶり、徹底、多様は、ここでダイジェストできるものではなく、ただもう読んでくださいとしか申しあげようがない。たまたまこの作品がリアリズムで描かれ、官能と記憶力にめぐまれているうえにカサノヴァ的趣味で全身をみたしていた

人物であったため、全巻はみごとな風俗図として完成されるという結果にもなった。そのためこれをテキストブックとしてヴィクトリア朝研究が一冊、専門学者によって書きあげられるということにまでなったのだから、異常な傑作である。この作品を読むと、いわゆる産業革命時代のロンドンのどん底生活の凄惨さがじつによくわかって、そのあたりを生涯のテーマにしていたはずのディッケンズは何を書いていたのだろうとつぶやきたくなるほどである。

この作品を読むと十九世紀のイギリスの階級社会の階級ぶりがよくわかる。この社会にあって紳士階級に属することと属さないことでは何やらかやらがどうめちゃくちゃに変ってしまうかということが、主人公の紳士の行動でじつによくわかる。おなじ時代を目撃してマルクスは『資本論』を書いたわけだが、『資本論』を読んだところで〝階級〟とその差のすごさというものは概念の一群の方程式としてつたわってくるだけで、およそ実感からは遠いのである。それに、わが国には収入差というものはあるけれど、国民の心性に階級差ということばで呼べるようなものは何もないのであるから、いよいよ理解がむつかしくなる。だから私はその頃、ときどき家へやってきて大学祭で講演をしてくれという学生があると、その学生が何派であるかはわからなくても左翼過激派ではあるらしいとおぼろに匂えば、きっとこの本のことを口にし、『資本論』を読むよりはるかにおもしろくてタメになると推薦したものであった。そういう話に熱中していると、講演の件はどういうものか、いつのまにかうやむやになった。

そこでだ。

あなたは今後、本技として小説を書いていくかたわら、ゆうゆうと余技におふけりになるのがよろしいのだが、以上あげたところでE・H・カーのようにやるのか、マンディアルグのようにやるのか、それとも某匿名紳士のようにやるのか。そのどれもがやれそうになかったら外交官をしつつマス釣りに没頭して『毛鈎釣り』というみごとな本を一冊書きあげたエドワード・グレイ卿のいきかたもある。これは私がひそかに念願としているところであるが、あなたもおやりになりますか。

遠望する

ある作品の書きだしの一語が決定できなくて私はもう何カ月もあがいている。その一語を蒸溜することが目下の私の大仕事で、何をどうしていいのやら、見当がつかず、とどのつまり、寝たり起きたりしている。その一語がきまったところで、つぎからつぎへと、どうしていいか見当のつけようのない大仕事が蔽《おお》いかぶさってくることはほぼわかっているが、とにかく出発の一語が見つからないことにはどうしようもない。この作品は二年前に新潟県の山奥の銀山湖の村杉小屋で石油ランプで暮していたころには題も展開も決定し、顔と姿勢のある部分がかなり肉眼に見えていた作品なのだが、追っていくうちにとつぜん支脈の一つが独立して成長してしまい、それを追うことに昨年を費してしまった。その作品は昨年雑誌に発表することができ、今年になって単行本にして刊行することができ、いわばすっかり排泄し終ったのだが、さて苦しかった一仕事がすんで、それを生んでくれた母胎を完成させようと、いまもどってみると、展開、顔、姿勢、何もかも朦朧《もうろう》としているのである。部屋にこもって、ただ寝たり起きたり、人にも会わず、酒場にもでかけず、パーティにもでない。ときどき手をのばしてテレビのスイッチをひねる。あまりの阿呆くささにすぐ切る。けれど一時間か二時間たつと、また手をのばしてひねり、また切ってしまう。運動不足と形而上的集中の必然の結果として頬や腹がだぶだぶと肥厚してくる。そうやって私が書きだしの一語の滴下を待ちつつ毎日毎日、ただごろっちゃらとしているところを知らない人が目撃したならば、すぐさまアフリカの川で泥浴びにうっとりと眼を細めている河馬《かば》が連想されるであろう。けれど、いささか観察ということに素養のある人ならば、河馬には何がしかの敬意をおぼえないではいられないはずである。なぜなら、もしゴリラの顔に漂う一種の高貴さを〝慓悍《ひょうかん》なる憂鬱〟と呼ぶとするならば、河馬の顔に目撃されるそれは、〝偉大なる怠惰〟と呼ばれていいものだからである。怠惰はそのような相貌を持つことがあると、大いにして精緻なる自然は暗示してくれているのである。

九月五日。そういう怠惰のなかで手をのばしてなにげなくダイヤルをひねってみたら、オリンピック中継をやっていて、とつぜん臨時ニュースとして、イスラエル選手団の宿舎がパレスチナ・アラブのテロリスト群によって占拠されたと告げている。翌日、九月六日、気になってまたダイヤルをひねってみると、イスラエル選手団とテロリストたちはテロリストたちの要請によってミュンヘン空港までバスではこばれ、そこで西ドイツの警官と乱射の応酬があり、その結果として人質は全員死亡、テロリストたちも三人をのこして死亡だという。私はアフリカの河馬として寝床によこたわったまま、日頃ほとんど読んだことのない新聞を側近に持ってこさせて、別種の具体的形而上的集中にふける。しばらくすると電話があちらこちらの新聞社や週刊誌からかかってくるが、イスラエルに私は二度いっているけれど村松剛君のほうがもっとうちこんでいるから、といって、みんないんぎんに、愛想よく、けれど誠意のこもった声音で御辞退する。九月七日の一日も河馬のようにごろんところがったままですごし、ああであろうか、こうであろうかと、朦朧とした情報群をまえにして朦朧とさまよい歩く。新聞を見ると、平和なオリンピックが血でめちゃくちゃになったとか、なぜ人質全員がみなごろしになるような結果を招くような措置にでたのかとか、さまざまな意見が百花斉放している。そのうちで、ブランデージ会長とイスラエル政府が別箇だがそれぞれ口をそろえてテロリストたちを国外にださないようにと西独政府に要請したという報道が私の眼をひく。その際、両者が、西独政府に、テロリストたちを、生きたまま止めるようにといったのか、殺してでも止めるようにといったのか、生死を問わず止めるようにといったのか。そのあたりのことはわからない。

九月八日、私が河馬のように昼寝しているところへ『サンデー毎日』の早瀬君が家へじかにやってきて、何かいえ、何か書けという。私は六九年にビアフラのあとでイスラエルへいったが、帰国してからは純文学一途という方針で暮しているから何もホットなことはいえない、村松剛君のところへいったほうがいいでしょうというが、早瀬君は頑としてヒキガエルのように応接三点セットにうずくまってひきさがろうとしない。やむなく意見を口述し、それを筆記してもらう。日本の赤軍派の若者がテルアヴィヴのロッド空港で乱射事件をひきおこしたあとなのだからこのオリンピックでもイスラエル選手団に何かあるのじゃないかと考えて当然なのじゃないか、だからイスラエル選手団は警備を厳重にしてくれと西独警察にたのんだらしいが警察側は甘かったらしいじゃないか、しかし、ひとたび決死を覚悟したテロリストというものは全体主義国風の戒厳令を布《し》くのでもないかぎり浸透を防圧できるものではない、西独警察の無謀なみなごろし作戦が非難されているようであるが、すべて誘拐事件にはどれくらい慎重に解決を計ってもどこかできっと一か八かの〝賭け〟が入ってくることは防げないのであって……というようなことを話すうち、今後、つまり明日にでも起るかしれない反応を、つぎのようにおおまかに私は要約した。

①イスラエルはきっと報復行動にでる。

②その結果、パレスチナ・アラブ・ゲリラの根拠地がたたかれる。その結果、ゲリラも死ぬが、女や子供たちも巻きぞえで殺されることになる。この女や子供たちは食うや食わずの状態にある。

③その惨禍のあげくパレスチナ・アラブ過激派の団結よりは、むしろ分裂が深まるのじゃないか。

④地上軍の進攻はあるかもしれず、ないかもしれない。けれど二つのうちどちらだと聞かれ

れば、ないと賭ける。

⑤あってもヒット・エンド・ランで終るだろう。

⑥国際事件にはなるまい。

翌九月九日、イスラエル空軍がレバノンとシリアのパレスチナ・アラブ過激派の根拠地を空襲し、ベイルート発AFP電によると、子供七人を含む十五人が死亡、二十四人が負傷、二人が行方不明とある。私は早瀬君の口述筆記を読んだあと毎日新聞社へいき、午後五時までに八枚という約束でテーブルにすわる。それから一週間近く私の〝予言〟は十割まで的中していた。しかし、九月十六日にイスラエル軍がタンクや装甲車を先頭に歩兵多数とともにレバノンへ侵攻したというニューズを読み、④の、地上軍の進攻はないと賭ける、という賭けがもろくも崩壊したことを知らされる。

ところがその翌日の九月十七日には全軍がイスラエル領へ引揚げたというニューズを知らされる。⑤の、地上軍の進攻はあってもヒット・エンド・ランで終る、という予測が的中したわけである。あれやこれやを総合してみると、この原稿を書いている九月十九日現在、私の予測のうち九割が的中し、一割があたらなかったということになる。

（ただし、ゲリラ根拠地の粉砕という作戦方式からして、レバノンは一応終ったとしてもシリアについては現在、どうなるか、わからない。レバノンとおなじようにイスラエル地上軍が進攻するのか、どうか。私は何も知らないし、予測もたてられない。ただいえることは、それがあっても私はニューズに接して何もおどろかないし、おそらく同地域において〝全面戦争〟が発生することはあるまいと踏んでいる。)

予測が九割的中したからといって私が得意になっているわけではない。それは戦乱国をつぎからつぎへと巡歴しているうちに私の身についた防衛反応なのである。三年間眠りこんでいたそれがふいに流血でヤスリをかけられ、垢を落された結果なのである。戦乱国または準戦乱国を巡歴していると、朝起きて新聞を読み、または貧民街のチャプスイ屋へいってラーメンやおかゆをすするうちに眼にし、耳にする、すべての小さなニューズ、大きなニューズで、その日の行動の計画をたてなければならないし、〝本能〟とか、〝第六感〟に賭けてうごかなければならないこともしばしばである。そのため、一つのニューズを読んで、その事件の背後にあるそれまでの経過、当事者双方のおかれている現状、指導者たちの思考法、戦術、戦略、一つの反応に一つの反応を返すか、三つの反応を一つにまとめて返すか、じつにさまざまなことを一杯のおかゆ、一杯のミルク・コーヒーをすすっているうちに総合して考え、すすり終ったあとで朦朧のうちにその日の行動計画を決定しなければならない。そのなかにはしばしばじつにおびただしい、しばしば大げさで幼稚と思える〝覚悟〟も含まれてくるのである。それが不当であったか、適切であったかは、すべてあとになってから、無事に生きのびられたあとで〝結果〟を眺める一段高いところにある心情の判断することである。

そして血を流して抗争しあうしかない二者がいるときには、ひとつの事件にたいする反応を予測するとなると、それはとどのつまり、人間性というこの広大で朦朧としたものをその場、その場にのぞんでどう察しをつけるかということにつきる。それらのフィーリングからの憶測であった。

アラブ×イスラエルの反応はこの二十五年間にどの反応がどの結果になり、どの攻撃がどの報復になったか、誰もたやすくその場で指摘できないくらいこんがらかってしまった。アレをやったからコレをやり、コレをやったからアレをやるというのが、あまりに相互の〝反応〟がおびただしくなりすぎて、独立的に一つのことが指摘できないのである。

たとえば九月十六日のレバノンへのイスラエル軍の侵攻はミュンヘン事件への報復であるとするのが第三者たちの批評であるが、たとえミュンヘン事件がなくても出撃の口実はいくらでもあるというのがイスラエル将兵たちの卒直な感想ではないだろうか。同様のことをパレスチナ・アラブ・ゲリラの心情についてもいうことができるのではないだろうか。つまりこれは双方にとって〝オペレイション・ティット・フォー・タット（しっぺ返し作戦）〟ということになっているのではあるまいか。たまたまミュンヘン事件は外部に報道されたけれど、いちいち日本に報道されることのないヤッタ・ヤラレタが相互にとって、日々、週々、月々、あまりに多すぎるのが、現場での現実である。

イスラエル政府が西独側にテロリストたちを国外にださないようにと要請したのが事実とするならば、イスラエルは従来の方針を変えなかったのである。これまで同政府は同政府の手の及ぶ範囲内で発生したこの種の外圧については断固とした反応に出ることを政策としてきた。もしここでゲリラたちに有利になるような態度をとれば今後ますます同種の誘拐や虐殺事件が発生するであろう。ゲリラたちは出撃にあたっていくら死を覚悟しているものの、もしやり方によっては自分たちの宣伝もでき、獲物も獲得でき、しかもひょっとしたら一命をとりとめることがあるかもしれないとなれば、それは彼らにとって〝勝利〟であり、イスラエルにとっての〝妥協〟であると考えるであろうから、ますます後継者がふえ、事件が頻発することであろう。ここでテロリストたちを断固と防圧したところで今後のテロを防圧することにはなるまいが、妥協するよりは粉砕したほうがいくらかでもテロリストたちの姿勢を弱めることになりはしまいかと、イスラエル政府は考え、すでにテロリストたちの手におちてしまった人質はあきらめるしかないと涙を呑んで切りすてる行動にでたのではあるまいかと推されるのである。もしそうだとするなら、第三者がその態度を非情だとか、冷酷だとか、いくら批評したってはじまらない。そもそもイスラエル国民としてその領域内に生きることを決心するそのこと自体が、戦場に生きることをえらぶ行為でもあるのだから。

テロは一人でもできるし、十人でもできる。それは《最小のロスによる最大の効果を》に基いた一つの政治運動の過程の暴力行為である。それはその政治運動がデモ、宣言、示威、起爆剤を必要とする段階でとられる行動である。けれどパレスチナ・アラブ過激派のこれまでにとってきたハイジャックや、空港乱射や、オリンピック村における行動などは、けっしてイスラエル領内に住む同族のアラブ人や、周辺のアラブ諸国民などに延焼、引火することがなかった。彼らのあげたのろしにつづいて蜂起や反乱などの連鎖反応が起ったためしはまったくなかったし、むしろ、結果としては、彼らを厄介者扱いにするアラブ諸国政府の弾圧を買い、そして、おなじアラブのなかでの四分五裂、七花八裂の分裂を深める役割ばかり果たしてきたように見えるのである。ハイジャックや、空港での乱射や、オリンピック村でのゲリラたちのこれまでの行動は結果からすると、この世にパレスチナ・アラブ人という流亡のしかも断固たる決意を固めた人間がいることを世界に宣伝することでは成功したかもしれないが、そのプラスがことごとくマイナスにはたらく結果しか生みださなかったのではあるまいかと考える。それは派手で、目立って、果敢だけれど、いつも花火でしかなかったのである。これまでずっと、何をやってても花火で終ってきたし、おそらく今後もそうでしかあるまいと私は予感する。

いわばこの人たちの解放運動なり革命運動なりは、いつまでたっても宣言やテロだけの段階で足踏みをするしかなく、やればやるだけそれでとどまるしかないかのようなのである。そしてむざむざ巻きぞえを食って砂しかほかに食べるものがあるまいと思われる状態の女たちや子供たちが惨殺されていく。

おそらく〝パレスチナ連合〟というゆるやかなイスラエル人とパレスチナ・アラブ人との何らかの形による連合体制がおこなわれて、問題の、完全ではないけれど、他のどの形式によるよりも惨害が少いと思われる解決が実現を見るには、それより何年でも早ければよいにこしたことはないのだといっておいたうえで、あと五十年から百年はかかるものと覚悟しておくべきではあるまいか。

解禁する

ここ三年ほど外国へいかなかったので最新の実情を自分の眼で見ていないわけだが、欧米へでかけ、ことに北欧を見て帰ってきた知人たちの話を聞くと、どうやらポルノはすっかり下火になってしまったらしい。政府はいっさいの言論・表現の自由を認める立場から従来どおりにポルノ出版もセックス・ショップもおおらかに許可しているのだけれど、客が寄りつかなくなったために業者自身が方針を変えたというのである。いままでのようにおおっぴらに店頭で売ることをやめて、妙に秘密めかした、解禁以前のような、こそこそした雰囲気に転換しはじめたというのである。論より証拠といってさしだされるポルノ・ブックを繰ってみると、明瞭に変化が読みとれる。いままでのような、解剖学的リアリズムというか、医学的リアリズムというか、そういう全面開放をやめて、むしろわが国でいうチラリズムに変っているのである。肝腎のところをかくしたり、ボカしたり、映画になるとハイ・キー・トーンでトバしたり、というぐあいになってきた。政府が何もいってないのにポルノ屋が自分で自粛をはじめ、〝芸術〟がかった方向へ転身をはじめたらしい気配である。

かれこれ十年近くになるだろうか。フリーセックス運動の叫びといっしょに北欧ポルノがはじまったとき、私はヨーロッパへいくたびにきっとデンマークかスウェーデンかに立寄って、ポルノ・ショップへいき、あれこれと買いあさったものだった。登場する男や女、ことに女たちが、どんなポーズをとってもいきいきと微笑し、潑剌とし、晴朗で、不幸、貧窮、抑圧の陰湿な匂いが一刷《ひとは》きもなく、眼も眉も——いうまでもなく♀も——ひらけるままにひらいている。その明澄さ、のびのびとした歓びの表情に私は眼を瞠ったものである。北欧ポルノも一挙に全面開放になったわけではなくて、一年一年と段階を追ってエスカレーションをめざしてのそれだからデスカレーションというべきか——たとえばある年はパンティー——下部構造をめのつぎの年はパンティーをとって茂みまで、そのつぎの年は♂が♀の戸口をたたくところまで、そのつぎの年はいよいよ全面開放、ズバリ陥没……といったぐあいで、毎年、どこまでいきましたかなと思って頁を繰るのが、じつに愉しみであった。全面開放になってからはポーズの開発と組みあわせの工夫に全力があげられ、男と女、男と男、女と女、男ひとり、女ひとり、白人と白人、白人と黒人、黒人と黒人、黄人と白人、何組も入りみだれての乱交、思いつくかぎりの光景を見ることができ、いくらか飽きがきかかってはいたものの、それなりに、おもしろかった。

けれど、そのうちに人間だけではつまらなくなったらしくて、ワンワンちゃんやブウブウちやんが登場するようになり、ハレンチということばが辞書から消えたのだが、こちらはすっかり鼻についてしまい、食傷気味もいいところで、むしろ何やら索漠とさえなるのをおぼえるにいたった。コペンハーゲンのポルノ・ショップへいくと、店内いっぱい、床《ゆか》から天井までギッシリ、何十種、何十冊と数知れないポルノ・ブックが壁を埋めている。たいてい表紙は女がグラン・テカール（大股開き）をやっている写真であるが、♀ばかりが何十も大口をあけているところを見ると、まことに陰惨、荒寥としたものをおぼえさせられて、僻易した。血は昂揚しないで、むしろ凄《さび》しく沈降していった。熱くなるよりは、むしろ萎びてしまった。こんなことでへこたれてはいけないと思ったり、おれもそろそろ年だろうかと思ったり、日本人だからだろうかと思ったりもして、何とか自身をはげまそうとするのだが、見れば見るだけ減退をおぼえ、どうにもならなかった。

画、漫画、写真、映画、実演（各種）、テープ、小説……この鬱蒼としているはずの禁園を少年時代から私はずいぶんさまよい歩いて探求にいそしんできたのであるが、見る、聞く、読むの、どのジャンルでも、結局のところは、想像力に訴えてくるものだけが、飽きがこないとわかる。写真よりは画、実演よりはテープということになってくる。小説にしたっておなじことで、どんな形と質でもいい、想像力に訴えないものは、作者自身が失神したくなるくらいガンバッて書いたものでも、こちらはアホらしくなるばかりである。セックスに関する分野ではどうしても想像力が鍵になってくるので、《もし男に想像力というものがなかったら公爵夫人も町の娼婦もおなじだ》という意味の格言が昔から告げているとおりである。では、小説なら小説で、あらわに、むきだしに書かないで、比喩や暗示や象徴にたよればいいのかとなると、そうもいかない。作者が対象にどれだけ熱くなっているかという永遠の鉄則がここでもはたらくのだし、その燃焼をどれだけ、どうやって制禦《せいぎょ》するかを作者がわきまえているか、いないかということも問題なのだし、細部が生きているかいないかということもきびしく要請されてくる。ひとくちに想像力といってもそれが発現する様相は多頭の蛇のように多方向で、不屈であり、とらえにくいのである。性を扱わない作品を名作にするのとおなじ原理と生理がここでもはたらくのである。

今年の夏、私はお茶の水の旅館で暮していたが、廊下越しの向いの部屋に平野謙氏がいらっしゃって、遅筆に悩みつつ起居しておられたので、よくいったりきたりした。その頃氏は荷風作と伝えられる例の『四畳半襖の下張り』に興味を抱かれ、『新潮』に『机上の空論』と題するエッセイをお書きになったところであった。はなはだ当世風でなく謙虚な題のこのエッセイは例のポルノをきっかけにして男女の性の相違を説いたもので、男はあのときにフュール・ジッシ（対自）存在になり、女はアン・ジッヒ（即自）存在になるという原則を指摘したものである。氏がしきりに感想を求められるので、私としては、その原則には原則的にまったく同感である、しかしこれは空気が酸素と窒素でできていると指摘するようなことで、ひとくちに空気といっても山のそれ、海のそれ、町のそれと千差万別なのだから、ひとつ今後はその研究を発表してくださいと申上げた。しかしおれは経験不足、実践皆無なのだと氏は尻ごみなさるので、御参考までにと、たまたま手もとにあったバタイユやアポリネールや、その他モロモロを氏の部屋へはこんだ。そして精をつけるために中華料理を食べにいったり、バーへ飲みにいったりした。氏は異性とおなじ程度に酒精飲料にも手をおだしにならず、もっぱらジュースを摂取して自己強化を試みられた。

そのときいろいろとポルノが話題になったのだが、わが国の中間小説雑誌におびただしく掲載されているあれら一群のものはどう考えたらいいのだろうかという議論がでた。私はずいぶん久しくこの種の雑誌を読んだことがなく、ときたま手もとにころがっていたらパラパラと頁を繰るぐらいである。それでもこの一群の作品の紋切り型のひどさは眼にあまるものがあり、ある作者の今月の作品と前月の作品がどうちがうか、今年の作品と去年の作品がどうちがうのか、まったく判別がつかない、という程度のことは知っている。登場人物たちの名前と職業が変るだけのことであって、それさえ入れかえたら前月のも今月のも、去年のも今年のも、まるでけじめのつけようがない。よくあれで銭がとれるものだ。読者が飽きないのが不思議だ。買うやつがいるからこそ書くやつがいるわけのものだけれど、サルでもピーナツばかりではしまいにはふり向かなくなるというのに……というようなことを私がいうと、しばらく考えるまでもなく、氏は一言で、つまり受験参考書のようなものサと、断定された。

「毎年毎年新しい人口が育つのでね。そのヤング連中は何も知らないのだから、紋切り型でいいのだよ。受験参考書に英文の構式がでているだろう。あれとおなじで、構式は変りようがないのさ。数学でもそうさ。変っちゃ困るのだよ。そういうものなんだ。不思議がることはないよ。受験参考書なんだ。マ、天下泰平ってことなのよ」

氏はそう断言したあと、ジュースを飲み、美しい白髪をふるわせて、笑声をたてられた。私としてはいろいろと考えないでもなかったけれど、〝受験参考書〟というような名句は思いついていなかったので、さすがと脱帽した。


ヘンリー・ミラーはある文章で、禁圧時代の作家たちが、♀のことをもっぱら比喩で表現し、〝薔薇《ばら》の花の芯〟だの、〝蜂蜜の壺〟だのとまわりくどいことを書くのは偽善である、どうしてズバリ、OMANKOと書かないのかといって腹をたてている。彼はこの〝偽善〟に抵抗して自説のままを自作に展開してみせたわけだが、私にいわせるとこれは半ば正しく、半ば正しくない。私の知人に丸谷才一というたいそう博識、公平、かつ率直な鑑定家がいるが、彼にいわせると、チャタレイ裁判なるものは煮つめていくと、トドのつまり、OMANKOだの、MARAだのという四ツ文字ことばを公認するか否かという一点に尽きるのだそうである。こういう端的な議論と指摘は現実を直視しているので私は好きなのだが、さて、四ツ文字ことばがおおっぴらに手をふって印刷されるようになると、さきのコペンのポルノ・ショップとおなじことになりはしまいかとも思う。

社会習慣としてこの禁忌が解禁されて、誰でも彼でもが平然としてOMANKOがどうの、MARAがどうのと口にするようになり、書かれるようになり、そして誰もモゾモゾしたり、コソコソしたりすることがなくなるようになると、かえって荒寥としてくるのではあるまいかと思うのである。あちらこちらにそれが氾濫してくると、かえって、昔、〝薔薇の芯〟だの、〝蜂蜜の壺〟だのとまわりくどいがそれゆえ熱さをこめてささやきあっていた偽善がなつかしく奥深いものに感知されるかもしれないのである。ことばを考える工夫にふけっていた熱さや思慮のこまかさが優雅な成熟としてふりかえりたくなるかもしれないのである。そういうことが偽善なのではなくて、じつは高い意味でのことばの遊びなのであったということに気がつくようになる。性は食とおなじほどに根源的なものなのだから、広大さと豊沃さを何とか工夫してあたえ、培養しておかなければならないものだが、そうなると誰も無影燈のしたで食事するよりは、ほの暗く、ほのあたたかいキャンドル・ライトで食事をしたがるというのと、おなじ原理が、こっそりと匿名のうちに作用してくる。OMANKOだの、MARAだのといくら口にしてもよい自由は確保しなければならないのだが、しかし、誰もそれを口にするものはないという状態が望ましいのである。ヘンリー・ミラーが〝薔薇の芯〟と書かないで、ズバリ、〝カント〟と書いたときは身辺に禁忌が窒息的なまでに充満していたからで、彼がそう書くときにこめた熱中は反逆のそれなのであり、習慣としてのそれではなかったことに留意しなければならない。習慣になれば、これはおぞましいかぎりのものとなる。ヘンリー・ミラーの〝カント〟を、それが書かれた時代に読んだ感動と、何もかもがオープンになりつつある現在の感触で読む感動とでは、まったく違ったものがあるはずである。すべての禁忌が後代になってはただ不可解としか感知されないのとおなじことである。

あらゆる指導者、あらゆる為政者は、古来、どれくらい性表現をタブーとしてきたことか。そのためにどんな美しく、また、清純、また、厳格と見えるスローガンを掲げてきたことか。しかし、こと表現の自由については、これまでのところ、史上もっとも革命的な政府はレーニンのそれでもなければ、毛沢東のそれでもなく、ホー・チ・ミンのそれでもない。デンマーク政府である。〝革命なき革命を〟という名句を編みだしたのは第二次大戦後のイギリスの労働党だが、デンマーク政府はおおげさなことは何も口にしないで、どんな革命の指導者も頭から禁止してしまうこととしか考えなかったことを、平然として人民に許したのである。

それでいて、その結果、デンマークにはべつに何事も発生しなかった。フリー・セックスを認め、ポルノを認め、いっさいがっさい人民に公然と大股開きをすることを認めたのだが、だからといってその社会に流血や叛乱や解体は何ひとつとして発生しなかったのである。むしろ、ポルノ屋は夢中になって工夫と開発に没頭した結果、誰も何もいわないのに自分から自粛するよりほかないということになったのである。幽霊の正体見たり枯尾花というところか。しかも、この史上もっとも革命的であったデンマーク政府の首相や大臣の名前を誰に聞いても知らないというし、私自身も知ろうとしたことがない。かつてそうしようとしたことがなかったし、いまもそうしようと思っていない。これまでの永い永い禁忌の歳月のあいだにどれだけ多くの英才や奇才がこのために迫害されて散っていったかを考えあわせると、いったい歴史とは何なのだろうかと、数万回繰りかえした問いをあらためてもう一度繰りかえしたくなってくる。人間はざんねんなことに、また、奇妙なことに、根源的に相反併存の動物であって、何かを得れば何かを失うということを際限もなく繰りかえしてきたし、いまも繰りかえしつつあり、ときにはそのために屍山血河《しざんけつが》、眼も口もあけていられないような腐臭のなかでいったりきたりしている。そのあげく手に入れるものは、狂熱がおさまってしばらくたってからふりかえってみると、それが手に入れられなくて七転八倒していたときと本質においてさほど大差ないといいたくなるようなものばかりである。どうなるのだろうと問い、べつにどうッてことはないのだとつぶやき、けれどそれでも満足できるわけではなく、また問い、またつぶやき……

無駄をする

スウェーデンのABU《アブ》という釣道具会社は釣具の総合メーカーとしてはヨーロッパでも一か二かという質と規模を誇っている会社である。私は一九六九年にそこの山荘で釣りをしたり、工場を覗いたりしてすごしたことがあるが、その副社長のL・ボーグストローム氏が東京へきたときにホテルで会って、いろいろと話しあった。北欧でも工業汚染が年々拡大するいっぽうで、川へのぼってくるサケの数が減るばかりである。工業資本家は工場の煙突を高くしたら空気の汚れがちがうだろうというようなバカげたことを平気で口にするがお話にならない……というような、わが国でもおなじみのイヤな話題に花が咲く。

釣道具会社の経営者だから汚染による自然の減退は骨身にひびいてくるのである。水がよごれて魚が減ったら釣具は売れなくなるのである。

アトランティック・サーモン（大西洋のサケ・Salmo Salar）の釣場は毎年北へ、北へと移動し、それだけサケの群団の最前線が後退しつつあるわけで、北欧でもいまはノルウェーやフィンランド、それも奥地へ奥地へと入っていかなければならなくなっている。汚染ばかりが減退の原因ではなくて、これまたおなじみの乱獲が大いにたたっている。デンマークのトロール船がグリーンランドの沖にサケの餌場があることを発見して乱獲したために諸国の川にもどってくるサケの数が激減し、釣師の報告がきっかけになって原因が探究され、国際的な大騒動となった年がある。デンマークはサケの孵化場を持っていないのだそうで、だからその国の船がトロール漁法をすることは牧場も持たず牝牛の乳をしぼりとっていくようなものだと、強烈な非難を諸国から浴びせられたらしい。（わが国の漁船団もジンギス汗の軍隊みたいに掃滅的だといわれているのだから、耳の痛い話である。）

スウェーデンには水裁判所というものがあって水の問題を専門に取扱っているらしいので、汚れた、汚れたといってもわが国のそれとくらべるとずいぶんのひらきがあるのではないかと思えるが、それでもサケの数は毎年減り、そして型が小さくなっていくのをふせぐことはできないでいるらしい。イギリスではコース・フィッシングといってフナやコイなどを釣る趣味が発達し、フランスでもそれは似ているが、だいたいヨーロッパの釣りではサケが王様、マスが女王、パイクが暴君、グレイリングが王子（または王女）と眺められている。けれど、私の経験では、ドイツでもフランスでも釣師たちからサケを釣りたい、サケが釣れなくなった、王様は消えたという声を聞かされた。私がアラスカでキング・サーモン釣りをしたという話をすると、みんなうなだれて、〝夢だ……〟とつぶやくのだった。

大西洋にもサケはまだまだいるけれど、たとえば一九三〇年代、つまりいまからたった四〇年ほどまえにはライン川でサケが釣れたものだという老釣師の懐古談を聞いていると、北海道にいるのやら、ドイツにいるのやらわからなくなってくる。ラインの汚れかたもまたすさまじいのである。

近頃、ヤマメ、アマゴ、イワナなどが、以前は不可能と思われていたのにニジマス同様に人工養殖できるようになり、山奥の料亭や旅館でアユのようにまるまると太った、そしておなじ大きさのヤマメが皿にのってでるようになった。アユだって人工養殖するので禁漁期のとんでもない季節にニヤニヤ含みわらいを皿にそえてだされるようになってきた。

そこで、こうして人工養殖した深山の稀魚をいくつかの川に放流するようになったので、あちらの川がよみがえった、こちらの川もチラホラしてきたという噂さをちょいちょい耳にする。なかには篤志家が私財を傾倒して魚を放流して川をよみがえらせようと必死の努力をしているケースもあって、そういう話を聞くと、ただうなだれて聞いていたくなる。

けれど、それはごく一部のハナシであって、わが国の渓流の大半は生体反応を失っているものと覚悟しなければならないのが実情ではあるまいかと思う。釣師のめちゃくちゃな乱獲もこの惨事の一因であることは疑いようがないが、もっと大きなのは、やっぱり、農薬と乱伐であろう。農薬は近頃使用が手控えられてきたが、乱伐のほうは観光開発だの、別荘地造成だの、何だの、かんだので、進行するばかりである。乱伐するから川が涸れる。雨が降ると上流にスポンジがないから鉄砲水がドッと突進する。ヤマメといっしょに土が流れ、岩が流れ、崖がくずれ、山が傾き、家が倒れ、橋が流れ、人が流れ、毎年毎年、毎度毎度聞かされるあの亡国ぶりである。たまたま地方を歩いていて涸れた川、白い岩、山をひっ掻いた爪跡、折れた橋、くずれた崖などを見ると、怒りがこみあげてくるまえにもう口を閉じてしまいたくなる。〝GNP大国〟ということばをひねっていうとなれば、国栄えて山河滅ぶとでもいうしかないのである。そういうことばを誰も彼もが口にしているのだからいまさらここに書いたところで、と思うのだけれど、やっぱり書かずにはいられない。（ヤマメが釣れないのでウデの下手なのを棚あげにして公憤しているのじゃないよ。私は釣師としてはちょっとしたものなのだ。私は。）

こうしてあちらこちらの山の惨禍を見て歩くうちに、妙な反応がはたらくようになってきた。それが山にいるときだけではなくて、東京のラーメン屋なり、高級料亭なり、どこにいてもはたらくようになってきたのである。箸をだされるときと、マッチをだされるときである。ことに箸をだされるときである。ラーメン屋のガジガジの箸だろうと、高級料亭の美術品といいたくなるような木目のそろった杉箸だろうと、おなじ反応がはたらく。これを割っちゃって、使っちゃっていいのかナと、ためらうのである。

わが国では家庭以外の場所では一度割って使っちゃった箸は二度と使わないという習慣なのであるから、私が割った箸は一時間か二時間すれば、たとえそれが北山杉でつくった名品であってもポイである。たまにその店の主人が虫をわかすか何かでお医者に雲古をひとつまみマッチ箱に入れて持ってきなさいといわれたら、そのときに使われるぐらいのものであろう。そこで私は御馳走を横目にうかがいながら箸をとりあげて、いったい日本全国で毎日どれだけの数の箸が割られちゃっているんだろうか。その箸をよせあつめてもとの木にもどしたらどれくらいの量になるのだろうか。名もないやくざの雑木は雑木として、名杉は名杉として、とにもかくにも箸になった木をことごとくもとの木にもどしたら、日本全国で一日にどれくらいの雑木林や杉林になるものなのだろうか。それは何十平方メートルなのか。何百平方メートルなのか。丘ひとつになるか。小さな山ひとつになるか。中位の山ひとつになるか。われわれは毎日毎日どれくらいのわが国の林や山を剥ぎつつあるのか。もしそれがわが国の木ではなくてどこか外国から輸入した木であるならば、シベリアか、アラスカか、カナダか、どこかの原生林が毎日毎日どれくらい裸になりつつあるのであろうか。

箸を常用するのはアジアである。ヨーロッパで箸を使うのは中華料理店と日本料理店だけである。そして日本料理店では割箸をだしているけれど、中華料理店においては象牙かプラスチックの箸である。象牙の激減ぶりはひどいものであるから、近頃ではたいていプラスチックの箸、そうでなければ竹の箸である。いずれにしてもわが国の割箸のように一回コッキリではなくて、何回も何回も洗ってすすいで使っている。プラスチックの箸なら象牙とちがってたやすくヒビ割れたり、変色したりしないから、まず半永久的といってもよろしいであろう。東南アジア各地でも象牙の真似をしたプラスチックの箸はいくたび見るたびに普及の面積をひろげている。

プラスチックの箸を使わないヴェトナムやタイの草深い田舎のチャプスイ屋はズンドー切りの竹筒に洗いさらした竹箸をつめこんでポンとテーブルにほうりだしてあり、客人はめいめい好みの二本を選んで使う。いくらか潔癖なのは新聞紙のはしきれでゴシゴシと拭ってから使うように見うけられるが、私見を申せばこれはむしろやらないほうが腹のなかがインキで黒くならなくてすむだろうといいたいところである。

あの広大な中国大陸を含めてこれらの厖大な面積に住む厖大な人口は一回コッキリの割箸を使わないですませているのである。もしこの人たちが日本人とおなじように一回コッキリの割箸で家庭外の食事をする習慣を持っていたならば、その地帯で毎日ポイとなる木材の総量は集計すればたいへんなものになるであろう。いくら木を切るあとあとから苗木を植えていったところで、それが育つ速度よりは山林を剝いでいく速度のほうがお話にならないくらいすさまじいものではあるまいかと、私は思う。

さきに日本の割箸の出身地の一部としてシベリアや、カナダや、アラスカを思いつくままにあげてみたが、こういう寒冷地ではいくら寒冷地向きの木を植えたところで育つ速度はじつに遅いのだから、世界一のはたらきもののしられる日本人の、世界一の割箸の消費量に追っつくものなのか、どうか。資料も知識もない私にはどうも見当のつけようもないので、ただ、まじまじと、だされた箸を割っちゃっていいものなのかどうか、眺めているだけである。

雑木にしたって美術杉にしたって、おそらく箸に使うのは何かに製材したあとのお余りの部分であろうと思う。これは素人《しろうと》でもおよそ見当のつくところである。けれど、問題は、日本人が一回コッキリの割箸を使う習慣をやめないかぎり、列島はその需要をみたすための木材を求めつづけてやまないだろうということなのである。もしお余りの木がでなくなればどこかにお余りの木を求めにいくだろうということなのである。

それをどこに求めにいくのか。その地帯は箸に森を剝ぎ倒されてもすぐむくむくと緑が生じてくるのか。日本人がどれだけラーメン一杯を食べるたびに割っちゃポイ、割っちゃポイしてもその地帯はへこたれないのであるか。どうか。

こう考えてくると、何やら朦朧とした恐怖がたちこめてくるようなのだが、やっぱり私は何ということもなくピシッと箸を割りにかかるのである。そして私はいつか、どこかで読みかじった知識を思いだして、この地上の酸素は陸の植物と海のプランクトンの呼吸によってつくられているにすぎないのだという事実に、ギクリとなるのである。毎日毎日ものすごい分量の木材が割箸として消費されてポイになっちゃうのだから、その木材がことごとく木のままで山にのこされていたならば、一日にどれだけの酸素が製造されているのだろうかと思う。海は汚れるいっぽうでプランクトン氏はあえぎ気味であるというし、陸は陸で植物は剝がれるいっぽうであるうえ、酸素の大口消費はジェット機、ガス、電気、自動車、そして何よりも爆発的な人口増加で、とめどない。光や熱のために酸素を消費するのはまだしもどうしようもないという点があるが、割箸のために厖大な木がポイになっちゃって、そのために山が剝がれて、そのために酸素が発生不足になって、と考えていくと、ラーメンのどんぶり鉢をまえにして、われら日本人、箸を割るまえに、一瞬手をとめなければいけないのではあるまいか。愚にもつかない、べつにどうッてこともない清潔癖のために、われわれは知らず知らず、とほうもないことをやってのけているのではあるまいか。もし、いま、《地球資源保存のための国際管理会議》というものが開催されたならば、手で食べているインド人や、金属器で食べている全白人や、プラスチック箸で食べている全アジア人から日本人は植物発生酸素の掃滅ということで超A級犯罪者と糾弾されても、ひとことも額をあげて弁明することはできないのではあるまいか。この点、私たちは、旧左翼、新左翼、旧保守、新保守、旧右翼、新右翼、キリスト教全宗派、仏教全宗派、文部省、日教組、その他、いっさい、日本人民ひとりのこらず有罪なのではあるまいか。

ハナシが大きくなりすぎたからミミッチイことを考えてバランスをとってみようかと思わないでもないのだが、一杯のラーメンに割箸とマッチの経費が占めるパーセンテージはどれくらいのものなのだろうか。割箸とマッチは客の眼からすれば日本全国の全種目の飲食店においてタダなのであるけれど、これくらい金、金、金、金でがんじがらめになっている時代なのだから、どうせ何かの形で客はお金を払っているにちがいないのである。つまりラーメンでいえばメンマが一本多いか少いかとか、チャアシュウが乾いているか濡れ濡れとしているかとか、ダシの豚骨が一本多いか少いかとか、何らかのカンケイがそこにはたらいていると考えなければならないというものだろう。もしこれがプラスチック箸か、つっこみの洗いざらしの竹箸、しかもマッチなしという、日本以外のアジア、アフリカ、ヨーロッパ、アメリカ、つまり地球全域において常識とされている食習慣から眺めるなら、割箸とマッチの分だけわが国のラーメンはまずくなっているか、分量が少いか、である。経営者が自分の利益分を削って割箸代とマッチ代とをサービスしているのだといえば聞こえがいいけれど、これは単に習慣の問題なのであって、きびしく分析すれば、サービスした分だけ、どこかで、何かが、いくらか、それが本来あるべき姿から逸脱させられているのだと考えておくべき性質のものではあるまいかと思うのである。ただ客がそれを感知するかしないか、感知できるかできないか、だけのことではないか。

割箸についてはどうにもつかみようがなかったが、編集部で調べてもらったところによると、マッチについては、日本全国で一年間にざっと六二万俵の消費だという。そのうち輸入の木材は全体の二三・七パーセントで産地はシベリア。あとが日本の木材で、そのうち東北（青森と岩手）が六六パーセント、北海道が約一〇パーセント。年間消費量を三六五日で正確に割ってみると、何と、一日に、平均、八億八三二八万七六〇〇と一本だという。

これに割箸をプラスしてみてごらんよ。

いったい日本はどうなるのだろう。

読む

サマセット・モームは警句の名人で、さまざまなことについてずいぶんたくさんの卓抜な言葉をのこしている。彼の警句の特長はイギリス的性格をえぐりながらそれが他のどの民族にもあてはまるという点にあり、これは彼の作品そのものについてもいえることである。つまり、個にして普遍、ということになる。私は彼の警句を読むのが好きで、そのうちのいくつかは忘れられないものとなっているが、そのうちの一つにこういうのがある。《外国語が読めても外国人のことはわからない。外国語が話せても、わからない。外国に住んでも、わからない。外国人を知るには文学によるしかない。それも一流の文学ではなく、二流の文学である》。このあとに、《ロシヤ人を知りたければドストイェフスキーではなくて、チェーホフである》とつづくのであるが、私はチェーホフを二流の人と思っていないので、この部分は伏せておきたい。前半部分についてはまったく賛成である。外国語、外国人、外国文学、外国そのもの、これらとかかずらわりあうときはこの警句をよくよく心のいっぽうの極にすえつけて忘れないようにしておかなければならない。そうしておいてからもういっぽうの極で《知る》努力にはげまなければなるまいと思う。

こういう警句をのこしたモーム自身は大旅行家で、また、フランス語も流暢に操ることができ、晩年はニースだったかに住みつき、名画のコレクションにかこまれて、金や女や名声についてあいかわらず意地わるい、卓抜な警句を吐いてすごしていたのである。この警句は謙虚であるが、おそらくモームの深い自信から分泌されたものではあるまいかと思う。しばしば謙虚は自信の裏返しである場合が多いからである。彼は生涯にわたってしょっちゅう外国へ旅行にでかけ、聞くことと見ることに没頭して丹念にメモをとりつづけ、感想や想像もすかさず書きとめ、それらをイーストにしてあれだけ厖大な量の作品にふくらませたが、それでもまだ残った分があり、それだけをまとめて『要約すると』という一冊の本を作っているくらいである。これから書こうとするグレアム・グリーンもよく旅をし、よく聞き、よく眺め、よく動いた人であるが、自信から分泌される謙虚という一点ではすぐれた作家に共通のなにものかがあって、興味が深い。

グリーンは世界中を歩きまわって作品をそのたびごとに物にし、ちょうどオーストラリア原住民のブーメランのように飛びたって獲物をきっと一打しては飛びもどるというぐあいであった。アフリカではハンセン病の『燃えつきた人間』、キューバではスパイ合戦の『ハバナの男』、カリブ海ではドミニカの独裁の『喜劇役者』、東南アジアではヴェトナムの『おとなしいアメリカ人』と、いったぐあいである。この一作のために彼は一九五一年から五五年にかけて満四年間、毎年一度はヴェトナムへでかけている。サイゴンのマジェスティック・ホテルやコンティネンタル・パレス・ホテル——こちらの別館に泊ることのほうが多かったらしいが——をベースにして、南ヴェトナム、北ヴェトナムの各地へ観察にでかけている。『ライフ』や『サンデイ・タイムズ』などに寄稿するのが目的でもあったが、その四年間の行動のうちに次第次第に『おとなしいアメリカ人』の構想が育っていったものと思われる。(早川書房が『コンゴ・ヴェトナム日記』と『おとなしいアメリカ人』の両方を出版しているから二冊を注意深く読みくらべると、どういう取材がどういう作品に育つかの一例がよくおわかりになると思う。政治的興味で読まれるならば洞察力におどろかされることと思われる。田中西二郎氏の名訳も快い。)

いま私はサイゴンにいる。レ・ロイ大通りから薄暗くて小便くさい露地を入ったところにある、ホテルというよりは下宿風アパートと呼びたいものの三階の一室にいる。昼間からカーテンをひいて部屋を暗くし、クーラーをかけ、電気スタンドに灯をつけて、小さなテーブルに向ってすわっている。到着したのが二月十四日で今日は二十日。このアパートに入ってからは五日めである。一九六五年からかぞえると八年ぶり。六八年からかぞえると五年ぶり。帰り新参もいいところである。この八年間に多くのことがここでは変り、もっと多くのことが変らないままであるように見られるが、そのことを書くについては日数が少なすぎる。ニョクマム、チャヂヨ、ヴェトナム語、日本製オートバイの騒音、すさまじい暑熱、憂愁で心を蝕む湿気、さまざまなことに慣れて私自身を私流に〝ヴェトナム化〟していかなければならないのだが、これにはまだ日数が、かかる。そこで、グリーンの名作をダシにして何か書いてみようと思う。作品そのものと、その周辺をめぐって、思いつくままに書いてみようと思う。横文字の国にいて縦文字を書くのはつらいことだし、椅子にすわって字を書くのは不得意だし、起きるよりは寝ていたい時刻でもあるしするので、たくさんのことが脱漏するにちがいないが、かんべんしてください。

第一次インドシナ戦争を終らせたのはディエンビエンフーの大殺戮の戦闘であったが、それがジュネーヴ協定を結ばせた。一九五四年のことである。この作品にはディエンビエンフーの名は登場しない。年号はさだかではない。第一次インドシナ戦争の末期頃としかわからない。作品のなかでは、サイゴンのレストランの窓はヴェトミン（ヴェトコンではない。念のため）のゲリラの手榴弾をよけるために金網で蔽われ、農村は幹線道路だけ、それも夕方の七時まではフランス軍におさえられ、七時すぎれば道路沿いの監視塔だけおさえられている。つまり、夜と、面と、農民はヴェトミン側におさえられ、フランス軍は線と点だけ、その線も切れぎれだという状態である。ハノイでフランス軍の若い空軍将校は、〝われわれは勝てない〟といいきり、にがにがしげに〝たぶんやつら（政治家たち）は寄り集って、緒戦の頃に話しあいがついたとおなじ講和条件で折りあうでしょう。この数年間の戦争は全部ナンセンスになるわけだ〟といいきっている。そういう感想を抱きつつも命令のままに出動して、〝動くものは何でもやっつけろ〟という地区にナパーム弾や銃弾を心ならずも浴びせる——ことにナパーム弾については絶望を抱いて——という毎日を送っている。

「ぼくは植民地戦争をやってるんじゃありません。あなたはテール・ルージュの農園主（ゴム園主）たちのために、ぼくがこんな仕事をしていると思いますか？　ぼくらはあなたがた全部のための戦争を戦ってる、だが、あなたがたは罪はぼくたちに背負わせている」

「気分ですね、あれは。ナパームを落したときにかぎって、そういう気分になる。ほかのときは、自分はヨーロッパを防衛してるんだと思っていますよ。それにね、向う側のやつらも——あいつらも、やっぱり化けものみたいな怖ろしいことをやります。一九四六年にハノイから追われたとき、やつらは自分たちの民衆に、ひどい置土産を残していったものです——そのわれわれを助けたとやつらが信じた民衆にね。死体置場に一人の娘がいましたがね——その乳房を切りとっただけじゃ足りなくて、娘の恋人の身体の一部を切断して、それを……」

「それは理性とか正義とかの問題じゃありませんよ。ぼくたちはみんな或る瞬間的な激情にさらわれて捲きこまれる、そうしてそれから出られなくなるのです。戦争と恋――この二つはいつも比較されますね」

このフランス人の若い空軍将校の言葉をめぐって若干の単語を入れかえて読んでみるといい。フランス人をアメリカ人、ヴェトミンをヴェトコン、というぐあいにである。ナパームはそのままでいい。そして〝向う側〟のやった虐殺については、たとえば一九六八年のテット攻撃のときにユエで二八〇〇人からの人間が生埋め、撲殺、銃殺されたケースを思いだしてさしかえればいい。〝政府関係者〟のヴェトナム人がやられたのだということになっているが、それが将校、下士官、兵隊、役人であるとを問わず、ことごとくその日暮しの貧乏人であることに変りはないのであるし、女や子供が巻きぞえでやられたこともおなじである。解放戦線の六〇年の綱領の一つには、革命後、政府協力者といえどもこれを処罰しないという一条がハッキリと掲げられていたはずだが、〝公約〟が守られたためしがないのはここでも同様であるらしい。〝公約〟が守られないのは、守られないというよりは守ることができないのだというべきであるかも知れず、それは、事前に事後を明視することができない人間の宿命からくる。人間は昨日に対するときほど今日と明日に対しては賢くなることができないのである。私もあなたもそうなのだ。だから〝ナンセンス〟としかいいようのない戦争にはまりこんでしまうのだ。そのうえ〝瞬間的な激情〟にさらいこまれるということがあり、〝戦争と恋〟はルールがなくなるのである。それがどうしようもないので〝世界苦〟という言葉がかろうじてあたえられている。殺人があってから登場する名探偵のように言葉が登場する。

イヴリン・ウォーはこの『おとなしいアメリカ人』を《絶妙・無類・強力》と評したとつたえられている。人間の力わざが華ばなしく眼に見える筋肉とおなじくらい、眼に見えにくい指や爪によって支えられ、組みあわされて発揮されるように、小説も、構想や、主題や、プロットなどとおなじくらい細部がものをいうのである。私のヴェトナム訪問はこれで三度めだけれど、帰国してしばらくするときっと一度はこの本を書棚からとりだして読みかえすのが習慣となっている。『輝ける闇』や『夏の闇』を書くときはどうやってこれに似ないようにしようか、ダブらないようにしようかと、ずいぶん苦しめられた。ことに細部において苦しめられた。年代が変ってもやっぱりサイゴンはサイゴンなのであって、おびただしいことが変らないままでいるのだから、そこをダブらないように書くのは、たいそうむつかしいことであった。〝現地のほんとうの背景は、匂いのようにまつわりつくもので、それはパイルが自分で学ぶよりほかはない――夕陽に照らされる稲田の黄金色。魚をとろうとして水田の上を蚊のように舞っているサギ。僧院の老僧の戒壇の上の茶碗。ベッド、カレンダー、バケツ、壊れた茶碗、そのほか彼の一生涯のあいだに彼の椅子のまわりに掃きよせられたガラクタ〟。というようなところを読んでいると、そうだ、このとおりだとしかいいようがなくなる。

主人公のイギリス人の初老の記者がアパートへもどってくるとそれまで階段のところに腰かけていた老婆たちがいっせいにおしゃべりをはじめるが、何も聞きとれないので、主人公は、おれはひっ掻き傷すらこの国につけることができないという感想を抱く。こういうところを読むと、そうだ、そのとおりだとしかいいようがなくなる。私が毎日、このアパートからでていってもどってくるたびに感ずるさまざまなことのなかにきっと一つはこの感想が入っている。《知らないのは政治家と新聞記者だけさ》とこの町の人びとはいいかわしているらしくて、ときどきヴェトナム人の記者から苦笑まじりに教えられるのだが、それもまたよみがえってくる。だから、はじめ私はこの作品に女主人公として美しいヴェトナム娘と、脇役にヴェトミンの地下工作員が登場するほかは、イギリス人と、アメリカ人と、フランス人としか登場しないことにつよい不満を抱いたのだったが、いまとなってはこれは当然の措置だと思うようになった。一九六五年に私はサイゴンの某所で、当時サイゴンへきていたグリーンにいろいろなことを教えるべくデルタから変装してやってきたことがあるという、元ヴェトミンの将校だった人物に会ったことがある。ヴェトナム人にしては肉が厚く、骨の太い、背の高い男だった。彼とは短時間しか話しあえず、この作品を話しあった記憶だけが濃くのこっていて、私の作品のなかに一つの挿話として使用したが、彼はグリーンがヴェトナム人のことを何一つとして理解しなかったようだという不満を、おだやかな口調で述べた。すべて〝当事者〟と〝非当事者〟とのあいだにはどれくらいの深淵がよこたわるものであるかということをあちらこちらの国で味わってきた私としては、いまでは、このことを、やむを得ないと思うことにしている。そういうことを熟知していないグリーンではないのだが、にもかかわらずおしきって、けれど謙虚に、彼は書いたのである。ウォーのいう〝強力〟はそこから分泌されていると見る。

この作品で扱われていることは政治であれ、風習であれ、いまだに中心部も細部も現実として息づいているように私には思われる。そのこまかいことをいちいちとりあげてこの作品と今日の現実とをくらべて照合していったらそれだけで一つの有効な〝報告〟になり得るとも思っている。けれど、枚数がそろそろ尽きかかってきたので、あるいは次回にまわしてもよいかと思う。けれど、一つだけ、この作品の一つの焦点となり、今日、サイゴン政界の一つの焦点となっている問題を指摘しておきたいと思う。それは、〝第三勢力〟の問題である。この作品の主人公の若い、未経験な、無邪気なアメリカ青年は第三勢力構想にとりつかれたあげくダカオの汚ない運河で死ぬこととなる。それに対してイギリス人はこの国では外国人は戦争に負けるよりほかないし、コミュニストがどうしても勝つこととなるが、その未来に〝自由〟などあり得ないという判断でアメリカ人を説得しようとする。この場合の〝第三勢力〟とは〝共産主義からも植民地主義の臭気からも自由な民族デモクラシー〟であるとされ、その指導者を現地人のなかに発見して育成することが急務だ（当時の現実ではゴ・ディン・ディエムか）という構想である。ヴェトナムのことをよく知らない評論家の書いた本だけから得たその観念に現実をむりやりおしこみ、成型しようとして主人公は流血の惨をひきおこすこととなってしまうのだが、イギリス人は、アジアに〝第三〟は存在しないと主張するのである。目下のところサイゴンとジャングルの双方で和平協定をめぐって議論され、構想されているのも〝第三勢力〟である。両極分離をひきおこしてアレかコレかしかない社会であるために戦争がのたうちまわりつづけてきたなかで、〝第三〟が、いま議論されている。そしてほとんど誰しもが、いまの平和はかりそめのものと感じているようでもある。いつまでこのホアビン（和平）はつづくのか。はたしてこれはホアビンなのか。これはコンマであってピリオッドではないのではないのか。ワシントンとモスコオとペキンはそれぞれこの国をどう取引しあったのか。議論のツバがとぶことをやめたら、つぎに何がとぶのか。それはいつか。

空はうるんで、暑くて、青いのだが。

続・読む

子供の頃のことをふりかえってみると、腺病質でなくなったとか、偏食癖がなくなったとか、いろいろな変化が数えられるのだが、いっこうにあらたまらないこともまたいくつかある。夜なかに一人でトイレへいけるようになったとか、どこでも寝られるようになったとか、いろいろな変化が数えられるのだが、いっこうにあらたまらないこともまたいくつかある。そのうちの一つが読書癖である。本で夜ふかしをする癖は昔も今もまったく変ることがないし、枕もとに何か本が一冊以上ないことには不安でならないのもまったくおなじである。家にいるときもそうだし、旅館にいるときもそうである。東京にいるときもそうだし、外国にいるときもそうである。一昨年、一五〇日ほどサイゴンで暮したときは、読みものがなくなることを恐れて小倉百人一首を持っていったが、深夜に一枚一枚カードを繰って読んでいると、懐しさにしばしば胸をつかれて茫然となった。正月に明るい灯のしたに端座して朗々と読みあげていた叔父の声や、妹や従弟たちの歎声や、床の間の重箱の青貝と漆《うるし》の荘厳な輝やきなどがいきいきとよみがえって、果てしがなかった。

大正八、九年頃の永井荷風のエッセイを読みかえしてみると、例によって眼にふれるものことごとくに白眼を剥いて嘲罵をひりかけているのだが、花鳥風月と、師及び師と仰ぐ少数の人物にたいしてだけはまるで人が変ったような口調で讃仰を捧げている。それと、書物ならびに酒である。ひとり暮しに欠かせない無二の伴侶は書物と酒だとして讃美の言葉を書きつらねているのである。その無邪気なまでのうちこみかたのうらには孤独が氷雨のようにたちこめていて、いま読みかえしてみてもうたれるものがある。じっさい、いま、ふいに書物という書物が嗜紙菌というような妙な菌に食われて消えるというようなことが起ったら、いったいどうなることか、見当のつけようもないので、ある意味では困ったことだと思うことがある。書物の好きかたのなかにはどうしても病気ではないかと思いたくなるような兆候もまざまざと見うけられるのである。ある書物を読んだがために認識や感性が変って人生が一変するという例は昔からしじゅうあるのだから、〝覚悟〟も必要なわけである。いつかの回に私自身の造語だけれど〝字毒〟といって文字には多量の毒が含まれることもあるということを書いたと思うのだが……

こうして子供の頃から読みつづけてくると、いつのまにか、不思議な〝プロの勘〟といっていいものが身につくようになり、いちいち中身を読まなくても、本を手にとっただけで、何となくわかるようになってくる。手にしただけで何となく、これは読んだほうがよさそうだなとか、見かけは立派だが中身は意外につまらないのではないかとか、いろいろなことを一瞬のうちに感ずるものである。つまり本にも〝匂い〟があって、香水瓶は栓をとらないとわからないけれど、これはいつも栓をとった状態でそこにあるのだ。その匂いが第六感でヒクヒクと嗅ぎわけられるようになってくる。本は、だから、読むまえにまず嗅ぐものでもあるわけだ。

つぎに本は、読むまえに、見るものでもある。パラパラと頁を繰ったときに字の行列のぐあいを一瞥すると、かなりのことが見えるものである。つまり、頁は画でもあるのだ。それが読むまえにちょっと見えるようでないといけない。活字の字母が一箇ずつブラシですみずみまで磨きぬいてあるような、そういう字ばかりを植えこんであるような印象が一瞬、眼にとびこんでくるようだと、これはまずまずイケルと判断してよろしい。すぐれた頁というものは、読んでいると、にわかに活字がメキメキとたちあがってくる。そういう気配がする。それが感じられるし、眼に見える。また、すぐれた行や語にさしかかると、とつぜん頁のそこに白い窓がひらいて、林でできたばかりの風が流れこんできたり、陽の輝やきのようなものが見えたりするものである。そのとき起る光景は人によってさまざまだが、書かれてある内容の光景がそのまま見えることもあり、まったく無関係の光景が出現することもある。ひょっとするとそれは私たちの〝下意識〟と呼ばれるものが顔を覗かせたのかもしれないが、いずれにせよ、何かがまざまざと目撃されるような本でないといけないのである。本は読まなくても何かが見え、読んでも何かが見える。見える本であること。そこである。

本の〝匂い〟のことを考えると、いつも、いったいあれはどこからくるのだろうかと、不思議な気がする。著者が全力投球をしている場合、その球が空を切って飛んだあとにのこる谺《こだま》のようなものがその〝匂い〟なのだろうか。そこを完全に理解し、共感し、著者なみに挺身して本をつくった編集者や造本家の、ああでもない、こうでもないと選択に苦しんだ神経のふるえがそれなのだろうか。またはその人たちが雷にうたれたように啓示をうけて何かをまざまざと目撃し、一瞬で、コウダ！ と決断を下した、その速度の軌跡がそれなのだろうか。さまざまなことが口にだしていえそうだけれど、同時に、円周率のように、ついにわからないとつぶやくよりほかなさそうでもある。いちばん愉しいのは自分の嗅覚の正しかったことが読了後に判明したときで、室内にすわって現場調査にでかけないで犯人をいいあてる名探偵になったような気がしてくる。

全集や文庫版など、一定規格のサイズとデザインにおしこめられた本からは〝匂い〟がたちにくい。むしろそれは〝匂い〟で評価するよりは、家具や置物の一つとして評価すべき筋合いのものかと思われる。それはそれでいっこうにかまわないのであって、いい雰囲気の分泌される家具かそうでないかを感じとっていれば、またべつの愉しみもあるわけである。ちょっとした冒険家や、探鉱者や、探偵や、鑑定人のスリルを感じたいとなれば、やっぱり、新刊だろうと古本だろうと、単行本によるしかない。わが国には大・中・小、無数の出版社があり、なかにはいい本をだしていながら表現力に欠けるか、資金に欠けるかで、つまらない、そぐわない装丁になっているところもある。こういう場合は〝匂い〟の第一撃が鼻にきにくいものだから、読んでみるよりほかないのだが、たまにオヤオヤと眼をこすりたくなるような名品に出会うと、わが未熟を恥じて謙虚にならされたり、世のなかはわからないものだと思いを深められたりする。

近頃の私は新聞の広告を見て新刊本を買う習慣がつき、新刊書店へでかける習慣を失った。いちいち本を見なくてもわかるという名人の心境に達したからではなく、憂鬱からである。バルザックのある作品に登場する人物はモンマルトルの丘にたってパリを見おろし、おれに征服されるのを待っている都だと感じこむのだが、昔、まだ若いとき、そしてたまたま気力のある日に広い新刊書店へ入っていくと、私はみずみずしい昂揚をおぼえることがあった。それはしいて短い言葉に濃縮してみると、ここにある本という本を読破してみせるゾ、ということになるかもしれない。けれど、いまの私には、そういうけなげな稚気がどこをさぐっても指さきにふれてこない。新刊書店に入っていって無数の色と、字体と、著者名の羅列を見ると、オレが、オレがといっせいに口ぐちに叫ぶ声が大きな駅のようにこだましあい、ひびきあっていて、ただそれだけのように感じられ、いいようのない威迫と憂鬱をおぼえてしまうのである。だから、どうしてもしようがなくて新刊書店へいくときはめざす本のあるとおぼしき書棚のところへわき目もふらずにいって本をぬきだし、そのままソソクサと金を払って店をでていくことにしている。

若いときはむしろ私には新刊書店よりも古本屋のほうが威迫と憂鬱で恐しかった。ことに老舗の大きな古本屋へいき、床から天井までギッシリと積みあげられた書物のそそりたつ崖肌を見あげ、これらの本がことごとく一度は誰かに読まれたことがあるのだと感ずると、いいようのない劣等感を抱かせられた。たたかうまえに敗走する兵士の挫折をおぼえさせられたものであった。けれど、いまではそれが逆になったようである。古書店へいって、手垢や傷でくたくたになった書物の顔を眺めていると、懐しさともつかず、共感ともつかない、奇妙な親和をおぼえて、こころなごむのである。

近頃の古書店の多くは新刊本のゾッキ屋と呼んだほうがいいような軽躁さにみたされているけれど、それでも新刊書店よりはるかに私には長い時間を佇んですごせる場所ではある。いずれもかつては軽薄にか、荘重にか、謙虚そのものにか、ケレン味たっぷりにか構えていた人物たちが現世にもみくちゃにされて傷だらけになってこういう倉庫じみた薄暗いなかに息をひそめて並んでいる。豪富をもたらしたかもしれないかつてのベストセラーも、著者とその老妻がお茶漬一杯を食べられただけかもしれないノン・ベストセラーも、ここでは同格である。古書店の店内に漂よう無言の権威蔑視のあの冷《ひ》ややかな、くたびれた優しさの雰囲気が私は好きである。

こういう廃坑で名金を掘りだす愉しみとなると、これはちょっといいようのない、しみじみしたものである。あなたが下らないと思う本がもてはやされて夏のビールのように売れる風潮にもしガマンができなくなったら、古本屋へいくことです。血圧をさげるのに卓効があります。古本屋は、また、本の背を眺めているだけでみごとな風俗史、時代史、精神史を感じさせられる場所なのだから、ちょっと現存の苦悩を超越したくなったら、ぜひおいでになることをおすすめします。いい古本屋へいったらここにこそ人類永遠の無政府主義の理想の一片が具現されているといいたくなるほどです。

いつだったか、古本屋に、戦前に出版されたヒトラーの『我が闘争』が一冊あって、なにげなく頁を繰ってみたら、全頁ことごとくといってよいほど赤鉛筆で線が引いてあったり、書きこみがしてあったりだった。そのことに興味をひかれて書きこみだけを眼で追ってみると、持主は当時おそらく貧しい、鬱々とした青年であったらしく、いたるところに『そうだ！』とか、『そのとおりだ！』などと書きこんである。ヒトラーが自分の半生を回顧して貧民窟と、戦場と、街頭で人生を形成してきたのだということを綿々と述べているあたりはとくに濃く赤くなっていて、『要は人生、意志だ』とあったり、『歴史は鉄と血でつくられるのだ』とあったりする。さほどイデオロギー臭のある書きこみがないところを見ると、この青年はヒトラーの成功ぶりに心酔、共感していて、ナチズムの信奉者であるとは思えず、デール・カーネギーの本にもおなじように熱狂したかもしれないと思われるふしがあった。しかし、それはそうであるとしても、当時の日本の都会のどん底で、貧しくて大学にもいけず、ろくな会社にも就職できず、あてどない憎悪と絶望にまみれて日を送っている若者の心情はまざまざとそこに渦巻いていることが感じられ、古本をかいま見たのではないような胸苦しさにみたされて私は店をでた。もしたくさんのレポーターや史学者の書くとおりであるなら当時ドイツでヒトラーを支持した青年層はおびただしくこのような人びとだったのである。

昔、熱狂したり、衝撃をうけたり、頭があがらないほどの感動を浴びせられたりした本を数年後、十数年後、数十年後に読みかえしてみるのはいい鍛錬になる。たいていのそういう本は一変していて、なぜこれにあんなに感動したのか、なかにはまさぐりようもないと感ずるまでに変っているのもある。ただ読みすすむうちに当時の自身がありありとよみがえる懐しさがあり、それが擬態の情熱をにじんでくれるが、郷愁はやっぱり郷愁であって、発見ではないのである。ただ、書物ほど容易に、優しく、謙虚に、過去の自身を見せてくれ、辿りつかせてくれるものは他にあまりないから、こういう本はどんなことがあっても売り払うわけにはいかないのである。もしそういう本について新刊本とおなじように批評を書かねばならないとしたら心苦しいことであろう。現在その書物からうけるのは昔別れた恋人とたまたま出会って聞かされる回顧としての告白なのだから、それから批評文をぬきだすのはひどくむつかしいことになるし、なかなか楽ではない手つづきが工夫されねばなるまいから、ソッとしておくにこしたことはない。

折紙つきの〝名作〟を読んでみて途中でほうりだしたことが何度あるかしれないという事実を思いあわせてみると、《桶はそれぞれの底でたつ》とか、《人めいめいに趣味がある》としかいいようがない。また、読んでいるうちはまぎれもなく〝名作〟とうめきたくなる感興に誘われるままだったのに読みおわってからふりかえってみると、たわいもない一言半句、それもテーマや物語の展開などと何の関係もない一言半句しかおぼえていないことに気がついて、茫然となることもある。

しかし、一言ものこらず、半句もないという本がどれだけおびただしいかを考えれば、それはやっぱりちょっとした作品だったのである。その一言半句のために数百頁、数十万語が費され、煮つめに煮つめたあげくのさいごのものがそれだったわけで、たとえそれがたわいもない一言半句だからといって捨てることはならないのである。それを捨てれば同時に数十万語も捨ててしまうことになるのだから、そこに気がつくと、たちすくんでしまうのである。それから、よく読後に重い感動がのこったと評されている〝傑作〟があるが、これは警戒したほうがいい。ほんとの傑作なら作品内部であらゆることが苦闘のうちに消化されていて読後には昇華しかのこされないはずで、しばしばそれは爽やかな風に頰を撫でられるような《無》に似た歓びであるので、作品内部での不消化物が読後の感動ととりちがえられて論じられる例があまりに多すぎるので、そんなことも書きとめておきたくなる。

試《た》めす

四カ月ぶりに東京へ帰ってきたが、汚染、犯罪、自殺、地震、それにひどい物価高である。留守中にたまった雑誌や本をちらちらのぞいてみると、論文だろうと作品だろうと、ことごとく、書かれてある内容とはべつに文体から匂ってくるのは荒涼とした枯渇である。三行と読まないうちに眼をつむってしまいたくなるし、頁を伏せたくなってしまう。おまけに脳の右半球がニョクマム、左半球が直射日光に犯されているうえに、毎日正午から二時間か三時間きっと〝義務〟としてやっていたシエスタ（昼寝）ができないので、いらいらしながら朦朧となってしまう。近日中にどこか人のいない山の湖へいって冷めたい水で頭を洗い、ヤブウグイスの声を聞こうと思う。それから下界へおりて、〝社会復帰〟である。

一月二八日のパリ会談の和平協定によれば三カ月以内に三派連合の民族和解一致評議会を構成しなければならないとあって、それが実現されるかどうかを観察にでかけたのだが、何事も予定よりズレるあの国のことだからもう一カ月プラスして四カ月滞在しようと思い、そうしているうちに、捕虜と若干の政治犯の交換のほかには何ひとつとして実現されることなく、殺戮と流血はかわることなく続行され、再びパリ会談が開かれて、その内容を見れば原案とほとんど変ることがない。フリダシにもどっただけである。新しい有効な案が何かあればとっくに原案に盛りこまれているはずのものだから、これまたおぼろげながらかねがね予感されていたとおりである。ただいろいろな段階の期日を数字で明文化した点だけが第一次案と違うが、これがどうなるかを見とどけるにはまたまた四カ月滞在しなければならないということになりそうなので、ひきあげてきた。

国際世論なるものはとっくに冷《ひ》えこんでいたけれど、現地の日光と血の温度はまったく変らないのにまたまたグッと冷えこんで、ヴェトナムは約九年前とおなじように忘れられた遠い国となってしまった。わが国のそれも同様であって、ヒステリーが消えたあとにくる静寂——これまた荒涼とした静寂だが——それに似たものがあるきりである。アメリカが関係していた部分についてだけそれは発熱し、〝ヴェトナム人〟の名において昴進したが、どの程度まで本気で気にしていたのかとなると疑わしいかぎりである。最盛時にはまるで《民の声は神の声》といわんばかりの叫喚だったのだが、この神様、今世紀後半に入ってからはまるで腰が軽くていらっしゃる。あらゆる陣営の指導者が〝国際世論〟を無視してむちゃくちゃを強行するのも無理ない。今後もよくよく記憶して覚悟しておいたほうがいいだろうと思う。

今回はそういうわけで私はまだ〝社会復帰〟できない状態にあるので、忘れられた遠い国の小さなことについて書いてみようと思う。もともと私は小さな説を書いてメシを食うから〝小説家〃と呼ばれる存在なのであるから、その自分をよく念頭に入れておくこと。

ヴェトナム人は美食家である。中国人、ことに広東人とくらべてどうかとなると議論はわかれるだろうが、彼らは彼らなりに、そして貧乏人は貧乏人、金持は金持、それぞれの流儀でものをうまく食べることを心得ているし、心がけている。たとえば田舎を歩いていると、街道筋でときどきパイナップルを山と積んで売っている。これがたいそう安く、みごとに熟していて、部屋のすみにころがしておくと香水瓶の栓をぬいたように甘く芳烈な香りがゆらめく。街道の子供は包丁や山刀で器用に外皮を剝《む》きとり、四つに割り、たくみに刻《きざ》みめを入れたうえでわたしてくれるが、そのときさいごに塩とトウガラシ粉をまぜたものをツルリと一刷《ひとは》き塗ってくれるのである。日本人がオシルコを食べるときに塩昆布をそえるのに似ている。パイナップルは豊熟していてあまりに甘いからそれで殺して食べようというのである。つまり、〃かくし味〃をたのしもうというのである。じっさいそうすると汪溢する野生の味、土の味に微妙な変化がでてくる。それが町の喫茶店や料理店だけではなくてほんとに草深い田舎のはだしの子のすることなので、はじめて見たときにはたいそう感心させられた。

タンメン屋を観察していても感心させられる。タンメン屋には中国人が多いけれど、ヴェトナム人のもある。麵そのものが細くて黄いろいの、太くて淡く黄いろいの、春雨、うどん、米粉、さまざまある。カン水をよく利かして練ってあるのでシコシコしてスープのなかでグンナリのびない。つまり湯《たん》のなかで溺死しない麵がうまい。まずそれを湯《ゆ》のなかでシャッシャッとふるい、鉢に入れるが、それからあと、じつにさまざまなものを少しずつふりかける。エビを一コか二コ。焼きブタを一片か二片。トリの刻んだのをひとつまみ。アサヅキの刻んだのをひとつまみ。小粒のニンニクを油でカラカラになるまで炒めたのをひとつまみ。それから香油（ゴマ油）を一匙。ついで二種類の何やら伝家の秘法めいた液を一匙ずつ。さいごにニワトリやブタの脂身やネギやタマネギやいろいろなものをあくまでまっとうに手をぬかずに煮たスープをたっぷりとそそぎ、そのうえにエビのかき揚げのセンベイ風のものを一枚おく。それが客のところへはこばれてくると、ここがまたサイゴンの特長だが、〝ダラット野菜〟と呼ばれるレタスをこまかくちぎって入れたり、春菊をちぎって入れたりする。そのうえでコショウ、トウガラシ、ニョクマム、マギーのソース、手近にあるのを何でもいい、お好みのままにふりかける。まだ忘れてた。レモンの小片がでてくるから、ついでにそれもチュッとやる。これだけたっぷりと入れるのだし、スープそのものがまっとうだから、じつにうまい。私は一つの店に毎朝四カ月間かかさずかよったけれど、あきるということがなかった。六八年のときもそうであった。道ばたにだした椅子に私がすわるとだまっていてもそれにワンタンを入れたのを持ってきてくれる。（サイゴンへいく人でパストゥール通りとレ・ロイ通りの交叉点のあたりを通過することがあったら、角《かど》の〝ホアフエ（豪華）〟とパストゥール通りの〝リェンクァン（聯光）〟にぜひお立寄りになること。ただし、後者のほうはどういうものかタンメンは出色、抜群なのに、それ以外の料理はことごとくといっていいくらいダメである。）

このすばらしいタンメンが一八〇ピー（約九〇エン）である。日本のラーメン屋は団体で出かけてミッチリと特訓をうけてくるがよろしい。骨身にしみて反省させられることであろう。そのついでにどの町角にも屋台をだしているサンドウィッチ屋ものぞいてくることである。これはフランスパンのサンドだが、パンそのものが非常に上手に焼けていて、かすかな塩味があり、パリパリと香ばしい。そのおなかを二つに割って、焼きブタ、ブタの胃の燻製、サラミ、ハム、〝絹のブタ（ブタのカマボコ）〟、ブタ肉をとろろ昆布のようにしたの、大根の千切りの甘酢漬、イワシの缶詰、何やらかやらをまぜこぜにしてコテコテとつっこむ。そこへ塩コショウ、トウガラシ、マギーのソースなどを手早くふりかける。五〇ピーなら五〇ピー、一〇〇ピーなら一〇〇ピー、だしたお金にあわせてつくってくれる。香辛料をどれだけ使うか、どれだけをどうミックスするかということを見れば文化の程度がわかるという香辛料屋の独断があるが、その見地にたてばこの屋台のおばさんは相当なものである。おばさんは屋台のパンを入れるひきだしの内側をブリキ張りにし、そのしたに七輪を入れてとろ火を仕込んでいる。だからパンはいつもあたたかくて、パリパリとしていて、気持がいいのである。〝メーゾン△△〟とか、〝ジェ××〟などと看板をあげた東京のフランス料理店でだされるバゲットがしばしば冷《っ》めたくてパサパサしているか、冷めたくてジンメリしているかであることを考えよ。また、目玉が眼鏡といっしょにくっついてとびだしてしまいそうなその値段のことを思いあわせるならば、おばさんのほうがよほどバゲットを知っているといえる。ものの味を親身になって大切にすることを知っているし、客にたいして優しいのである。外国びいきでいうのではない。事実をいってるまでである。

この国にはいろいろとうまいもんがあるが、ハトとカニは指折りのものである。カニにはマングローヴ湿地の泥ンこのなかに住むドロガニと、海のなかを泳ぎまわるガザミと、二種類がある。ドロガニはよほどたくさんいるらしくて、年がら年中、毎日毎日、おなじ量のたっぷりと太ったのが市場にあらわれて、とぎれるということがない。このカニは甲羅の中身よりはハサミと足の根元を食べる。パンパンと叩き切ったのを中華鍋にほりこみ、油で炒めながら、塩、コショウ、ネギ、タマネギ、ニンニクなどをまぶして仕上げる。皿に盛ってこられたところを見ると、何やらどろどろでまッ黒になっているが、食べはじめると口がきけなくなる。大きな、頑強な、厚い殻のなかにシコシコとしまった白い肉がひそめられていて、とろんとなってしまう。これにくらべるとガザミは殻が薄くて、柔らかく、白い肉はあくまでもデリケートであって、わが国の冬の日本海の宝石、マツバガニにちょっと近い味がする。汁がたっぷりとあるので、炒めるよりはあっさりと〝清蒸〟でだしたほうがいい。蒸すだけにしてだし、それをレモンと塩コショウだとか、ニョクマムだとか、思い思いのソースにつけるがよろしいのである。フークォック島でだされたのはまことに気品の高い逸品であった。それがまたおどろくほど安いので、いよいよ精神を豊饒にさせられる。

ニョクマムのことは日本にも知られるようになったが、フークォック島での見聞をいささか書いてみよう。これは日本のショッツルとおなじものであるが、ショッツルはハタハタだけでつくるのにくらべ、あらゆる魚を原料に使うのがニョクマムである。魚、塩、魚、塩とかわるがわるに漬けていって、上から圧《お》さえつけ、醗酵させて、その上澄みのものを使う。文字通り中国人は〝魚水〟と書く。この国の沿岸地帯ならいたるところでつくっていて、あちらのがいい、いや、こちらのほうがいいと、議論が百出する。フークォック島のは魚質がいいのでまず名声はうごかないが、ここのは〝カーコム（米の魚の意）〟という小魚でつくる。たぶんアンチョビ（シコイワシ）の小さいのではないかと思うが、この小魚はシラウオにちょっと似ている。新鮮なのをカリカリに揚げてレモンをかけると、何ということもないのにとめどなく酒が飲めそうである。海へでかけて袋網をひいてこれをとってくると、巨大な木の樽へ塩漬けする。その庫へいってみると日本の昔の醤油屋や造酒家の庫とまったくおなじ光景である。でてきて説明してくれる海南島出身の中国人の風貌、風格がいかにも田舎の素封家らしくおっとりとしたところがあって、メチエが人の顔に及ぼす影響というものは古今東西まったくおなじであると、つくづく感じさせられる。

　この裕南成氏のつくるニョクマムには、〝頭等〟、〝一等〟、〝二等〟とあり、それは度数で判別されるのだが、度数といっても酒精ではなくて蛋白の含有量である。ニョクマムには澄んで透明なのと紅茶のような色のついたのとがあるが、どちらがいいのですかとたずねると、透明なのは人工を加味しすぎてあるので見た眼にはきれいだけれど風味がそこなわれている。やっぱり紅茶のような色がついても自然のままのがいちばんですという。この家のはそれである。サウという木でつくった巨大な桶の横腹から熟した紅茶色の液がほとばしって小桶にうけられている。半年貯蔵したのをしゃくって舌にのせてみると、ただヤキヤキと塩からいが、一年のを味わってみると、さすがにまろやかになってとろりとしている。これを小皿にちょっと入れ、トウガラシのきざんだのを散らし、野生のシカの肉の焼いたのをレタスでくるんで、ちょっぴり浸しつつ食べると、じつによろしいナ。

ハツカネズミのおなかにツバメの巣をつめこんで姿のままスープに浮かべたの。卵のなかでヒヨコになったのをそのままゆで卵にしたの。田ンぼに住むネズミ。アルマジロ。ヘビ。タヌキ。ドロガメ。ヤマアラシ。いろいろと探究して歩いたが、ネズミとヘビのほかはとりたててどうということはない。アルマジロは金網のなかに入れられ、おしっこにまみれ、恐怖と絶望の小さな、おろかしそうな、ただれた眼をヒタと壁にくっつけるようにして小さくなっているが、食べたあとでそれを見ると、まずい肉だったのでとりわけ気の毒になったと、人間は残酷なことを書く。これにくらべると田ンぼのネズミのほうがはるかにごちそうだといえる。ハツカネズミの姿のスープはおなかにつめたツバメの巣だけを頂いたが、田ンぼのネズミはちょっとトリのササ身に似た、上品な味がする。ネズミだといわれなければ誰でもよろこんで食べるだろうと思われる。田ンぼに棲んでお米ばかり食べているのでバイ菌はいないのだとされている。私は何度も食べて、感心することは毎度だけれど、アタったことは一度もない。フランス人はカエルを尊重し、中国人も愛して、菜譜に〝田鶏〟と書くが、むしろネズミのほうをそう書くべきではあるまいかと思う。

けれど、柔らかさ、癖のなさ、気品といった点では野生のシカがいちばんであろう。バターで焼いて食べる。醬油をつけて食べてもよろしいが、ヴェトナム風にレタスでくるんでニョクマム――フークォックの、カーコムからつくった、紅茶色の――にちびりちびりとつけて食べると、ウムといいたくなる。このシカはダラットやバンメトット周辺の山でとってくるのだが、山の猟師はそのあたりの政府軍と解放戦線の双方に獲物の一部を税金として収め、見聞したことの秘密はいっさい口外しないと約束したうえ一札入れてハンティングにでかけるのだそうである。だから射ったシカの一本の足は〝あちら側〟にプレゼントし、もう一本の足を〝こちら側〟にプレゼントし、足が二本きりになったシカをかついで山をおりると、いうことになるのだそうである。

またいきたくなってきた。

続・試めす

先月号は心ならずも休載してしまい、〆切まぎわの編集部にひとかたならぬ御迷惑をかけた。書くこともあり、書きたい気持もあったのだけれど、どういうものか字がペンさきにひっかかってこようとせず、しきりにウィスキーを飲んでみたり、水を飲んでみたり、昼寝してみたり、いろいろやってはみたのだけれど、とうとうだめだった。ときどきこういうことが私には起るので、弱ってしまう。もうこの連載も何年かになるのでリズムがついていてもよさそうなのに、いつまでもしろうとめいた彷徨をしている。今後も油断ならないので、もし休載したら、あ、またエア・ポケットにおちこんだんだナと思って、翌月号を待ってください。

さて。

一度こじれたテーマというものはなかなかもとへもどらないものである。しばらくほっておくしかないので、今月はべつのことを書いてみようと思う。アリストパネスのある作品のなかで、ある親がその子にこう教えている。いいか。思案に窮したらだな、カブト虫のようにその思案を勝手に頭のまわりをとびまわらせておくことだ。そのうちくたびれておちてくる。それから手にとってゆっくり眺めたらいいのだ。ただしだ、思案がとびまわっているあいだ、しっかり手で紐をにぎっておくのを忘れるな。

釣りのこと、とりわけその餌のことを、ちょっと書いてみようと思う。釣師はこのテーマを寝てもさめても、町を歩いていても会議の席にいても考えている。人知れぬ苦労をするものである。ウォルトン卿は『釣魚大全』のなかで、ミミズに樟脳の粉をふったらいいとか、茴香《ういきょう》の匂いをまぶすのが妙手であるとか、アオサギの骨の髄を塗ったらどんな魚でも抵抗できないものであるとか、こまごまと書きこんでいる。私は近年ルアー・フィッシング（擬餌鈎の釣り）に凝っているので、この釣りはミミズを掘ったり、イクラで指をニチャつかせたりしなくてもすむので、いわば〝きれいな釣り〟といえるわけだが、それでも人より一歩さきへでようとしていろいろと苦心工夫する点ではまったく変らない。

ヤマメの毛鈎の蓑毛《みのげ》の部分にはコウライキジの剣羽が原爆的にきくとされていて、それはコウライキジの左右の肩にたった一本ずつしかついていないから、たいそうな値段がする。そんなものをどしどし朝鮮あたりから輸入されたら日本のヤマメが根絶されてしまうといって真剣に憂えている老毛鈎師がいる。かと思うと、そういう議論のよこで悠々とタバコをふかして耳にも入らないという顔をしているのがいる。どうしたのだといってよくよく聞いていくと、絶対口外しちゃいけないよといってくどいくらい念をおしてから、コウライキジの剣羽が原爆なら、おれは水爆的にきくのを知っている。これこそはほんとにおそろしいものなんだ。きくなんてものじゃない。というので耳をそっと持っていくと、それに口をそっと近よせ、あたりをキョロリとうかがってから、ひくいひくい声で、ネズミのひげですよ、という。

ヴェトナムの川と海にはナマズが何種類かいる。川に棲むその一種はカー・ヴォンラウと呼ばれ、海に棲むのはカー・ロン（竜の魚）と呼ばれ、背びれと胸びれに猛毒がある。カー・ヴォンラウは市場でも道ばたでも売っているが、ヴェトナム人がたいそう珍重する魚で、背が灰青、腹が白銀の、なかなか美しい魚である。ひげがあることと、口が大きくて人を小馬鹿にしたような顔をしていることでは日本のナマズとおなじだが、眼が丸くて大きくて黒いし、背びれの形もちがう。顔だけ見るとナマズとボラが混血したみたいだが、大きく育って腹がどっぷりとでてきたのを見ると、どことなくフカを思わせる体型である。タイ国では、たしか、〝カイワン〟と呼んでいたのではないかと思うが、一度チャオピヤ川（メナム川）の上流で漁師が生簀で飼っているのを見たことがある。

餌は酒粕を何かとまぜあわせたひどい匂いのものだった。魚の餌になるものにはしばしば鼻持ちならない匂いのものがあり、これはどこの国もおなじであるが、アメリカの釣雑誌を見ていると、インディアンに教えられたひどい匂いの秘薬などというものが広告頁によくでている。

ヴェトナム人もなかなかの釣好きである。サイゴン川のちょっと上流にニャベというところがあるが、朝の六時頃、カーフュー（外出禁止時刻）あけにいってみると、ディンキー・ダウ（マニア）連中がぞくぞくと竿袋やひどい匂いのするプラスチック・バケツを持って集ってくる。みんなカー・ヴォンラウをねらってやってくるのであるが、この餌を聞いて大いに勉強になった。まず水爆的にきくのが、ゴキブリである。それも台所のすみをちょろちょろしているのをつかまえるよりは、名人、上手といわれるためには、あらかじめ餌をやって飼いつけておかなければならないといわれた。何を餌にするかというと、これがなかなか贅沢で、パンとバターをこってり練りあわせたのがいいという。ゴキブリはそれを食べていくうちにムッチリ太っておつゆたっぷりになる。川へいったらそれを四、五匹鈎に刺し、足をみんなちぎってしまうのだという。するとその穴から匂いとおつゆが川へ流れて、カー・ヴォンラウをひきつけるのだそうである。つぎにいいのがニワトリの腸である。これを買ってきてニンニクをまぶし、鈎に刺すときは一度一度鈎を返して縫い刺しにしていく。ずいぶん大きなダンゴになってくるが、まだまだ大きくしてもかまわない。顔をそむけそむけ、あちらこちらに青黒いウンコのたまったぬらぬらの紐を鈎で縫っていく。それに錘りをつけて力いっぱい投げると、ドップン！……すごい音がする。このニワトリの腸のつぎに、まあまあといえるのが牛肉である。これも前夜からニンニク仕込みにしておくのである。したたかに悪臭のしみたのを川へ持っていき、トランプのカードくらいに切り、鈎へ短冊刺しにしてから力まかせに投げると、これまた、ドップン！……すごい音である。

ニャベは川の合流点で巨大な三角状になっているが、海のように広くて、五〇〇〇トン級の貨物船がゆうゆうと航行していく。水は茶褐色でおしるこそっくりだが、汽水区だから淡水と海水がまじりあい、ひりひりと塩からく、潮の干満の差が四メートルか五メートルもある。河岸にぞろぞろと釣師たちが集ってきて、そのなかには私も入っているわけだが、アメリカ人も二人いた。全員をパンツ一枚の船頭が舟にのせて干潟の岸へはこんでいくと、そこの広い泥州のあちらこちらに小舟がすわりこんでいる。それを一隻一隻、船頭親子が河へおしだし、そこへ三人、五人と乗りこむ。さきの舟がこれら何隻かをロープでゆわえて河の中流へはこんでいき、こことおぼしきところへ一隻ずつ錨で食い止めていく。それぞれの小舟に一つずつ錨がついているのである。しかし、屋形もテントも日覆いも、何もないから、舟はそれっきりおきざりで、三月のガンガン照りの直射日光と水面からの照りかえしの二つの氾濫にさらされることになる。たえまなくひびから水が浸透してくるので、こわれたプラスチックのバケツで、しょっちゅう水をかいださなければならない。そしてそれがすむと、ニワトリの腸のニンニク仕立てを鈎を返し返し縫っていき、ドップンと投げる。それがすむとまたバケツで水をかいだす。こういうことを朝の六時から夕方の五時まで、合計十一時間やったが、ノー・フィッシュ、ノー・ストライク、ノー・ヒット、ノー・バイト、とことん坊主であった。

この国の三月の日光のすさまじさときたら、お話にも何にも、なったものではない。夕方近くになると眼も口もあけていられなくなった。やっとのことで親舟がやってきて河岸へひいていってくれたが、自尊心の問題があるので、くどいようだが一隻一隻、ヴェトナム人の釣師の舟をのぞいて歩き、誰一人として釣っているものがないことをたしかめて、ようやくなぐさめとなった。おそらく潮がまずかったのである。ゴキブリも、ニワトリの腸も、牛肉も、ニンニクも、とうてい潮には勝てるものではない。ナポレオンもヒットラーも雪には負けたではないか。

いっしょにいった写真家の守田君は、日頃から戦場焼けしてまッ黒の顔なのだが、その眼に血が射して赤くなり、異様な形相となった。ニャベへ釣りにいこうと誘ったのは彼だったから、しきりにそのことを苦にしている。ナニ、こんなことはしょっちゅうあるのさ、おれはアラスカの河に十三時間腰までつかってたことがある、それでも坊主だった、これでくじけちゃ大物になれないよ、と口では威勢よくはげましたが、河岸にあがると私の足はいささかふらついた。

守田君は感動して

「よし、つぎはヴィンロンだ」

といった。

私は手の甲で額を拭いつつ

「そうこなくちゃ」

といった。

中国料理店の菜譜を見ると、ときどき、『盲曹魚《マンソーユイ》』という字が見える。フランス料理店へいってメニュをもらってこの字のフランス語訳を見ると、『バール』とある。『ルー・ド・ラ・メール』（海のオオカミ）というのはスズキのことだが、『バール』はたしか、科目はおなじスズキ科目ではなかったかと思うが、英語で『シー・バス』、海のバスと呼んでいる魚だったはずである。惨憺たるニャベ事件のあとでサイゴンへもどり、つぎからは潮のことをよく知っている釣師に聞くか、いっしょにいってもらうかしてやってみようと考えた。そこでいろいろと手をつくしてしらべていくうちに、グェン・ヴァン・チュウ大統領のボディ・ガードをしているという青年で無類の釣狂だというのに出会うことができた。この青年をレストランに招待してゆるゆるとうかがってみると、ボディ・ガードの仕事の話はひとこともしないで、ただひたすら釣りの話である。それもゴキブリをどう飼うか、とか、シー・バスが河へ上ってきたときは鈎をどう流すか、とか、ことごとく釣談義である。餌は生きた小エビか、ゴキブリがいちばんだという。シー・バスは巨大に成長し、ものすごく抵抗し、トラみたいにあばれて河いっぱいに走りまわる。表層、中層、底、どこにでもいる。ヴンタウに一つ、とっておきのいい河がある。ぜひ、案内したい。いっしょにいこう。やってみよう。大統領の身辺のボディ・ガードはサイゴンで何度となく見かけるが、ジープに平服で乗り、サンダルばきの足をぶらぶらさせ、屈強な肩と腰をし、腿にさりげなく自動小銃をよこたえ、引金にはいつも指がかかっていて、見るからに殺し屋そのもののむらむらした殺気が肩さきや後頭部のあたりに匂いたっているものである。この青年もそういう姿で毎日を送っているのかどうか。私にはどう見当のつけようもないが、ゴキブリは胸のどこにどうやって鈎を刺すのがいいか、小エビをいつまでも生きたまま泳がせるにはどう鈎を刺したらいいか。そういうことを、あれこれと、おだやかだが夢中の手真似でやってみせてくれる。

それを見ていると、殺すか殺されるかでしかないその職業のことなど、毛さきほども想像できなくなってくるのである。早朝のニャベの河岸に集った釣師たちも、装具をつぶさに見れば、竿、竿袋、リール、バケツなど、ことごとく古びきっている。とても昨日や今日おろしたものではない。使いこんで使いこんで、もう五年、七年、十年にはなろうかと思いたくなるなじみぶりであり、オンボロぶりである。それを見ていると、あの戦火のめちゃくちゃなさなかでも彼らはこういうことを淡々とつづけていたにちがいあるまいと思えてきて、しばらく茫然となる。

戦争中、私は中学三年生で、大阪の南の郊外にある竜華操車場で勤労動員で働らいていたが、日曜日にはよく釣りにでかけた。空襲警報や警戒警報のすきをねらってフナや、モロコや、ライギョを釣りにいくのである。ときには食用ガエル（ブル・フロック）を釣りにいくこともあった。食糧事情が極度に悪化していたから魚釣りをしてオカズを手に入れようという考えでもあった。三本鈎に赤い布をつけてタヌキ藻の切れめあたりをそっとたたいているとカエルが釣れたし、その三本鈎を小さなカエルにかえたらライギョがとびかかってくる。

ところがそうして魚釣りをしていると見ず知らずの通行人がとつぜん土堤をかけおりてきて手から竿をひったくり、膝でへし折り、前線で兵隊さんが苦しんでいるのに銃後の国民がのほほんと釣りをするとは何事かといって、叱りつけた。そういうことが二、三度あった。それ以後は、だから、池のふちに腰をおろして浮子《うき》を眺めながらもチラチラと通行人を眺めるようになり、気が気ではなかった。

一九六八年の九月にサイゴンからバスに乗り、街道にひしめくタンク、ジープ、軍用トラック、ウェポン・キャリア（装甲車）などのあいだを縫ってカイベへいき、そこから小舟でメコンの一支流を下り、バナナ島にあがった。ここは最前線中の最前線で、昼間は何もないけれど、夜になると空爆、砲爆、銃撃戦がすさまじかった。その話は他日くわしく書くとして、今日はやめておきたい。サイゴンをでるときに私は釣竿を持っていくことにし、道中ずっと手に持っていた。

もしそれを見て、人が生きるか死ぬかの血みどろの戦争をしているさいちゅうに釣りをするとは不謹慎な……といわれることがあったら、その場で謝って竿を捨ててしまうつもりであった。少年時代のにがい記憶がいきいきと私によみがえっていた。けれど、バスのなかでも、島についてからでも、一回もそんなことは起らなかったし、鋭い視線にも出会わなかった。むしろ島についてからはあべこべに農民から手厚く歓迎された。村長がでてきて、ミミズよりこれのほうがききますといってモンキー・バナナをくれたり、若い農民が穴場へさきにたって案内してくれたり、サトウキビを何本も切って持ってきてくれたりするのだった。その三年前に全土を旅行したときは『私ハ日本ノ記者デス。ドウゾ助ケテ頂戴』と坊さんにヴェトナム語で書きこんでもらった日ノ丸の旗を持って歩いたのだったが、釣竿にたいする人びとの反応のほうがはるかに柔らかく、親しげで、深かったようである。

ふしぎなものである。

続々・試めす

何本かの特色のある通りがサイゴンにあるが、そのうちの、たとえばグェン・フェ通りは、日頃はレコード屋やコピー屋などのキオスクが並んでいるのに二月のテット（正月）になるとたちまち花屋ばかりに早変りしてしまう。ヴェトナム人は活花が好きなので、べつに正月でなくても市場へいけば花が買えるし、また花専門の花屋というものもちゃんとあるが、このテットのときのグェン・フェ通りは花に埋もれてしまって、みごとである。正月がすむとその通りはふたたびレコード屋やコピー屋のキオスクにもどるのであるが、道路いちめんに赤、黄、白の花びらが散らばり、まるでパレードが通過したあとの紙吹雪のようである。どれほど戦争のはげしかった年でもこの光景は変らなかった。どこからともなくつぎからつぎへとおびただしい花束をかつぎこんでくる商人たちのにぎわいを見て私はナパーム弾や白燐弾が肥料になるのだろうかと、ふと思ったことがある。

ハムギ通りもちょっと変っている。この通りの歩道はペット屋と闇屋で埋まっているのである。闇屋は闇屋、ペット屋はペット屋というぐあいにかたまっているが、そこで売っているペットというのが日本人の眼からすると多彩、珍奇、幻怪である。メガネザル、テナガザル、キユウカン鳥、オウム、シマリスなどといったものはごく普通で理解しやすいが、変ったところではアルマジロ、ヤマアラシ、ニシキヘビ、大トカゲなどがある。ドロガメもいるし、一日中寝たままブラリと棒からぶらさがったきりのコウモリも売っている。これは果汁を吸うのだと教えられるが、いつ見ても逆さまにぶらさがったきりなので、いったいこういうものはペットに飼ってみてどういうたのしさがあるのだろうかと疑いたくなってくる。けれど、非凡な食慾を持つ人びとが多いので、ひょっとしたら飼うのではなくて食べるのかもしれないなと思いかえすと、疑いは消える。

何種類かの熱帯魚も売っているし、その餌にするボウフラも洗面器に入れて売っている。ちょっと面白いところではコオロギである。タンソンニュット空港の近くにゴルフ場があって、そこを通りかかると子供がよく紙袋を手にして草むらを跳ねまわっているのを見かけるが、これはコオロギを追っかけているのである。そうやってつかまえたのをこのハムギ通りの虫屋へ売りにくるのではあるまいかと思う。子供、おっさん、兵隊などがたちどまってしげしげと虫籠のなかを覗きこんでいる姿をしじゅう見かける。釣鈎や錘《おも》りなどを売る店もこの通りにあるので、買物にいったときなど、よく立寄り、いっしょになって虫籠を覗きこんでみるのだが、私にはどれが強くて、どれが弱いのか、さっぱり見当がつかなかった。子供や兵隊は鋭く吟味してあれだ、これだと選んで買っていく。それで喧嘩をさせ、ささやかなバクチをやって、たのしむのである。コオロギは洗面器に砂を入れた臨時のアレナ(闘技場)に放されると、しばらくヒゲをふったり、ぐるぐるまわりあったりしたあと、たちまち闘争を開始する。けしかけるの、はやしたてるの、じっと黙って冷徹な観察にふけるの、さまざまである。ここの人たちは老若男女を問わず、バクチとなると、まるで目がない。これまたどんなに戦争がはげしくても変ることのない光景であったし、いまでもそうである。

ペット屋がむんむん異臭をみなぎらせてひしめいているところをすぎると、つぎが闇屋である。野戦服、靴、毛布、ハンモック、水筒、浄水剤、Cレイション(野戦食)、何でも売っている。近頃ではずいぶん山が小さくなったけれど、それでも一軒ずつシラミつぶしにさがしていくと、なかなか面白いし、掘出物にもぶつかることができる。魚釣りにいくために私はここで米軍の特殊部隊用のリュックサックとポンチョを手に入れたが、軽いうえに、完全防水、しかも丈夫一式で、ポケットがたくさんつき、じつによくできていた。こういう物は店さきですぐ買えるが、事情通のヴェトナム人や中国人にいわせると、コネさえつけば手榴弾でも、機関銃でも、クレイモア地雷だって手に入れることができるという。金をだして買えない物は何もないという。私自身がそういう物をじっさいに買ってみようと試みたことがないので、この噂さがどの程度まで真実なのか、見当がつかない。

一九六八年にフランス人の記者に

「バズーカでも買える？」

とたずねたところ、彼はしばらく思案したあとで、自信たっぷりに

「ウイ。たぶん」

と答えた。

五年後の今年、ある華僑に

「バズーカはどうかしら？」

おなじ質問をしたところ、彼はしばらく考えたあとで、憂わしそうに、真剣な口調で

「コネクションさえつけば買えます」

と断言した。

ある知人の紹介でこの人と知りあいになったのだけれど、たいそうな釣狂であった。ショロンに住む実業家で、プラスチック会社の社長である。英語とフランス語を流暢に操り、ショロンの華僑界では名だたる実力者であるらしい気配であったが、私はあくまでも釣友達として接した。彼は私をじつに丁重に好遇してくれ、おかげで私は中国式歓待法というものを全身で味わうことができたが、その詳細はまた他日に書くこととする。釣狂というものはどこの国でもどうしようもないものだとつくづく感じさせられるのだが、この人の自宅に招かれ、寝室に案内されてみると、ダブルベッドと鏡台のほかは釣道具があるきりだった。竿とリールがドイツ製、フランス製、スウェーデン製、アメリカ製、いずれも使いに使って傷だらけになったのが

ズラリと目白押しに並び、テーブルのひきだしというひきだしはことごとく釣道具で充満している。このひきだしは糸だ、このひきだしは鈎だと、ひとつずつひっぱりだして見せていき、そのあと壁ぎわに並んでいるリュックサックをひとつずつ持ってきて開いてみせると、救命衣、魚探、クーラー、ゴムマット、すべて釣道具であった。さいごのリュックには、包丁、ナイフ、串、鍋、油、醬油、酢、ニョクマム、ニンニク、ショウガ、キクラゲなどが入っている。釣りだとなると何も点検しないでこのリュックをそのまま自動車につみこんで出発だ、釣りにあいたらどこかの無人島に上陸し、磯でチンチン料理（清蒸料理・蒸し魚の料理）をやるんだ、石斑魚（ハタ）のチンチンときたらこたえられないよ、といって眼を細くする。見るからに〝実力者〟らしく眼光炯々と光る男なのだが、そういって微笑すると、十六歳の少年のような顔になる。

さすがだ。徹底している。徹底的に徹底している。何やら、いっそ痛烈といいたいものがある。みごとである。感動とも自失ともつかずに茫然としている私をチラと見やって黄崇祐は微笑し、トランプぐらいのプラスチック箱をとりだしてきた。

「これをさしあげましょう。これは面白い。よくできています。あなたなら理解できるでしょうし、たのしめるでしょう。ハムギの闇市で買ったんですが、アメリカ製です。飛行機のパイロットなどに持たせる物らしいんですが、山だろうと、海だろうと、どこへ不時着しても魚を釣って生きのびるようにというサーヴァイヴァル・キットです。小さいですが、必要な物はのこらず入っています」

ヴンタウへバラクーダを釣りにいこう、それから飛行機でフークォック島へ飛び、いっさいがっさい忘れて何日か海のうえですごそう、すべて私にまかして頂きたい、あなたはレインコートとスリッパだけ持ってきたらよろしい……そういう話を聞かされて、コニャックを飲み、レ・ロイ通りのアパートへもどった。

部屋に入ってからシャワーを浴び、タバコをくゆらしながら、もらったばかりのプラスチック箱を開いてみた。ベッドに中身をひとつずつ並べて、つぶさに点検してみる。〝小さいけれど必要な物はのこらず〟という黄崇祐の言葉の通りであった。その小さなプラスチック箱からはつぎからつぎへとおどろくほどたくさんの物がでてきた。不時着したパイロットが魚を釣って食いつなげるようにというので、淡水魚、海水魚、どの魚にも向くようにと、毛鈎、ルアー、スピンナー・フライ、大物用の手糸、歯の鋭い魚のためのワイヤーのハリス、一通りの物がみなつめこんであるのだ。はじめて魚釣りをするパイロットがいるかもしれないという配慮からだろう、防水紙の小さなパンフレットが入っていて、糸の結び方からルアーの操り方まで、細字でびっしり書きこんである。

◉パンフレット　1冊

◉毛鈎　8種類

◉三本鈎　2本　1番サイズ
◉長軸鈎　1本　9番サイズ
◉ハリス・セット
（ハリス8本　スナップ・スウィヴェル2コ）
◉18ポンドテスト　ナイロン手糸　50フィート
◉63ポンドテスト　ナイロン手糸　50フィート
◉縫針各種　8本
◉安全ピン　8本
◉スピンナー・フライ　6種
◉小型　銅色スプーン　1コ
◉中型　クローム・スプーン　1コ
◉中型　赤・白スプーン　1コ
◉片刃カミソリ　1枚

安全ピン8本は赤のフランネルの布、縫針8本は黄のフランネルの布に刺してある。イザとなればこの赤や黄の布をカミソリの刃で細長く裂いて鈎につけて泳がせると魚をひきつけることができるとパンフレットに書いてある。これも注意深いことである。フランネルの布が赤と黄にしてあるという点によくそれがあらわれている。水のなかで魚の眼をひくのにいちばんいい色、つまりルアーの四原色は、〝赤・黄・黒・白〟だとされているのである。

中型の赤・白スプーンはこの種のスプーンの不朽の名作とされているダーデヴルを模したものだが、二本鈎をつけ、もう一つのクローム色のスプーンは一本鈎である。そのうえ黄の毛のスカートをつけ、藻よけのワイヤまでつけてある。6種のスピンナー・フライは6種ともみなちがう模様の鳥の羽なので、あれがだめならこれ、これがだめならあれと試めすことができるだろう。不時着したのが海辺ならさっそくナイロンの手釣糸を試めしてみたらどうだろう。錘りは入っていないが小石を結べばいい。18ポンド・テストということは水の外で18ポンド（約9キロ）の圧力に耐えられるということなのだから、かなりの大物まであげることができる。63ポンド・テストのも入っているから、これなら30キロ、35キロの大物ぐらいならやれるという計算である。長さはそれぞれ50フィート、約17メートルしかないが、太い方のに細い方のを結べばその二倍の深さに達することとなる。

パンフレットを眼を細くして読んでいくと、毛鈎はどう操るかとか、ルアーはどう引くかとか、川のどこに魚がいるかとか、したがってルアーはどう投げたらいいかとか、手糸を指にひっかけていて大物が食いついて逸走がはじまると瞬間的に指が切れ、糸もとられてしまうというようなことが起りかねないから用心のためにズボンのベルトに手糸をかけておくのも一案であるなどと、じつにこまかい。カニは何でも食べられる。砂浜の穴に気をつけよ。つかまえたら肉をちょっとのこしておいてつぎの釣りの餌にするといい。海鳥の卵は食べられるし、おいしいし、海鳥そのものもわるくない。ウミヘビはうまくないけれど、ウナギはいける。オウムのようなくちばしを持った魚が釣れたらそれは毒だから、食べないで釣餌にするといい。あと二種、腹を掻いてやったら風船玉のようにふくれる魚がいるが、これは毒だから、食べないほうがいい。

そういうことがこまごまと書きこんである。そしてさいごに、つぎのようにある。

『とりわけ——頭をしっかりさせておくことです。現地人は何世代も何世代も野外で暮してきました。おなじことをあなたもすればいいのです。辛《つら》くて不愉快なことがあるかもしれませんが、けっして昂奮してエネルギーを浪費してはいけません。あらゆる瞬間を最大限に利用しなさい。冷静にやること——そうすれば経験から向上できます。

幸運を祈ります。

勇気のみがつねにあらゆるたたかいに勝ちぬけたのだということを銘記してください』

このキットを東京へ持って帰ってきて、いまテーブルに小道具を並べ、いちいち点検しながら私は原稿を書いているのである。このキットがじっさいに役にたったかどうか。未開地に不時着したパイロットでこの小道具類で生きぬくことができたという人物がいるのか。いないのか。これはマサチュセッツの釣具会社が軍隊にうまいことをいって売込んだ結果なのか。どうなのか。

そうしたことは何ひとつとしてわからない。まるっきり、わからない。しかし、いまテーブルにひろげてある小道具をつぶさに眺めていくと、少くとも私の経験と知識から判断するかぎり、それぞれがじつによく考えぬかれ、選ばれ、組合わされ、配慮されてあるようだ。そう見えてくる。じっさいにきくかきかないかは現場でやってみるよりほかないのだが、少くともここまで考えて手をうったという、そのこと自体にうたれる。一度そのうちに北海道かアラスカの原野へいくことがあったら、これらをひとつひとつ試めしてみて、玩具であるか、気休めであるか、それともリアリズムであるか、自分で試めしてみようと思っている。

伝授される

先月末にいきつけの、とっておきの、ある湖で、〝竿納め〟をやった。おそらくこれが今年のさいごの釣りである。九月の末に竿納めとはいささか気が早すぎるようだけれど、これからさきはいろいろの予定があって身うごきがとれない。今年は二月から一四〇日ほどもサイゴンへいってたから仕事がたくさん手つかずのままになっている。

だいたい私の好きな釣りは渓谷や山上湖のそれだし、人やゴミのあるところにはいきたくないし、ネオンや旅館や野立看板も見たくないしで、そういうゼイタクをいってると、わが国ではどこへいっていいのかわからなくなる。あちらこちらさんざん歩きまわったあげく、ある湖を発見し、以後はそこだけにかようようになったが、穴場というものは釣師はみだりに口外してはならないものだから、ここでも〝ある湖〟としか書けないのである。以前はよく人に穴場を教えてあげたし、釣り方もこまかく教えてあげたのだが、そうするとたいていの人がやらずぶったくりで母魚も仔魚ものこらず根こそぎにしてしまう。そのうえ、紙屑、ビニール、空缶、釣り糸などをぽんぽん捨てたきりで帰ってくるので、ひどいことになる。だからもう私はだまっていることにきめたのである。

パーティーのなかに初心者が二人いたのでルアーとフライの操作法を教えてあげた。二人とも初日に生まれてはじめて手にしたルアーで野生のニジマスを釣りあげたので声をあげた。フライはむつかしいから、一日や二日ではダメなので、いちばんやさしいところを紹介した。〝ハーリング〟である。ルアーを流して曳き釣りをするのは〝トローリング〟というが、毛鉤《フライ》を流すのだけはどういうものか、〝ハーリング〟と呼ぶのである。〝マドラー・ミノー〟という鉤を流し、ボートを岸沿いのかけあがりに沿ってゆらゆら漕いでいくと、グググッとくる。そらきた。そこだ。しゃくれ。あわせろ。右手で竿を支え、左手でラインをたぐるのだ。魚がのしたら糸を送れ。寄ったらたぐれ。そう。そう。そう。そうやって竿と糸と両方で抵抗を楽しむんだ。この釣りはふつうのルアー釣りより二倍楽しめるんだ。楽しめ。そこだ。そこを楽しめ。

ゆらゆらと私はボートを漕ぎながら、夢中になっている初心者に声をかける。初心者はボートを漕ぐのをかわろうというが私はオールをはなさない。釣師の助言癖は病気に似ているといわれるが、この場合は私が病気にかからないことには初心者はどうしていいかわからないのである。

ボートを漕ぐのはしんどいが、そのかわり私はおおっぴらに病気を楽しむことができる。こんなことはめったにあるものではない。私が口にすることをいちいち耳を傾けて聞き、すなおにそれを実行していただけるなんて稀有のことではないか。妻や娘などはとっくにソッポを向いたきり、ふりかえってもくれないし、ましてや他人でこの世に私のいうことを聞いてくれる人など、はじめからアテにするのがまちがっている。ちょっとぐらいしんどくてもこの楽しみにはかえられない。初心者はオタオタしながらもすなおに実践したので、〝マドラー・ミノー〟はいい働らきを見せてくれ、二時間ほどのあいだに十二匹あげることができた。釣った人の眼が恍惚と熱で煙ったようになっているが、いちめんにキラキラと輝やくものもある。

ここ一、二日、ふいにグッと冷えこんだので、木がいっせいに紅葉しはじめた。もう五日もすれば山が火事を起したみたいになります。そこらじゅうまッ赤になりますと、山小屋の人に教えられた。山が空にそびえたち、黄と赤がいたるところに閃めき、湖の水は澄みきって、凄い蒼暗がみなぎっている。旅館、看板、ラウドスピーカー、ネオン、ゴミ、釣師、何もない。ここには電気もガスもないのである。原生林が水ぎわまで肉迫しているが、森にあるのは風倒木だけで、斧や鋸の痕もないのである。この湖にきて冷めたい風と水にふれると、指さきであれ、額であれ、たちまちその箇所から細胞がみずみずしくよみがえり、透明な波が全身にざわめきつつひろがっていく。山、湖、森、鳥の声、すべての形相に昔の美しい日本を見ることができる。計量もできず、形もまさぐれないが、いかにおびただしいものが失われてしまったかが身にしみてわかる。

遠くの岸にうずくまってひとりの老釣師が静かに竿の穂さきを凝視している。井伏鱒二師である。師は本日はルアーでもなく、フライでもなく、古式のままイクラを餌に、浮子をつけ、ヤマメ竿で釣っていらっしゃるのである。ほんの岸よりなのだが、そんな思いがけないところにいい穴場を発見されたらしく、さきほどたずねてみると尺マスの入食いだとのことであった。昨日は糸を浮子ごと切って持っていかれるということもあって、昨夜と今朝、師は仕掛をどれくらいの強さにしたものかと思いめぐらしてソワソワしていらっしゃる様子であった。その作戦が効を奏したのであろう。

尺マスの入食いとはさすがである。それもこの湖のことだ。ことごとく野生のニジなのだから、さぞ竿は武者ぶるいしていることであろうと思われる。昨日は手がふるえてイクラを鈎につけるのがむつかしかったと老師は笑っていらっしゃったが、今晩は乾杯また乾杯ということになるであろう。

穴場のほかにも釣師にはかくさなければならないものがいろいろとある。たとえば、餌である。老師に『川釣り』という名著が一冊あるが、これにも一つのエピソードがでている。いつか湯河原の福田蘭童邸に井伏鱒二氏、滝井孝作氏、西園寺公一氏が集って釣談義にふけっていると、蘭童氏がアユを一日に二〇〇匹も釣る餌を発見したといいだす。アユは海から川に入ってくるとしばらくのあいだ生餌を食べる習慣がある。ふつうモノの本にでているのは生《なま》のアジかシラスであり、これはほとんどのアユ師が知っていて、秘密でも何でもない。アジの身を使うときはコマセ（寄せ餌）に魚のはらわたやアジの身をまくし、シラスのときにはシラスを嚙んで川へ吐くのである。

それもまたよく知られている。ところが蘭童氏の発見はそんなものではないとのことであるが、容易にあかしてくれそうにない気配である。みんなアレコレとたずねるけれど蘭童氏はニヤニヤと笑ってはぐらかすばかりである。

ちょっと原文を引用する。

そこへ奥さんがお茶を運んで来て、蘭童氏が席をはづした。公一さん（西園寺）が、「奥さん、実はみんなで明日、鮎の餌釣りに行きます。」とさりげなく云った。奥さんは、「さやうで御座いますか。」と云った。「それで奥さん、餌の支度をしておいて頂きたいんですがね。あの餌は、何でしたっけ。」と公一さんが云った。奥さんがくすり笑ふ前に、私たちが笑ってしまった。結局、餌は何であるか教へてもらへなかった。

これはいまからずいぶん以前のことであるらしいが、どうやら蘭童氏は日頃から厳重なコルドン・サニテール（防疫線）をひき、くれぐれも洩らしてはならないぞと奥さんにも口封じをしていたものと思われる。

ところが、この七月だったと思うが、老師とお酒を飲んでいると、とつぜん、蘭童がとうとう吐きましたよと、おっしゃるではないか。十年も二十年もひたかくしにかくしていた奥儀をついに蘭童氏はあかしたとのことである。そして老師がおっしゃるには、こういう時代だからいつ自動車がぶつかるか知れたものではないし、せっかく秘伝を聞きながら、もう年が年なのでアユ釣りにいくこともできない。けれどこの知識を死蔵するのはどう考えても惜しいから、いずれあなたに教えてあげたいと思う。とのことである。私はアユ釣りをしたことがないけれど、こう聞くと、御厚情のほど、身にしみて、感動した。

そこで老師の気のかわらないうちにと、さっそく鳩居堂製の、何が何でもいちばん値の高いのをといって、錦装の巻物を買ってきた。ほどくと全部で五メートルになるという。これをほどいて、トバロのあたりではなく、まんなかあたりに書いていただこうかと思う。一行きりでもかまわない。百行でもかまわない。気持の赴くまま、文体の赴くままに書いて下さい。家宝にして永く保存したいと思います。あらためてお目にかかってそう申上げた。

「どうして巻物のまんなかに書くのですか？」

「だってこんな秘伝を巻物をひらいたとたんに読めるのでは有難味がでないのではないでしょうか。まだか、まだかと、どんどん繰っていくうち、その余白を眺めていると、おのずから厳粛になってくるのではないでしょうか？」

「むつかしくなってきましたね」

老師はこころよくお引受けになり、巻物を納めて下さる。ちなみにちょっと小当りにアタってみたが、師はニコニコわらい、断固として秘伝はあかして下さらない。

これが七月のことである。湖へ釣りにいったのは九月になってからである。それからさらに日がたって、十月某日、夕方、老師から電話をいただいた。免許皆伝書が完成した。二箇所ほど字を誤ったので、そこには印をおしておきましたとのことである。さいわいに老師のお宅は遠くないところにあるので、ころがるように家をでてかけつけた。乾杯をしてから、さっそく拝読する。枯れた毛筆で淡々と墨書してあり、二箇所に捺印してあり、まことにすがすがしくおおらかである。真理は万人によって求められることを自ら欲し、芸術は万人によって愛されることを自ら望む。左にその名文を掲げることにする。（ただし、アユを乱獲屋から保護するために若干の単語を伏せることにするが、これはやむを得ないのである。）

福田蘭童開発

鮎餌釣技法

場所は天然鮎の遡る川で川口から川上二十町余までのトロまたはフカンドを可とする
季節は鮎の活躍する七月から八月までを上々とする
釣鉤は奥伊豆方面で市販される鮎餌釣用のもの
ハリスは三毛　浮木は玉浮木　または唐辛子
浮木　竿は細めの鮠竿　攩網用ゐる必要あり
コマセは鮎餌釣の場合と同じく鯖鰹などの臓物を用ゐ　小笊に入れて汁を流す
餌は……
一般に鮎餌釣では白子干または生鰺の身を餌とする
白子干は水に一夜潤かしたのを口で嚙みつぶし
川水を含んで　ぐずぐずをして吐く　即ちこれがコマセである
鰺の身を餌にする場合はナイフで小さく細く白子ほどに切ってチョン掛けする
コマセは鯖鰹などの臓物の汁または鰺の身を嚙みつぶして川に流す
鮎は稚魚のとき海で白子と雑居して共喰ひをする　その本能を呼起すためコマセや餌に白子がよく使はれる　土佐方面でも毛鉤に生の白子をチョン掛けして遡上鮎を釣ってゐるのは同じ理由である

福田蘭童は白子の代りに……案出し、秘技として我等にその技を伝受した　然るに我等の釣技一向に進歩せず　心境も後退して何等名教の見るべきところもない　蘭童の厚情を無にするに近い　依って釣技日進月歩の境地にある開高健に蘭童開発の技を秘かに囁きたい　幸ひ君の竿頭須らく童心宿るべしと念ずる次第である。

昭和四十八年十月吉日

釣師　井伏鱒二　印

私の家には家宝になるようなものが何もない。この一巻の巻物でようやくそれができた。永く大切に保存しておこうと思う。

そして、釣師として人格、識見ともにたのむに足る人があって私も川へ入っていけない年齢になったなら、この名文のうしろにつづけて私が短文をつけ、署名捺印して、その人に伝えることとしよう。そうすれば秘技と英知は絶えることなく遺されていくことであろう。ただしその人にも……の部分はみだりに起して公表なさらないようにと、ひそひそ囁いておく。

枯渇する

いつだったか、ちょっと以前のことになるが、日本人のムダ使いの一例として割箸のことを書いたと思う。あれはポンと割って一回使ったらそれっきりというものであって、世界のどこにもない奇習である。奇習であることはいっこうにかまわないけれど、毎日毎日、日本全国で消費される量となると、莫大な物量に達するであろう。どんなコッパ切れの雑木から製造するにしたって、木は木である。山林資源が豊富にあるときならべつに問題はないけれど地球が剝がれるばかり、穴ボコだらけにされるばかり、巨大な汚水溜めと化すばかりの時代には考えなおさなければなるまい。日本人の割箸のために日本の山だけでなく、世界中の山が裸になり、そのために酸素の発生量が低下したら、ラーメンを食うどころの騒ぎではあるまい。……いささか誇張して、そういう趣旨のことを書いたと思う。誇張は本質をハッキリさせるためにしたことであった。

〝スピード時代〟と申すのであろうか。近頃では何事もちょっときざしが見えたかなと思うと、それがたちまち空を蔽う乱雲に育つようである。芸なし女優の情事の噂さであろうと、はたまた戦争であろうと、たちまちである。ついこの夏頃、出版社の人と紙不足の話をしてみると、某社の人は、中小出版社は困るでしょうなァと、同情顔であった。某々社の人は、うちはストックがありますからと、ゆったりしていた。某々々社の人は、うちは製紙会社や紙問屋と古くからの関係にありますからと、ノンビリしていた。

それから一カ月か二カ月たつかたたぬかに、おなじ人たちとおなじ話をしてみると、眼つきも、口調も、すっかり変ってしまっている。中小出版社の倒産や消滅が噂さにしょっちゅうのぼるし、重版や増版ができないと聞かされるし、新聞は減頁になるだろうとか、デパートの包装紙も小さくなるだろう……など、と出版だけで話がすまされなくなってきた。そのうちにパニック現象があちらこちらに起って、トイレットペーパーの買溜め競争である。便乗派だの、やけクソ派だの、フンづまり派だの、ぞろぞろと発生する。

そこで気になって、あらためて調べてみると、やっぱり資源枯渇だと教えられる。アラスカ、カナダ、北米、北欧、シベリアなど、あちこちからわが国はパルプを輸入しているが、それぞれの原産国自体が消費と供給のバランスがくずれてもがきはじめている。これまでだと一つの山を剝いでパルプにすればそのあと植林して、となりの山に移って剝いでいるうちに植林したぶんの木が成育するということですませられたのだけれど、めったやたらに紙を使うものだから、もうそんな速度ではすまなくなってきたのだ。おまけに工業汚染で空気も、水も、大地も汚され、衰退させられ、天候不順で、樹木も穀物も成育度がにぶくなる。人件費が昇り、それにつれて諸物価が昇り……という、いつもの頭痛話を聞かせられる。

手もとにとどけてもらった資料を調べてみると、これはアメリカの諸新聞の例であるが、すでに事態に対応すべく減頁がはじまっている。土曜日の朝刊をやめたもの、マンガをやめたもの、広告頁を減らしたもの、投書欄、クロスワード・パズル欄、競馬記事、ラジオ・テレビ番組欄などを削るか、なくすか、他と入れかえたものなど、さまざまである。マンガやクロスワード・パズルや競馬やテレビ番組欄などを減らすのはアタリマエと思われるが、ちょいちょい論説欄をやめたり、削ったり、広告と入れかえたりするものがあるのに気がつく。いずれ日本の新聞もこういう措置をとらねばなるまいが、そのとき、どの頁から削減にかかるかを眺めていたい。

私は日本の新聞の論説欄が口調のおごそかなわりには文体がお粗末をきわめ、肩を怒らせているわりには冷静と素養がうかがえず、場当り主義のセンチメンタリズムが目立つわりにはユーモアがなく、良心をふりかざすくせに軽佻浮薄……と見ているので、もうずいぶん永いあいだ持続的に読むことをやめている。だから私個人としては毎月ちゃんちゃんと購読料を払っている読者だから、したがって〝リトル・キング〟といったところではあるけれど、酸素を保存するために論説欄がマンガ欄なみに減らされたところで、いっこう苦にならない。酸素を減らしてでも保存しなければならないものなど、そうたくさんはない。

酸素を保存するためにあらゆる分野で紙を節約してかからなければならないという状況が、日本人だけのものでなくなったのは不幸中の幸いとでもいうところだろうか。何事であれ、スピード時代はやりきれたものではないけれど、きざしにせよ、乱雲にせよ、それが一地帯、一国、一市に限定されないでいること、すべてがつねにどこかで〝地球大〟であることは、しいていえば、善ナキ悪ハナシという矛盾論のいい例である。アラブ×イスラエル紛争の一つの反応として石油の輸入が減らされ、そのために日本の電力が不足になり、そのために銀座のネオンが消え、あちらこちらのネオンが消え、マイカーでいくところはバスでいき、エレベーターでいくところは一歩一歩階段を歩いていくということになれば、不便と苦痛はひどいかもしれないけれど、その代償に肉体運動が得られ、体重減量の一助になるではないか。そこに生ずる苦痛から原因をさぐっていけば、遠いかなたの、いったことも見たこともないアラブとイスラエルの両国民がおかれている状況のむつかしさがいくらかは感知できるようでもあるではないか。イデオロギーによる〝連帯〟の叫喚は四分五裂、七花八裂しつつあるけれど、石油ストーブよりも煉炭や火鉢で〝寒い・暗い冬〟を迎えなければならないのなら、その不便さのためにより一歩、問題が私たちに接近して感じられるようではないか。

ところで。

さて。

杉並区のはずれに棲んでいる一人の小説家は紙を節約しなければならないとなると、本はどういうことになるだろうかと考える。これは重大なことだから書斎にいるよりはトイレにいって少年時代とおなじようにティッシュペーパーではなくて新聞紙をシャワシャワともみつつ考えたほうがふさわしいと考える。スイフトは『ガリバー旅行記』の不滅の一節で、けだし人間が一心になって持続してものごとを思いつめるのは上厠時においてのみであるから、排泄物を分析すればそれからあれこれとさかのぼって本人の思想そのものをさぐりあてることができるはずだと考えた学者の話を書いている。そして、ほんのためしにであるが、王様を倒せとトイレで思いつめてみたら緑いろの雲古がでた。それを見てその学者は排泄物から思想を検出する『反政府陰謀検挙心得書』と題する浩瀚《こうかん》な研究論文を書いたというのである。

小説家の雲古は緑いろもしていなければ、赤くもなかった。彼は小説家になってからここ十数年のべつに神経性下痢であって、それはどうやら抑圧排除のための彼の感じやすい内臓のきわめて自然な反応であるらしく、いっこうに他の器官は衰えることもなければ、体重が減るということもないのである。そこで彼は近頃では下痢を困難な自己省察の一助にすることとし、思いつめてモノを書いているかいないかを便の硬軟で見わけることとしているのである。夜ふけにピシャピシャと水のようなものがでるようであるなら、それは目下書いているものに本質的な圧力がかかっている証拠であると、おぼろながら安堵して考えたりするのである。

山の湖へマス釣りにでかけると、途中の電車では水便同様だけれど、山についてからおよそ二時間もすると、ついぞ見たこともないような、太ぶとしいのが登場してくる。そのときの彼は輝かしい虚無となっているのであって、文字を書かなければならない抑圧はどこにもおぼえていないのである。ウィーク・デイの上野の動物園のゴリラは健便だけれど、日曜日には莫大なジャリがおしかけてくるので下痢を起すそうである。そんな話をお読みになったことはございませんか。


水便に近いもののなかで思った。

わが国は出版点数では米ソについで世界第三位とかだそうである。世界屈指の大出版国になるためにそうなったのか、それとも、ただもうムヤミやたらに働らいた結果そうなっていたのかということになると、おそらくは、ムヤミやたらのせいであろう。国民は世界でも比類なく勤勉で好学心と新物食いの衝動にみちみちているので、その衝動をみたし、かつ、新しく開発しようとして出版者たちが、アレでもか、コレでもか、アレも、コレもと出版しつづけ、それらがまたそれぞれに買われ、読まれた結果としてそうなったのであった。

国民にそれだけの潜在的・顕在的な刺激受容力があることは、人口が一億にも達すると、それ自体が厖大な〝資源〟なのであって、天然の資源らしい資源が何ひとつとしてない島国としては、ことにアジアの一国としては、稀有といってよい事態であった。もし地球の資源が許すものであるならば、私としてはこの無政府的沸騰が持続することをこそ、その下劣、めちゃくちゃ、でたらめにもかかわらず、支持したい。おごそかに糾弾して速かに忘れることを旨としている大新聞の論説欄も、それとまったく正反対なマンガ雑誌や女性週刊誌をも含めて、支持したいのである。

けれど、地球の資源がこうも枯渇してくると、いささか誇張して表現するなら、本をひらくたびにどこかの木が倒れる音を感じ、酸素が減って、部屋が息苦しく感じられなければならないほど敏感にならなければならないものであるならば、私たちは活字を読むことからくる知的飽和感のうちの〝過剰〟と〝浪費〟の部分を削減、忍耐することをおぼえなければなるまい。どの本が〝過剰〟で、どの本が〝必要〟であるかの判断は、誰が下すのであろうか。この判断は統制的・管理的・全体主義国家であるならばさほどモンダイにはならなくて、ある大国のある時期の無数の書店はことごとく指導者の人生訓とも哲学書ともつかない、赤い・小さな手帳大だけの本でみたされたことがある。

けれど私たちの大脳皮質は皺がちょっとたくさんあるために、いっさいの人にはいっさいの言論を発表する自由をみとめるというマグナ・カルタがあるために、書店が一冊の本でいっぱいになるという事態は誰にも容認できないのである。一冊の赤い・小さな本だけでいいのならひょっとしたら酸素発生資源の保存のためにかなり貢献できるかもしれないけれど、もしその本が住民ひとりひとりについて何が何でも一冊ということで、一億冊も、二億冊も、破天荒な量で印刷されていくなら、出版点数は一にすぎなくても、切りたおされる木材の数は厖大なものとなるであろうということを考えておかねばなるまい。ただの一億冊や二億冊ですむとしての話であるが……

けれど、おおまかにいって、わが国の本はパルプ資源保存の点から見て、他国とくらべて、あまりにもムダが多すぎるということがある。ではどの本がムダで、どの本が有益であるか、ということになると、マグナ・カルタが〝言論の自由〟を認めているかぎり、何人も大審問官となってこれを裁くことはできないのである。一つの規準になるのはせいぜいのところ、他国もやっていないムダをわが国がやっているかどうかという判断であろう。この考え方はまたしても他発的であって自発的でないという点が大いに気になるけれど、割箸やデパートの包装紙などの浪費ぶりの破天荒さを自粛したいならば、出版業界も当然のことながら〝自粛〟を考えなければなるまい。

そこで私としては、〝他国〟の出版形式もハードカヴァー、ペイパーバック、それもさまざまにあることはあるけれど、この際だ、いっそ思いきって箱ぬき、ペイパーバックのフランス装でいったらどうかと思うのだ。

フランス装には頁を切ってない、いわゆるアン・カットの形式が多くて、これは読者が一頁読むたびにペイパーナイフでいちいち切っていかなければならないものであるが、本を読むのにそれだけ手間やヒマをかけることはけっしてわるくないばかりか、むしろ大いに熟慮や省察のための規制であると考える。一頁や二頁読むたびにいちいちペイパーナイフをとりあげるのはいかにもめんどうなことのようだけれど、その緩慢な速度に自身をあわせていくうちに、著者から一語一節が滴下していった気配がいくらかは伝達されていくのではあるまいかと、はかないことを考えおよぼしたくなってくる。

したがってその逆に、読者がこんなにしんどい思いをしているのに作者がパチンコ玉みたいに跳ねまわっていたら、そういう消息もよくのみこめてきて、放棄されることも、よくあるだろう。切られないままに古本屋へまわされる本がたくさんでてくることであろう。それは無言の王様の、正確とも不正確ともつかぬ批評である。そこで売れるか、売れないか。売れたからといってそれが名作であるか。売れないから凡作であるか。そんなことが誰にも論断できないのは、フランス装にしようが、するまいが、関係ないことである。

しかし、さしあたって、箱入本の自粛からはじめたらどうであろうか。現在の日本では愚作、凡作、駄作があまりにも多く箱に入れられて造本されている。これは他国の出版習慣とあわせると割箸にも似た奇習である。うぬぼれの強い著者たちはみんな自著が箱入りになることを望んでいるが、そのために酸素が減って、川や海が汚れるのであるならば、断固として拒むか、出版しないかである。箱入りにせよ、フランス装にせよ、文庫本にせよ、新書版にせよ、いま問われているのは、この本が売れるか売れないかということもさることながら、編集者が、いかに判断して、どう扱い、どう装って、本にするかである。

すでに書店の本棚はギュウ詰めもいいところである。梱包して書店に送られてそのまま出版社に送りかえされる本がたくさんある。一時バタバタ売れる本を売るか、いつまでもジワジワ売れつづける本を売るか、バタバタと売れるがそのあとジワジワと売れる本も売るか。そこを考えなければなるまい。何が何でも本にしたらいいという考えだけは、もう、そろそろ、捨てていいようだ。作者は作者で、玄関口に、『紙不足の時節柄につき、営業自粛いたします』と紙に書いて、旅か、バクチか、女修業にでていったほうが、煙のような字を原稿用紙に書きつけるより、よほどタメになるであろう。

私は紙不足を歓迎する。

火をつける

ひとくちに《なくて七癖》というけれど、とりわけ小説書きには癖の多いものが多い。しばしばその癖の部分で混沌の生の一片を切りとってくることを天職としている。なぜそういう癖にとりつかれているかは本人にもよくわかっていないし、ましてや他人にはいよいよわからない。罪深い癖もあり、無邪気な癖もあるけれど、十人の小説書きがいたら最低十種の、それぞれ異る癖があるものと思っておくことである。

小説書きにとりつく諸病のうちでもっとも素朴で、しかも他人に語りやすいものは、執筆前に何をするかという癖であろう。これは癖にはちがいないだろうけれど、どこか〝オマジナイ〟めいたところがあって、ひとの微苦笑を誘いやすいので、しばしば記事になる。アメリカでもフランスでも小説書きのそういう癖や言動を集めて本にしたのがよくある。パリで発行されている文学新聞には特設のそういうコラムがあるし、わが国でも『別冊文藝春秋』には《執筆五分前》と題するコラムが常設されていて、よく読まれているようである。ニューヨークッ子の文士も、アカデミー・フランセーズ会員も、東京の便利大工風文工もこういうことになるとカユイところを掻くときのような卒直さでいそいそと書きにかかるから、それが文体に分泌されて、息ぬきのいい短文になるのである。

私のオマジナイはこのところ何年間も変っていない。白昼の時間は私は廃人同然でウツラウツラとすごし、黄昏どきごろになってそろそろ体を起して寝床からぬけだす。そしていろいろとこころを砕いて夜を迎える。手持ちのパイプや古ライターをテーブルにならべて一箇ずつとりあげるのである。そしてヤニを洗ったり、カーボンを落したり、ライターなら石をとりかえたり、油を注いだりする。パイプはどれも涼しくて清らかな煙がくちびるにくるようでないといけないし、ライターはどの一箇も一触即発でないと気持がわるいのである。毎日毎夜おなじことをしているのだからパイプもライターも、いつも〝出発進行〟の状態にあるわけで、手をだしてもすることは何もないようなものだが、気になってしかたないから、一箇ずつせっせと掃除したり、あべこべに煤をつけて古色をだそうとしてみたり、たいそうこころを使う。

パイプのことはいつか書いたと思うので、あらためて書くことはよすけれど、ライターのことをちょっと書いてみたい。ロンソンであれ、ダンヒルであれ、あるいは他の何であれ、私はオイルを使っていたころのライターをチャンスさえあれば集めることにしている。ロンソンはオイル時代にはたいそうすぐれた着想やデザインをだしつづけていたのだけれど、ガス時代に入ってから、ガッタリと趣味が落ちたように思う。私のささやかなコレクションのなかにはオイル時代のロンソンが何箇かあるけれど、ガス時代になってからは女持ちのが一箇あるきりである。それにくらべるとダンヒルはオイル時代のデザインをまったく変えないで、ガス装置を内蔵するだけにしたから、デザインそのものはいつまでも見飽きがこないという賢さがある。

ダンヒルの例の長方形の、一対三の黄金律のデザインの国際特許の期限が切れたのを見てから、パリでデュポンが発売されたのだという説を聞いたことがある。デュポンのガス・ライターはまことによくできているけれど、何といっても原イメージがダンヒルからきている。しかも自社の石とボンベでなければ使用できないのですゾという技術思想が私の気に入らない。オイル時代ならダンヒルもロンソンもジッポも区別なしにただベンジンを注入しさえすればよかったのだから、そのおおらかさのことを思うと、あさましいばかりに偏狭である。これはカルチエのライターにしてもまったくそうで、細部にいい着想、いい細工、みごとな歯車とバネの連結作動のしなやかさがたのしめるのに、カンジンの点になると、自社の石、自社のボンベをお使い下さいと、くる。

デュポンにしてもダンヒルにしても、私にいわせると、これはガス・ライターすべてがそうなのだが、蓋をはねるとたちまちシュウシュウとガスが洩れはじめるから、一も二もなくその場で火をつけてしまわなければならない。ガスの焰《ほのお》はシャープで、美しく、煤がでず、自由に大きさを調節できるという長所があるけれど、蓋をあけたらその場で火をつけなければいけないという、追われた感触に追いこまれるのは、何といってもセチ辛くて、キョトキョトしていて、イヤである。バーへいってうだうだお姫様と雑談をして、せっかくくつろいでいるときに、ポケットからタバコをとりだすと、やにわにパッとマッチをつけてつきだされるが、あれは何とも一瞬、つまった気持にならされて味気ないものである。ガス・ライターのシュウシュウ音にもおなじ味気なさがある。タバコに火をつけるときぐらいはゆっくりさせてくれといいたくなるのである。

そういう眼で選んでいくと、オイルのライターがいちばんおおらかでゆっくりできるのである。あれなら蓋をはじいても人をせきたてるようなシュウシュウ音が聞こえないから、ゆうゆうと火をつけるたのしみが味わえる。しかもオイル時代はライターというものが発明されてからずいぶん永くつづいたから、アアでもない、コウでもないと、工夫をかさねられたので、いいデザインのものがある。ダンヒルもいいし、ロンソンもいいし、ドイツのコリブリもいい。アメリカのジッポはジープとおなじくらいの卓抜な着想であって、素朴このうえないけれど、室内、屋外、烈風、原野を問わず長い焔を誤つことなくたててくれる。それからオーストリア製のイムコという兵隊ライターがある。これも素朴このうえないけれど、火つきは満点である。一枚の薄いブリキ板を折って、たたんで作っただけで、止メ金具といっては小さなビスが一箇あるきりである。日本で買えば三〇〇エンそこそこだろうと思う。ジッポの豪快さはないけれど、チビのくせにじつにまめまめしく着実に仕事をしてくれるのである。

ジッポや、このイムコのオイル・ライターを使っている人に出会うことはめったにないけれど、たまにお目にかかることもある。私の年配のオッサン連中にはまったく見られないが、ヤング連中にときどき見るのである。流行遅れや時代離れのオシャレがさきを争って流行になっている時代だから、それにつれてこういうシロモノも思いだされたのだろうかと思いたいが、長髪もヨレヨレ、ジーパンもヨレヨレの、朦朧《もうろう》としたような、憔悴しきったような顔つきの若者が煤でまッ黒になったジッポをどこか kintama のあたりのポケットからとりだしてきて火をつけるのを見ると、何となく、ほのぼのしてくる。よく選んでいるな。いい眼をしているね。そういいたくなってくるのである。ふとそれがハズむと、あまり稀なものだから、ティファニーの純銀製のジッポがあるそうだけれどプレゼントしてあげようかといいたくなることがある。

(ホントかね、オッサン?!……)

ところで、ライターというものは落ッことすものでもある。オイル式であれ、ガス式であれ、はたまた、スイスの山岳兵用の原始そのものの火縄式のものであれ、それがライターであるかぎり、どこかで落ッことして忘れてしまうものである。それがライターの本性なのである。物心づいてから私は安物、銘品、伝統品、気まぐれ品、ずいぶんコスリつづけてきたけれど、同時に、何箇落ッことしてしまったことか、かぞえることもできない。たいていは酔って落ッことしているらしいのだけれど、しばしば正気の場でもおき忘れて帰ってきて、奇妙なことに、一度も翌日になってお忘れになりましたよという電話をもらったことがない。いろいろと人に聞いてみると、みんな微苦笑して、そうだ、そのとおりだという。

誰も彼もライターを落ッことして歩いているらしいのである。そこで、こんなにたくさんオレが落ッことしていて、人もおなじだといってるんだから、一回ぐらい他人の落したヤツを拾ってもよさそうなもンだと思うのだが、これまた奇妙なことに一箇も拾ったことがない。しばしばタクシーに乗るときにシートの奥深いあたりをソレとなく眺めてみるのだけれど、ついぞ一回も光りものを眼にしたためしがないのである。ライターに〝七不思議〟があるとしたら、まずこれが筆頭であろう。じつに不思議だ、どうしてだろうといぶかりつつ、最近の私は、外出のときには落ッことしてもかまわないようなライターか、そうでなければ象印とかパイプ印というようなマッチをポケットにしてたちあがることにしている。これ以上安くて、これ以上気をもまなくてすみ、これ以上おおらかなものはないからね。

オイルのライターを使っていていちばんの悩みのタネは、オイルをどこで入手したらいいかということである。ライターがガス時代に入ってから国産品のライターはたちまち、ことごとく、誰に命令されたわけでもないのに、ガス方式に変ってしまった。たいていのタバコ屋さんに国産のガス・ボンベやダンヒルのガス・ボンベはおいてあるけれど、オイルの缶はまずどこにもおいてないのである。東京都内でも入手はむつかしいし、地方へいくと、いよいよ入手できない。地方へ旅をするときにはいちいちスーツ・ケースにオイルの缶を入れたかどうかをたしかめなければならない。北海道の、オホーツク海岸の、漁港のある、紋別というような町を歩いていても、タバコ屋へいって、〝ライターのオイルを下さい〟といったら、ガス・ボンベをいそいそとだしてくる。いや、ガスじゃありません、オイルですといいなおすと、お婆さんはとんでもない田舎者を見たという顔つきになって、ガスしかありませんと、そっけなく答えることであろう。金沢でもそうであるだろうし、鹿児島でもそうであるだろう。

オイル・ライターを使うか、ガス・ライターを使うかは、とどのつまり〝好み〟の問題であるから、その点に異論を申したてるつもりは私には毛頭ない。私のコレクションのなかにも外出禁止だけれど何箇かのガス・ライターは含まれているのである。けれど、もしここに、日本全国にかりに——かりにだヨ——一〇〇〇万人のタバコのみがいて、それがことごとくガス・ライターしか使わない、ということになると、これは問題がまったく変ってくる。〝好み〟の問題だけではすまないことがきざしてきそうである。趣味というものはもともと百人百様の選択の妙をきそいあうか、孤立を誇りあうかというところに一つの本質があるものではないかと愚察したいのだが、これがこのように、まるでネコがシャクシをかついでガス・ライターだけを使うということになると、いささか〝趣味〟を超えて異様に見えてくるから、その背後の心性について、何やらおどろおどろしいことを思いめぐらしたくなってくる。

"趣味"は無数にそよぐ迷走神経の最尖端部や最中枢部がからみあったあげくの、必然でもあるけれどおなじ程度に気まぐれそのものでもある選択なので、うっかり〝本質的に〟議論すると愚の骨頂ということになる。けれど一〇〇〇万人のタバコのみがことごとく一〇〇〇万箇のガス・ライターに没頭しているという光景は、ちょっとはなれて眺めると、奴隷のふるまいとしか見えなくなってくることがある。政府や、党や、指導者の随筆集に書かれてあることに一致しようとし、強制されて信服したことを隣人にいちいち眼に見えるように示して見せなければ恐しいことになるからという恐怖心からではなく、誰に命令されたわけでもないのにおなじ結果になるようなことにふけっているのは、言論と思想のいっさいの自由が許されているはずなのに……と、いうぐあいに大ゲサな、見当ちがいのことまで考えたくなってくる。これは一種の、匿名の全体主義、自発的奴隷制度といったものじゃあるまいか？

話をもとへもどしましょう。

ダンヒルであれ、ロンソンであれ、オイル時代の古ライターを集めるのは、いまではたいそうむつかしくなってきた。ちょっと以前まではダンヒルのロンドンの本店にもストックがのこっていたり、職人が手なぐさみに年に一箇か二箇作ったりしていたのだが、もうそういう噂さも聞くことができなくなった。流行は繰りかえすものだから、じッとがまんして待っていたら、そのうちにまたリヴァイヴァルして製造が再開されるかもしれないが、いまのところは西洋古物商か、蚤《のみ》の市か、骨董屋をあさるしかないようである。

安岡章太郎大兄は私よりほぼ十歳くらい年長だけれど、どういうものか趣味で一致することが多く、シャンソンのレパートリーとなると、ほとんど世代差をおぼえないほどである。大兄は古ライターとなると、たまたま昔発見したのだけれど、ダンヒルを数箇、後生大事に持っているのである。そのうちの二箇ほどが私の嫉妬をかきたててしかたない。その二箇は私のコレクションにないし、いまではどう逆立ちしても手に入らないのである。そこで大兄はときどきそのことをチラつかせて私をイライラさせるのを〝陰気な愉しみ〟としているらしき気配である。

このあいだヨーロッパへいっしょに講演旅行にでかけたとき、たまたまダンヒルの本店へいってみると、昔の古ライターがズラリと陳列してあり、それを一箇ずつしらべてみると、大兄所有の、私がイライラしている二箇が並んでいないことがわかった。

「ダンヒル本店にもないとなると、何だナ、おれのコレクションはちょっとしたもんだナ。そうわかったようだナ」

そういって大兄はその日以後、ずっと旅行中笑声をたてていて、幸福そうであった。そこで私は薔薇輝石という南米産の半宝石にオイル・ライターを埋めこんだのがあったので、お値段はちょっと凄味があったけれど、ちょうど本もでたことだからその記念にという口実をつくって、灰皿と対《つい》にして買った。

パリに着いてから〝スイス村〟という高級古物専門のブティックがずらりと並んだ一画を訪れる。ぶらぶら覗いて歩くうちに一軒の窓のすみっこに手垢にまみれた古ダンヒルが一箇ころがっていた。

「つまらないよ、あんなの」

私がいうと、大兄はうなずいて
「ウン、そうだな」

という。

「よしましょう、あんなの」

「そうだね」

「オレ、あれなら持ってるよ」

「そうかい」

そういってブラブラ歩きだすと、つられて大兄も歩きだす。そこでスキを狙って横町に入りこみ、ぐるりと一周し、大兄が遠くの店のウィンドウを覗きこんでいるのを見とどけておいてから、もとの店にとってかえし、すばやく店内にすべりこんでそれを買いとった。シメた。これで一点返したぞ。

そこへ大兄が一歩違いで入ってきた。

「何だ、おまえ、買ったのか？」

「いや、つまらん物ですよ」

「そうだな」

「とてもあなたのには。とても、とても」

「……」

大兄の眼にすばやく二種ほどの光がいったりきたりするのが見られた。そのうちの一種の光にはちょっと私を幸福にしてくれるものがあった。それを見とどけてから、さりげなくウナだれて、足早くその店からでた。

火のでるような競争である。

思いだす

〝はじめての経験〟を一つ、二つ。

その年の冬は暗くて冷《つ》めたく、しじゅう氷雨が降ったとおぼえている。翌年の冬もそうだったような気がするけれど、記憶がはっきりしない。翌々年となると、もう、まったくおぼえていない。その年の夏に戦争が終って、秋となると学校にもどったのだけれど、南方や大陸へ輸送される兵たちの仮宿舎にされていた校舎は汚れに汚れ、壊れに壊れていて、冬になってもいっこう片附かなかった。どうやら兵たちは校舎に閉じこめられているうちにひどい自暴自棄に陥ちこんだらしく、全階のことごとくの便所、廊下、階段、階段の踊り場、校庭、植込みのかげ、いたるところが雲古でいっぱいになり、足の踏み入れようもなかった。そのうえ彼らは寒さに襲われると教室の机だろうと、廊下の羽目板だろうと、手あたりしだいに剝いで焚いてしまったので、どこもかしこも穴だらけであった。教室の窓ガラスも破れに破れていたので、応急措置として板などをぶっつけてふさいだ。

冬となると、連日、氷雨が降り、それが風に追われて破れ窓からおかまいなしに吹きこんできた。教科書がたちまちぐしょ濡れになる。ひどい日には生徒たちは窓側をはなれ、二人で一つの席につき、廊下側にかたまるのだったが、そうなるとあいた机や床に雨が溜まるままとなり、沼のようにいちめんにひろがって、にぶく光っていた。そういう教室で私たちは昨日までの教科書を先生から何頁の何行目から何行目まで、何頁の何行目から何行目までと、いちいち教えられながら墨で消していき、それを読んだり、教えられたりするのだった。先生たちもひどい栄養失調にかかっているので、授業中に眩暈を起して倒れる人があった。学校の農園のイモを作業にいったとき生徒たちの眼を盗んでリュックにつめて持って帰ったといって生徒たちからイヤがらせのシュプレヒコールをかけられたり、落書で書きたてられたりした人もあった。先生はそのたびに体をふるわせて怒るのだが、ひもじさからだろうか、つぎの行動に移るということができなかった。それを見て悪童たちはいよいよ愉快がって、からかったり、ののしったりした。

電気が二分して配給される。業務用と家庭用である。昼間は家庭に配給され、夜となると工場に配給される。だから夜は家のなかはまっ暗となる。ローソクや石油ランプを灯《とも》して暮すことになるのだが、それがまた闇市で買ってこなければならず、ひどく高い値段なので、惜しみ惜しみ、チビチビと使わなければならなかった。石油ランプで本を読むと眼がチカチカするし、長時間やってると頭が痛くなってくる。そこでゴロリとよこになるのだが、ストーブ、電気毛布、コタツ、白金カイロ、何もないので、毛布を体に巻きつけてブルブルふるえていると、だんだんあたたかくなってくる。大きな石コロをひろってきて、七輪であたため、古布を巻いてふとんに入れる。つまり〝温石〟というものだが、何度も何度も焼いているうちに石は色が変り、妙にツルツルしてくる。そして、なかには、焼いているうちにパチッと音をたてて二つに割れるのもでてくる。

ノミとシラミにも悩まされた。このものたちこそは昆虫界の古典型ブルジョアである。遠いところへ花を求めて飛んでいったり、強い虫や小鳥や悪童におびえたりしなくても、人の皮膚という広大なパンの野原にのんびり寝そべっていたらいい。そして右へごろり、左へチャラリところがって、箸も茶碗もなしで、じかに口をつけてチュウチュウと吸うのである。吸うのに飽いたらまた寝そべって、今度は恋である。恋に飽いたら出産である。いくら生んでもかまわない。生みたい放題に生みちらかす。いくら生んでも、いくらでも暮していける。草原《パンパス》のイナゴみたい。御主人が栄養失調だろうと、カボチャばかり食べて手のひらまで黄いろくなろうと知ったことではない。夜になってそろそろ野原があたたかくなってくると眼をさまし、あちらこちらの隠れ場所からでてきて、なるべく柔らかいところ、指のとどかないところと一等地を選んで歩き、身うごきできないまでに血肥りする。米粒くらいもあるシラミはざらに見つかった。学校へいって朝の乾布摩擦にシャツをぬぐと、まえの友人の首すじに逃げおくれたのが這っている。銭湯へいって籠にシャツを入れると、その薄暗い板の間にも灰いろの脂っぽい粒がヨチヨチと腰をふって歩いている。

毎夜毎夜のことなので、そのうちに慣れてくる。コツがわかる。技術と意識が手をとりあって定着される。寝ていてうつらうつらしながらも連中が晩餐会や舞踊会をはじめると知らず知らず手がのびていって、一匹また一匹とつまみとれるようになった。そればかりではない。つまんだあとコロコロと指の腹でころがし、まるめてから、プツンとつぶす。それまで無意識のうちにやれるようになった。シラミはのろまなので造作なくやれるが、ピョンピョンとびまわるノミもおさえられるようになった。私の経験では彼らにも一夜のうちに活潑になる時間帯とそうでない時間帯とがあるようだった。それをわきまえているとこの寡黙だが貪慾な美食家をコントロールできやすい。たまらないのは空腹である。ノミにチクチク、シラミにモゾモゾやられても空腹さえなければ何とかしのげるけれど、こればかりは魔的な様相を帯びてくる。

空腹も〝飢え〟と呼べる段階になると、全身に悪寒が走ったり、眼が見えなくなるほど白熱してきたりする。それが暴風のように交互にかけめぐるのである。ノンフィクションやフィクションにときどきあらわれる飢えの記述を読んでいると、体のふるえをとめようとして木の切れっぱしや毛布に嚙みつくという描写があるが、正確である。無残なまでに正確である。それは一つの熱病に似たものなのである。寒い慄《ふる》えと熱い慄えがそれぞれ怒濤のようにせめぎあうあいだは、ただ叫びだしたくなるのをこらえて、ころげまわったり、毛布や床柱にしがみついたり、その大潮のひいたあと、全身がうつろで冷《つ》めたい洞穴となってしまう。へとへとに疲れてしまう。ひょっとしてたとうとすると、眼がくらみ、たちまち視野が昏《くら》くなっていって、無数の小さな眼華が乱舞をはじめる。冷汗がにじんでくる。吐気がこみあげてくる。

母がなけなしの金をハタいて闇市でサツマイモを買ってくる。この八月までの戦争中に物々交換してしまったタンスのひきだしというひきだしがすっかりがらんどうになっていることを私はすみずみまで見ているのだから、何をどうして金がつくれたのか、見当のつけようもない。たずねる勇気もない。イモを釜で蒸してザルに盛り、食卓におくと、祖父、母、叔母、妹たちの眼がギラギラと輝やきはじめる。ひとかけらでもよけいに食べたい。一センチでも大きいイモを狙いたい。肉親も、兄妹愛もあったものではない。食卓の前後左右に輝やく眼を見ると、思わず眼をそむけたくなる。母も、妹も私を見て眼をそむけ、その母や妹の眼を見て私も眼をそむける。それは正視に耐えられないまなざしである。〝食慾〟そのものなのである。無残といってもしようがない。イモを食べるのではない。人が人を食べるのだ。私たちはたがいにたがいをむさぼりあっているのだ。イモにむかって手をのばしながら誰も何もいってないのに母がワッと声たてて泣きはじめる。

戦争がなかったらこんなことにはなれへんかった。お父ちゃんが生きてはったらもうちょっとましなはずや。あんたらにもっともっと食べさしてやりたいのにもう売るもン、何もない。着物も、火鉢も、何もない。そんなことをいって母は泣きじゃくる。叔母も妹もうなだれて泣きはじめる。昨日もそうだったし、一昨日もそうだった。毎月おなじ陰惨を浴びせられるけれど、浴びせられるままですわっているしかない。ただうなだれて、一瞬の形相でイモを眺め、すばやく手をのばして一コとり、食べたとも、呑んだとも、わからない。耐えるとも、何とも、わからない。ただ、あぐらをかいて、すわっている。

学校へいくのも、家にいるのも私はイヤになった。何も、かも、イヤになった。見るものも、聞くものも、すべて肚《はら》にこたえすぎて、ジッとしていられなかった。とらえようのないおそろしさとさびしさが、朝、眼をさましたときから、じわじわと、ひたひたと、せまってくる。避けようもなく、ふせぎようもない。その潮は広くもあり、深くもあり、いつさしてきて、いつひいていくのかわからず、駅で電車を待っていても、焼跡をほっつき歩いているさいちゅうにも、とつぜん前触れなしにおそいかかってきて、おそわれたとわかった瞬間にはもう粉砕されているのだった。私は一房のホンダワラか、とけかかったクラゲか、渚の破片にすぎなかった。この八月まで戦争をしているときにはついぞ見かけたことがなかったのに平和になると阿倍野橋の地下鉄の薄暗い構内ではびしゃびしゃの水溜りに顔をつっこんだまま何人もの男がのたれ死している。

復員してきた男たちが満員電車の連結器に乗っているうちにカーヴでふりおとされて頭蓋骨を粉々に砕いてしまう。白桃色の豆腐のような脳漿《のうしょう》が頑健なレールと枕木に何十メートルにもわたって点々と散乱している。それにまじって干魚やタバコがおなじように散乱している。やせた、賢そうな葬儀屋のおっさんが長い竹箸で脳片をひとつひとつ拾ってボール紙の箱に入れる。それが蒼茫とした黄昏のなかで、ちょうどゴイサギが田ンぼでドジョウをくちばしでつまんで歩くように見える。子供たちが歌をうたいつつタコをあげている。

誰にいわれたのでもないけれど、私は学校にいくのをやめて、はたらきにでた。町内に漢方薬で大儲けしつつあるという噂さのおっさんが一人いて、妾といっしょに暮し、毎日、朝から酒を飲んでいるとのことであった。そのおっさんが見習工を募集していると聞いたので、私は応募することにした。指定の時日にその妾宅《しょうたく》にいってみると、私は座敷に通されたが、おっさんはとなりの部屋で酒を飲みつつ寝そべり、女に腰を揉ませているらしき気配であった。女は私のことを優しい、柔らかい口調でおっさんに紹介し、はたらきたがっているのだという旨のことをつたえた。おっさんはもぐもぐした口調で、年齢や、学校、両親のことを一通りたずね、ぞんざいに、ほんなら明日から来とくなはれ、といった。第一工場ではたらいてもらおか、ともいったようであった。

翌日から私はこのおっさんの工場ではたらくことになった。おっさんは虫下しの漢方薬を作っているのだったが、ネーミングに若干の誇大妄想癖を抱いているようであった。海人草《まくり》やザクロの根の皮などを鉈《なた》で木株でコツコツときざむにすぎない倉庫のことを〝第一工場〟と呼び、それら怪力乱神をタライでかきまぜたあと紙袋につめる仕事を、ちょっとはなれた町内で長屋二軒をブチぬいてやらしているのだが、そこのことを〝第二工場〟と呼んでいた。

私は第一工場にまわされ、倉庫の冷《ひ》えびえとしたコンクリ床にムシロを敷いてすわり、あぐらをかき、あぐらのなかに木の根株をおく。そして、日がな一日、重い鉈でコツコツと、海人草や、ザクロの根の皮などをきざむのだった。向い側におじいさんが一人、おなじ姿勢で根株を足にはさんで、コツコツと音をたてる。おじいさんは極貧からくる結核のためにつぎつぎと妻や娘を失い、いささかウロがきていて、一日じゅうほとんどひとことも口をきかなかった。昼飯時になるとアルミの弁当箱をとりだし、大根入りのびしゃびしゃした飯を、ひとかたまり、ひとかたまり、箸で区切って、じつにおいしそうに口にはこんだ。おじいさんは一日じゅう影のようにだまりこくってコツコツと鉈をうごかすだけなのだが、ときたま、肺をえぐるようなもがき声をだし、すごいかたまりの青痰を吐いた。その痰はきざみおわった海人草のなかへ吐かれるので、やがては回虫おろしのためにといって煮られる土瓶のなかでそれもまた煮られるはずであった。おびただしい量の老人性結核菌がそうやって怪力乱神にまじって各家庭に配られていったわけである。おじいさんがカーッペーッとやるたびに私はゴーゴリ風の痛罵を身にしみて感じさせられたけれど、結果については何も知らない。

この運河わきの倉庫のなかで私とおじいさんは、さながら日時計のようであった。倉庫の高い天井からおぼろな、淡い、冬の陽が射して、私の影をしらちゃけたコンクリ床に投げかける。時刻の移動とともにそれはじわじわと縮んでいき、正午をすぎると、午前中には左にあった影が右へ移って、じわじわとのびていく。それを見ながら、ただひたすら、海人草をコツコツときざむのである。おじいさんは生ける化石さながらに一日じゅうひとことも口をきかないから、よどんだ池の底のような倉庫のなかに聞えるのは、ただ、二人の、時計の振子のような鉈の音だけであった。ずっとずっと後年になって私はシモーヌ・ウェーユが自身の工場における労働の体験からしてマルクスの生産理論を〝神話〟だとして粉砕したエッセイを読んだが、おそらくその根源は、あの、朝の十時頃と、午後の三時頃におそいかかってくる、名状しにくい倦怠と弛緩と出口ナシの狂気の衝動にあるのだろうと想像することにした。あの、どうしようもない胸苦しさは知る人にしか知られていない。あれを知ってみれば、マルクスがついに書斎の人だったと、痛感される。

何日も、何週も、毎日午前に一回、午後に一回、老人の頭を鉈で粉砕してしまいたい衝動を必死になってこらえて、私は草根木皮をきざんですごした。そしてその結果としてもらったごくわずかのお給金を、母や妹のためにイモを買ってやることをせず、ただオトナになりたい、もしくは、オトナの真似をしたいという一心からジャンジャン横丁へいってカストリを飲んで消費してしまった。ひどい良心の呵責と宿酔《ふつかよい》に苦しめられたけれど、それが私の、私にたいする〝成人式〟であった。
十五歳の冬である。

続・思いだす

昨年（一九七三年）の十一月、駈け足のような講演旅行にでかけ、ロンドン、デュッセルドルフ、ブリュッセル、パリと、まわり歩く。ロンドンは一泊きりだったけれど、翌朝、ホテルの小さな食堂で〝ハディー〟を食べたのがいい記憶になってのこっている。これはタラの燻製をさッと湯に通したというだけのものである。タラには一匹が一〇キロ、二〇キロという巨大なのに成長する〝コッド〟と、こぢんまりした〝ハドック〟の二種があるが、そのハドックの燻製の愛称が〝ハディー〟である。素朴、淡白な白身がほんのりと燻香を匂わせ、朝食にはもってこいである。イギリス人は朝食に〝キッパード・ヘリング〟といって、ニシンの燻製のバターいためが好きだけれど、淡白な気品ではこちらのほうがずっといいように思う。タラのチリ鍋を連想させられてなつかしいということもある。

ブリュッセルはベルギーの首都で、はじめて訪れたのだけれど、到着後にざっと一時間ほど散歩してみて、むこうからやってくる女性が上流、中流、下流を問わず、身なりはそれぞれちがうけれど、ことごとく山出しの女中さんのような顔をしているのにおどろいた。あとでここに永く住む日本人の一人にそのことをいうと、まさにそのとおりなのです、ヨーロッパ三大ブス国といって、ベルギー、オランダ、スイス、この三つは定評があるのですという返答であった。夜になって市外の深い森にあるレストランへつれていかれ、結構な食卓に招待された。一品、一品それぞれにみごとで、いうことなかったが、食後にアイスクリームにチョコレートをたっぷりかけたのをだされ、そのチョコレートをなにげなくしゃくってみておどろかされた。私は酒にはかなり耽溺してきたけれど、甘いものにはほとんど関心がないので、経験も知識もない。舌にのったその一匙の溶《と》きたて、できたてのチョコレートには貴重な香りがあり、味には陰翳ゆたかな、奥深い、ほろにがい円熟があり、眼を丸くさせられた。チョコレートがこれほど気品高い、微妙なこだまを含んだものであるとは知らなかった。十九世紀の名作のあちらこちら、とりわけロシア文学の名作のあちらこちらにどうしてあれほど〝ショコラ〟を飲むことが熱心に書かれたのかが、ようやく、それとなく教えられたような気がした。まさしくこれは不意打ちではあったけれど、いい勉強になった。

　パリにでて講演をすませたあと、二、三日、ぶらぶらしてすごす。四年ぶりのこの都であるが、朝早くから自動車が走り、サラリーマンが寒い舗道を猫背になってせかせかと歩いていき、キャフェのギャルソンが無愛想になり、しばらく見ないうちに、ちょっと見ただけのことがひどく変っているので、おどろきもし、憂鬱もおぼえさせられた。フランス人が日本人みたいにはたらきだした、と教えられる。フランスがはたらくようではもうこの時代はダメだ。そのうちひょっとしてイタリア人がウソをつかなくなったなどといいだすんじゃないか。そうなるといよいよおしまいだよ。お迎えがきたと覚悟しなさい。そんな冗談をいいながら、なにやらウソ寒いものをおぼえてならない。このままでは日本に負けると叫んでフランスの前近代ぶりをシラミつぶしにあばきたてたセルヴァン・シュレイベールの声が浸透してこうなったのか。ド・ゴール・ナショナリズムのこだまが生みだした鬼子がこれなのか。さだかにはわからねども、なんとなく首を真綿でじわりじわりとしめられるような、潜水艦の酸素がジリジリと減っていくのを手をつかねたまま眺めているような、そんな気分にならされる。キャフェや舗道で怠惰を芸術に仕立てあげるやりかたをさまざまな小さなことで教えてくれたこの唯一の都が、今度は、あろうことか、日本人の私にはたらくことを教えようというのだろうか。

某日、シャンゼリゼ大通りのクラリッジ・ホテルのあたりをちょっと入った小路にあるレストランに招かれる。何を食べたいかとたずねられてフォア・グラの生《なま》のとびきりのをと答えた結果である。フォア・グラの松露《トリユッフ》入りの缶詰や陶壺詰はこれまでにときどき食べたし、そのフレ、つまり生のやつも二度ほど試したことがあるけれど、《!》と同時に《・》までうちたくなるのにはまだお目にかかっていないのである。けれどこの夜の食卓にでてきたフォア・グラはみごとであった。食いだおれでは底なし天井知らずのパリのことだからもっと凄いのがほかにあるかもしれないけれど、私としては《!》といっしょに《・》をうちたいところであった。この店のはストラスブールではなくてペリゴール産だという。松露は入っていない。素焼のカメにつめて一年間地下の冷暗室で寝かせて熟させたのだという。メニュを見ると、ゼリーでくるんだのとか、ソースをかけたのとか、松露入りのとか、さまざまあるが、われわれは一も二もなく《フォア・グラ・フレ・ナチュレル》、つまり円熟の生一本にとびついた。その柔らかさ。その媚び。その豊満。薄く切ってパンきれにのせ、ホカホカにあたためた松露をべつに薄く切ってそれに添えて、あわてずさわがず、ものうげな顔をしいてよそおって、静しずと歯をすすめる。ときどき手をおいてソーテルヌをすする。こんな甘い白ぶどう酒は食後にたしなむものだと私は思いこんでいたのだけれど、給仕長に、うちのフォア・グラにはこれが合いますとすすめられてやってみたら、なるほど絶妙なのだった。意表をつかれたけれど、これまた、発見であった。

安岡章太郎大兄が顔をあげて

「!……」

という。

私が顔をあげて

「・」

とつぶやく。

このあとは私は野鳥の季節なのでウズラの腹にフォア・グラと松露のこまかくきざんだのをつめこんで蒸焼きにしたところへ濃厚ソースをかけたのをとる。さきのフォア・グラ・フレ・

ナチュレルで感官を消耗してしまったのだろうか。ソースが濃くて、しつっこく、わずらわしく感じられはじめる。倦怠をいささかおぼえはじめる。その弛緩に反省とか回想とか呼ばれる虫がむっくり背をもたげてひそひそと入りこんでくる。両極端は一致するという定理がそろそろうごきはじめる。これは私の永いあいだにしらずしらずつけてしまった癖である。ほとんど病気といってよろしいものかと思われる癖である。戦中・戦後の窮乏期のことをつい、つい、思いあわせずにはいられなくなるのである。御馳走を食べると、きっとどこかで、昔のどん底を思いださずにはいられなくなるのだ。それが御馳走であればあるだけ、いよいよ、昔のひどいものを思いだしたくなるのだから皮肉である。が、われと自らにその皮肉を強いてたのしむところもある。

戦争中は肉もない、魚もない、米もない、麦もないの、ナイナイづくしであった。中学生の私は母と二人きりで暮したことが何カ月かあったけれど、家のなかは虫歯の穴、それも老人の虫歯の穴のようにがらんどうであった。金属という金属は包丁とバケツをのぞいてことごとく戦争道具に鋳直すべく供出させられてしまったし、タンスのなかの母の和服はリュックにつめこんで農家へ芋や菜と交換しにいくので、ひきだしというひきだしが、ほんとにからっぽになってしまった。和服をとりだすたびに母はそれについての思い出話にふけり、これは死んだお父ちゃんが歌舞伎を見にいくようにというて作ってくれはったんやとか、その頃は皇太子が生まれはったいうて町に花電車が走ったもんやとか、アアやねんとか、コウやねんとか、ヒエダノアレみたいにとめどなくなるのだった。はじめのうちは私も胸ふたがれて思いぞ屈したのだったけれど、たびかさなるうちに厚皮動物のようになってしまった。その頃の私の、まだあまり人や事物に慣れていない、うぶな眼には、皿とか茶碗などという無機物も、何日も、何週間もろくに使わずにほっておくと、木や獣のように枯れてやせていくのだという知覚が強烈であった。しょっちゅう使って、人の手に洗われ、磨かれ、触れられている瀬戸物は照りもあり、艶もありして、輝やくのだが、ほりっぱなしだと、樹液を失い、あぶらを失って、枯死してしまうのである。その頃の私の家の台所はひからびきっていて、あちらにもこちらにも、枯れてしまった茶碗や皿がただきれいに整理されて並んでいるだけであった。

イモの茎。イモの葉。ノビル。ハコベ。ヨメナ。タンポポ。これら野草、または野草に近いものなどについて私は幼い本草学者とならされてしまった。野道を歩いていても草の葉を見て、あれは食べられそうだとか、あれは苦《にが》そうだとか、これはふっくらしておつゆ気があるとか、こちらは湯にとおして日干ししたらエグがとれそうだとか、そういうことが見えてならなかったし、気になってならなかった。たいていポケットには糸をつけた木綿針が入れてあるので、野道を歩いていてイナゴを見つけると、つぎからつぎへ、パッと掌でしゃくうようにしてとらえては針に刺していった。イナゴは若いのも老けたのも、焼いて食べたらおいしかったけれど、バッタはやりきれない。妙にあぶらくさく、ねたねたとしつっこいところがあるうえ、ボッテリ肥った腹から異様な回虫がでてきたりするので薄気味がわるいのである。

ハチの子、クヌギ虫、その他、緑便の素以外のものでは何でも手あたり次第にやってみたけれど、その結果として、バッタとトンボはどうにもいただけないと私は思いこむにいたった。ずっとずっと後年になって香港をぶらぶら歩きしているとき、屋台でゲンゴロウをイタめて売っているのを発見し、美少女たちがまるでポップ・コーンでも食べるみたいにアジアの小粒の白い歯でシャクシャクパリパリと嚙み砕きつつ町を歩いていくのを観察して、私は思わず修業不足だったと脱帽したものだった。さらに、また、ナイジェリアへいったとき、ビアフラ政府が徹底抗戦のために蛋白源として人民にアリを食べよという指令を流したと聞かされて、さらに深く脱帽してしまった。趣味においても、必要においても、懈怠においても、凝縮においても、〝ニンゲン〟というものはじつにとめどないものだということ、限界のない混沌なのだということを、ようやく、おぼろげながら、したたかに感知させられた。

カナリアの餌のようなものばかり食べていたものだから、戦争が終って闇市ができたときは、まさに百花斉放、百家争鳴であった。昨日の昨日まで、あるのはただ通行人の影だけという駅前広場に、ふいに、まるで魔法使いのお婆さんが杖でトンと地面をたたいたら、という文章のあとにつづくものが出現したのである。幼い私にはいっさいが絶望であると同時に驚愕、虚妄であると同時に氾濫、剝落であると同時に充実であった。大福モチ、カレーライス、肉の煮込み、何やらかやら、煮られ、焼かれ、蒸されるいっさいのものの匂いが全身になだれ落ちかかってくるかのようであった。匂いから匂いへと人ごみを縫うようにして歩いていくと、何しろ緑便をつくることしか知らされていない、いつのまにか徹底的にそう習慣づけられてしまった内臓諸君はふいの華麗かつ骨がらみにしぶとく親密な匂いに出会って、卒倒しそうになってくる。内臓もろともその場にヘタヘタと倒れてしまいそうとなる。もちろん一文なしだからそれらの匂いのトンネルはただ嗅ぐだけで通りぬけてしまわなければならないのである。それも、これも、あれも、これも、絶望であると同時に渇望でもあった。その場で崩れ落ちてしまいそうになりながら影をひきずって——ふりかえってそれをシカと眺めるゆとりもないのだが——ただ、足のいくままに歩いていくしかなかった。

この頃、某日、闇市で出会った中学校の友人がなにげなく、米軍のCレイションに入っているのだというチョコレートのひとかけらをくれたことがある。Cレイションは戦場用の携帯食品の詰合わせであるが、コーンドビーフの缶詰やソーセージの缶詰のほかに桃の缶詰がデザートとして入っていたりするし、タバコが五本にチョコレートが一本、といったぐあいに添えられていたりする。野暮なダーク・グリーンの、レッテルも何もないところは現在でもおなじだが、おそらく当時のものと現在のものとでは味にずいぶんの開きがあるだろうと想像される。私はサイゴンでずいぶんこのセットを買ってきてアパート暮しの夜食やオヤツに食べたけれど、みんながののしるほどまずいと思ったことはなかった。むしろ、たんねんに食べてみれば、いろいろと味つけに苦心の痕がうかがえたりするのでもある。おそらく私がこれをひいきにするのは闇市で生れてはじめて食べたハーシーのチョコレートの記憶のせいであろう。昔浴びせられたその光輝のなかで、あるいは、〝少年時代〟という大いなる手の影のなかで私はいまでも棲んでいるのだろうと思いたい。私は飢えきっていたし、枯れきっていたけれど、それゆえ五感がいっさい未使用のまま研《と》ぎ澄まされているのでもあった。兵隊のインスタント・ランチのなかに入っていたひとかけらのハーシーを口にした瞬間、何かが炸裂したように感じられた。ヴァニラ。バター。カカオ・ビーンズ。砂糖。脂肪。蛋白。それらが舌のうえで花火のように炸け、一瞬に全身へ沁みわたっていった。まるで音楽であった。のど、胸、腹、手、足、指のさきざきまで、全身の細胞という細胞がいっせいにどよめき、拍手し、喝采するようであった。私は茫然となってしまった。その一片の安物のチョコレートに〝歴史〟が凝縮されているかのようだった。〝文明〟と〝栄養〟が濃縮されているかのようであった。日本が敗れたのはこれだったと思った。その瞬間にはじめて〝敗戦〟が充実した手ごたえとして、したたかに私を打撃した。

いま私が不安なのは、それほどの飢渇をおぼえる力がどこかにあるのか。ないのか。毎日けだるく、うかうかと暮しているが、ブリュッセルでダーム・ブランシュをしゃくい、パリでフォア・グラ・フレ・ナチュレルをつまみ、香港で酔蟹をすすりながら、恍惚とも驚愕ともつかない大波にゆさぶりたてられながらそれらを味わったわけではけっしてなかったという事実。これは衰退なのではあるまいか。

ということ。

励《はげ》む

毎日、毎日、寝てみたり、起きてみたり、書いてみたり、ちょっと飲んでみたり、ちょっと破いてみたり、また寝てみたり、また起きてみたり。S社のクラブの一室にたれこめてすごすうちに時の無慈悲な大河はのろまな小説家をせせら嗤《わら》って流れ、冬もすぎ、春もすぎ、いつしか初夏となる。小さいけれどちょっと品のいい庭には枝々が深緑となって蔽《おお》いかぶさり、座敷にすわっていると、机に緑の影が射す。せっせと手水鉢《ちょうずばち》の水をかえたり、パン屑を撒《ま》いたりして冬から春にかけて鳥を集めたけれど、いまはみんな山か郊外へもどったらしく、スズメとキジバトが遊びにくるくらいである。見るからに色悪といった顔つきの図太い野良ネコがきまって午後の二時か三時頃に塀からとびおり、〝領地検分〟という横顔で草や土を一巡り嗅ぎまわって、でていく。

春、鳥がたくさん来ていたときには、しょっちゅうこいつはチョッカイをかけ、田舎の古バスのような太い腰をふって狙いをつけてとびかかるのだが、いつも逃げられていた。このネコはほんとに図太くて、いつか二匹連れでやってくると、うらやましくなるような金切声をあげてたわむれはじめたが、黙って見ているとそのうち一匹が何を思ったのか縁側《えんがわ》にあがり、ガラス戸のすきまに顔をつっこみ、こちらを直視して一声威嚇とおぼしき声をあげて、もどっていった。

このクラブは牛込矢来町《うしごめやらいちょう》にある。階下が和室で、二階には和室と洋室がある。私は階下で起居している。いろいろな小説家がつぎからつぎへとつれてこられては二階にカンヅメされ、しばらくジタバタしてからでていく。朝に一客、夕にまた一客。私はその物音や人声を耳にしながら、茫然と、また悄然と、白いままの原稿用紙を眺めている。夕方になるとお世話係りさんから食券をもらい、散歩をかねて附近のソバ屋や洋食屋へでかける。食券には指定のメシ屋の名があるから、そこへいくのである。どれもこれも似たような水準であるから、ちょっとうまいモンを食べたくなると新宿か銀座へでなければならない。それには地下鉄かタクシーだけれど、地下鉄は乗換えのことを思うと億劫になるし、タクシーは夜になるとこのあたりはなかなかやってこないので、つい面倒になる。そこでしょうことなく、部屋にもどることとなる。部屋にもどってお世話係りさんに電話をかけてもらい、鍋焼ウドンをとってもらうことにする。すでにちょっとした中毒になるくらい私は鍋焼ウドンを食べたのであるが、これがまた一昨年に五カ月間滞在したときと一ミリと狂わない正確さでおなじ味なのだから、一種奇妙な感動をおぼえるほどである。そのフのふやけかたといい、ナルト巻きの凡庸さといい、缶詰のタケノコの香りのなさといい、ダシの陳腐さといい、中心から周辺まで、この二年間に何の変化も見られない。東京でこの二年間に微動もしなかったのはこの鍋焼ぐらいかと思うと、そこはかとなくゆかしさをおぼえるほどである。どこのソバ屋で食べても鍋焼ウドンは徹底的におなじ味しかしないようだが、とくに私はここの鍋焼ウドンに独立排除的なセンチメンタル・ヴァリューを感じている。

旅館暮しやホテル暮しをして私はこの近年流れに流れているが、パンツだけは自分で洗うことにしている。外国にいるときもそうである。深夜に作品にいきづまったときなど、ふとたって洗面台のところへいき、パンツを洗う。じゃぼりじゃぼりとその陰気な音を聞きつつ、ひととき、手仕事のたしかさをたのしむのである。そのあとで、ことのついでに、口を洗ってみたり、顔を洗ってみたりする。ときには御叱呼をしてみたりする。一メートルと離れないところに便器があるのにわざわざ、ちょっと背のびするみたいにしてそこでやってみたくなるのは、男だけにできるイタズラだろうけれど、どういう心理なのだろうか。水を流しつついたすと、ハハア、今夜は水割りだナと思う。ひょっとしてお湯がでてきたりすると、オヤ、ホットだナと思う。近頃はこのテーマにマンネリを感じてきたので、パンツは洗わないで、捨てることにしてみた。よごれたのを新聞紙にくるんでなにげない顔で外出し、ゴミ箱かポリバケツを見ると、すれちがいざまに、顔は正面に向けたままで落していくのである。すると、そういうときにかぎって、お屋敷の勝手口からヒョイと女中さんが顔をだしたり、向うから誰かがやってくるのが見えたりする。しかもその人びとが私をじッと観察してるように思えてならない。そこで私は何となく間《ま》がわるくなり、パンツを持ったまま、そ知らぬ顔つきをよそおって、つぎの角までいって、そこを曲る。お茶の水の旅館で暮していたときには、ある日曜日の午後、そういうことがあまりにかさなったため、とうとうパンツを捨てられないで、町内を一巡してそのまま持って帰ってしまったことがある。けれど、近頃は大きな駅ならザワザワしていて人の視線に焦点がないと読めたので、そこのゴミ箱をもっぱら専攻することにした。

長くて、つらくて、曲折のある仕事にかかっているときはいつもそうだけれど、人にもあまり会うことがなく、バー遊びにでかけることもなく、パーティーにいくこともない。会う人といっては編集氏ぐらいで、その人たちには恐怖、優雅、自己嫌悪、昂揚、さまざまな感情を注入される。けれど、その人たちをのぞくと、まずまず私は世捨人か廃人といってよい暮しかたをしている。このあいだ『四畳半襖の下張』の裁判で東京地裁に証人としてでかけていったぐらいが私にとっての唯一の社会的機能で、その前も、その後も、毎日、毎日、ただ隠者として暮すしかなかったのだし、ないのでもある。今日も明日も私は隠者である。花屋へいってカーネーションやバラやチューリップを買ってきて花瓶に入れて眺めたり、野良ネコの放埒な、爽快な合歓を眺めたりである。私は少年時代から活字中毒でもあるから毎日何か読まずにはいられないけれど、こういうときには文学がかったものはいっさい遠ざけて、鳥獣虫魚や、失われた大陸のことを書いた本しか読まないことにしているので、文壇でどんな作品が評判になり、どんな論争がおこなわれているのかというようなことは、すべて、あの優雅にして冷酷な、博識で鋭敏な編集氏たちに口づてに教えられる。

私は私なりに〝外界〟をすでにたっぷりと吸入しているので、いまはそれを腐敗させて酒にしなければならないときなのだから、それでいいのである。余計な雑音は何もいらないし、むしろ排除しなければならないのである。第三者の眼で見れば中年の廃人が一日中、ただもう寝てみたり起きてみたりの繰りかえしにすぎない毎日を送っているにすぎないとしても、それはぶどう酒の大桶を外側から眺めるようなことなのだから、内側での間断ない小さな叫びと囁きは桶だけしか知らないことである。

(……ということにしておこうではないか)

もともと私は人間嫌いだし、社交嫌いでもあるのだけれど、こうして毎日、一室にたれこめたきりでいると、ときたま人に会ったときに暴発が起る。つい声高い調子で喋ったり、乱酒してしまったりする。そのことでまたはずかしくなり、イライラしてきて、夜なかにふと思いだすといたたまれなくなって、熱い薬缶にふれたようにチ、チ、チといいたくなることがある。

この二月に節分だといって電話で誘いをかけられ、久しぶりに銀座のバーへいってみると、吉行淳之介、安岡章太郎、遠藤周作などの諸兄が集り、豆をまいたり、卵がテーブルにたつといって試めしたりしてにぎやかにやっていた。それにまじって古山高麗雄氏がすみっこにすわっていた。古山氏と私は初対面だけれど、かねがねその『プレオー8《ユイット》の夜明け』に感心していたところなので、さっそくその話をはじめた。この作品は舞台が敗戦直後のサイゴンで、古山氏はそこの刑務所で一年間寝起きするというたいへんな辛酸を味わったことがあり、その経験を核として仕上げたものである。形容詞がどこにもなく、すっかり素枯らして書いてあるのに、いたるところに作者が〝乗っている〟リズムとハズミがあり、凄惨、深遠なことがらを明るくつきぬけた虚無でとらえている点、私は脱帽している。

おたがいにサイゴンの今昔話にふけり、ときどきカタコトのヴェトナム語をはさんだりしているうちにジン・トニックのチェイン・ドリンクがはじまった。ずいぶん酔いのピッチが速くなってきたが、二軒めのバーでフッと正気になると、古山氏が私の着ていた毛のセーターを着こみ、それと対《つい》の手編みのベレー帽をかぶってニコニコわらっている。これはアイスランドへサケ釣りにいったときにレイキャヴィクの民芸店で買ったものである。アイスランドの毛とその製品はとても軽くてあたたかく、スカンディナヴィア圏で随一だと聞かされている。どうやら私は感動したはずみにどこかの一瞬で脱いでしまい、古山氏にむりやり進呈してしまったものらしい。セーターは惜しくないけれど、裸踊りか何かもやってしまったのではあるまいかと気になってしかたない。まわりの酌嬢たちにたずねてみると、大丈夫、ニコニコ上機嫌で、タハ、オモチロイなどと叫んでたワ、とのこと。それで安心して、シャツ一枚で寒さにふるえつつ地下鉄に乗って、部屋にたどりついた。フトンのなかにもぐりこんでから、昔、子供のとき、母に、人に会うとたんに調子が狂ってはしゃぎだす、あんたにはその気《け》があるようや、と注意されたことがあるのを思いだした。どうやらこれは持病であるらしい。南無三宝と、眼をつむる。

けれど、たれこめているうちにいたたまれなくなることはよく起る。雪崩のようであったり、陥没のようであったり、地滑りのようであったりする。こういうときには人に会うことができないし、バーへでかける気力もないので、映画館へいく。ちょっと入って立見し、気に入らないとソソクサとでて、つぎの映画館に入る。そうやって一日中映画館をただ出たり入ったりですごすことがある。私にいいのはギャング映画、スパイ映画、騎兵隊のでてこない西部劇などである。どの映画でもチラと画面を一瞥するだけで出来のよしあしがわかる。全部見なくても一シーンだけで何となくわかるものである。一つのカットの描写力を見ただけでストーリーの上手下手やセリフの上手下手、その他いろいろのことがいいあてられそうに思う。ことに私は西部劇の主人公は荒野や砂漠だと考えているので、いい風景描写にぶつかると、そこで立見をやめて空席をさがし、腰をおろしてから、自身を瞶《みつ》める眼から解放されて、いろいろとストーリーを組立てたり、ほぐしたりして遊びはじめる。

　パリで映画館に入ってフランス映画を見る。東京へ帰ってから試めしにおなじ映画を見る。そうやって感触をくらべてみるとずいぶん異るところがあるので興味が深い。バルドォならばバルドォ、ドヌーヴならドヌーヴ、どの美女もパリでならそこらの香水店や菓子店やブティックにいる女族の一人であって、〝外国人〟ではないから、こちらは外国人で、半生活者、半漂流者であるにしても、皮膚とスクリーンにすきまがなくなる。けれど、新宿でおなじ映画を見ると、スクリーンはスクリーン、皮膚は皮膚であって、パリでのようにスクリーンが皮膚にしるされる一種の入墨ではなくなっているから、バルドォもドヌーヴも〝外国人〟である。映画は映画、私は私という関係になっている。それはどんなに感動しても抽象的なものであり、透明な膜をへだてたところにあるものであり、どの感触も膜を漉《こ》してやってくる。これはポルノでもおなじである。どれほど巧緻、切実にとられたポルノ写真であっても、のたうっているのが白人や黒人であると、そこからくる迫力はリアリズムとはいえない性質のものである。けれど、これが胴長足短の日本男、日本女のそれであると、迫力が一変してくる。それは〝生活〟の持つ迫力であるかと思われる。それは〝生活〟であり、〝経験〟であり、〝記憶〟である。こういうものの持つ迫力にはちょっとかなうものがない。白人が主人公のポルノの場合、いわば私は〝見ている〟のだが、日本人が主人公の場合にはどこかで追体験をしているのだから、意味が一変するのである。何であれ、体験となってくると、これは根深い。さまざまなことが、〝東〟と〝西〟くらいに変貌するし、変質する。

それにしても私は子供のときからずいぶん映画館で時間をすごしてきたものである。通算し、総計をとってみたら、どれくらいの数字になることだろう。何百時間。何千時間。それとも何万時間というようなことになるだろうか。その厖大《ぼうだい》な時間のあいだ、切れぎれにではあるけれど、私は戸外の白日光のなかでの現実から遊離し、自身を瞶める苛酷な視線からのがれ、孤独の穴からでていることができたのだから、考えてみればありがたいわけであった。書物は孤独に読まれるが映画も孤独に見られる。孤独を忘れるための孤独ということでは感触がよく似ている。ホテルですごす時間のようにそれは仮死の時間であり、慈悲でもある。エアポケットだけれど、墜落とおなじくらいに上昇でもある。近頃の私は闇のなかでふと気がつくと、ストーリーや主人公の言動よりも、背景とその細部を見ることにこころと眼を奪われていることが多く、これは映画を見すぎた報いだろうか、それとも老化現象なのだろうかと、いやなことを考えたりする。それでも、やっぱり、その闇のなかにいるときは、教室から解放された子供のようである。そんなふうになれる場所といえば、ほかに山の湖があるくらいか。

さて。

夕方である。
鍋焼ウドンでもとるか。

釣る

　群馬県の山中にはいくつもの湖があるが、そのうちの一つを選び、湖畔の宿に逃げこんで暮している。小さいけれど深い湖があり、それは山にとりかこまれ、その山は深く木に蔽われていて、伐採の赤い爪跡がどこにもついていない。山のなかのハイウェイからそれて湖畔におりるには舗装も何もしていない山道をくねくねとたどっていかなければならないが、道の両側に鬱蒼《うっそう》と林が茂るままになっているから頭上で枝が交差しあい、木洩れ陽のトンネルをくぐりぬけるようで、額や腕が緑に染まる。こういう山道も近頃ではちょっとお目にかかれなくなったから、それだけでも貴重である。できたての酸素のしっとりとした、爽烈な、気品ゆたかな味と、消毒も濾過《ろか》もしてない清水の、何度飲んでも飽きることのない舌ざわり。

　早朝と夕方にはおびただしい数のイワツバメが群れ飛んでさわぎたて、日中にはウグイスがたえまなくどこかできっと一羽がさえずっている。本を読むのにもくたびれて夜ふけに腕組みしたまま、ぼんやりと、鬼火のようにゆれてさだまらない自身と記憶を瞶《みつ》めていると、つぎつぎにゴマ粒ほどのや、ハッキリ蚊とわかる程度の羽虫や蛾の類がとびこんでくる。私を刺しにもこないし、舐めにもこないので、私も手をださないで、遊ぶままにほっておくけれど、大半は一夜のうちに死んでしまう。寝床のまわりが無数のゴマをまいたようになる。おびただしいその死骸のなかで、かわいい、聡明な顔だちのカゲロウ類が二匹、どちらが雄でどちらが雌とけじめのつけようもないが交尾して、もつれあったまま、よちよちと、起きたり、寝たりしている。羽音もたてず、歯ぎしりもたてず、呻めきも聞えず、叫びもないが、これまた阿鼻叫喚の渦動にあるのだろうか。

湖にはコイ、ヘラブナ、ワカサギ、ニジマスなどが棲んでいる。夕方、誰もいない岸にでて眺めていると、ときどきみごとなコイが浅瀬を悠々と泳ぎまわるのを見ることがある。二匹つれだって泳いでいるのもあるし、一匹きりでさまよっているのもある。六月だから産卵場所をさがしにでてきたのだろうと思う。こみあげる衝動のまま大胆になり、全身をあらわにさらけだし、右へいったり、左へいったりしている。残《のこ》んの淡い夕陽のなかで大きな鱗がキラリと閃めく。よく太り、どっしりとし、傷や病気がどこにもなく、みごとな戦艦といったそぶりで清潔な小石のうえをすべっていく。コイは肉食魚ではなく、小魚を追いまわして呑みこむということをしないけど、キラキラ閃めくルアーが鼻さきをかすめると、ついカッとなって心にもなく嚙みつくのだろうと思う。ときどきマスをねらってやっていたところがコイが釣れたというキャスターの話を耳にすることがある。

去年の秋、井伏鱒二師とつれだって、ある湖へ釣りにでかけた。湖についていろいろと情報をあさってみると、三日間ほどというものは数人のルアー師たちが入って朝から夕方までピシャンポチャンと投げまくっていたとのことである。みんな東京からきた偏執者たちで、なかには夫婦者もあったが、とりわけこのカップルがひどい偏執者であった。朝の二時半、まだまだ夜だという時刻に寝床から這いだして湖へでかけ、夕方遅くになってかえってきたところを聞いてみると、湖岸をほとんど一メートルおきに、そして水中も一メートルおきにカウントダウンして水深をかえてルアーをひき、かなり広い湖をあますことなく触診したという。

「たいした精力だな」

「おみごとでした」

「夫婦そろってですか？」

「一心同体というやつですナ」

「近頃稀れな例だね」

「民族の未来は明るいですよ」

湖を管理している人とそんな立話をしたのだが、こちらだって偏執者である。釣師の耳はいつもピンとたっていなければならない。さりげなく立話をしながら、すばやく、フライ竿を持ってきてよかったなと安堵する。

キンキンピカピカのルアーでそれだけ攻められたとあれば、マスにとっては銀座のネオンの洪水のなかにほりだされたようなものである。赤や青の閃光が右、左、前、後、上、下に一日中走りまわったのである。すっかり眼がくたびれてしまって、いまさらそこへ私がルアーを投げたところで、ちらとふりむく好奇心ものこっていないだろう。そう考えたので私は山小屋のなかで悠々をよそおいつつもイライラして、毛鈎《フライ》のボックスをひらき、どれでいこうかと迷いに迷う。ルアーを流してボートでひっぱっていくのは湖でも海でも〝トローリング〟と呼ばれているが、フライを流してひっぱるのはどういうわけか、〝ハーリング〟と呼ばれる。〝怠けものの釣り〟といわれるけれど、そのとおりである。不思議なぐあいに膝を組んでそのなかに竿尻をおしこみ、オールを漕いで、湖岸沿いにのんびりヨチヨチといけば、マスがむこうからとびついてくるのである。現実の効果よりもむしろ瞑想、無心、白想を愛したいときにたのしいテクニックである。そうはいうものの、糸をどれだけのばすか、どれだけ沈めるか、どれくらいの速度で漕ぐか、これら諸要素の相関関係についてはなかなかむつかしいところがある。

私はやっとのことでフェザー・ミノーを一つ選びだして糸に結びつける。これはアメリカのミネソタの釣師が創案したものだけれど、カジカを真似てつくってある。北極グマの毛をあしらって長軸の鈎に巻きつけたものである。ミネソタからイギリスにわたり、そこで何人もの偏執者たちがよってたかってアアでもない、コウでもないと練ったあげくに完成したという。これを湖に持っていって、ボートをヨチヨチと漕ぎつつ流してみたら、たちまちきましたな。率直にいって、ほとんど〝入れ食い〟と呼んでいい成果であった。すぐにボートの底では野生のニジマスたちがあちらこちらで砂まみれになってドタン、バタンと音をたてはじめた。わが絶望はしばらく空にむかって顔をあげ、日光のなかで微笑しはじめたですヨ。

ミネソタの、おそらく老妻に軽くあしらわれているにちがいない偏執者の、水辺での観察とその具体化が、わが日本の湖でもたちまち電気を通したみたいに竿をふるわせるという事実を目撃すると、感動せずにはいられない。ミネソタのカジカもやっぱり日本のそれとおなじで、大頭をふって岩から岩へヨタヨタと走り、いつも岩かげでおびえて暮し、妙な姿のくせに食べればなかなか白い肉がシックで、産卵期になるとハタハタみたいに大きくて堅い、黄いろい卵を生みつけるのであろうと思いたいが、やっぱり、最初にして最終としては〝個にして普遍〟という名作の感動は消えようがない。文学作品は人によって評価が別れ、百人の読者があれば一つの作品にたいしてまず百の異なる批評があるものと覚悟しておかなければならないけれど、フライとなるとそうはいかない。これは徹底的に具体の世界である。魚が食いつくか、食いつかないか。ただそれだけの、容赦ない一点の評価しかないのである。これはきびしいぜ。たまに誰かに魚が釣れ、それがマグレだったかもしれないのにその釣師がバカ浮きに惚れこんで絶讃してくれたって、ニコニコしていられないのダ。

去年は九月の末だったのだが、今年は六月、つまりマスの荒食いの最良の季節だと思ったので、この湖にくるとさっそく去年のフライをとりだしてハーリングをやってみたところ、さっぱりダメだった。しばしばマスがからかいにやってくるのは竿さきの小アタリのぐあいや、波紋のわきぐあいでよくわかるのだけれど、どれもこれもいきなりガブッと食いついてくれないのである。漕ぎかたがいけないのだろうかと思って、速くしてみたり、遅くしてみたりしたが、どうやってもダメだった。去年のあれは何かのマチガイだったのか、それとも奇蹟だったのかしらと、わが絶望はにわかに降りだした山の剛直な冷雨のなかでふるえつつ、苛酷な、静かな、蒼暗の水を眺める。そこで柔らかくしてしなやかな毛鈎を華やかで硬い金属のルアーにかえてやってみるが、これまた音信不通である。ハーリングをやめてまともに竿をふり、浅瀬、かけあがり、深んど、いろいろとさぐってみたが、やっぱりダメだった。冷めたい雨が全身にしみこみ、体がすっかり硬ばってしまって、ちょっと身動きすると関節がイヤな音をたてる。毎度のことながら釣りなんかもうヤメだと思いこむ。それでいながらいっぽう、いや、六月だからいけないんだ、九月にもう一度こよう、去年とおなじように九月になったら……とも思いこむのである。

あるとき、ある湖の流れだしで深く広い淵になっているところで試めしてみた。この場所はちょっと高い崖のうえから投げるよりほかにどうしようもないので、まったく操作には不利だった。ルアーはヒョロヒョロと泳ぐだけで、どれだけシャクっても動きに変化がでないのである。糸もそれだけ長くでてしまうと動きがまったくつたわっていかないのである。すると第一回めには淵底からイワナのいいサイズのが湧くようにつぎつぎとでてきて、ルアーのちょっとあとをよろよろヒョロヒョロと泳いだ。それは見ていて壮観であった。この淵のイワナはまったくルアーというものを知らないらしくて、好奇心がいきいきしている。その様子が何ともかわいく、愛らしく、見ていてたのしいのだった。ところが、二回め、三回めになると、そのたびごとに魚影が減っていき、四回め、五回めとなると、一匹になってしまった。翌日、朝早く、おなじ時刻に、おなじ場所で、おなじルアーで試めしてみると、第一回めのときから魚影は湧くことは湧いたけれど、数といい、追いかたの熱心さといい、前日とはお話にならなかった。

この実験の結果や、おなじ場所でAのルアーで何度攻めてもダメなのにBのルアーにかえてみたら一発で食いついてきたという経験などからすると、あきらかに魚はルアーにたいする好悪、弁別、選択の眼を持っていることがわかるし、ウブなのがすぐにスレてしまうということもよくわかる。だから、ある場所で誰かがAのルアーで釣ったからといってこちらもすぐにそのルアーに乗りかえるのは考えものであって、むしろべつのルアーでやったほうが賢いという場合のほうが多いように思う。それはロッド・マニピュレーション（竿の操作）、つまり、シャクリかたや、それからリールの巻きかたについてもおなじことである。いろいろと変化をつけてみることである。ところが、いっぽう、魚の心というものはわからないもので、一つの場所にたって、一つのルアーで、しかもそれを一つのシャクリかた、巻きかたでやり、阿呆のように性コリもなく繰りかえしていたらとうとう釣レチャッタというようなことも起る。これはおそらく魚が回遊しているうちにたまたまその場所にさしかかったのが釣れたのである。もしそうでないとしたら、鼻さきでハエにブンブンとびまわられ、はじめのうちは無視していたのに、そのうちムズムズしてきて、ついたまらなくなってたちあがり、えい、ちきしょうとピシャリやる、あの衝動に魚がかりたてられたのである。あまりないことだけれど、岩かげや沈木のかげに魚の姿が見えている場合にこのクドいキャスティングをやってみると、よくわかる。はじめはそっぽ向いて知らぬ顔をしていた魚が、何度も何度もキンキンピカピカに鼻さきをかすめられているうちに煮えてくるありさまがよく見えるのである。尻尾が妙なぐあいにふるえだしたり、モゾモゾと姿勢をかえたりするのがよく見えるのである。そうなると、こちらも煮えてくる。

けれど、科学者は用心深くて、魚がルアーにとびつく心理はまだわからないか、断言できないか、定義できないといってるようである。ふつうそれは、自分のテリトリーにとびこんできた異物なり他者なりを追いはらいたくて嚙みつくのだ、または餌だと思って嚙みつくのだ、またはは仔ネコが毛糸の玉にじゃれるように好奇心から嚙みつくのだと説明されている。また、さきのように、鼻さきの異物がわずらわしくなって嚙みつくのだと説明される場合もある。けれどそれは人間の説明であって、魚に聞いたわけではないから、最終的には定義できないのである。先日もイギリス人の魚類学者の論文を読んでいると、ルアーや毛鈎《フライ》にサケが食いつくことについては川岸の釣師たちの意見を何十年とあれこれ聞いてきたけれど、どうやったら釣れるかということはわかるけれど、ではそれがなぜなのかはやっぱり、とどのつまり、確言はできないと書いている。ルアーはよく活潑に泳ぎ、いきいきと腰をふり、妙なぐあいにひっくりかえったりせず、キラキラとよく色が輝やくこと。原色は赤・黄・黒・白の四つだけれど、わけても赤はどうしても欲しい色であって、この道もやっぱり〝赤ヨロシ〟であることに変りはない。というようなことは研究に研究され、形、色、動きについて、じつに無数のルアーが作られ、売られている。

この三、四年のあいだにわが国ではルアー・キャスターが爆発的に増え、全国どこへいってもキンキンピカピカが空中をかすめとぶのを見るようになった。ところが、キャスターの数とキンピカの数が増えるにしたがって釣れる魚の数はどんどん減っていくということになる。原因は簡明である。魚がスレはじめたのである。教育されちまったのである。賢くなったのである。おまけにわが国の淡水にはルアー向きの肉食魚の種類がそう多くはないとくる。では、どうするか。シコシコとはたらき、ケチケチと貯めこみ、狂乱物価でそれをフッとばされてもあきらめずに、ふたたびシコシコケチケチに没頭し、そのあげく、ある日決然と顔をあげて、カナダかニュージーランドへでかけるのである。そして、異国の川岸にたって、ふるさとは遠きにありて想うもの、とつぶやくのである。

罵《ののし》る

……世界には無数の酒があります。私は酒飲みですからこれまで眼につき次第、手あたり次第に飲んで、誰のためでもなくひそかに研究をしてきましたけれど、まだまだ試めしてないのがたくさんあります。けれど、よくよく考えてみると、そのおびただしい酒のなかでも、あたためて飲む酒となると、グッと数が少くなります。あたためて飲むのが常識や習慣になっている酒、または、あたためたらその酒の美質や特長がありありとあらわれてくる酒。そういう酒はめったにないのです。なるほどフランス人は〝ヴァン・キュイ〟といって赤ぶどう酒をあたためて飲むことがある。ラムは〝グロッグ〟といって、これまたあたためて飲むことがある。ウィスキーは〝ホット・トッディー〟といって、やっぱりあたためて飲む。けれど、こういう飲み方は寒い冬の晩とか、税務署へいったのでゾクゾクするとか、つづけて三晩女房の顔を見たので悪寒がしてしようがないとか、そういう夜に風邪ひきの予防薬代りに民間療法的に飲むものであって、ぶどう酒や、ラムや、ウィスキーはもともとあたためて飲むようにできている酒ではないのです。あたためて飲むのが常識とされている酒はすぐに思いだせるところでは、中国の紹興酒と日本酒ぐらいではないでしょうか。

私は酒飲みでもありますが、旅ネズミでもあります。自宅によほど威圧を感ずるからなのか、旅が好きなのか、それとも糸の切れたタコのような心の持主なのか、しじゅう旅をしています。外国へもでかけていくが、日本国内もよくでかけます。ことに釣りをするようになってからは、地方のあちらこちらに知りあいができました。道楽のつきあいは利害得失をヌキにしての友情ですから、それゆえ純粋で、しばしばファナティックになることはありますけれど、愉《たの》しいものなのです。旅をしていると、いろいろの愉しみがありますが、やっぱりその土地その土地で食べたり飲んだりする愉しみが一番大きいし、記憶が永続きするものであると思えます。けれど、日本酒について申上げると、すでにかなり以前から私は何の期待も抱かないようになっています。どこへいってもおなじ味の酒にしか出会えないからです。酒にはふつう甘口と辛口の二種の言葉が使われます。ずいぶん以前に灘の旦那衆の一人から、飲んで飲みあきない酒のことを〝うま口〟というのだと教えられて感心したことがございますが、そういう酒品のある酪柄に思いがけず出会うというよろこび、または期待というものを、とっくに私は放棄してしまいました。この県はダメだがとなりの県には××があるとか、そのまたとなりの県の山よりの町には○○があるとか、海よりへいったら△△があるというような期待もありませんし、知識もありません。知識を持とうという気力がそもそも湧いてこないのです。それでも私は宿に入るときっと夜は飲まずにいられませんから女中さんに全国的酪柄ではなくて土地出来の辛口を持ってきてちょうだい。〝うま口〟といっても女中さんにはわかってもらえませんから、無難なところで、〝辛口〟とたのむのですが、めったに出会えたタメシがないのですナ。どいつもこいつもベタベタと甘くて、ダラシがなくて、ネバネバしていて、オチョコを持ちあげたついでに食卓までついてあがりそうなのばかり。飲んで飲みあきないどころか、徳利を一本あけたらそれでいきついてしまって、二本めを呼ぶ気がしないのです。ときどきそういう酒をすすっていると、ブドー糖のアルコール割りじゃあるまいかと思うことがあって、工場の裏口からブドー糖を山積みしたトラックが入ってくるところを想像することがあります。死んだ池島信平さんがいつかどこかでそういう光景を酒造工場で見かけたことがあるらしくて、よく私に話しておられました。だもんだから、よけい、想像が走ります。みなさんをあからさまに侮辱してこういうことを申上げているのですヨ。

戦争中に酒造米が不足したのでそれをカヴァーするために日本酒にはアルコールを添加してよいということになり、そのアルコールというやつが、何からとれたものやら得体の知れない先生方ばかりだったが、それで酒そのものがすっかり奇妙キテレツなものに成りさがってしまったのを、八月十五日の御一新があってもいっこうに改めることなく、酒屋も飲みスケも酔えたらいいんだ程度でつくりまくり、飲みまくり、以後今日にいたる。たいていの旦那衆と酒談義をすると、そういうハナシを聞かされる。きまりきまっておなじハナシばかりです。なにしろ大量生産方式を旨とするものだから酒造家のことを〝メーカー〟などと味気ないことをいう。大手メーカーとか、灘のメーカーとか。しかもそれを恥としないばかりか、むしろなかには〝メーカー〟と呼ばれることを誇りにしているヤツさえいるというじゃありませんか。レッテルにしかつめらしく〝吟醸〟だの、〝嘉撰〟だのと美しい凄文句がならべたててあるのに当の旦那は〝メーカー〟だとおっしゃる。なんで〝うま口〟をつくらないのです。アマ口なら一本でいきついてしまうが〝うま口〟なら飲んで飲みあきないのだから商売としてもそのほうがいいのじゃないか。いまの醱酵化学の技術をもってすればやさしいことじゃありませんか。旦那衆にそうたずねると、やさしいことではないけれど、やってやれないことはないし、やればできるとわかってる。けれどこれまでの習慣をこわすのがこわい。メーカーも、小売店も、こわい。お客に味が変ったといわれるのがつらい。そこです。と、こう、おっしゃる。私にいわせると日本酒をここまで堕落させたのは酒税局と、メーカーと、そいつらをそのままで許して黙って飲んでいる飲みスケども、つまり官民こぞっての責任であります。飲みスケどもはブドー糖のアルコール割りに慣れてしまって、ただもう酔って、タハ、オモチロイと口走り、こんな酒品のない酒が飲めるかとつきかえすほどの気概もなければ、自信もない。飲み屋へきたら酒はサカナにすぎなくて、ひたすら上役と女房の悪口をいうのに精いっぱいです。なかにはキザな吟味を並べるヤツがいるけれど、これまた聞きカジリか読みカジリかの半可通で、あくまでも自分の舌にたってモノをいうというのではない。銀座の名の通った店へいって薄手のオチョコでつがれたらそれだけのことでマヒしてしまう程度の舌でしかないのに、ヘリクツばかりこねやがる。味覚は主観にすぎず、偏見なのであるから、ブドー糖のアルコール割りだろうと、粒選り米の粒選り水の吟醸嘉撰だろうと、そのときその場でうまく飲めさえしたらいいのだというマカ不思議な鉄則はありますけれど、それをその通りだと認めたうえで、なおかつ、にもかかわらず普遍の酩酒というものはあり得るし、あらねばならない。あってほしいというのが私の立場です。

味覚と嗅覚には無数の段階があります。記憶、経験、主観、偏見、演出、無数の要素によって好悪が一瞬に決定されます。どんな名酒、どんな名香水も、その日のお天気次第という不確定要因からまぬがれることはできないのです。けれど、よく考えて頂きたいのですが、もし不確定要因だけにたつならば、名酒というものも、名香水というものもあるはずがないのです。酒のいい飲み手、香水のいい聞き手といわれる人びとはおそらく無限の個なる不確定要因を飲みわけ、嗅ぎわけ、洞察しぬいたあげく、それらの一つ一つの酒なり香水なりのおかれる場所や時間のことを考えているにちがいないし、飲まれたりふりかけられたりするときの、どういう経験や、教養や、人格や、好みを持つ人物たちがこれらの主人公になるのだろうかということについての研鑽《けんさん》があるはずでしょう。これらは容易にコトバに翻訳できるものではありませんし、形にして示すことができるものでもありませんから、ときどき私は、酒や香水のブレンダーというものは作家や彫刻家や音楽家よりもはるかに人間とか同時代とかを一瞬の直感でつかむことのできる狂人だと思って尊敬することがあります。作家がコトバでヘリクツをこねると、それが不可解であればあるほど有難がられるということもあって、しばしばたいそうな議論が起るのですけれど、ちょっと時間がたつか、その作家が死ぬかするとたちまち忘れられてしまうというのが現代です。けれど、酒や香水は鬼才や天才よりはるかに永く、広く、深く、舌なり鼻なりを通じてですが、男や女をとらえます。とらえていきます。そして、のこっていくのです。

〝甘口〟、〝ベタ口〟、〝ウマ口〟の話にもどりますが、私にいわせると、だいたい、甘いというのはあらゆる段階の味覚と嗅覚のなかで、もっとも幼稚なものではあるまいかと思うのです。おなじ甘いといわれる甘さのなかにも無限の変化があって、アンミツの甘さもあれば極上の玉露の甘さもあるでしょう。けれど、総じていえば、甘い味は舌をくたびれさせ、拡散させ、正体を失わせてしまう味です。ヘリオトロープを入れさえすれば日本では香水になったし、それがベスト・セラーになったという時代が永くつづきました。おそらくそれはミツマメ屋やアンコロ屋がいつまでも女学校や盛り場で繁昌するというのと一致しているはずであります。甘い酒が何杯も飲めないのはドブロクの弟分である甘酒がいくらショウガで殺してあっても二杯と飲む気がしないという事実をあげるだけで十分でしょう。日本酒は戦中のアル添以来、一貫して総崩れに崩れて甘い酒ばかりをつくってきましたけれど、歯ミガキ、ヘヤトニック、シャンプー、アフター・シェーヴ・ローション、オー・ド・トワレ、その他、その他、無数の味や香りが、甘くない味、ひとひねりひねった味、革の手袋や森の苔や、そういうところに深いヒントを得ている含み味、かくし味、殺し味がこうもあっちこっちであらわれはじめ、歓迎されはじめるようになっているのに、いつまでも酒だけがブドー糖のアルコール割りでやっていけるものでもないでしょう。

あなた方は怠慢だったのだ。酒を作りさえすれば売れるというので、いい気になっていたのだ。古きを学ぶが新しきも知る。温古知新の精神を捨てたままでいたのだ。だから気がついたときには某ウィスキーの黒い、撫《な》で肩の、口のところが赤い瓶にスシ屋、割烹、小料理屋、お座敷、おでん屋を問うことなく総ナメにやられてしまい、いまや、野球が日本のナショナルゲームとなってしまったようにウィスキーがナショナル・ドリンクとなってしまったのだ。これ、ことごとくあなた方の怠慢のゆえである。世界でも稀有な特質と美質を持つ日本酒をあなた方がアクビ半分で商売してノウノウとしているうちに、飲みスケはバカだけれど正直だ、時代の味を見ぬいたウィスキーにコテンとやられてしまったのだ。そういう古今未曾有の事態を招いてしまっていながら日本酒屋の反撃、反攻がいっこうに見うけられないのはどうしたことでしょうか。あなた方が誇りを忘れてしまっているらしいという気配はとっくにあらわれていたけれど、いまや恥を感ずることもできなくなったのでしょうか。売れたらいいという精神、その程度の心を〝精神〟と呼べたらとしてのハナシですが、そういう心でやったものだから世界でも稀有の日本酒をあなた方がこういう状態に追いこんでしまったのだ。私のところにはときどき外国人が遊びにきますし、その人たちはうまい酒なら何でも飲むという開けた心と舌を持っていますが、はずかしいけれど私は彼らにどんな日本酒をすすめていいのかわからないので、ウィスキーをだしてしまいます。何といったって、これは恥ですけれど、どうしようもない。

どんな家に住んでいるかを見たら、その人のことがわかる、というコトバがあります。どんな友人を持っているか。それを見たらあなたがわかるというコトバもあります。どんな本を読んでいるか。それを見たらあなたがわかるというコトバもあります。こうかさなってくると、どんな酒を飲んでいるか、それを教えてくれたらあなたがわかる、ということもいえそうです。いささかの誇張は感じますけれど、まずまずそういっていいのではあるまいかと思うのです。けれど、卒直にいって、いささか酒をたしなみ、いささか人生についてわきまえるところがあり、いささか人間性について知るところのある人、そういう人にむかって私は台所にある平均的日本酒をさア、どうぞといってすすめる気にはとてもなれないのです。そのことをはずかしく思います。けれど、こんな三文酒を飲んでいるのかと思われたくない虚栄心があるし、二、三の地方の県にははずかしくない酒もつくられているということを私は知らないではないけれど、ただそれらがいかにも特殊例外的でありすぎ、稀少でありすぎる、そして、私の自宅の台所に存在しなさすぎるという理由から、結果としては、ウィスキーをすすめてしまうということになります。現代はどんな意味でも恥を知らない時代ですけれど、あなた方がとりわけオトコとして、ドリンカーとして恥を忘れてしまったので、こういうことになります。

日本酒の酒造家ばかりのある集りでおおむね以上のような骨子で講演をした。いいたりなかったことをちょっと補い、いいすぎたことをちょっと削って要約して書いてみたらこうなったのだが、その夜、あるお座敷へいって聴衆の一人であった一人の伏見の旦那にそれとなく意見をたずねてみたら、〝叱りかたがたりない〟といわれた。

探究する

陸にミミズがいるように海には管虫類がいる。ゴカイとか、イソメとか、その他である。潮がひいたあとの海岸の泥砂に小さな穴がよくあいているが、それがゴカイの家である。ボォドレェルが詩のなかでミミズのことを《眼なく耳なき暗黒の友》と呼んだことがあるが、管虫氏もそういう存在である。しかし、泥と湿めりと暗黒のこの友はなかなかすばしこいところがあって、穴を見つけたからといってスコップでゆっくりと掘りにかかるとトンネルをつたってどこかへ逃げてしまって、なかなかとれないものである。穴を見つけたらソッとしのびよって、いきなりスコップをそのまわりにつきたて、一気にザクリと掘りかえさなければいけない。

六年ほど以前になるが、神田の釣餌問屋の主人と話しあったことがある。この老人はなかなかの洒落者で、古今東西の春本のコレクターでもあった。ミミズやゴカイを売る店さきで老は『ガミアニ』と『ファニー・ヒル』をくらべてみるととか、『壇之浦』と『大東閨語』をくらべてみたら、などと、たいそう奥深い話をするのである。

ハチの子は御飯と焚きあわせてみたらたいそうな珍味で、フォア・グラよりうまいくらいなんだから、めったに客に売れたものではないなどという話も聞いたように思う。そういう優雅人だものだから、ゴカイ不足に先手を打ってやれと思い、東大の檜山先生と相談しつつビニールでゴカイそっくりの擬餌をつくり、《ロッカイ》と銘うって売りだしたこともある。ああでもない、こうでもないと、ずいぶん苦心した作品だったのだけれど、イザ、海へ持っていってみたら、ハゼに見破られて、とんと釣れなかったという。ゴカイの上をいくというので《ロッカイ》と名づけた洒落はよかったのだけれど、それで沙汰止みになってしまった。

その頃すでにゴカイは日本でとれなくなったから朝鮮から生きたままのを航空便でとりよせるのだという話を聞いたように思う。いくら海岸が工業で死滅したからといって日本全国どこへいってもゴカイがとれなくなったというわけのものではなくて、東京にひしめく釣師たちの需要を近辺の海岸でみたせなくなったということなのではないか。人件費がカサむからゴカイとりをしても採算にあわないのでそういうことになるのではないか。

老の話を聞いていてそう思うこともあったのだが、しかし、いずれにしても、ゴカイまでを外国から、しかも航空便で輸入しなければならないとは……と思うと、胸ふたがるるものがあった。何といってもこれは異常事態である。〝異常〟と〝正常〟のけじめのつけようがない時代に私は棲んでいて、しばしば自分がミミズの仲間、眼なく耳なき暗黒の友の友ではあるまいかと感じ、観ずるのだけれど、そのスレた神経で聞いてもこの挿話にはいいようのないものをおぼえさせられる。何かの誤解であってほしいと駄洒落をとばしたいところだが、うなだれるきりであった。

この七月に山形県の酒田市へいった。酒田は山形県ではなくて秋田県ではないかと、何となく感じたいところだが、この市は山形県である。最上川の河口があり、日本海に町は顔を向けている。ここに釣具店を営む富山誠一青年がいて、去年からしきりに手紙で最上川口のスズキのルアー釣りのすばらしさを訴え、ぜひ一度きてほしいとのことであった。何やかやにとりまぎれて去年はいけなかったし、今年の五月、六月の最盛期の誘いの手紙にも応じられなかった。ところが七月にふいに青森へいくことがあったので、奥羽本線にのり、六時間かかっておりていった。スズキは鈎にかかると壮烈な水しぶきをたてて跳躍するし、ルアー釣りには絶好の魚で、その強烈と気品を考えあわせると、ジッとしていられなくなる。六月の初めに富山君のくれた手紙では五月末に93センチの大物が突堤で、ルアーの投釣りで釣れたとのことである。こうなると、もう、サケ釣りの豪壮に達するのではあるまいか……？

スズキを釣るほかに酒田市へいったらぜひ見とどけておきたいと思うものが、かねてから、あった。庄内《しょうない》竿である。これは本間美術館へいって、館長の本間氏から、氏自身創作した名品を何本も芝生にならべて見せてもらうことができた。私には和竿の名品を鑑賞できるほどの素養がないけれど、何だってかまわない、とにかく一度、眼にしたかったのである。

そこで見せられた庄内竿は漆塗りもなければ、段巻きもなく、装飾らしい装飾はいっさい排してあって、あくまでも簡朴を旨としたものであった。竿尻にかならず竹の根の玉目模様がでるように工夫してあるということと、竿と竿の継ぎ目が〝カン継ぎ〟といって金属管にゆるやかな螺旋《らせん》のネジ山が切ってあること、その二つである。そして、三間半の長竿になっても太竿ではなくて、意外に女性的なまでに細いのである。外見上ですぐわかる特長といえばそれぐらいのことであろうか。

竿は細身だけれど、三間半の長竿となると、なかなか重い。ゆっくりとゆすってみると、全身がたわんで波だつようである。満々たる精力をひそめていながら、あくまでも柔らかく、よくたわみ、感じやすいのに、不安をおぼえさせない。この何本もの竿は本間氏が昔、いちいち自分で竹藪《たけやぶ》へでかけて、あれでもない、これでもないと選びぬいて創ったものなのだそうである。藪には何百本と竹が生えているけれど、ほんとにいいと思えるようなのはめったにない。何本となくこれまでに竿を作ったけれど、心底から満足できたものは生涯かかって、まだ一本もないとのことである。

この地方では昔、殿様が釣りは武士の嗜《たしな》みであるとしてたいそう奨励したし、最上川の川口にはいいスズキとクロダイがうんといたので、官民こぞって釣りに熱中し、その結果として、〝庄内竿〟と呼ばれる様式が編みだされ、発達し、完成されたわけである。いまは折れず・腐らず・軽い・敏感なグラス竿の全盛となったので、庄内竿は見捨てられ、使う人も作る人もいなくなったのだそうである。昔の名品を持っている人は芸術品として保存し、門外不出。釣りにでかけるときはグラス竿を買ってきて、それを持っていくという。

しかし、古今東西、無数の素材が釣竿として試《た》めされ、使われたが、竹竿で釣れる範囲内の釣りについていえば、やっぱり竹竿が理想だとされている。その感じやすく鋭いけれど柔軟な弾性をしのぐ素材は他にない。日本のグラス竿は竹に似せよう、似せようと苦心工夫を凝《こ》らしていくので、グラスはグラスでもよほど外国のとはちがったものになるのである。いつかセーヌ川の小魚釣りに日本製の振出竿を持っていったら、ピュトー橋の下に《釣師《ペショール》マルタン》と看板をかけた川舟屋の主人ムッシュウ・マルタンは、なにげなく穂先を爪ではじいて、驚歎《きょうたん》の声をあげ、眼をいっぱいに丸くしたものであった。

フランス人も小魚釣りの趣味があるので、敏感なグラス竿がほしいのだけれど、ヨーロッパには竹が生えないから、お手本にしてよい具体物についての知覚がないため、どうしてもゴワゴワの剛竿になってしまうのである。これはアメリカでもおなじであるらしい。トンキン竹を輸入して六角の貼りあわせでフライ竿を作る職人芸はすたれるいっぽうである。マス釣りのフライ竿は竹でなければならないと力説する純粋派と、グラス竿のほうがいいのだと力説する実用派とが、よく釣宿で議論にふけるらしい。《純粋派は声が高く、実用派は遠くとばす》という解説を読んだことがある。名言といってよろしい要約である。

スズキ釣りの千石場は最上川の河口である。川に沿って〝南突堤〟という突堤が長くのびて海に突出している。右が湾で海水。左が川で淡水。広い面積にわたってササにごりの水がたっぷりと、しかもかなり速く流れて海水とまじり、なるほどこれならサケ大のスズキが釣れても不思議ではないと、一瞥でこころがおどりはじめる。

ところが、突堤の人出のすさまじさを見て、タジタジとなる。突堤はずいぶん長いけれど、そこにほとんど一メートルおきに老若の釣師がひしめいて、それがまたことごとく眼光けわしいのである。夜になるとその一人一人が力まかせに電気浮子《うき》を投げる。何十コという小さなランプが一メートルおきにならんで小波《さざなみ》にゆれる光景は銀座の灯というか。燈籠流しというか。ウィスキー瓶をよこにおいてチビリチビリやってるの。犬をつれてのりこんでくるの。マホー瓶のお湯でカップ・ヌードルを仕立てて腹ごしらえに余念がないの。さすが伝統のお国柄。しかもここでは〝フィッシュ〟というと、スズキかクロダイのことであるらしく。あちらでも、こちらでも、みごとなボラがバシャンバシャンと水しぶきたてて跳ねているのに誰ひとりとしてふりむくものもない。

「おじさん、いいボラが跳ねた」

ためしに一人に声をかけてみたが、おとなしい狂人は、口のなかで、ウ、と洩らしたきり。ふりかえりもしない。

これだけおびただしい数の釣師がいて、それがたいてい餌釣りで、アオイソメと呼ぶ管虫先生である。これまた暗黒の友で、ゴカイの兄弟分みたいなものだと思うが、身が固いので水面にたたきつけられても砕けることがないから重宝がられている。しかし、それがいくらかの高低のちがいはあっても何十となくならんで目白押しになっていたのでは、スズキとしては、いったいどれに食いついていいのか、迷いに迷うことだろう。しかもそこへ東京の小説家がやってきて、魚を生餌で釣るのは子供と老人だけだ、芸術とは自然に反逆しつつ自然に還っていくことだと思いこんでいるものだから、キラキラするスプーンを投げては引き、しゃくっては引き、いっこうに倦《あ》きるそぶりがない。こうしてるだけでたのしいのだとも感じている。イライラしてるくせに妙に底深くこらえ性もあるらしい。

富山君はタックル・ボックスを持出し、私といっしょに突堤へいって、ルアーを投げては引き、投げては引きしながら、ときどき歎息をついて

「すみません」

という。

暗がりで私はゆらゆらと

「何、こんなことはしょっちゅうだよ」

「慣れてるのサ」

「気にしなさんな」

「十月にまたくるよ」

「時の運さ」

「大釣りなんて三年に一度だよ」

「しかし、いい川だね」

いろいろと短い感想をそのたびに洩らす。一日。二日。三日。それが四日めぐらいになると、いささか声のうらに羞恥と焦躁が芽生えて、声が低くなっていく。けれどそのたび私は外国でも、日本でも、もっとひどかった経験のあることを思いだして、まだ、まだ、と感ずる。


富山君の店内のすみっこにすわって眺めていると、しょっちゅう老若さまざまのおとなしい狂人がやってきて、アオイソメを買っていく。この暗黒の青き友はよほどスズキ釣りにいいらしいのである。そこで、一日に平均してどれくらい売れるのかと聞いてみると、だいたい二キロ、多い日で三キロという答えである。酒田市内に釣具店はどれだけあるかとたずねると、ざっとかぞえて十軒でしょうかという。すると、一日で全酒田市で二十キロ近くのアオイソメが消費されているということになる。かりに話半分として十キロとしても、かなりのことを連想させる数字ではないか。

これが酒田市だけですまなくて、日本海岸には大きな川のそそぎこむ河口市はほかにもうんとあり、そこにはそれぞれ釣師がうんといるはずである。スズキは淡水が海水とまじりあうところに集ってきて、そこから淡水をさぐって川をさかのぼっていったり、おりてきたりということを繰りかえしている魚である。するとこの酒田市から北には雄物川があり、米代川がある。南へいけば、阿賀野川、信濃川、糸魚川、神通川、九頭竜川……まだまだ大小無数の川が北陸、山陰、九州とつづいていく。いっぽうスズキは太平洋側にもいるのだから、その沿岸に沿っておりていったら、どれだけの川、どれだけの市があることか。そこにどれだけの釣師がいて、どれだけのアオイソメを毎日、消費しつつあることか。それを全日本的に集約してみたら、いったい、毎日、切れることなく、どれだけのアオイソメが朝鮮から空輸されているのであろうか。朝鮮のアオイソメもまた枯渇しつつあるのではなかろうか。朝鮮のアオイソメが枯渇したらそれを食べている魚たちはどうなるのだろうか。朝鮮のアオイソメがなくなったら、つぎは台湾、中国本土、ヴェトナム、タイ、マレーシア、インドネシアと、追っていくのだろうか。

管虫類は海辺の、われら人類にとっての最低の段階にある暗黒の友かもしれないが、釣師にとっては唯一無二の友なのである。その愛の深さとしぶとさのゆえにこういう現実があり、こういう想像が浮かんでくるわけである。《自然》に還りたい渇望のゆえに自然の連鎖の一部分が、どうやら、眼なく耳なく、無邪気に、貪婪《どんらん》に、またしても侵食されつつあるらしいのだが、誰か、ジャーナリスト諸君、朝鮮へとんで、アオイソメなり、ゴカイなりが、どういう暮しをしている、どういう人によって、どう掘りだされ、どう転々とわたって、値がついていって、あげくふたたび日本の海へどう殺して還元されつつあるのか。この大いなる連鎖を探究してみてはどうだろう。これこそは諸君がここ何年間か大好きで使っている〝原点〟という単語にふさわしい対象ではあるまいか。

スズキは釣れなかった。

遂げる

いつ頃からか一つの噂さを聞き、それが広大で孤独な光景としてこころに刷《す》りこまれて消しようがなくなっている。いつ、どこで、誰から聞かされたのか。その点はおぼろになってしまったのだが、光景とその質だけは鮮明に、小さく輝やいているのである。いつかそこへいって肉眼で目撃してみたいものだと思いつつ何年もそのままですごしていたところ、四年か五年ほど以前に團伊玖磨氏に先取りされてしまった。『九つの空』という連載旅行記の冒頭でやられてしまったのである。この旅行記はその光景の探訪のほかにコモド島の大トカゲとか、オーストラリアの赤い岩とか、スコットランドのフィンガルの洞窟など、いずれも世界の孤立した異象を訪ね歩いたもので、眼のつけどころのよさにたいそう感心させられたものである。だから、先行されてしまった口惜《くや》しさはあるものの、わが念願の光景がそれに組込まれたことには、サスガと思って敬意をおぼえる結果となった。

それは太平洋のドまんなかに突如としてとびだした岩である。八丈島を出発してまっしぐらに南下していくと、青ケ島、ベヨネーズ列岩、須美寿《すみす》島、鳥島というぐあいにポツン、ポツンと孤立した小島や岩礁を水平線上に目撃することとなるが、その最後の鳥島を通過してからさらに南下をつづけると、夜の明ける頃に、突如として水平線上に小さな感嘆符がついているのを目撃することとなる。それが念願の光景である。《孀婦島《そうふじま》》ともいい、《孀婦岩《がん》》とも呼ぶ。近頃ではまったく見かけることのない字であるが、〝孀婦〟とは寡婦《やもめ》のことである。無辺際の大洋のさなかにたったひとりでたち、ある角度から見ると、ちょっと手を組んでうなだれた姿に見えるものだから、昔の人は連想をかきたてられたのだろうと思う。〝後家岩〟、〝未亡人岩〟、〝寡婦岩〟、どう呼ぶよりもこの呼びかたがぴったりしていると思わせられる。昔の人の素養と言語感覚に感心させられる。

ベヨネーズ列岩や青ケ島などを見るとおたがいに遠く離れあってはいるものの、海底の山脈でつながりあっているのだろうと連想をつけやすいたたずまいがあって、孤立は孤立であるとしてもどこかにあたたかさや柔らかさをおぼえさせられるのだけれど、孀婦岩はまったく人臭さをおぼえなくなった時間に、そういう場所にそびえているのである。海図を見ると、水面上一〇〇メートルの高さであるが、その周辺は二〇〇メートル、三〇〇メートル、六〇〇メートルというぐあいにぐんぐん陥《お》ちこんでゆき、ちょっとはなれたところでたちまち三一八一メートルの深さとなり、それ以上の数字は書きこまれていない。それを眺めながら想像すると、この岩は三〇〇〇メートルを超える山の最頂部であるらしいとわかる。それもなだらかな山ではけっしてなく、幽谷、断崖、絶壁だらけの、トゲトゲの、凄惨な顔と体軀をした嶽であるらしいとわかる。蒼暗の深淵に突如としてそういう異形の峰がそそりたっているらしいのである。モン・ブランという山はよく紹介されているように凄い形相の大岩塊であるが、その頂上は尖塔のような岩の聳立《しょうりつ》であって、〝モン・ブランのお針〟と呼ばれている。私は二度ほどそのお針のすぐそばを飛行機で通過したことがあるので狷介《けんかい》の風貌が眼にまざまざとのこっている。おそらく孀婦岩はこれに匹敵するか、しのぐか、というようなものであろう。それは無名の、巨大な、そそりたつ山の頂上であり、尖塔のトップであり、わずかの数の海鳥がやっとの思いであぶなっかしい巣がつくれる、ただそれだけの〝お針〟なのである。人も棲めないし、船もつけられない。土もなく、砂礫もなく、植物もない。浜、湾、リーフ、何もない。ゴツゴツの岩が一〇〇メートルそそりたち、ちょっと前かがみになって、うなだれているだけである。

團さんに会ったときにこの岩のことをたずねてみて、いよいよいってみたくなった。世界の山や島や岩にはおびただしい数と種類の異相があるが、これはそのトップの一つである。海水はそのあたりでは信じられないくらい美しく、それを見るだけでもはるばるでかけていく価値がある。そこに表層魚、中層魚、深海魚、あらゆる階層の魚がおびただしく棲みついている。船から残飯を投げたらイズスミの大群がネコのようにかけつけてきて海面がむらむら盛りあがり、バケツですくおうと思えば難なくできそうだった。カツオ、シイラ、オキサワラ、イソマグロが大群をつくって魚雷のように岩のまわりを回遊している。泳いでいる、というよりは旋回飛行しているのである。オキサワラは十キロ、二十キロ、三十キロ。イソマグロは五十キロ、六十キロ。最強のトローリング竿なのに食いつかれたら甲板にお尻をついたままでズルズルとひっぱられてしまったほどである。オキサワラの三メートルぐらいのがかかると漁師たちは三人も四人もかかってエイヤ、エイヤと綱引きのようにしてひっぱるんである。このあたりの魚はまったく野育ちである。それぞれ純粋結晶である。無邪気なのは徹底的に無邪気であり、大きくなるのはとことん大きくなり、力のあるのはあくまでも力持ちである。始源期なんである。無限界なんである。しかも行政区分でいうとこの岩は〝東京都〟に属すんである。つまりそれは〝都内某所〟なんだ。

「……あそこなら何度いってもいいです。私ももう一度いきたいな。いっしょにいきましょうや。九月のはじめ頃。台風と台風のすきまを狙っていくんです。あそこは台風のシャンゼリゼですから、プロの漁師でもなかなかいけない。台風に邪魔されるうえに燃料費がカサみますからね。だから聖域になってるわけです。いくときは声をかけて下さい」

ときたま会うたびに團さんは海のエデンのことをこまかく話して、私をイライラした、わきたつような沈黙にやんわりと追いこんだあと、きっとそういうのだった。『九つの空』が出版されてから三年間、毎年私は季節になると準備にとりかかった。トローリングの竿を買ったり、リールを買ったり、擬似餌に思考を凝《こ》らしたり、外国のトローリングの解説書を読んだりした。

釣師が家ほどもある大マグロのよこにニッコリ笑ってたっている写真を眺めて、おれの左腕は子供のときに騎馬戦で骨折して以来弱くなったままだからこんな大きいのはとても無理だろうと真剣に思いつめたりした。そうなると魚に海へひきずりこまれるかもしれないと思い、日本橋の老舗の刃物店へステンレスのハンティング・ナイフを買いにでかけたこともあった。それを腰にさしておいて、力の限界点に達したら瞬間の早業で糸を切ってしまおうと考えたのである。現在のグラス・ロッドやダクロン糸の強力さのことを夜ふけに考え、團さんの釣ったイソマグロの写真の、おとなの頭がすっぽりと入ってしまいそうな巨口のことを考えあわせ、左腕の関節の弱さをそれに加味して思いあわせてみると、竿が折れたり、糸が切れたりとおなじくらいにこちらが竿ごとひきずりこまれてしまいそうに思えてくるのだった。『タルタラン・ド・タラスコン』、あのフランス南部のドン・キホーテにも似た空想がつぎからつぎへと湧いては消え、消えてはむっくり湧きあがってくるのである。四十三歳にもなったスレッカラシのおっさんの枯渇しかかった脳にこれ以上のみずみずしい刺激をあたえ、空想を湧かせてくれるものが、他に何かあるだろうか。

ところが、團さんの情報は正確であった。毎年何やかやの事情を切りぬけて、やっと出発できるとなると台風がくるし、それが去って海が凪《な》いだ頃にはこちらの新しい事情がはじまっているというぐあいである。『杯のあるときには酒がない。酒のあるときには杯がない』という片言がヘッベルにあるが、まったくそのとおりで、毎年うまくいかなかった。去年はもうちょっとでいけそうになったのだけれど、八丈島の漁協と電話で連絡を緊密にとっていたところ、イザという日時になって台風の予報が入って挫折した。そして予報のとおり台風はきたのだけれど、それが去って海の余波がおさまった頃には何か新しい仕事か約束事が私に発生していて、結局、一年延期することにしたのであった。今年の八月も吉例によって計画をたてにかかり、本誌の背戸《せと》君が八丈島の漁協と密接な電話連絡をとってくれたのだったけれど、観光シーズンのために船も飛行機も一カ月さきまで一ミリのすきもなく満席予約でふさがっているうえ、台風14号と台風15号がダブルで北上してくるということになり、五〇ポンド竿にリールはペンのセネター9番、それにダクロン糸を五〇〇ヤード巻き、ロッド・ベルト（キンタマあて）に救命衣まで買いこんで私は待機したのに、お流れとなってしまった。そこで、これはよくよく星がわるいのだと諦めて書斎に沈没することを決意しかかったところ、台風14号は東シナ海へ去り、15号はどこやらで挫折して台風からネッテイ（熱帯性低気圧）におちたうえ、ふいに飛行機の席が二人分、背戸君のと私のと、とれたというのである。カメラマンのも便を一便ズラしてとれたという。一便さきに八丈島へいって待機するという。

背戸君が

「どうしますかネ？」

電話でたずねる。

私は

「いこうや！」

即答する。

Wait and see にはもう飽いた。

八丈島へいってみると。ねっとりした湿気がぬらぬらと膚にからみついてくる暑熱。東南アジアのモンスーン地帯になじみの深い私にはかえって郷愁といいたくなるようなものがこみあげてくるが、海は台風14号の余波で六メートルの波があると、ホテルへ船頭さんがやってきて教えてくれる。いろいろ考えあわせてみたが、媚婦岩のようなところへはそうたびたびいけるものではなく、一生におそらく一度か二度というようなことだろうと思うので、なるだけいいコンディションでやりたいと思う。そう主張して二晩むなしく、けれど愉しく背戸君とカメラの浦君を相手に土地産の『鬼殺し』という焼酎を飲んで人体の下部から上部に及ぶ、法螺《ほら》と真実の、自分でも見わけのつかないくらいのハナシを展開する。『鬼殺し』は焼酎にピッタリの命名で、オトコの酒はこうでなくちゃいけないと思わせられるのだけれど、度数を見るとたったの37度で、二級ウィスキー並みだから、何やらビシャビシャと水っぽくて、物足りないことおびただしい。猥談にコクとリキがこもらなくなる。〝ホワイトリカー〟としゃらくさい名をつけ、レッテルにイチゴだの、サクランボだのを印刷した、およそドリンカーをコケにした焼酎が盛大に出回っていることを思えば、せめて名前だけでも〝鬼殺し〟とあるので、そこを飲みたいところだが、37度ではどうしようもない。猥談が潑剌とした法螺から、ついつい、クソいまいましい、みじめなリアリズム談に堕ちそうになるので、隙間風をおぼえること、おびただしい。こんな柔弱な酒で鬼が殺されるのだとしたら、鎮西八郎為朝公がどこかそのあたりで暗涙にむせんでいらっしゃるのではないだろうか。〝流人の島〟の荒魂の伝統はどうなったのかネ。

二晩待って、三日めの朝になると、船頭さんから電話がきて、波が三メートルになった、南方に小さな熱低が芽をだしてるらしいが、何とか避けられると思う。どうかネ、という。われわれはもう柔弱な焼酎の柔弱な猥談に飽いていたから、ソソクサと起きあがり、いこうと叫ぶ。焼酎は和魂だけれど、それに浸された結果、反動としてわれわれは荒魂を呼びさまされてしまった。そこで小さな漁港にかけつけ、竿、リール、リュックサックをほりこみ、靴をぬいでサンダルにはきかえ、燦爛《さんらん》とした青と、銀と、ヒリヒリするヨード臭で重い太平洋の風のなかへでていく。水平線には夏の積乱雲がコンクリート質でない無数の気まぐれな城や烽火《のろし》をそびえたたせていて、海水は速く流れ、場所によって蒼かったり、紺であったり、小さな三角波をたててせめぎあったりしていた。これから青ケ島、ベヨネーズ列岩、須美寿島、鳥島、いっさいを無視してひたすら南下あるのみである。行程およそ25時間。全速力。ノンストップ。ただ走る。

青ケ島のまわりにはカツオがついていると船頭さんがいったが、事実そのとおりで、カモメの小さなトリヤマがあった。速力を落してそのあたりをゆっくりバケ（擬似餌）をひいてみると、三、四匹の若いカツオが釣れた。それからふたたび全速力にもどり、日暮れ頃に波が白く騒いでいるベヨネーズ列岩のよこを通過したところ、たまたま群れ落ちになって一匹で走っているカツオとひきっぱなしのバケとが交通事故のように出会って、一匹釣れた。たまたまそれは私が支えていた30ポンド竿にきたのだけれど、カツオは右に左に走りまわり、ほとんど体ごとふりまわされそうで、すばらしい馬力を発揮した。ウンウンいいながらリールを巻いてひきあげてみると、まるまると肥った、まるで砲弾のような、みごとに成熟したカツオであった。さきに青ケ島のまわりで釣ったカツオを船頭さんの息子さんが錆びた包丁でおろして刺身にしてくれたが、それを御飯のうえに山のようにのせ、ザブリと醤油をかけて頬張ってみたら、魚肉にはまるで餅のような歯ざわりがあって、すばらしい味だった。青、赤、金、銀が気まぐれ放埒に精力を惜しむことなく乱費する黄昏の燦爛を浴びて、手や足までが輝やいた。その清澄な豊饒はあらゆる事物にしみこみ、お箸までがキラキラ燦《きら》めいた。

夜っぴて船は全速力で走りつづけた。船頭さんと息子さんはかわりがわりに舵をとった。二時間か三時間おきに交替で寝たり働いたりするのである。息子さんは十八歳で、父の助手として海へでるようになってからまだ日が浅いらしく、マメによく働きはするけれど、バケに魚が食いついたときにはどの糸かわからなくていちいち父にたずねるのだった。口の重い、はにかみ屋の、ちょっとのんびりしたところのある少年である。エンジンの音が高すぎて話をするのにいちいち大声をださなければならないから私は暗い甲板に寝ころんでタバコをふかしつつ夜空を眺める。すばらしい星空だけれど少年の頃に大阪の四ツ橋の電気科学館にかよってプラネタリウムでおぼえたのとくらべてみるとお話にならないくらい星座を忘れてしまっていることに気がついた。あれから私は本も読んだし、人の眼や顔を読んできたけれど、空を読むことはまったく忘れてしまったのだ。赤い三日月が沈んだあとは星が手をのばせばとどきそうなところにまでおりてきたが、クマやサソリの像が何ひとつとして読みとれない。悲哀をおぼえるには壮大すぎる舞台だから私は清浄にうつろである。たえまなく少女たちの湧きたつような合唱で『マイ・オールド・ケンタッキー・ホーム』や『漕げよ、マイケル』のハレルヤ・コーラスがエンジンの音のなかや遠い水平線上にひびく。幻聴はつぎからつぎへとめどなく聞え、船の蹴たてる白泡のなかで無数の夜光虫が火花のように散乱する。光の粉がほとばしる。

この漁船はレーダー、無線、魚群探知機など最新設備をしっかり積みこんだプラスチック船だけれど、何といっても漁船なのだから、魚を氷詰めにする船艙とエンジンのためにはたっぷりスペースがとってある。が、人間の寝るところは仮眠室というよりは、〝箱〟と呼んだほうがいいような狭さである。その暗い箱のなかにふとんと毛布が敷いてあって、それには感心したのだけれど、夜ふけになってもぐりこんでみると、暗くて、暑くて、くさい。背戸君、浦君、私、三人の体熱だけでもなみたいていではないところへ八月の南のベタ凪ぎの夜の暑熱、ベトベトの塩辛い湿気、エンジンの震動と騒音と熱、それにどうにもこうにも説明のつかない、一ぐっしょりになり、鼻はあけたままだから異臭がおしかけ、いてもたってもいられない。種異様なネットリした匂いがたちこめる。眼を閉じてがまんにがまんしたけれど、全身が汗で

「……？」

「……！」

「……!?」

口ぐちに何か洩らしつつ三人そろって一度に箱から這いだし、甲板へよろよろとでていった。浦君が早口の関西弁で説明してくれる。彼は私よりさきに箱に入っていたし、カメラマン特有の細部についての観察眼のおかげで、事情にくわしいのである。あのネ。あの匂いネ。あれネ。何の匂いか知ったはりますか。あれネ。あの船長の息子でっせ。あれがやりよったんです。かきよったんです。ます、かきよったんです。うんつくうんつくいうて非番のときにかきよるんです。その後始末もせんとチリ紙、ほったらかしのままなんですワ。いや、もう、元気なもんでっせ。海のうえですからネ。ほかにすることありませんしネ。カツオ食べてリキつけて。マンガ読んで。やるですなア。若いんでんなア。

「そうとは知らなんだなア」

「そうですねン」

「たいした元気だね」

「立派なもんですわ」

「民族の未来は明るいようだね」

「まったく」

暗い甲板にころがって、潮を浴びて、星を眺めながら三人でうだうだとバカをいってるうちに栗の花の匂いがやっと消え、うとうと眠ることができた。

翌朝早く、凄壮で晴朗な太平洋の朝日を見てちょっとしてから、水平線上に小さな感嘆符を発見した。須美寿島も鳥島も夜のうちに通過したから、昨日の夕方にベヨネーズ列岩を見て以来、私たちは水のほかに何の異物も見ていないのである。だからその寡婦の岩は孤絶しているのに不思議な親しさと優しさを感じさせた。水平線ははるかな端《はし》のほうでかすかにたわんでいるのではないかと見える、そのような渺茫《びょうぼう》のただなかに凄《さび》しき寡婦はうずくまり、接近するにしたがって感嘆符から影となり、影から岩となった。やがてエンジンの音が低くなり、私たちは巨大な、一〇〇メートルの〝お針〟を見あげた。ゴワゴワの岩の尖塔である。おびただしい数のカモメが飛びたって旋回する。それにまじって一羽の鳥がゆっくりと飛んでいく。

船長が、しゃがれ声で

「珍しい鳥だ。オサドリです」

といった。

私が

「アホウドリじゃないの？」

とたずねる。

船長は頭をふり
「アホウドリは鳥島にいます。いまのはオサドリですよ。なかなか見られない鳥です。珍しいんです」

といった。

船長さんと栗の花君はいそがしくはたらきはじめる。船の速度をぐっと落し、船の両側につきだした巨大な孟宗竹に糸をつけてヒコーキを流す。ヒコーキはパシャパシャと水しぶきをあげて走りはじめる。その前後に何本かの、それぞれ色のちがうバケがついている。ヒコーキのたてる水しぶきと音で小魚が群れているのではないかと魚が近づいてきて華やかなバケが踊ったり、泳いだりしているのを発見してガブリと食いつくわけである。スカンパー（後帆）のマストにくくりつけてあるもう一本の孟宗竹にロープをつけて栗の花君はおよそ一メートルはあろうかと思われる複葉のヒコーキを海にほりこんだ。これのうしろにはカグラつきのビニールのイカが凄い大鈎をかくして泳ぐのである。大物用のバケである。さっそく私も一個借りてダクロンの道糸のさきにつけ、ヒコーキとヒコーキのあいだへ流した。トローリングらしいトローリングは今日がはじめてだから、アタマで独学でおぼえた〝理論〟が輝やく惑乱のさなかでうまく実践にうつせるか。どうか……

陽が澱みも埃りもなく輝やき、積乱雲の綿のような城がそびえたち、水の美しさったら。夏のエーゲ海のあの水だ。深い、澄明な紺青だが、華麗にはしゃぎたち、晴朗をきわめているのに深沈としている。〝指をつけたらインキが染みつきそうな〟と誰もが口にしたいところだけれど、古今東西、あらゆる巨匠も職匠もついにこの色は再現できなかったのではないか。宋代の壺の青も、シャルトルのステンドグラスの青も、ダニュービアン・ブルーも、ネイヴィー・ブルーも、まだまだこの豊饒の虚無にはおよぶまい。陸でこの色を見ようとすれば、ひょっとしたら白人の眼にしかないのかもしれない。それも何十万人か、何百万人に一人、あるかないか。そのような稀れさであるのかもしれない。その人も生涯に一度か二度の瞬間にしか宿せないのであろうし、宿したことを自身も知らず、他者にも見られないですぎてしまうのであろう。人にも事物にも見られないとすれば南極か北極かの空を見るしかあるまい。そのようなものだろうか。

岩のまわりを三周か四周したとき、とつぜん軽くトンと当りを感じた。瞬間、竿をたてた。ドシンと手ごたえがあった。すかさず両手で竿をつかんだまま大のけぞりにのけぞった。そこできまったらしい。魚が逸走しはじめた。ジーッとリールが鳴って糸がすべっていく。走らせるだけ走らせること。魚が止まるまで待つこと。それからファイトをはじめる。けれど強力無双。剛竿がジワジワとたわみ、竿にひかれて体がゆっくりとひとりでに起きあがりそう。

「やった！」

「かかった！」

「天のお助け！」

「サワラだ！」

背戸君、浦君、船長、栗の花君、めいめいの短い、つまった声が頭上を飛びかっているが、私は竿にしがみついて悪戦苦闘。ファイテング・チェアもロッド・ホルダーもなく、ハーネスを着ないで、ただ革のロッド・ベルトに竿尻をたてて、そこだけを支点にして体をたてたり倒したりしなければならない。しかもそのあたりには桶だ、樽だ、木箱だところがっているので、体をねじって倒さねばならず、竿の穂さきがスカンパーのロープや腕にひっかかってしかたない。やりにくいったらない。けれど、何合めかでとうとう魚が力の限界に達してこちらを向いてくれてからは楽になった。えっちらおっちらだけれど糸は確実にリールに巻きとられてすべらなくなった。

「……お願いします。手鈎を」

魚を舷側に寄せきってから声をかけると、栗の花君がギャフを海へとばし、なかなか手練の業で魚をひっかけ、エイ、エイと声をかけながら船へひっぱりこんだ。オキサワラである。みごとな紺青と銀に輝やく腹に幾条もの縦縞があり、その巨口にはギザギザの凄い歯列。どたんばたんと跳ねまわる。船長が大きな木槌《きづち》をふるって頭を一発か、二発。魚がふるえる。ひきつれる。血が飛ぶ。

船長は木槌をふるいつつ

「おれがわるいんじゃねえけどヨ」

何となくそんなことを呟く。

満願成就。

しかし、恩寵は短く、幸福は永続きしないものである。私が一本揚げ、船長が二本揚げたところで無線が入り、東シナ海へ逃げた台風14号がふたたびもどってきて明晩あたりひどい荒れになるから全船団ただちに現場を離脱して帰港して下さいという。逃げたはずの台風が力を盛りかえしてもとへ舞いもどるというのはあまり聞いたことのない話だが、何でも熱帯性低気圧になって衰えたところを中国大陸からおしだした高気圧に張りとばされたらしい。近頃は耳にしなくなったようだが何しろ《東風ハ西風ヲ圧ス》をスローガンにしている大陸のことである。弱った台風をおしもどすくらい、朝飯前か。

「ひどいシケなんですか？」

「15だといいます。15の台風といえばこの船だと進めない。遭難です。こちらへくるまでに弱ったとしても12か13ぐらいでしょう。それだってえらいことになります。いまから全速で帰ったら明日の朝か昼までには八丈にもどれるでしょう。それは大丈夫ですが」

「じゃ、帰りましょう」

船長は操舵にもどり、いま着いたばかりの船をもとの航路へもどす。栗の花君はヒコーキを一つのこらず引揚げて店仕舞いにかかる。私も、しようがない、リールを竿からはずし、袋にしまいこむ。エンジンの音はふたたび高くなり、孀婦岩は見る見る遠ざかりはじめる。尖塔が岩塊になり、岩塊は影になり、影は寡黙な感嘆符となり、永く水平線上の点としてあってからのち、ふと気がつくと、消えている。水、また、水。雲。空。太陽。

浦君が呟く。

「魚をあげるまでに何分かかりました？」

「おれにはわからない」

「私の感じでは十分ぐらいでした」

「そんなもんだろうね」

「往きに25時間、帰りに25時間、合計五十時間でんナ。ノンストップで五十時間ゆられっぱなしで、それで十分でっか」

「そんなもんだよ」

「しんどいもんですね」

「釣師の人生はきびしいのさ」

「ようわかりました」

「何しろ、聖域だからね」

「まさに聖域ですね」

神与え給い、神奪い給う。

判定する

ここ数年、ずっと持続的にワイン・ブームだという。花火のような激しくてはかないブームではなく、ひっそりとおだやかに、けれどたるむことなく上昇しつつある人気なんだという。週刊誌や女性雑誌もしきりとワインのことを書きたて、つぎからつぎへとワイン・ブックが書かれ、訳され、出版される。そのうちロマネ・コンティが一瓶二〇万エンでやりとりされているという噂さが耳に入ったりする。ロマネ・コンティはたしかにブルゴーニュの黄金の丘《コート・ドール》の偉大で精妙で華やかな銘酒中の銘酒ではあるけれど、一瓶二〇万エンはいささか鼻つまみの狂態である。おかげでフランスでは日本人とアメリカ人に銘酒を買い漁られたので〝シャトォ・ラ・ポンプ（水道の水）〟を飲むしかないと、いささか大げさな騒ぎをしたりして話題はにぎやかである。

ワイン・ブームは日本だけの現象ではなく、世界各地で起っていることであるらしい。その兆候と噂さを耳にするようになってからかれこれ十年近くなるのだけれど、いっこうに衰える気配がないから、よほど根強いものが内奥にひそんでいるものと見える。人びとはようやく落着きたがっているのかもしれない。ワインつきの食事はたっぷり、ゆっくりと時間をかけたいものであるし、ぶどう酒を飲むとおしゃべりになるから教養や機智や気質のあった友人を選びたいものであるし、何しろぶどう酒にこめられた色彩と香りと味わいの、含みのゆたかさや、陰翳《いんえい》と明るみの交響となると、椅子、テーブル、壁、室内装飾のすべてから飲む時刻の日光や夜のたたずまいのぐあいまでを気にしたり、ギロンしたくなったりするので、そういう酒が歓迎されるということは、やっぱり人のこころの渇きを語るものであると思いたい。

ぶどう酒は鬱蒼とした歴史を持つ酒だからどうしても飲む人を気むずかし屋《スノッブ》にするようだ。それ自体は無邪気な衝動なのだが、どのシャトォの何年物はどうだとかこうだとかのギロンがはじまると、よほど気があって許しあえる友人同志でないことには、とてもジッとすわって聞いていられるものじゃない。そこを皮肉ったり、からかったり、同情をこめてチクリと刺したりという短篇作品や長篇中のエピソードは、それらだけを集めて一冊の本ができると思えるほどある。けれど、私にいわせると、ひとりでひっそりと飲んでいいぶどう酒を掛値や気取りなくイイナと思えるようになる習練はたった一つしかない。

常日頃からシャトォ物には眼もくれないでひたすら安物をつぎからつぎへと飲み漁ること。コレである。名も知れない、口にするのも恥しいような、得体の知れない、年号も産地もろくにわからないような田舎正宗を、安いのをいいことにしてとことん飲み漁ること。そしてそれらの瓶にお余りができたら、スキヤキや安シチューにおかまいなしにほりこむことである。これはソースとしてのぶどう酒の一面を知るのにたいそういい方法である。

安ぶどう酒を日頃飲みつけて、二日酔、アタピン、胃痛、酸っぱさ、トゲトゲ、ガサガサ、シブサなど、要するに酒だろうと、香水だろうと、ハタまた文学であろうと、お粗末品すべてにつきまとうイヤらしさをよくよくおぼえておくのが上物を味得するもっともたしかな、狂いのない方法である。言葉をちょっと変えると、日頃どれだけお粗末をたしなんでいるかによってどれだけ上物の全域と真髄が察知できるかがキマる。安物を知れば知るだけ、それだけ上物のありがたさがわかる。そういうことなのである。シャトォ物だって出来のいい年とわるい年とではキョトンとしたくなるくらいの落差が生じるのであるから、たまにシャトォ物を飲んだからといってピンとくるものではあるまい。裾野の広い山ほど峰は高いということがある。ふもとから一歩一歩登っていかないことには峰の高さ、貴さ、ありがたさはわからないだろう。そんなもんだと私は思うんだが、どんなもんだろう。レッテルの名声を追ってシャトォ物ばかりを飲むのはふもとを知らないで山を峰から峰へとんで歩くようなことなのではあるまいか。そしてだ。トドのつまりとしてはだ。《二たす二は五であると私がいえばそれは五になるのだ》というシュール・レアリスト宣言ぐらいの気迫を忘れないでおくこと。アルジェリア正宗だろうと、コートドール正宗だろうと、君がほんとにウマイと思ったなら、それはヴレ・ド・ヴレ

(生一本)の正宗となるのである。よこで誰が何といおうと、ほっときなさい。パリの駅裏のチャプスイ屋ででてくる酒石酸をぬいた脱酸ぶどう酒がいささかシャブシャブだけれど軽快で胃にもたれないからこれはイイと君が思うのならそれはいいのである。ロスチャイルド荘園産のムートン・ロトシルドの黄金の一本もドッてことないのさ。

(それもイイというのなら、なお結構!)


私は学生町のキャフェの安酒からスタートした。バロン(風船玉)といういい型のグラスに一杯が百エンくらいのものだっただろうか。安酒といっても値が安いというだけで、ここが肝腎なことだけれど、質はなかなかのものであった。もっぱらボージョレを専攻することにしていたが、これは赤でも冷やしてだすのがいいとされている酒で、亜鉛張りのコントワールにもたれてその一杯の深紅色の映えぐあいや奥行を眼でたのしみつつちびりちびりとよしなしごとに思いふけったり、時あって一瞬何事かを思いつめたり、すぐそれを解体してみたり、ひとりで自身とたわむれるのだった。

朝からそうやってホロ酔いになり、近くの下宿の暗い部屋にもどってちょっと眠り、昼飯時になると這いだしてどこかの小料理屋にでかけてまたホロ酔いになり、下宿にもどって一眠りし、夕方になればまたまた這いだしてキャフェへいき……というぐあいな毎日を繰りかえしていた。そうやっているうちにボージョレが何日もたたないうちにすっかりわかったつもりになるのだけれど、たまにソムリエ（酒専門の給仕）のいるレストランへでかけてちゃんと年号もレッテルもついたボージョレを注文してみると、一吸《ひとすす》りでどえらい相違のあることがわかってキョトンとしてしまうのだった。ボージョレだけでもピンからキリまであってその全域を想像するとクラクラしてくるのである。革張りの厚いワイン・リストを持たされ、そこにギッシリと並んでいる酒銘を一つ一つ読んでいると小学生がバビロンの図書館にさまよいこんだように茫然となってしまうのだった。

学生町の立飲酒の品位がこれだとすると、これから上の品位は際限がない。その実感がつくづくと身にしみた。そこでとろんとホロ酔いのアタマで、一社会の品位をことごとく最低の安物がどれだけ上物であるか下物であるかを判定することで判定してはどうだろうかなどと、考えるのである。円の中心にいると中心が見えないけれど、円周にいたらかえって中心が見えるはずである。

だから、新聞の水準はマンガで、雑誌の水準は匿名欄で、家はトイレで、スーツケースは止金具で……というぐあいに判定の最低線をきめてみたらどうだろうかと思うのである。中国料理のコック長は弟子の腕を北京ダックやフカの鰭《ひれ》ではなくてただの湯麵《タンメン》で見るという説を聞いたことがあるけれど、それでいくのである。巻頭論文や社説ではなく、マンガや匿名欄で新聞なり雑誌なりの質を考えてみるのである。一昔前までは私のような関西出身者は東京へでてきて東京風のウドンやラーメンに恐れをなし、よくもまァこんなひどいものを平気で食べられるものだと思い、それからは見るもの、聞くものことごとく批評の一歩手前でこれらの味を想いおこす癖がついたのだが、近頃は関西でもウドン屋が丹念でまっとうなダシのとりかたをせず、できあいの一升瓶につめたダシを使うようになったので、東西ともすっかり舌がバカになってしまった気味がある。

近頃のマンガのひどさとくると、どうだろう。それもマンガ雑誌やマンガ週刊誌にでているのだけではなく、大新聞社、大出版社の新聞や週刊誌にでているマンガのひどさ。アイデアがないとか、チクリがきいてないとかをギロンするよりずっと以前の問題である。とにかく画《え》がヘタクソなのである。下手糞などと漢字で書くのはもったいないからヘタクソと書いておくしかないのだが、デッサンも何もあったものではなく、せいぜい便所の落書としかいいようのないものが〝一流紙〟にのっている。流行作家だという。センセイと呼ばれているとか。見るたびにアイデアはどうだ、ギャグはきいているのかなどと考えるゆとりがなくなり、いきなり濡れ雑巾で顔を逆撫でされたような感触におそわれる。下手な線で描くリアリズムを私はよろこんで認めたいと思っているけれど、そのときデフォルムと呼ばれるものは正確無比のデッサンをしたたかに習練したあげくの自己破壊としてでてくる作業なのであって、平たく申せば上手がわざと下手に描く、余裕たっぷりの小憎さが芸なのである。ヘタクソが〆切日に追われてアップアップでもがくことではないのである。こんなひどいマンガを平気でのせている編集者の素養、識見、感覚を疑いたくなり、マンガがこうではあとの記事も似たようなものだろうと考えて読む気がしなくなる。

ヘタクソで阿呆なやつはいつでもどこにでもいるのだから、問題はそういう屑を起用するかしないかだけのことである。しかし、ざっと見わたしたところ、どこもかしこもおなじような屑ばかりが大繁昌のようだから、何をいったってしょうがない。アチクシはそっぽ向くだけ。

近頃のわが国の新聞で光った箇所は一箇所しかない。読者が投書する諷刺の三行コントである。これだけは秀抜である。ときどきアチクシも哄笑、脱帽したくなるのがあるね。なかなかおみごとである。これにくらべると記者氏の書く三行論説の歯切れの悪さ。思いあがった文体にくらべてその芸の低さ。プロがアマに歯がたたないという皮肉の典型みたいなものである。それが毎度毎度のことなのでこちらは両者をくらべて失笑するたのしみを味わわせて頂いているが、自社の記者の質の低さを平然と公開しつづける新聞社のハラの大きさに小さな感動をおぼえるほどである。夕刊や文学雑誌やその他、すべて匿名欄と呼ばれるものの質の低さもひどいものである。こういうコラムは居合抜きでいう太刀先の見切りというものであって、チャリンと刃が触れあったときに勝負は有無をいわせず決着がついていなければいけないし、闇夜の出会い頭に一撃、匕首《あいくち》で急所をえぐりぬかなければならない名人芸なのである。

だから小遣い銭に窮した不平屋を起用すればそれでいいというものではなく、プロ中のプロともいうべき技の持主を糾合し、法外に莫大な稿料を払って遇しなければならない性質のものである。読者がまっさきにしかも熱心に読むのはこういうコラムなのであり、そういう読者こそはその社にとってありがたい読者なのであるから、よほど注意して人材を選んで編集しなければなるまいと思うのだが、近頃のはガクもなければ、才もなく、味もなければ識見もなく、身上ともいうべき時代感覚となるとミーハー族にとうてい歯がたたない。これまた屑ばかり。安く買いたたかれて、女房にはナメられ、自分も自己嫌悪でムカムカし、妙なものでアブク銭をかせぎまくっている流行作家がつくづく憎いことだろうと思う。アメリカにアート・バックウォルドというコラムニストがいて平談俗語、しかも堂々と署名入りでアメリカとソヴィエトの両方の悪口を書いて、両国の大新聞にのせられ、しかも誰からも憎まれないでいる達人がいるが、このオッサンの『水を飲むのは安全か』という本でも買ってきて読んでみたら？

記事といえば正義心もユーモアもセンスもそれぞれがせいぜい中学生並みとしかいいようがないし、マンガは便所の落書だし、匿名欄はお寒いかぎり、三行諷刺はアマの投書マニアに完敗、ざっと見たところこういうのがわが国の〝一流紙〟の紙面であって、それが各社共通、軒並みそろえてそうなのだから、いったい〝ジャーナリズム〟などといえるものがあるのかしらと小首をひねりたくなるが、どっこい、あるんだナ。立派なのが。各社発行の英字新聞だ。これはなかなかいい紙面をつくっているよ。アチクシもときどき読むけどね。これには本紙ほど読者をナメてかかっていない態度がちらちらと見うけられる。発行部数が少いし、読者の素養や気質が高いものと踏み、〝量〟より〝質〟をアタマに入れて編集している気配があって、すみからすみまでイイなどとはけっしていわないけれど、態度のよさが何となくつたわってくるのだ。それがどうして日本語の本紙にでないかというと、トドのつまり何百万部という量産体制のためなのであろう。一つの新聞が何百万部も印刷されるというようなことは全体主義国家体制でなければ想像のしようもない事態なので、そういうことはわが国では誇りであるよりもむしろ恥と感じなければならないのに、新聞人らしい新聞人がいなくなったので、誰も異常とは感じないし、読者もいつとなくそんなもんだとうけとるようになっている。だから〝質〟を旨とするらしき英字新聞を読むと、ときどきひどいギャップがあり、これがおなじ社の発刊物かと眼をこすりたくなる。つまり私たちは差別されているわけだ。ベラボウな購読料を払ってナメられているのである。

新聞。マンガ。ラーメン。スーツケースの止金具。テレビ番組。横文字を縦文字にしかも誤訳だらけで水割りしただけの巻頭論文。時事エッセイ。こうした最低のものの質で判断していくと、現代日本の精神資源は枯渇の一語につきるような気がする。ぶどう酒の話ではじめたつもりなのに妙な結論にいってしまった。

来月は気をつけよう。

もどる

酒の話をもうちょっと。

いわゆる〝戦後〟と呼ばれた時代はひどい金詰りだったので、社員にまともに現金で月給を払えない会社が多かった。そこで会社によっては月給のうちの不足分を〝現物給与〟でカバーするところがあった。自社製品を社員に配給し、社員はそれを闇市へ持っていって現金にかえるのだった。コンドーム屋さんはコンドームを、アルミ屋さんは鍋を、というぐあいである。闇市にはそうやって流れた品物がずいぶんたくさんあふれていたのである。私がコピーライターとして働らいていた寿屋《ことぶきや》という洋酒会社ではこれを組合がやった。組合で市販の自社製品のほかに『ローモンド』というウィスキーをつくり、配給券を社員に配るのである。平社員で月に三枚、重役で五枚というところ。その配給券に三〇〇エンをつけてだすと組合が売ってくれるのである。市販品ではないので飲みスケにはたいそう評判がよかった。正体は二級ウィスキーなのだが、瓶もレッテルも洒落たもんだった。『ローモンド』というのは《おお、うるわしの、ロッホ・ローモンドよ》と歌にもあるスコットランド高地地方の湖《ロッホ》の名である。

何しろ組合員がつくるのだからブレンドがまちまちで、オールドの味がするのもあれば白札の味がするのもあり、栓をあけてみるまではわからんのやという伝説があった。まるでぶどう酒みたいな話で、あとにもさきにもこんなウィスキーは聞いたことがない。なぜそんな伝説ができるかというと、工場でオールドを瓶詰したときにちょっと残りがでるとちゃっとローモンドにまぜよる。白札の残りがでるとそれまたちゃっとローやんにしてしまいよる。だからローやんはそのときどきで味が変る。まるでカメレオンみたいな話であるが、そこがローやんのうれしいとこや。先輩社員はそんなことをいって新入社員をワクワクさせるのであった。

芥川賞をもらって小説家になった当時私はまだ寿屋の社員で、その頃もローやんは健在であった。そこで私はあるとき二、三本を紐でくくって遠藤周作氏のところへ持っていき、おきまりの講釈をひとくさりやってから

「……だからこの瓶がどんな味がするのか、飲んでみるまではわからない。いいともわるいともいえない。とにかく非売品。どこでも手に入らない。マ、やってみて下さい」

といってさしだした。

遠藤氏はその頃はまだキツネ・タヌキ屋という看板をあげていず、むしろ梅崎春生氏などにかつがれていたほうだったのだが、さっそく吹きに吹いたらしく、後日、梅崎氏とバーで会うと、あなたは社長の自家用の超A級のウィスキーを持っているらしいけれど、一本ぜひとも飲

まして下さいとネダられ、かえって私のほうが狼狽してしまった。

寿屋の社員だからといってみんながみんな飲みスケではないのだが、新入社員の特訓用にはたいていローやんが使われた。柳原良平などもこれでこっぴどくシゴかれて手が上った口である。私は彼と二人でこのローやんでイタズラをしたことがある。ナベちゃんという冴えない顔つきのバーテンダーが大阪のキタの曾根崎裏あたりで屋台のバーをだし、タコ焼をサカナにしてハイボールを売ったろかと思いまんねㇴといいだしたものだから、私たちは妙案だと思って感心し、トレイだの、コップだの、カクテル道具だのを寄附した。ナベちゃんはバーテンダーだというけれど道路人夫のように日焼けしたおでこで、髪も肩も薄く、どこか月足らずのようなところがある。それがチビた下駄をはいて、ゴロゴロと焼きイモ屋の屋台に手を加えたのをおしてきて、曾根崎病院の塀のところにすえつけ、欠けたミキシング・グラスだの、メッキの剝《は》げたロング・スプーンだのを並べるのだった。私たちは彼にローヤンやほんとの自家用のゼネラルだのを寄附し、それからバーテンになってみたり、客になってみたりして飲みに飲んだ。はじめはサクラになって客を寄せ、景気づけにやってるつもりだったのだが、そのうち少しあたたかいナベちゃんも浮かれはじめる。毎夜そんなことをつづけたので、いつのまにか、ナベちゃんは消えてしまった。屋台をゴロゴロとおしてくる姿が見られなくなった。屋台バーのカーネギーになりまんねㇴと張切っていたのに、ドンブリ鉢は沈んでしまった。

ウィスキーの宣伝をしていたら毎日タダで飲めていいだろうな。ときどきそういうことを人にいわれるが、とんでもない。会社の机のうえにはなるほどウィスキー瓶がいくらでも並んでいるし、ときには手をだすこともないではないけれど、オフィスで飲む酒ほどまずいものはないのである。それに、映画を試写会で見るのとおなじで、タダの酒はあまりいい味がしないのである。やっぱり血涙をのんで身銭を切らないことには飲んだ気になれないものである。酔えばおなじだろうなどという暴論を吐くやつはちょっとでていってもらいたい。

そこで飲むとなると、やっぱり安サラリーマンだからトリスバーかサントリーバーへということになる。毎夜チクとやらないことには電車に乗って御鳴楽《おなら》の匂いにむせつつ家まで帰っていく気力がでてこない。で、バーへいくと、おきまりのように一杯が二杯、二杯が三杯……ということになり、あげくレロレロ。吐いたり。ころんだり。電車を乗りすごしたり。駅のベンチで寝たり。風邪をひいたり。翌日は心身両面の二日酔いでゴミ溜めに寝ているよう。月末になるとツケがまわってきて皮膚をムシリとられる思い。自分が宣伝している酒、それも重労働だから半ば以上ヤケクソになって宣伝している酒、それをバーで、金をだして飲んで、ころんで二日酔いになってとくるのだから、たまったものではない。これくらいバカな酒の飲みかたってあるだろうか。考えれば考えるだけ荒涼となってくる。かといってやめられるものでもなく、連夜、愚行の輪をつなぎつづけた。

おそらくどこの会社でも大なり小なりおなじではないかと思うが、宣伝部と営業部は仲がわるいものである。商品が売れて景気がいいと両者とも沈黙していて、めいめい肚のなかでオレの腕がいいからだと思っている。けれど一度雲行きがあやしくなりだすと、めいめい廊下や、トイレや、会議室や、さては酒場ででもモメはじめる。宣伝部にいわせればせっかくオレたちが大砲を射ってるのに営業部の販売店工作がまずいからだめなんだということになり、営業部にいわせるとせっかくオレたちが販売店から掛金を回収してきても宣伝部のやつがバカスカ浪費するんで焼石に水さということになる。ある物が売れるか売れないかをキメる要素は無数にあり、それぞれからみあって効奏するのだから、一つの要素だけをとりだして独立的に排除して論じたり、ウヌボレたりなどはできないことなのである。それはまったくそのとおりなのだが、昔小林秀雄氏が、ウヌボレのないやつに芸術ができるものかといった言葉は芸術以外の人事万般にはたらく定理でもあって、めいめい内心ひそかに自己陶酔を抱いている。

Tウィスキーがヒットして、売れて売れてどうしようもないという結構なことになってきたとき、ある日私はある筋に手をまわして当時のアメリカの一流といわれるコピーライターの年収や、待遇や、生活ぶりを調べてみた。それを同国最大のウィスキー会社であるシーグラム社に適用して考えてみた。つまり私がかりにアメリカのコピーライターであったとして寿屋のためにやったのとおなじぐらいの効果をシーグラム社のためにあげたとしたらどれくらいの生活ができるだろうかと考えてみたのである。アホウなことを考えたものだが、過労のあげくのやけくそというものである。

ニューヨークにペントハウス。

マイアミあたりに別荘が一軒。

自動車は常用・家族用・スポーツ車の三台。

年に三カ月の休暇。パリあたりで。

ひょっとすると自家用飛行機が一台。

ペントハウスも自動車もそれぞれ一流クラスのもので、別荘にも腎臓型の淡水プールがつき、休暇も電報や電話で中断されることない生無垢のやつである。

その頃、寿屋の東京支店は茅場町《かやばちょう》のゴミゴミした裏通りの運河沿いにある木造二階建で、ちょっと見たところでは二流の保険会社の場末の出張所みたいな家であった。夕方になって東京湾から潮がさしてくると、夏など、名状しようのない悪臭がたちこめた。運河にはギッシリと団平船が浮かび、帆柱という帆柱にオムツがひるがえり、おかみさんがへさきのあたりにしゃがんで米をといだり、洗濯をしたりするのが見られた。そして毎日、正午になるとオデン屋がプオーッとラッパを吹き吹きやってくる。それを聞きつけて近所の印刷屋のおかみさんやオートバイ屋の娘さんなどが手に手に鍋を持ってかけだす。私たちもやおらペンをおいてたちあがり、ガタガタ音をたてて木の階段をおり、埃っぽい冬風のなかにたってツミレだの、アオヤギだのの串をつまむのである。その頃でアオヤギが一本五エンだったか。一〇エンだったか。

「ニューヨークでペントハウスや」

「……」

「別荘はマイアミやて」

「……」

「自動車は三台あるんやで」

「……」

「飛行機もある」

「……」

「休暇はパリでっか」

「……」

「それとも今年はローザンヌあたりにするか」

「……」

柳原良平や板根進とそんな立話をしていると、つくづく悪い国に生まれてしまったと思いたくなるのだけれど、あまりに違いすぎて絶望の手がかりもないのである。むしろアオヤギのダシのしみぐあいばかりが気になってならなかった。

『洋酒天国』というプレイ雑誌を出版するようになったのは空前のトリスバー・ブームの前兆期で、トリスを売ってくれるバーを援助するのに何かいい手はないかと考えているうちに思いついたことだった。その頃は現在のようにレジャー雑誌やプレイ雑誌が何もなく、鶴屋八幡の『あまカラ』が食味随筆誌として一つあるきりだった。そこでこちらは食のほかに女、香水、ギャンブル、シャンパン小話など、要するに洋酒の瓶のまわりにありそうなすべてのものをとりあげて編集していこうと考え、『エスクァイア』や『ニューヨーカー』などを手本にすることとし、ずいぶん両誌を読んだし、カクテルやワインの本も読みあさった。この『洋酒天国』はトリス・バーかサントリー・バーにしか配給されず、ふつうの書店では手に入らない。バーも日頃からなじみになっておかなければ部数僅少につきおことわりということになる。そこで私は新聞、雑誌、週刊誌、ラジオ、テレビのCMなどを一人で書きまくる従来の仕事にさらにこの雑誌のための原稿を書かねばならなくなり、出張校正の徹夜、原稿とり、ときには、いや、しばしば読者の投書欄も自分で書いたりなど、へとへとに疲れる毎月であった。そして、その頃はまだ外貨事情がわるくて輸入酒の数もタカが知れていたから、飲んだこともない銘酒の数かずをさも飲みあいたような、知りつくしたような、飽満したエピキュリアンの豊饒な倦怠の文体をよそおいつつ書かねばならなくなった。そのため、のちに小説家になったとき、私はよほどの酒通、食通、西洋バクチ通かのようにとられたことがあったけれど、あいかわらず昼はアオヤギを食べ、夜はトリス・バーで水っぽいハイボールを飲んでころんでいるのだった。

友人と二人してバーのカクテル・リストに出ているカクテルを上から一つずつ飲んでみたことがある。何品飲んだかは忘れてしまったけれど、しまいに眼が見えなくなり、体が泥になってしまった。こんなアホウな飲み方も若いうちの渇きのなかでしかできないけれど、ずいぶんたくさんのカクテルを自分でも作ってみて、結局、ドライ・マーティニだけがいいとわかった。それ以後はこれしか飲まないし、諸外国を流れ歩いても黄昏どきになると夕食のまえにこの一杯を飲むのが習慣のようになってしまった。そして、ひとくちにドライ・マーティニといってもじつに微妙に無限といってよいほどの変化があるものだとわかった。西洋でも一人前のドリンカーは辛口を好むのが常識だから、もともとマーティニはドライ・ジンとドライ・ヴェルモットを混ぜたうえにビターズを一滴ふりこむという処方が出発点だったのに、ヴェルモットは瓶の栓をぬいて臭いをかぐだけのチャーチル方式だの、何だのと、もっぱら冷徹、澄明、無味の味、深みのある単純が追求されることとなったようである。

このマーティニも、スコッチも、コニャックも、ぶどう酒も、日本酒も、茅台酒《マオタイ》も、すべて酒をその性格にあわせて洗練、円熟を追求していくと、結局、登場してくるのは清水である。澄みきった、冷めたい、カルキも知らなければ鉛管も知らない山の水である。これは何度書いておいてもいいことであるように思う。舌にのせて水のようにするするとノドへすべっていくようなら、それはどんな原料の、どんな製法によるものでも、いい酒なのである。たとえあのドブロク、マッカリ、〝熊《くま》ン乳《ち》〟のたぐいであっても、もし丹念につくったものであるなら、きっとどこかに水のなめらかさと謙虚さがあるはずである。人間は人智と技巧のかぎりをつくして、自然にそむきつつ自然にもどっていく。豊満な腐敗、混沌たる醱酵、円熟の忍耐を通じて水へ、水へとめざしていく。そうでなければならないし、そうなるしかないのでもあり、無技巧が技巧の極《きわみ》なのだと暗示されるようである。

あなたはどの段階におありかな。

中上げる

一人の人物のなかに温厚・謙虚な医師と兇暴・破廉恥な悪漢とが棲みついていてかわるがわるにたちあらわれてその男を行動と破滅へかりたてていくという物語が書かれてから〝二重人格〟という言葉が生まれ、いまでは常識となってしまった。この作品は現代ではその後の時代を全面的に占める実存主義の先駆的萌芽として扱われ、評価されるようになった。しかし、一人の人物のなかに正反対の二人の人物を感じているあいだはまだしもしのぎやすいことがあったけれど、その後、時代を追うにつれて、二人の人物はどんどん分裂し、繁殖し、いちいち数えきれなくなってきたので〝二重〟をやめて〝多重人格〟という言葉が使われるようになった。感性・知性・教養・趣味など、体系の異る、何人とさだかではない数の人間が一人の人物のなかに棲みついて、てんでんバラバラの方角を向いて暮しているのではないかと観察されるようになったのである。それをふさわしい医学用語をあてはめて、疾病者として扱うだけでいいのなら、問題は専門家の手にゆだねられるだろうが、そうではないところにこの時代の病巣の深さがあるように思われる。

このテーマは、しかし、おどろおどろしくヒドラのように膨脹するので、とても15枚でこの頁《ページ》を埋めるわけにはいかないから、他日、べつの形式を借りて接近することとしたい。今日は私のうちに棲む人物のうちの一人にもっぱら発言してもらうつもりである。この人物は無垢を憧れてやまない完全主義者である。形のあるなしを問わず何かをこの世で手に入れたら、形のあるなしを問わず必らずや代償として何かを喪《うしな》わなければならない地上の鉄則についてこの人物は知らないわけではないし、覚悟するところがないわけでもない。だから完全主義などという厄病に似たものは棄てるよりほかないとも感じているのである。しかし、彼は異国のいくつかで自身の希求をほぼ完全に満たされるという経験を持ってしまったので、悶々としている。知ったための不幸というものに犯されて、イライラしているのである。

彼は釣竿を片手に深山の小道を歩きながら、たえず眼をキョロキョロさせて、人影は見えないか、ゴミは落ちてないか、足跡はないか、高圧電線は、野立看板は、温泉旅館は、岩をとった跡は、木を切った跡は、とさがしている。そんなものが何もない場所など、この狭いところに一億をこえる人間がはびこっているヤマタイ国では、さがそうと考えること自体が狂気の沙汰だとわかっていながらも、彼はキョロキョロと、追われるキツネのような眼つきで山道を歩いていく。そして、それらの何か一つでも見つかると、たちまち眼を怒《いか》らせ、うなだれて、強い酸を浴びせられたように心を崩してしまう。けれど、いっぽう、垢になじみすぎたせいか、それがないと安心できないという反射もはたらくので、ゴミか足跡か、何か一つが河原に見つかると、憂愁をおぼえながらも同時にちょっと安堵もおぼえるということもあるのだった。ロシア人はこういう心のうごきにたいしてつぎのような諺《ことわざ》をつくった。《犬はノミがいるから体を掻くが、もしノミが一匹もいなかったら、犬は体も掻かないかわり、自分が犬であることも忘れてしまうだろう》と。

ナイ、ナイづくしで無垢を求めていくと山を歩いていたのではダメだと思ったのだろうか。この人物は、去る夏、三〇ポンド竿、五〇ポンド竿、それらにふさわしいリール、ダクロン糸、まるでアフリカへライオン狩にでかけるタルタラン・ド・タラスコンのような物凄い恰好をして八丈島へいった。そしてそこから漁船に乗りこみ、二五時間、全速力、ノンストップで走りつづけに走って、太平洋のまんなかにたった一つとびだした岩にたどりつき、一匹の巨大なオキサワラを十分間かかって釣りあげたが、台風がくるとの無線連絡が入ったので、そのまま離脱することとなり、またまた二五時間、全速力、ノンストップで八丈島へもどってきた。たったの十分間のために五〇時間をかけるのだから浪費もいいところなのだが、完全主義とは徒労に似たものだという心境はかねてよりの覚悟。人物にはいっこうにコタエる気配がなかった。雲と水があるだけで、人影もなく、船影もなく、空瓶もなく、空缶もなく、足跡もなく、指紋もなく、電線、電柱、野立看板、温泉旅館、ネオン、いっさいがっさいゼロの広大な輝やきわたる虚無の魅力は忘れようにもすべがなくて、朝な、夕な、穢《けが》れた都の萎びた冬のなかで人物は起居のたび後頭部のあたりに大洋の展開をおぼえるのであった。人物は自身を虚無への供物と感ずるようになった。

ときどき彼は釣りの雑誌や、本や、新聞を読む。山や海へでかけたくてもでかけられないとき、部屋のなかにたれこめて釣りの本を読んだり、過去の偉業の回想に浸ったりしている恍惚人のことを《アームチェア・フィッシャーマン》と呼ぶが、このようなときにも彼は眼をキョロキョロさせて、追われたキツネのような気持になる。どこやらの離島の磯で三〇キロもある根魚を釣上げたとか、あそこの岩礁で瀬づきの魚を何十匹釣ったとか、あそこもここも釣れなくなったとか、イシダイ場の海中に潜ってみると根がかりで切れたナイロン糸が何十本ともつれあうまま藻のように水のなかで揺れているとか、そういう記事を読むたびに人物は深山の渓谷でコカコーラの空瓶が捨てたままになっているのを見つけたときとおなじ暗愁に襲われるのである。

某月。某夜。終点に近い地下鉄の床に落ちているスポーツ新聞をなにげなく見ると、たくましい男がほとんど全身大の魚をぶらさげてニッコリ笑っている写真がでている。それは巨大な魚で、ぶらさげた男のほとんど全身を蔽ってもまだ足りず、尾が折れて曲って地に這っている。大魚を狙って狂奔するのはたいていの釣師をおそう一時期だし、それはなかなか避けたり克服したりがむつかしい。けれど人物が新聞を床からひろって読んでみると、日本の各地から磯釣師が二十七人集って小笠原へ団体としてわたり、西島だか聟島《むこじま》だかの磯で釣りに釣りまくったところが総計二トン半になった。そのうちの一匹がこの破天荒な大物だったという記事である。はじめ写真を見てホホォと眼を瞠《みは》る気になり、うらやましさもあるが微笑しかけたところだったけれど、記事を読んでたちまちそれは暗愁・蔑《さげす》み・あてどない怒りに変った。二トン半はひどい。いくら何でも、ひどい。これは、もう、〝釣り〟だとか、〝スポーツ〟だとか、〝レジャー〟などというものではない。

小笠原と知って思いだすのだが、数年前にこの島が日本に正式に返還されたとき、やっぱり釣師の団体がドッと繰りこんだのだが、何トン釣ったのだろうか、その獲物を東京港の桟橋へおろすのに起重機と巨大な網袋を使ってやっている写真が釣り雑誌にでていたのである。そして、『信じられない南海の楽園！』とか、『やったぜ、この磯野郎たち！』というような野蛮で派手なキャプションがついていた。昔はハゼ釣りをする人はハゼ師、フナ釣りをする人はフナ師、ヘラ師などと呼んでいたが、いまはイシダイ野郎だの、ブダイ野郎だのと雲助呼ばわりをするのである。呼ぶほうも呼ばれるほうもそれがホメ言葉だと感じているのだから救われない。昔、『ライフ』誌に、ミミズを餌にしてマスを数釣り、つまりやたらたくさん釣って得意になっている人間のことを〝土ン百姓釣り〟と呼ぶのだという記事がでたことがあったけれど、土ン百姓だ、車夫だ、馬丁だ、雲助だといくらいったところで、先様はピクリともなさらないのだから、どうしようもない。

何日かしてから、夜ふけに人物が仕事にくたびれて粗茶をすすりつつテレビのスイッチをひねってみると、またまた小笠原である。オナガダイという魚を三〇〇メートルの深海から電動リールで釣り上げているのである。釣れた場面だけを編集してあるのだろうけれど、つぎからつぎへとバタバタ釣れ、甲板は足の踏み場もないくらいになっている。どうやらこれも生餌の釣りだから土ン百姓のお仲間であると知れる。三〇〇メートルの深海から魚を手巻きのリールで釣りあげるのはたいそうくたびれるからモーターにやってもらうというわけだが、べつに恥じている気配はブラウン管から聞えてこなかった。この連中はもう何年も釣道具会社提供番組で世界のあちらこちらをとび歩いて釣ってまわり、ときたま人物もスイッチを入れることがあるのだが、こういうイヤな思いをさせられる場面ばかりなので、いまでは罵る気にもなれなくなっている。何年間も無垢の虚無を相手に修練を積んできたはずなのに、毎度、下司《げす》っぽい輩があらわれ、いっこうに〝経験〟が分泌してくれる気品も貫禄も身につく気配が見られないが、マ、そんなところだろう。バカにつける薬は昔からありませんテ。

海の工業汚染。

漁師の乱獲。

漁業会社の乱獲。

山は乱伐。

〝開発〟という荒廃。

釣師そのものが釣る魚の数は、それだけならタカが知れているはずだけれど、日本のように狭いところで一五〇〇万人も釣師がいたのではいくら下手ばかりでも釣られる魚の量は総計すれば年間、莫大な数となることだろう。ただでさえ汚染と乱獲の〝やらずブッタクリ〟のために激減している魚がそれで追いうちを食って、海は水の砂漠と化すいっぽうである。

いくら小笠原が〝楽園〟でも、こんな釣りかたを許していると、日ならずして荒野と化してしまう。ことに底魚、根魚と呼ばれる種族の魚は海底の岩かげで暮してあまり移動することを知らないのだから、十年も十五年もかかって大魚となるが、それを釣上げるということは、山に生えている大木を切りたおすのとおなじことであるから、よほど注意して手厚く保護してやらなければならない。産卵期を禁漁期にするとか、匹数を制限するとか、サイズをきめるとか、大好物の餌は使わせないとか、電動リールを禁止するとか、枝鈎をつけさせないとかである。

どこの国でもこれはやっていることなのであって、日本だけが野放しにされているのだといっても過言ではあるまい。口にするだけではダメなので、実行するしかないのだが、一五〇〇万人の大半が雲助野郎なら、いくらいって聞かせてもダメだから、強烈な法を設けて違反者を処罰するしかないだろうと思う。〝野郎〟たちは痛い思い、辛《から》き目に会わされるまでは自分で自分を抑制・克服すること、克己ということの剛健・爽快な修業を悦楽と感ずることはあるまいから、〝合法的暴力〟でゴツンとやるしかないと思う。甘い思いをするために辛い思いをさせる。優雅と豊饒を守るために峻烈、苛酷なまでの強制を施く。

考えてもごらんなさい。

〝野郎〟たちもボウリングや野球にでかけるときは身銭を切って道具を買いととのえたうえ、入場料だの、グランド使用料だのを、何の疑いもなく払っているではないか。この部分がわが国の釣りではタダとなっているのである。銭を払うのは道具、餌、船代、旅館代までで、現場では一銭も払わないのである。アユ釣りや、ヤマメ釣りでは入漁料を払って鑑札を買う仕組みになっているが、あたりまえのことなのであって、その制度をメダカからカジキまで全魚族に適用すればいいだけのことである。

ライセンス制にするのである。そして鑑札の裏にその土地、その土地での、漁族の習性にあわせて禁止条項を記載しておき、厳重に監視人に監視をさせ、違反者は竿をその場で折るとか、莫大な罰金をかけるとか、鑑札の再発行をストップするとかである。これまたどこの国でもやっていることで、とっくに常識となり、常習となっていることである。

アイスランドでサケ釣りをしようと思ってレイキャヴィクへいったときのこと、もしイングランドとアイルランドでサケ釣りをしてきたのなら竿を消毒しなければいけませんといわれて人物は仰天したことがあった。たまたま人物はそれまでアラスカとスウェーデンで釣りをしただけだったから竿を消毒しないですんだけれど、そのことでアイスランド人がいかに真剣に自然を保護しようとしているか、一端を知らされ、心底から感銘をうけたのだった。釣糸を消毒するというのならわからないではないけれど、めったに水につかることのない釣竿を消毒しようというのだから、はげしい。これくらい狂熱的なまでの峻烈さがないことには現代の自然は守れないのだとしたら、おなじみの暗愁が手のつけようもなくひろがるけれど、いっぽう、晴朗をめざす気迫の深さと広さがまざまざと感知できて、人物はうたれたのだった。

いままでのわが国の釣りは石器時代あたりと大差ないものだった。道具は最新科学から生みだされるが、〝やらずブッタクリ〟という意識からすればヤマタイ国であった。けれど、これからの釣りは、ランニングで申せば障害物競走のようなものになるだろうし、そうなるしかあるまいと思う。いくつもいくつものハードルを設け、それをいちいちまっとうに、ほんとの実力とテクニックでのりこえのりこえしていくたのしみを体得することになるだろうと思う。つまりこれは子供のランニングからちょっと大人のそれになるということでもあるだろうか。深夜番組で電動リールで深海魚を乱獲する場面が登場したら、即、嘲罵《ちょうば》、抗議の電話を局へかけて下さい。もしその番組が魚の生態や、釣鈎の発達史や、黒煙たちこめる重工業地帯にあるミシガン湖のギンザケが絶滅しかかったのをいかに官民一致の協力で食いとめ回復したかのレポートなどを提供するようになったら、即、賞讃、激励の電話をかけて下さい。

着る

小説家になってよかったと思うことと、よくなかったと思うことを夜ふけにかぞえてみると、とめどがなくなり、果てには朦朧とした胸苦しさがたちこめてくるが、かろうじてよかったと思えることで小さなことを一つあげてみると、服装をかまわなくてよいということがある。これだけはどう考えても、どうやら私には、ありがたいことである。ここ数年間私は夏も冬も通じてジーパンしかはいたことがないので、このありがたさはピッタリ下半身に貼りつき、もはや皮膚の一部となったようで、とくにありがたいと感ずることができないまでになっている。

ヤング・ファッションはつぎからつぎへと奔放に変っていくが、ジーパンだけは拍手を惜しまない。これだけは感謝したい。何しろスリきれようが、膝がぬけようが、テカテカ光ろうが、誰も怪しい眼で見ないし、そのほうがハクがつくというのだから、いうことなし。その上、丈夫で、永持ちし、体にピッタリくっつき、しかもまったく窮屈でないとくるのだから、うれしいナ。一度なにげなくはいてみたら病みつきになってしまって、外出用、屋内用、魚釣用と三本を用意することにしたが、いささか中年太りなのでレディー・メイドのサイズがなかったからオーダーでソフト・デニムという生地で作ってもらったら、以後それきりである。

冬はとりわけ私にはうれしい季節なのである。ズボンはジーパンだけ。上衣《うわぎ》はタートル・ネックのセーターだけ。そこへ十四年前にマドリッドで買った革のコートをひっかけたらそれでオシマイ。濡れた氷の無数の小針が突き刺してくるような冬のヨーロッパでは革のコートは必需品といっていいくらいたのもしいけれど、日本の冬だと、ちょっと汗をかくくらいである。だからセーターのほうを薄いのと、厚いのと、二着用意した。なお、屋内用としてお古を流用。そこで部屋のなかで仕事をしているときの私の生態は、膝のぬけた一つのジーパンに、よれよれの徳利首を一つひっかけたきりである。そのコンビで一冬を越すのである。寝るときもジーパンはつけたままで、ただし、ベルトをゆるめる。徳利首はぬいでみたり、そのままでフトンへ這いこんだりだが、ぬいだときに裏が表になると、そのままにしておき、翌日着こんでからその夜ぬぐと、今度は表がでてくるから、ちょうどいいのである。ノビた毛糸というものも着るほうにとってはなかなか味なもので、着ているという感覚がなくなってしまうから、仕事着もパジャマも一つですむのである。

一昨年の冬、パリへいったとき、ちょっとお金が余ったので、フォーブール・サン・トノレへいった。ここは贅沢屋が目白押しに並んでいるところで、香水も、皮革製品も、服飾品も、ことごとく超一流店ばかりである。そういう店で私の買えるものといったらレディー・メイドのパジャマぐらいしかないだろうとはじめからわかっているので、店へ入っても他の品には視線の走りようもなかった。ところが二、三軒まわっているうちに、どの店でもおなじ生地の、おなじクーペ（仕立て）の、おなじ色の品だとわかってきた。ランヴァンでもロジェ・ギャレでもおなじ品なのである。襟の裏の店名を明示したピラピラがちがうだけで、あとはことごとくおなじなのである。

「……こういうのはイタリアあたりで作るのです。デザインも、色も、縫うのも、みなそうです。イタリアはフランスより人間が安いのですね。それを私たちは持ってきて、店名だけをべつにして、売るわけです。アメリカのドルが落ちてからはオート・クーチュールはダメになりました。どこでお買いになってもおなじことです」

そういう気やすい説明を聞かされたものだから、それならいっそトップ・オブ・ザ・トップにしようと元気がでてくる。ロジェ・ギャレへすたすたと入っていって、ブルーに赤の細いリムの入った、ただのパジャマを買った。生地は《永遠の人間の味》と呼ばれる、ただのコットンである。

これが一昔前なら、フォーブール・サン・トノレのロジェ・ギャレのパジャマを着ている、と書いただけで作中の人物についてはかなりの想像力を読者にかきたてることができ、小説家は、あとのかなりたくさんのことを書きこまなくてもすんだのだけれど、どうやら、その手はとっくにすたれてしまったらしい。おなじ生地、おなじ色、おなじ仕立ての既製品だから、客としてはどこで買ってもおなじはずなのだが、《ランヴァン》のピラピラか、《ロジェ・ギャレ》のピラピラかで、それぞれちょっとずつ、人によってはグッと深く、《何か》が変る気持になるのは、やっぱり老舗の権威というものかもしれない。人間はバカな遊びをしたがるものである。

そういうことは品にもよる。

これがもし、コンドームだったとする。そしてそれがラテックスの技術と微妙なちりめん皺の技術で〝芸術品〟と呼ばれる至境にまで達している日本製だったとして、その商標が、かりに――あくまでもかりにですヨ――『骰子一擲《とうしいってき》』というのだったとする。そして一人の男は――女でもいいですよ――それを新宿の薬屋で買い、もう一人はパリまでいってロジェ・ギャレで――売ってませんけどネ――買ったとする。日本製の如意袋は世界各国に輸出されているけれど気になるサイズはみんなおなじで、ただスウェーデン向けのだけはちょっと大きく作ってあるそうだから、パリで買ったのなら、新宿で買ったのとまったくおなじで、何も変る点がない。ただ、まア、箱の裏にロジェ・ギャレと入ってるか入ってないかだけである。すると、そうだとつくづく知っていても、二人の男は二つのゴム長をそれぞれひっぱって

「ロジェ・ギャレだぞ！」

「こっちは産直だぞ！」

と自慢しあうであろうか。

二人の女なら

「何たってギャレだわよ」

「でもネ、こっちは純正無添加」

といいあうのであろうか。

閑話休題《どうでもよろしい》。

女のファッションではミニがロングになってオトコの散歩の愉しみが半減してしまったが、ジーパンと徳利首の組合わせは男女ともにこの冬も変ることがなさそうで、結構なことだと思う。男のファッションにも、どうやらお見受けするところ、《永遠のデザイン》と呼ばれるものが何種類かあるような気がする。たとえばネクタイについてこれを見ると、水玉模様と、縞模様と、無地である。私はジーパンに徳利だからほとんど一年を通じてネクタイをしめたことがないけれど、似合ったのをさりげなくしめている人を見る愉しみぐらいはわきまえているつもりである。そういう愉しみで見ていくと、ネクタイの水玉一つでも、じつに無限といっていいくらいの多様さがあることがわかってくる。この簡素なデザインが、色や、染料の善悪、生地への沈着ぐあい、生地そのもの、これらの要素の組合わせぐあいで千変万化するのはおどろいていいことである。縞目《ストライプ》にしてもおなじことである。ただ縞だというだけのことなのにどれだけ変幻することか。ちょっと眼を凝らしただけで、たちまち眼がくらくらしてくるほどである。この十年間かもうちょっとのあいだに、ファンキーだ、ファンシーだ、サイケだ、アクション・ペインティングだと、その場、その場で眼を奪われる変化はあったし、それぞれに愉しみはあったけれど、しばらくたつとやっぱり水玉と縞にもどっていくような気がする。

そして、私に、最高の水玉は何だったかとおたずね下さるなら、それはランヴァンでもなければドミニク・フランスでもなく、アイスランドの川のブラン・トラウト、ドイツの高原のバッハフォレレ、それぞれの肌にあった水玉であった。水からでて草のなかを狂ったように跳ねまわる精悍なマス族の肌にちりばめられた斑点に匹敵する染料や生地をまだ人類は発明することができないでいる。画布、焼絵ガラス、陶器、金属、タイル、どの時代の、どの国の、どんな素材にも、まだそれは、姿をあらわしていないのである。澄明、簡潔、華麗、深遠、精悍だが褪《あ》せやすくはかないその色彩はあなたがいちいち山まで体をはこぶよりほかには目撃のしようがないものである。水からでた瞬後なら、淡水であれ、海水であれ、地味なフナでも、華やかなタイでも、すべての魚はいいようもなく美しいと私は思っているけれど、とりわけマス族のそれときたら……

水玉や縞というものは仕上げひとつでヤングにも、中年にも、初老の紳士にもぴったりくるし、飽きがこないので、それゆえに至難であるわけだが、だからこそ《永遠のデザイン》と呼ばれるわけだろうが、タートル・ネックのセーター、つまり徳利首と呼ばれているもの、これまた同様かと思われる。これは縫目も、襟も、ボタンも、そして、前後すらないデザインである。私のような使いかただと裏表のけじめもないのだから、凡にして非凡である。アパッシュ、ジゴロ、マフィア、ザ・ヤクザ、マクロー、007、ユニオン・コルス、世界じゅうのほの暗い住人たちがことごとくこれを愛するのも当然である。ひたすら姿をかくさなければいけないのに心底から存在を知覚されたいという原始的な二律背反の心情に生きる諸氏たちがこの南京袋にちょっと上の出口を作っただけというデザインを愛するのは、料理でいえば、無味の味を愛するという至境のそれに似ていますかナ。

絹製の極薄の徳利首を着るとタキシードにまであうもんだという美学が発見、公認されてからは、この亀の首《タートル・ネック》は、いよいよ普遍と永遠を確認されるにいたった。私はジーパンに徳利首だけというひそかな従来の信条がけっして偏見ではなかったのだと知って、愉しかった。もちろんそれは私の怠惰の美学からでたものではあったけれど、料理、酒、香水、そのほかすべての、言語で評価しにくいか、もしくは批評しようとすればするだけズリ落ちていって独立性を匿名のままで誇っているもの、そういうものにおける近年の変化の共通項は、深みのある簡潔ということにあると見えていたのである。それは一つの意志を抱きながらも無限に多様な工夫、創意、展開を見せるのである。事実、それはそのとおりになったのである。これはホンの接尾語程度の即興でつけたしておくだけだけれど、素養のある人物なら、うなずいて下さるであろう。色の諸分けは四十八手あっても亀の首はつねに一つなのである。

おわかりですナ。

けれど、ときにはこれにも悲壮が入ってくる。このセーターは万人に愛されるけれど、とりわけ、船員や漁師に愛されるのである。アイルランド領のアラン島では漁師のおかみさんたちが昔から主人のセーターは自分の手で編むものだという庭訓と伝統を守っている。その起源は悲痛なもので、冬の荒波の北海へタラ漁にでかけた男が遭難、溺死して海岸に漂着したとき、たとえ顔や体はめちゃくちゃに大破されていても着ているセーターの縞を見ればどこの家の男かとわかるはずである。そこでアラン島のおかみさんたちは識別標としてめいめい独自の模様をセーターに編みこむという習慣になった。というのである。これがその名にしおう荒海魂のアラン・セーターだといって、ロンドンやパリの飾窓に出されているのをときどき私は見かけたが、毛糸というよりはロープといいたくなるような、ゴワゴワと太い、漂白してない羊毛で編んだのかと思われる、凄みのあるしろものだった。考えかたによっては、それは、海の男にとってはセーターというよりは鎧《よろい》のような秘物、貴品なのである。何とかしてこのフィッシャーマンズ・セーターを手に入れたいものと私は狙っているけれど、まだ東京ではお目にかかったことがない。いつか、その島へいくことがあったら、と思うばかりである。それが手に入ったら、もちろん、フトンに入るときもぬがないで、というようなことはしないつもりである、今年も、また。

明けても暮れても、私はジーパンに徳利首で、寝たり起きたりしつつ、白い、無慈悲な紙に向かう。作品を書くことは年ごとにむつかしくなり、苛酷になり朦朧としてくる。十年間の放浪と放蕩の総決算をする覚悟はとっくにきめたけれど、覚悟だけで作品が書けるわけではない。真機は一語で悟れる瞬間があるとしても、それが全容となるためには他のたくさんの顕《あら》わなものや、それよりしばしば深い力を持つまさぐりようのないものや、気まぐれや、かるみなども必要なのである。あるこころをそのこころだけに執して書いていくと清澄は得られるかもしれないけれど、しばしば枯痩《こそう》も起るのである。何かしらそのこころとはまるで反対のものを少し入れなければならない。そのものの量と質とが、ちょっとまだ私には見えていないことがあって、怯《おび》えるのである。

投げる

一昨年の二月の某日、パリでの和平協定が成立し、報告をかねてキッシンジャー氏が協定の各項を解説することになり、東京では深夜だったけれど、人工衛星で中継されてその様子がテレビで見られることになった。私は寝床にあぐらをかいてすわりこみ、枕もとのテレビのスイッチを入れて、幕裏外交の辣腕のエキスパートにしてはどこかいささか童顔の趣きのあるキ氏の顔を眺めつづけた。そして放送が終ったあと、私には疑惑と嘆息がよどむだけであり、あいかわらず、苛烈をひそめたもやもやがあるきりだった。

たとえばこの協定の重要な禁止項目の一つとして、相互の支配地域を画定して軍事的に干渉しあってはならぬという条文があるのだが、これが怪しいかぎりなのだった。兵力をおたがいに引離せというのだが、それが実現できるような背景があるのならこの国の戦争はとっくに片附いていたはずなのであり、それができないばかりにいつまでも戦争がのたうちまわりつづけているのではなかったかということ。また、相互が軍事的にこの協定を侵犯しないよう国際監視団をつくって監視させるという条文があるが、これまた怪しいかぎりである。いったい流血の抗争をしている場所で第三者の監視機構が有効な機能を発揮できたという例はこれまでに皆無なのである。中東でもそうだったし、コンゴ動乱でもそうだったし、何よりかより第一次ヴエトナム戦争が終ったときの一九五四年のジュネーヴ協定でもおなじように国際監視団をつくったがまったく無効であったということ。また、いっさいの外国の軍隊は南ヴェトナムから引揚げることという項目はあるけれど、北ヴェトナムは南ヴェトナムにとって〝外国〟であるのか、ないのか、その点については何ひとつ触れていず、しかも北ヴェトナムは南北ヴェトナムは一つであるという年来の主張と態度を何ひとつとして変えていないこと。だいたい、最重要と思える以上三つの条文からたちのぼるのは疑いばかりであって、しかも、これにかわる代案が何かあるのかとなると、何にもないではないかとしかいいようがなく、そこからは嘆息しか洩れてこないのである。べつのチャンネルをためしにひねってみると、例によって評論家諸氏が荘厳な顔をして自信満々お粗末きわまる意見を述べており、なかの一人は五四年のジュネーヴ協定よりはよく守られるでしょうなどといいだし、どうでもいいはずなのにその声だけが耳にのこったりする。このセンセイ方にかかると、つねにいっさいが明快に語られ、万事手の筋を読むようによどみがないが、何事にも約束と責任を持たれることがなく、その御託宣が当らないことは町角の手相見よりはるかに以下で、平和、平和とおっしゃりながら一夜明ければ新聞が戦闘記事の大洪水になっても、いっこうに平気。すみませんと頭をさげる人もいず、どうなってるのだとドナリこむ人もいないから、いつまでも商売繁昌。〝文化人〟とは文、人ト化シ、文、人ヲ化カスからそう呼ぶのだとかねがね承知のつもりでもついついカッとなりたくなるこちらの未熟度がおはずかしい。

日本人は三十年間の未曾有の平和のおかげですっかりボケてしまって、戦争の生理のいくつもがわからなくなっているところがあるが、戦場で得たものを会議の席で失うことはできず、戦場で得られなかったものを会議の席で得ることはできないというのが当事者同士の徹底的認識である。この和平協定とてそれからまぬがれることはできない。すでにアメリカとその同盟軍は数年がかりで段階的に撤退をおこなっていたのだからその総仕上げの形式づけとしてこの協定を結んだのだと思われるが、成功したのはそれだけであって、あとはいっさい未解決であった。協定後ちょっとしてからヴェトナムへいってみると、毎日毎日、戦争と難民であった。ビエン・ホアの軍墓地へいってみると毎日毎日、納棺式と死臭と号泣であった。死体置場は暑熱の国なのに換気と空冷がよくきかないものだからもうもうと死臭がたちこめ、気味悪さや嘔《は》気《け》をおぼえるよりさきに刺すように眼にしみてきてチカチカするのだった。薄暗いコンクリートのカイコ棚にいくつとなく荷物のようにビニール包みがおいてあるが、ことごとく協定前後の死者たちである。ラテライトの赤い土のうえでは妹や弟たちが拳で土をうち、埃りをたててころげまわり、よだれをたらしてチョーイヨーイ、チョーイヨーイと泣き叫んでいる。遠くでは一〇五ミリ砲や一五五ミリ砲が吠えつづけている。

〝西〟代表としてインドネシアとカナダ、〝東〟代表としてポーランドとハンガリー、四カ国の代表団が監視機構としてやってきたが、たちまち暗礁に乗り上げてしまった。銃声がひびいて死者が発生するたびにジープで現場にかけつけようとするのだが、〝あちら側〟はああだといい、〝こちら側〟はこうだといい、おたがいに相手をののしって協定侵犯だと主張して一歩もひかず、そのあいだにはさまれて監視団は立往生。カナダ代表の一人はついにうんざりして匙《さじ》を投げ、記者が訪ねていくと、私たちは一つのことを話すのに七通り、八通りの話しかたでやることに没頭しているのです、そのあいだに紅茶をあたためたり、さましたりしているのですといった。また、もう一人は、私にいえることといったらこのホテルの屋上からいま眺めて眼に入るものについてだけですといった。《あちらでほんとのことはこちらではウソで、こちらでほんとのことはあちらではウソだ》と喝破したのはモンテーニュだが、もし日本で兄弟殺しの内戦が起り、あるどっちつかずの段階で和平協定が結ばれることがあれば、おそらくその条文の内容はほぼこれとおなじものになり、やっぱりどこかの国からシーズ・ファイヤ（休戦）の監視団が証人としてやってくることになるだろうが、一カ月もしないうちに、やっぱりおなじことをつぶやくに相違あるまいと思われる。それが戦争なのだ。そういうものなのだ。ヴェトナムだけが例外ではないのだ。

〝東〟代表、つまり共産側代表としてやってきたポーランド人の一人は、何を見聞してのことかわからないが、しばらくしてから、記者に、サイレント・マジョリティ（黙っている大多数）の人民はどちら側も支持していないといった。これは共産側代表としては大胆で異色の発言であった。その点に私は注意をひかれた。私としてはサイレント・マジョリティという集約的な、集団の心としてのとらえかたができなくて苦しめられ、過去に出会ったり、声を聞いたりした、たくさんの人びとの眼や声にすべてが分解していき、個人個人が想起されるばかりだから、こういう定言はどこをついてもでようがなく、また、それが正しいともいえず、誤っているともいえないのだが、共産側代表としてはこれはかつて耳にしたことのない意見であった。しかし、そうこうしているうちに、この人たちも暑熱と、湿気と、倦怠と、朧朦に犯されはじめたらしく、インドネシア代表の一人は某日、やにわにホテルの窓から飛降り自殺をした。ハンガリア代表の一人の曹長はオーストラリア大使館へ亡命させてくれと駈けこんだ。また、ポーランド人とハンガリア人はサイゴンの電気器具店へ連日でかけて日本製の電気冷蔵庫を買いあさりはじめた。いずれも国もとへ送るためで、その手続に没頭しているのだが、その後姿はときには自然と見え、ときには悲惨と見え、ときには放恣《ほうし》と見え、やがてはそういうものとして、見えるままに見えるだけとなってしまった。それまでの私のヴェトナム経験からすると、この国を知ろうとすれば、報道されたものをどう分析するかということの重要さと、同時に、何が報道されていないかを見つけることが、それとおなじくらいに重要なのでもあった。この国で一貫して長年月にわたって持続的に報道されなかったものはいくつもあるが、そのうち最大、最深のものは〝あちら側〟のことである。ホー・チ・ミン・トレイルのことである。〝北〟から〝南〟へのこの大動脈はかつて誰もルポしたものがなく、ときたま米軍の空中写真で見たり、情報機関の入手したニューズを読んだりするくらいで、その機能はまったく霧のなかにかくされつづけてきた。アフリカも、ネパールも、南米のアマゾン奥地も、かなりのことが知られるようになって、そろそろ世界に〝秘境〟はなくなりつつあるという感覚が私たちには濃いが、この道路だけはまったくの秘境といってよいのである。そこをつたって南下してくるのはいまでは師団単位の精鋭の大軍団と、戦車と、大砲と、熱線誘導ミサイルと……〝事実〟として南にあらわれたものを数えていくと茫然となるしかないような性質の洪水なのである。それはどうやらパリ協定後も途絶えるどころか、いよいよ増大の一途であるらしい。パリ協定はこれを食い止めることができなかった。条文はいくらでもあるが、〝事実〟の発生を食い止めるものは何もないのだ。サインされた何やらの紙きれがあるだけというのがこの協定の一つの本質である。多年にわたって全身に転移したガンにバンド・エイドを貼りつけるような真似がこの協定の一つの本質である。

《協定は破るために結ばれる》という政治用語が古くからヨーロッパの政治世界に、いや、人の棲むところなら全世界のどこにでもあるが、この国もまたその例外ではない。ヒトラーはそういう横紙破りを〝現実政治〟と呼んだが、べつに彼だけがそうだったわけではない。やりかたのちがいがあるだけで、誰もがやってきたことである。問題は事実だけである。政治は徹底的に効果の問題なのである。それができるか、できないかなのである。

一九六八年に南ヴェトナム全土をふるわせた〝テット攻撃〟は南下した北ヴェトナム正規軍

と南ヴェトナムの解放戦線との連携大作戦であり、これは結果として見るとアメリカの計画を一八〇度転換させた点では大成功であったが、国内では撃退されるし、解放戦線は最精鋭分子を大量に喪失するし、何よりかより彼らが〝千年に一度〟の悲願をかけた〝人民総蜂起〟がいっこうに発生しなかったという点で疑わしいかぎりのものだった。私はこの直後を観察にパリから南回り便でいったのだったが、それから一年たって、ある日、ふたたび私はパリにいて、ビアフラの飢餓戦争から引揚げてきたところだったが、キャフェでたまたま新聞を読むと、北ヴェトナムのボー・グエン・ジャップ将軍が一人の記者と——AFPであったか——インタヴューをしている。それによると将軍は、一年前のテット攻撃のことにふれて、あれは南の同志がやったのだと言明しているのである。

長年月にわたって北は〝南北は一つ〟と主張しつつひたすら南に軍団も武器も送りこんでいないのだと主張する矛盾を繰りかえしてきたのだが、この言明でその鉄面皮は極点に達したかと私には見えた。あのとき私の記憶では北ヴェトナム正規軍と解放戦線の将兵はあわせて五万八千名以上も戦死したのだとサイゴンで教えられたのだが、将軍の言明によるなら北ヴェトナム将兵は一人も死んでいないことになる。いささか哲学的に表現するならあのとき死んだ北ヴェトナム将兵は匿名の孤児の大群なのであり、影なのであり、歴史の屑だということになる。将軍は外交官として記者に意見を述べたまでなのである。外交官とは何か。古来、外交官とは何か。それは一言で定義すれば、祖国のために平然として大嘘をつくことを職業としている正直者である。その典型として将軍は発言したまでである。嘘つきの正直者として、これまたどの国の外交官でも、似た条件におかれたら似た反応を示すであろう定則のままに、将軍は真ッ赤な白《しら》を切ったのである。例外でもなく、独特でもない。変れば変るほどいよいよおなじ〝政治〟の一面である。私だけが喫茶店の店頭で茫然となり、古風な絶望に陥ちこんだだけである。右であろうが、左であろうが、この世界は鉄面皮だの、ハレンチだのという単語そのものが顔を赤くしてこそこそ逃げだしてしまいそうな情念と法則で流動し、展開していくのを、常とするが、かねてより覚悟はしていたものの、とても私など、クチバシもはさめそうにないと、あらためて知らされた。

一五〇日間、ヴェトナムで暮して、あちらへいき、こちらへいき、あの人に会い、この人に会いしていくうちに、この時期は〝不安な休憩〟でしかないという思いが濃くなるだけであった。途方もない人員と物量の大剣が馬のしっぽの毛一本でこの国の頭上にぶらさげられているのだ。それはいつ落ちてくるかわからないが、わかっていることはいつか、かならず、落ちてくるということである。人びとはおぼろながらも痛烈にそれを知覚しつつ、毎日毎日のささやかだけれど必死の暮しに埋没して時間をうっちゃっているかと見えた。ほかにどのような態度もとりようがなく、落ちかかってくるものがどのような様相の惨禍を生みだすかについては、見えるようでもあり、見えないようでもあり、慣れたことのようでもあり、まったく新鮮な経験のようでもあって、ただ茫然としていた。そして、日常のこまごまとした必要が分泌する刺激にたいして、ときには緩慢に、ときにはイライラして口早に足早に反応して朝を迎えたり、黄昏を迎えたりしているのであった。

チョロンの華僑の釣師とフークォック島へ釣りにいったとき、ヴェトナム人の老漁師が焼酎をとりだしてきて、無人島の渚でハエの糞だらけのコップで飲ませてくれたが、いっしんになって私の釣ったタイの腹を裂きつつ、漁師がふと顔をあげて、たずねたことがあった。

「あなたは日本人で、バオチ（報知・新聞記者のこと）だから、何でも知ってるでしょうが、この戦争はいつ終るのですか？」

友人の華僑が通訳を買ってでて、漁師の言葉をフランス語まじりの英語に訳してくれたのだが、私には答えようがなかった。ギラギラする亜熱帯の日光に汗まみれになって茴香《ういきょう》のきつい匂いのたつ焼酎をすすりつつ、私は

「わかりません」

と答えた。

しばらくしてから

「戦争は終りません」

と答えた。ちょっとたってから

「また大きいのがはじまるでしょう」

と答えた。

漁師は魚を鍋に入れつつ
「いつですか？」
とたずねた。私は
「わかりません」
と答えた。

かよう

酒もタバコもやらない人に向って、ときどき、愚問と知りながら、さぞお金がたまるでしょうネ、とたずねてみると、十人が十人とも、その場で、御冗談を、とお答えになる。人のポケットの中身は察しようがないけれど、どうやらそれは本音であるように見うけられる。金というものの魔性については昔からみんなさんざん泣いたり笑ったりさせられてきたが、どうやら伸縮自在、出没自在のところがあって、酒やタバコをやらないからといってけっしてその分だけ残るというわけではないので、こちらは安心をし、おなじことならやったほうがそれだけうたかたの愉しみができるから、といい聞かせることになる。

そういうことを考えていると、では一生のうちに映画館ですごす時間を総計すれば厖大な数がでるだろうが、その半分でも節約して何かに使ったらどうだろう、ということになる。まったく映画を見ない人というのは想像しにくいけれど、淫するほどには見ない人となると、ザラにいるだろう。ではその人たちはこちらが暗闇のなかでウツツをぬかしているあいだに何かマシなことをやっているか。これもどうやら答えは、ノーであり、御冗談を、である。そして、それでいいのである。不思議なことも、不当なこともない。生きていくためにはムダと見えるものがおびただしく必要なのである。何がムダで、何がムダでないかは、誰にもわからない。御当人はときどき発作のようにひきつれてムダが多すぎると思いこむが、ありがたいことにすぐに忘れて、一夜明ければふたたびおなじことを繰りかえしにかかる。ムダなしに人は生きられない。ときには生きることそのものが徒労のかたまりにすぎないかもしれないではないか。

かくて私は酒を飲み、タバコをふかし、映画館に浸りこんで少年時代からすごしてきた。少年時代後半はとことん貧しくて、パン焼工をしたり、旋盤見習工をしたりして、したたかにパンに涙の塩して食べ、かつがつにうっちゃってきたが、映画代は乾いたタオルをしぼるみたいにしてヒリだしたものだった。入学試験に落ちる夢を人はよく見るらしいけれど、私はその悪夢にもあまり縁がなくて、むしろ、明日食べる米がないという主題の悪夢にいまでも襲われることがある。この悪夢は何度見ても慣れることができない。そのたびに寝床のなかでおびえ、冷汗でぐっしょりになり、ズーンと腸のすみまで底冷えがはびこって、手のつけようがないのである。いつまでたっても私はこの主題には子供のようにアマチュアである。

ずっと昔に映画は〝セルロイドの麻薬〟と呼ばれたことがあるらしいが、私は町を歩いていてふいにすわっていることもたっていることもできないような孤独に襲われると、一も二もなく映画館にかけこんだ。パン代を切りつめて暗闇にとびこむことがじつにしばしばあった。その館が満員だと立っていなければならないが、空腹のためにヘタヘタと崩れてしまいたくなる。大阪の四川橋の電気科学館にはプラネタリウムがあって、食べることに苦しまなくてもよかった少年時代前半期には毎月のようにかよって春・夏・秋・冬の星座をおぼえこんだものだったが、戦後はここでも古いフランス映画をやるようになった。しかし、天井がドームになって彎《わん》曲《きょく》しているものだから、画面はぐにゃりと歪んでいる。それを二時間近くも見上げていると、終ったときには首がギプスをはめられたみたいに硬直している。ヘタヘタと崩れそうになり、首がまわらなくなり、しかも食うものも食わずにとびこんだ映画そのものが他愛もない愚作だったということがじつにしばしばあって、そういうときは夕方の裏町をとぼとぼ歩きつつ全身にしたたかな虚無を背負わせられてしまうのだったけれど、だからといってそれがやめられるものではないということも、よくわかっていた。まったく闇は麻薬である。しかし、それがなかったら、私はどうなっていたかしれない。のでもある。

こうして痛烈な身銭を切りつつ見てきた映画の数が何百本になるのか、何千本になるのか、私には見当のつけようがないが、おかげでいっぱしの鑑賞力なるものがおのずから体得できるにいたったと自負している。ブラリと入って、チラリと一瞥し、一コマの画面の光と影の構成ぶりを見れば、スターの〝演技〟は二のつぎとして、何やらピンとくるものがある。大事なのこの"最初の一瞥"である。映画だけではない。画も、彫刻も、家も、文学も、人物も、ことごとくそうだ。もちろん〝最初の一瞥〟だけで断を下すことにもおびただしい失敗があることはおいおいと知らされ、忍耐と経験が痛切に必須であることを知らされるのだが、それでもやっぱりこれはキメ手の一つである。ここでシートにすわるか、すわらないかをきめる。気に入らないと、そのまま、でてしまって、つぎの闇屋へかけこむ。ときには一日に七館も八館も出たり入ったりだけですごすこともある。疲労と混乱はおびただしいもので、頭のなかはまるでオモチャ箱をひっくりかえしたみたいになっているが、どこかで私はその疲弊を愛しているようである。体内のある毒が中和されたように感ずるのである。

シートにすわってしばらく見ていくうちに関心は光と影の構成からスターの演技とかストーリーの展開とかレンズの舐めぶりに移っていくが、この物語はこうなるのだろうと予想しているとまったくそのとおりになってしまうのがじつにおびただしい。ただし、それにも二種あって、自分の予想どおりになって満足だったというのと、不満だったというのとがある。満足だったというのになると、まるで自分がその映画の監督になったような愉快さをおぼえる。これはちょっといい気分のもので、あまりそれがいい気分だから、ひょっとするとこの映画の製作者は客にそういう気分を与えたくて作ったのではあるまいかと思ったりするくらいである。おそらくそれは計算ずみのことなのだろう。

いい映画がなさすぎるのか、それとも私がスレッカラシになりすぎたのか、そこのところはよくわからないが、近頃の私はシートにすわって画面の背景や小道具ばかりを注視する癖になっている。たとえばヨーロッパにおける第二次大戦がテーマになっている戦争映画を見ていると、アメリカ兵が登場するとジッポのライターを使っているかどうか。ヨーロッパ人もしくはナチス兵がタバコを吸うときはジッポではなくてオーストリア製の一枚のブリキ板を折畳んだイムコのライターを使っているかどうか。そんなつまらない細部ばかりに眼がいってならないのである。こういう小道具や場所、衣裳、家具、風俗の細部にはチャチな歴史家など顔負けの専門家がついて考証をきわめていることは知っているから、そこに私の眼で見たうえでの脱漏があるかないかを小言幸兵衛というか、イジワルおじさんというか、そういうヒマ人の意識でジロジロ点検するのが一つの愉しみになっているのである。

『クレムリン・レター』というスパイ映画はオーソン・ウェルズがでてくるけれど、二流の作品であった。その一場面で、モスコーにも暗黒界があって、そこではニューヨークとおなじようにマリファナをみんな吸ってトロトロになっている、という設定になっていて、煙りのもうもうとたちこめる逸楽の密室が登場するのだが、あるカットで、マリファナを紙巻に仕立てる小道具がちらりと映った。これはフランス製のブリキ製のものなのだが、私も持っていて、パイプ・タバコを紙巻にして吸ってみたくなったときにちょいちょい使っている小道具である。

戦後の日本で流行ったタバコ巻器をほんの一歩すすめた仕掛けになっているだけの物なのだが、たいそう愛らしくて愉しい仲間である。その小道具がありありと登場したものだから、闇のなかで私はすっかり愉しくなって、くつろぎ、ヨロシイ、ヨロシイという気分になったのである。どうでもいいような細部はけっしてどうでもいいのではなくて、しばしばそれは脳足りんスターの〝演技〟をはるかにしのぐ主役となる。

そういう次第で、近年の私は映画よりもそこに登場する背景を見たくて暗闇へでかけることが多い。アフリカ映画でハゲワシがでてくるとビアフラの孤児収容所を思いだすし、イスラエルのネゲブ砂漠がでてくるとガザの難民収容所を思いだすし、ライン川がでてくるとガラスと鋼鉄の部屋ですごした一夏がまざまざとあらわれてくる。つまり私は追想のための観光映画を見るために映画館へでかけていくのだということになるのかもしれない。東西ベルリンを主題にしたスパイ映画を見ていてクアフュルシュテンダム通りがあらわれ、ケンピンスキーの店がでてくると、そのテーブルの一つにおかれた、なにげないチンザノの三角の小さな灰皿が、たちまちわきたつような音楽を私のうちにかきたててくれるのである。そして、しらちゃけきった、だらだらとした、指のあいだからただ無量の砂をこぼしつづけているだけのような自身の現在に鮮烈な一鞭をあてられ、眼をある方向へそそがずにいられなくなるのである。その出会いが予期もしない不意打ちであればあるだけ私はよみがえることができる。

いつだったか。愚にもつかぬラヴ・ロマンスの映画を見ていて、それは背景がおきまりのパリだったが、かつて私が毎朝毎夜入り浸って懈怠《けたい》に陥ちこんでいたサン・ミシェル橋ぎわのキャフェが、まぎれもなくその店の名と門口とノートル・ダム寺院が組みあわせになって閃めいたときには、思わず腰を浮かしそうになった。知らない人たちがその日も籐椅子に上半身を沈めてペルノーやヴェルモット・カシスをものうげにすすっているありきたりの風景なのだが、その店にかよっているあいだ私は毎日、門口の、前列二列めで右からかぞえて三番目の椅子にすわることを何となくジンクスとして固守する習慣だったから、その店が画面に閃めいたときには、あの席に誰がすわっているのだろうと、知らず知らず、のびあがりたくなったほどであった。『出発』というのがその店の名前である。学生町のキャフェとしてはふさわしい名前である。

無数のアメリカ映画を私は見たけれど、いまかぞえてみると、ヴェトナムを舞台に選んだのがきわめて少いということに気がつく。グレアム・グリーンの『おとなしいアメリカ人』から起した映画が、かつて一つあったが、これは原作とは似ても似つかぬしろものであった。その後、永い年月があってから、スターの名もおぼえていられない、そして陳腐な作が二つほどあって、いずれも見たが、どうということもなかった。アメリカの直接・大量・軍事介入がはじまってからジョン・ウェイン主演の『グリーン・ベレー』が登場するが、これも私には背景を見ることが興味の対象であった映画だった。ゲリラのひそむジャングルや、南シナ海の水の色や、ヴェトナム農民の眼じりの深い皺や、三角形に作った前哨陣地などが、ことごとく私の記憶に一致するので、その点ではこよなくなつかしい作品であった。

ほかにもう一つ、第一次インドシナ戦争を主題にしたのでチェコ製の、邦題が『ならず者部隊』というようなことになっていたのがあって、ストーリーは凡庸なのだが、あの国の暑熱ぶりとジャングル戦のやりきれなさをちょっぴり見せてくれたことをおぼえている。むしろヴェトナムそのものを舞台にしたものよりは六〇年代後半期にはアメリカ大陸の原住民であるインディアンに白人はどうしたところで勝てっこないのだという、しょんぼりした西部劇が続出したことがあって、これはあきらかにヴェトナム戦争の経験をなぞっているのだなと思わせられたものだった。おそらくヴェトナム戦争があらわに、明白にそれとしてアメリカ映画に登場してきて、等身大で訴求するようになるまでには、ずいぶん時間がかかるのではあるまいかと私は思うことがある。私の見るところでは、アメリカ人はあの戦争をにがにがしいものとして忘れたい一心であるのではないか。〝ヴェトナム〟の〝V〟は〝吐気（ヴォミット）〟のVとして記憶から消してしまいたい一心にあるものではないか。すくなくとも現在のところは。と映るのである。

ちょっと昔のことになるが、原題を、『ドクター・ストレンジラヴ・オア・ハウ・アイ・ラーンド・トゥ・ストップ・ウォーリング・アンド・ラブ・ザ・ボム（ストレンジラヴ博士、及び、いかにして私は心配するのをやめて水爆を愛するにいたりしか）』という長ったらしい作品があった。題は長ったらしいのだが、作品は最高に知的であった。核破滅を主題にした映画は『渚にて』とか『魚のでてきた日』など、いくつか見たが、スタンダード・サイズ、しかも黒白という、もっともパッとしない形式なのにこの作品は全篇すみからすみまで神経がピリピリしていた。ほとんど五分おきに腹をかかえてヒステリックに笑いださずにはいられないブラック・ユーモアの続出で、なにげなく入った日比谷の暗闇で私は笑いずくめに笑った。それが忘れられないものだから、その後新聞の映画欄を見ていて、この映画がかかっていると知ると、五反田だろうと、池袋だろうと、おかまいなしにでかけていったものだった。『博士の異常な愛情』という題になっているから、未見の人にはぜひおすすめしたい。

『渚にて』は核破滅を真剣に正面から全容を描こうとした努力だが、『ドクター・ストレンジラヴ……』は才気煥発のままほとんどワン・カットごとに痛烈な嘲笑と罵倒を浴びせて成功している。その絶望の黒い笑いと嘲りの赤い笑いがいかにも大人のそれであること、成熟して考えぬいたあげくのそれであることに私は感心させられたのである。この主題にたいするこういう態度は安易に流れやすいはずのものだが、その罠をよく知って歯止めをかけているところ、いよいよ効果を高めている。この映画をはじめて見たときには私も思わずひきこまれ、笑うのにいそがしくて、背景と細部を意地悪く点検することを忘れてしまった。暗闇にはときたまそういうことがあるものだから、とてもかよいやめることができそうにない。

直視する

前回には映画のストーリーよりは背景や小道具を見る愉しみについて書いたが、新聞についても似たことがいえるかと思う。いつごろからか私は新聞の外電欄の熱心な読者となり、第一面を読んだつぎには欠かさず外電欄を読む習慣である。おそらくこれはたびたびの外国旅行のせいだと思うのだが、新聞をひろげながら眼は私がかつて滞在するか通過するかした国や市の名をさがしている。それが見つかると、記事の内容が何であれ、一字あまさず読んでしまう。かつて私が採集して歩いたその国や市の光景、色、音がよみがえってきて、しばらく心ゆたかに放心できる。

ネス湖の怪物やビール飲み競走や空飛ぶ円盤などの挿話を集めた海外こぼれ話の欄も短くて小さいけれど愉しい泉である。こういう欄のエピソードは閃めいたつぎの瞬間に消えてしまうものだし、文体も調子が軽いが、ときどき巨大なもの、深刻なものが背後によこたわっていることをまざまざ感じさせられることがあって、やっぱり貴重なのである。ある中国人の知識人にオーウェルの『一九八四年』を読むように推薦すると、その人は勤勉なのでさっそく読みにかかり、読みおわると私のところへやってきて、精緻・的確な批評を述べたが、最後にひとこと、このオーウェルという人はスターリン時代のロシアについてのつまらないゴシップを丹念に読んでいたのではないか、といった。これはちょっと思いつきようのない評言のようだが、なみなみならぬ素養を感じさせられる。読み巧者というものである。オーウェルが当時新聞のゴシップ欄やこぼれ話欄をはたして忠実に読んでいたかどうかはまだ調べていないが、事実はどうであれ、この評言は独立性を持っている。

それにしてもわが国の大新聞はますます面白くなくなっていく。A、B、Cと三社の新聞を読みくらべてみるが、どこにもけじめのつけようがない。AがBと、BがCとどう違うのか、さっぱりわからない。三紙をつづけて読んでみると一紙を三回繰りかえして読むだけのことだからアクビがでてくるのである。当然といえば当然のことだが死亡通知の広告までがみなおなじなので、何となく、ナルホドという気持になる。死亡通知の広告がどう変えようもなくおなじであるように大新聞はどう変えようもなくどれもこれもおなじである。かのようである。毎日、全部を読んでいるわけではないから断言は避けたいが、ほぼ、そういいたくなってくる。だから、こんな、顔がどこにもないくせに世論の代表めいた荘重なモノのいいかたをしたがる新聞よりはいっそイエロー・ペイパーのほうが偽善がないだけ気が楽だといってスポーツ新聞ばかりを読むえらい人たちを私は何人も知っている。新聞は知識人にソッポを向かれるとオシマイである。
どれもこれも文体がおなじ、写真がおなじ、レイ・アウトがおなじだから、〝顔〟をさがすとなると、匿名欄か投書欄しかないということになってくる。その匿名欄も新聞社の人が書いたのよりはアマチュアの書いたもののほうがはるかにピリピリしているし、ユーモアをわきまえているしで、感心させられる例が多い。世相諷刺の三行コントの投書はとくに私が愛読するコラムだが、これには痛覚が生きていて、例のおごそかだけれど偽善的な、いつも二枚舌《ダブル・トーク》を感じさせられる論説よりはよほどジャーナリストである。つまり、アマのほうがプロよりもプロなのである。

　だいたい新聞というものの本質と人間の大脳皮質の特質を考えれば、わが国のように発行部数が何百万部というのは怪奇といってよい事態なのである。こういう部数は一党独裁の全体主義国での事態か、そうでなければ官報の類などに発生することなのであって、自由な大脳の反射を許され、誇りにしている国に起ることではないのである。いまの新聞にキックもビートもなくて、みな水割りの酒に似たものになってくるのは、何百万人もの千差万別の読者に一様に読まれるようにという配慮で文体も紙面もすべてを編集していくからだろうと思われる。新聞はまだ歴史が浅く、浅いわりには諸国で痛烈、多様な試練をかいくぐってきた媒体だが、いまだに理想の新聞というものがどの国でも作れないでいるのはいまだに理想の政治体制を現実化し得ないのと似ている。

しかし、芥川龍之介が『藪の中』で痛烈に暗示した〝事実は一つ、解釈は無数〟という歴史の原則にたって考えてみると、一国の新聞は読者の奉ずる信仰やイデオロギーの数だけ種類がなければなるまいし、大半の善良なる無信仰、無イデオロ派の人びとのための新聞もなければなるまいと思われる。一つの事件が左翼の立場と右翼の立場とでは質がまったく異って映ってくるものだという常識に徹して考えてみれば自明もいいところなのだが、由来、石器時代から人間というやつは自明の理が大の苦手ときていて、大火傷を負ったり負わされたりしないことにはそこへたどりつけないときている。

ときたま明治時代の新聞のコピーを読むことがあるが、この頃は何といっても部数が少いというい い時代だったらしいから、どの新聞にも〝顔〟らしきものがあり、名文あり、奇文あり、珍文ありで、読んでいてじつに愉しいのである。文体が作者の意のままになれば自然とその人の素養や、人生観や、洞察力、いろいろのことが明滅し、分泌され、出没して、〝事件〟も〝事件〟だけではすまなくなってくるのである。事件を事実のまま報道したとしても、よしんばそれができたとしても、読者がそれに何も感ずるところがなければ、はたしてそれが〝事件〟の報道になったかどうか。このあたり、議論百出だろう。そしてダ。事実を事実のまま報道するということ、ファクト・ファインディングということ、このこと自体がすでに至難のことなのだが、それをそう感じつつ書いている人はごく少いか、めったにいないかである。私の好みをいわせて頂くなら、事件を徹底的にあらゆる方角と心理から探究しながら、そこから抽出されてくる結論を自身のものとして読者におしつけず、読者そのものに考えさせる姿勢をとって自分はあくまでも黒衣《くろご》の人、狂言回しとして、寡黙に姿を消すことを念頭としている人。こういう人の書いたものは、どこか深くて、恐しいところがあり、その迫力にうたれるのである。つまり哲学者が雑報を書くという離れ業をやってもらいたいものだと、かねがね、思っている。

しかし、アマがプロにならなければならぬという妙な倒錯現象は何も新聞だけではあるまい。去年、某月某日、つれづれなるままに手もとにあった中間小説雑誌を本文、目次、広告、投書欄、ことごとくを一冊ずつについて読んでみた結果、荒涼とした茫漠だけがあとにのこされて、その後遺症を治すのに辟易したことがある。おそらくその月の作品がたまたま全誌一致してアホらしいものばかりだったという奇蹟に私は接触したのではあるまいかと思うのだが、よくまアこんなものを書いて銭がとれるものだという感嘆をおぼえた。茫漠の困憊《こんぱい》のうちにその感嘆を嚙みしめていると、うつろなような、やりきれないような、あたりまえじゃないかというような、何やら空恐しいようなものが雑巾のしぼり汁のようになってジワジワと体を這いのぼってくるのでもあった。結局、煮つめるまでもなく判明したことは、どの雑誌にもおなじ作家が書いていて、ことごとくそれが似たようなものであるかぎり、やっぱりここにも雑誌それぞれの〝顔〟と呼べるようなものは何もないのだから、新聞とまったくおなじことになってくる。A誌もB誌もC誌もことごとく有名センセイの作はおなじなのであるし、センセイはみな多忙なのだから、ほかの雑誌とは違う作品を書いてくれとたのむのはもともと場違いであるだろうし、実現のしようもないことであるだろう。そこで、編集者の腕の発揮は自由のきく匿名欄しかないということになる。ここなら他誌と争える余地がのこされているといえる。

そういう眼であらためて各誌のイエロー・ページ、ピンク・ページを読んでみたところ、これまたおなじであった。同工異曲、大同小異、どれもこれもドッてことないのだった。エロ記事の駄洒落、語呂あわせ、文体、発想、浅学、思いつき、どれもこれもみなおなじであった。光ったところもないし、冴えたところもないし、〝野に遺賢あり〟と感じ入らせられたところもない。しかし、これはあながち執筆者たちの無能、無学、無才だけに帰《き》すこともできない。匿名欄は人体で申せば指の先端のようなものだから、全身の血行がよければ、その部分の血色もよくなるという随伴現象なのである。

どうでもいい匿名欄がつまらないということはその雑誌の売りものの本文もたいしたことがないということにもなるのであって、これはほぼまちがいがない。力士の力がもっともかかってきて一瞬の勝敗を決するのは全身の力技もさることながら土俵ぎわの爪さきの踏んばりであることもまたしばしばだという事実を考えて頂きたい。中心はかならず周辺に現象されてくるのであり、末端にこそ本質はまざまざとあらわれるのであり、文章は句読点のうちかたたひとつだという鉄則があるのだ。だから、新聞、週刊誌、純文学雑誌、中間小説雑誌、どれにも匿名欄があるけれど、それがことごとくツマラナイということは、それぞれ本文もまたツマラナイのだと、しばしばいいきってもよいほどのものなのである。

匿名欄の執筆者は世をしのぶ仮の姿として名をかくすことを選んだわけだが、わが国のそれがことごとく現在不振なのは、原稿料が安いという一点にあるかと推される。学、文才、世間智、感性、諷刺、笑い、これらの微妙な消息に通じたどえらい大家にどえらい莫大の原稿料を払って匿名批評を書かせれば、それだけの真摯さと覚悟が編集者にあって、出版社の幹部に大度があれば、かなりつまったドブが打開されることだろうと私は思うのである。

じっさい、こういう悪口はあの人に書かせればどれだけヒリヒリ、ピリピリしてくるだろうかと思って某大家、某々大家、某々々大家の名前を連想することがしばしばである。取材費を惜しむといい仕事ができないというのはノン・フィクション・ライターや記者たちにとっての鉄則だが、何もリポーターだけがそうなのではあるまい。ただただ銭を惜しんで安くあげようというソロバン勘定だけのためにあたら明知の人物たちがつまらない紙面を作っていることが多すぎるのだ。安かろう、まずかろうの原則である。当座はそれですむかもしれないがちょいと、ホンのちょいと長い目で見れば、結局は損である。ダメージである。デメリットである。銭だ。銭を出せ。銭を惜しむな。そして、もっと冷徹に人を選びなさい。職匠の根性に徹しなさい。

安かろう、まずかろうの当座しのぎのためだけの商法は日本人が得意とするところだけれど、もうこの二〇年間ぐらいにほんとの苛酷な国際競争にさらされた結果、日本製品は概していって安かろう、よかろうの評価を得るようになったのではないかと私は素人目で眺めているのだが、いっぽう国内での知的産業は依然として安かろう、まずかろうのようである。これだけ厖大・精緻・細心の近代工業がある国なのに言語文化に関していえば、まったく手のつけられないくらい浅薄・貧寒・お粗末が全分野ではびこっている。感性の表現がそうであるかぎり、工業のほうもまたよくよく調べていけばおなじ感想にいずれつきあたることがあるかもしれないし、根は一つなのだろうという予感は濃厚に私にはあるけれど、それをつきとめにいく時間と精力がないので、いつも疑いをおぼえるたび、何となくそのままうっちゃってしまっている。マスコミということについて申せば、私はもうとっくに外国崇拝者ではなくなっているけれど、それでも、『ニューヨーク・タイムズ』の投書欄にある無名・有名の読者の綴り方と、わが国の大新聞の投書欄にでる無名の読者の綴り方をくらべてみると、やっぱり、どうしても、イライラしてこずにはいられなくなる。それからまた、『ニューヨーカー』というような特異な雑誌についても、これは同様である。諸国の新聞はその投書欄でそれぞれの諸国の民度を計測するしかないのであって、投書欄は、いわば、ジャーナリズムのなかのジャーナリズムとでもいうべきもので、これには編集者も読者も〝民の声は神の声〟としてまず直視して対面しなければなるまい性質のものかと私は思う。しかし、日本の読者の投書はその新聞の論説欄にそっくりの文体のものが多くて、アメリカのそれに見るような、あくまでも〝自分〟を中心として感じ、考えて、技巧を尽したあげくに卒直にもどろうという気概から書きつづった奔放、唐突、具体、デタラメ、奇抜、ユーモアという気風にいちぢるしく欠けているように思われてならない。

まじめで卒直なのはうかがえるけれど、いつもそれが型通りの修身教科書めいた文体と発想であるため、ひょっとしたらこの人は《正直が最善の策》というのは熟慮、権謀を尽したあげくの人が吐く痛苦の言葉だということを何ひとつとしてさとらないまま書いているのではあるまいか。そのためにやがて痛苦の渦に無抵抗のまま呑みこまれていくのではあるまいかと判じられるものが、毎日、毎週、あまりにも多い。二枚舌で蔽われている紙面があまりにも厖大なのでこの人たちの無垢は如実に胸にくることはくるのだけれど、その懸念からして、ついそのまま、刺したなりで消えていく。

消える

渡辺一夫、金子光晴、きだ・みのると、今年は三氏がつぎつぎと去っていかれた。知らせを電話でうけるたびに愕然とし、請われるままに三つの雑誌に短文を書いたが、三氏ともに、《もう今後こんな人は出ることもないだろう》という思いを深められるばかりで、いまはちょっと茫然としているところがある。惜しい人が死ぬたびにあとに残されたものはその感想を抱かずにはいられず、口にしたり、文にしたりせずにはいられないのだが、三氏の場合にはそれぞれ気質、生き方、業蹟が異なるにもかかわらずこの感想という一点ではお世辞ぬきで一致するところがある。少年時代後半から三氏のお書きになったものを読みはじめ、約三〇年、ずっと敬愛しつづけてきたので、とくに日頃から御家庭に出入りして親しくして頂くということはなかったのだけれど、亡くなられてみると、いまさらのように書棚を見あげてそれぞれの著作物の背文字に眼を吸われてしまう。

いまから六年前、一九六九年、私は朝日新聞の秋元カメラといっしょにアラスカをふりだしに地球を半周する旅行を試み、魚のいる国では魚釣りをし、戦争をしている国では最前線へでかけるということをしたのだが、流れ流れてバンコックまでくると、某日、B・アンポールさんという紳士と知りあいになった。この人はチェンマイ王族の一人で、世が世なら〝殿下〟とお呼びしなければなるまい身分の人である。チーク材と熱帯魚の輸出、そのかたわらアンダマン海の孤島でシロチョウ貝で真珠を養殖してもいらっしゃる。ピストルの名手でもある。この人に私たち二人はたいへん気に入られ、ホテルにいたのではタイ国のことは何もわかりませんよ、私の家へおいでなさいといわれ、そのお邸《やしき》へひきとられ、庭の一隅にあるパヴィリオンをあてがわれて居候生活をした。そのパヴィリオンは二階建になっていて、階上は寝室、階下がキッチン、バス・ルーム、食堂兼サロンというぐあいになっていた。朝、食堂におりて殿下と雑談しつつオカユを食べ、ウミツバメの巣を冷めたくしてコンソメのように仕立てたのをすすって窓の外を見ると、ブーゲンヴィリアやハイビスカスの花が南国の朝の微風にゆれるともなくゆれているのだった。

このときおどろかされたのは、私たちよりちょっとさきにきだ・みのる氏がやっぱり殿下に拾われてここへつれてこられ、おなじパヴィリオンで寝起きしていたと教えられたことだった。きださんはラオスとカンボジャへいき、そのあとプノンペンからバンコックへでてきたらしかった。ミミちゃんというかわいい、聡明な、テキパキした幼女をつれて放浪していたのである。このパヴィリオンで何日ぐらい居候暮しをやっていったのか、正確なことを私は忘れてしまったが、きださんの言動の傍若無人といいたくなるくらいの奔放さに殿下は眼を剝《む》く思いをされたらしく、噂さがでるたびに、いままでたくさんの日本人と知りあいになったけれどあんな人ははじめてですと繰りかえされるのだった。そのうろたえたような当惑したような顔を見ているときださんの横顔がまざまざと眼に見えてきて私はおかしくてならなかった。しかし、たまたま当時、バンコックの日本商社の一つできださんの息子さんがはたらいていたらしく、きださんが東京へ帰ったあと、わざわざ殿下を訪ねてきて、言葉をつくして丁重にお詫びと礼を述べられた。その態度の丁重さと深切《しんせつ》に殿下はまたまたびっくりし、あの父にこんな子がの思いにうたれたらしい。その感想を眼を剝きつつも微笑まじりに繰りかえし口にされるところを見ていると、私はきださんの息子さんには会ったことも見たこともないのだけれど、またまたおかしくてならないのだった。

ファーブルの『昆虫記』の共訳者の一人であってギリシャ学の権威で文化人類学者でもある、山田吉彦の名で知られた人物が敗戦後、きだ・みのるというペンネームで『気違い部落周游紀行』を書いた。それは爽快かつ痛烈な傑作であったが、それ以後はもっぱら〝きだ・みのる〟の名が流布されて、山田吉彦の名は一部の専門家のあいだにとどまってしまうこととなった。しかし、敗戦の年にきださんはすでに五〇歳だったのであって、その年で家を捨て、子から去り、山村の納屋に棲み、自炊生活。ときどき一カ所に澱《よど》んでいるのが鼻につくとボロ自動車を運転して日本全国をかけめぐり、捕鯨船に乗りこんで南氷洋へいきというぐあいであった。前記のラオスとカンボジャは、当時、ヴェトナムと平行して内戦が旺盛だったのだが、そういう戦乱のただなかへ小学生の幼女の手をひいてでかけたきださんは、いま指を折ってかぞえてみると七四歳だったのである。五〇歳でヒッピー生活に入って以後三〇年間一貫して流転しつづけ、断固としてマイホーマーになることを拒みとおしたわけだが、それがちょっとやそっとではない博学者なのだから、これはどうあってもわが国の知識人としては稀種中の稀種だというしかないのである。まったく、かけがえのない人物が失われてしまった。

いつか安岡章太郎氏と二人できださんを訪問したことがある。その頃、きださんは八王子の山奥に住んでいて、君たちがくるのならブタを一匹密殺したのを入手しておくからそれをドラム缶で丸焼きにして食うべえよ、というのが誘いの文句であった。そこで私は明治屋へいってサン・テミリオンのちょっといいのを仕入れ、安岡氏と二人で、でかけた。村へ入ってからきださんにこれがオレの部屋さ、遠慮せずに入ってくれといわれて案内されたのは、小さな、こわれかかった納屋であった。本と雑誌と辞書が乱れ、散り、崩れ、なだれて、床も壁もベッドも見えなくなっている。密殺のブタが残念だけれど手に入らなかったのでといってきださんはごつい手でラルースの辞書のよこから新聞で包んだものをひっぱりだしたが、包みをひらいてみると、長大なブタのアバラ肉が一枚でてきた。七輪に火をおこし、そこにコッフェルのようなものをかけ、そこへ肉を入れるのだが、あまりに大きすぎて両端がはみだしてしまう。そこで三人でかわるがわる肉の一端を手でつかみ、もう一方を鍋につっこみ、じわじわブツブツと煮えるにつれて少しずつズラしていった。味つけとしては塩をふりかけ、そこへニンニクの玉を指でもみつぶしてほりこむ。煮えた部分からナイフでごしごしと切りとって食べる。きださんはその頃、前歯が一本のこっているのが見えるきりで、大口をあけて笑うと、口が骸骨のそれのように暗くて大きい空洞と見えるのだった。そこへ肉塊をモリモリと投げこみ、二、三度モグモグとやってから呑みこんでいく。

食べおわると、きださんは

「ああ、うまかった。こんなものを食った日にはとてもじゃないがジッとしていられるもんではねえ。明日は八王子あたりへ走らなきゃ。鼻血がでるゾ」

といった。

『道徳を否む者』という自伝的作品がきださんにあるが、これが発表されたとき、私は文体のあらゆる細部に光っているみずみずしさと澄明と艶《つや》にうたれ、その後会ったときに、どうすれば文体の新鮮を維持できるかとたずねてみたことがある。するときださんは言下につぎの三つが重要だと答えた。

① しじゅう横文字の本を読め。
② 文壇づきあいをやめ、文士劇にでるな。
③ 女と寝るときに上にのるのをやめ、よこたわって、側面位でやれ。

①と②はいいたいことがよくわかるし、そのとおりだと思うし、私も及ばずながら日頃から実行しているから、さほどおどろくことはないのだけれど、③はいかにも唐突であり、奇抜であって、面喰った。きださんは悠々、自信満々、正常位でピストン運動をやるとたいへんなエネルギーを消耗する。その疲労が精神を蝕むのだ。精神のある部分に影が射すのだ。それがいかん。側面位でやれと、わしは君に助言、忠告しておくぞ。ほかにいうことはない。とおっしゃるのだった。その後私はあちらこちらで数えきれないくらい雲雨に遭遇したが、そのたびに耳のうしろあたりにきださんのこのときの眼と声がよみがえってきて、これまたおかしくてならなかった。

おそらくこの奇抜な戒律を持ちだしてきてきださんがいいたかったことは精神の緊張を忘れるな、怠るなということではなかったかと思う。きださんは外見上は悠々、楽々、豪放、晴朗、ときには傲然と見えることさえあったけれど、文体のあちらこちらにのぞいている顔は若く、繊細で、傷つきやすく、感じやすい、つきつめたところのあるまなざしを持っている。いくら習慣になってしまってるといったって牛小屋よりも狭く、ブタ小屋よりも汚れた納屋で冬の寒風にさらされ、ズボンをはいたまま毛布にくるまってころがっていれば、やはり、何事か、何者か、大いなる、または小さき、おびただしいものが前面にたちあらわれて鬼火のように明滅しつつ肉迫してきたことだろうと私は思いたいのである。

きださんは大食家であって美食家だったが、カキを食べたくなったらカキばっかり、一週間も十日も、朝、昼、夜と食いつづけ、イモを食べたくなったらなったで、またもや十日間ブッつづけにイモばかり食べる。これは〝偏食〟ではなくて〝集中食〟というんだとのことだったが、そういうところにもこの人の緊張があらわれているように思える。きださんはいつも自由だったけれど、昔のギリシャ人の哲学者が喝破したように、鳥の翼は空気の抵抗という不自由があって、それと拮抗してはじめて自由を獲得するのである。だからこの人は一生、一瞬の懈怠もなく不自由と束縛と拘束を明に暗に感じつづけていたのではなかったろうか。それは流砂のような生活と時間のなかで満ち足りることを拒む精神だったし、語られるほど容易に実践できるものではないことの実践をしつづける精神だった。《家庭は諸悪の根源だ》と作家たちがあらわに書くことも叫ぶこともしなくなったマイホーム時代にこの人だけは頭を高くかかげて泳ぎつづけた。

いつかの夏、いつもとおなじように私はお茶の水界隈の旅館やホテルを泊り歩いて暮していたが、平野謙さんときだ・みのるさんにしょっちゅう出会った。平野さんは三〇年間のべつに旅館のカンヅメ暮しだけれど、きださんは小さなミミちゃんをつれて東北の居候さきからでてくるのだった。ミミちゃんは旅館の帳場へチョコマカとでかけておばさんたちに読み書きを習うのだが、きださんはこの幼女がふつうの小学校へかよって妙なツメコミ教育をされて美質を歪められることをおそれていた。それで、しじゅう行動をいっしょにし、寝起きもいっしょにし、私とイッパイやるのに飲み屋でも小料理屋でもかまうことなくつれていくという子連れ狼ぶりだった。しかし、きださんは狼というよりは永いあいだ持続して精悍な牡牛という風貌であり、姿勢であったように私は見ている。そして、この年も、会えばきまって、オウといい、すぐさま地面に穴を掘ってブタを一匹密殺したのをそこでポリネシア風に焼いて食おうじゃないかといいだすのが癖であった。以前はそのあとつづけて、鼻血がでるゾ、とつけたすのが癖だったのだが、この夏にはどういうものか私は聞かなかった。けれど、某日、雨が降り、私はお茶の水の駅前の人ごみをいそぎ足で歩いていると、書店のウインドウをのぞいているきださんの姿を見つけた。ほとんど毎日のように旅館で顔をあわせていたのだが、そのとき私は声をかけようとしたけれど言葉を呑みこみ、眼をそむけてしまった。そのときのきださんの横顔、その風貌と姿勢には、消耗しつくした老人のそれしかなく、頬の肉がゲッソリと削り落とされ、背が曲り、首が細く枯れ、あらゆる部分に陰惨さと無残があるばかりで、正視に耐えられない衰えようであった。いつもの満々の自信、挑むような気魄、おしまくるアクの強さ、晴朗で辛辣な微笑、そのいずれもがことごとく消えてしまい、まさに崩壊瞬前の古い塔を見るようだった。〝老い〟のすさまじい形相を街頭でまざまざと私は見せつけられたように感じた。これはあの乱費を惜しむことを知らない肉ではなく、レインコートを着た午後の影であった。はげしい廃址であった。ミミちゃんはよこにいなかった。

川岸に佇む幽鬼のようなこの日の姿がどうしても私には忘れられないのだが、その後、また数年、ときどき会うことがあり、それは飲んだり食べたりの席で、きださんのために灯が明るくなるような瞬間がよくあった。そのときのいきいきと会話にはずんだり、うちこんだりしているきださんを見ていると、あれは何かの通り魔ではなかったのかしらと思えてきたりするのだが、しかし、私は見てはならぬものを見てしまったので、どんなに灯が明るくなっても、その眼でしか見ることができず、その眼をきださんに見せるわけにはいかないので、それとなく眼をそらしたり、伏せたりするようにつとめた。

こうして一人の明治人が消えていった。

入院する

〝物心ついてから〟という慣用句の〝物心〟が具体的に何をさすのかとなると、わかるようでわからないようでもある。いま、かりにそれを〝記憶〟としておくと、かなり説明がつくような気持がするので、物心ついてからということは記憶できるようになってからということ、ふりかえってみて思いだすことのできる幼年期をさすと考えることにする。

母にいわせると私は腺病質で、ひよわな、いつもどこかを患っていて、二、三度危篤状態に陥ちこむほどの大病をやったこともあるとのことだけれど、それはごく幼年期のことで、私の記憶にはまったくないのである。小学校三年生のときに家は大阪の上本町五丁目から北田辺へ移った。このあたりはいまでは道という道がことごとくコンクリで蔽われ、家また家、アパート、団地などで蔽われてしまったが、その頃は大阪市の南郊といってよい閑散な住宅地で、ちょっといくと、どこでも畑、田ンぼ、野溝、野原、川などだった。小さい従弟《いとこ》と二人して、毎日毎日、トンボ釣り、フナとり、小川の搔い掘りなどして泥まみれで遊び呆け、そのせいだろうと思いたいが、たまの風邪のほかに私はまったく病気らしい病気をしなかった。思いだせるのはトンボの羽の虹のような閃光、泥のあたたかい、甘い匂い、穴にひそむウナギやナマズの感触、食用ガエルの眼の金色の輝やきなどである。

中学生、(旧制)高校、大学と〝学歴〟だけはその後進んでいくが、中学二年生と三年生のときは明けても暮れても勤労動員で重労働がつづき、戦後になってからもパン焼見習工、旋盤見習工だと労働がつづき、学校にはほとんど出席しなかったが、〝心〟のことはさておき、肉体のほうは、身欠きニシンのようにやせているということをのぞけば、まったく病気を知らなかった。その後、会社員になり、やがて小説家になるが、やっぱり頑健であった。毎日のようにウィスキーを飲んで二日酔いまた二日酔いのとめどない連続だったけれど、二日酔いが病気といえないのなら私は病気知らずであった。ただし、芥川賞をもらったあとでひどい抑鬱症にかかり、毎日、トリスを一本か、角瓶を一本、ぶっつづけに飲むうちに、とうとう肝臓が音《ね》をあげて、三カ月ほど寝こんだことがある。そのときになって、やっと、天井の木目を読むことやシーツの匂いや薬の味気なさを知らされた。

これが十七年か十八年前のことで、それ以後も毎日何がしかアルコールを飲まないという日はなく、暴飲、乱酔、めちゃくちゃ、二日酔いまた二日酔いが夢魔のようにつづいていくのだけれど、やっぱり、ドッテことなくすぎた。ときどき自分でも空恐しくなってくるのだが、黄昏がにじむ頃になると、いてもたってもいられなくなって、どうしても酒瓶に手がいくし、そわそわと外出してバーからバーへさまよい歩く。小説家の生活は手工芸人とおなじで、家のなかにすわったきりで神経を酷使し、酒を飲み、タバコをふかしだから、あらゆる手段を使って毎日毎日病気の製造に没頭しているようなものである。べつにお医者でなくても、また、いちいち体を診察しなくても、〝運動不足、コレステロール、禁酒、禁煙〟と小説家のカルテはきまっている。しかも厄介なことには、小説家というものは、何らかの意味で心の病いと肉の病いから創作慾を得るしかないので、いよいよ骨がらみになっていく。小説家は病いに命をとられないよう、しかし、病いを追放することなく、それといっしょに同棲しながら綱渡りを演じているのである。

十年前に私は毎週、某新聞社の某週刊誌のためにルポを書く仕事をしていたが、一年がかりの連載が終る頃になって、つぎは海外取材でヴェトナムへいこうということに編集部との話が一決したので、ついては取材もかねて人間ドックに入ってみては、とすすめられた。そこで、当時、東京でもっともデラックスという評判だった某ホスピテルに十日ほど入院した。病室にはカーペットが敷きつめられ、壁には梅原龍三郎の画などがかけてあり、夏の水枯れで都内のあちらこちらでは給水車がでるという騒ぎのさなかに水でも湯でもザブザブざあざあと使い放題であった。私は病人ではなかったからそういうことにばかり眼が走ってならず、退院してから見たままを週刊誌に書いて、院長にイヤがられたり、ニクまれたりしたが、事実はいたしかたあるまい。

　しかし、徹底的に検査をした結果、人より腸が短いためにのべつトイレにいきたがるのだと教えられたほかには、全身のどこにも、影、傷、ただれ、腫瘍、ひきつれ、軋《きし》り、物音、何もなく、強行軍に耐えられるとわかって退院し、その年の十一月にヴェトナムへいった。この国は果物が豊富だが病菌もまた豊富で、病原菌のわかっているのやら、いないのやら、わかっていても手のつけられないのや、命とりのやが、うざうざともつれあい、からみあってはびこっている国である。なかには〝ローソク病〟という悪質なのがあって、これは女はかからないけれど男にとりつき、オチンチンがとけて流れて尿道だけがのこる奇病なんだと、真偽いずれともつかずおどかされたりした。しかし私は生水を絶対に飲まないという注意を厳守したほかには、飲む、食べる、走る、歩く、すべての点で人の倍の精力をかけたけれど、ドッテことなかった。その後もアフリカへいったり、中近東へいったり、アラスカへいったり、アイスランドへいったりしたけれど、どこでもやっぱり、ドッテことなくすぎた。帰国してからときどき仲間と会って話をすると、みんな何かしら病気持ちだものだから、私が話をすると、うらやましがられるよりはうとましい眼つきで見られ、居心地がわるくてならなかった。ときどき、そういう無傷なのは一度病気にかかるとコロリとやられるもんなんだ、一病息災といって軽い持病を何か一つふだんから持っているほうがかえって長生きするもんなんだゾといや味をいわれることもあった。

しかし、この六月と八月に、ふいに夜ふけに猛烈な胃痙攣《いけいれん》に襲われ、それぞれ四時間から五時間、体を折ってノタうちまわった。胃の上部が大きな手にギュッとつかまれてねじまげられるような苦痛である。いろいろと冷汗を流しつつポーズをかえてみた結果、起きて体を二つに折って、呻めき声をあらわにたてたほうが楽になるとわかったので、口惜しいけれど、ウンウンと口に声をだして朝まで耐えた。いつか広津和郎さんに聞いた話だが、広津さんは老年になってから痛風にとりつかれ、これまたいてもたってもいられない疼痛に苦しめられるらしいのだが、〝イタイッ！〟と叫ぶと、その〝イッ！〟が患部にひびいてよけい痛みが全身をかけぬける。そこでいろいろと叫び声をためしてみたところ、〝プップクプ！〟と洩らすと、いくらか楽なようである。以後、発作がでてキリキリッとくると、プップクプ、プップクプと叫んで寝床をころげまわったのだそうである。だから広津さんのあの長大で精密な松川事件についての労作は、ちょうどこの痛風の時期でもあったから、淡々飄々とはしているけれど一歩も退かなければ一ミリのすきも許さない実証精神で書きつらぬかれたのだということのほかにプップクプの産物だったともいえるのだそうである。

近所のドクターに診てもらうと、精密検査の必要があるといわれ、萩窪の東京衛生病院を紹介されて、そこの人間ドックに入ってみた。すると、頭と性器のあいだにある内臓諸器官は何ともないけれど、胆嚢《たんのう》に結石がある。しかも、ゴルフ玉大の大きさだとわかった。何枚もとったレントゲン写真を見せられると、なるほど、ありありとその異物の姿が見えるではないか。

十年前のドックでのレントゲン写真には何も未確認物体の影は認められなかったから、どうやらその後の十年間にできたものであるらしい。こんな大きな玉を腹のなかに持って私はこの十年間飲む、食べる、走る、歩くをつづけてきたらしいのだが、ピリッときたこともなければ、キリキリッときたこともなく、吐気も、何もおぼえず、いわゆる自覚症状がまったくなかったのである。飲むということで見れば毎夜私はウィスキーやウオツカやぶどう酒を手あたり次第に飲みつづけてきた。たとえば去年の初夏などは私の作品をモスコォで翻訳・出版しつづけているB・V・ラスキン氏と午後三時から翌朝二時頃までウオツカとジンを交互に飲みつづけてとうとうさいごに眼が見えなくなるということがあった。年に二度か三度そういう思いがけない暴発が私には起るのだが、しかし、そのときも二日酔いに苦しんだほかにはべつにドッテことはなかったのである。およそ十二時間近く四十三度前後の酒精にドップリと浸っていたのだが、それでいて玉はコソリとも物音をたてないのだから、つくづく人体の不思議さを感じさせられる。

病気になってみてはじめてわかったことだが、胃痙攣とか胆石とかの経験の持主がいかに世のなかには多いかということ。それと同時にこの二つはいかに病気扱いをうけていないかということ。これにおどろかされた。私が入院して開腹手術をして玉をとりのぞくことにきめたといっても、誰もまともに聞いちゃくれないのだ。あんなものは手術のうちに入らないのだとか、盲腸に毛が生えたくらいのことだとか、食べすぎだネとか、ひどいのになると、財布から十エン玉をとりだすようなもんだなどとおっしゃるのである。それもたいてい経験者が〝経験〟の匂いのある淡々の口ぶりで片附けて下さるものだからこちらは拍子抜けしてしまい、そのうちに、妙なことだが、おなかのなかの玉があんまり侮辱されるので気の毒になってきたりする。川端康成さんは二百六十八個の小石をとりだしたことがあるんだよ、それにくらべたら大きさは違うけれどあなたのは一個きりなんだから楽なもんだわサと聞かされたこともある。どうやら胆石にはサザレ石派と、一点豪華主義の玉派、および大玉のまわりに衛星的にサザレ石を配したのと……というぐあいに何派もあって、各人それぞれであるらしい。財布にくっついている派のは手術がちょいと厄介になるが、財布に癒着しないでコロコロしているのは自覚症状が何もなくて手術も簡単だから十エン玉扱いをされる。私の場合はそれであるらしい。せっかく十年もかかって作ったのだし、この世に一個きりしかない形でもあるしなので、手術のあとこの玉をペンダントにするか、帯留めにするかして、唯一者《わいふ》にプレゼントしようかと思う。病院へ入るのが生まれてはじめて、玉なんか持ったのが生まれてはじめて、麻酔をかけられるのが生まれてはじめて、手術をされるのが生まれてはじめて。何もかも私にとってはじめてのことなので、とうとうオレも体に傷がつくようになったかという気持と、妙ないいかただけれど、何やら期待含みの新鮮さもおぼえる。夜ふけにおなかをもぞもぞと撫でて何の手ごたえもないのをいぶかしみつつ、この玉にもやっぱり切ってみれば年輪のようなものがあるのだろうか。もしあるとすればその断面は杉のようであるのだろうか、それともピータンのようであるのだろうかなどと考えたりする。

　結石ができる最終的な原因はいまだに学術的には不明であるらしくて、おなじ物をおなじだけ食べてもできる人とできない人があり、したがって予防のしようもないわけだが、この十年間に私が飲んだり食べたりしたものが排泄される道中でちょいとやったイタズラであるとするなら、ずいぶんたくさんのものがよってたかってつくった果実だと思えてくる。また、私の体質が変らないかぎり不可避的にこういうのが分泌、発育するのだとすれば、今年手術して切除してもつぎの十年間ほっておいたらまたまたできてくるということになり、そうなればまた手術しなければなるまい。小人、玉を抱いて歎きありとはこのことか。

　いずれにしても、そういうわけで、私の不敗の記録は今年で終ったのだ。四十四歳で、とうとう、土がついてしまったわけである。もう私は無傷、無垢、無音を誇っていられなくなった。ローズ物ではないにしても中古の傷物となったことは否みようがない。今後は、おそらく、あちらこちらに低い音や軋りが聞えはじめることだろう。それにとらわれて、私の肉の心は、たちあがるまえにすわることを考えるようになるのではあるまいかと思う。

　それにつれて私の心の心は抵抗、叛乱、自嘲、舌うちをしつつも、やがてはさからうことをあきらめて、天なり、命なりと呟き、季節の上に甘くおぼろに仮死、仮睡することになじんでいくのではあるまいかとも思う。《身体髪膚之ヲ父母ニ受ク、敢エテ毀傷《きしょう》セザルハ孝ノ始マリナリ》と中学一年生のときに教室で教えられたことがあったが茶目でエスプリをきそいあうことに一心の年頃だものだからたちまち口ぐせに、《寝台白布之ヲ父母ニ受ク、敢エテ夢精デ汚サザルハ孝ノ始マリナリ》などといいあったものだった。こんな戒律がその後の狂瀾また怒濤の日々を生きぬけて私をとらえつづけたなどとはとても思えないが、いまようやく〝毀傷〟しなければならなくなって、久しぶりに思いだし、ちょっとなつかしい気持になる。これまた、人生の階段を一段下りるにあたっての他愛もない感慨なり。

悲しみよ、今日は。

退院する

昔、若くて貧しくて無名で鋭かったチェーホフはさまざまなペンネームを使ってショート・ショートや、時事諷刺の小話や、何やかやを才気にまかせて書きまくっていた。それらのなかにはいま読みかえしてみてもなかなか愉しいものがあって小遣い稼ぎの若書きだといって捨てきれないところがある。思いぞ屈した夜ふけにときどき思いだして読みかえすことがいまでも年に一度か二度ある。この時期の彼は〝軽快なチェーホンテ〟と呼ばれていたらしいのだが、やがてそれが暗いチェーホフ、語らぬチェーホフと変貌していくことになる。しかし、果実がとつぜん熟することがないように、彼もこの若くて青い時代をくぐらないことには後年の成熟に達しられなかったのだろうと、読みくらべてみればよくわかる。そのいきさつのむつかしい話を今日は書くつもりではなく、彼の使ったペンネームのいくつかを思いだしているところである。チェーホンテのほかに彼は〝わが兄の弟〟という傑作ナンセンスのペンネームを使ったし、それほど傑作ではないけれど〝脾臓《ひぞう》のない男〟などというのを使ったこともある。私は病院から出てきたけれど、たった一箇しかない胆嚢をとうとうぬかれてしまったので、そういうことがしきりに思いだされる。もしチェーホフの筆法でいくなら私は〝落胆した男〟、〝度胆をぬかれた男〟、〝腑ぬけ男〟などというペンネームにしようかと考えているところである。

自覚症状のない胆石をぬくなど盲腸に毛が生えたくらいの手術であって、せいぜいそれは財布から十エン玉をぬくようなもんだ。げんに胆石を患って胆をぬかれた男が気軽な口調でそんなことをいうものだから私もついその気になって手術台に乗ったというところがあるのだが、結果を申上げると私は十エン玉といっしょに財布もぬかれ、のこったのは紐だけだということになる。つまり胆石といっしょに胆囊が消え、のこったのは輸胆管だけなのである。医師《せんせい》の説明によると胆囊をぬいても輸胆管と肝臓がチビチビと胆汁を分泌してくれるので日常生活にはいっこうにさしつかえないのだそうである。肝臓をアメリカの大統領だとすると胆囊はさしあたりキッシンジャーであって、この両者がいままで肝胆相照らしつつ事を処理してきたのが、今後は大統領だけでやっていかなければならなくなり、キッシンジャー氏はひどく影が薄くなってしまったわけである。城でいえば外堀を埋められてしまったのだ。だからいままでとおなじような飲み食いをやると肝臓がオーヴァー・ワークになってヘタばってしまうぞと、きびしく警告され、シュンとなった。げんにこの原稿も、過去四年間は毎月何かをチビチビとすすりつつ書いてきたのに、いまはさめた玄米茶をチビチビやりつつ書いているのである。朝はコーンフレークに牛乳だ。これがオレかと、頰をつねりたくなる。

でてきた石は大と小と二箇あり、大はぶどうのマスカットくらいあり、小はコンペイ糖の大きいのくらいある。大のほうは推定十五年物だろうかという。医師の説明によると、こういうオールド物は割ってみると切断面にピータンや木にそっくりの年輪があるのだそうである。十五年かかってジワジワと大きくなってきたのだから、なるほどそうかと思わせられる。東南アジアやヨーロッパへいった年のは太くて厚い年輪になり、ビアフラの飢餓戦争を見にいった年のは年輪がないか、あってもごく薄くて心細い輪になっているのではなかろうか。社会主義諸国へいった年のは赤い輪になっているのだろうか。

石はとりだしたときは胆嚢に癒着していた部分があざやかな緑いろだったのに乾くと消えてしまった。表面がブツブツの顆粒状になり、しらちゃけた馬糞色を呈し、カチンカチンの硬さである。こんなに大きくて硬い異物をかかえこんで今迄まったく自覚症状らしい症状が何ひとつとしてなかったし、腹がすいてペチャンコになったときにさわってもまったく触知できなかったのだから、人体とはわからないもんだと、つくづく思わせられる。テーブルにころがったそれを眺めながら、病室では、空想にふける時間がたっぷりあったから、いろいろなことを考えた。胆石そのものはさしこみをひき起し、その痛さは呼吸もできないくらい猛烈なものであるらしいが、それ自体は命とりにはならない。しかし、それがひき起すさまざまなトラブルがしばしばボヤから大火事になり、命とりになる。だから私だってほっておけば、いずれはひどいことになるのであって、それはただ遅いか早いか。時間の問題だった、だから災禍を未然のうちに排除できたのはたいそういいことだったといわれた。これはナポレオン戦争で見ればかの小男がまだ砲兵将校だったときに排除したということになる。第二次大戦史で申せばさしあたりミュンヘン会議の時点でヒトラーを排除し、よってもって三五〇〇万人から六〇〇〇万人の死傷者の発生を防いだのだということになる。たった一箇しかない胆を失ったうえに手術後に麻酔が切れてからひどい痛苦を味わわされたものだから、ついついそういう壮大な対比で自身をなぐさめ、たわむれたのだった。たかが胆石ぐらいでと白くお笑いになる方には手術後にあらためてお目にかかってみたいですナ。

手術のときの〝完全麻酔〟はまさに完全であって、麻酔をしますという声を耳もとで聞いたきり、熱くもなく、冷めたくもなく、痛くもなければ、時間もなく、意識が切れたとか遠ざかったなどという意識すらない。死の瞬間がこれであるとするなら、申分ないということになりそうである。この断絶の彼岸から此岸《しがん》へもどってくるのが手術後のことで、半醒半睡の時間がしばらくつづく。人声がチラホラと熱くて朦朧としたなかで耳に入り、ウワゴトがかってはいるがいくらか口もきけるが、痛覚はどこにもなく、うつらうつらと幸福な漂よいが、たのしめるという意識で感知できるのである。くるべきものがくるのはそのあとだ。いつか気がつくと疾風怒濤の痛さのなかにすべりこんでいて、その痛さとくると、しばしば失神しそうになるほどである。しかし、痛苦の頂点へしゃにむに持ちあげられていって、あまりのことに意識が切れそうになり、すばやくそれを意識して、何とかして失神の瞬間へすべりこんでしまいたいと思いつめても、その一歩手前でひきもどされるのである。この痛苦の混沌は手術のときに感知しないですませられたものが一挙に濃縮して登場したといってもいいかと思われる。ことに私などは過去二十数年間ほとんど一日の休みもなしに酒を飲みつづけてきたものだから、痛み止めの麻酔をうってもらっても禁酒家の半分もきかない。ふつうなら一本で四時間もつところが二時間そこそこで切れてしまうのである。つまり、これまた、お返しである。補完の原則である。酒で忘れたものをその分だけ蒸溜、濃縮してたたきつけられ、思い知らされるのである。この痛さと辛さといったらなかった。

そこへ追いうちをかけるのが自力更生という医学の原理である。手術後の回復を早め、肺炎や内臓の癒着を予防するため、うがいをし、深呼吸を連続してやり、二時間おきに寝返りをうてと命じられる。これらは何とかこらえこらえやれるが、手術をやった翌日にベッドに体を起して足をバタバタさせなさいといわれたときには茫然となってしまった。縫った傷口がはじけて開いて内臓がとびだすのじゃあるまいかという恐怖にとらわれたりする。かわいい看護婦さんがボタンをちょいとおすと、ベッドがたちまちモーターの音をたてて唸りだし、私を乗せたままベッド半分がじわじわと起きにかかるのだから抵抗のしようがない。全身に裂けるような苦痛が走り、軋み、ひびきをたて、涙が眼からふきだしてくる。病気に甘えて寝たままでいてはいけないという理論にはまったく賛成だが、この痛苦のすさまじさ。さてそれからは一人でベッドをおりなさい、一人でトイレへいきなさい、廊下を散歩しなさいと、つぎからつぎである。いわれるままに泣く泣く息をつめてモゾモゾと体をうごかしにかかるのだが、何度かやっているうちに苦痛もめちゃくちゃにのたうちまわるように見えてじつはどこかに隠微なリズムと秩序があるとわかってくるので、それをまさぐりまさぐり忍耐をあわせていくと、どこからともなく克己の愉しみというか、一種の快感がにじんでくる。嗜虐のこころがうごくようでもある。やぶれかぶれのヤケクソの解放感のようでもある。

苦痛のすごいのはまずまず最初の三日間で、そこを何とかくぐりぬけると、あとは日一日と楽になっていく。だから一週間か十日で退院することができるのだが、冷静になってから医師《せんせい》にいろいろと結石の原因をたずねてみると、じつは究極のところはまだわかっていないのだと教えられて、またまた茫然となる。ふつうは暴飲暴食や、精神的ストレスや、動物性脂肪のとりすぎなどが原因だとされているのだが、これらはたいていの病気の原因であって、何も結石だけがそうなのではあるまいし、厄介なことには、こういう要因にさほどふけったことのない人でも石ができることはしばしばあるのだという。どういう体質の人が何をどれだけ食べてどんな生活をしたら石ができるのか、そこのところがじつはまだ闇のなかにあるのだそうである。レントゲンをかけたら石が影になって映るが、X光線から洩れ落ちて影をつくらない石だってざらにあるので、フィルムに映らなかったからといって存在しないのだと断言することはちょっと憚られる。トドのつまり、さしこみがきてキリキリ舞いをさせられるか、そうでなかったら腹を割ってみないかぎり、石のあるなしのごくごく正確なことは断定できないのだそうである。こうなってくると、快楽派で暮しても禁欲派で暮しても、石のできる人にはでき、できない人にはできないということなのだから、のこるのはどんな生活哲学を持つか、イザというときの覚悟はあるのかないのか、という心情の問題に返されてしまいそうである。どうにも厄介なことになってきた。まさに〝異〟物である。

禁酒・禁煙・菜食を宣言され、高野豆腐のできそこないのようなグルテンを食べてよこたわっていると、過去にむさぼった御馳走が一つまた一つ、右から左へ意地わるいのろさであらわれてはうごいていく。ヴェトナムの田ンぼに住むネズミだとか、パリの『ラマゼール』のフォア・グラ・フレ・ナチュレルだとか、香港の酔蟹だとか、松阪の霜降り肉の背骨わきの部分だとか、ベルリンのアアル・ズッペ、マドリッドの丸焼きの乳ブタ、北京の烤鴨子、シンガポールのドリアン、カイロの鳩、ガリラヤ湖の鯉、×、△、○、□、！、？、・……あるものは灯に輝やき、あるものは陽に照らされ、あるものは切られ、あるものはまるごと、あるものは皿に乗り、あるものは鉄串のうえで汗をぼたぼた垂らし、つぎからつぎへと、ぞろぞろゾロゾロ、とめどがない。いま私が起きて原稿用紙に向かったらさぞや迫真の食欲描写ができることだろうと思い、殊勝にも、よし、今度からは回復してもときどきこういう禁断状態に自分を追いこんで仕事をすることにしようなどと思いつめたりする。

胆をぬく仕事は、しかし、十エン玉を財布からぬくようなものだという説とまったく違って、その道の専門家にたずねてみると、なかなかにむつかしいものであるらしい。あの説はノドもとすぎれば熱さを忘れるという種類のものか、そうでなかったら私を元気づけるための思いやりからでたものと、いまでは考えることにしている。退院してから井伏鱒二氏に一件と佐々木基一氏に一件、それぞれ胆ぬき仕事の途中、手術の誤ちで血が止まらなくなってそのまま死んでしまった例があるという話を聞かせられた。いずれも遠からぬ過去のことで、しかも二件とも患者は胆石の手術なんてと、まったく私とおなじように気軽に考え、元気で家をでていったらしいのである。手術前にそんな話を聞かせられていたらちょっと私も考えこんでしまったかもしれない。無知は力なり、というか。盲、蛇に怖《お》じずというか、そんなものだった。

輸胆管がキッシンジャー役を負わされてチビチビとながらも胆汁を正常に分泌するまでに約六週間かかるというので、少くともそのあいだ私は酒もバターも断たなければならないが、その後も飲みと食いについては、なにしろ外堀を埋められてしまったのだから、いままでの無方針という方針を変更しなければなるまい。質と量を同時に制限なしに追求することをやめて、肝臓をいたわりいたわり、質だけを制限つきで追求するということになるのだろう。何の心配もいらない、ほんのちょっと注意すればすむことですと、医師《せんせい》は淡々の口調ではげましてくださる。いずれにしてもバルザック時代はここに終った。一時代が終ったのだ。男の一生にあるいくつかの階段の一つをおりてしまったのだ。くやしまぎれにいうのだけれど、後悔はないサ。回想できて退屈しないですませられるくらいは、もう、すでに、味わいましたのサ。冬眠中の熊のように私はうつらうつらとそれを反芻してすごしますのサ。

痛い目に会ってやっと耳と目がひらいたのだけれど、この世には意外なくらい胆なし男と胆なし女が多い。その気になって注意していると、あちらに一人、こちらに二人と、つぎつぎ耳に入ってくる。出版界だけで無胆会という会が一つ作れそうなくらいである。そこで私は、さしあたり、その一人、二人を先輩として、この憂き世を胆なしでかいくぐっていく方法を教えてもらおうと思う。ない胆に銘じて心得をぼつぼつ体得していこうと思うのだ。謹しんで水を飲み飲みそれらの人の体験と意見を拝聴しようと思うのだ。

秋風よ、心して吹け。

翳《かげ》る

ただいま紹介されました開高です。私は小説家であります。作家とか、文士とか、文学者とか、いろいろな呼ばれかたをしておりますが、小説家というのが、まずまずふつうの呼ばれかたであります。小説家でありますから、文章を書くのが本職であって、しゃべるのは本職ではありませんから、けっして上手でもなく、得意でもありません。講演は何度やっても慣れることができませんから、のべつトイレにいきたくなったり、目がチラクラしたりしますし、自分のしゃべろうと思うことがしゃべれないで、脱線したり、思いがけないことをしゃべってみたりというようなことばかりです。さぞ聞き苦しいことと思います。のみならず、小説家や編集者のあいだでは、講演がうまくなると小説が下手になるとさえいわれているのですから、今日は私は日本文学のために下手な講演をしなければならないということになります。

芥川賞をもらって小説家として登録されるまで、私はサラリーマンでした。某洋酒会社の宣伝部で働らいていたのです。コピーライター、つまり宣伝文句を書く職業です。明けても暮れてもウィスキーやポートワインやジンの宣伝文を書いていたのです。いまでこそその会社はマンモスみたいになり、大阪の本社も東京の支店もガラスと鋼鉄でピカピカ輝やく巨大ビルとなっていますが、いまから二十年ほど昔はつつましやかなものでした。東京の支店といっても木造二階建で、支店というよりはお店という印象で、早い話、私がトイレへ入って紙ィと大きな声をだしたらすぐ誰かが紙を持ってとんできてくれそうでした。それくらい通じのいい、つつましやかなお店でした。自社のウィスキーを〝世界の名酒〟と名のってでる癖は当時も現在もかわっておりませんが、会社の規模そのものはいまのトイレの話でお察しがつこうという程度のものだったのです。いまや野球が日本のナショナル・ゲームではあるまいかと疑いたくなる時代ですけれど、ウィスキーもわが国のナショナル・ドリンクとなり、〝洋酒〟という言葉が死語と化したかの印象があります。

その頃、私は日夜酔っぱらいの製造に没頭しながらも仕事のかたわら西洋と東洋の酒の歴史の研究をぼつぼつやっておりました。これは無数の酒のことですので、それに二千年間にわたることでもあり、さまざまな観点から眺めることができ、どの観点をとっても論じだしたらとめどがなくなります。今日お話したいのは、そのうちの一つ、ある時代に愛された酒がつぎの時代になると愛されなくなるか、ひどく人気が衰えるということがあるが、それはなぜだろうかという疑問をめぐっての話であります。これは簡単なようでいてじつはなかなかにむつかしく、結論をさきに申上げるようで申訳ないのですが、じつはよくわからないのです。戦前飲みスケであって戦前に死んだ人をいまどこからか呼んできてこれだけウィスキーが日本全国のすみずみで毎日飲まれている現実を見せたら、おそらく外国へきたのじゃないかと首をひねることだろうと思います。

西洋ではぶどう酒が昔も今も変ることなく愛されていますけれど、ほかにもウィスキーだ、ブランデーだ、ジンだと、たくさんの酒があります。宮廷文化の時代にはおおむねリキュールが愛され、これはアルコールに花や実や草根木皮を十数種または数十種浸してエキスを浸出した、こってりとした酒でした。それを一滴一滴舌にのせ、滴が割れて新しい香りがたつたびに、オヤ、これは薄荷《ハッカ》だなとか、オヤ、茴香がでてきたなとか、うん、コエンドロも入ってるんだななどと飲みわけ、嗅ぎわけ、味わいわけていたのではあるまいかと思いたいところです。そのすきますきまにアイラヴ・ユーだのジュ・テームだの、イッヒ・リーベ・ディッヒだのがはさまったのでしょう。このリキュール時代のつぎにコニャックの時代がきます。コニャックはぶどう酒を蒸溜して樽につめて何年間も寝かせてまろやかにしたブランデーですが、蒸溜法が知られるまでは人類の知らなかった味覚でした。ウィンストン・チャーチルの回顧録を読みますと、余の青年時代の飲みものといえばコニャック・ソーダであってウィスキーなどは飲んだことがなかったというような一行があります。

チャーチルはずいぶん長生きした人物ですけれど、それでも一人の男の一生だったという事実はうごきますまい。その一人の男の一生のうちにコニャックをおしのけてウィスキー、つまり当時のスコットランドのお百姓や山賊やナショナリスト・ゲリラたちの飲みものだったものが全世界といってもよい広大な面積にひろがっていったのです。しかもコニャック時代とちがってこれは白人、黄人、黒人、みなが飲む。金のあるのも、ないのも、社会的地位のあるのも、ないのも、みなが飲むという相違があります。わが国ではテンポがちょっとズレて、第二次大戦後、つまりこの三〇年間に途方もないヒットぶりを見せます。宣伝したから売れたんだろうとおっしゃる方があると思いますけれど、もちろん宣伝は無視できない要因でした。しかし、いくら金をかけて宣伝をしても売れない品というものはゴマンとあるのです。その品自体のなかにある何かが時代と人にミートしないことには、訴えるものがないことには、なかなか宣伝だけで売れるものではないのです。そういう品もまたゴマンとあるのです。だからウィスキーが国産と舶来とを問わずこの三〇年間に日本のナショナル・ドリンクと化したのはウィスキーそのものにある何かしらがこの時代と日本人にアッピールしたからなんだと考えます。

私自身は酒飲みであります。うまい酒なら何でも飲みます。うまい酒がなかったらまずい酒、それも何でも、焼酎だろうと、ドブロクだろうと、選り好みなしです。少年時代からずっとそうして飲みつづけてきました。ですから日本酒だろうとウィスキーだろうと、わけへだてはいたしません。ウィスキーで飯を食っていた頃も会社がひける五時以降ならよく日本酒や焼酎、梅割り、アタピン、何でも飲んでいました。アタピンというのは飲んだらアタマがピンピン痛む酒のことです。こいつをずいぶん幼少の頃からやったものですが、どうやら中年のいまごろになってそれがきいてきたらしく、物忘れのひどさときたら昨今お話にならなくて、しばしば夜ふけに、あのアタピンのピンはピントはずれのピンだったかもしれないなと反省するのですけれど、いまさらどう足掻《あが》いたってはじまりません。そういう次第なんですが、なにしろ職業が職業ですから、日本酒を目の敵にしてペンで戦争をしなければならない一兵卒でした。当時のウィスキーが敵としていたのはビールもそうではありましたけれど、より主たる、より大きい敵は日本酒でした。しかし、いくら宣伝だからといって他商品を直接名ざしで攻撃することは許されておりません。

そこで、日本酒とはいわないで、ウィスキーはオカンをせずにすみますとか、後口が熟柿《じゆくし》くさくなりませんとか、瓶が一升瓶のようにカサばらないから独身者のどんな小さな部屋にもあうんですとか、思いつけるかぎりのことを私は書きまくったわけです。戦前の日本人の食事はミソやタクワンで代表される味覚ですが、この三〇年間にパン食、牛乳、チーズ、ハム、ソーセージ、ハンバーグといったものに代表される味覚に変りました。これは厖大な変化です。そこへ寝たままで水ができる電気冷蔵庫が全日本の一軒ごとにといってよいくらい普及しましたからこれまた厖大な変化が起りました。ウィスキーがヒットしてブームというよりは日常の飲みものとして生活慣習のなかに定着した原因の、いますぐに思いつける、誰にでもソレとわかる二つのものがこれらです。ほかにもかぞえていけばいろいろなことが、いくらでもあります。あまりにもヒットしたものですから森羅万象のすべてがウィスキーにマッチするかと見えてくるくらいです。しかし、さきの話にもどりますが、ウィスキーそのものにある何かが決定的要因となったことは、これまたどなたも否定できないだろうと思うのですが、ではその何かとは何なのかとなると、誰にも答えられそうで、じつは容易に言葉にならないのです。

若いウィスキーは腰はしっかりしてるけれどツンツン舌を刺す。年とったウィスキーはまろやかで香ぐわしいけれど腰が弱い。そこでいろいろな年齢と性格のウィスキーをいくらかずつまぜてお値段にあったものに仕上げる仕事をブレンドといいます。このブレンドがじつはウィスキーの香り、味、舌ざわり、酔い、さまざまなものの究極的な秘法、秘術であるのですが、これは社長自身がやることとです。この人物の鼻、舌、第六感がウィスキーを通じてこの時代と日本人をとらえるということになります。ではこの人物は現代と日本と日本人をどう考え、どう眺めているのかとたずねたら、言葉ではいろいろのことを答えるし、説明することだろうと思います。じっさいいままでも私はときどきこのアルコール界の大統領と会って食事をしたり、酒を飲んだりします。そして、ときどき、以上に述べたようなテーマについてたずねることもあります。しかし、大統領のどんな言葉よりも、トドのつまりは、彼のブレンドした液体の作品そのものがほんとの答えなのだというしかないのです。そして大統領自身もそのブレンドの内奥にひそむ知覚を言葉で説明することはできないのであって、返答に窮したあげく、瓶をソッとさしだして、飲んでみとくなはれというしかないわけです。そういうふうに見ていきますと、言葉におきかえられるものを日なたの部分と名づけるなら、言葉におきかえられないもの、おきかえにくいもの、そういうものは影の部分と名づけることができる。これをウィスキーでいうなら、私たちは明るい部屋にすわって影を飲んでいるのだといっていいのではないでしょうか。

ウィスキーはちびちびとすすり、ぐらぐらと酔い、コロリとひっくりかえって眠りこけ、眼がさめると残酔というものがある。だからずいぶん長い時間をかけ、いくつもの質の異なる段階をくぐって、それぞれの性格を観察したり、味わったりできます。しかし、これが香水となると、ほとんど居合い抜きみたいな一瞬の刃さきの勝負です。というのは、人間の鼻、嗅覚というもの、これはたしか$\frac{1}{15}$秒ぐらいしかもたないといわれています。この数字が正確であるかどうか。アタピン酒の飲みすぎで、ちょっと自信がありません。ですから、かりに$\frac{1}{5}$秒であっても、$\frac{1}{10}$秒であってもよろしい。とにかくそれくらい短いのだと考えてくだされぱいいのです。じつに鋭いけれど、じつにもろい知覚でもあるのです。嗅覚がもろくて妥協しやすく慣れやすい知覚でなかったら気が狂ってしまいます。公衆便所のことを考えて下さればわかります。ドアをあけた瞬間は卒倒しそうになりますけれど、その一撃をグッとこらえてしゃがんでいたら、たちまち慣れちゃって、あのひどい薄暗い場所が何やらほのぼの居心地のよい、一心不乱に思いつめてものを考えられる聖堂と変ってしまうじゃありませんか。香水のブレンダーの勝負は一撃か二撃の$\frac{1}{5}$秒、$\frac{1}{10}$秒、$\frac{1}{15}$秒間の瞬間にあるのではないかと思われます。私は酒ほどの研究と実践を香水についてやったことがないので決定的な断言は避けますけれど、ごく素朴な実感としてくるところを申上げればそういうことになります。この短い短い一瞬のうちに香水のブレンダーは影に身を浸してこの時代をとらえ、人をとらえ、たかめ、導き、魅惑へ展開し、イメージをあたえ、あのケチンボの女たちに財布をひらかせるわけです。女たちはそれを言葉におきかえることができず、せいぜい、あらステキとか、セ・シ・ボンとか、ヴンダーバールなどと呟やく。もしくは叫ぶ。それくらいです。あとはいっさい影のなかに浸っているのです。

いまはウィスキーと香水のことをたまたま例として申上げたにすぎないのですが、森羅万象についておなじことがいえるのではないかと思われます。見聞をかさねてこの世をボウフラのようにあちらこちらとかいくぐって漂よっていくうちに私自身の言動なり、何なり、すべてが、影の部分で左右されているのではないかという実感と疑いがいよいよ濃くなっていくばかりです。これは何も私だけの疑いではありません。ギリシャの哲学者もインドの哲学者も、みんなおなじ実感と疑いを抱き、この影の部分のことを、いろいろな名で呼んで研究また研究をつづけてきたのですが、影は時代を追って広がり、深まるばかりのようです。影のなかからぬきだして明るみへ持ちだしたことは無数にありますけれど、だから無数の言葉があるわけですが、一つ明るみがふえると同時に一つ影がふえるという鉄則があるものですから、とめどがない。私は一滴のウィスキー、一刷きの$\frac{1}{15}$秒の香りを言葉にかえることができない。明るみへ持ちだすことができないのです。そういうことを考えて追っていき、狩りたてていきますと、若いときにはいっさいが無重力状態になるように感じられ、空中分解をひきおこすように感じられて、しばしば自殺したくなりました。いまは少しあつかましくなり、図々しくなって、眼の位置もちょっとうごき、影の部分が知覚できればできるだけ、それだけおれは豊饒なんだと意識するようになりました。けれど、これだって、豊饒と呼んでいいかどうかは大いに疑わしい気配があります。むしろ不毛なのかもしれないのです。不毛だからこそそういう意識を持って自分を補強したがってるにすぎないのかもしれないのです。おそらくそうなのでしょう。意識を持つということ自体のうらに欠乏があるということは人にはしばしばあることですからね。私の話には結論がありません。

先月、おおむね、右のようなことを講演した。題は『影の部分』。戦前のフランス映画の原題にそういうのがあった。若いジャン・ルイ・バロオが主演していたはずである。

期待しない

一月四日にドナルド・キーン氏がニューヨークへ帰ることになったので、それでは二人だけで忘年会をやりますかという相談をし、十二月三十一日の夜、都内のホテルOの中華料理店で落ちあった。三日前に予約しておいたのに席がなく、店内は満員だったので、入口のすぐよこというひどい末席に坐らせられた。これでは何のために予約したのかわからないじゃないかと給仕長に文句をいったが、馬耳東風であった。もう二度とこのホテルにはこないぞと決意し、冷めたく無力に怒りながら温《ぬる》い紹興酒を飲み、キーン氏のボン・ヴォワイヤージュを祈って乾杯した。いつものことながら氏との食事は心愉しい。しばしば氏は温厚な口調で痛烈鋭利な皮肉を会話に挿入なさるが、日本語が絶妙なのと、批評が的確なために、皮肉がいきいきと皮肉をこえた点に達し、精神にとって香ばしくヒリヒリとしたスパイスになるのである。おかげで食事が終るころにはそのホテルの傲慢無礼がいくらか毒をひそめたように感じられ、快よく氏と別れることができた。

それから正月に入ったのだが、どこかで性悪の香港風邪につけこまれたらしく、頭痛、咳、発熱と三拍子揃いになり、ずっと寝て暮した。微熱が全身に苔のようにはびこって一週間も十日も去らず、体と脳が他人の物のように感じられ、うつらうつらと薄暗い部屋のなかで寝てすごす。不快で、けだるく、とらえようのない憂愁に犯されて泥の人形になったようだが、ある時点からは一抹の甘美さがしのびこんでくる。おれは病人なんだ。病人なんだ。起きてあくせくすることはないんだ。甘えられるだけ甘えていたらいいんだという特権的空白である。それがしみじみと膚に沁みてきてありがたいのである。電話も鳴らず、人もこず、白い障子紙に朝の日光が澄んだ池の面のようにゆらめいているのを眺め、ウトウトと読んだり、眠ったり、うつけたりして漂うままに漂よっていくのは、ふと、〝天与〟といいたくなることがあった。

買ったり贈られたりしたけれど読むひまがなくて枕もとに山積みにしておいた本を選び選び一冊ずつ片附けていく。スパイ小説、冒険小説、推理小説、マフィア物、外人部隊物といったところをもっぱら選ぶ。苔のはびこったお脳は気難しいところがあるけれど、うまく何かとミートすると、今度はあべこべにとめどがなくなって、ピーナッツをつまんでいるうちに指がとまらなくなるような熱中がにじんでくる。

マルセイユ・シンジケート

パリの狙撃者

指令暗号スノーボール
大統領のスパイ
コンドルの六日間
インターコムの陰謀
黄金の手紙
赤いオーケストラ
ティンカー・テイラー・ソルジャー・スパイ
秘密組織
シェパード

全部読みおわって枕の右にあった山を左へ移しきったが、ピーナツの一粒一粒の味が思いだせないように一冊一冊のけじめがつかなくなった。この種のエンターテインメントはそれでいいのである。とにかく最後まで読ませてくれるかどうかであって、読後にストーリーの細部が思いだせなくてもかまわない。活字に食傷しきって蒼白い肥満症にかかっているこの時代の人間としては、最後まで本をおいて中断せずに読ませてくれるものなら、たとえ読後に何ひとつとして思いだせなかったところで、もう十分なのである。そのこと自体がなかなかの手腕の証左なのであって、あとは眼をつむってよろしい。これらの十一冊はそれぞれ一長一短があって、こまかく論じようと思えばできないわけではないけれど、それだけいっておけばよろしいかと思う。

昨年中に読んだスパイ物では白眉の出来といってよいのが少くとも二冊あった。J・M・ジンメルの『白い国籍のスパイ』とG・ミケシュの『スパイになりたかったスパイ』である。この二冊は中断せずに読めたうえにあとあとまでも本の表題や著者名やストーリーなどを忘れないでいるから、上出来のピーナツ以上のものであった。スパイ小説のファンのために一言つけたしておくと、『白い国籍のスパイ』は実在の人物をモデルにしたものだが、その人物は『赤いオーケストラ』というノン・フィクションのスパイ物のなかに一箇所だけ登場する。それがまったく性格と言動が正反対になって登場するところが愉快である。これが二人の著者の観察眼の相違によるものか、それともモデルになった本人が時間のたつうちに変貌したためなのか、いずれとも説明がつけにくいのだが、見る眼が変ると一人のモデルがこうも変るものかという一例である。芥川龍之介の『藪の中』を思いおこしてニヤリとなさるのも一興であろう。

このモデルは『白い国籍のスパイ』が語るところでは無数のスパイ・イメージのなかでは群を抜く非凡と奇抜の持主である。第二次大戦中から戦後へかけてのヨーロッパとアメリカ、そのありとあらゆる国の諜報機関から無理矢理スパイになれと強要され、それをいつもギリギリスレスレのところですりぬけくぐりぬけていく一人の青年の物語なのだが、このプレイ・ボーイ、好色と美食の両方に長じていて、いつもドンヅマリにくるとその場その場のありあわせの物で御馳走をつくって相手をとろかし、その隙を狙って遁走する。スパイが色と食に長じている例ではごぞんじ007が大人のための紙芝居をいろいろ演じて見せてくれた。しかし、あれは、いわば〝解釈と鑑賞〟だけであって、キャヴィアをちょいとつまんで、ウム、カスピ海の南でとれたチョウザメといったり、シェリー酒を一滴すすっただけで、ハハァ、ブランデーをブレンドする以前の古酒だなといったりする。そういうソフィスティケーションがお座興だったわけだが、『白い国籍のスパイ』ではスパイがいちいち自分で御馳走を実践してつくってみせるのである。そこに五十歩の差がある。そして料理法がいちいちこまかく書きこんであって、それがまた読ませるのである。そこに百歩の差がある。

マジメ・スパイ、アクション・スパイ、オドケ・スパイ、マキコマレ・スパイ……無数のスパイのタイプがあり、それぞれのタイプをみごとに描いた無数の名作があり、トリックもドンデンもおよそ思いつけるかぎりのものはことごとく書きつくされて、あとは風俗小説かナンセンスにでもいくしかあるまいとかねがねにらんでいたところへ、ソラ、これだといってだされたのが007だったわけだが、『白い国籍のスパイ』を読んで、まだこんな奇手がのこっていたかと、一読三嘆したものだった。この手をいささか頂いて『スパイになりたかったスパイ』

にも料理が登場し——ボルシチだが——いささか重要な役をさせている。しかしこの作品が群を抜くのは情報氾濫時代のためにスパイのすることがなくなって、敵をスパイするより味方の別の機関に出し抜かれないよう、ロシア人がロシア人をスパイしあってテンヤワンヤになる。つまりスパイ小説に終止符をうつスパイ小説を作者が試みたという一点である。

澄んだ聡明な笑いが一篇のいたるところに顔を覗かせていて、寝苦しい夜をひととき微笑でしのがせてくれるのが貴重であるが、読みかたによってはその微笑の背後におびただしい現代の苦渋と悩乱がひそめられている。ことにロシア史とロシア革命史に通じている人物が読めば、右の眼でわらいつつ左の眼を伏せるか、焦点なく瞠《みは》ったままになるという事態になりかねない。作者は老練の手腕をいとも軽快に駆使しているように見えるけれど、どことなく途方に暮れた暗愁がうかがえるような気がする。この作品の提供してくれる笑いは、古来からの、泣くがいやさに笑い候という、あの笑いであるような気がする。

スパイ小説を読むたびに感じさせられることだが、スパイ小説とはジャーナリズムの一亜種であるか、もしくは、ジャーナリズムそのものではあるまいか。自国内部、もしくは対立しあう二つ以上の国家、また、政治勢力、その影の争闘をあくまでもリアリスティックにフィクションとして描くマイナスのロマンがスパイ小説であるが、作者は莫大な知識を準備してかからなければならない。ある国の風土、気候、地形、食物、挨拶、伝統としての心性、日常会話のはこびかた、クシャミのしかた、おおざっぱに〝風俗〟と呼ばれている、描くのに至難なもの、これらいっさいをくまなく体得しておいてから秘話のデッチ上げにとりかからなければならないのだから読者が三時間で読んで忘れてしまうことに作者は三年をかけなければなるまい。小説を〝ノヴェル〟と呼ぶ習慣のそもそもの出発点のあたりには、新しいこと、珍しいこと、はじめてのニューズを伝える形式だという含みがあったが、いわゆる純文学がいつか、どこかで、とっくに喪失してしまったプリミティヴな読者の願望をスパイ小説は〝最新ニューズ〟の形式でみたしてやろうとする。だからそれは最古の願望を最新の関心でみたそうとする。つまりそれは新聞なのである。新聞の一変種なのである。本文よりも余白のほうが大きい新聞なのであり、新聞の余白に書かれた物語なのである。したがって、上質のスパイ小説が生産される国には円熟し、かつ冷静なジャーナリズムと、それにふさわしい読者があるし、なければならぬということになる。

そのジャーナリズムと読者は、たとえば、白国と青国が政治的信条と制度において強烈に対立しあっている場合に中学生並みの正義感で報道したり、ニューズをうけとったりするような心性の持主ではないはずであろう。真摯なスパイ小説の作者は批判のリアリズムにたつが、その批判は他者を切る刃で同時に自身を切るはずだから、自国の病患を公けにあばき、えぐり、空気にさらすことを制度として公認していない国では生産が不可能だということになる。不可能であるか、もしくは、たとえ生産されたとしても、その主人公のスパイは〝正義の使者、黄金バット〟になるしかないであろうと思われる。べつにスパイ小説でなくても、ただの人殺しの謎解きを愉しみとする推理小説ですら、そういう国では生産がむつかしくなる。なぜなら徹底的に〝事実〟を公開し、〝事実〟を事実のまま組合わせていって一つの結論をいかなる権力のまえでも主張し、立証するという精神なり心性なりがないかぎり、推理小説は書くこともできないし、着想することもできないはずである。推理小説は近代と民主主義の産物であり、その一つの象徴であるという定義はいささかオーバーなものだけれど、本質はついているのである。推理小説もスパイ小説もその点ではおなじことである。

子供のときから私はずいぶんたくさんの内外の推理小説を読んできたが、スパイ小説となるとわが国はガクンと落ちる。過去には推理小説ではなかなかの名作が生産されたのに、その数と質のことを思いあわせると、スパイ小説はほとんど皆無といってよいほどなのはどうしたことだろうかと、かねがね不思議に思っている。イギリスでもアメリカでもフランスでも、ふつう推理小説とスパイ小説はほぼ平行して生産されているのだが、わが国は片翼なのである。戦後のこの三〇年間にスパイ小説が生産されなかったわけではないのだが、そして御多聞に洩れず私も眼につくかぎり読んできたつもりだが、アチラ物のコクのあるところを読んだ後口《あと》ではとてもお話にならなかった。円熟した、冷静なジャーナリズムを背景としてスパイ小説は発生するというさきの定義をここで持出すと、ろくなスパイ小説のないわが国にはろくなジャーナリズムがないからだということになる。いささか突飛で性急な論のような気がするが、わが国の新聞を冷静に眺めていたらさほど的ハズレとも思えない。中学生並みの正義感や女学生並みのセンチメンタリズムがときとして集団ヒステリーか物神崇拝のようにはびこる紙面を眺めて憂愁にとらわれない人は、ちょっと、どうかしている。

このことを議論しだすと、とめどがなくなるし、紙数がないので、今回はひかえておきたが、スパイ小説の不振ということをときどき考えるたびに、わが国の純文学でも濁文学でも、外国人らしい外国人がめったに書かれたタメシがないという事実を思いおこさせられる。これまた事実なのである。べつに外国人が登場しなくても文学はいっこうにさしつかえがないのだが、たまに外国人の登場する作品を読むと、これがまったく外国人になっていないのである。不思議なくらいにそれは外国人になっていない。日本人の新聞記者で特派員になって外国へいったのが、十人中六、七人までは外国人と接触することを避けたがるという奇現象を私は何度となく目撃したが、語学が下手だからということのほかに、どうも、何か、もっと奥深い、ひめやかな心性の箇処でブレーキが作動するらしく思われるのである。

それらの記者が記者の資格を欠いている人たちばっかりだとは思いたくないし、日本人同士のあいだではきわめて旺盛なスキャンダル趣味の持主であったことを目撃もしているのだが、事、外国人を相手に立向かわねばならないとなると、日頃の執拗で煩わしいバクロ趣味がたちまち萎えてしまうのはまったく奇妙な光景であった。スパイ小説の作者には記者上りの人が多いのだが、これではとてもスパイどころか、紙芝居も書けないのではないかと思わせられる。それが記者ばかりのことではないので、まともな文学作品のなかでも外国人らしい外国人は当分でてくることはないだろうし、したがって寝苦しい夜をハラハラどきどきしてすごさせてくれる、コクのある、大人《おとな》の娯楽としてのスパイ小説もまた、当分、生産されることはないだろうと思う。

考証する

魚釣りをしていると教えられることが多いけれど、そのうちの一つに魚名というものがある。一つの魚が地方によって呼名がどう変るかということに興味を抱いたら、釣趣もずいぶん変ってくる。北海道ではヤマメのことをヤマベと呼び、海ではアナゴのことをハモと呼ぶ習慣があるが、アタマで知っていても実感がそれに追いつくのはなかなか時間がかかり、そのあいだ奇妙な空白とチグハグを味わうことになるが、それがまた旅のありがたさの一つになるのでもある。本州でヤマベと呼ぶ魚とヤマメとは科目がまるでちがうし、ヤマメ師にいわせたらヤマベなどは御飯粒でも食いつくような、バカな雑魚で、釣りとしてはせいぜい一日に五〇匹とか一〇〇匹とか数釣りでもするよりほかに何のメリットもない魚だということになりそうで、てんでバカにされている。しかし、ヤマメのような一流の魚が北海道へいけばその三流とおなじくらいに釣れちゃうのだということになると、その奇妙さとチグハグはじつに珍重すべきものに転化する。

（ただし、それは一昔前のハナシで、いまでは北海道も枯渇しかかり、ヤマメがヤマベのように釣れたというのは炉ばたの釣師のパイ一機嫌のホラ回顧談と化しつつある。乱伐、農薬、乱獲のタタリが全道の川にみなぎっていて、荒寥としてきた。)

ヤマメがヤマベ、アナゴがハモ、アイナメがアブラコというぐあいの変化ならまだ生易しいほうである。ヤマメがヤマベになるのは語尾が東北訛りになったからだろうと察しられるし、アナゴがハモになるのは形が似ているからだと察しがつく。〝ハモ〟は〝食む〟からきたものではあるまいかと考えればアナゴもハモもともに貪欲な食欲の持主なのだから、呼び名がどちらの魚についてもさほどの疑問は起らないのである。しかし、イワナのことをキリクチと呼んだり、ハヤのことをアイソと呼んだりする地方があり、これらは何がどうなってこうなったのか、およそ察しのつけようがないから、ただもうキョトンとして、そうですか、そうですかといって服従するよりほかかない。シイラのことをトウヒャクと呼んだり、マンビキと呼んだりする地方があるが、これも手がかりが皆無で、それゆえに、いっそおもしろく感じられてくる。

こういう分化は何もわが国だけの特産ではなく、諸外国でもよくあることである。アラスカでキング・サーモンと呼ばれるサケは同時にチヌークとも呼ばれ、タイイーとも呼ばれ、ブラック・マウスと呼ばれたりする。ニジマスはレインボー・トラウトだが、そして他のどのサケ科目の魚よりもクッキリとした特長を体色に持っているので、当然のことながらそれに眼を奪われて異名はつけようもなく、思いつきようもないと思われるのだが、それでも地方によって若干の変化がある。オーストラリアへ私はまだいったことがないので図鑑や解説書を読んで渇を癒しているだけだが、ここでも、サケでもマスでも何でもない、まったく科目の異なる魚に、××・サーモンだの、△△・サーモンだの、オーストレイリアン・サーモンだのという名前をつけている。それでは御当地ではサケはとれないのだろうか、だから郷愁からとんでもない魚にそんな名をつけるのだろうかと思いたいが、サケは立派なのがおびただしくとれ、レッド・サーモンが産卵のために川にさかのぼってくるところを上空から眺めると川いちめんに鮮血を流したように見えるという記述をよく読むのである。こういう命名法もさっぱり手がかりがなくて、ア、ソウといって服従するよりほかないのだが、釣師の命名法はしばしば独断明快をきわめる。イギリスの釣師のあいだで〝フィッシュ〟と呼べば、それはマスのことであり、アラスカの釣師が〝フィッシュ〟と呼べば、キング・サーモンのことである。それは傲然とした独断ではあるが、自分のひいきにする魚以外のものはまるで魚と認めていないみたいで、狂熱のあげく、御愛敬がでてくる。バカバカしさよりも微笑がさきにたつのではないかと思う。わが国でもヘラブナに夢中の人物、ヤマメに夢中の人物、そういう狂熱家たちは、いちいちヘラ釣りにいくぞとか、ヤマメ釣りにいくのだなどと女房子供に説明せず、ただ傲然とひとこと、魚釣りにいくんだと呟いて朝暗いうちに玄関をでていく。

わが国の魚名の変化ぶりをしつっこく追求してコレクションした仕事では渋沢さんの奇書が一冊あるが、この種のことが話題になるときまって中国との比較がでてくる。そして中国語で〝鮎魚〟と書くときはアユではなくてナマズのことなのだというハナシになる。だいたいわが国の魚名の漢字は起源も起困もわからないアテ字がおびただしくて、よくスシ屋の茶碗やノレンに魚名を漢字で羅列していくつまで読めますかという謎なぞまがいのがあるが、あれはあれでその場の座興としては愉しい。しかし、どの程度の権威があるのかとマジメな疑いを抱いたら、朦朧そのものにて御座候と頭を掻くしかないものがじつにおびただしくあるはずである。少年時代に中国語で〝鮎〟がわが国では〝鯰〟なのだと教えられてから私は用心深くなって、そういう異文異種ぶりがただ魚名だけのことではなくて森羅万象におよぶのだとされ、漢文のヨチヨチ勉強がさらにヨチヨチとなった。春に野原や道や草の穂波にたつ《陽炎《かげろう》》が中国語では《野馬》と表現されているのだと知ったときなどはあの国の人たちの連想飛躍の奔放さと詩魂にすっかり参ってしまって、アッといいたくなったものだった。ずっとずっと後年になってパリへはじめていったとき、バーのことをフランス語の慣用句では《夜の箱》と呼ぶのだと教えられて、またまたアッといいたくなったものだが、この種のことでは古今東西に無数の無名の大詩人がいるので、手も足もでなくなってしまう。

蘇東坡《そとうば》は食いしん坊の詩人だったから、魚、肉、菜の類をかたっぱしから詩にした。いわゆる〝豚の角煮〟のことを〝東坡肉《トンポーロー》〟と呼ぶのは蘇東坡に由来するが、そのため詩人は濃厚な、コッテリとした味覚の持主だったのかしらなどと菜単《メニュ》を見て想像する人が多いようである。しかし、詩人は豚だけではなくて、タケノコにも、フグにも、触目ことごとくといってよいほど多情多恨に生きたのであって、その広大な多感ぶりがわが国に全貌を紹介されていないのはまったく残念なことである。中国の《鮎》はなるほどわが国の《鯰》であるかもしれないけれど、蘇東坡の詩を読むとフグは《河豚》であって、どうやらそれに相違ないらしく、なるほどわが国も中国字をそのまま直接に移植したのもあるのだナという一例を知らされる。詩人は季節から季節、地方から地方に漂流するまま、うまいもんを詩にしたのだが、もっともわが国に有名なのは『赤壁ノ賦』でうたった《鱸魚》だろうか。《松江ノ鱸魚》である。この魚は口が大きくて鱗がこまかく、とてもうまいもんだと詩人は嘆賞した。そこでわが国の文人たちは、この《鱸魚》はスズキのことだろうか、それとも何かほかの魚のことなのだろうかと、酒を飲んだらきっと議論のタネにしたのである。《松江》は上海近辺を流れる川であるが、そこに棲んでいて口が大きくて鱗が小さくてすばらしく美味な魚とは何なのだろうかと、みんな談論風発しあった。

ことに幸田露伴はなみなみでない釣狂であるうえに食いしん坊であって蘇東坡ファンでもあ

ったので、ジッとしていられなくなり、探求にのりだした。《松江ノ鱸魚》とは何ゾヤの探求に、中国へいかないで、東京で起居しつつ、のりだしたのである。彼はスズキ釣りの狂熱的ファンで、しょっちゅう涸沼《ひぬま》へでかけてスズキ釣りに没頭し、仕掛や餌をアアでもない、コウでもないと苦心工夫にふけっていたから、蘇東坡の《鱸魚》がそのまま和字どおりにスズキであったらいうことは何もないのだが、何しろ、アチラとコチラでは異文異種だから、まったく気が許せない。そのうちたまたま上海あたりで《松江ノ鱸魚》が缶詰になって売りだされていると知り、さっそく金を払って取寄せ、荷が着くや否や、かぶりつくみたいにしてあけてみたところ、その缶詰の中身はドンコであった。見るなり露伴はガックリして、蘇東坡ほどの人物がドンコに夢中になるとは考えられないと独断を書き、そのあげく、これはもう鱖魚《けいぎょ》のことでなければならぬ。これならワカルと、書きつけるのである。露伴はモノゴトを徹底的に究明、追求しなければ気がすまない性質なのだが、同時にカッとなって臆測を断言体で書いてしまう性急さもあった。その飛躍の男性的な熱狂や執念にしばしばユーモアがまじってくるので、ファンは彼が冷静であるよりはむしろカッとなることを望んだくらいであった。

《松江ノ鱸魚》がドンコだといって腹をたてた露伴はまことに愛すべきカンシャク持ちだったが、ドンコをドンコだといって罵るのは蘇東坡びいきが過ぎる。ドンコという魚はこれまたこれで美味なのであって、カジカ、ゴリ、その他同種の魚のわが国における名声は読者諸兄姉よくごぞんじのとおりである。ドンコもその一種の魚なのである。科学的に科目がカジカとおなじであるかどうかには異論があるだろうし、私もよく知らないことであるが、味については一も二もなくうなずける魚である。しかも、困ったことに、この魚も体全体にくらべて頭が大きく、口が大きいのである。鱗があったか、なかったかとなると、いまにわかに私は朦朧となってしまうのだが、少なくとも《巨口》だということはいえるのである。だから、口が大きくて、鱗が小さくて、松江に棲む、おいしい魚だというのでドンコがさしだされたところで美味求真に関するかぎり蘇東坡はけっしておかしくないのである。しかし、同時に、その《鱸魚》がスズキでもなく、ドンコでもなく、露伴が断測するように鳜魚であったところで、これまたかまわないのである。なぜならこの魚も巨口細鱗であるし、スズキも巨口細鱗で美味、東坡以外の文人に中国では昔から嘆賞されつづけてきた魚だからである。スズキも巨口細鱗で美味、ドンコも巨口細鱗で美味、鳜魚もまた巨口細鱗で美味なのである。蘇東坡は詩のなかでその魚の属性を巨口細鱗と美味ということだけでとりあげ、他は何も描写しなかったから、こういろいろとモツレてくる。木下謙次郎も『美味求真』のなかでこの魚にふれ、古文献を引用して、これには二種あって、一種はわが国とおなじスズキ、一種はドンコの類であろうかと述べている。スズキは海と河口近辺に棲むほか、ずいぶん遠くまで河をさかのぼっていくから、河スズキと呼ばれることもあるくらいで、松江にそれが棲んでいたところで不思議は何もない。

では、かりにこれが露伴のいうように鱖魚であったとして、蘇東坡からも露伴からも遊離することになるが、わが国に同種の魚はいないのだろうか。私はこの魚を図鑑で見ただけで釣ったことはないのだが、ブラック・バスに近い魚であるように思える。鰭《ひれ》の形、頭の形、体全体の形、模様のぐあい、いろいろの点から見てバスにたいそうよく似ている。バスは昔、アメリカから持ってきたのが神奈川県の芦ノ湖に入れられ、永いあいだそこだけに棲息して名物になっていたが、近年ルアーの大流行とともにあちらこちらの川や湖やダム湖にあらわれるようになった。魚が空を飛ぶわけはないし、神奈川県では条令をつくって県外へ持出すことを禁じていたのだが、どういうものか、あちらこちらに登場、繁殖するようになって、憎まれたり愛されたりしている。この魚は巨口細鱗で、味はうまく、気の荒い性質にも似ず肉が淡白で上品である。気のつよい点ではライギョに匹敵するといってもよいくらいで、動く物なら何にでもおそいかかり、ひとくちで丸呑みにかかる。だからルアー釣りに絶好の魚で、鈎にかかると水しぶきをたてて飛躍するものだからいよいよ人気が高い。

これによく似た魚で、ただし形がずっと小さいのが、岡山あたりの川に棲むオヤニラミという魚である。エラの一部、眼のちょっとうしろの上部にポツンと黒点があり、それが眼に似ているというところからオヤニラミと呼ばれるようになったのではあるまいかと思われる。ヨツメ（四つ目）と呼ぶ向きもある。この魚は山陽地方でいまや絶滅に瀕し、稀少魚の一つになっている。それとおなじなのかどうかについてはちょっと自信がないが九州の柳川のクリークにミズクリセイベエという名の小魚が棲んでいるが、漢字で書くと《水くり清兵衛》である。北原白秋の柳川の風物をうたった詩のなかに登場する。私は永いあいだそれを人名だと思いこみ、白秋の少年時代にあのあたりに住んでいた人物と思っていたのだが、あるとき柳川へ講演にいったとき、白秋記念館の館長さんに何げなくたずねてみると、イヤ、あれは魚の名です、この魚ですといって窓ぎわの金魚鉢を指さされた。そこに小さいバスといった形の小魚が一匹、ゆっくりと泳いでいた。なぜ《水くり清兵衛》と水車番のような名がついているのかとたずねてみると、この魚は卵を産むとオスがつききりで介抱してやり、たえず鰭をうごかして新鮮な水を卵に送ってやる。その姿から水くりと呼ばれるようになったのではないかとの答えであった。そういうマメなことをする魚は他にもちょいちょいいて、タコなどはその疲労のために死んでしまうくらいだといわれているが、清兵衛クンもたいへんなのである。

まったく偶然のことだったけれど、これで多年の、遠い、おぼろな疑問の一つが氷解して、愉しかった。そこへ、その夜、アジを餌にして育てたという土地産のウナギを蒲焼にして御馳走になったので、いよいよ愉しくなった。このウナ丼はタレを御飯にまんべんなくまぶしてあるうえ、底が二重になっていて、簀《すこ》の子のしたに熱い熱いお湯を入れるから、そこからたつ湯気が御飯をいつまでもあたたかくシットリと保ってくれるのである。東京なら『野田岩』がたしかこの方式をやっていたと思う。そして、ウナギは天然がいちばんで養殖物は劣るという考えはかならずしも正確ではなく、いい餌をやりさえすれば養殖ウナギもすばらしい味になるのだという一例を嚙みしめ嚙みしめ教えられたわけである。

氏より育ち、というところか。

終る

一昔《ひとむかし》といってよいくらい以前のことになるが、新聞か週刊誌かのカコミ記事で読んだことがある。これは短いけれど、なかなか奇抜で、暗示に富んだ小事件であった。だいたいこの種の小犯罪で着想が奇抜なのはきまって関西で発生しやすく、しかも大阪でしばしば起る傾向があるのだが、これもたしか大阪の刑務所だったと思う。その刑務所では大学の入試の試験を印刷し、囚人が印刷工となってはたらいているのだが、それに目をつけて一儲けをたくらんだのがいた。入試前に答案を盗みだしてコピーをとり、受験生の父兄に高い値を吹っかけて売りつけようと考えたのである。刑務所側でもそういうことを警戒してかねてより厳戒の体制をとり、けっして外部には洩れない仕掛にしておいた。ところが、某日、印刷工場ではたらく囚人の一人がこっそりそれを一部盗みだし、バレー・ボールをあけて腹のなかにつめこみ、そのボールで昼休みの時間にバレーをして遊び、ポンと一突き、塀の外へとばした。するとそこにかねてからしめしあわせてあった仲間が一人待ちかまえていて、すばやくボールをひろって遁走し、ゴト（仕事）に仕立てた。というのである。

これだって発覚すれば何がしかの罪になるのだし、事実、発覚後、当事者たちは罰をうけたのだろうと思うが、どことなくおかしくて憎めないところがある。かなり以前からこまかく内部の野郎と外部の野郎が連絡しあっておかないことには、とくに日と、時間と、場所の打合わせをきびしく固めておかないことには成就しにくい作業だと思われる。だから、刑務所の面会室で面会時間に、何かの暗号で話しあうかどうかしたのだろうし、暗号でなかったらボソボソと小声で

「……投げてんか」

「受けてや」

ひとことずついいかわしたのかも。

執筆者と編集者の関係は共犯関係なのだという業界用語が昔からますこみのフィールドにある。それはまったくそのとおりで、異存のはさみようがないが、このとぼけた事件の記事を読んでからは事あるごとに編集者諸氏に御紹介申上げることにした。執筆者はモチーフをつかみ、テーマの頂上めざして細部の麓から攻めにかかり、右往左往、乱酔、困憊のあげくに書きあげてペンをおくが、塀の外で待ちかまえる人がいてくれないことにはどうしようもない。書き手と受け手のつかずはなれず、切って切れない関係は唇と歯、光と影、アアの吐気とウンの吸気みたいなものである。くたびれきってぬかるみのように形を失った中年男をそそのかして白い

紙にたちむかわせ、日・時をきめてそれを入手するには日頃から面会室でよく話しあわなければならない。中年男は発火栓が錆びついてしまっているので、ついても、押しても、いっこうに音がせず、ただ茫然と野戦用のカンバス・ベッドにころがったきりである。朝起きだして顔を洗うとすぐまたそのあたりにある本をひろってベッドにもどってごろり、ちゃら。

一日じゅうトロトロうとうととそうやって寝たままで暮し、夕方になると、いてもたってもいられない焦躁と不安をこらえて酒をする。デカルトという哲学者は朝眼をさましてからベッドのなかでいつまでもよしなしごとに思いふけるのを何よりもの愉しみとし、いつまでたっても起きだしてこなかったという有名なエピソードの持主なのだが、そうやってグズグズごろごろしているうちに彼は《われ思う、ゆえにわれ在り》の定言を樹立することとなった。いっぽうアジア人の哲学者もおなじ習癖にふけった結果、いい考えというものは馬上と厠上と枕上で生まれるもんだと名言を吐いたが、これは欧陽脩《おうようしゅう》の有名な挿話である。これを当代風にいいかえると、カーとトイレとベッドが創意の源泉だといえる。

べつにデカルトや欧陽脩を持ちださなくても私は何年となく実践にふけってきた。トイレとベッドこそはわが聖域であったし、いまでもそうである。ただし私はカーの運転を知らないから、これは酒瓶か締切日におきかえたほうがいいだろう。飲むか、ギリギリになるかしなければ私はエッセイも創作も書けない。その習癖は痔か何かのような頑疾になってしまい、死ななきゃ治らないというしかないようである。しかしこれまた大昔から無数に輝やかしい実例のあることなのだが、締切日がなかったら生まれなかったかもしれない名作や傑作というものもある。ギリギリの、ひりひりの、セカセカの、きょときょとの断末魔の悲鳴が名作になったという例はいくらでもあるのだ。システィナの礼拝堂の円天井にミケランジェロが描いたあの大作はメジチ家の設けた締切日、完工日に巨匠が汗だくでフウフウいいながらやったものであって、もしその締切日がなかったらあの画はもっとべつの形相のものになっていたかもしれないし、イヤ、そもそもこの世に出現しえなかったかもしれないのだという考証ばかりを集めた大部の論文を昔、読んだことがある。これはおもしろいと思って読みにかかり、なぐさめやおだやかな諦らめが入手できるかもしれないと思ったのだが、何やらそのうちに胸苦しくなって本を伏せてしまい、以後、それきりである。

さて。

四年間、私は毎月、本誌に、エッセイを書きつづけてきた。背戸君が塀の外の受け手となって、毎月、ネズミの巣のような杉並区の拙宅にあらわれた。ときたま西原編集長もいっしょにあらわれることがあった。もともとこの企画はエッセイのほかにルポ、短篇、翻訳など、意の赴くままに何を書いてもよい、そして期限なしだという条件ではじまったのだった。出たとこ勝負で何を書くかわからないというところから題も『白いページ』としたのだったが、イザ、出発進行してみると、毎月締切ギリギリになるまでごろり、ちゃらの癖がどうしようもないものだから、ルポも、短篇も、翻訳もできず、ただ思いつくままにそこはかとなくよしなしごとを書きつづって、背戸君にセカセカと原稿をわたし、あとは翌月の締切日までクラゲのように漂蕩《ひょうとう》していくという暮しぶりであった。

おろしたての乾いたタオルをしぼって水滴をひねりだすような仕事を強いられたように感ずることがあり、たまらなくなって休載したことが何度かあったけれど、しどろもどろながらも歩いてこれたのはひたすら編集部の好意、背戸君の忍耐、西原編集長の我慢のおかげであった。エッセイであれ、創作であれ、ルポであれ、そのいずれをも私は試みたが、とにもかくにも四年間一つの雑誌にぶっつづけでというのはあとにもさきにもこれだけである。(これからあと、どうなるかはわからないので、あとにもさきにもというのはペンの走りだが……)

私なりに毎月、思いつくこと、思いだすこと、思いあぐねていることをその場、その場で書いてきた。部屋にすわったままで、町にもでていかず、野外にもでていかず、新しい経験や見聞を何ひとつ蓄積することなく、いわば過去の、体内にひそむイメージの果実を、居食い、座食してきたわけである。背戸君は私が書けなくてのたうっているのを見て、いつも、どこか遠くへ食べにいきましょう、眼を洗いにいきましょうと誘ってくれるのだが、身辺の雑事や何よりもギリギリの締切日を眼前にすると、罠に一本の足を咥《くわ》えこまれたウサギのようなもので、どうしようもなかった。

「……取材費を惜しむといい仕事ができませんから、そのほうの心配はいらないんです。いつでも臨時予算を払える準備があるんです」

「莫大なんだろうね」

「ええ、もう、そりゃあ」

「どこへいく？」

「どこへでも。御意のままです。知床半島だろうとパリだろうと、殿下の御意のままです。いって何をなさろうと、それも御意のままです。当方としては書いてもらえればいいんですから」

「小笠原は、どや？」

「結構ですね」

「ハワイ、いこか？」

「よろしいですね」

「………」

うだうだとそんな話をしているうちに、何でもハワイでは男の特出しストリップがあって、白人、黒人、黄人、大男、ノッポ、デブ、チビ、ヤセ、各種とりまぜてフリチンのラインダンスをやるそうだけど……というようなバカ噺にふけり、あげく、何となく、お流れになってしまう。

これではイカンということになり、いつか、孀婦岩遠征を思いたって決行したところ、飛行機で八丈島まで飛び、そこから漁船で25時間ノン・ストップで走りつづけ、翌朝、岩のまわりを何周かしてオキサワラを大格闘のあげく釣りあげたところ、明日、台風がくるから全船団ただちに退避して下さいと無線が入ったのでそのまま、回レ右。またしても25時間ノン・ストップの全速力で八丈島へ飛ぶように帰りつき、波止場にあがったら、全身、ねとねとの潮を浴びて塩辛になったみたいで、耳にはエンジンの音。足はフラフラ。痛烈無比の経験となったことだった。これは当時、東京へもどってから原稿にしたのだが、四年間に現地へ取材して書いたのはこれと知床半島の流氷の二度だけだった。

「……取材費を使わないでこれだけ書いたんだからちょっと感謝されてもいいんじゃないかな。御誌としてはタダ同然であがったということになる」

たわむれにそういうと、背戸君は

「そんなことは気にして頂かなくていいんです。取材費ははじめから計上してあるんですから。金をかけようと、かけまいと、とにかくいい原稿だけを頂けたらいいんですからね」

そういってジロリと冷静な眼でこちらを見たが、そのまなざしの冷静さは持てる男の沈着というよりはプロの冷眼とでも呼ぶべきものであったか。

そそのかされたり、おだてられたりして、毎月15枚ずつ書きつづってきたが、近頃、疲労が泥のように全身につまって、しばしば身動きもできなく感ずることがある。居食いがそろそろ限界にきたのではあるまいかと思う。書きたいイメージはまだあるけれど、メモをとってみると、ことごとく創作のための材料である。小説のための果実であり、魚である。

作家が一つのイメージをエッセイで書いてみたり、作品にしてみたりして何度も繰りかえして使うのは自由であるし、作品そのもので何度もやってみるのも一つの自由だし、鍛練法でもあることは認めるのだが、鮮度ということを思いあわせると、私のような気質の人間はひかえたほうがいいのである。体内のイメージの圧力を排除するためにエッセイを書いてみたり作品を書いてみたりするのだが、やっぱりガスはチビチビ洩らすよりは一回きりで爆発させたほうが力は大きいのである。

それに、うまく私は説明できないのだけれど、イメージにはフィクションにしたほうがいいものと、ノン・フィクションで書いたほうがいいものの二種があるような気がする。それぞれのイメージがそれぞれの形式を求め、分泌し、要求してくると感じられる。どの種のイメージがどの種の形式を要求するかは、白い紙をひろげてインキを万年筆にみたしてからでないと、判別のしようがないし、定義のしようもない。旅をしていて前方や左右にあらわれるものと気ままに接触し、また、人に話を聞かれているうちにとつぜん閃めきや衝撃を感じたりする。ひりひりとして不安をおぼえるくらい鮮烈なのが、ときたまある。登場した瞬間に短篇の核や長篇の一つの頂点となりきってしまうのもある。そういうものは出生のときにすでに質と位置が決定されているのだから手のつけようがない。ただ冷暗所に保存しておいてその短篇なり長篇なりを書きたくなる時がくるまで待つしかない。その期間は、いわば、《天地無用》、《コワレモノ》、《手鉤無用》で、そッとしておかなければならない。そッとしておくというのは、ただ、べつの形式にして書かないことである。節して洩らさず、である。いま私の内部にのこされているのはすべてそういうものばかりになってしまった。

「……何というか。かりにお金にたとえてみると、元金だけになってしまったというわけだ。利息はいままでに全部食べてしまった。この元金に利息がつくにはまたしばらく時間がかかる。そのあいだ、君も印刷機も待ってはくれまい。どうするネ?」

「……新しい口座をひらいて、新しい元金をふりこめばいいんですよ。居食いをやめるんです。小笠原でもよろしい。ハワイでもよろしい。どこへでもいきましょう。取材して書くことにしましょうや。書きおろしの仕事のじゃまにならないような取材旅行をしましょうよ。どこへいくかは、先生の御意のままです。サインだけ送って下さればよろしい」

窮状を訴えたところ、ほとんど同情されることがなく、また新しい仕事を命じられるハメになった。『白いページ』をやめて、『白い白いページ』にしようとおっしゃるのだ。

それは一つの策かもしれない。これまでにも何度か袋小路に追いこまれたところを小さな転換で切りぬけたことがあるのだから、いまや困憊の泥人形となった私としては、新しい空気、新しい血を導入してもらえるかもしれない。これはよく考えてみようと思う。何かしら固有なるもの。飲・食・住・土・木・花・魚・町……何でもいい。断固として異物のように頑なに、あざやかにそれぞれの場所にある固有なるものと触れてみたら、いいかもしれない。その衝突のたしかな抵抗感を生命のきざしとすること。それを全身にひろげ、まくばってみること。また、一点に凝縮してみること。

何とかなるだろうか。

白い白いページ

海の果実と風博士

「……厚岸《あつけし》には明日、いきましょう。厚岸というのはもともとアイヌ語で、アッケシ・イ、カキのあるところという意味なんだそうです。アッケシがカキ、イがあるところ。カキのあるところ。それに漢字をあてて、〝厚岸〟としたんですね。昔からここの湾には天然のいいカキが繁殖してアイヌさんたちはよく食べたらしくて、附近には古いカキの貝塚があったりするんです。いまは養殖していますが、仙台、松島あたりから稚貝を持ってきて、それを潮のひいたときに海底に植えつけるんですね。筏《いかだ》式ではなくて、地まき式というんです。カキそのものは内地のとおなじカキですが、厚岸じゃそれを四年、五年、ときには十年もかけて大きくしたのをとって食べるんです。ちょっとしたアワビくらいもあるでかいのがとれるんですが、あまり大きいのはうまくないですな」

釧路に着いた日の夜に博識の佐々木栄松画伯からカジカ汁をすすりすすり、そんなことを教えられる。この夜はたいそうな御馳走で、内地ではお目にかかれないカジカ汁のほかほか、メヌケの焼物、とれたてのサケ、帆立貝など、ことごとく新鮮である。冷めたい、暗い北の海の甘い果実である。近頃は東京でもあちらこちらに北海道料理店ができたけれど、ほんとの土地の味はやっぱり体を現場まで運ばなければ口に入らない。ことにカジカ汁などはそうである。これはオニオコゼに似た醜怪な御面相の持主だが、海底の岩かげに一匹ずつバラバラに暮しているので、網でとるわけにいかず、手釣りで一本ずつあげなければならないから、たくさんは水揚げされないのである。眼も口もけじめのつかない、雑巾がボロボロになったような、ひどい憂鬱の醜貌だが、肉は淡白で気品があり、ことに肝はねっとりしたなかに絶妙の飛躍があって、どうしようもない絶品である。

釧路までは東京からジェット機で約一時間半か二時間くらいのもんだが、着陸のときに上空から見おろすと、茫々の根釧原野は四月だというのにあちらこちらに残雪があり、ただいちめんの冬ざれ風景であった。ところが、佐々木邸でイッパイやりはじめる頃になって、吹雪がきた。それも風がひょうひょうと唸り、横なぐりにたたきつけてくる猛烈さで、一夜と一日、小休みもなくふぶきつづけ、市も、原野も、山も、たちまち真冬にもどってしまった。四月にそんな猛吹雪があるのは釧路でも気象台開設以来なかったことだそうで、国道では何十台と自動車が立往生し、列車も何本となくストップして雪に閉じこめられ、若いサラリーマンがバスをおりてから道を失い、バス停から四〇〇メートルぐらいのところで凍死してしまったぐらいである。翌日、佐々木さんと自動車で山をこえてアツケシ・イに向ったが、原野、山、峠道、いたるところで横なぐりの牡丹雪の猛吹雪。白冥々、白濛々、神居《かむい》凄く、神居寂び、自動車は厚い雪道でスリップしてくるくると回転する。運転は製材所を経営する森君で、この人とは釧路へくるたびにいっしょに原野へ釣りにいったり、酒を飲んだりするのだが、造林仕事で冬の山には慣れた人だから、自動車がコマのように回転しかけても山肌に鼻をつっこまないようにすばやくハンドルを切りかえす。峠までに何台かの自動車が鼻を雪堆につっこんで身動きならなくなっているのを見かけた。

ようやくのことで厚岸の町に入るが、吹雪はいっこうに質と量に変化の兆しがなく、湾も島も岬も何も見えない。白濛々である。そのなかを案内されるままに膝まで雪に没しつつ、とある漁師の家につれていかれ、小さな倉庫に入る。ノリの乾燥機や漁具などが積んであるほかには何もない、荒あらしい倉庫だが、コンクリの床にドラム缶を縦に半切りにしたのがおいてあり、それにカンカン熾《おこ》っている炭を投げこみ、金網をかけて、カキを並べる。すべて四年物か五年物のカキで、ゴワゴワとした殻は手荒く頑強で大きく、内地の一年物を見慣れた眼にはまるで別種の貝かと思いたくなるほどで、珍しくもあり、ゾクゾクもしてくる。カキは炭火にあぶられてもジッとしているが、やがてたまらなくなると、プシューッと一息ついて水をとばす。そこを手に軍手をはめてとりあげ、金具をさしこんでグイとこじあけ、白くて厚くて滑らかな殻肌にのっている肉をツルリとすすりとるのである。うまい。カキの汁と海水のヨードの香りがとけこみ、なつかしい磯香が鼻へぬける。三箇か四箇呑みこんでからやっと人心地がついて、おもむろに歯と舌がゆっくりとめざめて活動を開始する。

「……うまいのは四年物か五年物ですよ。十年物になると、でかいから、見たところは立派だけれど、塩辛いし、にがいんです。ここのカキは甘くてうまいです。ここのを食べつけると内地のは物足りないです」

若くて、逞しくて、長身で、ハンサムな青年がニコニコ笑ってそう説明しつつ、つぎつぎと殻をこじあけてくれる。ここの漁師の息子さんらしいが、その口調には自分が手塩にかけて育てた作品にたいする満々の自信が含まれている。ただし、言葉で飾ろうとする配慮がまったくないので、満々の自信は一歩も二歩も立止ったところがあって、充実した謙譲と感じられるのである。漁村の若い世代は汚染と乱獲で萎びてしまった海へでてつらい仕事をすることを嫌い——無理もないが——どこへいっても漁家には老人と女しかいないのに、こういういい青年がいるとは、この家はよほど恵まれている。

左手にコップ酒、右手にカキを持ち、貝の身を一箇すするたびに一口酒をすする。ポン酢、醬油、何もつけず、ただ焼きたての身をフウフウ吹きつつ、そのまま唇で厚い殻から吸いとるのである。あえかな滋味と、淡い甘さが口にひろがり、ムニュッと嚙みしめるとなまなましい磯香が鼻へぬけて、うっとりとなる。冬のパリでは町角のところどころにカキの屋台がでて、船員帽をかぶってゴムの前垂れをつけた若い衆が器用な手つきで殻をこじあけてくれる。それに半切りにしたレモンをチュウーッとしぼりかけて白い肉をすすりとるのだが、唇には切りつけるような冷めたさと、奥深い磯香とがしみつくのである。ウニにレモンをしぼりかけて小さなスプーンでしゃくって立食いするのも憎いもんだった。カキは日本のとおなじポルチュゲーズがいいが、ハマグリとカキの混血種のようなブロンもすばらしかった。寒くて暗い洞穴のような冬の通りの入口や出口でその屋台のまわりにだけ不安をおぼえるほど鮮烈で深い海藻の香りがいきいきとうごいていて、まるで踊るようであったことが思いだされる。

「……海の果物というんですよ、フランスでは。レストランのメニュに海の果物と書いてあるんです。カキのことをね。うまいいいかたです。それから、栄養分については、海のミルク、海の牛乳ともいうんです」

カキとコップ酒を交互にやりつつそんなことをしゃべっていると、どの年、どの月、どの町角でだったか忘れつくしてしまったが、六箇のカキをつぎつぎと呑みこんだあとで食道から胃にかけてまるで氷の焰《ほのお》といいたくなるくらいの冷めたい熱が走ったことを思いだした。

青年はいそいそと殻をあけつつ

「……カキ一箇で卵三箇分の栄養があるといいますね」

しきりに愉しげである。

ひょうひょうごうごうと吹雪が音たてて荒《すさ》む。そこで薄暗い倉庫にすわりこみ、カンカンに熾った炭火を眺めつつ、カキとコップ酒を交互にやっていると、これがいまわが国ではもっとも贅沢な食事ではあるまいかという気がしてくる。炭火のほしいままの純潔な猛りを眼にするのも私たちが久しく忘れてしまった歓びである。マッチの火でも油田の火事でも、火はすべて人を魅してくれるが、心の迷路のすみっこへ追いやられて埃まみれになってしまい、落魄《らくはく》しきって、いまさら始源の、原初のと書くのもはずかしく感じられるあの豊饒で行方を知らない自由の感覚が炭火からたちのぼってきて、歌をうたいたいような、どんな冗談の端切れによってでも火がつきそうな、思いがけない躍動に体をゆだねてしまいたくなるような、何をしても、口にしても、ワッハッハの笑声で許されてしまうような……そういう匿名の輝やかしい地点へつれていかれる。

厚岸のカキを食べる配慮をして下さったのは佐々木画伯だが、釧路へ何年おきかに一度くるたびにきっと私が眼の保養にでかけるところが一箇所ある。この人の家を見ないか、この人の顔を見ないで帰るなどということはちょっと想像しにくいことである。おそらく北海道という土地柄の何かがこういう人物を分泌するのだろうし、存在を許すのだろうと思いたいが、今後この人以後にはもう絶えてしまう種族ではあるまいかと思う。釧路へくるたびに念のためにたずねてみるけれど、二人といないという返答はいつも変らないのである。昔は釧路でなくても、北海道でなくても、日本各地のどこかの町はずれにはこういう人の一人か二人がきっと棲んでいたにちがいないと思うのだが、世の中はセチ辛くなるいっぽうなので、いつとなく一人消え二人消えしてしまい、のこされた私たちは日常のなかでヒトにはこういう生きかたもあるのだと想像することすらできなくなってしまったのである。

釧路の町はずれ、現在、西港の造設現場になっているあたりは、ちょっと以前までは埋立地も工場もなく、ただ荒涼とした海岸であった。季節になればハマナスが咲き乱れて、暗い北の空のしたに、一瞬、異様な絢爛を見ることができたのだが、そこにたった一軒、流木やトロ箱などをつぎはぎして作った家が傾いたままで砂にしがみついている。これがわが中野氏のハンドメイド・ハウスなのである。中野氏は昭和二十二年にこの家を手で作ったのだが、冬の北海の疾風怒濤を真正面にうけながらも家はビクともしないばかりか、その後の三〇年間に、あちらをつぎたし、こちらをつぎたしして、じわじわと、それこそカキが大きくなるように増築され、改築されてきた。私がはじめてイトウを釣りに釧路の佐々木画伯に会いにきたのは約十年前のことだが、そのときとおなじ傾斜度でこの家はいまも傾いているが、けっして膝を地につける気配は見せていないので、傾いたきりの家とはいっても、その傾きは、ピサの斜塔が傾いているのにいつまでたっても崩れようとしないのに似ているといった性質のものなのである。これは一人の男が誰の助けも借りずに自分の手だけをたよりに建てた構造物としてはなかなかのことである。みごと。堂々としている。そういいたくなる。

てきた。中野氏はもう六〇歳をちょっとこえるお年頃と察したいが、一生、税金を納めないですごし句をいう癖があるから、酔うのが大好きで、酔えば何かいうたびに『一度はソ満国境で死んだ体だ』と凄文《すごみ》本国の爪にひっかけられたわけだが、兵役の経験はやっぱりあるわけで、その意味ではこの精密で貪婪《どんらん》な日うに気ままに暮してきた。それ以外には定職らしい定職につくことを嫌って風のよ牛を貨車で運ぶときの添乗員になって九州くんだりまで牛といっしょに貨車で寝起きしつつ下《お》りていったり、季節になれば知床半島あたりへ繰りだしてサケ漁場で働らいたり、が出発して泡を食ったり、ちょっと油断したはずみに牛に逃げられて、それを追っかけているうちに貨車入られて婿養子にならないかと持ちかけられてまた泡を食ったり、その罰金を払うために大阪の肉屋で働らいているうちに主人に気にサケの季節にコソコソ人目をしのんで湿原に出没したり、釧路へ帰ってきてなにやらて密漁監視員になって湿原をかけまわったり……まったく水か風のような生涯を送ってきたのである。そうかと思うと某日から突然改心しック一杯になるほど拾って五万エンで売ったことがあるが、海岸に棲んでいるものだから嵐の翌日に渚でフラフラ酔っているホッキ貝を小型トラ七〇万エンで売ったとのことであった。買ったほうはそれを札幌へ運んでれているのを発見。そうかと思うと某日、朝、海岸にクジラがうちあげらしたあげく、狂喜して画伯のところへ走って金を借り、仲間を呼んでドンチャン騒ぎをさて酔いをさまして一仕事に渚へおりてみたらクジラはとっくに全身腐ってしまって茫然。大漁祝いに飲んだ酒代がまるまる借金になって途方に暮れたこともある。こういう雄大な拾得物がうちあげられるあたり、さすがに北海道らしくて、少年ヨ、大志ヲ抱ケのお国柄がよくうかがえるのだが、それはもうニシンなどとおなじ黄金伝説と化してしまっている。いまではその甘い海岸は埋めたてられ、パルプのチップ工場などがたち、海は汚れて、萎びて、はるかかなたへ追いやられてしまった。クジラも拾えず、ホッキも拾えず、ハマナスもまた消滅してしまった。

かくてわがリベルタン（自由主義者）もとうとう窮地に追いつめられ、釣舟屋にでもなろうかと発心し、『一級小型船舶操縦士』の免許をとることになり、試験にパスするのに五年かかる。たわいもないと人の噂さするそんな免許試験に五年もかかったのは理由がある。航路上に小舟がいてそこへ大舟が通りかかった場合によけるのは小舟か大舟かという問題が毎年でるのだが、その正解は小舟のほうだということになっている。ところがわが風博士はそれを聞いて大いに怒り、小さい奴がなぜ大きい奴にペコペコしなければならないのか、そんなときは当然大きい奴がよけるべきじゃないかと人情論を展開して試験に正解を書くことを拒んで何回も落第した。そのうちたまりかね、ヨシ、いっちょう現場を見てくるんだワと四国へ走り、漁師の家に寝泊りして来島水道へのりだし、タコ釣りをしながら、往来する船舶の行動を観察することにふけったというのだ。それが一度ではどうしても腑におちないものだから、二度もやった。

だから試験にパスするのに五年もかかったわけだが、どうにかこうにか我を折って、今年ようやく免許を取得したという。

「しかし、まだ合点できないですな」

風博士は佐々木邸へきて、牛やクジラやホッキなどで鍛えられた、厚くて頑強な手でオチョコをつまんで酒をすすり、すすり、はにかんだように笑って、そんなことを呟くのだった。そして、四国のあのあたりではどうやってタコを釣るかという話にボツリボツリとした口調で熱中するのだった。

「……やっとこの人も税金を納めることになり、つまり正式に日本国民となるわけですが、惜しいような、さびしいような気がするですな。ゆるくない御時世ですな」

画伯はそう呟いて低く笑った。その場で私は心をきめ、東京へ帰ったら金筋の入った凄いキャプテン帽を見つけて送ってあげますから、晴雨にかかわらずかぶって頂きたい、よろしいですネと、風博士に念をおす。博士は恐縮して酒をぐいぐい飲み、頑健な体軀にも似あわない、可愛い眼を輝やかせる。

翌朝、吹雪がやんだ。

附・このあたりの罵り言葉を男女について公平に画伯から教えられる。女を罵るには〝ススッペタガレイ〟、〝カスベ〟などという。カスベとはエイのこと。男を罵るには〝空《から》ッ骨病みのシラミタカリ〟とか、〝ササラマンパチ〟とか、〝ガラスペン〟などと。

赤ン坊の刺身はいかが?……

かねがね一人の朝鮮通《つう》の知人に教えられるところによると、朝鮮料理店の看板を見たらその店の経営者の政治的方向が察しられるとのことである。〝北〟派か〝南〟派かがわかるというのである。〝朝鮮料理〟とあれば北派で、〝韓国料理〟とあれば南派。さらにそのうえ、誰しも出身地や憧れの地の名をつけたがるから、〝ピョンヤン〟とか〝モランボン〟とあれば北派。〝ソウル〟とか〝プーサン〟などとあれば南派とわかる。しかし、なかには、北でもなく南でもなく、あるいは北にも反対だが南にも反対で、ただ統一朝鮮を心情の仮夢としている人もあるから、そういう店はたちどころに北か南かとわかるような店名はつけない。それからまた、たとえ北を志向していても、南に親類や知人がいるので迷惑がかかってはいけないとか、パスポートをもらうのにさしつかえるとかで、わざと心をかくして南派と見られる看板をかける人もあるというのである。そうなってくると、看板だけでは何も判定できないことになる。旗印というものはうかつに掲げると、いつ、どんなことになるかわからないというのは、古今東西、ヒトという政治的動物につきまとう不幸だが、時代を追うにつれてこれはいよいよおなじであるようだ。日ノ丸の下でしか暮したことのない私たちは何といってもこの点ではHappy Few（幸福な少数者）の坊ン坊ンであって、〝分断国家の悲劇〟など、うかつに口にだす資格と素養など、まったくないといってもよいほどである。

ま、しかし、お見受けするところ、コーリアン・バーベキューは全日本に広まり、どの店も繁昌のようで、何よりである。焼肉料理だけが朝鮮料理ではなくて、冷麵や、野菜や、魚の料理もどんどん導入され、知られるようになって、結構なことである。朝鮮の焼肉料理を食べて感心するのはこの人たちが肉と肉料理の特質をまことに小憎らしくわきまえていることで、肋肉や面皮や新鮮な肝臓の刺身などに出会うと、日本人の肉学はまだまだ浅いナと痛感させられる。家畜の内臓は料理次第ではまことに珍味となる奥深い美質を秘めているのだが、永いあいだの不浄感と不浄観のためにわが国ではまったくといってよいほど発達せず、せいぜい牛の尻ッ尾をホテルや高級レストランでバカ高値で食わされるくらいで、あとは味噌で煮込むか、ヤキトリにするくらい。それもせいぜい塩焼きかタレ焼きの二種である。しかも、これまたせいぜいだが、屋台でだされるだけで、家庭料理として豚や牛の内臓をたのしんでいることなど、まず耳にしたことがない。だから、東京の肉は世界一のバカ高値だが、内臓が信じられないくらい安いのでこれだけはありがたいと眼を細くするフランス人には何度か出会ったことがある。しかし、朝鮮料理店がこうあちらこちらにできて内臓の美味ぶりを教えたものだから、近頃では内臓が入手困難になり、しばしば朝鮮料理店でもメニュだけを読まされることがある。

某日、ふいに

（セキフェを食べたい）

と思いたつ。

セキフェとは、昔、朝鮮人の友人に教えられたところでは、セキが赤ン坊という意味、フェが刺身という意味。セキフェとは《赤ン坊の刺身》。ちょっと聞くと異でおどろおどろしいが、豚の胎児を子宮ごとソッととりだし、包丁でトントン、微塵《みじん》にきざんだのを羊水ごとドンブリ鉢に入れ、生《なま》のままスプーンでしゃくって食べるのである。焼肉の濃厚味の後口《あとくち》なおしには清淡まことによろしいところがある。胎児にはすでに眼のできているのがあるから、そういうのにあたったとき、トンと包丁でたたくとツルリとすべる。またトンとやると、またツルリ。とうとう砕けないものだからそのまま一個、ドンブリ鉢のまんなかへ浮かべて供す。

これを食べたのはもうかれこれ十七年か十八年も以前のことになるが、その後朝鮮料理店に数えきれないくらい入っていながらメニュにでているのは見たことがないし、店の人にたずねても知らないと答える人が多いところを見ると、内々《うちうち》で食べる趣味料理であるのかも知れない。獣を生《なま》で食べるとなると、沖縄人はヤギを海岸で屠って海水で生肉を洗っただけのを食べるし、西洋料理でタルタル・ステーキというのはウマの肉の生《なま》のダンゴだし、アメリカ人の好きなハンバーグの生焼となると皿に真っ赤な肉汁が流れて、パンが赤インキにつけたみたいになる。だからとりたてて珍しいというものではないし、まして野蛮だなど、とんでもないことである。胎児の料理という点も、中国料理、スペイン料理、メキシコ料理、ポリネシア料理等、どこでもやっていることである。だから、胎児を生のまま食べるといっても、その二つを一つにしてアウフヘーベンしただけのこと。これをゲテだ、悪食《あくじき》だといって眼をそむけているようじゃ、キミ、出世はあきらめたほうがいいゼ。

朝鮮人の友人にいわせると、日本で最初の朝鮮焼肉店は大阪で開かれたのだそうである。大阪の、生野区の、猪飼野《いかいの》だそうである。ところが、その猪飼野のどの店が第一番の元祖かとなると、異説さまざまあって、容易に決しられない。さがしにかかると、みんながニヤニヤしたり、胸をそらしたりして、オレだ、オレだといいだすので、誰も詮議だてしなくなった。みんな元祖。みんな原点である。敗戦直後に闇市が砂漠の遊牧民のバザールみたいにあちらこちらにできた頃、男たちはバクダン、メチル、カストリ、ドブロク、マッカリ、何だってかんだって手あたり次第に飲んでまわったが、餓死の恐怖におびえてソワソワぞくぞくしながらも大人の真似をしたい一心の私などがジャンジャン横丁の飲み屋にもぐりこんでみると、大人たちは新聞紙の端切れに生《なま》のレバーの切身をのせ、その切身も新聞紙も血にまみれて真ッ赤になっている。それに唐辛子をまぶして指でつまんで口へほりこみ、ぐいとぬぐう手の甲や口のはたがまた真ッ赤というありさまだった。また、飲み屋のなかには、床《ゆか》いっぱいに南京豆の殻をバラまいたのもあり、それを一見して、オレの店はオツマミの南京豆の殻がこんなにでるくらいたくさんの客が入るんだと誇示しているのがわかるのだが、客たちは陸軍服、海軍服、純絹のマフラーの航空兵服、ことごとく階級章を剝いだ跡がしろくついているのを着こみ、ドタ靴、半長靴、ゴム長でザクザクばりばりと豆殻を踏み砕く音たてて、口ぐちに声高く、眼怒らせ、けれど声にも眼にも焦点がないまま、殺人酒をあおるのだった。そういう光景はしばらくつづき、〝闇市〟がバラック小屋の〝マーケット〟と名が変るようになっても、ひょいとのぞきこめば、いつもおなじだった。大阪駅裏や猪飼野や鶴橋界隈ではドブロクが盛大をきわめ、ドブと呼ばれたり、マッカリと呼ばれたり、カルピス、タヌキ、思いつくままの名で呼ばれたが、たいていその家のトイレか、ジメジメと薄暗い露地裏あたりで手さぐりでゴソゴソとしぼったやつをバケツになみなみと入れて台所へはこびこむ姿がしじゅうあった。その白濁液は雑巾の匂いがしてやりきれたものではないのだけれど、デコボコの大薬缶に入れて氷をほりこんで冷やすと、口あたりは甘くて柔らかいものだから、ついつい度をすごすことになる。こちらは子供だから〝度〟など、何もわからず、ただガブガブと飲み、魚の腸の匂いのするキムチや、ハイヒールというアダ名の豚足《とんそく》にニンニク味噌をまぶして嚙みつき、地下鉄の梅田の駅で嘔《は》いてまた眠り、終点の天王寺で嘔いてまた眠り、翌日は心身ともに引裂かれるような苦痛と恥しさ。寝ていることも、たっていることもできず、ただひたすら眼をギュッとつむって、死にたい、死にたいと念ずるばかりであった。

私が売文業者の一人になった頃には《戦後はもう終った》が流行語となり、すでにそれもいささか廃《すた》れ気味で、夜の飲みものはカストリから焼酎になり、それがトリスのハイボールになっていた。しかし、それでも生野区へときたまいってみると、やはりどの露地も、どの店も、垢じみてどろどろし、陰惨で薄暗い、荒涼と活力がせめぎあっていて、《苔のごときアジア》であることに変りはなかった。カルピスはやはりコソコソとつくられ、旺盛に飲まれていたが、さすがにかなり修正されていて、鼻をつきあげる甘酸っぱい、ムカムカする雑巾臭がかなり減殺されているようであった。表通りには灯がついてマッチ箱のようなトリス・バーがあるが、一歩裏通りへ入ると、闇と、腐臭と、濁酒と、焼酎であった。運河沿いに闇のなかをよたよた歩いていると、ふいに濃密な獣の匂いが流れてきて、それはどこかの家で豚や鶏を飼っているのだった。その頃もやっぱり私は絶望していたが、会社をやめて小説家になり、芥川賞をもらいはしたものの、それっきりで、一年近くも一行も書けないでいた。ひどい抑鬱症にとらえられ、毎日、朝からウィスキーをすすってすごし、夜の明けるのが恐しかったり、眼をさますのがこわかったりした。たまりかねてあてどない旅行にでたが、和歌山の最先端の海岸の宿に入り、そこでも部屋にこもって一人で毎日、飲んで寝ることだけを繰返したものだから、宿の女中に薄気味悪がられ、自殺するんじゃないかと午後の三時頃に足音をしのばせて覗きにこられたりした。たまたま大阪へでて、心斎橋筋をぶらぶら歩くうちに、中学校時代の友人で新聞記者をしているのと出会い、ビヤホールに入って話をかわすうちに、小説のヒントをつかんだ。それから取材をはじめることとなり、まわりまわって生野区に棲む朝鮮人の詩人のところにたどりついた。

彼は私にいろいろなことを教えてくれたが、ひとしきり授業がすむと、猪飼野へ私をつれだし、何軒となくある《日本で最初の朝鮮料理屋》の一軒へあがりこんで、二階の部屋で七輪をかこみ、モツ焼きを食べつつ、セキフェを教えてくれたのである。焼肉もうまく、セキフェは清淡な口なおしの珍味であり、本格の朝鮮焼肉のタレは淡白なものなんだということを知ったまではいまでもおぼえているのだが、二人ともすでにしたたか酔っていたので、店の名も、地図も、何も、かも、まったく忘れてしまった。おぼえているのはただ、猪飼野。それから、日本で最初。

新幹線。ロイヤル・ホテル。地下街。マンモス・ビル。高速道路。こう二つ、三つ書きならべただけで、私の体内のあちらこちらには異物感覚がはびこり、〝故郷〟はたちまち顔も眼も遠ざかってしまう。タクシーに乗って猪飼野へいってくれとたのみ、それも四天王寺から寺田町へぬけ、さらに杭全《くまたちょう》町までいき、そこから折れて勝山通りへでるというコースをとってもらったのだが、そうすれば昔の荒涼と活力の低湿地帯の記憶を蘇生させる断片が町のたたずまいのどこかにあるかもしれないと思ったからだった。しかし、やっぱり、この十七年か十八年のうちにどこもかしこも変貌してしまい、かねてよりの諦らめを超えてくれる事物と匂いには出会えなかった。

勝山通りをぶらぶら歩くうちに、表通りよりは裏通りのほうにまだ昔ながらの家屋と沈澱が無気力に顔をさらけだしていることに気がついたが、それでも新しい家や新しい店などのほうがはるかにおびただしいのだし、それらは貧しくても清潔で明るいのだから、わが根の汚泥ではないと一瞥で知れる。どこかの新聞販売店へ入っていき、このあたりで日本で最初の朝鮮料理屋というのを知りませんかとたずねてみたが、Gパンに長髪の三人の若者はトンチャン（焼肉）よりはハンバーグの立食いを常習としているらしき様子であった。さあねェ。知らんなァ。ぼくら、知らんなァ。そこを出て向いにあったドライ・クリーニング屋に入ってたずねてみると、気のよさそうなおばさんが一人、店さきにすわっていて、《とさや》という店を教えてくれた。

この店は〝名代　ホルモン料理　とさや食堂本店〟となっていた。そこで冒頭に紹介した北派と、南派と、超南北派と、南をよそおった北派など、諸派の判別法をこの店に適用して考えてごらん。これはのっけに〝名代　ホルモン料理〟とあって、朝鮮料理とも韓国料理ともうたっていない。つぎにピョンヤンでもなければモランボンでもなく、ソウルでもなければ、プーサンでもない。どだい朝鮮半島にある地名ではないのである。〝とさや〟というのである。わが日本の四国である。

するとこの店の主人は土佐に因縁を持つ日本人なのであろうか。それとも朝鮮人なのだろうか。日本人が朝鮮料理屋を経営したって不思議でも何でもないが、もし朝鮮人であるとすると、超南北派、それも凝りに凝って考えぬいた形跡があるといいたくなってくる。朝鮮料理とも韓国料理ともいわずに《名代　ホルモン料理》というのだ。いうまでもないが、私はたわむれにこういうことを書いているのであって、たまたま昔の朝鮮通《つう》の知人のことばを思いだしたからである。とさやの御主人、諒とされよ。

この店は間口が広く、店内はがらんとしているが、まだ夜の食事時間ではないからで、その時刻になってたてこんできてあちらこちらで煙がもうもうとたちはじめたら盛大かつ旺盛な光景となることであろう。七輪にカンカンに熾った炭をたっぷり入れて持ってくると、テーブルの四角の穴にはめる。台所をそれとなくのぞいてみると、薄暗い一隅で扇風器で風を送ってどんどん炭をほりこんでいる。このことに私は感心した。近頃のトンチャン屋はどこへいってもまずガス焜炉《こんろ》をテーブルに持ちだしてくるが、肉は炭火で焼いて食うにかぎるのだから、近頃高価な、珍しい炭をいちいちカンカンに熾して七輪に入れるあたり、この店の主人は舌と味にうるさい頑固な正統古典派かと察しられ、ほのぼのとなってきた。カルビ、タン、ハツなどを註文するが、どれも切身がたっぷりと厚く大きいのにもまっとうさがあらわれていて、これにも感心させられた。さらに感心したのは、給仕の少年にためしにセキフェはできるかとたずねたら、その場で、いきいきと、できますよと答えてくれたことであった。ここで回路が一挙に開き、私は時間をおしのけることができた。十八年前に錯乱して泥酔した私がつれこまれたのはこの家だったと思うことにしたのだ。

見れば二階への上り口の階段もある。では私はよろよろとその階段を上っていったのだ。そこであぐらをかいて朝鮮人の若い詩人と七輪をかこみ、モツを焼き、セキフェをすすり、マッカリを飲んで騒いだのだったろう。そのはずである。果然。時間は見出された。では、また、そこでとどまるのだろうか。

今日のセキフェは豚の胎児ではなくて牛の胎児だった。トントンと威勢よくきざむ包丁の音が台所で聞えた。ドンブリ鉢いっぱいにこまかい白片が氷塊といっしょに入って供される。タレ、ゴマ、酢、ネギ、いろいろなものを入れたので、涼しく、にぎやかであり、香ばしく、唇にも舌にもこころよい。スプーンでしゃくってはすすり、しゃくってはすすりする。眼玉の浮いていないのが残念だったが、今度くるときにはまえもってたのめばいいのだろうと気づく。荒寥《こうりよう》が豊饒に変った。

影を剝がすと家がこわれる

大阪の猪飼野でセキフェに堪能してから、翌日、京都へいく。夕方までホテルでごろごろして、かわたれどきになるのを待ち、お茶屋にでかける。かわたれどきとは黄昏の古語だが、あたりが薄暗くなってから道で人に会っても顔がわからないので《彼《か》は誰?》といいたくなるところからきたとされている。ほかに大凶時《おおまがどき》、逢魔が時など、この短い時間帯の特徴をつたえた言葉がいくつもあるが、すでに廃語に近くなっていて、学者がピンセットのようにつまんで扱うだけである。こういう古語には気をつけるとおどろくほど鮮烈で奔放な飛躍がひそめられているのだから私はもっと本腰を入れて勉強しなければと思いつつ、いつもぐずぐずと時間をうっちゃってしまう。《彼は誰?》時《どき》など、まことに優雅ではござらぬか。

とある祇園界隈の一軒のお茶屋にあがる。ここは何度か小松左京につれられてきた家で、小松の拠点の一つであるらしいのだが、お支払いのほうはいつも彼がやってくれてるらしい。そのたびに心苦しくてならないのだけれど、あるとき彼がタクシーの薄暗いなかで説明したところによると、オレは〝学割〟やから心配せんでええネンとのこと。京都のこういう店はおかあはんが昔から学者や画家の卵を若いうちに安く遊ばせる気風があり、後年、〝出世払い〟でモトをとる。オレもその一人やネン。〝学割〟で遊んでるネン。せやって気にせんでええネン。忘れとくれやす。ジャスト・フォゲリット（Just forget it）と、うれしいことをいってくれる。その声は八五キロの巨体からたちのぼって分泌されるので厚みと深みがあり、何やら誇りが匂っているようなので、つい、そうでっか、ほんなら……と呟いてしまう。

　小松がかなりお茶屋遊びにくわしいらしいことはおしゃべりや書くものの端《はし》ばしにちらちら陰見するものがあって何となく察しがつくのだけれど、一度、これはお茶屋ではないけれど、祇園のドまんなかに赤提灯があるのを知らんやろ、それも赤提灯も赤提灯、ホルモン屋や、いこ、いことせきたてられたことがあった。つれられるままに京都へいき、上ッたり下ッたりし、祇園の陰翳小路をかきわけかきわけしていってみると、まさに大赤提灯がぶらさがった民芸飲み屋風の一軒。

　戸をあけるとカウンターはぎっしりの満員。小松は勝手知った様子で目白押しの客のうしろをハイ、かんにんどっせなどと声をかけつつ台所よこの小部屋にあがりこんだ。その小部屋でレバーの刺身やタンの煮込みなどを食べたのだが、なかなかに知った味であった。この店は帳場の近くの壁に品書きの板をぶらさげているが、すべてひらがな、それもドイツ語。胃袋が『まあげん』などと書いてある。そしてお勘定は一声高く、べつああれんと叫ぶ、というぐあいであった。大学の医学部あたりの若くてひもじがっているのが教えてやったのでもあろうか。

さて、日曜日にお茶屋へいくバカもないものだ。薄暗い玄関からあがり、薄暗い階段をのぼり、薄暗いお座敷に入ってから、おかあはんに座賑わしを呼んで頂戴というと、おかあはんはかすかに眉をしかめ、日曜やさかいええのは誰もいえへんし、時間がかかるしなどとブツブツいう。枯木も山の賑わいや、などといってせかしたてると、おかあはんは電話をかけにおりていったが、三〇分待っても一時間たっても誰もあらわれない。

しょうことなく小松の家に電話をしたら、どこかそのへんで遊んでますワという奥さんの返事。おかあはんにあたり一帯電話で探らせたら何軒もいかないうちにすぐ見つかり、なじみの細眼・巨体が家をふるわせて部屋に入ってくる。ヨ、オ、などと声をかわし、さっそく飲みにかかり、お喋りにかかる。彼はとめどない博識で森羅万象知らざるはなし、ということは日頃からよくわきまえているのだが、ためしにアマゾンの話を持ちだしたら、すぐさまニッコリ笑って、あそこにはカンジロがいるよと返した。これは肉食性のドジョウで、眼、鼻、肛門、穴ならどこへでももぐりこみたがる癖があり、カヌーから河へオシッコをするその細流をつたって龍門の鯉のようにのぼってきて膀胱へとびこむのだと原住民に恐れられている。さすが大松右京。よく知っている。ウダウダとそんな話をしてるところへ、旦さん、コンバンワァと声がして襖をあける者があり、入ってくるのを見たら、女にはちがいないけれど、ひどく筋張った年増で、ヒネもヒネ。おでこのあたりに何やらイボまでついている。ヤ、と思ったとたんに眠くなってくる。なるほど。〝Never On Sunday（日曜はダメよ）〟とはこのことか。大松先生も気勢をそがれて声が低くなり、チラと眼を伏せる。目伏《まなぶ》せのうてはとてもかなわぬ景色なりげに。

何やかやの用があって毎年、京都には一回か二回いくようだが、いつも短くて一夜か二夜、永くてせいぜい二日か三日のトランジット・パッセンジャーにすぎないので、大きなことは何もいえないのだが、宮や寺のある周辺はべつとして、年々この市はおかしくなっていく。特殊保護区をのぞいて全市どこでも新建材の新しい家が古式の家と棟続きのままで建てられるものだから、さながら虫歯のある歯列をむきだしで、いやな歯茎もむきだしで見せつけられるようである。古家が新家と隙間なしにべったりとつながっているものだから、わが国の他の無数の市とは異った異和感が目立ってやりきれない思いをさせられる。老人が口を大きくひらいたみたいなところがあり、入歯の白と虫歯の黒がちぐはぐに一度に見えてしまって、ひどいなと感じさせられてしまうのである。そして夜になると、やたらめったらギラギラと明るい。

これは無数の他の市と変らないが、古い日本建築はギラギラに耐えられるように作られていないのだから、あさはかにも怪しい景色となってくる。日本美の極は陰翳にあると説いた谷崎潤一郎の高名な『陰翳礼讃』は昭和八年に発表され、京都の料亭や家屋などがよく引用されているのだけれど、いまではたとえば『京大和』などという格式の家へいっても、玄関、廊下、トイレ、座敷、ことごとく明るくて、おだやかで怪異な精がうずくまったままで棲みついているような陰翳のよどみなど、どこにもない。料亭、お茶屋、旅館、また、大通り、川端、どこもかしこも、年々歳々、精たちは放逐されて立去っていくようである。あの場所も〝厠〟とか〝後架〟よりは〝トイレ〟といいたくなる照明と装置ばかりである。

オイル・ショックで日本国がキリキリ舞いをし、衣・食・住・光・熱、ことごとく爪のさきで火をともさなければ生きていけないような騒ぎになったとき、小生は悠々としていた。ケンチン、スイトン、石油ランプのわが懐しき少年期後半がついにまた蘇ってきてくれたかと、一種、昂揚をおぼえたものである。諸外国をさんざん修業して歩いて西洋人たちの公的、私的のあっぱれといいたくなるケチぶりを全体と細部において観察した結果、銀座も暗くなり、野球のナイターもなくなり、テレビの深夜番組もなくなると報道されるたびに、ケチでも何でもない、あたりまえじゃないか、どこでもやっていることじゃないかと小生は考えていたのである。パリの下宿のトイレはドアの掛金をはずしたとたんに電燈が消えるし、階段の踊り場の電燈はいちいち上るまえにスイッチをひねって点灯し、上りおわったらスイッチをひねって消すというぐあいである。シャンゼリゼも暗いし、モンマルトルも暗い。ボンも暗いし、西ベルリン目抜きのクァフュルシュテンダム通りも一歩よこへそれたら石器時代の闇である。ローマもマドリッドも夜になればいたるところ太古の森の——石の森の——闇と静寂が、おどみ、よどみ、棲みつき、繁殖している。ここでまたケチと闇を西欧から輸入してそれに学べと申しているのではない。昔の日本人が知っていたこと、わきまえていたこと、洞察していたことを回復しろといっているまでである。ヒトの眼と心は闇と光を同時に求めているのだという単純な事実に思いをいたされよと低く鳴くにすぎない。

光は闇がなければ光にならないのだし、どだい〝効果〟という点から見ても避けようなくそうなのだから、ギラギラ照らしてばかりいるのはお化けがいるから便所を明るくしたがる子供とあまり変らないのじゃないかと思うが、あなた、どう？

レストランや料亭でも蛍光灯を平気で使っているが、あの光で膚を見ると、蒼ざめて萎びて見え、死体のそれのようで、やりきれたものではない。刺身の肌がプラスチック製のそれのように見えるし、トンカツにかけたソースはカエルの血のように見え、トンカツそのものも枯れて、褪せて、パサパサに見えてくる。女の膚の毛穴がひとつひとつあからさまに見え、蒼ざめたその皮に垢がつまって黒いケシ粒みたいに、それがまたひとつひとつ眼についてしようがないというのではアムールもアモーレもリーベも恋も、あったものではない。戸外の木洩れ陽や川原の光耀《こうよう》のなかではときどきそれはソバカスやホクロとおなじ可憐さを持つことがあるけれど、室内の蛍光灯では、ただ、ただ、眼をそらすしかないのである。

だから、小生、蛍光灯とくらべたらいささか高くつくのかもしれないけれど、家のなかの照明はことごとくふつうの電燈に変えてしまった。技術文明はすべてテンポを一つ遅らせてさかのぼると、どうやらそれなりの味がでてくるように思われる。最新の最新というヤツは切れすぎる刃物が皮膚を傷つけて困るのと似たところがあって、いきなりとびつかないほうがいいように思う。

年々歳々、京都の市民はわれとみずから御先祖様の残した視覚資源を食いつぶして市全体を安っぽくて、便利で、どこにでもあるものに変えつつあるが、それでもまだ、ここにしかないというものはのこされている。紫いろのネオンやアンドン看板や文字がもっとも多く繁殖しているのがこの市の夜のどこにもない特長だが、こういうむつかしい、あぶない色光が効果をあげるのも、御先祖代々の陰暗と秩序の爛熟が、たとえ断片や端《は》ぎれとしても夜のあちらこちらに棲みついていればこそだろう。それに、ほんとうに日本建築の呼吸をわきまえた、趣味にきびしい主人のいる老舗や、料亭や、旅館へいくと、やっぱり昔のままの陰翳が、玄関、天井、座敷、廊下、戸袋、小庭の羊歯《しだ》、手洗鉢のかげ、額のうしろなどにしっとりと棲みついている。漆のお椀ですするお澄ましの透明な闇のなかにも棲みついている。文味の極の豆腐のはんなり舌覚にも棲みついているし、川端の柳のかげや、疏水のはげしい波や、杉、檜でつくした日本風呂の浴槽のなかにも、よどんでいる。日曜にお茶屋にあがるのは生国不明のバカのすることらしいが、お座敷に爛熟をすぎて枯味にさしかかった陰暗がしっとり、ほんのり漂っているのを眼で追うともなく追っていると、先生、毎年お客が減っていくようで、私《うち》、心細てならんのどッけど、どないしたもんでおますやろとシジミのようにブツブツいっているおかあはんをほったらかしにして、やっぱりここで随一の酒の伴侶は陰翳なのだナと、しみじみ思わせられる。お茶屋にもお座敷の一隅にキラキラしたバー風の酒棚をしつらえて温故知新をハゲんでいる家がないでもないが、そんな家でも座敷や廊下や小舞台のそこかしこには影の精が巣喰っていて、たとえばさりげなくほりっぱなしにしてあるように見えるその一片の一匹でもつまみだし、剝ぎとって、捨てようとなると、指をのばしてひっぱったとたんに家全体がガラガラッと崩れてしまいそうな気配がある。

諸兄姉《みなさん》。京都へいったらニシンそば、芋棒、ハモ、魚そうめん、何を食べてもよろしいが、一夜はどこかへあがって影をサカナに飲みなさい。それのみ。それあるばかりだ。いまや。

スッポンもハモも昔はさほど京大阪で上魚扱いされず、むしろ、ざっかけな庶民のものだったのが、いまや御時勢で雲上人の味覚となってしまった。いいハモもわるいハモもことごとく料亭へいっちまうといっても過言ではあるまい。スッポン料亭では縁側（甲のふち）、チョコチョコ（後足のつけ根）、ワタ、それぞれの各部を一片ずつまぜて一人前と称し、万金をむさぼりとる。ハモが下魚だった証拠にはすり身にしてカマボコにしてハモそうめんなどというものにみごとに化かしていた事実を見てもわかるとおりで、よほど、腐るほどとれなければそういう真似はしないはずだから、昔はよほどとれたのだろう。しかし、いまの魚そうめんは北洋漁業でカナダやアラスカの沖でとったホッケやスケトウを何もかもいっしょくたにすりつぶしたものを配給してもらってつくるから、どこもかしこも全国おなじ味になる。ただそれを千にして細くつくると京風魚そうめん、厚くつくったら小田原カマボコになるといったぐあい。だから、こうして追いつめていくと、ニシンそばとか、芋棒しかのこらなくなってくる。

こういうものはまっとうな材料を買ってきて君ンちのおかあはんが根気づよくまっとうにやったらそれなりの手厚い味がでるもので、その素朴味こそめでたけれというものなんである。ただし、女子近代教育というモノを通過してきた君ンちのおかあはんが、ホンダラの干したのやダシ昆布のいいのや芋の選りぬきをいちいち買いにでかけるだけの根のある愛を体内に残存しているとしてのハナシだが……。

いろいろ談じたり、嘆じたり、思惟《しい》したりしているうちに、ふと気がつくと、伏見からきた増田徳兵衛は端然と正座したまますうなだれてイビキの高音部をむさぼり、イボのヒネはんは手持不沙汰のままマッチ箱にアホ、あほ、阿呆とボール・ペンで書きつらねている。おかあはんは心ここにあらずという白想にふけり、白磁の徳利はさめてつめたい。小松左京は銀河系の異変について夢中でひとりでしゃべっている。変らず、語らず、書かず、放心せず、つねのままなるさまとてはただすだまこだま棲む影のみなりき。このみやこにてめづべきはすだまこだま棲む影のみなりけり。

南に愕《おどろ》きがある

パリのオルリー空港でも香港の啓徳空港でも、それはどこでもよろしいが、日本人乗客が行列をつくって並んでいる光景がよく見かけられる。みんないい服を着ていてカメラに眼鏡はおきまりだけれど、なかにはレインコートにアタッシェ・ケース一つきりというスカシた恰好の紳士もちらほら。黄色人種の外国旅行者はたくさんいるけれど〝眼鏡をかけた、黄いろい、やせた猿〟という形容はとっくに死語となり、むしろ日本人は丸顔で、肉づきがよく、腰まわりが太くて身だしなみと持物がシックということで遠くからもハッキリそれと、他の黄色同胞諸氏と見わけがつくようになってから久しくになる。

ところが、一人一人をくわしく見ると、みんなジェントルマンとレディーであるのに、行列全体として見ると、いつも、どこか、何となく、難民か敗残兵、そうでなければ移民の群れといった印象をあたえられる。あちらこちらの地帯で私はこういう人びとをよく見かけ、その観察に三十代から四十すぎまでの十数年を費消したようなものだったが、わが同胞はハダシでもなく、ハダシでハダカでおなかのプックリふくれた子供をつれているのでもなく、うめくニワトリや死んだアヒルを腰にぶらさげているのでもなく、手や背に鍋、洗面器、風呂敷包みを背負っているわけでもないのに、なぜかしらその行列の一団は難民か、敗残兵か、移民のように見えてしかたがない。なぜそう見えるのか。こまかく数えていけばアレがアアだから、コレがコウだからと指折って批評することはできるようだが、やっぱり全体としてはその印象がいつも最後に起きあがってきて観察を蔽ってしまう。一人一人の日本人は身だしなみと肉づきのいい、ちょっとブロイラーがかったところのある紳士であり、淑女であるのに、行列をつくったらなぜ突然、難民の群れと見えてしまうのだろうか。

梅雨の終り頃だが小雨がパラつく竹芝桟橋に夕刻いってみると、小笠原へいく三〇〇人ほどの一団が、バラバラのままで行列をつくって乗船の順を待っている。小笠原は〝東京都小笠原村〟だからオルリー空港や啓徳空港とはちがうので、乗客の服装も当然ざっかけなものになるわけだが、ヤングを七分、オールドを三分つきまぜたその行列は、行列として見ると、やっぱり難民か敗残兵のように見えてしかたがない。どうしてもそう見える。みんなうなだれて猫背で朦朧としている。ヤングたちは♀も♂もこれから夏休みだ、ヴァカンスだ、亜熱帯へ移動するんだというので、水夫袋だの、バックパッカーだのをめいめい背負いこんでいるのに、放埒さに気力がなく、華やかさにあふれるアナーキーがなく、みんなおとなしくてショボショボしている。ヤングもオールドも、日本人の行列はどうしてこう、いつも、しおたれて見えるのだろうか。なぜ私たちは背骨をたてて行列をつくることができないのだろうか。

われらが父島丸には四階級があり、特一等、一等、特二等、二等、四種の部屋がある。このうち特一と一等は三カ月前から予約満席で入りこむ術《すべ》がないから、どうしても二等へまわされることになる。ザワザワと案内されるままにいってみると、二等というのは船底のツッコミの合部屋で、イワシの缶詰である。それはかまわないけれど灯が薄暗いから本が読めないという、私にとっての致命傷がある。本なしで私は一日も生きることのできない中毒患者なのである。そこで、出港してから、かけあってみると、特二に空席があるというので、一も二もなくそちらへ移る。これは船窓があるので日光がよく入って本が読める。ただし、ギュウ詰めぶりということでは二等も特二もまったく相異がなく、潮の急な海にさしかかると船のロッキングにつれて頭がゴツンと壁にあたり、一呼吸おいてからズルズルとさがっていき、そうなると足が誰かの頭や腹にトンとぶつかる。そしてまたズルズルとすべって頭が壁にトンとあたる。誰かの足や頭がズルズルとすべってきてトンと私の腹や肋骨をつき、一呼吸か二呼吸おいてからおとなしくひきさがっていく。これの繰りかえしである。ためしに水筒をおいてみると、船の動揺につれてひとりで倒れかかったり起きなおったりを繰りかえすのが足さきにまざまざと感じられる。ズルズル、トン、ズルズル、トンを繰りかえしながら東京から小笠原まで四〇時間、本を読むのと、妄想にふけるのと、うつらうつら眠りの連続。小笠原から東京へもどるのにまた四〇時間、読書、妄想、惰眠。同室の大学生らしいのはひたすらマンガ雑誌を読みふけり、一冊終ると水夫袋からまた一冊べつのをとりだして読みふけり、ときどきものうげにアザラシのように寝返りをうつ。

満室の男や女たちの動物としての口臭、腋臭、垢臭、それに何やらネットリとした水虫の匂い。冷房装置がかなりそれらを追いだしてくれはするけれど、出航後数時間もたたないうちに、もう、その部屋の匂いというものができあがってしまう。もしこれで冷房装置がなかったら戦前に石川達三が『蒼氓』を書いた頃の南米移民の船と大差ない。やっぱりわれらはどこまでいっても難民か、移民か、敗残兵であるわけか。

二夜三日の航海のあとでバケツ船は父島の二見港に入っていく。途中で八丈島を通過するあたりから潮のぐあいが変って、いささか急調、いささか乱調になるのだが、そのあたりからバケツ船は揺れだして、ミチミチギーッ、ミチミチギーッと合部屋が音をたてはじめる。東京湾を離脱するまでにこの船はずいぶん時間がかかるのだが、そのあいだずっと糞尿色とも化学汚物色ともつかぬどろりとした汚水がつづき、見るだけで眼をそむけたくなるのだが、ミチミチギーッのあたりまでいくと生まれたての紺碧となる。ゆるやかな三角波を切ってときどきトビウオがキラリ、キラリと飛んでいく。まだ未成熟で小さく、ポケットナイフが閃めくようだが、立派に羽が生えて、けなげに遠くまでチョロチョロと飛んでいく。

この魚は大魚に追われたときに遁走するために羽があるのだという説が自然であるように思われるが、イヤ、かならずしもそれだけではなくて、たのしみやたわむれとしても飛ぶのだという説もあるらしい。しかし、いずれにしてもこの魚は飛翔のために身軽になるよう体内がデザインされていて、胃というものがなく、口から入った餌のプランクトンは一本の管を通過して栄養を吸収されて体外へ排泄されるという仕掛になっているのだそうである。胃にモノがたまって重くなると飛べなくなるから省略してあるのだという。

〝腹ごなれ〟も生体の愉悦の一つにちがいあるまいが、機能のためには感覚をギセイにするのもやむを得ないというのがこの魚の場合であって、切実とも悲壮ともつかぬものをおぼえさせられる。そんなよしなしごとを思いつらねるうちに水平線上に島影があらわれてバケツ船は徐行をはじめ、愕ろくべき二見港に入っていくのである。亜熱帯の海がそこにある。生無垢の亜熱帯の海がまざまざとある。それは海底の深浅によって、とろりとした翡翠《ひすい》の淡緑から深淵の紺碧まで、さまざまな変化の帯をたたえた海面である。淡緑にも紺碧にもふんだんに豊饒な日光が射し、空気はあたたかくてむっちりふくらみ、女の手のように湿めっている。東南アジアで毎日毎日、明けても暮れても頬と体をゆだねてすごした、まぎれもないあのあたたかくふくらんで湿めった空気である。日光である。無数のアリの群れのように記憶が、愉悦と、懈怠《けたい》と、酷烈の記憶が光景となってぞろぞろと私のどこかから這いだしてくる。

小笠原は諸島である。大小の島や岩礁やを数えると三〇か四〇くらいあるだろうか。それぞれの島に父島、兄島、弟島、母島、姉島……というぐあいに一族の名を冠してあるあたり、まことに端正でシックである。これらの島は海底から隆起し、玄武岩の断崖、絶壁でかこまれ、海底ではすべて岩の根でつながっていると思われるので、魚にとっては最高の棲息地である。どこかの根でイヤな釣師にやらずぶったくりで根魚が釣りあげられてもしばらくたつとよそから海底の根づたいに新しい魚がやってきて棲みつくので、それぞれの島は大きくないけれど、海底での魚の棲息地の面積は広大なものになる。おまけに海底と磯近辺が凸凹深浅ただならぬ岩場なんだからいよいよその面積は増大するわけである。だからこの諸島は世界でも類のない豊庫となる。たまたまバケツ船のタコ部屋で知りあった島出身の紳士が教えてくれたところによると、和歌山あたりからきた釣師がサワラやキワダマグロなどを三〇〇キロから釣りあげて持って帰り東京の竹芝桟橋にトラックを待機させて運び去る習慣であったという。そこで島の漁業組合が見るに見かね、釣るなとはいわないがせめて二〇〇キロにとどめてくれと申入れたところ、それきりこなくなったとのことだった。こんな下劣なハナシは釣師仲間では小笠原についてはいくらも流布されていて、腹をたてるヒマもないくらいである。三〇〇キロ釣るやつに二〇〇キロでやめろという漁師もおおらかなものだと思わせられるのだが、それくらい魚が豊富なんだということを語る一例なのであろう。

⦿サメが産卵に集ってきてる。
⦿だから他の魚が姿を消してる。
⦿潮がよくない。
⦿秋の十月、十一月が最高だ。

そんな悪条件ばかり聞かされたうえ、予約してあった漁船に乗りこんで釣場へ向う途中、台風が接近中なので退避のため父島丸は明日出港することになったという無線が入った。バケツ船はこの島で二泊の予定なので私はその二泊三日をフルに釣りに没頭するつもりだったが、明日出航ということなら、今日の午後半日しか釣りができない。しかも釣場までの往復に二時間もかかるとあれば、釣りをする時間は正味いくらもない。といって、台風にさからったところで、どうしようもないのだから、眼を閉じるしかない。遠征はしばしばこういう災厄に見舞われることを覚悟しておかなければならない。二年前に孀婦島へいったときは往復に五〇時間かかって釣ったのはたった十分間という悲運であった。まったく、徒労ばかりの人生である。

このあたりの海にはカジキはあまりいないけれど、オキサワラはよくいるそうである。夏のサワラは数が少く、やせていて、小型だが、秋になると二〇キロ、四〇キロもあるのが登場するそうである。この魚は魚雷型をした猛魚で、歯が凄く、ルアーのハリスには噛み切られないよう49本撚《よ》りのワイヤーを使うが、鈎がかりすると縦横左右に疾走して狂いまわり、トローリングとしてはカジキ類につぐゲーム・フィッシュである。50ポンド竿にリールはセネターの9番、それにダクロン糸の50ポンド・テストを五〇〇メートル巻きこみ、大阪の中田名人が牛の角や夜光貝を自分で削って造形したカグラをつけたバケ（ルアー）を流す。いくつもの島を右に見て、ある島（特ニ名ヲ秘ス）の鼻を曲ったとたんに海が一変し、外洋の主潮が正面から磯を直撃してきた。大波小波が渦巻き、逆上し、磯と岩礁には白泡が噴水のようにたちあがる。漁船はぐらぐら揺れて波をかぶり、足首から膝までが波に洗われる。左腕を腕木にからめて体を支え、右腕一本で竿とリールを支え、ドカンと凄いショックの瞬間に体ごと竿をしゃくってあわせる。糸がジーッと音たててとびだしていく。

この瞬間のこの音なのだ。この音を聞きたいばかりに東京から四〇時間もバケツ船で揺られてきたのである。魚を走らせるだけ走らせてから、ぐらぐら揺れる舟のうえで両足を突っ張って、やった、とった、糸を繰りだす、巻きこむのファイトがはじまる。陽は輝き、空は晴れ、激流が広大な虚無を走り、波としぶきと泡を浴びて忘我。炸裂。凝集。苦痛。叫びと、囁き。

やせて小さいといわれてもこのサワラは一メートルをはるかにこえる大魚だった。作品も釣りも処女作にすべてがあるといいたくなることが多いのだから、これは質、量ともに私としては満足していい処女作であった。このあと島かげへまわり、舟を潮上に向けて漂よいながら漁師のすすめで底魚釣りをやってみたのだが、ここで驚愕と出会った。このポイントは磯近くで二〇メートルくらいの深さなのだが、錘が魚の頭に毎度落ちているのではないかと怪しみたくなるくらいの豊饒さだった。

一度錘を底まで落してから一メートルほどあげる。これを〝底を切る〟というのだが、そうやっているひまがないのだ。錘が底についたとたんに魚がとびつくのである。しかも一度に二四、同時にとびかかってくるのである。餌はムロアジの切身。それを縫い刺しにしてネムリ鈎にかける。この鈎は先端が内側へ折れこんでいて、見るからに意地悪そうな鈎だが、魚はかかったらさいご逃げられないから、眠っていても釣れるというのでこの名がある。別名を地獄鈎ともいう。入れたら釣れる。落したら釣れる。それもアカハタのような三〇センチたらずの小物からヒラマサのような大物まで、ハタ類、タイ類、アジ類のめちゃくちゃな混住ぶりで、上げてみるまでは何が釣れたかわからないという謎もある。味噌汁に入れると素敵なアカハタ。唇と頰に紅をさしているのでゲイシャというアダ名のあるフエフキダイ。歯を剝きだしたコイといいたくなるコケブリ。姿はきれいだが肉がくさいので一名をクソダイというギンダイ。華麗な斑点をちりばめているが小さな牛ぐらいの馬鹿力を持つバラハタ。×××。△△△。□□□□。○○。◎◎◎。?。??。???。!。!!。!!!……

台風が気がかりなので早く引揚げたけれど私は茫然となって二見港へもどった。聞きしにまさる異境である。しろうとの釣師が一人でサワラやキワダを三〇〇キロ釣ったという話もうなずける。それを二〇〇キロでよせといった話もうなずける。ここはさながら史前期にあるかのようだ。稀有の豊庫である。よくよくきびしく規制して守らなければならない楽園である。

南には驚愕があるのだ。北が失った、もう理解できなくなった、思いだす手がかりもない驚愕があるのだ。

海は牧場か砂漠か

小笠原では父島がいちばん大きいし、人も住んでいるが――それもたったの一五〇〇人という嬉しくなるような数字だが――他の島や岩礁はことごとく無人島である。この多島海を舟でいくとつぎつぎに小島があらわれては消えるが、玄武岩の断崖、絶壁が見えて、ときどき裸の頂上で遊んでいる野生のヤギが二つ三つの白点として見えるほかはないないづくしである。人がいない、家がない。電柱がない。野立看板がない。漁船がいない。釣師がいない。まるで史前期の静寂のなかをいくようである。これが無上にありがたい。視線と思惟がどこまでもたわむれるままにのびていく。その始源の静謐《せいひつ》があまりに大きく、広く、玄妙と無邪気があるきりなので、釣りなどは、ふと、どうでもよくなってくる。

そういうなかを走りつづけて父島の二見港にたどりつく。この小さな港の渚一帯が液化した翡翠である。いつぞや香港の宝石店でたわむれ半分にふつうの石と極上の石を見せてくれといったら時価で十万エンの石と三〇〇万エンの石を並べて見せられたが、極上とされる翡翠は澄明もなければ燦光もなく、おだやかに朧《おぼろ》でとろりとしているのだった。玉《ぎょく》の類もやっぱり貴品はキラキラ閃めくことがまったくなくて、とろりとよどんでいて、手にしっとりズシリともたれかかってくるのだが、そういうのが中国人の美学の精髄の一つかと教えられたような気がした。この港の渚近くで遊んでいる水も清浄で無垢だが、極上の翡翠の内部に入りこんだように朧でとろりとしている。その緑と白の稀れなたわむれあいには眼と心を奪われずにはいられない。ときには牛乳を流したように白濁して見えるところもあるが、廃棄物や汚水でそうなっているのではなく、光のたわむれなのである。行政区分でいくとこれがまぎれもなく〝東京都内〟となるのだが、苦笑したくなってくる。

二見港は小さな、かわいい港で、突堤から眺めると、水底の石が透《す》けて見え、ボラが何匹も遊んでいるのが見え、まるで人を恐れる気配なしにくねったりひっくりかえったりしてたわむれている。また、岸壁に碇泊している船の赤く錆びた腹の下では澄明な水のなかで残飯をあさろうとして何十匹というイトヒキアジの子供らしいのが群がっているのが見え、まるで蚊柱がたったみたいである。こういう光景が〝異象〟でも何でもなくて、誰もふりかえろうとしない日常の光景であるらしいので、岸壁を歩きながら一つ一つそういう寸景に眼を奪われてたちどまりたくなる私はよほどあるべき箇処から流されているらしいなとおぼろに知らされるのである。これは痛覚でなければならないのだけれど、日頃浴びせられる汚穢があまりにもひどく、顎まで浸っているものだから、〝痛〟とも〝覚〟ともまさぐりようがない。

この港の一部に『東京都小笠原水産センター』なるものがある。小さなブロック積みの平屋の建物で、庭、芝生、ガード、そんなものは何もない。岸近くの海の一部が金網で囲って池のようになっているが、たくさんの大きなカメがウチワのような鰭をバタバタさせて金網を突破しようと浮きつ沈みつしているのが見える。また、コンクリ製の水槽がいくつもあって、一つ一つにたくさんのカメが入っている。これらのカメはことごとくアオウミガメである。戦前の用語で呼べば〝正覚坊〟である。つぶらな、まッ黒の、かわいい瞳がつやつやと濡れ、だまりこくったままこちらを見あげる。係りの若者がバケツで餌を投げこむと、ぴしゃぱちゃ、ジタバタ、いささか無器用だが夢中になって全身でもがいてひしめきあう。鰭でかきわけあったり、その鰭をふいに二枚そろえて背中の甲羅にくっつけてみたり、微笑せずにはいられない。

「その餌は何ですか？」

「魚の肉ですよ」

「何の魚です？」

「磯魚とかサメの肉です」

「カメは肉食ですか？」

「小さいうちはそうなんです」

バケツのなかには脂肪のありそうな白や赤の微塵切りの肉が入っていて、それを水槽にひとつかみ投げると、カメたちは夢中になってパクつく。黒い眼で人を追ってヨチヨチと水槽のなかを泳ぎまわる。

事務所に入っていろいろと話を聞いた。このセンターは開設されてからまだ四年にしかならないが、アオウミガメの養殖と放流をしている。二月、三月、カメは大洋のどこからか潮に乗ってふらふらやってくると、浜に上陸して卵を生むが、それを集めて孵化場でかえしてやる。それから一年間、ここで餌をやって大きくし、海へ放流してやる。一年生で放流するのは早すぎると思われるのだが、餌代がカサむし、毎年卵の数が増えるしするものだから、しようがない。ふつうカメの子は卵からかえると海をめがけて一目散に走っていくが、そいつを上空から軍艦鳥が襲う。この島に軍艦鳥はいないけれど、海には大口のハタがうようよいる。ハタはカメの子が大好物で、ヨタヨタ近づいてくるのをパクリと一口で呑みこんでしまう。だからハタの口よりは大きく育ててから放流してやらなければならない。だいたい毎年、一〇〇〇匹から二〇〇〇匹を放流するのだが、生残れるのは二パーセントかそこらではあるまいかとのことである。この数字の正確なところはまだわかっていないが、たくさん放流すれば生残る数もそれにつれて増えるはずである。アメリカではカメの養殖はとっくに企業化されていて、マイアミあたりでは一〇万匹も孵化して放流しているそうである。

島ではカメを成育順にこう呼ぶ。

カメノコ

ウエントル

中ウェントル
大ウェントル
大ガメ

ウェントルというのは二、三年生で、五〇センチくらい。昔、米軍占領時代にアメリカ人が、〝ウィンター・タートル（冬のカメ）〟と呼んでいるのを耳にして島の人たちはそれをちぢめて〝ウェントル〟と呼ぶようになったらしい。一年生のうちはカメノコ。これは小さく切った魚を食べるが、大きくなるとクラゲや海藻を食べ、肉食をやめる。ふつうこの種のカメは平均寿命五〇年と推定されている。五年生になってから交尾するが、天然のは発育不良のせいか七年でやっと一人前になる。アオウミガメの肉は三年生ぐらいから食べられるが、いちばんうまいのは七年物か八年物あたりだそうである。

カメさんは放流されると、単独で遠洋航海に乗りだすのと、この島のまわりをうろうろするのと二つにわかれる。島のまわりをうろうろしているのを〝じねんじょ〟と呼ぶ。ついでだが島育ちの人間のことも〝じねんじょ〟と呼ぶ。まるで山イモみたいな呼び方だが、実感があっていい。じねんじょガメの甲羅にはカキやフジツボがいっぱいくっつくので見た眼にはきたない。これまでの記録だと、二年間、島をはなれなかったカメの例があるけれど、何匹のカメが何年間、島をはなれずにいるのかは、わからない。カメは飢えに強くて半年ほどなら何も食べなくても生きていけるが、奇妙なことに一度やせると体形がもとにもどらず、回復力がない。強敵はたくさんいて、海鳥にさらわれ、ハタに呑みこまれ、生きのびていくのはなかなかしんどい。サメは見境なしに何でも呑みこむが、カメもパクリとやられる。一昨年だったか。サメに追われたカメが逃げ場を失って浜へ上ってきたことがあった。

（サメの腹に呑みこまれた物ではゴムだけが溶けないという話をあとで島の人に聞かされたが、もう少し何やかやが溶けないままゴロゴロしているのではないかと思う。聖書伝説でヨナは巨大な魚に呑みこまれたとなっているが、その魚は大ザメではあるまいかというリンネの説が、昔、あったらしい。現代ではこれはクジラではあるまいかとされている。ジッポのライターの広告で、フロリダで釣ったサメの胃からこのライターがでてきたのでためしにパチリとやってみたらその場で火がつきましたというのを見たことがあるけれど、ちょっとマユツバ。）

この島から出発したカメは潮流に乗ってふらふらと旅にでる。潮流は何本も方角の違うのがあって、北上してカリフォルニア方面へいくカメもあれば日本列島沿いに南下していくのもあり、どこで何をしているのかわからないが、約二年たつと、島へもどってくる。49年8月6日に標識をつけて放してやったのが今年、51年7月14日に帰ってきた。およそ二〇〇〇キロから三〇〇〇キロの旅をするのではあるまいかと推定されている。サケは生まれた川の上流までさかのぼるけれどカメは沿岸までである。ただし偏差は五マイル以内となっているから、旅程のスケールの厖大さから見るとあっぱれといいたくなる正確さであろう。この諸島での産卵場所は母島からはじまってつぎに父島、つぎに婿島へと北上していく。交尾も母島の東側ではじまってから島を西へ一周し、ついで父島へと移ってくる。

「……しかしですね。こうやって苦心してカメノコを育ててやって放流してもですね。カメは餌とまちがえて海をただようビニールを食べたり、タンカーから排出される原油やタールのかたまりを食べたりする。少量ならウンチになってでますけれど、たまると腸閉塞を起して死んじゃうんです。ビニールをクラゲとまちがえるんでしょうかね。解剖してみると胃や腸にギッシリつまってるのがありますよ。鳥だ、ハタだ、サメだといったって、人間にはとても勝てないですよ。人間がいちばんひどい。何といったって人間です」

若い研究者があてどない怒りとも蔑みともつかぬ顔でそうつぶやく。諦めに似たいろもあるが、その眼のうらにはもっと深くておびただしいものがひそんでいるようである。

さて。

スッポンの肉とスープの魔味については定評があるが、アオウミガメも名品である。その腹甲(腹の甲羅)を煮るとすばらしいスープがとれる。ヨーロッパの料理店で私は何度かためしたことがあるが、おそらくそれは缶詰の濃縮液をブイヨンでのばしたものだったろうと推察する。金色に輝やき、ムッチリとふくらみ、みごとな艶と厚みのあるスープである。たとえていえば夕陽がそのままスープにとけこんでいるような——そういいたくなるような逸品であった。カメ学の初歩を教えられたあとでためしたのは刺身、フライ、ステーキ、モツの煮込みである。

刺身はいささか水っぽいが獣肉にたとえれば若いシカの肉に似ている。フライもわるくないが、もともと身が淡白なのだから強い火と油で攻めると貴重品が失われるという気がする。だから、まだしもステーキのほうがいい。いや。これは逸品である。切ると赤い肉汁がたらりと皿ににじむ、その程度に焼くと、軽妙、柔軟、しかも淡い脂の潤味があり、まことに名作である。何よりも感心したのは『大ちゃん』というラーメン屋の奥さんがつくったモツの煮込みであった。獣であれ、魚であれ、およそモツと名のつくものでうまくないものはちょっとさがすのがむつかしいが、アオウミガメのモツの煮込みは筆頭三位内に入るのではあるまいかと思う。これは皮膜、胃、脂、肝臓などを水一滴も入れないようにして鍋に入れ、ちょっと塩とタマネギをほりこんで、コトコトと煮るだけなのである。醬油、味噌、味醂、ブドウ酒、モツ料理と聞いてすぐ連想できる調味料は何ひとつとして一滴たりとも入れないのだ。水も入れないのだ。スープと脂はモツからただちにでてくる。それだけでコトコト煮込む。かけちゃおろし、かけちゃおろし、二日、三日煮込むと、さらによろしとのことであった。脂がでるといっても淡白な、おだやかなものであって、まことに気品があり、ギラつきもネトつきもしないのである。深皿に入れられたそれを箸でベロベロしたの、ムッチリしたの、肉質の、ゼラチン質のとひときれひときれさがしてまわるのも愉しみであった。

（……このカメの腋の下にはちょっぴり黄いろい腋臭腺があって、鰭が四枚だから四つあるわけだが、これを誤って鍋に入れるとイヤな匂いがつく。そうなるとショウガを入れたり、酒を入れたりして、大童《おおわらわ》になるが、どうしても消えないという。だから注意がいる。肉を煮込みにするとオデンのネギマのマグロみたいに硬くなってくるから、モツだけでやったほうがいいように私は思う）

刺身、フライ、ステーキ、煮込みと食べ進んで、解釈と鑑賞に全身で没入するうち、ふと疑問が起り、背も腹も甲羅で蔽われた、あの大きなアオウミガメをどうやって殺すのだろうかと思った。それを口にだすと、その場でじねんじょの一人が、淡々と、刺身包丁をズブズブと首の根元につっこんでいくと心臓にぶつかるのですと、答えた。とたんにカメの眼が正面にきた。魚の眼は虚無と驚愕をたたえているように見えるが、このカメの眼は黒く、つぶらで、つやつやと濡れていて、ひたすらに温和で無邪気なのである。それが水槽のなかでヨチヨチもだもだと泳ぎつつこちらをジッと見あげるところを見ると、どうにも微笑せずにはいられないのだ。ところが、このモツの煮込みにもまた私は微笑せずにはいられないのだ。つまらないことを聞いてしまった。聞くのではなかった。聞くべきではないことを聞くべくして聞いてしまった。

ニューヨークの動物園へいくと、ライオンだ、ヒョウだ、ワニだと見ていったあと、いちばん最後の艦には何も入っていなくて、ただ、札に、『地上でもっとも獰猛な動物』と書いてある。そして檻のなかには鏡が一つおいてあり、のぞきこむと、あなたの顔が映るのだそうだ。

矩形《くけい》の療養地

〝大学生〟というよりは〝偽《にせ》大学生〟というほうがふさわしいような学生時代が私にもあったが、その頃の数少い友人の一人の大森盛信君が貸農園というものを始めたから見にきてくれと、かねがね手紙をよこしていたので、某日、大阪へいく。彼の家と農園は大阪のはずれの守口市にある。もとは水田や畑だった土地をこまかく仕切り、全体の外周を金網で囲い、仕切った小間を農園として人に貸すのである。小間は大、小、いろいろあるが、小さいもので約三・八坪、大きいもので十五・十五坪ある。面積によって借賃は異なるけれど、たとえば三・八坪のは一カ月二二五〇円、十五・十五坪のは九〇〇〇円というぐあいである。その小間にサツマイモを植えようが、バラを植えようが、そこは借地人の好みのままである。守口市八雲北町三―33というのがアドレスで、農園の名は『八番レジャー園芸菜園』というのである。規則書なるものを見せられると、〝8-ban Leisure Gardening Plantation〟とあるので、クスリ微苦笑。

ネコの額ほどでもいいから自分の庭を持ちたいというのがおそらく現代日本の都市住民万人の希望だろうけれど、さまざまの事情と理由によってそれが至難であることはこれまた万人のよく知り、諦らめかかっていることである。そこで、団地アパートからいささか離れた土地にホンの僅かの賃貸料を払って黒土の矩形を借り、日曜ごとに家族ぐるみでやってきて草むしり、苗植え、種まきなどを楽しんで頂こうというのが大森君の構想である。こういう貸農園は最近になってあちらこちらに作られて、なかなか好評なのだそうである。大森君のような私営のもあるが、守口市には市営のもある。それは市の所有地で公園にするような土地を小間割にして市民に貸すわけだが、一年間しか借りられないという点が難である。希望者の数がおびただしいものだから、どうしても一人一年で我慢してもらい、つぎつぎとタライまわしにして順送りにするしかないのである。すると、今年借りた人は今年中に種をまいて実《み》を結ばせて収穫したいから、それにふさわしいような肥料を選んで投入し、収穫したあとはほりっぱなしで雑草が生えるままである。つぎの年にくる見ず知らずの人のために雑草をとったり、土を鋤《す》きかえたりなどという親切をしてやる人は一人もいない。大森君の農園を見たあとで市営農園を見にいくと、すでにどの小間でも収穫を終ったあとらしく、丈高い雑草がのびるまま、茂るままになっていて、近頃の若者の髪にそっくりである。小間割の仕切そのものも見えないまでに雑草に蔽われているから、農園というよりはただの空地としかいいようがないのである。つぎの年に入った人は雑草刈りだけでもたいへんな苦労をしなければなるまい。

（……しかし、と大森君のいうところによれば、あまりにきれいにあらかじめ整地してあるところよりは多少手間をかけてでも雑草とりをしなければならない土地のほうが愛着が深まっていいという意見の人も多いのだそうである。)

この市営農園の土は山土である。他の私営農園には下水工事や地下鉄工事などで掘削した土を入れているところもある。大森君のところは畑土である。他の農園との違いをかぞえてみると、専用駐車場、水道、草捨場、クズ籠、フェンス、貸農具、板仕切、薪、私物小屋、園芸図書、焼却炉、堆肥場、灰皿、ベンチ、テントなどである。以上の物が大森君の農園にあって他の農園にないものなのだそうである。話を聞いていると、ほとんど何から何までがあるのと、何から何までがないのと、そういう相違のような気がしてくるが、それが自慢や宣伝のように聞えないのは、彼の性来のボソボソ口ごもり口ごもり喋る、その喋りかたのせいだろうか。ただし、ブツクサブツクサ呟いているようで、よくよく耳をよせて聞いてみると、むきつけ辛辣な悪口であると気づかせられる場合が昔からしばしばあった。カラスの鳴声をシジミの呟きの文体でやるわけである。それにこちらが気づいたと知ると、そこで顔をあげ、ちょっと空を向いた鼻をそらしてヒ、ヒ、ヒと笑声をたてる癖なのである。久しく会わなかったが、少しやせてオッサン顔になっちまったということをのぞけば、He is not what he used to do.(彼や昔の彼ならず)という気配がそこかしこに感じられないので、ほのぼのしてくる。案内されるままにそのフェンスを張りめぐらしたレジャー・ガードニング・プランテイションに入っていくと、中央の畦道の両側にいくつもの小間仕切りがならび、ところどころになるほど水道栓があり、空缶が〝灰皿〟と書かれてあちらこちらにおいてあるあたり、ふれこみのとおりである。やりかたはぶきっちょだが、こころはこまかく配られている。小間にはサツマイモを植えてあるのもあり、サトイモを植えてあるのもあり、さまざまである。それぞれ中年姿の借主がよれよれズボンをまくりあげてスコップや鋏《はさみ》を片手にうつむいて植物の手入れに余念がない。

「……バラの花とかコスモスの花とか、そういうものがなくて、菜ッ葉とかイモが多いようやな?」

「それや。そこや。ここへくるのはなァ、大正後半、昭和一ケタ、そういう世代が多いねん。みんな少年時代、青年時代にイモを植えたり食わされたりした世代や。つまり、オレたちや。そやからここへきてイモを植えて、かあちゃんや息子に、おとうちゃんは子供の頃にこのオイモにえらいメにあわされたんやというような話をしながら手入れにはげむのやが、かあちゃんや息子は毎度聞かされるよってに、マジメに聞きよらへん。とうちゃんだけが夢中になってるねん。とうちゃんはバラやコスモスを咲かせるよりイモやねん。イモに夢中やねん。みんなそうや。男はこんなところへきても孤独やで。さびしいもんや。いじらしうなってくるワ」

そういわれてあらためて眺めると、どの小間にも赤や黄や白の優しい閃きは見られず、強健だが地味な、野暮な、ジャガイモ、サツマイモ、サトイモばかりである。そうでなかったらネギ、大根、白菜というところか。ことごとく食卓のためのものであって壺のためのものではない。口と胃のためのものであって、眼や鼻のためのものではない。そこかしこにうずくまって泥んこになっている男たちは髪が薄くて腹がでているか、髪は濃いけれどぼつぼつ枯れかかってやせているかのどちらかである。大森君の見せてくれた名簿によれば昭和二十二年生まれ、二十三年生まれというような若い人たちもちらほら見かけられるが、やはりもっとも多いのは大正後半と昭和一ケタか二ケタ前半の世代のようである。職業では新聞販売店主、クリーニング屋、喫茶店経営、すし屋、カメラ店、書道の先生、床屋、土建屋、染物屋、洋紙店、レストランなど、ほとんどあらゆる職種におよび、ないのはたまたま小説家ぐらいのものである。どれだけ多種の職業人が緑、土、手仕事に渇えているかがこのリストを見ると一瞥してわかる。こうした人びとがあくまでも趣味として土地を借りながら、そこに育てるのはことごとくといってよいくらい花ではなくてイモであるという事実には胸をつかれる。これはわれわれの少年時代や青年時代にたいする郷愁の濃さを語るものなのだろうか。それとも現在の生活意識のゆとりのなさのためなのだろうか。胃のためのイモとおなじくらい花は眼にとって切実なものであるはずなのだが、花だけを育てる人もいず、花とイモを同時に育てる人もいず、イモを育てる人だけしかいないというのは、自身の手でつくった食糧というもの、その労働の質量感と誇りと安堵感があまりにも痛切でありすぎるためなのだろうか。人と何を語るにしても花を手にして語れという“Speak it with flowers”の戒語はいまだにわれわれにとっては遠いものなのだろうか。それともこれは、ただ、花よりイモのほうが手間も時間もかからなくてすむからだという、日常の多忙のためなのだろうか。私自身が少年時代後半から青年時代前半にかけて、イモとカボチャに苦しめぬかれた体験を持っているのだから、イモ作りに熱中している中年男のことを見るにつけ聞くにつけ、えぐりたてられるような共感をおぼえ、無条件にそちらへ傾いていかずにはいられないのだが、ひたひたとこころが傾きながらも、あたまではちらり、日本は世界の〝先進国〟のなかではもっとも花が売れない国だという、どこかで、いつか、読むか聞くかした知識がむくむくと芽をだしてくるのである。いったいいつになったらわれわれは花とイモを同時に育てようという気になれるのだろうか？……

さて。

ヒトという動物の大脳容量は毛深い蒼古の洞穴時代とまったく変らないという事実があるのだが、現代人は家庭でも職場でもコンクリの箱のなかで暮している。緑と土と手仕事から分離されたわれわれは朦朧とした不満といらだちのなかでひよわな小怪物に、毎日、なりつつある。蒼ざめているのに肥満した、自分の足で自分の体重をはこぶことができないような、爪も牙もない、多頭多足の一匹の小怪物を、あてどない憂愁を餌に、それに神経症の香辛料をふりかけて、育てつつある。毛沢東領導下の中国では、われわれは二本足で歩くのスローガンが高唱され、知識人の頭に農民の手を、農民の手に知識人の頭をと高唱されて、いわゆる〝下放運動〟がおこなわれたが、後日になって発生したさまざまの事件から推察すると、その〝教育〟の理想が〝強制〟と〝命令〟によって遂行されたために少からぬ反対効果が生まれてしまったようである。強制にもよらず懲罰にもよらずして、つまり強権によらずしてこの理想を実現する手段はいまだに全体主義国にも自由主義国にも発見されていないように私には見えるが、頭の酷使にたいして手が無視されすぎるという〃近代化〃に特有の病弊は〃東〃と〃西〃でもひろがり、浸透し、深化するいっぽうであるように思われる。生産の過程における〃疎外〃の、〃非人間化〃の心性は資本主義社会にのみ固有の現象であるとするマルクスの〃情念の科学〃は、機械の奴隷と化した人間にたいして叛乱の火をつけることにはみごとな効果を発揮したけれど、革命達成後にはまったく破産してしまったと眺められる。〃人間の顔をした社会主義〃は熱狂と絶叫のうちに高唱されるけれど、熱い情念の奔出はあっても冷徹な方法意識を欠くために、いつまでたっても一時のその場しのぎでしかないという冷酷の結果を生みだしてしまう。冷酷の結果と、幻滅の無残を。コンナハズデハナカッタという深夜の永遠の呟きを。

いささか小さな説を書いてメシを食っている男にしては身のほど知らずの大仰な演説をやってしまったようなので、もとへもどることにする。真の自由の感覚は自由意志によるささやかな手仕事から生まれると説いたのは碩学エリッヒ・フロムだが――また大仰になっちゃったナ――名言ではあるが、いささかフロム先生は広大、深遠に探究し、考究したあげくの結論にしてはペンキ塗りというのはあっけなさすぎるものだから、過程の研究の物凄い深広の文体にくらべてちょっとへどもど口ごもった口調で、そう述べていらっしゃる。しかし、先生の原思考のフロイディズムもさることながら、そんなコツコツした用語を何千万個と積みかさねるまでもなく、とっくに孔子は、バクチでもいいから手を使えとわれらに忠告しているのである。クリーニングにしても、書道にしても、すし屋にしても、ことごとく手を使う職業の人びとであるが、その人たちが職業からはなれた場所で、またしても手を使いたがって、大森君の貸農園にやってきているという事実を一瞥しただけで、何かが感知されるようではないか。その手に配線された神経組織は毛深い洞穴時代の御先祖様の手とまったく細胞構造が変らないのである。だから、花もイモもというのが億劫なら、たとえイモだけでもいい、この小さな方形の黒土にじかに手をつっこんで、土曜日、日曜日、祭日、ただ黙々と、うつけて暮すのは、結核患者が陽射しのいいサナトリウムへいくようなものである。当然すぎるほど当然のことである。ギリシャ神話はおびただしい啓示と洞察と観察において語られているが、ある英雄は全身傷だらけになって倒れても大地に手がつきさえすればそのたびによみがえってたちあがったとされている。これだって当然すぎるほど当然のことを説いたまでで、われわれが不満の四季にのべつに感じていることを、ずばり、いってのけたまでである。四坪の矩形の黒土も、十五坪の矩形の黒土も、おなじことである。黒土は黒土である。それは、女は女であるというのとおなじぐらい——いや、もっと、ときには深く——莫大な複雑を含んだ単純である。春でもないのに馬の画を描かせたら五本足や六本足の馬を描く子供が〝問題児〟でも何でもなくなっているこの奇怪な時代には、その一片の矩形の黒土が、他の何に替えようもないサナトリウムとなり原野となることだろうと思われる。

小さなことから。

小さいが具体的なことから。
手をよごすことによって。

蟹もて語れ

深淵のように荘重な『陸羽茶室』だったか、それとも隣家の麻雀の音が二階の窓につたわってくる『上海老正興菜館』だったか。香港は何度となく訪れたので光景が薄明のなかにとけてしまった。安価、高価を問わず、いい食事もまた記憶をいくつとなくきざみこんだので記憶がからみあい、かさなりあって、朦朧となってしまった。いずれにしても洋澄湖の蟹がでたのだから、某年某月、秋のことである。それも晩秋の頃である。蘇州の洋澄湖の灰緑色の蟹が一匹ずつ藁で腹をくくられたのが、十四も二十四も大皿に入れてはこぼれてくる。あれとこれと、そこへこれといって一匹ずつ指でさすと、給仕がニコニコ笑いながら部屋をでていく。やがてそれが蒸されてでてくるまで蟹の塩辛を肴にして汾酒《フエンチユウ》をちびちびとすすって待つ。これは蟹を酒と塩に漬けた、うんと辛いものだが、噛みしめているとそこはかとなく味がしみだしてくる。わが国には佐賀の特産品として《ガン漬け》というものがあるけれど、どうやら製法がそっくりであるらしい。

(蟹の酒漬けで有名な『酔蟹』はこれではない。これは塩辛に近いものだが、『酔蟹』は生きたガザミを紹興酒に溺死させ、陳皮その他の香辛料をまぜて酒漬けにしたもので、塩辛ではない。壺のなかでいくらかの日数をかけて寝かせるのだけれど、生きた蟹でないと酒が肉に沁みず、死んだ蟹では作れないという点に生物学的興味も誘われる。北京語では〝ツェイシュエ〟、南方語では〝ツイハー〟と呼び、香港ではそう呼んだほうが通じやすい。）

やがてほかほかと湯気をたてて赤くなった蟹が皿に乗ってはこばれてくる。指を焼きながら甲羅をはずし、小皿の酢醬油にプツプツした卵やネットリした肝臓などをちょっとつけて頬張る。たまらなくなってすぐさま足をつかんで小皿につけ、そそくさと頬張って嚙み砕く。肉に一種独特のとろりとした膩《あぶら》があって、それは〝油〟でもなく、〝脂〟とも書きたくないものだが、とろりとしているのに軽快で澄んでいる。そして香りがある。その膩と香りは日本海の冬の蟹にはないもので、書くなら紙を変えて書かなければなるまい性質のものである。この蟹は蘇州の洋澄湖の産と教えられるのだが、淡水産の蟹だから掌ぐらいの大きさしかないのにその甲羅のなかに内包されているものは厖大、複雑、精緻、繊細、一口ごとに言葉を呑みこんでしまう。ひたすらだまりこんでモグモグむしゃむしゃ、やがて食汗が薄く額に浮かび、眼がうるんでくる。よこにすわった男の顔を見ると、熱中、忘我、貪婪、眼だけキラキラ輝やき、無残の様相さえきざしている。何をいっても耳に入らない。何をいおうとしても声にならない。優しくいこうじゃないかということを《花もて語れ》(Speak it with flowers) というけれど、蟹を手にしてものをいうことはできないだろう。その用法を借りるなら、『蟹をおいてから語れ』とでもするしかあるまい。

トウキョウはめちゃくちゃな食都である。香港も岩山そのものが胃袋と化したような食都であるが、トウキョウはそれの上をいきそうである。全世界の珍味、異味がとめどなくはこびこまれてくるのである。カナダのメイン州のウミザリガニも蘇州の洋澄湖の蟹も生きたままではこびこまれてくる。いつぞやトウキョウ・モスコォ空路が開設されたとき、これで缶詰のではないキャヴィアが入ってくるぞと思っていたら、いくらもたたないうちに食いしん坊仲間がその情報を持ってきた。どれどれ、オレが鑑定してやろう、オレはルーマニアで毎日毎日、朝・昼・晩、三食ごと、それを約一カ月、ぶっつづけにキャヴィアを食べたことがあるのだといってでかけてみたら、果せるかな灰緑色の、大粒の、ねっとりとした、薄塩加減の、みごとなキャヴィアであった。こいつはあまり食べると胸焼けしていけない、魚の卵でもっとうまいものはほかにもたくさんあるワなどと罰当りのへらず口をきいて家に帰ったが、夜ふけに何やらゾクゾクと空恐しくなってきた。いまの若い人の食いしん坊にもこういう反応が起るものなのかどうか、一度聞いてみたいと思うのだが、私はどうしても振子運動が起ってしまう。御馳走を食べるときまってそのあとで何やらソワソワ落ちつかない気持になるのである。それは不定形で朦朧とし、うそ寒いとしかいいようがないのだが、しぶとくからみついてくる。その核心にはどうやら少年時代に全心身で味わった飢渇の記憶がひそんでいるらしいと思うのだが、こんな国でこんな物を食べられるはずがないとでもいおうか、しいて口をきいて説明するとなると、そんな言葉になりそうである。御馳走を食べているさなかにも起ってくることがあって、官感を総動員して熱中しながら、どこかで、これは非現実だ、これはフィクションだとささやく意識が隙間風のようにしのびこんでくるのである。昔の人ならこういうことを聞くと、治ニイテ乱ヲ忘レズだねなどといって慰めてくれたかもしれないが、熱いスープで舌を焼いたものだから、それがいつまでも忘れられなくて、ついサラダがでても吹かずにはいられない心の機制だというべきか。

ヴォルガ河のキャヴィアを食べてソワソワし、カナダのウミザリガニをすりつぶしたビスク・ド・オマールをすすってソワソワし、北京のアヒルのみごとな烤を食べてソワソワしてきたのだが、このアヒルは日中国交回復といっしょにやってきた。こうやって空路ができたからにはそのうちきっと洋澄湖の秋の蟹も入ってくるにちがいないと思っていたら、ヤッパリ。いくらもたたないうちに、いつとはなく、食いしん坊仲間が、あちらの飯店で食べたの、こちらの菜館で食べたという情報を伝えてくる。しかし、この蟹はシュンがあまり永くないので、香港でもすぐ姿を消すくせがある。うまくその季節にいきあわないと、もしくはよくよく情報をつかんでからでないと、食いはずれるのである。好きモノが猥談を聞くみたいに食いしん坊はウマイモンの話にうつつを抜かすけれど、あちらこちらの話を聞かされてイライラし、そのたび口惜しまぎれに香港の味を語って仕返しをしていたが、これは好きモノが昔の女のことをほめて語りたがるのと似ている。そういうことをやっているうちにいつもシュンが去って、蟹は消え、イライラが解消される。しかし、だからといって満足したわけではなくて、どこかシンにしこったところがあり、それをなだめるために、よし、来年こそはきっとなどと思いきめる。初鰹を讃えた江戸人の口調を借りるなら、よし、来年こそは女房を質に入れてでもと、思いきめるのである。（質草としてひきとってもらえるとしての話ですがネ。）

（「自然食品大流行を知らないのかしら」と奥さんから抗議の電話がありました。編集部註。）

すべてカニとかエビとかは妙に手のこんだ料理をするよりはただ蒸しただけ、茹でただけのが最上だという鉄則は和・漢・洋、どの料理でもおなじである。それともう一つ。こっちの体をいちいち現場まで持っていけという鉄則があるようである。カニはいかつい顔をしているうえに硬い殻にくるまれているけれど、ひどく感じやすい生きもので、その感じやすさがいちいちピリピリと肉にひびくらしいのである。北海道の毛蟹が海水タンクに酸素ボンベをつけてはるばる稚内あたりから長距離トラックで東京へはこばれ、目玉と眼鏡がいっしょに吹ッ飛びそうな値段で〝活《い》き〟として売られるが、生きていることはたしかに生きているけれど、北の岬の寒風に吹かれつつ港の魚市場の店で食べるそれとは何かしら微妙に決定的に違うものがあるように思う。蟹そのものが怯《おび》えのために肉を落してしまったにちがいないが、こちらもこちらで、味覚というものが状況次第でどうにでも変幻するものだから、ダブル・パンチのダメージになるのかもしれない。カナダのメイン州のウミザリガニも苦心工夫して飛行機で運んできて、東京に着いてからは註文があるまで海水タンクに生かしておくのだが、どんどんやせていく。だから、肉そのものを蒸して素《す》で食べる料理よりはチーズをまぶしたテルミドールとか殻ごと肉をすりつぶしてスープに仕立てたビスクなどにして食べるのがおすすめしたいところです、というのが、それを輸入することを業としている紳士たちの卒直な意見であった。まことにごもっとも。ごもっとも。

奄美大島、沖縄、小笠原、こうしたわが国の南の海ではニシキエビという巨大で美麗なエビがとれる。香港でも食べられるし、東南アジア一帯どこでも食べられる。ポリネシア、ミクロネシア一帯にも棲んでいる。このエビは、エビはエビでも、北欧でとれるフィヨルド・シュリンプとくらべると、マッチ箱とカシアス・クレイぐらいの相違が体重と風貌にある。水からあげられるときの宝石をまき散らすようなその豪壮と華麗に魅せられるあまり私は何度となく場所を変えて食べてみたのだが、そのたびに失望させられた。その白い肉は蒸すとブリブリしていて厚くて肥え、みごととしかいいようがないのだけれど、ガブッとやってみると、何となく大味でしまらないところがあり、香辛料をたっぷりまぶさないことには〝作品〟にならないという欠陥がある。エビ独特のあの精妙な、しまった、奥深い小味がないのである。北欧のフィヨルド・シュリンプはせいぜいアミの兄貴分ぐらいの大きさしかないけれど、その精緻がもたらす豊饒は舌のうえで広大なものである。コペンハーゲンのニーハーヴン（新港）に朝早くでかけ、漁船から新聞包みに手渡しでうけとるそれは、やっぱり、ただ茹でて殻をとったのにコショウと塩をパラパラふっただけのものだが、その街と、そこの人と、その国とをわけもなく好きになるしかないような珠玉小篇であった。こういうニシキエビのような巨大な例外もあるにはあるけれど、総じてカニとエビは海の這う果実のなかの精髄であろう。南の産ではあるけれど河口近辺の汽水域の深くて柔らかい泥底に棲む蟹はマングローヴ・クラブとも呼ばれ、マッド・クラブ（泥蟹）とも呼ばれ、甲羅の厚くて硬いことときたらナット・クラッカーを使わないでは割れないほどだけれど、その醜い石灰質の箱のなかには眼のうるむような、ひきしまった、精妙な、白い肉がたっぷりひそんでいる。この蟹を食べたいばかりに女房を質に入れたという男がいたら、（婆さんじゃなくて女房をだョ……）、そしてそのため訴えられて裁判所へひっぱってこられ、もし私が裁判長であったなら、右の眼はあたたかく、左の眼はきびしく、無罪を申しわたしてあげたいと思う。（どうせ裁判所を出たらまたぞろ女房といっしょに暮らさなければならないのだから、それを条件にしておけば、何も暗いところで臭い飯を食わすことはありませんテ。）

さて。

毎月よしなしごとをそこはかとなく書きつづって日を暮し送るうちに今年も秋となった。もうそろそろ洋澄湖の蟹の噂さを聞く頃だがと思っているうちに、某日、入荷シテルという情報が電話線をつたわってきた。毎週、火曜と金曜、北京から生きたままで空輸される。午後六時頃に到着する。キロ二八〇〇円見当。四数にして一キロが六匹から八匹ある。料理してくれる店はアソコとアソコ。蒸したのと豆腐にまぶしたのがいい。アロンジ！（それいけというフランス語。この男は食いしん坊のためにわざわざフランス語と中国語を学んだというほどの狼疾《ろうしつ》ぶりである）。よし、一年待ったのだ、今年こそはやってやるゾと、女房を家にのこしたままでアソコへでかけた。赤坂にある有名な菜館である。以前この店でバンコックから空輸されたガザミで作った『酔蟹』を試食する会があって出席したことがあるが、醇味、豊満、精妙、まことに結構であった。その記憶があざやかにのこっているものだから、イソイソと繰りだした。部屋へ案内され、待つ間ももどかしく茅台酒をちびちびすすっていると、大皿に盛ってまっ赤に熟《う》れた蟹が登場する。コレダ、コレ。すわこそと体を起し、手をのばし、小皿の酢醬油に足の根元をちょっぴり浸してかぶりつく。吸いとる。むしゃぶる。嚙みしめる。甲羅の内側の赤いネットリ、ムッチリしたのを掻きだして小皿へ落し、そそくさと口にはこぶ。頭をかしげ、耳を澄ませる。打撃、こだま、共鳴、それぞれの独立ぶりと交響のしあいをつぶさに味わいたくて、だまりこむ。しかし、どうしたことだろう。この蟹に独特の、あの、とろりとした、香ばしい、澄んだ膩がどこかへ消えてしまっているではないか。〝蟹〟はまさしく〝蟹〟だし、その味がするけれど、テンハオ！　と大声で呻めけないところがあるではないか。竜を画に描いて眼を入れてない。そういいたくなる。決定的なサムシングが抜けおちて妙にパサパサと乾いているではないか。豆腐にまぶしたの。エビにまぶしたの。念のためにもう一皿、最初の〝清蒸〟をとりよせ、八方から手を変えて探究に没頭してみたけれど、かつての香港でのショックにたいする郷愁がかきたてられて体内に繁茂するばかりであった。

①私の舌が変った。

②輪送するうちに蟹が変った。

③蒸し方がまずい。

この三つの理由のうちのどれかである。その一つか。その二つ。もしくは三つとものからみあいである。これほどの名品にこんなことが起るはずがないとの確信は微動もしない。絶望、諦らめ、幻滅、何も起らない。いよいよかきたてられるばかりである。もう一年待って中国へ来年の秋、この蟹のためにだけいってやろうかとさえ考えかける。

家へ帰ってつぶさに物語ると、女房は鼻さきで軽くせせら笑い、ひとりでうまいことしようとするからそうなるのだと、満足して嘲ける。

「私を入れない御馳走なんて……」

ハテネ。

海辺の幼児虐殺

冬はあくまでも寒く、夏はあくまでも暑くあってほしいが、今年の冬はしばらく知らなかった凜冽《りんれつ》を中心や周辺のそこかしこに含んでいるように感じられる。黄昏がひたひたと暗い潮に似た力でさしてくると、どうしても手がグラスにのびるが、おでん、燗酒、赤提灯がなつかしくてならず感じられる。去年の暮れ、久しぶりの機会があたえられたのですかさずとびつき、大阪へいって『たこ梅』にもぐりこみ、大鍋からグツグツとたちのぼるあたたかい湯気に顔をつつまれてタコの桜煮、鯨の舌、ゴボ天など、堪能するまでむさぼった。この店はいついっても十年前、二十年前と変らないのでありがたい。いままでは錫引きの燗徳利だったのが、店主の岡田氏は何に発奮してか純金製のそれを作り、グイ呑みも純金製のを作り、焦げ跡だらけの板へトンとおき、サァ、やってんかと凄みを含んだ小声でドブドブと熱いところをついでくれる。ギラギラと輝やく黄金色におどろいて、えらい頑張ったらしいナというと、三・六キロやで、ざっと六〇〇万エンしたでと、いう。ほんとに純金を注入して鋳造したらしい。ズシリと砲弾のように重い。金は弱い金属でポケットに入れるとすり切れて小さくなる。かつては世界中どこでも金貨を使う時代が何百年かあったけれどその期間にどれだけ莫大な純金が男のポケットや革袋のなかで屑となって消えていったかわからない。この徳利も毎日毎日使《つこ》てたらチビチビと磨《す》りへっていくのやで、心配やろといったら、岡田氏はびくともせず、そこは大丈夫や、今はコーティングの技術がしっかりしててなァ、減らんようになってるんやと、自信満々の気配である。金は熱に弱くてすぐとけるよってに火事になったらまっさきにこれをかかえて走らんといかんけれど、毎晩枕もとにおいて寝てるんねンやろなと、ダメをおすと、黙って答えない。

地方へいって、たまたままそれが海岸であって漁港のある町なら、私はきっとカマボコ屋をさがして食べてみることにしている。カマボコ、チクワ、ハンペン、サツマ揚げ、俗に〝練り物〟と呼ばれるものをつまむのである。これらもやっぱり作りたて、揚げたての、油のいい匂いがぷんぷんとたつようなのを店頭でゴム長にカッポ着のおばさんの手からわたしてもらい、一枚ずつ、つまみ食いしながら、ぶらりぶらりとヨードや、塩や、藻や、魚の匂いのする漁師町を歩いていくのが好きなのである。

近年はかくれた名作をほとんど期待しないようにしているけれど、それでもときたまオヤと眼を瞠ったり、頷きたくなったりする掘出物に出会うことがある。地名と屋号をここに紹介してもいいのだけれど、そうするとたちまち客が殺到してお店が繁昌するのはいいけれど、品質が見る見る低下するので、わざと書かないでおくことにする。あさましい時代とはなりにけりである。いたく品下れるその態《さま》、そっぽ向くしかない。あちらこちらに小さいエア・ポケットのような店があって、わずかの量しか作っていず、その町の人だけにしか知られていないけれど、メリケン粉であまり伸ばしていない、シコシコと腰のたった、ふんだんに新鮮な魚肉を使った、固い名品が、小さく薄暗くてみすぼらしい店さきで買える。これが大きな町の有名店になると、ほとんど期待できないのである。かなり以前から全国どこで食べてもおなじ味になっている。

夏頃の京都では〝ハモぞうめん〟というのを作る。もし名のとおりにハモの身をふんだんに使ってまっとうに作ったものであるなら、それはソウメンの状態になった練りものである。純白のもあるが抹茶入りというのもある。つなぎの粉をなるだけおさえ、ハモの肉そのものを生かしたそれはプリプリと固い歯ごたえがあって、そばツユにワサビをといたのにちょっとひたし、よく冷《ひ》やしたのをアア、ウンと頰張ると、口いっぱいに涼しさと季節があふれてくる。〝夏頃〟にそれがいいのは関西ではその頃にハモがとれるからである。しかし、この魚もやらずぶったくり漁法がたたって、近年はめっきり漁獲量が減ったので、いいのはかたっぱしから高級料亭に買われていき、とてもカマボコ屋にまで降下なさらない。錦小路の市場でも〝ハモぞうめん〟のポスターを店頭に貼る店はいくらでもあるけれど、正体はスケトウぞうめん、ホッケぞうめんであるかと察したい。どの店もこの店もみなおなじ味である。モロモロとだらしなく口のなかで崩れてしまうのはつなぎ粉が多すぎるか、魚がやくざだからである。カマボコも、サツマ揚げも、ほぼそれとおなじような味がするのはおなじ製法の事情によるのである。カナダやアラスカの北洋でとれたスケトウダラやホッケなどは現地で陸揚げして工場へはこんで肉をすりつぶし、灰色のスキ身の塊りに仕立てる。それを冷蔵船で日本へはこび、全国の練りもの屋に配る。

あとは店によってササ掻きゴボウを入れるか、グリンピースを入れるか、ニンジンを入れるかの工夫があるだけで、どこで食べても、どれもこれもおなじ味になっちまうのは避けられないのである。地方の漁師町のカマボコ屋にときたま掘出物があるのは、その土地、土地の海の魚で製造するからで、乱獲、汚染、海流異変にもかかわらず、うまいカマボコが作れる程度にオトトがとれる海が、こまかくさがせばまだいくらかのこっているということか。

魚屋の店さきでシラス干しを見るたびに不吉の思いが胸にさしてくるという反射が、近年、身についている。これは大根おろしに入れてあたたかい御飯にのせたり、卵でとじてお澄ましに入れたりすると、何ともほのぼのとした日本の可愛いい味覚となるが、こんなことをしていいのだろうかと思うのである。シラスというのはふつうイワシの幼魚だとされていて、事実、そのとおりであるが、目のこまかい袋網で海をひいてそのあたりにウロウロしている幼魚をどれこれかまわずにひったくってくるのだから、イワシの幼魚だけではなくて、他の魚の生まれたてのもたくさん入ってしまうのである。これをとらないでほっておいたら、他の魚の餌になったり、それ自体が成魚になったり、一匹ずつが滋味あふれるイワシになったりする(はずである)。弱肉強食の海では数百匹か数千匹の幼魚のうちで成魚のイワシにまで無事に成長できるのは指折ってかぞえられるぐらいの匹数でしかないのだから、それを幼魚の段階で一網打尽にしてしまうと、どんなことになるだろうかと思うのである。

これらの幼魚は海中に漂うようプランクトンや、もっと小さい幼魚や、人間の眼に見えないふわふわの魚卵などを食べるわけだが、その幼魚自体が、さらに大きいアジや、サバや、ハマチなどの不可欠の餌となるのでもあるから、これをガッサリと袋網でとっちまうということは、それらの魚の餌もとっちまうということなのであるから、無限の食物連鎖の第二環あたりをちぎりとってしまうことになり、以後の多種、多量の魚が飢えることになるわけだと思いたい。海が汚れていず、海流に異変がなく、年がら年じゅう出漁する乱獲ということもなければ日本列島は世界でも屈指の漁場なのだが、あらゆる悪条件がよってたかって殺到する時代なのに、それらが何ひとつとしてなかった時代とおなじような幼魚乱獲をやっているのだ。

イワシとサバは近年どういうものか列島の太平洋岸でも日本海岸でもいたるところで増加しつつあるという嬉しい話を聞かされるのだが、それを聞いた直後にきっと、市場へ持っていっても日本人は舌が肥えたためか、こういう魚をあまり買ってくれなくなったから、いきおい、ウナギの餌にするとか、フィッシュ・ミール（魚粉）にするとか、肥料にするしかないのだという話を聞かされる。イワシもサバもすばらしい味の魚なのにてんで無視もしくは軽視されているというのである。イワシやサバは貧乏人の食べる下魚《げざかな》だと思っているらしいというのである。バカもほどほどにしてほしいな。この二種ぐらい食べて食べ飽きない魚はめったにあるものではない。

イワシは海の米なのだ。たくさんとれるということ、常食にして飽きないということ、どんな食べ方でもできるということ、あらゆる点で、そうなのである。活きのいいサバをほどよく塩と酢で〆めて刺身包丁でスラリと切ったら切口がキラキラと虹いろに輝やくような〆めサバ、これをサカナによく冷えた辛口の白ぶどう酒をちびちびやってみろ。ボキューズ先生、くそくらえというようなプラ（皿）だよ。プラ・ド・ジュール（本日の特撰品）だよ。〆めてよろし。味噌煮でよろし。開いて一夜干しにしてまたよろし。誰もそっぽ向いて肥料工場に送るしかないというのなら私はせっせと食べることにする。サバ、イワシ、サンマ、アジ、大歓迎だナ。とりわけイワシとサバ。ポッテリと脂ののった季節のこれらとくると、毎日食べても私は飽きないな。あなたがたがこれらを無視して無理してバカ高の遠洋マグロを買っていくのなら、おかげで安くなったところを私はそっくり頂くことにする。そうやって浮いたところをためて辛口の白ぶどう酒を買って愉しむこととしたい。

とっくにごぞんじのように、昔、北海道では、ニシンがどうしようもないくらいにとれた。とれすぎて困って処置に窮し、カマスにつめて畑の肥料にしたくらいであった。ニシンが産卵しようとして岸へよってくると、精液のためにあたり一帯の海面が白濁したくらいであったと伝えられている。そのニシンがとれなくなったのは、一説によると乱獲のせいだといい、一説によると海流が変ったせいだといい、一説によると、川の上流の森林を乱伐したために川水が荒衰して海へ流れこんでもプランクトンが作れなくなったためだという。どの説もそれぞれに深遠の根拠が立証されるとのことである。どれか一つの説が他の説を独立的に排除して抜群に支配的であるということはなく、どうやらそれぞれがからみあって相関しあっているのだという説の説を聞かされることもある。

しかし、つぎの挿話は、乱獲説にまつわるものだが、直下《じきげ》に心に肉迫してくるところがある。天恵がほぼ無限、無辺際、無量と感じられていた明治のある時日、冬になってニシンの大群が海を圧して接岸し、産卵に狂奔しているとき、北海道民は網、バケツ、ヒシャク、洗面器、何から何まで手に手に持ちだしてカラスやカモメの大群とさきを争ってしゃくいまわり、とりまくり、殺しまくることに没頭した。その狂乱の群集のなかを一人の外国人の神父が、怒りに眼を血走らせて叫び叫び浜を走りまわっていたというのである。

「何という野蛮だ。何という下劣だ。神を恐れない、何という卑しさだ」
この神父が、どこの国からきた、どういう経歴と教養と知徳の持主であったか、私はその人の名も知らないのである。ニシンという魚に感応した人だったら、ドイツ、オランダ、ベルギー、スカンディナヴィア諸国などを想像したくなるが、いずれにしても奪うことに我を忘れている狂乱を見て狂乱して叫びたくなったのである。やらずぶったくりの忘我につい、つい、怒髪天をついてしまったのであろう。

通りがかりの魚屋の店さきにシラスが山盛りになっているのを見ると、この挿話を思いださずにはいられない。それに大根おろしをまぶしてちょっと醬油をたらしてぬくぬくの御飯にのせて頰張ったらとか、卵でとじていいお澄ましに浮かべたらどのくらいほのぼのと荒んだ胃と心がなだめられることだろうかとか、そういうことはのどもとまでこみあげてくるし、早くも舌にまざまざと感じられてくるのだが、この荒廃の時代にこんな幼児虐殺をして日本人は何という国民なのだろうかと思ったりもする。世界三大漁場の一つといわれるくらいの国でありながら、その海岸のイワシの幼魚を大量貪獲し、その結果、他のたくさんの魚をよりつかせなくしてしまい、極洋やアフリカにまで出稼ぎにいくしかない……etc・etc、むらむらと、おなじみの、とっくにごぞんじの、一連の、そして厖大な乱行のことを、つい、つい、誇大かもしれないと思いつつも、思わずにはいられなくなってしまう。

〝とる漁業〟から〝育てる漁業〟だなどと呼号しつつ、やっぱりこういうめちゃめちゃが平然と、おこなわれているのである。

その〝育てる漁業〟にしたがって、よくよく眺めてみると、幼魚や未成魚の安いのをとってきて餌としてあたえ、ブリなどの高価な魚に仕立てるということなのだから、どこかにふんだんに安い幼魚がいないことには成立《なりた》ちようのない作業だと思われる。しかし、安かろうが高かろうが幼魚そのものを大量にとってしまうのならば、やがてはその幼魚も発生しなくなるだろうから、高価の魚を育てるもへったくれもなくなってしまうのではあるまいかと、マ、素人《しろうと》はひとりイライラして不安におびえるのだけれど、この点、オジサン、どうなってんの？　シラス食べたらブリ食べられなくなるんじゃないの？　アジもサバもサンマも食べられなくなるんじゃないの？

ドジョウの泡

回想して浮かびあがってくるところでは、昔の大阪は他の無数の市とおなじように、市と、郊外と、田舎という三つの輪であった。そして市は市であるから当時すでに静寂を愛する人からは喧騒と汚染の渦と見られていたけれど、それでも子供の私は市の中心部あたりの寺町に生まれて育ち、いまおぼろげに霧のなかに散在する光景を眺めると、苔むした墓石、オニヤンマの羽音だけがひびく夏の夕方、陰湿なイチジクの木のかげに光るヒキガエルの金《きん》色の眼、アオミドロのよどむ池などである。小学校三年生のときに家が郊外に引越したので、それ以後をたどろうとして見えてくる光景はたいてい野原や川や畑などである。夏の夕方になると空には無数のコウモリとトンボが飛びかい、トンボ釣りの子供たちが血相変えて道にひしめきあう。春、夏、秋のいつでもザルやバケツを持って川へいって掻い掘りをすると、甘い柔らかい泥のなかに無数のフナ、エビ、モロコ、ナマズ、ウナギ、ドジョウなどがいた。ピチピチ跳ねるの、ぬらぬら滑《す》べるの、チクチク刺すのがいた。気味のわるいのはクモとコオイムシで、黒と黄のあざやかな輪を胴や足につけたジョロウグモが茂みに巣を張っているところへふいに出会ったときと、無数の卵を背にくっつけた水棲の甲虫がよたよたと水のなかでもがいているのを見たときは、一瞥して全身から血がひいていき、腸のすみまで冷《つ》めたくなって、手や足がどうにもならず硬直してしまうのだった。

その頃、ドジョウはどこにでもいた。ナマズやウナギは手に入れるのがちょっとむつかしいから子供は夢中になって追いまわしたけれど、ドジョウはそこらの雑草と水のあるところならどこにでもいる。田ンぼの小溝、野川、原っぱの水たまりなど、子供がトンボに夢中になって飛んでいくと、たちまち左右の水たまりに、日光が斜めに射している澄んだなかでたちまち小さな砂煙りがもくもくとたつ。アメンボやマイマイツブロなどは水面をかすめてあわてて逃げるけれど、のんびり日なたぼっこをしていたモロコ、フナ、ドジョウの子などはたちまち砂煙りをたてて遁走するので、ハハァ、いるなと、子供に嗅ぎつけられてしまう。しかし、子供は、きてはモクリ、ポカッと尾をはじいてもぐっていくので、居場所がハッキリとわかり、しかもドジョウを軽蔑していた。ドジョウはお尻の穴で呼吸するためにしょっちゅう水面にのぼってその居場所がざらにあるので、子供はあらためて努力を傾けて追っかける気がしなくなる。これにくらべるとナマズやウナギは、敏感、狡猾、陰険、そして食べた味、どの点をとってもドジョウよりはるかに上位に位置するように感じられた。

ナマズやウナギは大のオトナがときどき腰に竹籠《びく》をぶらさげて真摯、沈鬱のまなざしで川を攻めているのを見ることがあるから、一人前の男の仕事と感じられるのだけれど、ドジョウを追っかけるオトナを見たことはついぞないので、子供の眼から見ると、やっぱりこれは子供の追っかける魚かと思われて、まじめに追っかける気にはなれないのだった。家へ持って帰って金魚鉢に入れてみるが、ときどき水面へのぼってモクリ、ポカッと尻呼吸したあとは小石のあいだにだらりとのびてよこたわっているだけだし、色も冴えないから、つまらなかった。市場へいくと魚屋の店さきの桶のなかで何十匹というドジョウがのべつモクリ、ポカッの乱舞を繰りかえしていて、水面は泡と活気にみちているけれど、とどのつまり、それはドジョウだった。ただし、冬枯れの川岸近くの畑や田ンぼをなにげなく掘ると何十匹と数知れぬドジョウがいっせいにからまりあって団塊となって泡や粘液に包まれて眠りこけているのに出会うことがあったが、この光景にはゾッとすくむような鮮烈と凄みがあった。いつもの、小さなヒゲを生《は》やして小さな眼を光らせているおどけものたちとはまったく異なる形相を見せられるのだった。集団とは、たとえそれがゾウであれ、ドジョウであれ、多頭多足の、それ自体の意志を持った未知の一頭の巨獣なのだから、ドジョウも何十匹か何百匹かがいっせいにからまりあい、くねりあって団塊と化していると、日頃すっかりなじんでいるはずの子供の眼にも異様にして怪奇と映るものが放射されてくるらしかった。

その後ずっと年がたってサラリーマンとして東京へ移住してからおぼえた味覚の一つがドジョウだった。今から二十二、三年以前のことである。その頃、大阪にはいい中華料理店がなかったから、東京にある、中国人の経営する中華料理にはたいそう感心させられた。にぎり寿司、ソバ、ウナギなどにも感心させられた。いわゆる関西割烹が東京に進出してたちまち東日本を席捲したけれど、そのうちに関西でもなければ関東でもない味のものに変質した。しかし、東京風ではウナギとにぎり寿司が関西へ移植されてたちまちその土地土地の在来種を駆逐したようであった。つまり東西ともに交流があってそれぞれの出先で在来種と混血し、原種でもなければ在来種でもない一種独特のものができあがり、はびこることとなった。これは日本人の外からの刺激にたいする特異な順応と変奏の伝統が味覚の世界でもおこなわれていることの証左ではあるまいかという気がする。たとえばウィーンの仔牛のカツレツが日本へ来て〝とんカツ〟という非凡なものをつくりだし、そいつをぬく御飯のうえにのせて熱い汁をぶっかけて〝カツ丼〟などという妙手を編みだすにいたる。そしてたちまち日常の常食となってしまう。このあたりの世界に比類ない才腕。みなさますでに日夜、ごらんのとおりである。要は味覚についてならうまければいいのだから、ヴィーナーシュニッツェルとトンカツはどちらがうまいかなどという比較はあまり意味がない。シュニッツェルはシュニッツェル。トンカツはトンカツである。おまけにトンカツにはキャベツのきざんだのがきっとついてくるけれど、誰の着想だろうか、脱帽したくなる絶妙さである。あのキャベツにはしばしばまったく感心させられる。ドジョウはうまいものなんだ。真夏に汗をたらたら流しながら炭火カンカンのドジョウ鍋をやるのはいいもんだ。ということを教えられたのは東京にきてからだった。その頃、辛口の日本酒の肴としてトコロテンをやることを教えられ、酢と醬油と和辛子のひりひりきいたあの透明なトコロテンをすすりながら舌を日本酒で洗ってみると、まったくいいぐあいだった。素朴とも洗練ともつかぬ涼しい妙趣がある。それはどうやら東京下町の伝法らしかったので、それを教えてくれた人にいわれるままについていってドジョウ鍋を知ることとなった。どの店でおぼえたかは特ニ名ヲ秘スとして、真夏に追いこみの大座敷へとおされ、となりのオッサンの足臭に悩みながらちびちびやっているうちに鍋と小型の七輪がはこばれてくる。浅い鉄鍋にダシを張り、そこへドジョウをならべ、ネギをうんと山盛りにする。そしてグツグツ煮たってくると、サンショをパラパラふりかける。

「……ドジョウは丸のままのと開きにしたのがある。どちらがうまいかは君次第。丸派もいれば開き派もいる。しかし、両派ともネギをコテコテ山盛りにする点では変らない。それと、いいサンショがほしい。ドジョウ鍋ってェのはもともと衆庶の食べものなんだから、凝《こ》ったところでタカが知れるし、そんなことをしちゃいけないものなんだよ。そこでその鍋がすんだらつぎに柳河を註文して、どちらに軍配をあげる。聞かせてもらおうか」

その頃はエアコンなんてなかったから扇風機があちらこちらでブンブン回るのだが、炭火と、ダシと、ネギと、人いきれと、汗とで、いっそ壮烈といいたくなるくらい全身がぐっしょり。そこへまたまた柳河がやってきてグツグツいいだし、髪まで汗にぬれる。私としては開きより丸のほうがいい。そしてドジョウ鍋と柳河鍋ならドジョウ鍋に軍配をあげようと、結論する。

その人は「ウム。いいところだ」などと、頷く。

ウナギの蒲焼を真夏の土用丑の日に食べることを思いついたのは平賀源内だということになっているが、ドジョウ鍋もそれといっしょにおこなわれるのは兄の出世に弟が乗ったというところかもしれない。その後たびたび私はドジョウ屋にでかけた。会社をこっそりぬけだしてポケット瓶を持って人形町の末広亭へでかけ、西陽になりかかった強烈な午後の陽に煮られて私は赤ちゃけて毛ばだった古畳に寝ころび、前座の噺のお話にも何にもならない下手糞ぶりに呆れながら、ちびちびとウィスキーをすすった。垢でテラテラ光るセンベイ座布団を折って枕にし、寝ころんだままでウィスキーをすすっていると、じわじわ涙がにじんでならなかった。そこにもじっとしていることができなくなって青い焦燥に焙《あぶ》られるままドジョウ屋へいくと、ラッシュの夕刻前のひとときだから、店はがらんとしている。近所の大工の親方か何かと思われるおやじが銭湯の帰りらしく、越中フンドシ一丁の姿で頭に手拭など巻きつけ、ドジョウ鍋を肴にちびちびとやっている。広い玄関のたたきには涼しく水がうってあり、西陽が射して、池のように輝やく。それを見ながらドジョウ鍋で一杯やると、いくらか焦燥が中和されてくるのである。神田連雀町にある『藪』の宗家の『藪』でもその時刻にはそういう静けさがあって、ひととき、なごませられる。うつろな時間にこそ充実があるのだった。

しかし、最近はこのドジョウが激減しつつあるという。べつにくどくどと教えられなくても、減ったと聞いただけでピンとくる御時世である。トンボ、ミズスマシ、アメンボなどが姿を消したのとおなじ理由である。田ンぼがなくなり、野原がなくなり、溝川がなくなり、池が埋立てられる。農薬がまかれ、石油洗剤が流れ、工場廃水がへどろに浸透する。四国、山陽筋、九州などのドジョウが西日本では味がいいとされ、関東では埼玉物が上物だとされていたのだが、いずれも全滅に近く、いまでは北海道と東北数県が天然ドジョウを生みだすだけだが、それも心細いかぎりなので、韓国から航空便で年に数百トン輸入しているのだそうである。味覚としてのドジョウの人気はたいそう高くて、夏はもちろん、年がら年じゅう需要があるのだけれど供給が追っつかないものだから、わるくすると兄貴分のウナギより値段が高くなって、昔のようにドジョウ鍋が安直ではなくなって、次第に高級料理になりつつあるとのことである。しばらく遠ざかっているうちにひどい変化が鍋の中と周囲に発生したようである。

ドジョウはあんなに小さくて、そして人を食った、トボケた顔をしているけれど、あれで栄養価は非常に高くて、全魚類中、はるかな上位に入れられる。ウナギにくらべると脂肪がいささか落ちるけれど、他の美徳ではヒケをとらないのだそうである。そして、野生でいるときには雑草とおなじくらいに見られていたのだが、イザ、人間が養殖するとなると、なかなか面倒で厄介なのだそうである。年がら年じゅう卵を持っている点ではニワトリとおなじで、いくらでもいつでも増殖することができそうだし、事実、できるのだが、一キロのウナギは一年たつと十キロ、十五キロになるのにドジョウは三キロか五キロにしかならない。それでいて面積が必要だし、しじゅう新しい空気を送りこんでやらないといけないし、小指ほどの穴から一晩で池の半分ぐらいの数がぞろぞろと逃げだすし、雨が降って池が増水するとピョンピョン跳ねてとびだしちゃうし、カラス、トンビ、カエル、ネズミ、イタチなどにも狙われる。そこへもってきて近頃は人間の値段も高くなったので人件費がカサむ。この人件費を減らすか、ゼロにするかだとドジョウはいつでも需要のある魚だし、ウナギのように稚魚を外国から輸入しなくてもすむので、安定した収入源になれる。

だからそこに眼をつけて農家が休耕地を利用したり、水田にほりこんだりして家内手工業風の副職にする。それはまことに結構だが、たいていは種苗のドジョウを買ってきて田ンぼへじゃぶんとあけてあとはそれっきりだからダメ。もっと小まめにいろいろと面倒を見てやらなければいけないのだ。ドジョウだからといってバカにしちゃいかんのだ。ドジョウも生きものなんだ。自分と種族のために生きようと必死なんだ。農文協というあまり聞かない出版社があって、〝社〟というよりは社団法人である。正しくは農山漁村文化協会。ここから『ドジョウ』というぶっきらぼうな題の小冊子がでている。小さな本だけれど昭和42年に第一版がでて八年後の昭和50年に第十八版がでているから、かくれたヒットである。著者は渡辺恵三氏。この人、出身は早稲田の法科なのに、敗戦後、思うところあり、一転してドジョウの育成にうちこんだ。仕事場は栃木県塩谷郡氏家町の約六〇〇〇坪の池。そのふちにお粗末なバラックを建てて、麦飯とドジョウを食べつつ明けても暮れてもドジョウの世話という篤学、篤農の人である。毎年四月になると日本全国から約四〇〇〇人近い人が五日間の講習をうけにここへやってくるのだそうである。こういう篤志家がいないことにはわが国の鳥獣虫魚はおさきまっくらと感じられる状況で、釣りの餌にするイソメやゴカイまでを外国から高い運賃を払って航空便で輸入しなければならないという破天荒な惨状に私たちがおかれていることはこれまでに何度か書いたことだし、私が書かなくてもみなさんとっくに御承知の事態であるが、この人の今後の努力を期待しますと書くのが精いっぱいのところである。ドジョウは食べてうまい魚だが胃潰瘍にも利くとされているし、裂いた生《なま》のを貼りつけると火傷が治るといって子供のときにやられた記憶はドジョウ鍋を見るたびによみがえってくる。渡辺氏ひとりが巨人的な〝工業化〟というブルドーザーとたたかっても……と思われはするけれど、だからといって何もしないのと何かするのとではやっぱり相違がある。五十歩百歩という言葉はあるけれど、現実ではしばしば五十歩と百歩とでは大きな相違があるのだ。渡辺氏はそこを知りぬいておられるはずである。だから氏はその言葉をタブーとしておられることであろう。昔から、知ル者ハ言ハズとか。

あとがき（『完本 白いページ』単行本より）

昭和四十六年の一月号の『潮』から「白いページ」と題してエッセイの連載をはじめ、途中で何度か休んだり、「白い白いページ」と題を変えてみたり、いろいろのことがあったが、昭和五十二年の四月号でストップするまで、かれこれ六年間、書きつづけたことになる。そのうちのかなりの分量を、段落のいいところで『白いページ』上・下二巻として昭和五十年に出版したが、その後も雑誌には書きつづけたので、今度、何もかもを収容して一冊の完本として出版することになった。それがこの本である。

連載をはじめるにあたってはちょっと意気ごむことがあり、エッセイのほかに翻訳、書評、あれ、これ、何を書いてもいいし、何にでも手をのばしてみようと思ったから、背戸君と相談してタイトルを「白いページ」としたのだった。しかし、これまでにいろいろのことを書いて暮してきたけれど、一つの雑誌に六年間も何かを連載するというのは、私としてもはじめてのことだった。素材がなくなって書けなくなると、背戸君は、ハワイ、香港、ミクロネシア、ポリネシア、どこへでも旅行して下さいと、そそのかしたり、はげましたりしてくれた。西原編集長もやってきてハッパをかけてくれたりした。お二人のハッパと忍耐がなかったらとっくに私は怠けておりてしまったことだろう。

チャンピオンは試合のあるなしにかかわらず、毎日、跳んだり走ったり、練習にはげまなければならないし、画家はデッサンにうちこまなければなるまい。私としては毎月『潮』を、体育館として、アトリエとして、使わせてもらったわけである。テーマや枚数がどうであってもいいから、小説家もたえず何かを書いてペンを錆びつかせないようにすること。これは必修科目の一つではあるまいかと思う。六年間の疲労がいささか胸苦しく感じられるようになったので、一度、引退することとなったが、ふたたびカム・バックの約束がしてあるので、いつか、また。

開高 健

昭和五十三年五月末日

断想　開高健

背戸逸夫《せといつお》
（「理念と経営」編集長）

1

開高さんが、藤沢の斎場で荼毘《だび》にふされる間際、私の、すぐ背後から、小さく、しかし、はっきりとした声で、「開高君、ありがとう」という声が聞こえてきた。

開高さん逝《い》って二十年。歳月茫々。生前の開高さんの言葉を借りれば「橋の下をたくさんの水が流れた」――。

2

以下、印象に残っている開高さんの風貌姿勢について触れたい。

『輝ける闇』という本が目にとまった。「輝ける」と「闇」という矛盾した書名のせいであった。近くの喫茶店に入り、任意にページを開き読み始め、とまらなくなってしまった。冒頭近くの「あやふやな中立にしがみついて自分一人はなんとか手をよごすまいとするお上品で気弱なインテリ気質にどこまでもあとをつけられている自分に嘲笑《ちょうしょう》をおぼえたのだ……」の一節を目にしたとき、弾《はじ》かれるように一ページ目に戻り一気に読了した。これが、開高さんとの出会いに繋がった。当時の私の頭のなかには学生運動の余蘊《よううん》が濃くあった。

その日の夜、若気の至り、昂揚した気分で勢いにまかせて、感想文を書き、投函した。かなり、ながい手紙だったと記憶している。投函して、三日目の朝、電話があった。

「開高です。読んだよ。ありがとう。遊びにおいで」

大きい声であった。思いもしないことであった。が、この電話が、編集者としての、私の大きな発端となった。真っ白いキャンパスに、墨痕《ぼっこん》鮮やかな太い点がうたれた。そこからひかれる太い線に乗って、編集者としての自分が育《はぐく》まれていったように思う。生きるということは、何かとの出会いを、編み物の目のようにひとつずつ編みつないで、一枚の大きな敷物をつくるようなものだとつくづく思う。編み物のひとつの目を外しても、その編み物が編みあげられないように、ひとつの出会いが、その人の人生の現在と未来に強い繋がりと因縁をひいていく。

3

昭和四十四年暮れ、杉並区井荻《いおぎ》の開高宅を訪問した。井荻駅前のクリーニング店で、道順をたずねた。店主は「さあ、作家がいたかなぁー」と訝《いぶか》る。アイロンをかける手を休めずに、奥に向って「オーイ、開高という作家の家、知ってるか」と大声で訊ねた姿が今も、印象に残っている。当時、書店の文庫の棚には、開高さんの本は二冊ぐらいしかなかった時代である。

約束の午後一時、開高さんは玄関の扉を開けて待っておられた。玄関を入りすぐ右手にあった応接間に通された。私の脱いだ靴をすぐに履けるように揃えられた。これは後年まで変わらぬ開高さんの仕種《しぐさ》だった。そのときの話の仔細はすでに記憶にはないが、この日、生まれてはじめて前後不覚になった。京都の濁り酒「月の桂」が、オンザロックで一升半あいた。六時、辞去するさい「楽しかった。また、遊びにおいで」を耳にしたとき、面接試験に受かった学生のように、舞いあがり、一気に酔いが回ったのか、以降のことの記憶が全くない。気がついたら都立家政駅のベンチにひっくりかえっていた。二度目の記憶は、高田馬場駅ホームの柱にしがみついていた。

翌日、「あわれな開高です」と電話があった。その電話のユニークさ。以降、ときに「よれよれ」。後年のことだが、息子が電話に出たさい、「よれよれの開高です」に、父親はどんな哀れな人と付き合っているのかと、ずいぶん訝《いぶか》っていた。手許に数通ある手紙の末尾は、いずれも「ごぞんじ」となっている。

手帳を繰ってみると、頻繁な月では週に一度、少なくても月に三度会っている。決まって朝、電話がかかってきた。「銭《ぜに》を、にぎりしめておいで」が常套句で、最初にこの台詞を聞いたとき、さて、どうお金の工面をしたものやらと、小さな胸を痛めた。待ち合わせ場所は、地下鉄・京橋駅前にあったサントリーの広告代理店「サン・アド」のロビーであった。毎度のことであったが、定刻には、ロビーの椅子に座って待っておられた。その後は、「つるや」という釣具店に寄ったり、中華、寿司など、そのときそのときで場所は違ったが、私がお金を払った記憶はほとんどない。

いわば、私は「開高学校」の生徒であった。作家と編集者が、ひとつの仕事をしていくうえでの、かすかなサインをキャッチする能力とか、微妙な直感といったことが試され、鍛えられていたのだろう。そして、教わることも多岐にわたった。話題の多彩さに魅せられた。次第に、開高さんの、発想と眼光と気魄《きはく》と話術を学び取ろうと、全身を耳にして聞いていた。

あるとき、本郷を歩いていて、たまたま目についたうどん屋さんに入った。その帰途、御茶ノ水の聖橋《ひじりばし》のうえであった。よく憶えておきなさい、という前置きのあと、モノを上手に食べ、見ている人に食欲をおこさせるように食べるというのは、みんなが忘れているマナーだが、なかなか難しい演技だ、小さな子供が誰に教わったわけでもないのに、いかにも上手に食べているのを見て、ハッとさせられることがある、といった趣旨のことを言われた。これは婉曲な表現で、私の食べ方についての指摘であった。若さに気負い、すべて未経験の強さだけで支えられていた二十代の半ばのことである。食のマナーなど、凡《おおよ》そ考えたこともなかっただけに、アッと息を呑む思いであった。

4

お会いしてほぼ一年たった暮れ、東京會舘で行われたサントリーリザーブの試飲会に招かれた。お土産に、リザーブと木の箱に入ったグラス二個、それに開高健編集の洋酒マメ天国全巻セットと書棚がついた。帰りがけ、「持つべきものは、友達だなぁ」と背中を叩かれた。そのおり、ふいに、連載をやろうか、という提案がなされた。

御茶ノ水、山の上ホテル本館のバーに移動した。開高さんの前には、定番であったドライマティーニのオンザロック。飲むとき、小指を立ててグラスをもたれる。妙にイロっぽかった。提示された連載企画の通しタイトルは「白いページ」、毎回のタイトルは動詞とする、期間は一年間、最終回は「ピリオドを打つ」、と矢継ぎ早であった。最終回のタイトルの企みを聞いたときは、しびれてしまった。

「八丈島から南下すること二十五時間、水面上一〇〇メートルの岩礁がある」。ここから最終回のタイトルの蘊蓄《うんちく》がはじまった。「この岩礁の下は三一八一メートルある、したがって岩礁は三〇〇〇メートルを超える山の最頂部だ、正式には『孀婦島《そうふじま》』とも『孀婦岩《がん》』とも呼ばれている、『孀婦』とは寡婦《かふ》のことをいう」。小笠原が返還された直後のことで、それまでの行政区分でいえば東京都の最南端の島だった。太平洋の只中にポツンと聳《そび》える岩礁、なるほど、東京都のピリオド、それをもって連載のピリオドを打つ。ここに巨大な魚が回遊している、その岩まで行って、その巨大な魚を釣る、その顚末を書いて連載のピリオドを打つという企みであった。最後に「どやネ」と、編集者の好奇心をくすぐられた。これが、後に『完本白いページ』として纏《まと》まることになった連載エッセイの始まりであった。

一年で終るはずの連載は、六年半の長きに及ぶことになる。孀婦島行きは、それから数年して実現し、「遂げる」として発表された。このときの顚末は本文にも詳しいが、余談を書いておく。

八丈島に着いたけれど台風の余波で、船が出港できず三日ほど足止めをくらった。四日目の早朝は快晴、夜明けと同時に出港した。船といっても小さな漁船、八丈島を発って二十五時間。孀婦島にたどり着いてみると、巨岩が海の只中に聳えている。開高さんが棹をだし、岩礁を一周するかしないかするうち、大型の台風が発生した、岩礁水域も間もなく暴風雨圏にはいる、付近の水域の船は直ちに帰港せよ、と無線が入った。その直後であった、開高さんの釣棹が大きく撓《しな》った。釣りあげるまで五十分。二メートルを超えるサワラがヒットしていた。が、それからは、ひたすらの遁走《とんそう》である。強い台風の風に煽《あお》られ、船が大きく傾く、あわや転覆という危機が何度かあった。しかも、イノチ綱である漁船の受信機が故障するというおまけまでついた。二十五時間かかって港に到着したとき、心配して岸壁に集まった漁協の人たちから拍手喝采がおきた。

5

断想をもう一つ。

昭和五十五年夏、海外取材から帰国されて間もない時期であった。当時の「サン・アド」は、大手町のパレスホテル隣のビルに転居していた。そこへ出向いた。談たまたま、本の話になった。これまで本には莫大な投資をなさってきたでしょう、ついては、本を肴に一冊に纏めませんか、と水を向けたのがきっかけで、谷沢永一、向井敏さんとの鼎談『書斎のポ・ト・フ』という語り下ろしの一冊ができあがった。

できあがった『書斎のポ・ト・フ』を茅ヶ崎のお宅に届けた。そのおり、一言ひとことを区切るように、「君は、本について、我々の膏血《こうけつ》を搾ったんだから、君が、この一ヶ月で、読んだ本を、三冊あげなさい」。三冊あげると「そのなかで、君が、いちばん、面白い、と思った本を、一冊あげて、四百字原稿用紙、二枚に纏めなさい」と、ご本人はごろりと横になられた。これは予期もしなかった難儀な試問であった。

それが終ると、冷蔵庫から缶ビールがとりだされ、雑談となる。つねのこと、その雑談が愉しみであった。が、一抹の不安が残る。

以前、本について、「一冊の本を読んだら、面白かったか、面白くなかったか。面白かったらどこが面白かったか、端的にいいなさい」といわれたことがある。

それから数日後、「読んだぜ、君の目は、確かや」という電話をもらったときの喜びは、なにものにもかえがたかった。電話があるかないか、合格通知を待つ心境だった。精神のなかに、わずかでも糖分がなければ人間は一日も生きられない。これは私の大きな糖分となった。人間は褒められれば、次はもっといい仕事をしようという気持ちになるものだ。今度は、もっと面白い本を探そうというファイトが湧いてくる。お釈迦さんの手のうえに乗っかった孫悟空である。月にいちどの個人レッスンが、どれほど、私の読書体験を豊富なものにしてくれたことか。

6

開高さんの周りには編集者のみならず、異業種の人たちもたくさん集まっていた。仔細に観察していると、これは開高さんを中心とした一つの治療文化であった。開高さんは知的冒険者であり、親しみやすい人柄であった。その故か、相互治療の快癒文化の役割を果たしていたように思う。開高さんは、いわばセラピスト（心理療法士）であった。心の奥深いことは、言葉よりも顔にあらわれる。青春時代はさまざまな屈託があった。話してしまえば楽になることが多い。開高さんは、こちらの心境を見抜かれ、問わず語りでどれほど救われたことか。その開高さんにも屈託があったに違いない。私にとって開高さんは、濃霧のなかの一点の光源であった。

光の温かみを失って二十年。三部作になるはずであった闇のシリーズも未完成のまま終った。

完成したら、『新しい天体』の続編になるはずであった『四季のある国』と、世界の大道芸人たちを訪ね歩く『道のうえの芸人たち』の企画の約束があった。が、いまは、タイトルだけが残った。

●本書は、一九七八年六月、潮出版社より刊行された『完本　白いページ』を底本として、再編集したものです。

●本文中、今日の観点から見て、考慮すべき表現、用語が含まれていますが、著者がすでに故人であること、作品が書かれた時代的背景などに鑑み、おおむねそのままとしました。

光文社文庫

開高健エッセイ選集
白《しろ》いページ
著　者　開《かい》　高《こう》　健《たけし》

2009年8月20日　初版1刷発行
2015年2月10日　3刷発行

発行者　鈴木広和
印　刷　慶昌堂印刷
製　本　榎本製本

発行所　株式会社　光文社
〒112-8011　東京都文京区音羽1-16-6
電話 (03)5395-8149　編集部
8116　書籍販売部
8125　業務部

落丁本・乱丁本は業務部にご連絡くだされば、お取替えいたします。
ISBN978-4-334-74605-6　Printed in Japan

組版　萩原印刷

お願い　光文社文庫をお読みになって、いかがでございましたか。「読後の感想」を編集部あてに、ぜひお送りください。
このほか光文社文庫では、どんな本をお読みになりましたか。これから、どういう本をご希望ですか。どの本も、誤植がないようつとめていますが、もしお気づきの点がございましたら、お教えください。ご職業、ご年齢などもお書きそえいただければ幸いです。当社の規定により本来の目的以外に使用せず、大切に扱わせていただきます。

光文社文庫編集部

開高 健

◆ルポルタージュ選集

日本人の遊び場
ずばり東京
過去と未来の国々
〜中国と東欧〜
声の狩人
サイゴンの十字架

◆〈食〉の名著

最後の晩餐
新しい天体

◆エッセイ選集

白いページ
眼《まなこ》ある花々／開口一番
ああ。二十五年

開高健記念館のご案内

開高健は1974（昭和49）年に、東京杉並から茅ヶ崎市東海岸南に移り住み、1989（平成元）年に亡くなるまでここを拠点に活動を展開しました。その業績や人となりに多くの方々に触れていただくことを目的に、その邸宅を開高健記念館として開設したものです。

建物外観と開高が名付けた「哲学者の小径」を持つ庭と書斎は往時のままに、邸宅内部の一部を展示コーナーとして、常設展示と、期間を定めてテーマを設定した企画展示を行っています。

●交通／

JR茅ヶ崎駅南口より約2km。

東海岸北5丁目バス停より約600m（辻堂駅南口行き　辻02系　辻13系）

＊記念館に駐車場はありません。

●開館日／

毎週、金・土・日曜日の3日間と祝祭日。

年末年始（12月29日～1月3日）は休館させていただきます。また展示替え等のため、臨時に休館することがあります。

●開館時間／

4月～10月：

午前10時～午後6時

（入館は午後5時30分まで）

11月～3月：

午前10時～午後5時

（入館は午後4時30分まで）

●入館料／無料

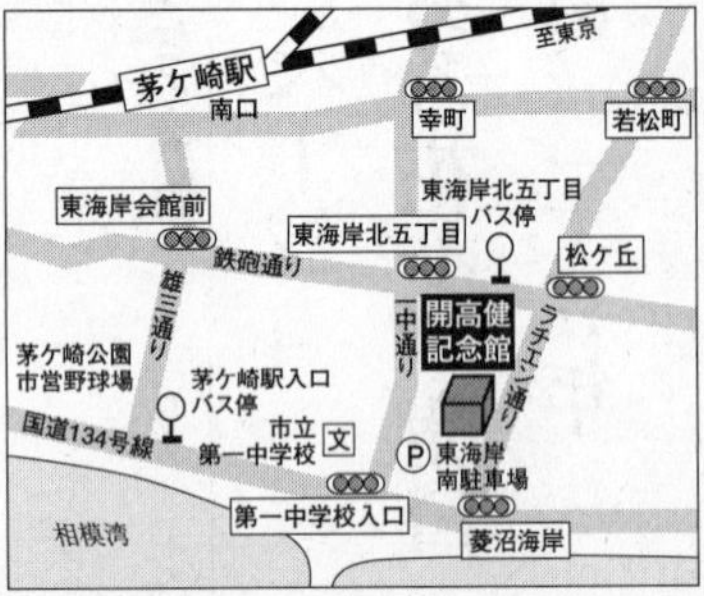

●所在地／

〒253-0054　神奈川県茅ケ崎市東海岸南6-6-64　Tel & Fax: (0467) 87-0567

開高健記念会ホームページ

http://kaiko.jp/